À PROPOS DE L'AUTEUR

Ancienne présidente des *Romance Writers of America*, HelenKay Dimon en connaît un rayon sur la romance ! Aujourd'hui, elle se consacre entièrement à l'écriture, tout particulièrement de romances à suspense, son genre favori !

À l'épreuve du risque

*

Protecteur malgré lui

*

Mission clandestine

HELENKAY DIMON

À l'épreuve du risque

INTÉGRALE

UN AMOUR À PROTÉGER

Traduction française de
CHRISTINE BOYER

SAGAS

HARLEQUIN

Collection : SAGAS

Titre original :
CORNERED

Ce roman a déjà été publié en 2017

HARPERCOLLINS FRANCE
83-85, boulevard Vincent-Auriol, 75646 PARIS CEDEX 13
Service Lectrices — Tél. : 01 45 82 47 47 - www.harlequin.fr
ISBN 978-2-2804-4883-3 — ISSN 2426-993X

Composé et édité par HarperCollins France. Achevé d'imprimer en décembre 2020.
par CPI Black Print - Barcelone - Espagne
Dépôt légal : janvier 2021.

MIXTE
Papier issu de sources responsables
FSC® C108412

Pour limiter l'empreinte environnementale de ses livres, HarperCollins France s'engage à n'utiliser que du papier fabriqué à partir de bois provenant de forêts gérées durablement et de manière responsable.

1

Un coup de feu rompit la quiétude de la majestueuse pinède qui encerclait la propriété. Normalement, cette déflagration aurait dû inciter Julia à se jeter sur son téléphone portable pour composer en vitesse le numéro de la police. Mais rien n'était « normal » à Calapan, cette petite île de l'archipel de San Juan, perdu au large de Seattle et accessible exclusivement par ferry. A Calapan, les gens dégainaient leurs armes pour un oui ou pour un non, parfois même sans aucune raison, simplement parce que l'envie de tirer les prenait.

Julia ignorait ce qui avait provoqué cette détonation et, pour tout dire, elle s'en moquait. Au lieu de courir se mettre à l'abri quelque part, elle continua de sarcler la terre. Le jardin, autrefois fleuri et bien entretenu, avait été laissé à l'abandon pendant des années, et était désormais envahi de racines et de mauvaises herbes.

Cela faisait plus d'une heure que Julia travaillait dans la chaleur estivale et, vu la taille du parc, elle avait encore énormément à faire. Remettre en état la propriété de son père pour la vendre était un projet pharaonique.

A cette idée, elle eut envie d'un grand verre d'eau et planta sa bêche dans le sol.

Mais elle n'avait pas fait deux pas vers la maison que les tirs reprirent, en rafales cette fois. Et les salves semblaient nettement plus proches.

Fronçant les sourcils, Julia promena les yeux autour d'elle.

Comme la plupart des propriétés de l'île, celle-ci n'était

pas close. Julia avait du mal à identifier tous les bruits qui parvenaient à ses oreilles. Manifestement, des intrus avaient envahi le domaine.

Qui étaient-ils et que voulaient-ils ?

Elle avait envie de savoir, mais il était probablement plus prudent de se réfugier à l'intérieur. D'autant qu'un enchevêtrement d'arbres lui bloquait la vue, l'empêchant de distinguer l'orée de la propriété. Surtout, vivre à Seattle depuis deux ans lui avait appris à ne jamais s'exposer inutilement au danger. Puisqu'elle ne connaissait ni la nature ni l'importance de la menace, mieux valait qu'elle se mette à l'abri. Une femme intelligente savait quand il fallait fuir.

Tout en s'élançant vers l'entrée de la maison, elle chercha son téléphone portable dans la poche de son short. En vain. Cela dit, peut-être qu'appeler les secours n'était pas une bonne idée. Sur cette île, la police locale n'avait rien de rassurant. Incompétente et corrompue, elle inspirait plutôt la peur, selon Julia.

Alors qu'elle atteignait le perron, un frisson la parcourut et les poils de sa nuque se hérissèrent, comme chaque fois qu'un danger l'approchait. Elle se mit à paniquer franchement et accéléra. Mais, au moment où elle posait la main sur la poignée de porte, une respiration s'éleva, quelques mètres derrière elle. Aussitôt, elle tourna la tête : un homme lui fonçait dessus.

Grand et large d'épaules, il semblait aux abois. Parvenu en haut des marches, il poussa la porte du poing et l'ouvrit en grand.

Une nouvelle vague d'angoisse submergea Julia. Terrifiée, elle voulut hurler mais l'homme plaqua une main sur sa bouche pour la réduire au silence.

— N'ayez pas peur, je ne vous ferai aucun mal.

Bien sûr. Comme si elle allait prendre ce genre de promesse au sérieux !

Elle se débattit, frappant l'intrus de ses pieds, de ses bras. Elle devait absolument se libérer de son emprise et, cette fois, elle filerait vers les arbres, vers la forêt. Elle n'avait pas l'intention de se laisser tuer sans réagir. Autrefois, elle se plaisait à répéter que, si elle restait à Calapan, elle en mourrait. Mais il s'agissait d'une plaisanterie et il n'était pas question de laisser cette sombre prédiction se concrétiser.

Comme elle lui assenait un violent coup de coude dans le ventre, l'homme jura entre ses dents. Parfait. Si elle parvenait à lui en envoyer deux ou trois autres bien placés, peut-être arriverait-elle à lui faire lâcher prise et à le repousser. Rassemblant ses forces, elle s'arc-bouta contre le mur pour tenter de faire reculer son agresseur. Ses efforts s'avérèrent inutiles, mais elle refusait de s'avouer vaincue. Elle devait au moins essayer. Avec l'énergie du désespoir, elle se jeta sur l'inconnu.

Malheureusement, il n'eut aucun mal à la neutraliser. Il la poussa devant lui, la propulsant à l'intérieur, avant de claquer la porte derrière lui et de tirer le verrou.

Tous deux étaient désormais enfermés dans la maison.

Il leva les mains dans un geste d'apaisement tout en plantant ses grands yeux bleus dans les siens.

— Je vous en prie, écoutez-moi.

Il pouvait la supplier autant qu'il lui plairait. Elle n'avait pas l'intention d'accorder le moindre crédit à ses beaux discours. Certes, il était très séduisant avec sa petite fossette et sa stature d'athlète, certes, il se comportait moins violemment qu'elle n'aurait pu le craindre… Mais elle n'avait jamais été sensible au physique d'un homme et n'allait pas commencer dans ces circonstances. Elle avait appris depuis longtemps à se méfier des apparences.

S'il tenait à se battre, elle se battrait. Sans réfléchir, presque en pilotage automatique, elle courut jusqu'au petit salon, là où étaient rangés les fusils et les revolvers de son père. Les armes ne lui faisaient pas peur, c'était un mode de vie à Calapan. Ayant grandi sur cette île, elle avait appris très jeune à tirer. Sur des canettes vides, la plupart du temps, mais son assaillant l'ignorait.

Des bruits de pas précipités résonnèrent derrière elle. Il la poursuivait. Et il ne cessait de lui parler, d'essayer de la convaincre qu'il ne lui voulait aucun mal, qu'il avait besoin de son aide. Mais elle refusait de l'écouter. Elle n'avait qu'une pensée à l'esprit. S'emparer d'un fusil. Ou de son Glock qui devait être quelque part, lui aussi.

— Mademoiselle, je vous en prie ! Arrêtez de courir et écoutez-moi. Je ne vous demande qu'un instant.

Pas question. Julia mit le canapé entre eux tout en tentant de se rappeler où elle avait bien pu mettre les armes, le matin même, après les avoir nettoyées. Elle se revit brutalement accrocher le fusil au-dessus de la cheminée. Malheureusement, cette dernière était plus près de l'intrus que d'elle.

Elle réfléchit à toute vitesse. Que devait-elle faire ? L'attirer vers un autre endroit de la pièce ? Le faire parler pour gagner du temps ?

Finalement, elle lui lança :

— Sortez d'ici !

— Je ne vous veux aucun mal.

Ce qui ne signifiait pas qu'il n'avait pas la capacité de lui en faire. Elle posa les yeux sur le calibre qu'il portait à la ceinture. Puis son regard fut arrêté par le sang qui tachait sa chemise.

— Alors, partez.

— Je m'appelle Cameron Roth.

Comme si elle s'intéressait à ce genre de détails !

— Très bien. Partez, Cameron.

— Je travaille pour une équipe appelée les Corcorans.

Julia n'en avait jamais entendu parler et elle ne comprenait pas du tout pourquoi il y faisait allusion. Elle ne voyait que son arme, le sang, le fait qu'un inconnu s'était introduit chez elle. Depuis l'extérieur provenaient des bruits de tir. Elle ignorait ce que signifiaient tous ces éléments et, pour le moment, son cerveau n'était pas capable de penser à autre chose qu'à se débarrasser de cet homme.

— Je ne connais pas les Corcorans mais je vous conseille vivement d'aller rejoindre vos camarades.

Elle parlait vite pour tenter de dissimuler le tremblement de sa voix.

— J'oublierai cette intrusion, je n'en parlerai à personne, promis, ajouta-t-elle. Mais il faut que vous partiez, maintenant.

— Je ne peux pas.

Apparemment, ce type avait des difficultés à assimiler un message aussi simple. Julia essaya de calculer la distance qui la séparait du fusil. Avait-elle la possibilité de l'atteindre avant que ce Cameron ne puisse l'en empêcher ?

— Vous voulez plutôt dire que vous n'avez pas l'intention de partir…

— J'aimerais que vous cessiez d'avoir peur de moi.

Il s'exprimait d'une voix douce qui la déstabilisait, mais elle refusait de lui faire confiance. En lui accordant le bénéfice du doute, elle risquait des ennuis ou, pire, la mort.

— Tant que vous serez au milieu de mon salon, je craindrai le pire.

— Ne vous en faites pas. Je suis un gentil.

— Vraiment ? Vous m'avez pourtant poussée de force dans ma maison et vous m'avez poursuivie à l'intérieur.

Elle le détailla subrepticement. Il dissimulait une autre arme sous son pantalon.

— C'est vous qui avez tiré tout à l'heure ? reprit-elle.

A ces mots, le visage de ce Cameron Roth devint impénétrable.

— J'avais un problème, répondit-il laconiquement.

Sans son arme, et vu sa capacité à botter en touche pour ne pas répondre clairement aux questions qui lui étaient posées, il aurait pu être avocat, songea Julia.

— Ecoutez, dit-elle. Je vais vous donner les clés de mon pick-up. Vous allez le prendre et…

— Non.

Son ton sans réplique la fit reculer d'un pas, mais il se rapprocha un peu plus.

— Je suis ici en mission.

— De quoi parlez-vous ?

Elle n'en avait aucune idée.

Comment allait-elle se sortir de ce cauchemar ? Son angoisse allait crescendo. Elle aurait dû rester à Seattle, elle aurait dû laisser cette propriété à l'abandon. Puisque son père était mort, elle ne devait plus rien à personne sur l'île de Calapan.

— J'ai rendez-vous avec mes coéquipiers dans un quart d'heure, indiqua-t-il.

De nouveau, il évoquait son équipe.

Elle saisit l'occasion.

— Pour être certain d'y être dans les temps, je vous suggère de partir maintenant. La ponctualité est la politesse des rois.

Il esquissa un sourire en coin.

— J'aimerais bien mais je n'ai aucune envie de me faire descendre.

Se moquait-il d'elle ? Voulait-il plaisanter ? En tout cas, aucune des deux hypothèses ne lui convenait.

— Cela nous fait un point commun, Cameron.

Il parut se détendre un peu et désigna le canapé d'un mouvement de menton.

— Asseyez-vous.

Il s'agissait sans doute d'un échantillon de son humour.

— Non.

— Comment vous appelez-vous ? Je me suis présenté mais pas vous.

Julia voulait qu'il s'en aille, pas faire la conversation !

— Vous n'avez pas besoin de savoir mon nom.

— Des tueurs me poursuivent. Il faut que je me cache un petit moment, le temps que le danger s'éloigne !

— Qui ?

Si d'autres types armés risquaient de débarquer, elle préférait le savoir.

Il fronça les sourcils.

— Pardon ?

— Qui vous poursuit ?

Il posa les yeux sur le fusil avant de reporter son attention sur elle.

— Disons que, à Calapan, il n'y a pas que des gens bien. Mieux vaut ne pas faire confiance à tout le monde et à n'importe qui.

Oui, elle était bien placée pour le savoir.

— En résumé, reprit-elle, vous parcourez cette île en tirant tous azimuts, vous êtes pourchassé par quelqu'un de dangereux, vous finissez par me brutaliser…

— Vous brutaliser ? Je ne vous ai rien fait !

— Et, malgré tout ça, je suis censée vous faire confiance, conclut-elle d'un ton plus appuyé.

Il eut le toupet de lui sourire.

— Oui.

— Je ne suis pas idiote.

Bien sûr, ses neurones fonctionnaient moins bien lorsqu'elle était sous l'emprise de la peur, mais elle n'avait pas perdu tous ses moyens pour autant. Pas encore !

— Je n'ai jamais prétendu le contraire, assura-t-il.

— Et j'ai un téléphone.

D'un pas déterminé, elle se dirigea vers le combiné posé sur la commode. En réalité, la ligne avait été coupée des mois plus tôt, à la mort de son père. Mais ce Cameron l'ignorait… Du moins l'espérait-elle.

— Je vais appeler la police, leur demander de venir et vous pourrez alors leur raconter votre problème.

— Ça ne va pas être possible.

Elle avait lu quelque part que tenter de nouer des liens avec un agresseur poussait parfois ce dernier à considérer sa victime comme un être humain et donc à l'épargner. Puisque, dans cette histoire, c'était elle la victime potentielle, Julia n'avait rien à perdre à essayer.

— Non ? Et pourquoi, Cameron ?

— Vous pouvez m'appeler Cam.

Apparemment, des liens s'établissaient entre eux et produisaient l'effet désiré. Elle prit l'appareil téléphonique.

— Expliquez-moi, ou je compose le 911.

— Ce serait une grave erreur.

La façon dont il l'affirma la troubla.

— Pourquoi ?

— Les flics sont le problème.

A ce moment-là, la vitre derrière elle explosa. Des débris de verre se répandirent dans toute la pièce, et Julia s'accroupit. Cria peut-être.

Comme elle se recroquevillait sur elle-même en se couvrant la tête de ses bras, un énorme poids s'écroula sur elle. Elle tomba sur le sol, Cameron allongé au-dessus d'elle.

Elle mit quelques instants à recouvrer ses esprits, puis se tortilla dans tous les sens pour se libérer de son emprise. Elle lui envoya des coups de pied. Mais il lui bloqua la jambe tout en lui plaquant la main sur le visage pour l'empêcher de faire du bruit. Il promenait sans cesse les yeux autour d'eux.

Julia finit par se taire et mesura alors l'intensité du silence environnant. Le sang battait à ses oreilles, comme la respiration haletante de Cam. Mais rien d'autre. A l'extérieur, il n'y avait plus la moindre déflagration. Ni le moindre cri.

Se soulevant sur ses avant-bras, Cam se pencha vers elle. Leurs nez se touchaient presque.

— Ça va ?

— Non !

Il s'écarta pour l'examiner du regard.

— Vous avez été touchée ?

— Je voulais dire psychologiquement.

En énonçant cela, elle réalisa ce qui venait de se passer : Cam l'avait protégée de son corps. Il s'était allongé sur elle comme un bouclier, il avait cherché à la défendre et non à l'agresser.

Elle cessa de se débattre.

— Je ne comprends rien à ce qui se passe.

— Nous sommes donc deux à nager en plein brouillard, confia-t-il en dégainant son arme.

— Qui a tiré sur vous, là ?

Et pourquoi Cam avait-il attiré cet assaillant chez elle ?

Il rampa jusqu'à la seule fenêtre du salon encore intacte, ignorant les éclats de verre sous ses bras.

— Votre chef de police.

D'abord, le chef Kreider n'était pas à elle, Dieu merci. Il était d'ailleurs la caricature du vieux garçon qui n'aimait que le pouvoir et l'alcool. Julia n'avait jamais fait partie de son fan-club.

Puisque Cam semblait le type parfait derrière lequel se cacher, elle le suivit et s'accroupit de l'autre côté de la fenêtre pour jeter un coup d'œil à l'extérieur. Trois inconnus se tenaient dans le jardin, armés et habillés comme des membres de la police locale.

Elle ne les avait jamais vus et leurs mines patibulaires n'inspiraient rien qui vaille. Ils étaient certainement du genre à tirer d'abord et à poser des questions ensuite.

Qui étaient ces types et que fabriquaient-ils chez elle ? se demanda-t-elle avec effroi.

Cam la repoussa en arrière.

— Faites attention à vous. Ils sont dangereux.

Elle n'avait jeté qu'un coup d'œil mais…

— Vous disiez que vous aviez un problème avec le chef de police, n'est-ce pas ?

— Celui qui est au centre du trio, oui.

— Cela m'ennuie vraiment de vous contredire mais aucun de ces trois hommes n'est le chef de la police de l'île.

Cam en resta bouche bée.

— Quoi ?

— Ce qui complique sérieusement la situation, à mon avis.

Il tira un second calibre de sa ceinture. Avant que Julia ne puisse se mettre à hurler, il le lui tendit.

— Vous savez vous servir d'une arme ?

— Oui, répondit-elle, le regrettant presque.

— Tant mieux !

— Pas vraiment. Je déteste cette île, ajouta-t-elle, accablée.

Cette fois, il lui décocha un sourire chaleureux et sexy qui n'avait rien de menaçant.

— Moi aussi, je la déteste. Vous voyez ! Nous avons fini par trouver un terrain d'entente.

Et elle devait trouver cela réconfortant ? Elle préféra changer de sujet.

— Julia White.

— Pardon ?

— Si nous devons mourir ensemble, il me semble normal que vous connaissiez mon nom.

Pour autant, il ne lui était pas simple de dire ce genre de choses.

Cameron, lui, n'en sembla pas le moins du monde perturbé. Au contraire, il lui adressa un clin d'œil.

— Vous n'allez pas mourir, pas tant que je veille sur vous, Julia.

— Vous semblez bien sûr de vous.

— Vous pouvez considérer ma parole comme une garantie, un engagement.

2

Le dos collé au mur, Cam se glissa jusqu'à la fenêtre. De nouveau, il jeta un coup d'œil à l'extérieur. Les trois hommes dans la cour n'avaient pas bougé. Bizarre… S'ils avaient reçu l'ordre de le tuer, ils auraient dû encercler la maison et l'envahir depuis longtemps.

Dieu merci, il s'agissait sans doute d'amateurs.

Il reporta son attention sur Julia. Il ne pouvait s'empêcher d'être impressionné par la façon dont elle se comportait. Elle était solide, elle tenait le coup. Il s'était jeté sur elle, il l'avait poussée sans ménagement pour la forcer à s'enfermer avec lui dans la maison. Il avait vu la peur briller dans ses yeux mais il n'avait pas eu à la calmer. Elle avait recouvré seule la maîtrise d'elle-même et elle se montrait capable de surmonter ses craintes pour faire face à la situation.

Sa force intérieure était sexy en diable, songea Cam. Comme l'étaient ses longs cheveux bruns et ses grands yeux chocolat. Bien sûr, en principe, il n'avait pas le temps de remarquer ce genre de détails… mais il l'avait trouvée…

Il repoussa ces pensées saugrenues. Il venait de faire une promesse à Julia, alors il était tenu d'honorer sa parole. Il devait trouver le moyen de la sortir de ce pétrin sans trop d'effusions de sang. Malgré lui, il avait amené le danger et des hommes armés jusqu'à chez elle. Mais il allait la tirer de là, même s'il devait se faire tuer pour y parvenir.

Elle jeta un coup d'œil par la fenêtre avant de s'écarter.

— Pourquoi ils sont là ?

— Bonne question.

Cam restait focalisé sur les trois types. S'il détournait les yeux, même un instant, il pouvait les perdre de vue et il refusait de prendre un tel risque. L'un d'eux était habillé comme un chef de police, les deux autres portaient des chemises de flanelle, des tenues surprenantes au cœur de l'été.

— J'ai une autre question, dit-elle.

— Ce n'est peut-être pas le moment idéal…

Cam n'avait pas l'habitude de faire la conversation au milieu d'une fusillade mais il lui lança un regard. Devant son visage pâle et sa main qui tremblait tandis qu'elle repoussait ses cheveux en arrière, il se mit à culpabiliser.

— Oui ?

— Pourquoi vous avez cru qu'ils étaient de la police ?

Apparemment, sous l'emprise de la peur, elle avait tendance à parler, sans doute pour évacuer son stress. Cam s'efforça de maîtriser l'adrénaline qui brûlait ses veines pour lui répondre calmement.

— A cause des uniformes, et aussi parce que deux de ces hommes se trouvaient au poste de police. Et puis, le chef était au courant de ma venue. Bref, au départ, je pensais avoir affaire à de véritables policiers. D'autant que je venais discuter avec eux d'un dossier relativement banal. La routine, quoi.

Elle fronça les sourcils.

— Vous avez donc l'habitude de vous entretenir avec la police ?

— Euh… oui.

Cela dit, avec le recul, il s'était montré un peu léger en se rendant à cet entretien. Avant de débarquer, il aurait pu vérifier les identités du chef de la police de l'île grâce au programme de reconnaissance faciale par exemple. Mais il ne travaillait pas ainsi. Il était venu à Calapan pour interroger un témoin, une entrevue banale qui ne présentait pas de difficultés particulières, a priori. Pas un instant, il ne s'était imaginé devoir se confronter à des hommes armés, risquer la mort.

L'attention de Julia restait concentrée sur lui.

— Qui êtes-vous et que faites-vous dans la vie ?

Ils n'avaient absolument pas le temps pour ce genre de conversation.

— Plus tard.

Et, vraiment, il ne lui serait pas facile de lui expliquer qu'il travaillait sous couverture pour des sociétés privées ou des gouvernements, qu'il était amené à gérer des menaces de différentes natures.

Dans les bars, si une femme lui posait cette question, il se prétendait comptable pour ne pas avoir à préciser ses véritables activités. Il vivait dans un univers rempli de secrets, de mensonges et de morts. En parler à Julia avait peu de chance de la mettre en confiance.

— Plus tard ? répéta-t-elle. Non, je ne pense pas.

A son ton, elle était susceptible de retourner son arme contre lui à tout moment.

— Soit vous vous expliquez maintenant, soit je vais les rejoindre.

— Vous croyez vraiment que vous serez en sécurité avec un imposteur qui se fait passer pour un policier ?

Elle lui avait déjà prouvé qu'elle était vive et intelligente. Elle allait donc recouvrer ses esprits et se ranger à la raison. En tout cas, il l'espérait.

— Non, sans doute pas, reconnut-elle.

— Peut-être qu'il vaut mieux nous soucier d'abord de nos assaillants avant d'échanger des informations personnelles ?

Cela semblait logique. Il s'apprêtait à le lui signaler quand la fusillade reprit.

De nouveau, Cam poussa Julia à terre avant de s'allonger sur elle pour la protéger de son corps. Des éclats de verre se répandirent sur eux. Ils coupaient les mains de Cameron mais pas ses bras, recouverts par les manches longues de sa chemise.

Les murs furent criblés de balles. Non loin de lui, une lampe explosa.

Puis, soudain, les coups de feu laissèrent la place au silence.

Cam leva la tête pour jeter un œil dans la cour. Les trois

hommes n'avaient pas bougé. Mis à part le fait qu'ils avaient désormais leurs armes à l'épaule pour pouvoir tirer à tout moment et que des débris de verre jonchaient le plancher de la maison, rien n'avait changé.

Cam baissa les yeux : Julia essayait de se dégager.

Tout en se redressant, elle déglutit avec difficulté.

— D'accord, nous en parlerons plus tard.

Il aimait son style.

— Parfait.

— Et maintenant ? fit-elle.

— Il s'agissait d'un avertissement, d'un coup de semonce.

Si ces types avaient voulu les descendre, ils auraient eu mille fois la possibilité d'entrer dans la maison et de les tuer. Pour une raison obscure, ils avaient préféré les pousser à se réfugier à l'intérieur. Cam ne parvenait pas à comprendre pourquoi.

Il s'intéresserait à la question plus tard. Dans l'immédiat, il lui fallait mettre au point une stratégie de sortie, et les options semblaient limitées. Fuir par la porte arrière aurait pu marcher si Julia n'avait pas été vêtue d'un corsage rouge vif. Dans cette tenue, elle se ferait repérer immédiatement au milieu des arbres. Ce qui conduisait à l'autre problème : elle vivait au milieu de nulle part.

D'une beauté sauvage incroyablement bien préservée, l'île de Calapan était recouverte d'une végétation luxuriante, traversée par une route poussiéreuse, et de rien d'autre ou presque. La maison de Julia était entourée par des forêts ou par la mer. Solliciter de l'aide extérieure risquait d'être compliqué, conclut Cam. Il leur faudrait donc s'en sortir en s'appuyant sur leurs seules forces. Et ce n'était pas une bonne nouvelle.

— Que leur avez-vous fait exactement ? reprit Julia. Que vous veulent-ils ?

Visiblement, elle recouvrait ses esprits. La colère et les critiques reprenaient le dessus. Très bien, songea Cam. Il était capable de gérer ce genre de réactions.

— Je ne faisais que mon travail.

— Pourriez-vous être plus précis ?

Elle exigeait des réponses mais il ignora sa demande.

— Non.

Comme elle s'apprêtait à reprendre la parole, Cam posa un doigt sur ses propres lèvres, l'intimant au silence.

— Ne bougez pas.

— J'irai où, de toute façon ?

Il décida d'attendre que la situation s'éclaircisse pour lui expliquer la gestuelle des mains, le langage corporel et revenir sur la définition du mot « silence ».

Mais d'abord et avant tout, il devait s'assurer qu'il avait bien affaire à trois hommes, et pas davantage. Il pouvait les abattre un par un à la condition qu'aucun renfort ne vienne épauler le trio.

Veillant à rester hors de vue, il inspecta les alentours, le patio sur le côté, la cour à l'arrière de la maison, là où il avait découvert la jeune femme quelques instants plus tôt. Vu la taille de la propriété, cette tournée lui demanda un bon moment.

Et ils étaient dans de sales draps…

Il revint dans le salon où il avait laissé Julia.

— Ils deviennent plus intelligents.

— C'est-à-dire ?

— Ils se déploient.

Leurs agresseurs se mobilisaient. Ils n'avaient qu'une seule et unique raison de le faire : ils s'apprêtaient à passer à l'attaque. Cam ne savait toujours pas ce qui se passait sur cette île mais la tournure des événements semblait de mauvais augure.

— Ils vont sans doute entrer dans la maison en faisant feu.

Julia se pencha en avant.

— Vous avez amené ces types ici. Vous les faites partir !

Si seulement tout était aussi simple !

Pourtant, Cam avait un plan. Mais, pour le mettre en application, il devait sortir Julia de la ligne de mire.

— Il y a un grenier dans cette maison ?

Elle le dévisagea d'un air perplexe.

— Pardon ?

— Julia, j'ai besoin de votre attention.

Elle pourrait exprimer sa colère et sa frustration plus tard. Dans l'immédiat, il fallait qu'elle soit totalement avec lui. Parce que, la prochaine fois que le silence serait rompu, les coups de feu ne cesseraient que lorsque des cadavres joncheraient le sol, Cam le sentait.

— Avez-vous un grenier ? répéta-t-il.

Elle secoua la tête.

— Disons plutôt que c'est un vide sanitaire.

Cela devrait suffire.

— Vous allez y monter, décida-t-il.

— Et vous ? Vous serez où pendant ce temps-là ?

Il apprécia qu'elle ne commence pas à rechigner ni à lui demander ce qu'il avait l'intention de faire.

— Dès que vous serez à l'abri, je défendrai le reste de la maison.

— Un contre trois ? Vous n'avez aucune chance !

— Ne vous inquiétez pas. J'ai gagné des combats plus déséquilibrés encore.

— Cal…

— Cam, corrigea-t-il.

Qu'elle ne se souvienne pas de son prénom le mit en rogne sans qu'il puisse expliquer pourquoi. Mais il repoussa cette colère. Ce n'était pas le moment.

— Vous savez vraiment vous servir d'un flingue ? s'enquit-il.

Il lui avait fourni une arme et, ce faisant, il avait pris un risque. Il devait s'assurer qu'elle n'allait pas le tuer accidentellement.

— Bien sûr, répondit-elle.

— Si qui que ce soit d'autre que moi s'approche de vous, tirez.

Un bruit léger l'interrompit. Léger mais distinct. Leurs assaillants s'avançaient. Ils n'allaient plus tarder à passer à l'attaque, à entrer dans la maison. Cam en était certain.

— Le pseudo-grenier ?

— Oui, acquiesça Julia.

Elle s'éloigna de la fenêtre en rampant, assurément pour ne pas risquer d'être visée.

Cette femme était intelligente et dotée de multiples qualités, se dit Cam. Elle l'intriguait de plus en plus.

Parvenue dans un couloir qui menait à la chambre et à la salle de bains, elle pointa le doigt vers le plafond, désignant une petite trappe. Aucune corde ou chaîne n'y était accrochée mais elle était dotée d'une poignée.

Cam tendit l'oreille pour s'assurer que leurs agresseurs n'avaient pas encore envahi la demeure. Comme tout semblait calme, il se hissa sur la pointe des pieds et retira la planche.

Puis, sans laisser à Julia la possibilité de discuter, il la saisit par la taille et la souleva. Quand ses pieds quittèrent le sol, elle poussa un petit cri.

Elle disparut dans le réduit, et sa tête réapparut presque aussitôt dans l'embrasure de la trappe.

— Faites attention à vous, murmura-t-elle.

Avant qu'elle ne puisse ajouter autre chose, Cam remit la planche en place et s'éloigna, satisfait. Il fallait être très attentif pour deviner l'existence de cette cache. Julia serait en sécurité.

Désormais, il était temps de se préparer à l'intrusion imminente des trois assaillants. Après réflexion, l'angle à l'extrémité du couloir semblait l'endroit idéal où se positionner. Il pourrait s'y accroupir pour attendre l'irruption des pseudo-policiers. Le problème était que Julia se trouvait juste au-dessus. Une balle risquait de ricocher contre le mur, de finir sa course dans le plafond et d'atteindre alors la jeune femme. Cam refusait de prendre un risque pareil.

Pour l'éviter, il lui fallait donc se mettre à découvert, s'exposer davantage, se rendre plus vulnérable.

La cuisine était une bonne option. Pivotant sur ses talons, Cam s'y dirigea à grands pas. Il se dissimula derrière l'îlot central. La guerre des nerfs pouvait commencer. Qui craquerait en premier ?

Soudain, l'un des types ouvrit la porte principale d'un coup de pied. Un autre fit irruption par l'arrière. Vu la taille de la maison, tous deux auraient pu entrer en collision s'ils n'y avaient pris garde. A voix basse, ils échangèrent des hypothèses sur l'endroit où Cam avait des chances de se trouver, sans se douter que ce dernier n'en perdait pas une miette.

Ne pouvant voir les intrus, Cam se basait sur leurs voix et sur le bruit de leurs pas pour deviner leur position. Il y en avait deux dans le salon, mais où se trouvait le troisième ? Sans doute tout près.

Lorsque l'un d'eux entra dans la cuisine, Cam retint son souffle. Il préférait prendre ces types vivants. Ce serait plus simple pour les interroger… Mais, quand le nouveau venu faillit lui marcher sur la main, il fut obligé de riposter.

Cam lui sauta à la gorge, le plaqua contre lui, se servant de son corps comme d'un bouclier pour faire face à son complice, à celui qu'il avait pris à tort pour le chef de la police. L'homme n'avait pas eu trop de mal à le berner. Non seulement il était au courant de la venue de Cam, mais il l'avait reçu au poste, assis derrière le bureau du chef officiel. Ce qui évidemment suscitait de nombreuses interrogations.

— Les mains en l'air ! ordonna Cam en entraînant son otage vers le salon et loin du couloir au-dessus duquel était cachée Julia.

Le faux chef de police arbora un sourire sauvage.

— Vous nous avez donné du fil à retordre.

Evidemment ! Cam était payé pour donner du fil à retordre aux criminels.

— Ce n'est pas la première fois que j'entends ce genre de commentaire à mon sujet.

— Lâchez votre arme, et nous laisserons la vie sauve à la bonne femme.

Ils avaient vu Julia ou ils avaient deviné sa présence, comprit Cam. Dans les deux cas, qu'ils soient au courant de son existence réduisait les options de Cam. Sous peu, il n'en aurait plus qu'une.

Cela dit, il n'avait aucune raison de leur faciliter la tâche.

— De qui parlez-vous ?

— Ne faites pas l'imbécile, monsieur Roth, répondit le

faux chef de la police en riant. Eh oui, je connais votre véritable identité.

Voilà qui n'était pas bon du tout. Roth n'était pas le nom que Cam avait pris comme couverture pour donner rendez-vous à son témoin. Si ce type connaissait sa véritable identité, il devait également savoir que l'équipe des Corcorans se trouvait sur l'île.

La mission risquait d'être compromise. Comme s'ils avaient besoin de dangers supplémentaires !

Cam s'immobilisa.

— Où est le véritable chef de la police ?

— Cessez de poser des questions idiotes et écoutez-moi.

Le type s'exprimait sur un ton amical, comme s'ils se connaissaient et discutaient d'un sujet quotidien, anodin.

— Vous ne faites pas le poids contre nous, monsieur Roth. Je vous donne cinq secondes avant que mes hommes ne mettent la maison à sac pour retrouver la femme. Nous verrons alors à quelle vitesse vous parlez.

— J'ai hâte d'assister à la scène, intervint le troisième larron qui entrait dans le salon.

Sans doute était-il passé par une fenêtre pour s'introduire dans la maison, pensa Cam. D'ailleurs, cela n'avait, en réalité, aucune importance.

Le problème était qu'il se retrouvait vraiment à un contre trois. Gagner la partie restait possible mais les conditions n'étaient pas idéales. Il lui fallait d'abord neutraliser deux de ses adversaires pour tenter ensuite de faire parler le troisième.

Cam s'adressa au faux chef.

— Au moindre mouvement de votre part, je brise la nuque de votre gars.

— Qu'est-ce qui vous fait croire que j'en ai quelque chose à faire ? rétorqua son interlocuteur en dégainant son arme.

Et, joignant le geste à la parole, il fit feu sur le type.

Le coup partit sous les yeux stupéfaits de Cam.

L'homme qu'il serrait devant lui s'écroula contre sa poitrine. Aussi, il le laissa tomber par terre et se mit à tirer à son tour. Il toucha à l'épaule celui qui était dans le couloir. Le chef du trio plongea sur le côté pour éviter de se retrouver au centre de la fusillade.

Pendant quelques instants, de violents coups de feu furent échangés.

Une fois le calme revenu, Cam évalua la situation d'un bref regard circulaire. Il avait touché l'un des assaillants mais le chef de la bande avait disparu. Bien que blessé, le dernier type continuait à faire feu.

Cam s'apprêtait à mitrailler à son tour le salon quand la porte s'entrouvrit. Pas complètement mais assez pour attirer l'attention de quelqu'un.

Comme il l'espérait, le grincement des gonds poussa le tireur blessé à tourner la tête. C'était l'occasion que Cam espérait. Profitant de la brève inattention de son adversaire, il tira. Il l'atteignit en pleine tête et l'homme s'écroula par terre.

Cam bondit sur ses pieds et fouilla la maison pour s'assurer qu'il n'y avait plus personne. Le salon ressemblait à une zone de guerre. Les murs étaient criblés de balles, les vitres toutes explosées.

Deux des intrus étaient à terre, le troisième — le prétendu chef de police — en fuite. Sans doute avait-il filé vers les bois pour y trouver refuge, supposa Cam.

D'ailleurs, le camion qui se trouvait dans la cour à son arrivée avait disparu. Manifestement, le chef de la bande s'en était servi pour déguerpir.

— Julia ?

Il n'avait plus besoin de chuchoter. Non seulement les hommes connaissaient l'existence de la jeune femme, mais deux d'entre eux étaient morts.

— Julia ? répéta Cam.

Comme il n'obtenait aucune réponse, il retourna dans le couloir et leva le nez vers la trappe. L'arme apparut d'abord puis le visage de Julia.

— C'était horrible !

Elle semblait bouleversée mais ne vomit pas, ce qui était bon signe.

— Avez-vous été touchée par une balle perdue ?

— Je ne pense pas.

Elle semblait en état de choc, et il s'inquiéta.

— Pourriez-vous être plus précise ?

— J'ai l'impression que mes jambes ne me portent plus. Je me sens incapable de redescendre. Je suis peut-être condamnée à finir ma vie dans ce réduit.

Elle se tourna vers le cadavre dans la cuisine.

— Il est… mort ?

— Totalement.

Il ne voulait pas qu'elle regarde le corps, un spectacle aussi terrifiant qu'inutile. Aussi, glissant son arme dans sa ceinture, il se positionna de façon à obstruer la vue sur la cuisine.

Mais Julia tordit le cou pour mieux voir.

— Vous les avez tués tous les deux ?

— Non. Le chef du trio a descendu l'un de ses hommes et s'est enfui. Le genre de chefs dont tout le monde rêve…

Cam tendit les mains pour aider Julia à descendre de sa cachette. Il ne la lâcha que lorsqu'il fut certain qu'elle avait recouvré son équilibre.

— Vous devriez vous changer. Enlever ce corsage rouge et mettre des vêtements plus discrets.

— Dans quel but ?

— Nous ne pouvons pas rester ici. J'ignore pourquoi ce gars a tiré, alors je préfère vous faire quitter Calapan au plus vite.

— Normalement, je devrais être outrée que vous tentiez de diriger ma vie mais, pour une fois, je suis d'accord avec vous, dit-elle en lui rendant son arme.

— Je savais que vous étiez intelligente.

Elle laissa échapper un gros soupir.

— Pour gagner le ferry, le mieux est de prendre mon pick-up.

Cam tiqua.

— Il était bleu ?

— Etait ?

— Celui qui a filé vous l'a pris.

— Vous plaisantez ?

A la lumière des derniers événements, sa réponse semblait un peu décalée. Sans doute réagissait-elle ainsi à la violence dont elle venait d'être témoin. Au milieu du chaos, elle ne piquait pas une crise de nerfs, elle n'allait pas se cacher dans un coin, mais elle tenait des propos bizarres. Cam prit les choses avec philosophie. Il pouvait gérer.

— Le vol de votre véhicule est une contrariété, remarqua-t-il. Mais vous avez dû affronter des épreuves autrement plus pénibles aujourd'hui. Non ?

— Je m'en voudrais d'ébranler votre échelle de valeurs, mais nous sommes à deux heures de marche du ferry et il n'y en a que quatre par jour. Si nous le manquons, nous serons coincés ici. Sur cette île. Et, vu le contexte, il s'agirait d'une catastrophe.

Les mauvaises nouvelles continuaient à s'accumuler.

Il ne restait plus à Cam qu'une issue. Il lui fallait appeler la cavalerie.

Il consulta sa montre et pressa un bouton. Celui qui envoyait un signal d'urgence au reste de son équipe.

— Nous allons retrouver mes coéquipiers et vous mettre en sécurité.

— Et me garder la vie sauve ? demanda-t-elle d'un air ironique.

— Je vous ai juré de tout faire pour vous protéger, et cette promesse tient toujours.

— Je l'espère.

Julia aurait sans doute préféré une meilleure garantie mais Cam n'avait que sa parole à lui offrir. Cela dit, cette parole était très solide.

3

Julia entraîna Cam dans les bois. Au-dessus de leurs têtes, le feuillage était si dense qu'il bloquait les rayons de soleil de cette fin d'après-midi et qu'il refroidissait l'atmosphère. Çà et là, des puits de lumière crevaient cette voûte végétale mais, pour se guider, Cam s'appuyait sur le sens de l'orientation de Julia.

Lorsqu'elle était enfant, cette immense forêt était pour elle une aire de jeux. Et un refuge. Elle allait s'y cacher quand son père piquait des crises de colère alimentées par l'alcool, lorsqu'il se mettait à hurler. L'odeur de la terre mouillée mêlée à celle des épines de pins avait toujours eu sur elle un effet rassurant, apaisant.

Mais, en cet instant, elle ne se sentait ni à l'abri, ni rassurée au milieu de ces grands arbres. L'estomac noué, les nerfs à vif, elle sursautait au moindre bruit. Les gazouillis des oiseaux comme le bruissement du vent dans les branches qui la charmaient habituellement la rendaient nerveuse.

Cam marchait à un rythme soutenu. Chaque fois qu'elle trébuchait sur une racine ou sur une pierre, il la retenait d'un bras solide. Julia appréciait son aide mais, en réalité, elle n'avait qu'une envie : embarquer au plus vite sur un ferry, quitter cette île maudite et regagner Seattle sans délai. La propriété de son père et la vente de la maison attendraient. Elle s'occuperait plus tard de récupérer son pick-up et de retirer les cadavres qui jonchaient le salon.

Au souvenir de ces derniers, un long frisson la parcourut. Lorsqu'elle se remémorait la fusillade et tout le sang versé, elle envisageait de prévenir les autorités. Mais aller trouver la police de l'île engendrerait fatalement des questions auxquelles elle ne saurait répondre. Une telle démarche risquait de lui causer des ennuis.

Dès qu'elle aurait réintégré son appartement de Belltown, sur le continent, elle se soumettrait volontiers à l'interrogatoire d'un inspecteur de police. De toute façon, elle n'avait plus aucun lien avec Calapan, les ponts étaient coupés pour toujours. Désormais, plus rien ni personne ne la rattachait à cette île.

L'endroit était magnifique mais, pour elle, il n'avait jamais été qu'un piège mortel. Longtemps, quand elle en parlait, il s'agissait d'une figure de style, d'une métaphore. Malheureusement, là, elle s'y sentait piégée dans le sens littéral du terme. Elle avait dû enjamber des cadavres pour sortir de la maison de son père.

Dans l'immédiat, elle avait vraiment besoin d'extirper de son esprit la terreur et la violence qui s'y étaient accumulées ces dernières heures. Monsieur-le-beau-gosse qui cheminait à côté d'elle pouvait sans doute l'aider sur ce point.

— Dites quelque chose, lança-t-elle avant de reprendre sa marche sur le tapis de feuilles mortes.

Cam lui jeta un regard de biais puis se remit à scruter les alentours, comme il ne cessait de le faire depuis qu'ils avaient quitté la propriété.

— Votre corsage est mauve clair.

En lui demandant de lui parler, Julia ne s'attendait pas à ce genre de réflexions. Le commentaire était potentiellement grossier voire agressif.

— Etes-vous en train de critiquer ma garde-robe ?

— J'espérais que vous mettriez quelque chose de plus discret.

Sa réponse était logique mais Julia ne pouvait le satisfaire sur ce point.

— Tous mes vêtements sont de couleurs vives.

De nouveau, il la regarda, mais cette fois avec curiosité.

— Pourquoi ?

— Parce qu'un jour j'en ai eu assez de chercher à me fondre dans le paysage.

Elle avait passé toute sa jeunesse à s'efforcer de ne pas attirer l'attention de son père au mauvais moment. Comme il buvait en permanence, les mauvais moments avaient fini par être permanents.

Depuis qu'elle était devenue adulte, elle refusait de vivre en fonction des problèmes paternels. Elle aurait simplement préféré être assez forte pour avoir eu le courage de l'affronter avant qu'il ne tombe accidentellement de son bateau et ne se noie. Sa mort l'avait laissée en proie à un mélange de regret et de culpabilité. Et à une bonne dose de colère en songeant à ce qu'il lui avait fait subir des années durant. L'alcoolisme de son père avait laissé des traces, et elle en payait encore le prix.

Cam haussa les épaules.

— Je pensais que vous vous habilliez ainsi parce que ces couleurs vous vont bien.

Déstabilisée par ce compliment inattendu, Julia buta contre une souche. Son pied glissa, elle perdit l'équilibre et tomba en se tordant la cheville. Une ribambelle de jurons lui échappa.

Cam se précipita à côté d'elle.

— Ça va ?

Elle se mordit les lèvres pour ne pas grimacer.

— Oui, oui.

— Vous êtes sûre ?

— Oui.

— Julia, j'ai besoin que vous soyez sincère, insista-t-il avec gravité. Au pire, je vous porterai.

— Certainement pas !

S'appuyant sur lui, elle se releva. Une fois debout, elle secoua sa cheville douloureuse.

— Ce n'est qu'une petite foulure, assura-t-elle.

Mais, dès qu'elle posa le pied par terre, une telle douleur la traversa qu'elle faillit hurler. Sa vue se brouilla, et elle fut prise de vertige. Cette mésaventure lui était déjà arrivée bien trop souvent. Des années plus tôt, elle avait dû renoncer à la course à pied à cause de la faiblesse de ses chevilles.

Elle le savait : la souffrance s'estomperait si elle restait allongée quelques heures ou, mieux, si elle enveloppait son pied dans de la glace. Mais bien sûr, dans l'immédiat, aucune de ces options n'était envisageable.

Cam planta ses yeux dans les siens.

— D'après vos propres calculs, nous avons deux heures de marche pour atteindre le ferry. La nuit va bientôt tomber et le bateau ne nous attendra pas.

— Pourquoi ne pas arrêter une voiture ? suggéra-t-elle.

Faire de l'auto-stop comportait un risque, vu que des hommes armés se faisant passer pour des policiers traînaient dans le coin, elle en avait conscience, mais il fallait trouver une solution.

Avec toutes ses qualités de superhéros, Cam serait peut-être capable de distinguer un tueur à gages d'un conducteur lambda. En tout cas, elle l'espérait.

Il la dévisagea comme si elle avait totalement perdu l'esprit.

— Et d'où elle sortirait, cette voiture ? D'un arbre ?

Pendant un instant, Julia avait oublié qu'il ne connaissait pas la région. Il s'intégrait si bien au paysage avec son air sain et ses vêtements aux couleurs neutres qu'elle aurait pu le prendre pour un insulaire.

— Une route de terre traverse la forêt. En principe, elle est réservée aux véhicules d'urgence. Seuls les policiers et les gars chargés de la protection de la faune de l'île ont le droit de l'emprunter.

Cam secoua la tête.

— Pour tout vous dire, je n'ai pas particulièrement envie de rouler avec un flic, et encore moins avec un imposteur se faisant passer pour un flic.

Il serra le bras de Julia.

— Par contre, il vous sera sans doute plus facile de marcher sur ce chemin balisé que dans les ronces. En tout cas, cela vaut le coup d'essayer.

Julia n'avait pas plus envie que lui de s'attirer des ennuis. De toute façon, tôt ou tard, sa cheville serait moins douloureuse.

— Je peux marcher n'importe où, assura-t-elle.

Il leva un sourcil étonné.

— A vous de choisir : soit nous continuons sur la route réservée aux urgences, soit je vous jette sur mon dos.

Indéniablement, Julia n'était pas insensible aux larges épaules de cet homme, ni à son sourire craquant, ni au charme fou de sa petite fossette… En revanche, elle avait un peu de mal à supporter son côté directif.

— Vous avez besoin de travailler vos qualités de négociateur, dit-elle.

— Pourquoi ? J'ai emporté la partie, non ? répliqua-t-il en l'obligeant à s'asseoir sur une souche.

Avant qu'elle n'ait pu songer à le repousser, il s'agenouilla près d'elle. Ses mains chaudes parcoururent sa jambe meurtrie, et tournèrent doucement son pied d'un côté puis de l'autre.

Elle en resta sans voix. Elle ne parvint même pas à crier quand il tira sur son pied afin de le remettre en place. Pour un homme capable de mitrailler une zone sans ciller, il faisait preuve d'une douceur surprenante.

De nouveau, sa vision se brouilla mais elle finit par retrouver l'usage de sa voix.

— Vous pourriez me laisser ici et aller chercher le FBI.

— C'est très tentant, répondit-il en lui décochant un sourire à faire fondre une banquise. Mais… non.

— En attendant, ne retirez pas ma chaussure. Sinon, ma cheville va gonfler.

En réalité, elle parlait pour ne rien dire.

— Je sais.

Il se leva et lui tendit la main.

— Venez.

Faisant appel à toute sa volonté, elle essaya de se lever. En vain. Alors qu'elle s'apprêtait à renoncer, Cam lui prit le bras pour l'enrouler autour de son propre cou. Elle se retrouva collée à lui. Il la portait à moitié, prenant à sa charge la plus grande partie de son poids pour qu'elle n'ait pas à poser le pied par terre.

— C'est mieux ainsi, non ? demanda-t-il.

Si proche de lui, elle pouvait découvrir son odeur d'homme, un mélange de savon et de sapin. Une odeur troublante, séduisante, chaude, d'autant plus surprenante que Julia n'avait pas l'habitude de sentir la gent masculine. Elle travaillait comme réceptionniste au sein d'une grande entreprise, elle répondait au téléphone. Bien sûr, il lui arrivait de fréquenter certains de ses collègues masculins mais elle avait dernièrement rompu avec le comptable du troisième qui l'ennuyait à mourir et buvait comme un trou.

Elle parvint à hocher la tête.

Cam n'attendit pas qu'elle soit prête pour se remettre en marche, mais cette fois il avança plus lentement. A chaque pas, le canon de son calibre s'enfonçait un peu plus dans son ventre. Elle n'osa pas le faire remarquer.

Cam la soulevait tout en surveillant la zone des yeux et il s'arrêtait régulièrement pour tendre l'oreille.

Lorsqu'ils parvinrent sur la route poussiéreuse, un quart d'heure plus tard, Julia poussa un gros soupir de soulagement.

— Nous y sommes.

— C'est là ?

Comment aurait-elle pu lui reprocher l'incrédulité qui teintait sa voix ? Peu utilisé, le chemin était envahi par les ronces et les mauvaises herbes. Des empreintes de roues se devinaient sur le sol mais le sentier était surtout boueux et caillouteux. De grosses pierres ressortaient çà et là.

De toute façon, ils n'avaient pas vraiment le choix. Pour avancer sur n'importe quelle route, quel que soit son état, il fallait être capable de mettre un pied devant l'autre. Or, Julia n'arrivait plus à marcher normalement.

— A court terme, je ne peux pas faire mieux, répondit-elle sur le ton de la plaisanterie, même si la situation ne prêtait pas vraiment à rire.

Cam la dévisagea un instant comme s'il tentait de deviner son état d'esprit.

— Malgré tout, le terrain me semble plus praticable et donc plus simple pour vous.

Elle ne voyait pas vraiment en quoi mais ce n'était pas le moment d'ergoter.

— C'est sûr.

S'écartant de lui, elle tenta de nouveau de poser le pied par terre. Sa cheville était faible et endolorie, mais elle s'encouragea : ce n'était rien, elle allait y arriver.

— Tout va bien, assura-t-elle à Cam.

— Très convaincant…

Il lui tendit les mains et, cette fois, il semblait vouloir la porter.

— Venez.

Un grondement de moteur empêcha Julia de répondre. Elle n'avait jamais été si heureuse d'entendre un véhicule approcher.

— Une voiture ! Nous sommes sauvés !

Cam resta immobile.

— Non, répondit-il enfin.

— Non ?

— Ce n'est pas une voiture mais un camion.

Il la saisit par le coude pour l'entraîner vers le sous-bois.

Dans le mouvement, le pied de Julia glissa et la douleur qui s'estompait revint avec force. Mais ce n'était rien comparé aux battements de son cœur, si précipités qu'elle craignit qu'il n'explose dans sa poitrine.

— Comment le savez-vous ?

— Le moteur ne fait pas le même bruit. Venez.

Comme elle ne bougeait pas assez vite, il tira sur son bras, et elle faillit s'étaler de tout son long par terre. Pour garder l'équilibre, elle s'accrocha à ses épaules. Elle avait envie de crier, de protester, mais le ronronnement du camion se rapprochait.

Au bout d'une dizaine de mètres, Cam se laissa brusquement tomber sur le sol. Julia trébucha sur lui et bascula à son tour. Mais la chute fut sans doute plus douloureuse pour lui car il s'écroula sur le sol pierreux alors que son corps viril et chaud amortit l'impact pour Julia.

Il s'allongea ensuite sur elle, la cachant sous son grand corps recouvert d'une veste et d'un pantalon de camouflage. Levant le nez, elle suivit son regard. Deux troncs d'arbres couchés les séparaient de la route. Entre eux se dessinèrent des roues et un bout de carrosserie bleue.

Julia comprit : il ne s'agissait pas de n'importe quel camion mais de son pick-up ou de son frère jumeau. Sa colère devant un tel vol se mêlait à la peur d'être découverte. Elle avait entendu les menaces que les trois hommes avaient proférées devant Cam, des menaces qui la visaient, elle, spécifiquement. Il n'était pas question que ces tueurs parviennent à l'attraper et à lui faire du mal. Elle n'hésiterait pas à tirer pour se défendre.

La portière du camion s'ouvrit, et de grosses chaussures noires entrèrent dans son champ de vision. Puis le pantalon d'uniforme d'un policier. Le type sauta à terre pour contourner le véhicule et se pencha pour toucher quelque chose au sol.

Julia retint son souffle.

Au-dessus d'elle, Cam restait, lui aussi, pétrifié. Il suivait des yeux les mouvements de l'homme mais il n'esquissait pas un geste. En revanche, il avait une arme au poing. A quel moment l'avait-il dégainée ? se demanda Julia. Elle ne s'en était pas rendu compte.

La situation s'éternisait bien trop.

Enfin le type se redressa. Julia n'osait toujours pas respirer. Ses doigts étaient agrippés à la chemise de Cam.

Un bruit de clés la fit jurer entre ses dents. Il s'agissait sans doute de son trousseau. L'homme sifflotait. Le salaud.

Lorsqu'il remonta dans le pick-up et redémarra, elle put laisser échapper l'air qui bloquait ses poumons. Sa tête glissa sur le sol, et elle prit une profonde inspiration, s'enivrant avec délice de l'odeur des pins, de la mousse.

Son cœur battait la chamade, il semblait impossible de le calmer.

Cam, lui, restait immobile. Il se contenta de baisser la tête et de chuchoter à son oreille :

— Ça va ?

Incapable d'émettre un son, elle opina.

Soudain, elle fit quelque chose qui ne lui ressemblait pas

du tout. Elle enfouit ses doigts dans les cheveux coupés très courts de Cam pour l'attirer à elle. Comme il n'esquissait pas la moindre réaction, elle combla elle-même la distance qui séparait leurs lèvres.

Leurs bouches se touchèrent.

Il ne prononça pas un mot. Puis, sans prévenir, il l'étreignit à son tour pour approfondir leur baiser. Il l'embrassa avec passion et, de nouveau, elle fut prise de vertige.

Lorsqu'il releva la tête, elle ferma les paupières, emportée par un tourbillon de délicieuses sensations.

— Waouh ! fit-elle.

Il hocha la tête.

— Oui.

Mais elle devait se montrer intelligente.

— Ce baiser était une expérience unique. Il ne faudra pas la réitérer.

— Ah bon ? Dommage. Pourquoi m'avoir embrassé alors ? ajouta Cam avec un sourire.

— Pour te remercier de ne pas m'avoir laissée mourir.

Cela semblait évident, non ?

Un homme se faisant passer pour un policier était à leur recherche et, sans hésiter, Cam s'était couché sur elle pour la protéger de son corps et la défendre. Il avait déjà tué un homme pour s'assurer que ce sale type ne pourrait plus lui faire de mal. Julia ne savait comment le remercier ni comment gérer les sentiments contradictoires dont elle était la proie. Cam l'avait sauvée mais, d'un autre côté, c'était lui qui avait provoqué l'intrusion de ces dangereux criminels chez elle, c'était lui qui l'avait exposée au danger.

— Et maintenant, que faisons-nous ? s'enquit-elle.

Il lui caressa tendrement les cheveux.

— Nous retrouvons mes coéquipiers.

— Ils sont comme toi ?

Elle essaya d'imaginer un groupe d'hommes au sang chaud et armés, mais elle n'y parvint pas.

Il fronça les sourcils.

— Pourquoi cette question ? Tu n'as pas l'intention de demander à un autre membre de mon équipe de veiller sur toi, n'est-ce pas ?

— Je n'ai jamais dit que…

— Tu es avec moi.

— Et tu n'as pas envie de me confier à quelqu'un d'autre ?

Elle attendait un non ferme et clair.

— Tu parles beaucoup, remarqua-t-il en lui caressant les tempes.

S'il continuait à la toucher ainsi, elle n'allait pas tarder à oublier qu'ils étaient en danger de mort et à se remettre à l'embrasser. Elle avait adoré ses baisers.

— Tu n'aimes pas parler ? demanda-t-elle.

— En général, non. Mais, curieusement, je commence à apprécier.

4

Ils étaient encore à une bonne demi-heure de marche du débarcadère, et Cam ne cessait de veiller sur Julia. Malheureusement, elle était de plus en plus blanche, semblant presque sur le point de perdre connaissance. Sa respiration se faisait difficile. De toute évidence, elle n'irait pas plus loin, elle avait besoin de repos. Aussi, Cam appela ses coéquipiers pour leur demander de changer le lieu de rendez-vous.

Cela dit, Julia ne se plaignait pas, et Cam admirait son courage, sa force. Elle semblait posséder des ressources intérieures inépuisables. La plupart des hommes qu'il connaissait se seraient évanouis à la vue de cadavres dans leur salon. Julia, elle, avait plutôt bien encaissé le choc. En tout cas, elle était restée debout.

Malgré cela, Cam avisa une aire de pique-nique aménagée derrière un supermarché, et plus précisément une table en bois qui devaient servir aux employés du magasin pour leurs pauses-déjeuner.

Tous deux s'y installèrent, et Julia put poser sa cheville endolorie sur le banc.

Cam, lui, observa la marina à l'aide de ses jumelles. Les mâts des voiliers oscillaient doucement sous le vent. Des gens déambulaient sur les quais, et une file s'était formée devant la billetterie. L'attention de Cam fut surtout attirée par un groupe d'hommes qui s'entretenaient avec tous ceux qui attendaient pour emprunter le ferry.

Cam ne savait pas de quoi ils discutaient mais l'absence

d'uniformes comme le fait que personne n'avait effectué ces contrôles quand lui-même avait débarqué sur l'île, quelques heures plus tôt, laissaient penser que ces types n'avaient aucune légitimité. Il était plus probable qu'ils appartenaient à la même bande que les soi-disant policiers qui avaient tiré sur lui dans la maison de Julia.

Il scruta les visages avec attention, cherchant si le faux chef de la police faisait partie du lot. Cam en avait l'intuition : ce type était le chef du gang. S'ils parvenaient à couper la tête de l'organisation, les autres membres ne tarderaient pas à dépérir ou au moins à être complètement perdus, ce qui faciliterait leur anéantissement.

Il consulta sa montre. Avant qu'il ne parvienne à lire la réponse de ses coéquipiers, Julia s'éclaircit la gorge.

— Le ferry ne va pas tarder à s'en aller.

— Tu seras à bord quand il quittera l'île, ne t'inquiète pas.

Pour une raison incompréhensible, tout en lui faisant cette promesse, Cam crut recevoir un coup de poing au ventre. La faire monter sur ce bateau lui briserait le cœur, il en était certain.

Ce qui signifiait qu'il devenait urgent de la conduire à l'embarcadère. Cette femme le perturbait, le détournait de son travail, de son devoir. Avec son petit sourire, ses longues jambes fuselées, son ravissant visage, ses fesses rebondies et sa démarche chaloupée, elle était à croquer.

Dernièrement, Cam avait vu plusieurs membres de l'équipe des Corcorans se mettre en couple, se marier ou en tout cas nouer une relation amoureuse sérieuse. Des hommes forts qui, à une époque, s'étaient engagés à donner la priorité à leur métier et qui, finalement, remettaient tout en cause parce qu'ils étaient tombés sous le charme d'une fille d'Eve à laquelle ils avaient été incapables de résister.

A l'origine, l'équipe itinérante des Corcorans s'était juré, elle aussi, de s'en tenir au célibat. Cam ne savait pas du tout dans quelles circonstances certains d'entre eux avaient rompu leurs vœux mais, tandis que Julia rassemblait des miettes de pain du bout des doigts, ses longs cheveux bruns tombant sur ses épaules comme un voile, il eut un curieux petit pincement au cœur.

Il résolut de l'ignorer. Julia voulait que leur baiser reste unique. Il n'aurait plus la possibilité de l'embrasser, alors autant tourner tout de suite la page.

— Comment allons-nous parvenir au débarcadère ? demanda-t-elle. Tu as l'intention de me faire rouler comme un tonneau jusqu'en bas de la colline ?

Il se mit à rire.

— L'idée n'est pas mauvaise ! C'est sans doute le moyen le plus rapide d'arriver au port.

Elle leva le nez pour le regarder en face.

— Non.

— Tu dois quitter l'île au plus vite, Julia.

D'ailleurs, ils avaient sans doute tous intérêt à quitter Calapan parce que personne n'y serait en sécurité tant que les gars de son équipe n'auraient pas réuni davantage de renseignements sur ce qui s'y passait. Ils avaient besoin de mener une enquête approfondie.

— A quoi bon ? répliqua-t-elle, tête basse. Manifestement, ces hommes savent qui je suis. Ils retrouveront facilement ma trace à Seattle.

Cam détestait songer à cette éventualité mais il apprécia qu'elle y réfléchisse, qu'elle étudie la question sous tous ses angles. Cette prudence lui garantirait la vie sauve.

— Il te suffira de prendre une chambre d'hôtel et de tout payer en liquide.

— Pendant combien de temps serai-je obligée de vivre dans la clandestinité ?

Il avait envie de répondre « un jour ou deux » mais il s'agirait d'un mensonge, et il refusait de lui donner de faux espoirs.

— Le temps qu'il faudra pour t'assurer que tu ne risques plus rien.

Elle lui jeta un regard de biais puis fixa en silence la poubelle remplie de canettes vides.

— Ce n'était pas ma maison, grommela-t-elle enfin.

Cam ne s'attendait certainement pas à cette déclaration.

— Quoi ?

— La maison dans laquelle tu es venu te réfugier pour échapper à ces faux policiers n'est pas la mienne mais celle de mon père, dit-elle en se remettant à balayer les miettes de pain sur la table.

Il finit par prendre sa main dans la sienne.

— D'accord. Et où est-il, ton père ?

— Il est mort, répondit-elle d'un ton posé.

Cam ne savait pas très bien quoi dire ni comment elle vivait cette mort. Aussi se contenta-t-il de murmurer sobrement :

— Je suis désolé.

Il glissait en terrain inconnu. Un juge aux affaires familiales avait retiré sa garde à sa mère biologique avant qu'il n'ait l'âge d'entrer à la maternelle. Malgré cela, il avait été considéré comme déjà trop âgé pour être donné à l'adoption. Aussi avait-il passé son enfance et son adolescence ballotté d'une famille d'accueil à l'autre. Lorsqu'il avait atteint sa majorité, il était sorti du système pour intégrer l'armée qui était devenue d'une certaine façon son foyer, un foyer plus permanent que les précédents.

— J'étais revenue sur l'île pour ranger et vider la maison afin de la mettre en vente, poursuivit Julia. Mais je pense que ça ne risque plus d'arriver maintenant…

Avec un soupir, elle mêla ses doigts aux siens.

— Le problème, c'est qu'il suffit de consulter le testament de mon père pour connaître mon adresse à Seattle.

Cam était toujours en train de digérer l'information et d'en tirer les conséquences en termes de sécurité.

— Tu ne vis donc pas à Calapan d'habitude.

— Non, pas depuis que je me suis enfuie de l'île quand j'avais dix-huit ans. J'ai eu l'intelligence de ne jamais y revenir.

— Réaction très intelligente, oui ! lança une voix mâle depuis l'angle du supermarché. Cette île est invivable.

Shane Baker. Le seul membre des Corcorans capable de

plaisanter au beau milieu d'une situation tragique dans l'espoir d'alléger l'atmosphère.

Julia se retourna d'un mouvement vif. Elle semblait prête à bondir sur ses pieds, ce que Cam ne voulait surtout pas qu'elle fasse avec sa foulure.

Holt Kingston, le chef de l'équipe itinérante, sortit à son tour de l'ombre du bâtiment. Cam avait du mal à l'admettre mais les deux hommes l'avaient surpris. Pire : ses coéquipiers avaient-ils remarqué qu'il avait la main de Julia dans la sienne quelques instants plus tôt ?

Repoussant cette question dérangeante, Cam tapota le bras de Julia en un geste rassurant.

— Du calme. Ils sont avec moi.

Elle se rassit lourdement sur le banc.

— J'aurais dû m'en douter… Vous vous ressemblez bien !

Il ne voyait pas du tout à quoi elle faisait allusion.

— Comment ?

— Rien.

Cam décida de rester focalisé sur le problème au lieu de se soucier de ce qui se passait dans la tête de Julia, même si sa réflexion l'intriguait.

Il se chargea des présentations.

— Holt Kingston et Shane Baker, mes coéquipiers. Julia White dont je vous ai parlé…

Holt lui serra la main avant de s'asseoir à côté d'elle sur le banc.

— Ton erreur.

C'était la dernière chose que Cam avait besoin d'entendre. S'ils croyaient qu'il avait mis la mission en péril, Shane et Holt ne cesseraient de le lui rappeler, il le savait. Mais il aurait préféré qu'ils ne le fassent pas en présence de Julia.

— Pas du tout !

Julia se tourna vers Holt.

— C'était pourtant un peu le cas, vous avez raison.

Shane les rejoignit autour de la table. Il s'assit en face de Julia et la dévisagea un instant, les sourcils froncés.

— Ça va ?

— Elle s'est foulé la cheville, expliqua Cam.

Il l'avait surtout terrifiée en tuant un homme devant elle, mais l'équipe était déjà au courant puisqu'il le leur avait appris en leur donnant rendez-vous. Aussi n'avait-il aucune raison de le leur répéter.

Cette fois, Julia reporta son attention sur Cam.

— *Elle* s'est foulé la cheville et *elle* sait parler.

Shane éclata de rire.

— Elle me plaît !

— Elle a la langue bien pendue, reconnut Cam.

Il préférait le signaler d'emblée, car Holt, lui, était du genre à en dire le moins possible.

Comme prévu, le sourire de Shane s'évanouit.

— Oh…

Les choses étant posées, Cam revint à l'affaire.

— Où en sommes-nous ?

— Nous n'avons pas pu identifier les cadavres. Connor et Joel sont en train de travailler sur les photos et sur les empreintes digitales que nous leur avons envoyées.

Julia mit les deux mains à plat sur la table.

— Qui sont Connor et Joel ?

Quelque chose dans la façon dont elle posa la question leur cloua un instant le bec. Cam n'avait jamais rencontré une femme qui dégageait autant d'autorité naturelle.

Avant qu'il ne puisse répondre, Holt le fit.

— Connor dirige les Corcorans. Il en est le fondateur. Cette équipe est vraiment son bébé. Joel est notre technicien en chef. Tous deux travaillent dans les bureaux d'Annapolis.

Elle hocha la tête.

— J'ai encore une question…

Shane émit un sifflement.

— En effet, elle est très bavarde !

— Qui sont ces Corcorans ? acheva-t-elle en regardant Shane.

Cam pouvait lui donner une longue réponse, lui expliquer

par le menu en quoi consistait leur travail sous couverture mais il préféra faire court.

— C'est nous.

— Cela ne me renseigne pas beaucoup, répliqua-t-elle en se tournant vers Holt. Et vous m'avez dit que vous aviez enquêté sur les cadavres. Je suppose que ça signifie que vous êtes retournés dans la maison, même si je ne comprends pas bien pourquoi vous vouliez voir la scène.

Holt hocha la tête.

— Oui.

— Et vous avez découvert pourquoi ces types poursuivaient Cam et ne cessaient de tirer sur lui ?

— Pas encore.

La journée n'aurait pas suffi à Holt ou à Shane pour répondre à cette mitraille de questions, comprit Cam. Leurs personnalités respectives seraient mises à trop rude épreuve. Il le savait d'expérience : la patience de Holt n'allait pas tarder à atteindre ses limites et rien que pour cette raison, il était temps de mettre un terme à cet interrogatoire.

Aussi reprit-il la parole :

— Nous sommes venus sur cette île pour interroger un témoin qui nous avait contactés et voulait nous faire part de ses inquiétudes. Son témoignage a suscité des interrogations. Nous soupçonnons l'existence de trafics de drogues à Calapan.

— Qui est ce témoin ?

Shane secoua la tête.

— Je ne pense pas que…

— Rudy Bleesher.

Cam ignora les regards furibonds de ses camarades. Il n'en revenait pas lui-même d'avoir donné ce renseignement mais rien n'avait de sens dans cette histoire. Ils s'étaient rendus sur cette île pour interroger un homme, un interrogatoire a priori banal, et ils s'étaient retrouvés au milieu d'une fusillade. Rien ne se déroulait comme d'habitude.

— Julia est originaire de cette île et elle y connaît tout le monde. Contrairement à nous.

Elle opina.

— S'il s'agit de drogues, Rudy est forcément un témoin clé, oui.

Holt leva un sourcil surpris.

— Parce que vous le connaissez ?

— Nous avons été au collège puis au lycée ensemble et, à l'époque, rien de ce qui concernait les trafics de drogues ne lui était étranger.

Enfin une pièce du puzzle qui correspondait au schéma de Cam. Si Rudy était un consommateur de stupéfiants, peut-être avait-il dealé pendant un temps. Et si, désormais, il voulait jouer les repentis et dénoncer les responsables, les barons de la drogue, pour se sortir du pétrin, la situation était tout à fait logique. D'autant que les trafics en question mettaient en jeu des volumes astronomiques.

D'après leurs informations, les quantités expédiées de Calapan étaient plus importantes que les autres et alimentaient la totalité du marché des Etats-Unis, du Mexique et du Canada réunis. Voilà pourquoi l'équipe des Corcorans avait été chargée de démanteler le réseau.

— Vous êtes sûre qu'il s'agit du même gars ? demanda Shane.

— Sur une île de trente mille hectares dont l'essentiel est constitué de forêts, il n'y a pas des dizaines de Rudy. Oui, je suis certaine que nous parlons du même.

— Nous devons discuter avec ce Rudy et faire en sorte que Julia quitte l'île, reprit Holt. Le ferry n'est pas une option tant que nous n'aurons pas neutralisé ces types. En clair, nous devons d'abord retrouver le véritable chef de la police.

— Vous êtes au courant de ce qui s'est passé avec l'imposteur qui se fait passer pour Kreider ? demanda-t-elle.

— Shane et Holt étaient là quand j'ai été pris pour cible, répondit Cam.

Il trouvait cela évident mais manifestement ce n'était pas le cas.

— Ils suivaient la scène de loin quand tout est parti en vrille.

Julia posa sa main à plat sur la table.

— C'était quand ?

— A notre arrivée.

A ce stade, Cam croyait encore que la mission serait simple, qu'ils pourraient mettre rapidement la main sur Rudy et quitter l'île avec lui sans problème. Manifestement, il avait commis une petite erreur d'appréciation.

Holt surveillait toujours le débarcadère à l'aide de ses jumelles, et Shane vérifiait les cartes sur sa montre. Cam attendait. Et Julia, à la façon dont elle se mordillait les lèvres, devait réfléchir à quelque chose.

Un long silence s'installa avant qu'elle ne le rompe en lançant soudain :

— Je peux vous conduire chez Rudy !

— Pas question, répondit Shane en allumant la fonction GPS de sa montre. Contentez-vous de nous donner son adresse. Nous nous débrouillerons pour nous y rendre.

— Vous ne trouverez jamais sa maison, dit-elle.

Cam glissa un œil vers Shane.

— Nous sommes très bons pour dénicher un endroit.

Il préférait que Julia soit le plus loin possible lorsqu'ils traqueraient Rudy. Le matin même, ce type n'était pas là où il était censé être, et tout allait mal depuis parce qu'il leur avait fait faux bond.

— Très bien ! lâcha-t-elle en haussant les épaules. Prenez la quatrième route à gauche après la rangée de saules plantés au bord de l'eau, là où les gosses de l'île vont se baigner après l'école.

Shane la dévisagea d'un air perplexe.

— Vous avez peut-être un nom de rue à nous donner.

— A ma connaissance, il n'y en a pas. Rudy vit dans une cabane à moitié en ruine.

Elle décocha un sourire entendu à Cam avant de poursuivre.

— Il ne reçoit jamais de courrier. Donc, avoir une adresse n'est pas primordial pour lui.

— D'accord, vous avez gagné, dit Holt en se levant. Cam, tu prends Julia pour aller chez Rudy. Pendant ce temps-là,

Shane et moi, nous allons chercher le véritable chef de police et nous assurer qu'aucun suspect ne traîne sur la zone de mouillage du ferry.

Julia leva le nez pour planter ses yeux dans ceux de Holt.

— Et comment ?

Il sourit pour la première fois depuis son arrivée.

— Nous pouvons nous montrer persuasifs. Mais, avant ça, nous avons quelque chose à faire.

— Et quoi ? s'enquit-elle en promenant les yeux autour d'elle avec inquiétude.

Holt sortit d'un sac une bande et une poche à glace.

— Cam va bander votre cheville.

Elle reporta son attention sur ce dernier.

— Tu sais aussi faire ce genre de chose ?

Cette femme doutait trop.

— Je suis doté de multiples talents.

Ray se tenait non loin de la billetterie, afin de pouvoir étudier de près les gens qui approchaient la marina. En réalité, il ne cherchait qu'une seule personne. Cameron Roth. D'après ses renseignements, ce gars faisait partie des troupes d'élites américaines et savait se servir d'une arme.

Ray était également assez doué en la matière, et ce Roth serait certainement impressionné de constater qu'il avait tué d'une seule balle le témoin qu'il était venu interroger.

Mais, de son côté, Roth avait descendu deux hommes, et Ray n'appréciait pas du tout. Il allait le lui faire payer.

L'arrivée de deux de ses sbires le tira de ses pensées. Ils étaient allés inspecter le ferry et les quais quand une nouvelle cargaison de touristes avait débarqué sur l'île.

— Il n'y avait rien, et personne n'est resté à bord. Mais les passagers qui attendent pour embarquer s'impatientent.

— Dites-leur qu'il y a du retard et qu'ils devront prendre le suivant.

Comme ses hommes échangeaient des regards perplexes

mais ne bougeaient pas, Ray fut tenté de les tuer sans attendre que Cameron ne s'en charge.

Ned, le plus grand des deux et celui qui parlait en général, s'éclaircit la gorge.

— Ils commencent à se poser des questions…

Comme si Ray s'en souciait !

— Ordonnez aux membres d'équipage d'informer les passagers qu'une fouille du ferry est en cours.

— Et si quelqu'un contacte le véritable chef de la police ? demanda Ned.

— Aucune chance ! Il est occupé à sillonner l'île et nous avons neutralisé son téléphone.

D'ailleurs, Ray aimait beaucoup cette couverture de policier et avait bien envie de la conserver quelque temps. Il était tombé sous le charme de l'uniforme. Il le trouvait bien assorti à son arme.

— Mon vrai souci, c'est Cameron Roth. Et Julia White, la femme qui l'accompagne.

Ray connaissait désormais l'identité de cette fille. Son patron voulait qu'elle lui soit remise vivante. Apparemment, cette Julia White n'habitait pas sur l'île et n'était pas censée y séjourner actuellement. Surtout, elle était du genre à mettre son nez partout. Elle n'allait pas tarder à comprendre qu'elle avait eu tort de se mêler de ce qui ne la regardait pas.

— Ils ne pourront pas aller loin. Nous avons mis la marina sous surveillance, et ils vont chercher à emprunter le ferry. Il n'y en a plus qu'un seul prévu pour assurer la traversée, aujourd'hui.

Ray ne se rappelait pas le nom du collègue de Ned parce que ce détail n'avait aucune importance. Ce type devait exécuter les ordres sans discuter, voilà tout.

— Et nous sommes sûrs qu'aucun bateau ne les attend ailleurs sur l'île ?

— Nous n'en sommes pas absolument certains, répondit Ned. Mais ça paraît peu probable. Ils ne sont pas arrivés à Calapan à bord d'une embarcation personnelle et, à mon avis, ils repartiront comme ils sont venus : sur le ferry. De toute façon, nous avons des gars sur l'eau qui surveillent la flotte privée.

— Nous avons le droit de faire feu ? demanda l'autre.

Ce type devenait soudain plus intéressant. En tout cas, Ray appréciait sa mentalité.

— Pas sur la fille. Le patron la veut vivante. Par contre, si tu peux, n'hésite pas à descendre le gars de l'équipe des Corcorans.

Ned plissa les yeux.

— Pourquoi ?

— Contentez-vous de faire ce que je vous dis.

Ned haussa les épaules.

— Je pense simplement qu'il serait plus facile de les buter tous les deux. Et de prétendre ensuite qu'ils se sont entre-tués. Une dispute amoureuse qui aurait dégénéré, par exemple. Un truc passionnel.

Ray partageait son opinion mais il n'avait pas le pouvoir de décider. Pas sur ce point. Il était chargé de la logistique, de la sécurité. Voilà pourquoi ils avaient été tout de suite mis au courant de l'arrivée de Roth. Un homme comme lui, avec sa réputation et son expérience, avait des antennes partout et, quand un associé avait appris que Roth allait débarquer sur Calapan, il avait relayé l'information.

Ray en avait pris bonne note.

Mais qu'il aime ou pas ce Roth n'avait pas d'importance. Ce type était dangereux.

— Ne les sous-estimez pas. Ce Cameron a buté deux de nos hommes.

En fait, un seul. Mais, pour le moral des troupes, Ray préférait ne pas le préciser.

5

Rejoindre la maison de Rudy fut plus simple que ne l'avait prévu Julia. Sans doute parce que Cam prit une voiture, qui ne lui appartenait pas, pour parcourir l'essentiel du trajet. Il répéta plusieurs fois qu'il s'agissait d'un « emprunt » mais pour elle, le mot « vol » aurait été plus approprié.

Bien avant d'atteindre la cabane, le sentier de terre se perdit entre les rochers. Ils durent continuer à pied. Mais les mauvaises herbes étaient si hautes que marcher devint difficile et les arbres tellement envahissants qu'ils dissimulaient presque complètement le cabanon.

Lorsqu'elle était enfant, Julia avait l'impression que Rudy habitait une pittoresque petite maison en bois. Là, elle découvrait une cabane comme beaucoup de gens en ont au fond de leur jardin pour y ranger leur tondeuse.

Cam repoussait les broussailles, lui dégageant un chemin et lui facilitant la marche. Il lui avait également bandé la cheville et lui avait donné des antalgiques pour la soulager.

Cameron Roth n'était pas seulement un homme attentionné, songea Julia. Il était séduisant en diable. Ses larges épaules, son ventre plat, ses jambes musclées l'impressionnaient. Ses yeux bleus et sa petite fossette étaient craquants.

Il se tourna vers elle.

— Tu es sûre que c'est ici ? J'ai vraiment du mal à croire que quelqu'un vive dans cette maison.

Julia n'était pas loin de penser pareil, mais le ton sur lequel Cam l'interrogea la froissa.

— Pourquoi tu en doutes ? Elle n'est pas assez chic pour toi, c'est ça ?

Il s'arrêta pour la regarder en face.

— J'ai fait l'essentiel de ma carrière dans la marine.

Julia n'avait pas la moindre idée de ce qu'il cherchait à lui faire comprendre avec cette allusion.

— Et alors ? Que suis-je censée en déduire ?

— Cela signifie que j'ai dû naviguer pendant des mois dans des conditions spartiates, que j'ai passé des semaines dans la jungle, que j'ai souvent été obligé de crapahuter dans la boue, de me cacher au fond des bayous, et qu'il m'est arrivé de dormir au milieu des rats... Tout ça pour dire qu'une masure ne me fait pas peur.

Sur ce, il se remit en marche. Il était repassé en mode « protecteur » de l'agent travaillant sous couverture.

Julia commençait à avoir un aperçu de l'homme qui cheminait à côté d'elle. L'histoire de la marine avait sans doute de l'importance. C'était d'ailleurs la seule information personnelle qu'il avait partagée avec elle. Elle avait envie d'en apprendre davantage.

— Que faisais-tu dans la marine ?

— J'étais chargé d'effectuer différentes missions.

— C'est vague...

— Je ne peux rien dire de plus.

Et il se referma comme une huître.

Ils n'étaient plus qu'à quelques mètres de la maisonnette.

— Quelqu'un d'autre vit ici avec Rudy ? demanda-t-il.

Ils étaient dissimulés, un peu à l'écart, derrière des pins.

— Je n'en ai aucune idée, répondit-elle en promenant les yeux autour d'eux.

Cam la poussa derrière un arbre, probablement pour la mettre à l'abri des regards.

— A quand remonte la dernière fois où tu as vu Rudy ?

— Le jour de la remise des diplômes. Il y a huit ans.

Les années avaient passé et, par la suite, Julia s'était arrangée pour revenir le moins souvent possible sur l'île.

Mais certaines choses ne changeaient jamais à Calapan, et Rudy en faisait partie.

Cam plissa les yeux.

— Dans ces conditions, comment peux-tu affirmer qu'il habite toujours ici ?

Il s'exprimait comme un homme qui n'avait jamais vécu sur une petite île.

— Rudy ne s'aventure jamais très loin. Il n'a jamais vraiment travaillé et il a toujours vécu dans cette maison avec sa mère. Elle est morte il y a deux ou trois ans.

Grâce à Internet, Julia était au courant de tous les potins concernant Calapan… qu'elle ait envie de les connaître ou pas.

— Tu es sûre ? s'enquit-il en se penchant vers elle.

Julia eut du mal à ne pas poser les mains sur son torse musclé.

— Sa mère était prof de gym au lycée. Un jour, il y a deux ans, alors qu'elle se rendait à son travail, sa voiture a quitté la route pour aller s'écraser au fond d'un ravin. La nouvelle a fait le tour de la Toile.

Avec un hochement de tête, Cam tira son arme de sa ceinture et se dirigea vers la cabane.

— Reste en arrière.

Mais Julia l'attrapa par la chemise avant qu'il n'ait pu aller plus loin.

— Laisse-moi t'accompagner. Il me reconnaîtra, il sera rassuré de me voir.

— Il est peut-être dangereux.

— Mais non ! Il est totalement inoffensif, sauf si on cherche à lui prendre ses drogues.

En vérité, l'extérieur de la cabane la tracassait un peu. Elle était dans un tel état de délabrement… On aurait dit un repaire de vagabonds ou de bandits, d'autant qu'elle était très isolée.

Cela dit, la maisonnette n'étant constituée que de deux pièces, Cam pourrait en faire rapidement le tour pour s'assurer qu'il n'y avait pas de danger.

— On ne t'a jamais fait remarquer que tu avais toujours réponse à tout ?

Cam semblait plus amusé qu'en colère en posant la question.

— En tout cas, c'est moi qui ai grandi sur cette île et qui y connais tout le monde.

Et qui n'ai toujours aucune envie d'y vivre.

Il opina.

— C'était il y a longtemps, si j'ai bien compris.

Elle ne pouvait le nier.

— En effet…

— Suis-moi si tu y tiens, mais laisse-moi prendre la direction des opérations.

Ils contournèrent la cabane.

Avant de s'approcher de la porte, Cam se pencha de nouveau vers elle et lui chuchota :

— Ne reste jamais devant une fenêtre.

Sans doute s'agissait-il d'une mesure de précaution inutile, mais Julia apprécia qu'il veille ainsi sur elle.

— L'endroit me paraît curieusement silencieux, ajouta-t-il, toujours à voix basse.

Il avait raison. Julia s'était attendue à entendre de la musique. Autrefois, Rudy adorait mettre la radio à fond.

— Peut-être qu'il est sorti.

Cam jeta un œil par la fenêtre la plus proche de la porte.

— Peut-être…

Finalement, il actionna la poignée.

La porte s'ouvrit en grinçant, et Julia crut se retrouver dans un film d'horreur. La maison était plongée dans l'obscurité. Seul un rayon de lumière perçait les volets et de minuscules petites poussières y dansaient.

Alors qu'ils avançaient prudemment à l'intérieur, une odeur épouvantable prit soudain Julia à la gorge. Une odeur de viande avariée.

— Qu'est-ce que ça signifie ?

Sans doute Rudy avait-il oublié de payer la facture d'électricité et le courant avait-il été coupé. Toute la nourriture contenue dans le réfrigérateur avait dû pourrir.

La puanteur était insoutenable, et Julia se pinça le nez.

Finalement, elle enfouit son visage dans le dos de Cam. En vain. L'odeur fétide dominait l'atmosphère, imprégnait la pièce et lui donnait la nausée.

Cam recula.

— Va m'attendre à l'extérieur.

— Pourquoi ? Je ne…

Son regard se posa alors sur une chaussure puis sur une jambe ensanglantée…

D'un geste, Cam la poussa en arrière. Pour la protéger ou éviter qu'elle ne s'évanouisse ? se demanda-t-elle. Elle se sentait en effet au bord du malaise.

Les jambes faibles, elle recula un peu et se colla contre un mur.

Comment Cam parvenait-il à rester aussi calme ?

Il se pencha vers le corps sans que cette proximité ne semble provoquer la moindre réaction.

Il palpa rapidement Rudy, fouilla ses poches et ramassa des papiers sur le plancher à l'aide d'un crayon.

Quand il se releva enfin, il secoua la tête.

— Il est mort depuis plus de vingt-quatre heures.

Julia ne savait pas très bien ce que ce détail changeait. Elle avait surtout envie que Cam trouve vite ce qu'il était venu chercher afin qu'ils puissent quitter les lieux sans délai.

— Que s'est-il passé ?

— Apparemment, quelqu'un lui a donné un coup mortel à la tête, à l'aide d'un objet contendant.

— Peut-être qu'il s'agissait d'un accident.

Elle l'espérait. En fait, elle avait envie que toute cette histoire ne soit qu'un énorme malentendu. Ou, mieux, un horrible cauchemar dont elle allait bientôt se réveiller.

— J'en doute beaucoup, déclara Cam. Il n'y a du sang que sur lui. En tout cas, quelle que soit la personne qui l'a frappé, elle s'est enfuie.

Il s'exprimait avec assurance, assenant les conclusions de son expertise d'un ton sans réplique. Normalement, Julia aurait dû en éprouver un certain réconfort mais plus le nombre de cadavres autour d'elle augmentait, plus elle perdait pied.

Il fallait certainement faire quelque chose, mais quoi ?

— Nous avons donc besoin de…

— De partir. Maintenant.

Il la prit par le bras pour l'entraîner vers la sortie.

Elle se laissa faire sans résistance. Elle n'avait aucune envie de s'attarder dans cette maison avec le cadavre de Rudy à l'intérieur.

En deux enjambées, elle atteignit la porte et actionna la poignée. Elle avait hâte de respirer l'air de la forêt à pleins poumons pour tenter d'oublier cette odeur épouvantable.

Derrière elle, Cam poussa un juron.

— Attends ! Laisse-moi sortir en premier pour m'assurer qu'il n'y a aucun danger.

— Trop tard ! Ce sera pour une prochaine fois.

Elle ouvrit la porte… et se pétrifia aussitôt devant un alignement de gyrophares rouges et bleus.

Kreider, le chef de la police de l'île, et quatre de ses hommes les attendaient devant leurs véhicules. Ils avaient tous l'arme au poing.

Stupéfaite, Julia essaya de trouver un sens à ce qui se passait mais elle n'y parvint pas.

Kreider cria :

— Les mains en l'air !

Elle reçut l'ordre comme une gifle. Les policiers étaient arrivés sur place mais, au lieu de mener l'enquête, de s'intéresser au sort de Rudy, ils s'en prenaient à elle ! Etaient-ils devenus fous ?

Cam parvint sous le porche à son tour et considéra les nouveaux venus.

— Qui sont ces types ?

Julia se sentait aussi déboussolée que lui.

— Il s'agit de Bud Kreider, répondit-elle. Le véritable chef de la police. En fait, Bud est un surnom, son vrai nom est Brian.

— Intéressant.

Cam se positionna devant elle et lança aux hommes en uniforme.

— Je vais tout vous expliquer !

Les cinq policiers parurent plus menaçants encore. Kreider se rapprocha. Il ne quittait pas Cam des yeux. Ce qui avait débuté comme une épouvantable méprise se muait en catastrophe annoncée, songea Julia avec angoisse.

Le sang affluait à ses oreilles. Son cœur battait si fort qu'elle craignait de s'évanouir.

Kreider se posta en face d'eux.

— Posez votre arme ! ordonna-t-il à Cam. Tout de suite.

Cam jura mais, très vite, son visage devint impénétrable.

Il obtempéra puis, se tournant vers Julia, chuchota :

— Ne t'inquiète pas.

— Pourquoi ?

— J'ai trois autres flingues sur moi, répondit-il sur le même ton.

— Pardon ?

— Allongez-vous tous les deux sur le sol, poursuivit Kreider. Je ne me répéterai pas.

Tout en parlant, le chef de la police et l'un de ses hommes se rapprochèrent. Cam et Julia avaient les mains en l'air mais Kreider ne semblait pas s'en apercevoir.

Le pire était à craindre, estima Julia. Elle décida de tout expliquer.

— Nous n'avons rien fait, commença-t-elle.

Kreider la considéra avec hauteur.

— Julia White ? Pourquoi vous êtes là ? Voilà des années qu'on ne vous a pas vue à Calapan.

S'il voulait échanger des mondanités, Julia se sentait de taille à le suivre sur ce terrain. Peut-être qu'une petite conversation banale donnerait un peu de temps à Cam pour mettre au point un plan qui leur permettrait de sortir de ce pétrin.

— Je suis venue ranger la maison de mon père afin de la mettre en vente.

Kreider secoua la tête.

— La maison d'où vous sortez n'est pas celle de votre père. Il faudra trouver autre chose pour justifier votre présence ici, quelque chose de plus convaincant.

Oui, mieux valait vraiment dire la vérité.

Evitant de croiser le regard de Cam, au cas où il ne serait pas d'accord, elle reprit :

— Nous cherchions Rudy.

Elle retint son souffle en attendant la réponse de Kreider.

— Nous ? Vous connaissez ce type ?

Il n'y avait aucun moyen de répondre de façon satisfaisante à cette question. En effet, elle avait curieusement l'impression de connaître Cam depuis toujours, même si elle ne l'avait rencontré que quelques heures plus tôt.

— Oui. Nous sommes venus ici pour parler à Rudy mais, quand nous sommes arrivés, nous avons découvert qu'il était…

— Julia.

La voix de Cam sonnait comme un avertissement. Elle devait cesser de se justifier, comprit-elle.

Kreider s'approcha d'elle un peu plus.

— Quoi ? Il était quoi ?

Il le saurait dans un instant de toute façon. Dès qu'il pousserait la porte de la maison, l'odeur le prendrait à la gorge. La vue du cadavre le secouerait fatalement, même s'il en avait vu d'autres au cours de sa carrière de policier. Et Julia avait toujours envie de vomir.

— Rudy est mort.

Le dire à haute voix ne lui procura aucun soulagement. Au contraire, la réalité la frappa avec plus de violence encore.

Proche ou pas, Rudy était un être humain et quelqu'un lui avait pris la vie.

— Allongez-vous sur le sol ! ordonna Kreider. Et, vous, allez fouiller la maison, ajouta-t-il avec un mouvement de menton à l'adresse de ses hommes.

— Ne vous fiez pas aux apparences, je vous en prie, dit Julia.

Elle se reprocha de lui parler sur ce ton poli, de tenter de se justifier comme une enfant prise en faute. Kreider était plus jeune que son père mais elle le connaissait bien. Il aimait s'imposer, menacer… et, surtout, laisser croire qu'il avait beaucoup de pouvoir.

Cam s'avança, comme pour faire écran et la protéger de son corps.

— Nous avions rendez-vous tout à l'heure, vous et moi, indiqua-t-il.

Kreider le regarda, les yeux plissés.

— Vous êtes Gideon Rodgers ?

Julia fronça les sourcils. D'où sortait-il ce nom ? Combien Cam avait-il d'identités ?

— Cam ?

— Vous lui aviez donné un faux nom ? maugréa Kreider en désignant Julia.

Il la considéra d'un air apitoyé.

— Julia, vous avez vraiment de mauvaises fréquentations. Que dirait votre père ?

Elle n'en avait aucune idée. Plus rien n'avait de sens. Elle tenta de se remémorer tout ce qui s'était passé depuis la fusillade chez elle.

Cam lui avait dit qui il était. Et pourquoi il se trouvait sur l'île. Mais, en réalité, elle l'avait peu interrogé. Peut-être avait-il tout inventé, peut-être lui avait-il raconté des histoires, peut-être était-il coupable de trafics de drogue sur l'île. Elle ne lui avait demandé aucune preuve et, au final, il pouvait être n'importe qui. Et le fait qu'il se présente sous diverses identités ne jouait pas en sa faveur. Elle commençait à douter sérieusement de sa bonne foi.

Un des policiers sortit de la maison.

— Il y a un cadavre à l'intérieur, annonça-t-il.

Kreider s'empara du calibre de Cam tandis qu'un de ses hommes le palpait.

— Avez-vous quelque chose à déclarer ?

— Je ne m'appelle pas Gideon Rodgers.

— Quel que soit votre véritable nom, je vous arrête pour le meurtre de Rudy Bleesher.

Julia étouffa un cri. Elle ne comprenait pas pourquoi Cam avait plusieurs identités ni en quoi consistait exactement son travail, mais Cam ne l'avait pas quittée de la journée et il n'aurait pu se rendre chez Rudy sans son aide. Surtout, cet homme qui l'avait portée toute la journée, qui lui était venu en aide, ne pouvait être un tueur de sang-froid.

Elle refusait de le croire.

— Il ne l'a pas tué…

Cam secoua la tête.

— Julia, tout va bien.

— Je n'en dirais pas autant, répliqua Kreider. Et méfiez-vous, Julia. Je suis à deux doigts de vous arrêter aussi.

Elle en eut la gorge nouée.

— Je n'ai rien fait !

Des sirènes résonnaient à distance, et des véhicules officiels approchaient.

Comment avaient-ils fait pour arriver aussi si vite ? se demanda Julia. Comment avaient-ils été prévenus ? La maison de Rudy était loin de tout. Il n'avait pas de voisins. Qui donc les avait appelés ?

A sa connaissance, Rudy n'avait pas d'amis assez proches pour se soucier de lui.

— Nous allons vous interroger tous les deux au poste.

Un des policiers passa les menottes à Cam sous le regard approbateur de Kreider.

Cam secoua la tête.

— Je déteste cette île.

— Certainement pas autant que moi, soupira Julia.

Mais détester Calapan n'était pas une nouveauté.

Alors que douter de Cam l'était…

Et elle n'aimait pas cela.

6

Cam n'avait pas fini d'entendre parler de cette histoire. Holt et Shane allaient se moquer de lui pendant des jours et des jours. Il ne l'avait sans doute pas volé. Il n'avait rien vu venir, il s'était fait piéger comme un bleu.

Voilà ce qui arrivait quand un homme s'intéressait plus à la femme qui l'accompagnait qu'à son travail.

Il retiendrait la leçon.

Assis derrière son bureau encombré de papiers, le chef Kreider feuilletait un dossier.

— Vous n'avez pas chômé depuis votre arrivée sur l'île, monsieur Roth. Vous avez volé une voiture et tué trois personnes. Sans parler des armes avec lesquelles vous vous promenez, ce qui est illégal à Calapan.

Julia dévisagea Cam et le chef, tour à tour.

— Trois personnes ?

Elle était assise sur une petite table à l'extérieur de la cellule dans laquelle était enfermé Cam. Elle ne cessait de croiser et décroiser les jambes.

Ils ne se trouvaient au poste de police que depuis une petite heure mais, apparemment, Kreider n'avait pas eu besoin de davantage de temps pour monter un dossier, exclusivement à charge, bien entendu.

Une chance que l'équipe des Corcorans garde en permanence un œil sur ses agents et soit prête à tout moment à parer à ce genre de mésaventures. Chaque fois que le nom d'un de ses membres apparaissait quelque part ou faisait l'objet d'une enquête, les bureaux de la maison mère à Annapolis étaient immédiatement prévenus. Ce qui signifiait que Connor et Joel, comme tous les Corcorans qui n'étaient pas en mission à l'autre bout du monde actuellement, étaient non seulement au courant de sa situation mais essayaient déjà de le localiser.

Connor avait mis en place ce système perfectionné par précaution. En effet, ses équipes récoltaient parfois plus d'ennuis que de résultats lorsqu'elles étaient en opération sur le terrain. Fondamentalement, il tenait à ce que tous les Corcorans soient prêts en permanence à s'entraider. A cet instant plus que jamais, Cam apprécia la paranoïa de son patron. Grâce à ce système d'alerte, Holt et Shane sauraient sous peu où il se trouvait et ils auraient une idée assez précise de ce qui n'allait pas.

— Nous avons découvert deux cadavres dans votre maison, Julia, reprit Kreider avant de se replonger dans sa lecture. Mais je ne pense pas vous l'apprendre.

Le dédain avec lequel il s'adressait à elle parut exaspérer Julia.

— Ces types m'ont attaquée, et Cam m'a protégée.

— Cam ? Vous voulez dire Cameron Roth, je suppose, répondit Kreider en tournant une page. Votre ami s'est créé de nombreuses identités. S'est-il donné la peine de vous en informer ? De vous les lister ?

Les mains serrées autour des barreaux de son cachot, Cam étudiait l'endroit où ils étaient. Le poste de police semblait réduit à sa plus simple expression. Dans une seule et unique salle se trouvaient un bureau sur lequel s'était installé Kreider et une cellule dans laquelle il l'avait enfermé. Entre les deux, l'espace était à peine suffisant pour permettre à un gardien — ou à Julia — de s'asseoir.

En arrivant, Cam avait remarqué deux portes qui devaient mener quelque part mais il ignorait où. En tout cas, l'endroit étant minuscule et loin de tout, il n'abritait certainement pas beaucoup de policiers.

— Je vous ai donné un numéro à contacter, répéta Cam,

se doutant que Kreider n'en tiendrait pas plus compte cette fois que les précédentes.

— Celui de votre patron, qui m'expliquera tout. Oui, oui, je l'ai noté, grommela Kreider en refermant le dossier. Mais je préférerais écouter vos explications, si cela ne vous ennuie pas. Et, avant cela, c'est vous que j'aimerais entendre, ajouta-t-il en se tournant vers Julia.

Elle fronça les sourcils.

— Moi ?

Cam étreignit plus fort les barreaux de sa cellule.

— Je vous en prie, laissez-la en dehors de tout ça.

Sans répondre, Kreider focalisa son attention sur Julia.

— C'est lui qui vous a entraînée dans cette histoire, n'est-ce pas, Julia ? A moins que vous n'ayez une relation avec ce Cameron Roth telle qu'elle vous interdise d'être sincère avec moi…

Le regard de Julia s'assombrit.

— Que me demandez-vous exactement ?

— J'essaie de comprendre pourquoi Gideon… ou plutôt Cameron Roth… n'est pas venu au rendez-vous que je lui avais fixé et a préféré se rendre chez vous. Peut-être aviez-vous comploté quelque chose, tous les deux…

Il les dévisagea tour à tour.

— Bien que je n'arrive pas à imaginer pour quelle raison vous auriez voulu tuer Rudy, ni ce que vous deux aviez prévu de faire à Calapan.

— Ce n'est pas possible que vous soyez nul à ce point ! lança Cam qui commençait à perdre patience.

Tout ce qui avait trait à Kreider lui donnait la nausée. Ce type suintait la bêtise crasse. Son ventre proéminent comme sa chemise tachée ou son arrogance l'exaspéraient. Il avait l'air d'un homme qui avait décroché, des années plus tôt et sans doute par piston, un poste confortable dans un bureau et qui, depuis lors, n'avait pas travaillé sur le terrain.

— Arrêter un assassin multirécidiviste ne me semble pas une marque d'incompétence, rétorqua Kreider en se levant.

Il arborait une expression satisfaite. Visiblement, il était sûr de son droit et de la pertinence de son raisonnement.

— La police de Seattle partage d'ailleurs mon analyse, et un inspecteur va venir vous interroger à propos d'autres affaires similaires à celle-ci.

Julia se raidit nettement. Cessant de balancer ses pieds, elle se tourna vers le chef de la police.

— De quoi parlez-vous ?

— Il invente, répliqua Cam.

Enfin, pas tout à fait…

Lorsque Kreider avait fait allusion à un inspecteur de police, Cam s'était senti blêmir. Un imposteur en uniforme sillonnait l'île en se faisant passer pour un policier chargé de l'enquête. Ce type était d'une dangerosité mortelle, il avait été capable de tuer l'un de ses hommes pour l'empêcher de révéler la vérité.

— Vous verrez avec l'inspecteur de police quand il arrivera, reprit Kreider. Il vous attendait à l'embarquement du ferry mais, apparemment, vous ne vous êtes pas montré…

A cet instant, Cam comprit tout. L'inspecteur de police, le ferry… Le type qui le poursuivait allait se pointer au poste de police en se prétendant policier. Il pourrait ainsi lui mettre le grappin dessus sans difficulté. Ensuite, il n'aurait plus qu'à l'entraîner à l'écart sous un prétexte quelconque pour lui loger une balle dans le crâne et en finir ainsi, une bonne fois pour toutes. Et Cam craignait que Julia ne subisse le même sort.

Il lui fallait absolument ouvrir les yeux de Kreider.

— Vous avez été piégé, vous êtes victime d'un coup monté !

Sans s'intéresser à lui, Kreider se tourna vers Julia.

— Julia, je crois qu'il est temps pour vous de choisir votre camp. Avez-vous vraiment envie de lier votre destin à cet individu ? demanda-t-il en désignant Cam d'un mouvement de menton.

— Il m'a sauvé la vie…

Kreider secoua la tête en lui jetant un regard empreint de pitié.

— A moins qu'il ne vous ait donné l'impression de jouer les Zorro afin de justifier le meurtre des deux hommes qui accompagnaient l'inspecteur de Seattle ? Votre soi-disant sauveur vous a peut-être roulée dans la farine en beauté pour se servir de vous, ma chère.

Julia se laissa tomber sur sa chaise.

— Vous voulez dire que le gars qui est venu chez moi faisait vraiment partie de la police ?

— Il se faisait passer pour vous, Kreider, ajouta Cam.

— L'avez-vous entendu le dire, Julia ? répliqua Kreider sans se départir de son regard de pitié. Ou est-ce Cameron Roth qui vous l'a affirmé ? Réfléchissez un peu… Je reviens.

Dès qu'il quitta la pièce, un silence pesant tomba. Cam avait détesté ce type au premier regard mais, désormais, il le haïssait pour une raison différente.

Apparemment, il avait sous-estimé le bonhomme. En quelques phrases bien tournées, Kreider avait réussi à instiller le doute dans l'esprit de Julia.

Cam entendait presque les dizaines de questions qui la traversaient.

— Julia, tu ne vas quand même pas croire que…

Elle se retourna pour lui faire face.

— Qui est Gideon Je-ne-sais-plus-quoi ?

L'utilisation de pseudos, d'identités diverses, ne pouvait avoir de sens pour des personnes extérieures aux missions. Cam se tortura l'esprit pour tenter de trouver le moyen de lui expliquer sans avoir l'air de participer à une mauvaise émission de télévision.

— Gideon Rodgers est un nom d'emprunt, un nom de couverture.

— Pourquoi avais-tu besoin d'un nom d'emprunt puisque tu opérais officiellement sur cette île ?

Elle posait les bonnes questions et avait clairement cessé de prendre pour argent comptant tout ce qu'il lui avait raconté. Son esprit était vif, il l'avait constaté dès le début, mais son intelligence risquait de le perdre alors qu'il disait la vérité.

— Nous ignorions qui était impliqué. Les renseignements transmis par Rudy laissaient penser que des personnes puissantes de l'île étaient impliquées dans ces trafics de stupéfiants. Ce qui signifiait que des membres de la police avaient sans doute été corrompus.

Julia se leva et s'approcha de la cellule de Cam. Les mains dans les poches, elle resta assez loin, certainement pour qu'il ne puisse pas la toucher.

— Tu es conscient que tout ce que tu as fait et dit colle parfaitement au scénario du chef Kreider ?

— Oui.

Cam plongea les yeux dans les siens pour être plus convaincant.

— Mais, si mon intuition est bonne, toute cette histoire va finir dans un bain de sang.

— De quoi parles-tu ?

— Si le gars qui a réussi à s'enfuir de chez toi est celui que je crois, il est à ma poursuite. Et tuer ceux qui m'accompagnent ne lui posera pas le moindre problème.

Ce type considérait Cam comme une menace et il mettrait tout en œuvre pour l'écarter. Il avait tué son propre complice pour l'empêcher de parler. Manifestement, il faisait peu de cas de la vie humaine et il traiterait de la même façon Kreider, Julia et tous ceux qui se mettraient en travers de sa route, tous ceux qui le gêneraient.

Voilà pourquoi Cam devait sortir de cette cellule avant que Julia ne fasse partie des dommages collatéraux. En outre, il lui fallait retrouver sans tarder ses collègues. Ils avaient impérativement besoin de faire le point et de découvrir dans quoi ils avaient mis les pieds. Toute cette affaire menaçait de leur exploser à la figure.

Une certaine tension s'envola du visage de Julia.

— Que veux-tu que je fasse ?

La question était posée avec douceur. Un profond soulagement gagna Cam. Il se pencha vers Julia pour chuchoter.

— Approche-toi que je puisse t'attraper.

— Quoi ?

— Il y a une caméra de surveillance installée au plafond, en face de moi. Nous allons faire croire que je t'ai forcée à me libérer. Nous allons jouer cette petite comédie pour la galerie mais je ne te ferai évidemment aucun mal.

C'était le seul moyen de ne pas l'impliquer davantage dans cet imbroglio.

Pour le moment, Julia n'était visée par aucune accusation sérieuse. Elle pourrait — et Cam ferait tout pour — prétendre qu'il l'avait kidnappée. Il s'arrangerait pour qu'elle n'apparaisse jamais comme une complice et toujours comme une victime.

— Il te faudra encore sortir du bâtiment, remarqua-t-elle.

Elle n'avait pas tort. S'enfuir ne serait sans doute pas simple mais tout valait mieux que d'être pris pour cible dans un coin de cette cellule, sans pouvoir se défendre.

— Ce poste de police a été bâti en rase campagne et il n'y a pratiquement personne ici. En plus, Kreider a été assez stupide pour nous laisser ensemble.

— D'accord, d'accord, répondit-elle en se mordillant les lèvres. Mais, une fois dehors, que ferons-nous ?

— Je trouverai bien quelque chose, une solution.

Il pensait courir se cacher dans la forêt d'où il contacterait Holt pour obtenir l'aide de ses coéquipiers.

— Julia, je sais que tout joue contre moi et que je te demande de me faire une confiance aveugle alors que tu me connais à peine mais…

— Tais-toi.

Elle se prit la tête entre ses mains quelques instants, comme pour réfléchir intensément.

Quand elle se redressa, une nouvelle détermination brillait dans ses yeux. Elle sauta sur ses pieds pour aller presser le bouton qui déverrouillait la cellule.

Cam ne comprit pas. Elle n'avait pas procédé de la façon prévue, elle n'avait pas fait semblant d'avoir été contrainte de le libérer. Pourquoi ?

— Que fais-tu ?

— J'ai choisi mon camp, répondit-elle avec simplicité en lui tendant la main. Allons-y.

Cam ne discuta pas. Il aurait dû le faire mais il était trop tard. Désormais, quiconque regarderait les images enregistrées par les caméras de surveillance verrait que Julia lui avait permis de s'évader. Ce qui signifiait que, désormais, il avait le devoir sacré de la protéger.

Comme il s'apprêtait à s'élancer vers la porte principale, elle le retint pour l'entraîner vers l'arrière de la salle.

— Il y a une sortie par là. Elle donne sur le parking.

A pas de loup, ils longèrent un couloir tapissé de casiers dans lesquels les policiers devaient laisser leurs vêtements civils.

Cam entrouvrit la porte, s'attendant à déclencher une sirène, un système d'alarme. Mais rien ne se produisit.

Ils sortirent dans la nuit.

Un instant, ils restèrent collés au mur extérieur pour être plus discrets. Cam promena les yeux sur le parking. Seules deux voitures de patrouille y étaient garées.

Ils n'avaient pas un instant à perdre, mais Cam ne put s'empêcher de lui poser la question qui le torturait.

— Comment connaissais-tu l'existence de cette porte ?

— J'étais déjà venue au poste, répondit-elle avec calme.

Cela le fit sourire.

— Aurais-tu connu une jeunesse rebelle ?

— Pas exactement. Je suis venue ici un million de fois y chercher mon père lorsqu'il se faisait arrêter en état d'ivresse. Par là, ajouta-t-elle en désignant un bosquet d'arbres.

Il la retint par le bras.

— Attends, dit-il en inspectant la zone d'un regard circulaire. C'est bon, vas-y.

La tête dans les épaules, ils coururent vers le petit bois. Cam n'avait pas d'arme pour se couvrir et il ne savait pas où se trouvait le faux policier de Seattle. Ce n'était pas le moment de discuter ni d'hésiter. Il fallait fuir. Au plus vite.

Alors qu'ils atteignaient l'abri des pins, Julia se mit à boitiller. Avec tout cela, Cam avait oublié qu'elle s'était foulé la cheville quelques heures plus tôt ! En imaginant ses souffrances, il se sentit coupable.

— Ça va ?

Elle hocha la tête.

— Finalement, prendre la poudre d'escampette n'était pas si difficile.

— Je trouve même que notre fuite s'est trop bien passée.

— Que veux-tu dire ?

Qu'ils aient pu s'évader aussi facilement semblait bizarre. Ils n'avaient même pas déclenché une sirène d'alarme en quittant le poste. Ce n'était pas normal.

— Nous devons trouver un endroit où nous cacher.

Julia frappa du poing les portes de l'immense maison. Elle était épuisée, affamée, et son humeur commençait à s'en ressentir. Sa cheville lui faisait mal et, en aidant Cam à s'échapper, elle était devenue sa complice. Elle allait avoir un casier judiciaire.

Or, toute sa vie, elle avait veillé scrupuleusement à respecter les lois.

Elle se retourna pour considérer l'homme qui avait apporté tant de bouleversements dans son existence.

— Quoi ? lança-t-il. Pourquoi tu me regardes comme ça ?

— Comme si tu ne savais pas ! rétorqua-t-elle, exaspérée.

Elle allait ajouter quelque chose quand la porte s'ouvrit. Sandy Bartlet apparut. L'ami de son père était l'opposé exact de ce dernier. Il avait désormais les tempes argentées, de petites rides au coin des yeux, mais il arborait le même sourire chaleureux qu'autrefois. D'un geste, il les invita à entrer et il prit Julia dans ses bras pour l'embrasser avec effusion.

Puis il recula pour l'examiner de la tête aux pieds.

— Tu ne m'avais pas dit que tu étais revenue à Calapan.

— Je ne suis passée que pour ranger la maison de papa afin de la mettre en vente.

Sandy et son père avaient grandi ensemble, élevés comme des frères. Julia considérait Sandy comme l'oncle qu'elle n'avait jamais eu. Lorsque sa mère les avait abandonnés et que son père avait sombré dans l'alcool, il avait été la seule personne sur qui elle avait pu s'appuyer.

Il avait également été le seul à tendre la main à son père, à lui offrir du travail et à le ramasser lorsqu'il s'écroulait. Sandy était tout ce que son père n'était pas. Il multipliait les succès, il était fiable et indépendant. Il avait longtemps été propriétaire du chantier naval de l'île et il avait empoché une fortune en le revendant. Malheureusement, la société qui l'avait racheté avait périclité par la suite, et le père de Julia s'était retrouvé au chômage.

Sandy l'embrassa une dernière fois avant de répondre.

— Je t'aurais bien aidée mais, quoi que tu aies prévu de faire avec cette propriété, il ne faut plus y compter, maintenant.

Le ventre de Julia se noua.

— Tu sais ce qui a eu lieu…

— La nouvelle a fait le tour de l'île, acquiesça-t-il. Que s'est-il passé exactement ? ajouta-t-il en regardant Cam avant de reporter son attention sur elle.

Elle réalisa avoir négligé les présentations.

— Voici Cameron Roth.

Les deux hommes se serrèrent la main.

— Vous êtes l'homme responsable de la fusillade, dit Sandy.

Le besoin de protéger Cam et de s'expliquer s'imposa à Julia.

— J'y étais. Des hommes armés sont rentrés dans la propriété de papa, ils m'ont menacée, et Cam m'a protégée.

Les mains dans le dos, Cam restait silencieux. Peut-être craignait-il que Sandy ne le dénonce à la police, à moins qu'il ne soit impressionné par l'opulence de la maison. Sandy n'avait pas peur d'étaler sa réussite. Il y avait des écrans de télévision géants et des canapés de cuir partout. Il vivait dans un confort rare sur l'île.

— La version de Kreider était un peu différente, souligna Sandy.

— Vous avez eu des nouvelles de lui ? intervint Cam, s'exprimant pour la première fois depuis leur arrivée.

— Il m'a appelé, il y a un instant, en me racontant que

vous vous étiez enfui du poste de police. Mais plutôt que de vous faire coffrer, j'ai envie de vous remercier d'avoir protégé Julia, ajouta Sandy en regardant Cam en face.

Que pensaient les deux hommes ? se demanda Julia. Sandy semblait soucieux. L'expression de Cam était impénétrable.

— Nous avons besoin d'un endroit où nous cacher en attendant que Cam trouve une solution, reprit-elle.

— Peut-être vaut-il mieux que tu restes ici pendant que Cam ira s'expliquer avec la police.

— Peut-être, répondit Cam en hochant la tête.

— Non, fit Julia.

Il n'allait pas retourner sur ce terrain ! Déjà, au poste de police, il avait été prêt à tout et n'importe quoi pour qu'elle ait l'air d'une victime et que lui se fasse passer pour pire encore qu'il n'était. Elle ne le laisserait pas faire. Pas après ce qu'ils avaient traversé ensemble.

En vérité, elle se sentait en sécurité avec lui. Et elle ne voulait pas le perdre. Certes, elle ne comprenait pas ce qui l'attirait à ce point chez cet homme. Il provoquait le danger, il était tout ce qu'elle n'était pas. Mais elle avait envie de rester près de lui.

Elle décida de mettre les pieds dans le plat.

— Quelqu'un est en train de faire porter le chapeau à Cam, de s'arranger pour qu'il soit désigné comme le meurtrier de Rudy Bleesher.

— Quoi ? s'exclama Sandy. Rudy est mort ?

— Nous avons trouvé son cadavre chez lui. Et la police a débarqué pile à ce moment-là.

Le coup monté était évident pour elle mais, en racontant l'histoire, elle comprit à quel point elle pouvait paraître étrange. Inutile de se demander pourquoi Kreider les avait embarqués. Mais pourquoi ne l'avait-il pas jetée, elle aussi, en prison ? Mystère.

Sandy regarda Cam.

— Apparemment, la mort vous poursuit.

Cam hocha de nouveau la tête.

— En effet.

Cet échange trop policé exaspéra Julia. Elle avait besoin que Cam redresse les épaules et se défende. Elle se promit de le lui dire dès qu'elle se retrouverait seule avec lui.

Mais, avant toute chose, il fallait faire de Sandy un allié, ce qui ne devrait pas être trop difficile, vu leur passé.

— Sandy, je t'en prie, aide-nous. Nous avons besoin de nous cacher quelques heures.

— Je ne suis pas sûr de saisir pourquoi, mais d'accord. Pour une seule nuit, j'accepte de vous héberger. Demain matin, je discuterai avec Cam pour trouver le moyen de régler les problèmes et de protéger ta réputation.

— Défendre ma réputation est le cadet de mes soucis, lâcha Julia.

— Mais, moi, c'est mon souci principal, répliqua Cam.

— Bon, je vous donne douze heures, intervint Sandy. Prenez deux chambres à l'étage. Vous pouvez vous doucher, et je vais en profiter pour préparer quelque chose à manger.

Intensément soulagée, Julia lui sourit.

— Merci infiniment. J'ai vraiment besoin d'un moment de répit.

De toute évidence, ce moment serait bref.

7

Cam pesta intérieurement. Il n'était pas question de passer la nuit chez ce Sandy. Il ne sentait pas du tout cet endroit. Extérieurement, la maison semblait immense, confortable et bien éclairée. Et elle était dotée d'un système de sécurité impressionnant. Le nom de Sandy Bartlet lui disait vaguement quelque chose. Mais où mettait-il les pieds ? C'était comme entrer dans une souricière sans savoir s'il pourrait en ressortir.

Il suivit Julia dans une chambre spacieuse, où elle s'affala sur un grand lit. La sagesse aurait été d'attendre qu'elle s'endorme pour lui fausser compagnie. Mais après tout ce qu'ils avaient traversé ensemble, et vu la façon dont elle avait pris sa défense, filer ainsi à l'anglaise paraissait lâche et plutôt minable.

Toutefois, il ne devait pas oublier le peu de temps qui leur était imparti. D'instinct, il le sentait : il devait s'en aller, il n'était pas en sécurité dans cette maison. Sandy leur avait donné douze heures mais, en réalité, ce type ne voulait probablement aider que Julia. Cam pouvait aisément le concevoir. A la place de Sandy, il aurait mis la jeune femme en sécurité avant de livrer à la police celui qui lui avait causé tant de soucis, d'autant que sa version des événements paraissait louche et que tous les flics de l'île étaient à ses trousses.

Julia sourit d'un air confiant.

— Je t'avais dit que tout irait bien.

Elle semblait vraiment le croire, voilà pourquoi il renâclait à lui assener la vérité. De plus, et à sa grande surprise, l'idée de la quitter l'attristait. Rien que d'y penser, son ventre se nouait. Pourtant, il ne lui était pas possible de faire entrer Julia dans sa vie.

Il devait se débrouiller pour qu'elle n'ait pas d'ennuis à cause de lui, puis s'en aller…

Malgré ses bonnes résolutions, le souvenir de leur baiser le hantait. Il en devenait fou.

Que lui arrivait-il ? En général, il ne fonctionnait pas ainsi. D'abord, par principe, il s'interdisait de regarder une femme en cours de mission. Et surtout, jusqu'alors, ses relations avec les filles d'Eve avaient toujours été simples. Il en séduisait une dans un bar, il couchait avec elle et il la quittait au petit matin pour ne jamais la revoir. Et ces aventures sans lendemains lui convenaient très bien.

Mais, là, oublier Julia ne s'annonçait pas facile. Il devait donc prendre la tangente sans tarder. Parce que cette femme l'attirait et que la situation devenait dangereuse.

Il inspira profondément.

— Je m'en vais.

— Quoi ? Mais pourquoi ?

— Il te protégera, toi. Tu es en sécurité ici. Mais, moi, il va me livrer aux flics.

— Mais non ! Il a promis de nous aider.

Julia s'exprimait comme si elle n'avait jamais été confrontée au danger ou aux mensonges. Elle menait apparemment une existence saine, elle vivait sa vie sans peurs particulières. Malgré ses problèmes familiaux liés à l'alcoolisme de son père, elle avait de toute évidence les pieds sur terre et ne cherchait pas une brève aventure. Cela le touchait plus qu'il n'aurait voulu.

— Je n'accorde pas facilement ma confiance, Julia. Je me fie toujours à mes instincts et je sens un danger à rester ici.

Mais, au lieu de prendre la porte comme il l'aurait dû, il s'assit sur le lit, près d'elle.

Elle secoua la tête d'un air incrédule.

— Sandy m'a élevée.

Il mêla leurs doigts, ceux de Julia étaient glacés.

— Toi. Pas moi.

— Tu dois apprendre à faire confiance, Cam.

— Ce n'est pas simple pour moi.

Faire confiance ne lui avait jamais réussi.

Il se méfiait de tout le monde à l'exception des Corcorans qu'il considérait comme sa famille. Joel était son meilleur ami. Ils se voyaient moins depuis que Joel était marié avec la femme qui le rendait heureux mais Cam était resté proche de lui. Désormais, il fréquentait beaucoup Shane et, dans une moindre mesure, Holt. Tous trois formaient une équipe, et chacun savait pouvoir compter sur les autres pour assurer ses arrières et rester en vie. Mais Cam n'avait encore jamais noué de relations à l'extérieur de l'équipe des Corcorans. Avec personne.

— Et tu imagines que faire confiance est plus simple pour moi ? répliqua Julia. J'ai grandi auprès d'un alcoolique qui devenait fou furieux quand il était ivre. Je n'avais pas d'amis, je jouais les mamans pour mon père.

Elle secoua la tête, comme pour en chasser ses mauvais souvenirs.

— Je ne veux pas que tu t'en ailles, Cam.

Sa détresse l'émut, le faisant penser à des choses stupides qui ne collaient pas avec sa vie actuelle ni avec la nécessité de la protéger.

— Tu seras en sécurité avec Sandy.

Elle lui posa une main sur la cuisse et le caressa doucement.

— Je me sens en sécurité avec toi.

Comment aurait-il pu rester insensible à ses caresses, à sa voix suppliante, à ses grands yeux de biche ? Il allait craquer.

— Ne fais pas ça.

Mais elle enfouit le visage dans son cou, et son souffle chaud courut sur sa peau.

Il tenta de résister. En vain. Il en était incapable. Il finit par tourner la tête pour capturer ses lèvres. Il l'embrassa comme un fou alors qu'il se trouvait dans une maison inconnue et qu'un sixième sens lui ordonnait de fuir sur-le-champ.

Leurs langues entamèrent une danse sensuelle. Une douce

chaleur l'envahit. Torturé par un désir impérieux, il commença à promener les mains sur Julia.

Puis, brusquement, il s'arrêta. Il ne pouvait rester là et fit appel à toute sa volonté pour s'écarter. Il se leva, s'efforçant de penser à autre chose, à n'importe quoi qui l'aiderait à se détourner des lèvres de Julia.

— Je dois partir, répéta-t-il.

— Alors je pars avec toi, répondit-elle d'une voix tremblante.

De peur ou d'émotion ? se demanda Cam. Lui-même était passablement remué. Bien trop, d'ailleurs.

— Parfait.

Il n'en pensait pas un mot. Il n'était pas question qu'elle l'accompagne. Tant pis, il lui faudrait se conduire comme un salaud, prendre le large dès qu'elle regarderait ailleurs. Il devait la laisser là où elle serait en sécurité en espérant que, quelles que soient les relations de Sandy — vu le luxe de la maison, il devait être un homme puissant —, il s'en servirait pour l'aider, elle. Si ce n'était pas le cas, Cam reviendrait la sortir du pétrin avant de lui rendre sa liberté.

Les yeux plissés, elle le regarda en face.

— Vraiment ?

— Va te doucher. Ensuite, nous partirons.

— Etait-ce si difficile ? demanda-t-elle en se levant pour l'embrasser sur la joue.

Il tenta de sourire et d'avoir l'air sincère.

— Non.

Elle gagna la salle de bains, puis ferma la porte derrière elle.

Il attendit que l'eau se mette à couler pour se lever. Il se représenta mentalement la disposition des pièces afin de décider du moyen le plus simple de quitter la maison.

Le seul vrai problème était le système d'alarme. Sandy ne l'avait pas rebranché lorsqu'ils étaient entrés. L'avait-il fait depuis ?

Veillant à ne pas faire de bruit, Cam ouvrit la porte de la chambre. Des éclats de voix provenaient d'un poste de télévision. Des odeurs de cuisine flottaient dans l'air. Ignorant son estomac qui criait famine, il se glissa dans le couloir.

Il s'immobilisa un instant, essayant de se repérer. Il serait trop dangereux de sortir par la porte principale. Mais, vu la taille de la demeure, il y avait d'autres issues, à l'arrière ou sur le côté. Malheureusement, la seule qu'il trouva donnait sur un cagibi. Il ne lui restait donc qu'une solution. Se diriger vers le bruit.

Quitter cette immense propriété bardée de systèmes de sécurité ne serait pas simple. S'il était pris en train de se glisser en catimini dehors, il lui faudrait une bonne excuse pour se justifier. Bien sûr, il pourrait prétendre avoir eu besoin de prendre l'air.

Le son de la télévision s'intensifiait à fur et à mesure qu'il se rapprochait du bout du couloir. Sandy se tenait devant un écran géant du salon. Il tournait le dos à Cam et zappait d'une chaîne à l'autre.

Filer par les portes-fenêtres de la salle à manger était risqué parce qu'elles étaient trop près de Sandy, estima Cam. Mais, avec un peu de chance, il y avait une autre issue dans la cuisine.

Il s'y glissa à pas de loup.

Il y avait bien une seconde porte. Cam l'ouvrit et aussitôt des odeurs d'essence chatouillèrent ses narines. Le garage ! Deux voitures y étaient parquées. Surtout, l'endroit était ouvert et donnait sur l'extérieur.

D'un coup d'œil, Cam s'assura qu'aucun boîtier ne clignotait sur le mur. Puis il sortit.

L'air frais lui gifla les joues. Une petite brume plongeait le parc dans une atmosphère froide et humide. Des spots éclairaient la pelouse.

Il s'y lança.

Mais il avait à peine fait quelques pas qu'une silhouette surgit devant lui. Un visage rond, un sac à dos, une queue-de-cheval… et un regard meurtrier.

— Tu n'as rien oublié ? lança-t-elle en serrant les mâchoires.

— Non.

— Si tu m'avais demandé conseil, je t'aurais dit qu'il y avait un patio entre la chambre et la salle de bains. Cela t'aurait évité bien des risques inutiles, non ?

Il regretta de ne pas être passé par ce patio pour prendre la poudre d'escampette.

— Je ne l'avais pas vu.

— Manifestement.

Elle ajusta les sangles de son sac.

— C'est là où le travail d'équipe prend tout son sens, poursuivit-elle. Si nous travaillons ensemble, tu n'as pas besoin d'errer dans les couloirs pour trouver la bonne sortie.

— Ecoute, Julia. Tu as tout intérêt à rester ici. Vraiment.

— Il n'en est pas question. Regarde, j'ai bloqué l'alarme. Tu as cinq secondes pour me rejoindre avant que toutes les lumières et les sirènes installées dans la maison ne se déclenchent. Et, cette fois, Sandy appellera la police pour te livrer, ajouta-t-elle en se rapprochant.

Un point pour elle.

Un homme intelligent savait reconnaître sa défaite.

— Allons-y.

Ray était au volant du pick-up avec Ned, assis à côté de lui. Ils s'étaient garés à bonne distance de la propriété de Sandy, de l'autre côté de la colline. Ils auraient pu entrer en force mais Ray préférait attendre, suivre du regard le couple qui s'élançait vers les bois alors que la pluie commençait à tomber.

Il en avait un peu assez de courir après ces deux-là. Depuis que l'homme était descendu du ferry, Ray ne cessait de le suivre. Il les avait vus s'enfuir du poste de police, puis sortir de cette maison. Il en avait soupé. Il avait passé l'âge de jouer aux gendarmes et aux voleurs.

Ned essuya la buée sur le pare-brise.

— Pourquoi nous les laissons filer ?

Si Ray avait eu son mot à dire, tous deux seraient déjà morts et enterrés. Au départ, Ray s'était introduit dans la maison de la femme parce que le patron y avait repéré la présence de Cam. Mais le boss avait précisé qu'il ne fallait pas faire de mal à la fille. Pourtant, Ray aurait pu fondre sur Roth et le neutraliser sans aucun problème.

Mais il n'avait pas eu droit au chapitre… Pas encore.

— Le patron veut que nous les suivions. A distance.

— Pourquoi ?

Ray soupira. Se plier aux directives du patron n'était déjà pas simple mais les questions de son collègue ne faisaient qu'aggraver sa fureur et sa frustration.

— Il pense que Roth n'est pas seul.

— Il est avec la bonne femme, tu veux dire.

— Non. Il est certain que ce Roth est venu sur l'île avec une équipe. Dans ce cas, nous devrons capturer toute la bande. Le patron les veut tous, il a l'intention de débarrasser l'île de ce genre de types.

Ce que Ray approuvait.

— Nous sommes toujours censés épargner la femme ? demanda Ned.

— Si possible.

— Nous les laissons donc s'enfuir.

Le temps qu'il fallut à Ned pour le comprendre agaça Ray. Peut-être n'avait-il pas choisi le bon candidat pour être son second. Malheureusement, son bras droit s'étant fait descendre dans la maison de la femme, Ray avait dû se rabattre sur ce Ned.

Peu de gens étaient capables de surprendre Bob et d'avoir le dessus dans un combat avec lui mais Roth y était parvenu. Cet homme était plus doué qu'il ne l'avait anticipé. Lorsqu'ils avaient appris qu'un certain Cameron Roth venait sur l'île pour discuter avec un témoin, ils n'imaginaient pas avoir affaire à un tireur d'élite. Mais Roth avait tiré le premier et avait tué Bob. Au milieu du chaos. Et il n'avait eu besoin que d'une seule balle.

Voilà pourquoi Ray rêvait de le buter à son tour. Bien sûr, il devait respecter les ordres du patron mais il avait très envie de voir Cam mourir.

Ned le regarda par-dessus son épaule.

— Ray ?

— Le patron a un plan.

Ray aussi en avait un.

8

Avoir des amis proches sur qui compter en toutes circonstances était très agréable, songea Julia. Elle avait marché un moment avec Cam avant qu'ils ne trouvent une voiture, dont les clés étaient cachées dans la boîte à gants.

Holt et Shane étaient sans doute derrière cette bonne surprise. Elle n'allait pas s'en plaindre, d'autant que sa foulure au pied redevenait douloureuse. Dès qu'ils seraient en lieu sûr — le plus tôt possible, espérait-elle — elle chercherait dans son sac les antalgiques que Holt lui avait donnés.

Cam négocia un dernier virage puis dirigea le véhicule vers un bosquet d'arbres, en plein cœur des fourrés. Il s'arrangea pour que la vieille berline disparaisse complètement sous la végétation. La manœuvre réussit. Personne n'aurait pu soupçonner la présence de la voiture mais Julia eut quelques difficultés à ouvrir la portière, bloquée par des branchages.

Surtout, comment Cam avait-il l'intention de les cacher, eux ?

Elle reconnut l'endroit, même s'il ne faisait pas partie de ceux qu'elle fréquentait beaucoup au cours de sa jeunesse.

Ils n'étaient pas très loin du chantier naval où son père avait longtemps travaillé. Comme l'océan était proche, des odeurs de poissons et d'iode chatouillaient ses narines et l'humidité de l'air commençait à imprégner ses cheveux.

Depuis des années, le chantier naval était à l'abandon, comme la plupart des activités de l'île. A une époque, Sandy avait vaguement émis l'idée de racheter les terrains pour en faire un immense parc d'attractions mais, Calapan n'étant pas très ouverte aux touristes, il aurait eu peu de chance d'amortir son investissement. Et Sandy n'était pas du genre à financer un projet en pure perte.

Sauf si Cam avait l'intention de se cacher avec elle dans un pin, elle ne comprenait pas pourquoi il l'avait conduite là.

— Tu sais qu'il va bientôt pleuvoir, Cam, n'est-ce pas ?

— Bienvenue dans le Pacifique !

Il lui tendit la main. De l'autre, il tenait une lampe torche.

Dans le noir et guidée par le faisceau lumineux, Julia avait besoin de ses doigts mêlés aux siens.

— Où allons-nous ?

Il avançait, dégageant un chemin pour elle.

— Je pensais que tu connaissais chaque parcelle de cette île.

— Je n'ai jamais dit ça !

De plus, depuis des années, elle s'efforçait de rester le plus loin possible de Calapan.

Au départ, chaque fois qu'elle y revenait, pour rendre visite à son père à la clinique, elle espérait y découvrir de nouvelles maisons, de nouveaux restaurants, de nouveaux commerces ou de nouveaux visages. Mais cela n'arrivait jamais. Les personnes qui étaient nées et avaient grandi sur l'île avaient tendance à y demeurer ad vitam… à l'exception de celles qui, comme Julia, avaient préféré s'enfuir.

En tout cas, très peu de gens extérieurs avaient envie de s'installer à Calapan. D'autres îles de l'archipel, comme Bainbridge, leur semblaient certainement plus accueillantes. A Calapan, les propriétés étaient à des kilomètres les unes des autres, et il était rare de croiser ses voisins. Chacun vivait replié sur lui-même. Le pauvre Rudy en avait fait la triste expérience.

Comme elle songeait à lui, elle se remémora la succession d'événements qui s'étaient déroulés depuis moins de vingt-quatre heures. Elle considéra avec reconnaissance l'homme qui cheminait à côté d'elle et l'aidait à avancer au milieu des broussailles.

Ils arrivaient à une petite clairière et… à une vieille roulotte de chantier en bois, au toit rouillé. Julia écarquilla les yeux.

Elle ne se souvenait pas l'avoir déjà vue mais cet abri mobile était peut-être arrivé là après son départ de l'île, avant que le chantier naval ne périclite.

Cam se tourna vers elle.

— Alors ? Impressionnée ?

Elle était surtout sidérée.

— Je n'en reviens pas que, alors que tu ne connais pas l'île, tu aies su d'instinct trouver l'endroit.

Elle s'attendait à ce que les doutes l'envahissent comme ils l'avaient submergée au poste de police. Elle avait alors été incapable de les cacher à Cam. Cela dit, sa réticence à lui faire confiance n'avait pas duré. Certes, elle avait été influencée par les paroles de Kreider. Elle l'avait écouté et avait trouvé ses arguments fondés… avant de se rappeler qui était Kreider.

Autrefois, il ne cessait d'exhorter son père à cesser de boire mais il ne l'avait jamais arrêté. Il préférait tourner la tête ailleurs pour ne pas le voir rouler, ivre mort, à tombeau ouvert dans la ville. Kreider protégeait ses amis et détestait les étrangers. Il incarcérait indûment des gens qui lui déplaisaient et laissait des chauffards en liberté.

Kreider et Cam n'avaient rien en commun et, si elle devait décider lequel des deux croire, elle n'hésiterait pas un instant. Elle choisirait Cam.

Celui-ci pressa un bouton sur sa montre, et le petit écran s'éclaira.

— J'aimerais t'épater, te faire croire que je sais m'orienter à l'aide des étoiles ou en observant la mousse sur les arbres. Mais, en vérité, c'est mon GPS qui a fait tout le travail.

— D'accord, dit-elle, un peu déçue.

— Holt a trouvé cette roulotte de chantier abandonnée et, après avoir nettoyé la zone, il l'a transformée en un petit nid douillet pour nous permettre de nous y reposer.

Elle commençait à apprécier ce Holt.

— Pour « nettoyer la zone », il s'est servi d'une arme ?

— A mon avis, il a surtout chassé les vagabonds et les animaux qui y avaient élu domicile. Et, pour y parvenir, il n'avait pas besoin de tirer sur eux, ajouta Cam en lui serrant plus fort la main.

Sur l'île, les ratons laveurs étaient d'une taille impressionnante.

— Holt nous a également laissé du matériel, poursuivit Cam.

— J'aurais peut-être dû faire équipe avec lui, lança Julia. Il pense à tout.

Comme Cam serrait les mâchoires, elle lui sourit.

— Je plaisante !

— Ce n'est pas drôle.

Qu'un homme aussi confiant et maître de lui que Cam puisse avoir besoin d'être rassuré sur son pouvoir de séduction amusa Julia, mais elle n'osa pas éclater de rire.

Mieux valait essayer de réparer les dégâts.

— Tu n'as aucune raison de t'inquiéter. Je ne trouve pas Holt très séduisant. Contrairement à toi.

— Voilà qui est mieux, répondit-il avec un clin d'œil. Reste là, je reviens.

— Je t'attends, je sais. Je commence à connaître la chanson.

Comme il s'apprêtait à gravir les marches de la roulotte, il s'immobilisa et se tourna vers elle.

— Nous ne nous connaissons que depuis vingt-quatre heures.

— J'ai pourtant l'impression de te connaître depuis toujours.

Elle n'exagérait pas. Ils semblaient unis par des liens profonds qui leur permettaient de partager une réelle complicité, presque une intimité. Avoir rencontré Cam au cœur d'une fusillade expliquait peut-être l'accélération du processus.

— J'espère que c'est bon signe, dit-il en reprenant sa progression.

Il montait les marches avec précaution, s'efforçant manifestement de ne pas trop peser sur la structure en bois qui paraissait sur le point de s'écrouler. Au moindre craquement, il posait le pied un peu plus loin.

Aussi, lui fallut-il une éternité pour atteindre la porte. Il actionna la poignée et se glissa à l'intérieur.

Dès qu'il disparut dans la remorque et qu'elle se retrouva seule, Julia fut parcourue par un frisson d'angoisse. Dans l'obscurité, les stridulations des criquets, les coassements des crapauds, les hululements des chouettes comme les bruissements des feuilles balayées par le vent semblaient exacerbés. Julia s'interdit de paniquer à l'idée que quelqu'un puisse se glisser derrière elle.

Pourtant, terrifiée par cette éventualité, elle finit par se retourner, préférant affronter en face un intrus, quel qu'il soit. Mais seule une petite brise caressa son visage.

— Ça va ?

Dans le noir, la voix de Cam la fit sursauter. Puis elle leva les yeux : il se tenait sur le seuil de la roulotte, les mains sur les hanches, ressemblant à n'importe quel homme responsable des opérations.

— Ça va…

C'était un mensonge.

Elle tremblait de tous ses membres tant elle avait peur, mais n'osait pas l'avouer.

Il lui tendit la main.

— Viens à l'intérieur que je puisse examiner ta cheville.

Il se souvenait de sa foulure. Bien sûr qu'il s'en souvenait.

Il se pencha vers elle, la souleva et, en un clin d'œil, elle se retrouva blottie contre lui. Ravie, elle noua les bras autour de son cou.

— Tu me portes.

C'était évident mais elle eut besoin de le dire à voix haute, juste au cas où le geste ne correspondrait pas à ce qu'il désirait faire.

— Oui.

— Je suis capable de marcher, tu sais.

Même si elle n'en avait aucune envie en cet instant. Elle préférait les bras puissants de Cam. Cela avait quelque chose de grisant et de rassurant à la fois.

— Quel dommage !

Et il captura ses lèvres pour un long et langoureux baiser.

Lorsqu'il se détacha d'elle, elle avait le souffle court, les sens en émoi.

Puis ils entrèrent dans la roulotte.

Aussitôt, elle déchanta. Elle avait espéré que le logement serait parfait sur toute la ligne mais c'était loin d'être le cas. Il se réduisait à un lit de camp sur lequel étaient pliées des couvertures. Dans un coin, un carton rempli de nourriture côtoyait un sac à dos. Holt avait donc pensé à tout.

En revanche, il n'avait pas jugé utile de faire le ménage. La roulotte était tapissée de poussière et de toiles d'araignées. Julia frissonna de dégoût.

— Il fallait donner l'impression que l'endroit était abandonné, commenta Cam, comme s'il avait deviné son malaise.

— Ah…

Bien sûr, ce genre de détails collait au scénario qu'elle avait imaginé sur le quotidien des hommes travaillant dans l'ombre, sous couverture. Malgré tout, vivre dans la saleté était étrange.

— Holt a nettoyé le plus gros avant de s'arranger pour que l'endroit ait l'air inhabité, au cas où quelqu'un, demain ou un de ces prochains jours, viendrait y jeter un œil. Un observateur non exercé ne verra qu'une vieille roulotte de construction où personne n'est entré depuis longtemps.

Julia en fut très impressionnée.

— Vous pensez à tout, vous trois.

Cam haussa les épaules.

— En général, oui.

Quelque chose dans son ton la fit froncer les sourcils. Elle devina une subtilité qui la surprit.

— Mais pas toujours ?

Il ne répondit pas tout de suite, fixant un long moment la pointe de ses chaussures.

— Rien ne m'avait préparé à toi…, lâcha-t-il enfin.

A ces mots, le ventre de Julia se noua. Un mélange de peur, d'espoir et d'excitation.

— Cela sonne comme un compliment, remarqua-t-elle.

Il pivota sur ses talons pour lui faire face.

— Peu de chose me déstabilise.

— Laisse-moi essayer.

Avant qu'il ne puisse refuser ou tenter de la raisonner, elle noua les bras autour de son cou et plaqua ses lèvres sur les siennes.

Ce baiser la plongea dans une délicieuse torpeur. Le sang battait à ses oreilles. Son cœur s'affolait dans sa poitrine. Toucher Cam, le serrer dans ses bras, se blottir contre lui l'enivraient. Elle ne se rappelait pas avoir un jour éprouvé cette douce euphorie.

Dans son dos, un homme s'éclaircit la gorge.

— Je dérange ?

C'était la voix de Holt. Cam sursauta, et tous deux se tournèrent vers le nouveau venu.

— Finalement, je crois que je n'aime pas Holt tant que ça, dit-elle, ne plaisantant qu'à moitié.

— C'est bien ce que je pensais.

Il ne semblait pas s'amuser du tout.

La toux de Holt sonnait faux mais qu'il se mette ensuite à rire n'arrangea rien.

— Désolé, dit-il.

Au fond Cam doutait de la sincérité de ses regrets.

— Vraiment ?

Holt entra dans le baraquement. Ses chaussures frappaient le plancher, et Cam s'interrogea : pourquoi son collègue et ami s'était-il montré si discret, quelques instants plus tôt ? En général, Cam ne se laissait pas surprendre. Il avait été entraîné à être prêt à tout. Mais, là, il s'était fait avoir comme un bleu.

Une preuve supplémentaire que la présence de Julia le mettait en danger.

— Je voulais m'assurer que tu avais bien trouvé la roulotte et aussi faire le point avec toi, expliqua Holt en saluant Julia d'un mouvement de menton.

— Faire le point sur quoi ? s'enquit-elle.

Holt ouvrit la bouche et la referma. Visiblement, songea Cam, il ne savait pas bien comment transmettre des informations à son coéquipier sans que Julia ne fasse partie du processus.

Cam faillit en rire. Julia avait entendu un policier lui dire pis que pendre sur lui et elle était restée à ses côtés. Elle ne trahirait personne, pas même pour se protéger. Ils pouvaient lui faire confiance. D'habitude, il se méfiait de tout et de tout le monde mais, avec Julia, c'était différent.

Il devait le dire.

— Tu peux parler devant elle.

Holt grimaça.

— Vraiment ?

La réaction de Holt le visait, lui, Cam le savait. Mais, de manière tout à fait compréhensible, Julia la prit pour un affront personnel.

— Vous doutez de mon intégrité ? Vous avez besoin de références ?

— Je ne… Cela n'a pas d'importance, répondit Holt en consultant sa montre. Le gars qui vous poursuivait colle le train de Shane maintenant.

— De quoi parlez-vous ? lança Julia en s'asseyant sur le bord de la table.

Elle semblait totalement perdue.

— Une voiture était manifestement chargée de votre filature, indiqua Holt. Shane a réussi à embrouiller le conducteur afin qu'il le suive, lui, au lieu de Cam et vous. Mais le pauvre type ne s'est pas encore rendu compte de ce petit tour de passe-passe.

Une manœuvre habile et particulièrement utile, songea Cam avec reconnaissance.

Il avait remarqué depuis un moment qu'ils faisaient l'objet d'une filature mais il n'en avait pas parlé à Julia pour ne pas l'inquiéter. En revanche, il avait envoyé le code d'urgence à Holt afin que ce dernier s'occupe de neutraliser leur poursuivant. Voilà pourquoi ils travaillaient en équipe. Régler tous les problèmes était difficile pour un homme seul.

— Il s'agit de la police ? reprit Julia.

L'idée de la duper ne semblait pas la choquer plus que cela.

— Non, il s'agit d'un dénommé Ray Miner, répondit Holt en sortant un bout de papier de sa poche pour le tendre à Cam. Connor et Joel ont mené une petite enquête sur lui.

Cam lut le message codé.

— Bien sûr qu'ils ont effectué des recherches sur lui.

— Ce Ray est un genre de mercenaire, précisa Holt. Un ancien militaire à présent à la retraite qui a souvent eu maille à partir avec la justice dans le passé parce qu'il trafique de la drogue. Il a débarqué à Calapan il y a un an environ et, comme par hasard, ses comptes bancaires qui étaient dans le rouge sont désormais florissants.

— Afficher aussi ouvertement sa nouvelle fortune, c'est idiot de sa part ! s'exclama Julia en les regardant tour à tour. Du coup, il sera très simple de prouver sa culpabilité, non ?

Holt secoua la tête.

— Il s'agit de comptes secrets, établis sous d'autres identités. Joel a eu du mal à mettre la main dessus. Ce Ray n'est pas un amateur.

Et ce détail inquiétait Cam. Si Kreider avait manifestement des problèmes d'ego, Cam ignorait ce que Ray avait, lui, mis à part un uniforme de policier qui ne lui appartenait pas et quelques compétences en matière d'armes à feu.

— Ray est notre faux chef de police, dit-il.

— Et manifestement, il ne t'aime pas beaucoup, ajouta Holt avec gravité. Il est allé montrer ta photo à tous les habitants de l'île pour savoir s'ils t'avaient vu, en leur précisant que tu étais un dangereux criminel.

Julia lâcha un juron.

— Vous croyez que ce Ray a tué Rudy ?

— Sans doute, mais il n'a pas la personnalité d'un chef de file. Quelqu'un lui a ordonné de le faire.

Avant que Cam ne puisse poser la question, Holt poursuivit.

— Kreider semble avoir disparu de la circulation. Il a été assez malin pour découvrir et détruire le mouchard que j'avais posé sur sa voiture.

— En tout cas, Julia, tu quitteras l'île dès demain matin, annonça Cam.

Et il la fixa avec intensité pour qu'elle comprenne qu'il refusait d'en discuter. Il voulait qu'elle retourne à Seattle et vive quelques jours dans un hôtel. L'imaginer entre les draps d'un palace lui plaisait.

— Tu embarqueras sur le premier ferry. Pour te rendre à Seattle. Si cela ne suffit pas, nous te mettrons dans le premier avion en partance pour le Maryland.

— Pourquoi le Maryland ?

— Les bureaux de l'antenne nationale des Corcorans s'y trouvent. A Annapolis, la capitale. Le groupe te protégera. Et personne n'aura l'idée de te chercher là-bas.

Plus il y pensait, plus cette solution semblait idéale.

— Ton plan n'a qu'un petit défaut, objecta-t-elle. Je ne suis jamais allée là-bas et je n'y connais personne.

— Voilà à quoi sert l'équipe.

Connor veillerait sur elle, les femmes s'occuperaient d'elle. Bien sûr, beaucoup d'hommes tenteraient de la séduire et cette seule perspective donnait à Cam l'envie de mordre. Mais personne ne la prendrait pour cible.

— Tu ne crois pas que ça fera un peu bizarre ? dit-elle comme si elle se retenait de rire. Tu vas m'envoyer au milieu de ces inconnus pendant que toi, tu resteras ici ?

— C'est ce que nous faisons en permanence.

Leur travail consistait à sauver des personnes et à veiller à leur sécurité.

— Je ne saurai pas quoi faire à longueur de journées.

Manifestement, elle ne comprenait pas l'enjeu, et Cam résolut de le lui répéter.

— Il ne s'agit pas de faire du tourisme, Julia, mais de te mettre en lieu sûr.

Elle leva les yeux au ciel.

— J'étais sûre que tu allais dire ça.

Ce n'était pas le moment d'en discuter mais Cam était

pourtant décidé à insister. Comme il s'avançait vers elle, Holt se mit en travers du chemin.

— Puis-je te parler en tête à tête, Cam ?

Cela ressemblait à une question mais, en réalité, c'était un ordre. Cam voulut refuser mais Holt menacerait alors de lui botter les fesses, Cam le savait.

Sans attendre sa réponse, Holt sortit.

Cam le suivit et referma la porte derrière lui pour rejoindre son ami et chef d'équipe. Il s'attendait à un sermon, une sévère mise au point.

Holt lui sourit.

— Elle me plaît, dit-il.

Cam fut surpris par cette entrée en matière mais, méfiant, il resta sur ses gardes. Holt était capable de lui tendre un piège.

— D'accord, répondit-il sobrement.

Holt posa les mains sur ses hanches.

— Tu as envie de m'en parler ?

Voilà, ils y étaient. Cam, qui n'avait nullement l'intention d'aborder les questions personnelles avec son chef, fit mine de ne pas avoir compris l'allusion et retourna sur le terrain professionnel.

— Nous devons surveiller de près plusieurs personnes et pas uniquement Kreider. Il a le bras long mais il n'est pas du genre à imposer longtemps son autorité. Contrairement à d'autres. Pour commencer, j'aimerais que nous nous intéressions de plus près au dénommé Sandy…

Holt émit un curieux son de gorge.

— Je parlais de Julia.

Cette fois, Cam ne pouvait plus faire semblant. Il se blinda intérieurement.

— Elle est costaud, avança-t-il avec précaution.

— Oui.

— Et aussi brillante, intelligente et elle n'a pas froid aux yeux.

Il pouvait développer mais il estimait en avoir dit assez.

Et même trop. Holt allait sans doute réduire ces confidences en bouillie.

Son chef leva un sourcil surpris.

— Et elle est très jolie.

Cam n'allait pas le contredire.

— C'est vrai.

— Ecoute, j'ai déjà vu jouer ce genre de scénario. Tu n'es pas le premier de l'équipe des Corcorans à perdre la tête à cause d'une fille.

Cam connaissait tous les membres du bureau d'Annapolis et il savait comment chacun d'eux avait fini par se mettre en couple. L'un après l'autre, ils avaient été touchés par les flèches de Cupidon et ils avaient renoncé à leur célibat pour unir leurs destins à des femmes d'exception.

Cam avait souvent plaisanté avec Shane et Holt à ce sujet, se jurant de ne jamais boire l'eau d'Annapolis parce qu'elle était ensorcelée. Elle contenait forcément quelque chose qui poussait des hommes intelligents à tomber amoureux. Tous trois refusaient de se retrouver dans le même piège.

Le danger et les missions leur interdisaient de mener une vie de famille normale. Cam n'avait jamais compris pourquoi ses collègues d'Annapolis n'en étaient pas conscients. Bien sûr, leurs épouses étaient formidables et elles les rendaient heureux par leur seule existence. Le problème était que n'importe quoi pouvait leur arriver. Cam ne voyait aucune raison de courir un tel risque alors que tant de filles se contentaient de relations sans lendemain.

Ils étaient des célibataires endurcis qui entendaient le rester, et Cam n'était pas prêt à se laisser passer la corde au cou.

— Cela ne risque pas de m'arriver.

Holt sourit.

— Elle te plaît, et tu as envie de la fourrer dans ton lit, non ?

Son sourire entendu donna des envies de meurtre à Cam.

— Holt… Dis-moi où tu veux en venir. Ce sera plus simple.

— Tu veux que je te dise ce qui va se passer ensuite ? Tu

vas tomber amoureux, fou amoureux. Tu vas te retrouver pieds et poings liés avec le cœur brisé.

Cam poussa un soupir, songeant à Joel. Celui-ci avait souffert le martyre. Il était tombé amoureux de Hope qui s'était fait kidnapper. Il avait eu peur pour sa vie. Pendant des semaines, il n'avait plus été que l'ombre de lui-même et il n'avait retrouvé son sourire que lorsque sa fiancée lui avait été rendue.

Cam n'avait aucune envie de connaître de telles souffrances.

— Je ne suis pas du tout engagé avec Julia.

— A vrai dire, quand je t'ai vu l'embrasser à pleine bouche, en promenant tes mains partout sur elle, je me suis posé la question.

— Comment ? Tu nous espionnais ? Tu joues les voyeurs ?

— Je voulais te parler, mais vous étiez en train de vous embrasser furieusement. Et tu ne t'es même pas rendu compte que j'étais là. Ce qui est très inquiétant, reconnais-le. Et qui nous ramène au sujet principal.

Cam maugréa.

— Ecoute, je n'ai jamais fait échouer une mission, ni déçu l'équipe. Les Corcorans ont toujours été ma priorité.

— Réfléchis à ce que tu ferais si tu devais choisir entre elle et une mission.

— Que veux-tu dire ? C'est elle, la mission.

Il venait de dire une bêtise et le comprit dans la seconde. Holt n'allait certainement pas laisser passer une telle énormité.

— Tout le problème est là, Cam. Elle ne l'est pas. C'est toi qui l'as mêlée à toute cette histoire. Quand tu as surgi dans son jardin, tu as fait d'elle une cible. C'est à cause de toi qu'elle est dans ce pétrin.

Cam le savait : il était responsable de tout. Et il s'en voulait. Mais se l'entendre dire ainsi n'arrangeait rien.

— Tu ne crois pas que j'en suis conscient ? lança-t-il avec colère. Si je pouvais revenir en arrière et lui éviter tout ça, je le ferais.

— Je sais.

— Mais être pris pour cible a altéré ma capacité de jugement.

Désormais, il se sentait responsable. Il estimait devoir protéger Julia, sans être totalement dupe de lui-même. Il la voulait à ses côtés pour des raisons beaucoup plus égoïstes.

— Alors dis-moi comment toute cette histoire va finir, reprit Holt.

— Tu parles de la mission ou de Julia ?

— Le simple fait que tu poses la question me donne raison. Bon, maintenant, je te laisse. Et, comme je suis ton ami, sache que j'ai mis des préservatifs dans ton sac.

— Quoi ?

— De rien, c'est normal.

La perspective d'être libre de toucher Julia… Cam n'osait même pas laisser son esprit s'aventurer dans cette direction.

— Excuse-moi de te faire remarquer que tu m'envoies des messages un peu contradictoires, Holt.

— Je sais, répondit son chef en agitant la main sans se retourner. J'attends de voir celui que tu auras l'intelligence de suivre.

Cam resta un long moment sur le seuil de la roulotte, s'interrogeant sur cette réponse sibylline.

9

Julia ouvrit le sac à dos, espérant y trouver des chips, peut-être quelques bonbons. Elle retira plusieurs T-shirts et tomba sur un objet bizarre qui ressemblait à une bombe. Elle ne savait pas du tout à quoi ce truc pouvait servir. En tout cas, mélanger des armes et de la nourriture ne semblait pas très prudent. Avec la chance qui la caractérisait, elle allait s'empoisonner.

Poursuivant ses recherches, elle découvrit quelque chose qui ne servait pas à s'habiller et qui ne se mangeait pas non plus…

S'emparant de l'un des préservatifs, elle l'examina, se demandant quoi faire. Au lieu d'être excitée par sa trouvaille, elle éprouvait une sourde colère. Mais piquer une crise n'était pas son style.

Elle l'avait trouvé dans le sac que Holt leur avait laissé pour les besoins de la mission. Pourquoi Holt avait-il eu l'idée saugrenue d'empaqueter des T-shirts, des bombes et des préservatifs ? Cet ensemble hétéroclite paraissait incongru.

Et la poussait à s'interroger sur la façon dont Cam effectuait ses missions. Un homme focalisé sur son travail mettait de côté ses pulsions sexuelles pour assurer le bon déroulement des opérations. Il n'avait pas besoin de préservatifs.

Etait-elle tombée sur un dragueur qui sautait sur tout ce qui bouge ?

La porte s'ouvrit, et Cam revint dans la roulotte, apportant un souffle d'air frais. Il secoua la tête comme un chien mouillé pour faire tomber les gouttes d'eau de ses cheveux. Puis il posa les yeux sur Julia et… se pétrifia.

Elle avait toujours le préservatif à la main.

— J'ai fait une découverte intéressante, dit-elle.

Avec un soupir, il s'approcha et s'agenouilla à ses côtés.

— Holt a cru bien faire.

Cam paraissait totalement innocent.

— Il est chargé du contrôle des naissances au sein de l'équipe ?

— Il a compris que tu m'attires, que tu me plais, répondit Cam en s'emparant du préservatif pour le glisser dans sa poche. J'ai également eu droit à un petit sermon. Il m'a reproché de me disperser, de ne pas être concentré exclusivement sur mon travail. Bref, il n'était pas très clair. Mais il n'a rien à dire, en réalité.

Depuis leur premier baiser, Julia partageait sans bien le réaliser les interrogations de Holt. Mais elle aurait préféré que cela reste du domaine privé. Imaginer Holt et Cam discuter à son sujet la mettait très mal à l'aise.

— Je me sens gênée par votre conversation.

— Personne n'est chargé de jouer les directeurs de conscience dans l'équipe, personne ne se mêle de ce qui ne le regarde pas. Crois-le ou pas, le préservatif est quelque chose de nouveau. J'ai essayé de me rappeler si Holt avait déjà voulu me rendre service de cette façon. Je te promets que non, ajouta Cam avec un grand sourire.

Julia commença à se détendre. Peut-être avait-elle sauté sur des conclusions hâtives. Elle avait tendance à se méfier de tout et de tout le monde. Le doute était devenu une seconde nature pour elle, ce qui était stupide. Cela dit, n'importe qui se serait posé des questions en découvrant ce préservatif.

Son père ayant l'habitude de lui jurer tous les jours de cesser de boire, puis de ne jamais tenir parole, Julia avait appris très tôt à ne pas prendre ce qu'on lui disait pour argent comptant, à ne jamais accorder une confiance aveugle aux gens. Pourtant, depuis que Cam avait surgi dans sa vie, elle ne faisait rien d'autre. Elle ne comprenait pas sa propre réaction.

— Je suppose que…

Elle ne savait comment s'expliquer. Elle pourrait devenir blessante et ne le souhaitait pas.

— Julia, tout va bien, dit Cam en mêlant ses doigts aux siens.

— Je crois que...

Les mots refusant de venir, elle finit par renoncer.

— Laisse tomber.

— Jusqu'ici, beaucoup de personnes ont tout fait pour te convaincre que j'étais un menteur et un sale type. Chaque fois, tu as refusé de les croire. Tu as gardé la tête froide et tu as réfléchi, pesé le pour et le contre, alors qu'il aurait été plus simple de me condamner.

La caresse de ses doigts était si douce qu'elle en perdait presque le fil. Presque.

— Je suis restée à tes côtés.

Il lui sourit.

— Et j'apprécie beaucoup...

Son sourire la faisait fondre. Combien de personnes qu'il avait sauvées avaient eu la force d'y résister ? Quand il lui souriait ainsi, elle perdait toute capacité à réfléchir.

— L'image que j'ai de toi n'est pas si négative, confia-t-elle sur le ton de la plaisanterie.

Par ses mots, elle voulait lui faire comprendre qu'avec lui les choses avaient été beaucoup plus vite qu'elles ne l'auraient été avec un autre.

— Quant à ces préservatifs, reprit Cam, Holt pensait bien faire, mais il était à côté de la plaque. Il peut devenir très lourd en société.

Mais le respect et l'amitié entre collègues perçaient derrière ces mots.

— Il sait ce que tu penses de lui ?

— Je le lui répète presque chaque jour, plaisanta Cam.

Imaginer les deux hommes s'envoyer quotidiennement ce genre de compliments la fit sourire.

— Je me disais que le sexe faisait peut-être partie de ton travail...

Cam écarquilla les yeux.

— Comment ça ?

— Tu sais aussi bien que moi que les hommes aiment comparer leurs tableaux de chasse, répondit-elle avec un haussement d'épaules. En général, tu en entends parler quand la situation dégénère ou qu'une pauvre femme en fait les frais. Mais, en tout cas, c'est un comportement masculin assez habituel.

Cam fronça les sourcils sans cesser de lui caresser la main.

— Quel genre d'hommes fréquentes-tu ?

Elle commençait, elle aussi, à se poser la question.

— Des trentenaires, des collègues pour la plupart ou d'anciens camarades de classe… Ou des amis d'amies ou encore des types croisés sur Internet…

— J'ai trente-trois ans et je n'ai encore jamais eu ce genre de comportements, assura Cam. Viens ici, ajouta-t-il en lui tendant la main.

Elle ne répondit pas. Elle était trop occupée à retenir son souffle.

Il plaqua ses mains sur ses fesses pour la rapprocher de lui.

— Je ne suis ni marié, ni fiancé, ni en couple, poursuivit-il.

— C'est sans doute une bonne chose à la lumière de tout ce que j'aimerais faire avec toi.

— Je ne… Attends, j'ai bien entendu ?

Elle déglutit. C'était comme si un film tournait en boucle dans sa tête. Cam et elle y tenaient les rôles principaux.

— Oui.

Il opina.

— Alors mieux vaut que tu entendes ma liste en entier.

Elle prit une profonde inspiration et expira lentement.

— Je suis prête, je t'écoute.

— Je n'ai jamais — mais vraiment jamais — couché avec une femme au cours d'une mission. Je n'essaie jamais d'attirer dans mon lit des filles vulnérables ou en danger. Et, en réalité, l'attirance que j'éprouve pour toi me pose un gros problème.

Elle en resta presque sans voix et finit par articuler :

— Parce que ?

Il glissa les mains sous son corsage et se mit à lui caresser lentement le dos.

— Je n'arrive pas à maîtriser ce que je ressens pour toi, et ce n'est pas faute d'essayer. Je ne cesse de penser à toi, même quand il ne faudrait pas. Je m'imagine en permanence faire l'amour avec toi…

Soudain, tous les doutes qui hantaient encore Julia s'envolèrent. Cam n'était pas un criminel, il n'essayait pas d'abuser d'elle. Il ne cherchait pas un peu de bon temps, ni à frimer devant les copains.

La sincérité brillait dans ses yeux, perçait dans sa voix. Il lui avait porté secours et l'avait protégée. Oui, il faisait partie des gentils. Quel que soit le domaine, il avait envie d'être correct.

Il se souciait de ses coéquipiers et semblait prêt à donner sa vie pour protéger celle de Julia. Sans hésiter. Elle n'avait jamais rencontré quelqu'un comme lui. Ayant grandi avec son père, elle n'aurait même jamais imaginé que des hommes comme Cam puissent exister. Pas dans son univers, en tout cas.

Mais, désormais, elle y croyait.

— Je pense que tu devrais remettre en question tes règles de vie, dit-elle en nouant les bras autour de son cou.

— Je ne comprends pas, chuchota-t-il.

— Tu as beaucoup de principes. J'imagine qu'il est difficile de tous les respecter.

Il lui sourit.

— C'est souvent compliqué, oui.

— Peut-être que le temps est venu de t'autoriser à avoir des relations sexuelles en cours de mission.

Montrer tant d'audace n'était pas son genre mais, avec Cam, Julia avait envie d'être honnête, sincère. De plonger dans le grand bain.

Il recula mais n'alla pas loin.

— Julia, tu en es sûre ?

— Tu me plais, tu le sens, non ?

De ses lèvres, il lui caressa la nuque.

Elle en frissonna et ajouta :

— Ce que je ressens pour toi est puissant et sauvage, je ne le maîtrise pas. Je ne suis plus capable de réfléchir quand tu es là. Et c'est très embêtant, surtout lorsque des hommes armés me prennent pour cible et que je devrais plutôt songer à courir, à m'enfuir.

Il glissa une main dans son dos.

— Cela me dit quelque chose…

— Alors peut-être que si nous allons jusqu'au bout de ce désir, si nous couchons ensemble, tout sera plus simple ensuite.

Elle avait conscience de ne pas être très sexy dans son raisonnement mais mieux valait mettre les choses au clair. Ils étaient très attirés l'un par l'autre. Pourquoi continuer à le nier ?

Il leva un sourcil surpris.

— Faire l'amour avec toi ne va pas éteindre le désir que j'éprouve pour toi, Julia.

Elle était d'accord avec lui. Elle avait dit cela dans l'espoir de trouver un sens à la situation. Mais elle n'avait pas particulièrement envie d'une aventure sans lendemain ni qu'il la prenne pour une fille facile.

— Je ne le crois pas non plus, mais pourquoi ne pas essayer ? Demain, tout peut arriver et… j'aimerais garder de bons souvenirs.

Cam posa les mains sur ses épaules pour lui chuchoter à l'oreille :

— Je ferai en sorte qu'il ne t'arrive rien.

Enivrée par son odeur, charmée par ses yeux brillants et par la force de leurs sentiments, Julia ne parvenait plus à réfléchir. Elle en oubliait le danger, les faux policiers armés, l'horreur dont elle avait été témoin, la peur…

Il n'y avait plus que lui.

— Là, maintenant, tout de suite, j'ai envie qu'il m'arrive quelque chose.

— Ce n'est peut-être pas très malin de ta part.

Mais il picorait sa nuque de baisers brûlants.

— C'est vrai.

— N'importe qui pourrait entrer, souligna Cam.

Elle glissa les mains sous son pull pour caresser son torse musclé.

— Maintenant, tu cherches des excuses.

— Tu as raison.

Puis les mains de Cam touchèrent ses joues et le reste du monde disparut.

Elle essaya de toutes ses forces de maîtriser les pensées qui bombardaient son cerveau mais elle en fut incapable. Les baisers de Cam l'enivraient, ses mains l'affolaient.

Lorsqu'il la souleva, elle n'hésita pas. Nouant ses longues jambes autour de ses reins, elle se plaqua étroitement contre lui.

La roulotte tournoyait autour d'elle tandis qu'une douce chaleur l'envahissait. Cam l'étendit sur le lit de camp et se coucha sur elle sans cesser de l'embrasser.

La couche protesta et craqua sous leurs poids.

Cam leva le nez.

— Tu crois que le lit va s'écrouler ?

— Je m'en moque.

Elle était trop occupée à lui retirer sa chemise, elle avait trop hâte de découvrir son corps viril pour se soucier de ce genre de détails.

Quand il fut enfin torse nu, elle promena ses doigts sur son dos ferme et musclé. Partout où elle le touchait, sa peau la brûlait.

Cam approfondit leur baiser. Ses mains s'enhardissaient et s'aventuraient sous son corsage. Elles s'attaquèrent à la boucle de sa ceinture et descendirent la fermeture Eclair de son pantalon.

Julia n'en pouvait plus. Elle avait envie d'arracher elle-même ses vêtements pour presser le mouvement et se frotter contre Cam. Comme s'il lisait dans ses pensées, il se redressa. Le lit de camp vacilla mais, sans y prêter attention, Cam lui ôta son chemisier et son soutien-gorge avant de les envoyer valser.

Il posa les mains sur ses seins pour en exciter les pointes, elle retint son souffle. La bouche gourmande de Cam picorait sa nuque, la faisant trembler de la tête aux pieds.

Leur étreinte devint sauvage, leurs gestes frénétiques. Il retira ses chaussures, et elle s'activa sur la boucle de son ceinturon pour l'ouvrir. Elle glissa alors la main à l'intérieur de son pantalon pour caresser son sexe turgescent.

Il leva la tête un instant avant de reprendre sa bouche.

— Julia, oui…

Ce baiser, d'une torride sensualité, l'emporta. Des vagues de chaleur déferlèrent sur son corps brûlant. Elle ne parvenait plus à respirer. Mais les mains expertes de Cam ne la lâchaient pas. Sans pitié, il la caressa longuement, voluptueusement, avant de lui retirer son pantalon et de se coucher sur elle.

Son érection se pressa contre son ventre. Elle en eut la chair de poule. Avec un gémissement, elle se souleva à moitié pour venir à sa rencontre.

Un désir intense s'emparait d'elle. Elle avait envie de lui, de l'avoir en elle.

Il se glissa entre ses cuisses. Elle noua les jambes autour de lui. Qu'il soit contre elle, contre son sexe, la rendait folle

Comme il caressait son bouton de rose et sa grotte secrète, elle crut s'envoler. Des vagues de plaisir la soulevaient.

— Julia, tu es sûre de vouloir aller jusqu'au bout ? demanda-t-il, le souffle court.

Incapable de répondre avec des mots, elle le guida en elle.

Enfin, il la pénétra. Elle ne put réprimer un gémissement. Une ivresse sensuelle la faisait vaciller. L'orgasme approchait, grimpait.

Dans un état second, elle balbutia :

— Viens, viens !

Tout son corps fondait au contact de Cam.

Il se mit à aller et venir entre ses cuisses, de plus en plus fort, de plus en plus vite.

Elle bascula, la tête en arrière.

La jouissance atteignit son paroxysme, et elle poussa un grand cri. Puis son corps parut lâcher. Elle retomba d'un coup.

Le plaisir continuait à déferler sur elle mais, peu à peu, elle recouvrait ses esprits.

Lorsqu'elle réussit à rouvrir les yeux, elle était en nage et avait le souffle court.

Au-dessus d'elle, Cam donna un dernier coup de rein. Puis son visage se contracta quand l'orgasme le foudroya à son tour. Avec un cri rauque, il s'abattit sur elle, le nez dans son cou.

— Waouh..., murmura-t-il.

Pour sa part, Julia était incapable d'articuler un mot. Elle tenta de prononcer le prénom de Cam mais ne parvint qu'à émettre un son inintelligible.

Il se redressa pour la regarder en face.

— Ça va ? demanda-t-il comme s'il était certain qu'elle allait répondre par la négative.

— C'est un euphémisme.

Elle avait envie de l'étreindre plus fort encore mais, épuisée, elle ferma les paupières.

— Tant mieux, dit-il.

— Je n'en reviens pas que le lit de camp ait résisté à nos ébats, s'avoua-t-elle. A un moment, j'ai vraiment cru qu'il allait s'écrouler.

Elle promena les yeux autour d'elle, considéra les vêtements éparpillés sur le sol.

— Nous avons eu de la chance.

— Rappelle-moi de remercier Holt pour les préservatifs. Cela dit, ça lui fera peut-être bizarre, venant de moi. Et ça m'ennuierait de l'effrayer.

Faire allusion à ces préservatifs ne ressemblait pas à Julia mais, vraiment, elle était infiniment reconnaissante à Holt d'avoir anticipé ce qui allait arriver.

Cam se mit à rire.

— Tu sais, même s'il est mon coéquipier, je ne lui raconte pas tout. Nous avons droit à une vie privée, heureusement.

— Tant mieux, ça me rassure.

Elle parlait pour ne rien dire. Juste pour garder Cam près d'elle.

— Je dois aller jeter un coup d'œil aux alentours et, toi, tu as besoin de te reposer.

Cela avait peu de chance de se produire mais Julia fut touchée que Cam se soucie de son bien-être.

— C'est ta façon de me prévenir que tu dois te lever, quitter ce lit et t'éloigner de moi ? demanda-t-elle cependant.

— Oui. Je ne voulais pas que tu penses que je m'en allais pour prendre élégamment la tangente, dit-il en l'embrassant.

Julia en eut les larmes aux yeux. Aucun homme n'avait jamais été aussi prévenant avec elle.

— Ce n'est pas le cas ?

— Tu me demandes si j'essaie de m'enfuir sur la pointe des pieds ?

— Oui.

— Non, pas avec toi, confia-t-il. Je n'ai envie que de tes bras.

Voilà une déclaration que Julia n'était pas près d'oublier.

10

L'alarme se déclencha sur la montre de Cam à l'aube, au moment précis où il sortait dans l'air glacé du petit matin. Il avait hâte de retourner dans le lit et de prendre Julia dans ses bras, mais le devoir l'appelait. Littéralement.

Le message était clair. Des intrus se rapprochaient de la roulotte de chantier. Holt avait transmis leurs coordonnées et des photos. Il était le seul homme connu de Cam à être capable d'envoyer un rapport complet via sa montre.

Quand il retourna à l'intérieur, Julia était en train d'enfiler un pantalon. En le voyant, elle se pétrifia.

— Qu'y a-t-il ?

L'inquiétude teintait sa voix.

— Rassemble toutes les affaires. Nous devons partir. Sur-le-champ.

Il n'avait pas le temps de donner d'explications. Il lui communiquerait les détails plus tard.

S'emparant du sac à dos, il y rangea toutes les armes à feu que Holt lui avait laissées. Depuis leur fuite du poste de police, il n'avait eu que des couteaux pour se défendre. Désormais, il était véritablement armé, ce qui le rassurait.

Julia le regarda empaqueter son artillerie. Après un instant, elle se mit au travail.

Ils s'activèrent en silence.

Lorsqu'il releva les yeux, elle était totalement habillée, d'un jean et d'une chemise bleue. Il ne l'avait jamais vu vêtue de sombre. Ce choix de vêtements était-il un indicateur de son humeur ?

Elle s'empara du sac au dos. Plus une miette ne traînait dans la roulotte. Elle avait tout rangé en un temps record.

— Tu es une rapide.

Il voulait alléger l'atmosphère mais sa petite plaisanterie tomba à plat.

Julia serra les dents, son regard s'assombrit.

— Je me doutais bien que nous n'allions pas pouvoir traîner au lit, ce matin. Pas après tout ce qui s'est passé depuis que j'ai fait ta connaissance. Chaque fois, tout se déroule selon le même schéma. Nous pensons que tout va bien puis des types armés arrivent, nous devons fuir et des gens se font tirer dessus.

— Julia…

— Certains meurent et tout recommence, continua-t-elle en hissant le sac sur ses épaules.

— Bientôt, toute cette histoire sera terminée. Tu te réveilleras, et les choses seront revenues à la normale. Nous pourrons chanter sous la douche, sortir prendre le petit déjeuner en terrasse. Vivre une existence normale.

Cam ne savait même pas pourquoi il disait cela.

En réalité, à la fin de cette mission, il devrait s'en aller et laisser Julia reprendre le cours de son existence. Elle avait un métier, des amis. Elle ne passait pas son temps à partir aux quatre coins du monde, à dormir à la belle étoile ou dans des conditions pires encore. Sans doute personne ne l'avait-il jamais menacée d'une arme avant qu'il ne surgisse dans son univers.

La vie de Cam, elle, était faite d'aventures et de combats, avec, à l'occasion, quelques plages d'ennui. Cette existence lui convenait à la perfection. Il aimait bouger. L'action correspondait à sa nature et à la façon dont il avait été élevé. Il n'avait jamais su ce qu'était une grasse matinée.

Le simple fait de parler de prendre un verre en terrasse semblait injuste vis-à-vis de Julia.

Mais Cam n'avait pas l'intention de faire marche arrière. Il avait peut-être tort mais, puisqu'il s'y était engagé, il tiendrait parole, quand bien même le calme ne durerait qu'une nuit. L'idée de faire la grasse matinée avec Julia et de passer avec elle une journée sans surprise ou sans mensonge semblait à la fois surréaliste et excitante.

Elle se planta devant lui.

— Maintenant, es-tu prêt à m'expliquer ce qui se passe ? Devoir tout empaqueter en un temps record est un peu stressant pour moi. Et pour toi ? C'est normal ?

— Oui. Je suis toujours sur le pied de guerre. En deux mots, Holt vient de me prévenir que quelqu'un s'approchait de notre roulotte.

— Qui ? Ray ?

— Sans doute. Je n'en suis pas totalement sûr mais je n'ai pas l'intention de l'attendre pour en avoir confirmation.

Cam s'efforçait de parler posément. Il devinait les tensions dont Julia était la proie depuis que le nom de Ray avait été prononcé. Inutile d'en rajouter.

— Qu'allons-nous faire ? Nous n'avons nulle part où aller, nulle part où nous cacher.

— Tout ira bien.

Mais, par prudence, il prit une arme et la lui tendit.

— Ne t'en sers qu'en dernier recours, recommanda-t-il.

Elle s'assura que le revolver était chargé et hocha la tête.

— Je n'aime pas jouer les cow-boys, dit-elle. Mais, si quelqu'un s'approche de moi et qu'il ne fait pas partie de ton équipe, je tire.

Il aimait cette attitude.

— Parfait.

Il mit alors un terme à la conversation. Il avait besoin que Julia se taise et se concentre. Il posa un doigt sur ses lèvres pour l'intimer au silence.

Elle le suivit sans poser de questions.

Il descendit alors les marches de la roulotte et se dirigea vers la pinède.

Mais il n'avait pas avancé de trois pas qu'un craquement le fit se retourner. Julia était en train de tomber. Fragilisé par des années d'intempéries, le plancher de la petite terrasse en bois venait de s'effondrer sous son poids. Elle chuta avec un cri.

L'envie de se précipiter pour la relever et la sortir de là submergea Cam un instant. Mais, en se comportant de manière inconsidérée, il risquait d'aggraver la situation. Si tout s'écroulait, ils seraient tous les deux dans de beaux draps.

— Ça va ? s'enquit-il.

Elle écarquilla les yeux.

— Je crois, mais je n'en sais rien en fait. Je ne sens rien pour le moment.

— Reste calme et surtout ne bouge pas.

De toute façon, elle n'aurait pu esquisser le moindre mouvement. Elle était à moitié coincée dans le trou, une jambe repliée sous elle. Il s'approcha avec précaution.

— Nous allons te sortir de là.

— Sans blague !

Elle essaya de remuer le haut du corps mais son sac à dos avait glissé, bloquant ses bras. Cam dénoua les sangles pour le lui retirer.

Il mesurait la catastrophe. Elle souffrait déjà d'une foulure. Une heure plus tôt, il lui avait bandé sa cheville. Et il lui avait donné des antalgiques. Ce traitement était censé l'aider à marcher mais, avec cette chute, ses blessures s'étaient forcément aggravées.

Elle secoua la tête.

— Je ne sens aucune douleur.

Ce n'était pas forcément une bonne nouvelle.

— Tu ne sens vraiment rien du tout ?

— Si… De l'angoisse et de la peur, maugréa-t-elle.

Puis elle posa les mains de part et d'autre de ses hanches et elle essaya de se soulever. Sous son poids, le plancher s'effondra un peu plus.

— Arrête ! Ne bouge plus.

Cam avait envie de crier mais il s'obligea à chuchoter. Un danger s'approchait, se rappela-t-il. Avec un peu de chance, Holt et Shane étaient tout près, ils pourraient faire diversion si nécessaire, mais rien ne l'attestait. Cam refusait de prendre le risque.

Se penchant vers le trou, il examina les bords tranchants des planches brisées contre la jambe de Julia. Elle ne pleurait pas, ne se plaignait pas mais elle devait souffrir.

— Ecoute, je vais te prendre sous les aisselles et te tirer de là, dit-il, joignant le geste à la parole.

Elle secoua la tête.

— Non, non, cela ne ferait qu'empirer la situation, j'en suis sûre.

Il allait donc devoir casser les planches, élargir le trou. Il fallait absolument empêcher Julia de s'enfoncer plus profondément dans les entrailles de la roulotte.

— Nous allons…

Une voix l'interrompit, une voix d'homme. Un individu s'approchait. Il s'exprimait calmement, il bavardait avec quelqu'un, même si une partie de l'échange échappait à Cam. Sans doute l'inconnu était-il au téléphone.

En tout cas, ils avaient de la visite et il ne s'agissait certainement pas de ses coéquipiers.

Julia blêmit et s'accrocha à sa chemise.

— Pars vite. Laisse-moi et va chercher de l'aide. Donne-moi juste une arme que je puisse l'effrayer.

— Hors de question.

Il n'allait pas l'abandonner au nouveau venu, quel qu'il soit !

Le type haussa la voix. Il ne faisait rien pour rester discret.

Bien sûr, il pouvait s'agir d'un innocent promeneur mais, sur la montre de Cam, le message l'exhortant à quitter la zone devenait de plus en plus pressant.

Désormais, quoi qu'ils fassent, cela occasionnerait du bruit, attirerait l'attention.

Cam ne savait pas à qui il avait affaire. Face à une dizaine de types armés, il ne pourrait pas lutter, quels que soient ses talents de tireur. S'il tentait un combat aussi déséquilibré, leurs chances de survie seraient minimes.

Il lui fallait un plan B.

De nouveau, il se tourna vers Julia.

— Ne bouge pas, je reviens.

Il avait besoin de découvrir d'où venait la voix.

En un instant, il localisa le type. Celui-ci venait de derrière la roulotte qu'il était en train de contourner. Il se dirigeait donc vers eux.

A pas prudents, Cam s'éloigna dans la direction opposée.

Tout en marchant, il gardait les yeux rivés sur Julia pour lui adresser un message silencieux : il n'allait pas loin, il ne l'abandonnerait pas.

Il ne faisait aucun bruit sur l'herbe.

Il gagna des fourrés, se recroquevilla et dressa l'oreille, aux aguets.

Il n'eut pas à attendre longtemps.

Un homme surgit. D'une main, il tenait une arme, de l'autre un talkie-walkie, ce qui expliquait la conversation unilatérale. Apparemment, il faisait le point sur la situation avec quelqu'un.

Mais avec qui ? Là était toute la question.

Parvenu à l'avant de la roulotte, l'homme s'immobilisa, secouant la tête comme s'il craignait d'avoir la berlue. Il s'approcha, et un grand sourire éclaira soudain son visage.

— Mais qu'est-ce que je vois là !

— Aidez-moi ! cria Julia d'un ton tremblant.

Cam s'interdit de prêter attention à la peur qui teintait sa voix. Elle avait besoin qu'il garde l'esprit clair et concentré.

Il la sortirait de ce piège, à mains nues s'il le fallait. Mais, avant tout, il devait se débarrasser de ce type. Et donc attendre le bon moment pour passer à l'action.

Quand le regard de l'homme s'écarta de Julia et balaya les alentours, Cam s'allongea pour devenir totalement invisible. Lui-même s'assurait des yeux qu'aucun autre visiteur ne risquait de le surprendre.

— Où est-il ? demanda le nouveau venu à Julia. Vous étiez avec un type hier.

Cam essaya d'identifier l'intrus. Celui-ci n'avait pas voyagé à bord du ferry mais était clairement acoquiné avec Ray. Ils avaient le même pantalon sombre, la même chemise noire.

— Il est allé chercher des billets pour le bateau, il m'a dit de l'attendre ici, répondit Julia.

Elle semblait à la fois sincère et terrifiée.

L'homme décrocha sa radio de sa ceinture. Cam ne pouvait le laisser appeler qui que ce soit, prévenir ses complices. D'un bond, il se jeta sur lui et le frappa avec violence. Tous deux tombèrent au sol. Dans sa chute, le revolver du type lui échappa des mains. Cam l'envoya valser d'un coup de pied. Il devait absolument s'en emparer. Ainsi que de sa radio.

Mais son adversaire se mit à appeler à l'aide tout en se débattant comme un beau diable. Comme il rampait vers son arme pour tenter de la récupérer, Cam l'attrapa par sa chemise.

Au moment où il s'apprêtait à lui tordre le bras, le type lui assena un grand coup de tête. Cam fut sonné mais ignora la douleur et repartit à l'attaque. Cette fois, il mit tout son poids dans la bataille.

Il fit mordre la poussière à l'intrus.

Une fois celui-ci à terre, il pressa un genou sur sa poitrine pour l'immobiliser et il le saisit à la gorge.

Cam ne cherchait pas à le tuer mais à écarter la menace qu'il représentait. Il n'était donc pas question de lâcher prise avant d'avoir réussi à le neutraliser.

Mais, soudain, le type cessa de bouger. Il devint mou et inerte comme une poupée de chiffon. Cam se redressa et récupéra le revolver. L'arme au poing, il promena les yeux autour de lui, prêt à tirer si quiconque surgissait. Mais la campagne alentour était tranquille. Il n'y avait plus personne.

Il reporta alors son attention sur Julia.

— Ça va ?

— Je t'en prie, sors-moi de là.

— Bien, madame.

Cam s'assura d'abord que l'homme était bien mort avant de lui fouiller ses poches. Elles étaient vides mais il récupéra la radio qui pouvait s'avérer utile.

— Cam ?

— Oui ? fit-il en relevant le nez.

— Maintenant.

Elle était manifestement au bord de la crise de nerfs. Aussi la rejoignit-il sous le porche de la roulotte. Puisque le danger était écarté, il ne craignait plus de faire du bruit.

Il retira les planches l'une après l'autre, les brisant pour élargir le trou.

Quand l'ouverture parut suffisante, il tira Julia hors de sa prison.

— Tout va bien, assura-t-il.

Elle s'effondra contre lui, les bras autour de sa taille.

— J'ai eu vraiment très peur qu'il ait le dessus et qu'il te massacre sous mes yeux.

Cam sourit dans ses cheveux.

— Essaie de me faire un peu confiance.

Elle s'écarta de lui.

— Nous devons partir.

— Oui, mais maintenant nous avons une radio, dit-il en brandissant l'appareil. Avantage pour nous.

— Exactement.

Près de la zone de transit de l'ancien chantier naval, Ray scrutait les environs à l'aide de ses jumelles. Devinant l'imminence d'une catastrophe, il était venu aux nouvelles.

Au lieu de suivre la chaîne de fabrication de la came, il observait Ned qui hurlait dans sa radio, sa voix grimpant plus haut à chaque phrase. Ray ignorait ce qui n'allait pas mais, de toute évidence, il y avait un problème. Normal. Des mois durant, les trafics de drogue avaient prospéré sans accrocs. Mais, depuis quelque temps, la situation partait en vrille.

D'abord, l'un des ouvriers s'était mis à poser trop de questions et il avait fallu le faire disparaître. Puis Rudy avait commencé à protester, à faire des histoires et à menacer de prévenir les flics s'il n'obtenait pas satisfaction. Ray avait dû le neutraliser, lui aussi, mais quand il était intervenu, c'était presque trop tard.

Désormais, il était chargé de s'occuper de Cameron Roth et de son équipe. De l'équipe qui avait réussi à le duper et à lui faire filer la mauvaise voiture. Ce Cameron se révélait plus malin que Ray ne l'avait pensé au départ. Il l'avait semé sans problème.

Fatigué d'être ignoré et de perdre son temps, Ray se rapprocha de Ned. Tout en marchant, il essaya de se rappeler le nom du gars qui semblait manquer à l'appel.

— Où est ton coéquipier ? demanda-t-il à Ned.

Ce dernier secoua la tête.

— Il ne répond pas et je ne comprends pas pourquoi. Il était en train de me faire son rapport.

Ray avait vaguement entendu une partie de la conversation. L'acolyte de Ned avait été envoyé vérifier que l'ancien chantier naval était bien désert.

Evidemment, la priorité était de retrouver Cameron Roth et la bonne femme qu'il protégeait. Ray détestait qu'on se moque de lui. D'autant qu'il allait devoir expliquer la situation à son patron. Celui-ci tempêterait sans doute pendant un moment.

La seule façon de le calmer était d'attraper quelqu'un. La femme ou l'un des membres de cette équipe de choc. Ray ne savait pas combien ils étaient. Au moins deux, en tout cas.

Comme Ned ne disait plus rien, il éleva la voix.

— Recommence à lui parler.

— Craig a coupé son appareil. Il me racontait sa vie et puis, plus rien.

Ned accompagna sa réponse d'un haussement d'épaules.

L'envie de le tuer traversa Ray. S'il avait pu se permettre de perdre plus d'hommes, il l'aurait sans doute étranglé. Au moins avait-il le nom de l'imbécile que Ned avait amené avec lui pour le seconder dans l'opération.

Il n'en pouvait plus de tant d'incompétence. Plus le temps passait, plus il mesurait à quel point la mort de Bob était une catastrophe.

— Où était Craig la dernière fois que tu lui as parlé ?

— Il examinait la zone.

Ray serra les mâchoires.

— Sois plus précis.

— Il fouillait les petits baraquements au bord du chantier naval. Des ouvriers y vivaient autrefois, et des chasseurs s'y installent encore, à l'occasion.

Voilà qui était prometteur, songea Ray. L'île comptait beaucoup d'habitations pour des gens de passage et quelques-unes pour les résidents permanents. Roth et la femme pouvaient se cacher n'importe où, certes. Mais ils n'étaient probablement pas loin, estima Ray.

— Montre-moi sur une carte.

— Il n'y a pas de carte. Je parle des roulottes qui longent le chantier naval et…

Ray leva les yeux au ciel. Il n'en pouvait plus de cette conversation.

— Montre-moi l'endroit et éteins la radio, au cas où.

11

Après s'être tordu la cheville, elle était passée à travers le plancher pourri de la roulotte de chantier. Julia avait eu de la chance de s'en tirer avec quelques égratignures.

A ses côtés, Cam cessa de jouer avec la radio qu'il avait prise au mort. Il avait tourné les boutons dans tous les sens, mais l'appareil était resté silencieux.

— Ça va toujours pour toi, Julia ? s'enquit-il sans lever le nez.

Il avait parfaitement géré la situation, il avait fait preuve d'une grande douceur et continuait à se montrer attentif à son bien-être. Mais, s'il lui demandait une fois de plus si elle allait bien, elle se mettrait à hurler. Et cela poserait un problème, vu qu'ils essayaient d'être le plus discrets possible.

Ils s'étaient éloignés de la roulotte qu'ils avaient considérée à tort comme un refuge et qui n'offrait plus beaucoup de sécurité, comme en attestait le cadavre sur la pelouse.

Finalement, ils se retrouvèrent dans la pinède.

Mis à part quelques animaux sauvages et peut-être d'innocents promeneurs, ils avaient peu de chance d'y croiser qui que ce soit, estimait Julia.

Cam avait l'intention de la laisser au ferry dès qu'il se serait assuré qu'elle pouvait monter à bord en toute sécurité. Mais ce serait certainement une erreur.

— Le chantier abandonné ! lâcha-t-elle.

C'était la meilleure solution mais elle devait l'en convaincre.

Il s'arrêta pour se tourner vers elle.

— Pardon ?

Au moins avait-elle attiré son attention.

— Pas loin, il y a un chantier naval abandonné. Avec des hangars, des entrepôts et donc beaucoup d'endroits où se cacher. Pourquoi ne pas y aller, le temps de reprendre des forces ?

Il se remit en marche.

— Tu dois embarquer sur le ferry.

Les mains sur les sangles de son sac à dos, elle redressa les épaules pour déclarer avec force :

— Impossible.

— Rien n'est impossible. Tu peux le faire et tu vas le faire.

Bien sûr, il tenait à la voir monter sur le bateau parce qu'il avait envie de la protéger. Mais elle refusait de céder.

— Sandy nous a dit que toute l'île était au courant de notre évasion du poste de police. Même si l'équipage du ferry croit que j'ai été kidnappée — ce dont je doute fortement —, ils appelleront la police pour ne pas risquer d'être soupçonnés d'avoir aidé des criminels en cavale.

— Manifestement, tu y as beaucoup réfléchi.

— Et je viens de te donner le scénario prévisible dans le meilleur des cas. Parce qu'il y en a un autre, sans doute plus réaliste : s'ils pensent que je suis ta complice, ils m'arrêteront immédiatement.

Elle ne voulait même pas imaginer cette hypothèse.

De surcroît, elle perdrait certainement son travail dans la tourmente. Les compagnies d'assurances avaient souvent des réactions conservatrices, pour ne pas dire rétrogrades. Ses patrons n'apprécieraient sans doute pas de voir la photo de leur réceptionniste à la une des journaux, en illustration d'articles sur une série de meurtres. Elle se ferait immédiatement licencier. Mais le pire était ailleurs. Si elle se retrouvait au cœur de ce scénario catastrophe, il lui faudrait affronter un cortège d'accusations criminelles et de procès. Que dirait-elle pour se défendre ? D'après ce qu'elle avait compris, les Corcorans n'avaient aucune existence officielle. Tout ce qui les concernait était secret.

— Le plan était de te faire monter en catimini à bord du

ferry, reprit Cam en haussant la voix. Shane t'accompagnera pour jouer les gardes du corps et s'assurer que tu ne risques rien.

Il voulait la refiler à Shane ? C'en était presque insultant et…

— Trop risqué !

Cam jura dans sa barbe.

— Tu parles comme Holt.

Pour le coup, elle n'allait pas s'en plaindre.

— Que conseille ton chef ?

Elle exagéra le titre de Holt pour donner plus de poids à son avis.

— De faire profil bas.

Voilà qui semblait une excellente idée.

— Ah, tu vois !

Cam secoua la tête.

— Ne commence pas.

Pour préserver la susceptibilité de Cam, elle décida d'avoir le triomphe modeste et de s'abstenir de clamer haut et fort sa victoire.

— Mettons le cap sur l'ancien chantier naval, décida-t-elle.

— Il pleut ! Nous devons chercher un abri.

Julia porta le regard au loin. Les arbres faisaient office de parapluie mais, en effet, il pleuvait.

Que Cam s'efforce en permanence de la protéger des multiples dangers qui la menaçaient comme des petits désagréments de la vie touchait Julia. En temps normal, elle lui aurait facilité la tâche. Elle n'avait aucune envie de risquer sa peau. Mais rien de ce que lui proposait Cam n'était acceptable.

Pour elle, la seule solution valable était de rester avec lui. Indépendamment du fait qu'il lui plaisait beaucoup, elle lui faisait confiance pour la défendre, elle qui ne se fiait en général à personne.

— Il y a des bâtiments sur le chantier naval, reprit-elle.

Cam hocha la tête.

— Cinq anciens ateliers et un entrepôt, certains à moitié démolis mais d'autres encore debout, sans oublier les coques rouillées de bateaux. Mais personne n'a fouillé la zone, personne ne l'a sécurisée.

Manifestement, il avait effectué des recherches poussées sur l'île avant de s'y rendre. S'il se donnait des airs de dilettante, Cam avait en réalité travaillé ses dossiers.

— Excuse-moi de te rappeler que, la dernière fois que Holt a « sécurisé » un endroit, je suis passée à travers le plancher.

Un petit sourire se dessina sur ses lèvres, même s'il essaya de le réprimer.

— Un point pour toi.

— Alors ? Ici, nous allons finir trempés.

Il poussa un gros soupir.

— Comment va ta jambe ?

Elle ne voyait pas de raison de lui mentir à ce sujet. S'il comptait se servir de sa blessure comme excuse, cela ne changerait rien.

— Douloureuse.

— Marcher ne semble donc pas une bonne idée.

— Et si tu volais une autre voiture ?

Apparemment, il était doué en la matière.

— Non, ce serait risqué d'emprunter un véhicule maintenant. Nous devons nous cacher, faire profil bas. Révéler notre position aux autorités par un vol serait une erreur.

Sur ce, il se remit en marche. Il avait changé de direction et mettait désormais le cap sur le chantier naval.

Il avait cédé si facilement que Julia s'interrogea : n'aurait-il pas eu l'intention de s'y rendre depuis le départ ?

Ils cheminèrent à travers l'épaisse pinède qui les enveloppait comme un cocon. Julia s'était tellement inquiétée ces dernières heures qu'il lui faudrait certainement du temps pour parvenir à se calmer. Elle s'efforça d'inspirer et d'expirer profondément, lentement… En vain.

Comme elle hésitait à prendre la main de Cam, il se tourna soudain vers elle.

— Parle-moi de Sandy.

Il ne cessait d'inspecter les alentours des yeux.

Elle devina ce qui allait suivre.

— Pourquoi ?

— Pour rien. Pour parler.

Mais elle n'était pas dupe. Cam se devait d'étudier une question sous tous les angles. Son équipe et lui avaient établi le profil du narcotrafiquant à la tête des réseaux qu'ils cherchaient à démanteler. Il s'agissait d'un homme riche et puissant. Or, le luxe de la maison de Sandy suggérait qu'il avait de gros revenus et du pouvoir.

Mais Sandy avait énormément compté pour Julia, il avait toujours été là pour elle.

Elle prit sa défense.

— Non, je ne te crois pas. Tu orientes l'enquête sur lui.

Il lui jeta un regard de biais.

— Pourtant, tu as du mal à faire confiance.

Elle ne pouvait le nier. Depuis de longues années, elle avait de grosses difficultés à accorder sa confiance et elle savait pourquoi.

— Si tu avais eu un père comme le mien, tu aurais les mêmes difficultés.

Cam haussa les épaules.

— Je n'ai pas eu de père.

— Quoi ?

De surprise, elle trébucha sur une branche et faillit s'étaler de tout son long. Mais Cam la rattrapa au vol.

— J'ai été élevé par des familles d'accueil, précisa-t-il.

Il lui donna ce renseignement d'un ton posé. Il n'abordait probablement pas souvent le sujet.

— Cam, je suis désolée.

— Il n'y a pas lieu de l'être.

— Je comprends tout.

La façon dont il se comportait, sa loyauté sans faille vis-à-vis de ses coéquipiers comme son désir d'effectuer son travail du mieux possible. Son réflexe de ne jamais compter que sur lui-même collait bien avec une enfance ballottée d'une famille d'accueil à l'autre.

— Que comprends-tu ? demanda-t-il.

— Tu sembles avoir du mal à nouer des liens, à t'engager avec quelqu'un.

— C'est vrai.

Julia aussi évitait de se lier pour s'épargner de nombreuses souffrances. Mais, depuis qu'elle avait rencontré Cam, elle voulait changer… S'ouvrir à lui, partager quelque chose.

En très peu de temps, il avait réussi à transformer sa nature profonde. Il lui donnait des envies qu'elle n'avait jamais eues auparavant. Tout en fuyant avec lui, tout en essayant de ne pas se faire tuer.

Cela semblait étrange, presque surréaliste. Elle ne pouvait l'expliquer et, pour la première fois de sa vie, elle n'avait pas envie d'analyser ses désirs, ses émotions, ses sentiments. Mais de les vivre.

Un petit bip poussa Cam à regarder sa montre.

— Intéressant, fit-il.

Julia se hissa sur la pointe des pieds pour essayer de voir l'écran.

— Qu'y a-t-il ?

— Kreider.

Elle promena les yeux autour d'elle, s'attendant presque à voir surgir le chef de police, l'arme au poing.

— Où est-il ?

— Shane a planté un autre mouchard sur sa voiture et, cette fois, Kreider ne s'en est pas aperçu.

Du bout des doigts, Cam fit grossir une carte.

Julia fronça les sourcils. Perplexe.

— J'ai l'intuition qu'il y a autre chose.

Cam ne serait pas focalisé à ce point sur sa montre si Kreider s'était contenté d'aller faire ses courses à la supérette du coin.

— En effet. Il n'est pas loin d'ici.

— Je t'en prie, ne me dis pas que nous allons le prendre en chasse.

— D'accord.

Elle retira son sac et l'ouvrit pour y prendre les barres de céréales. Elle lui en tendit une.

— Y a-t-il une chance que personne ne soit tué dans l'heure qui suit ?

— Je ne peux rien te promettre.

Cela faisait un moment qu'ils marchaient et, régulièrement, Cam s'arrêtait pour examiner la cheville de Julia. Elle lui assurait qu'elle allait bien mais il n'était pas certain que ce soit vrai. Elle tentait en permanence de minimiser ses souffrances, de lui dissimuler son inquiétude.

Encore quelque chose qu'il admirait chez cette femme. Elle l'impressionnait par sa force, par son visage expressif, par son regard intense, sans parler de sa bouche qui le rendait totalement fou.

Ils remontaient un sentier qui longeait le chantier naval, reliant la roulotte aux entrepôts et aux hangars. Perdu au milieu des arbres et des herbes hautes, ce chemin de terre était presque invisible, du moins jusqu'à une colline un peu plus loin.

Gravir celle-ci était risqué mais une fois au sommet, ils auraient l'avantage d'être en hauteur si la situation dégénérait et s'il y avait des échanges de tirs.

De plus, de ce perchoir, Cam aurait une vue imprenable sur la plus grande partie de la vallée, y compris sur la voiture de police qui était bien là où le mouchard l'avait localisée.

Une fois arrivés, ils se mirent donc à plat ventre au sol et inspectèrent les alentours avec les jumelles.

— Les flics sont dans le coin ? demanda Julia.

— Je n'en sais rien, répondit Cam. Comme nous n'avons pas vu leur voiture arriver, c'est impossible de le savoir.

— Es-tu en train de me dire que je t'ai ralenti ?

— C'est surtout la pluie qui nous a ralentis.

Il ne pleuvait plus mais l'averse avait gêné leur progression, et l'atmosphère était chargée d'humidité.

En outre, Cam était trempé jusqu'aux os parce qu'il avait

insisté pour que Julia enfile sa veste. Celle-ci était trop grande pour elle mais Julia avait un air adorable dans ce vêtement un peu large, avec ses cheveux trempés. Même à cet instant où elle levait la tête pour avoir une meilleure vue.

Sur quoi ? Voilà toute la question. Il n'y avait personne à proximité. Aucune trace de Kreider ou de ses hommes. Pas d'armes non plus. En fait, il n'y avait rien à voir.

— Kreider est sans doute ici, dans l'un de ces bâtiments, mais pourquoi ? Que viendrait-il faire dans cet ancien chantier naval en plein milieu de la journée ?

Cam n'avait pas voulu raisonner à voix haute.

— Je suppose que lui poser directement la question ne serait pas une bonne idée, commenta Julia en tapotant de ses mains le sol humide.

— Non, en effet. Mais c'est tentant.

— Comme il ne pleut plus, nous pourrions rester ici pour surveiller la voiture et l'entrepôt. Et puis attendre.

Attendre sans rien faire, les bras croisés, n'était pas le style de Cam. D'ailleurs, il détestait les planques. Il avait toujours préféré l'action

— J'aimerais que Kreider sorte et que Ray soit avec lui, qu'ils soient ensemble. Cela nous aiderait à comprendre la situation ou, au moins, à nous poser les bonnes questions. Nous saurions où nous en sommes. Si tous deux sont impliqués dans les trafics de drogue, je préfère être au courant.

Julia se tourna vers lui.

— Ton bureau ne peut pas se servir de satellites ou de je ne sais quel matériel sophistiqué pour déterminer s'il y a quelqu'un à l'intérieur de ces bâtiments ?

— C'est moins simple qu'il n'y paraît.

Cam appréciait la façon de réfléchir de Julia. Elle voyait grand.

— Mais, s'ils sont là, nous pouvons les faire sortir, ajouta-t-il. Les débusquer.

Julia fronça les sourcils.

— Et comment ?

— Avec une petite explosion…

Elle posa les yeux sur son visage, et son expression s'assombrit encore.

— Tu parles sérieusement ?

— En général, oui.

Sauf, bien sûr, lorsqu'il ne travaillait pas. Mais, en opération, il ne plaisantait jamais et voilà pourquoi Julia le déstabilisait. Avec elle, il plaisantait, elle lui donnait du fil à retordre… ils avaient fait l'amour comme des fous. Il n'était pas habitué à vivre les missions sur ce mode.

— Résumons-nous, dit-elle en repoussant ses cheveux en arrière. Tu veux faire sauter ce bâtiment alors que des gens se trouvent peut-être à l'intérieur ?

C'était sans doute un peu exagéré mais l'idée lui plaisait. Malheureusement, Holt refuserait probablement de le suivre sur ce terrain.

— Une petite explosion près de la voiture me semble préférable. Il faut provoquer un début d'incendie, rien de plus.

— Tu n'aurais pas quelque chose de plus subtil en magasin ? Peut-être un lance-roquettes ? ajouta-t-elle d'un ton sarcastique.

— Je ne suis pas du genre subtil.

Et il aurait bien aimé avoir un lance-roquettes à sa disposition.

— L'objectif est de découvrir combien d'hommes Kreider a sous ses ordres et où ils sont positionnés. Nous allons faire sauter quelque chose pour attirer leur attention, les faire sortir. Nous saurons alors à quoi nous sommes confrontés exactement.

Plus Cam en parlait, plus l'idée le séduisait.

— Holt et Shane pourront prévenir les autorités. Et nous, poser les bonnes questions. Nous sommes quand même venus sur cette île pour obtenir des réponses.

— Ton équipe est dans le coin ?

— Pas loin.

— Et tu vas faire sortir tout le monde.

Voilà ! Elle comprenait où il voulait en venir.

— C'est tout l'enjeu de la manœuvre, oui.

— Y compris ceux qui cherchent à te tuer.

— C'est pour ça que j'aimerais voir leurs visages. Je ne suis pas capable d'abattre un ennemi que je ne vois pas. Et il y a quelqu'un au-dessus de Ray, j'en suis certain.

C'était évident pour Cam mais, vu l'expression peinte sur le visage de Julia, ce ne l'était pas pour elle.

Plutôt que de lui expliquer son raisonnement, il attrapa le sac à dos. La pluie se remettait à tomber. Il envoya un mot à Holt via sa montre :

Diversion.

La réponse fut immédiate.

Pas d'étincelles.

Cam décida d'ignorer ces trois mots. Seule concession : il avait rêvé d'une grosse explosion et, finalement, il se contenterait d'une petite.

Il sortit du sac un pain de plastic. Il allait placer l'explosif sous la voiture, utiliser le déclencheur à distance pour la mise à feu, et provoquer une grosse déflagration, voire un début d'incendie. Assez de tumulte pour faire sortir tous ceux qui se cachaient sur le chantier.

— En cas de fausse manœuvre, tu risques de te faire exploser, non ?

Julia semblait plus curieuse qu'inquiète.

Il ne savait pas bien comment prendre sa réflexion. Doutait-elle de ses compétences ?

— En général, je m'arrange pour ne pas faire d'erreur.

— J'avoue être un peu dubitative quant à l'efficacité de ce plan, confia-t-elle.

— Tu as tort, répliqua-t-il tout en réunissant les éléments de la bombe. Si nous réussissons à éliminer les bonnes personnes, nous pouvons en finir avec toute cette histoire et dormir dans un lit chaud ce soir.

L'allusion la fit sourire.

Elle désigna la voiture d'un geste.

— Alors, qu'attends-tu ?

— Rien du tout.

Il se mit à dévaler la colline. En courant lorsqu'il le pouvait, sur le ventre quand il craignait d'être repéré. Il entendait presque Holt jurer à distance.

Sur la dernière ligne droite, il préféra ramper pour être plus discret encore. Même si le sol humide amortissait les bruits, il ne pouvait marcher à découvert. Pas avec une bombe dans les bras.

Il arrivait devant la voiture quand la porte de la baraque s'ouvrit. Aussitôt, il se glissa sous le véhicule, serrant toujours l'engin explosif contre sa poitrine. Il y eut des bruits de pas près de lui. Puis une portière de la voiture s'ouvrit et il calcula le temps qu'il lui fallait pour bouger avant de se faire écraser.

Mais l'homme ne démarra pas. Il laissa la portière ouverte et parut chercher quelque chose dans le véhicule. Ses chaussures étaient toujours dans le champ de vision de Cam. Il chantonnait, tout en furetant dans la voiture. Finalement, il en ressortit et claqua la portière.

Cam retint son souffle jusqu'au moment où la porte du bâtiment s'ouvrit, puis se referma. Alors, il expira, essayant de calmer les battements précipités de son cœur. Epuisé par les tensions nerveuses, il posa un instant la tête sur le sol. Mais, songeant à Julia qui patientait sur la colline, il se remit en mouvement.

Il installa l'engin sous le châssis. Vu où était garée la voiture, quand la bombe exploserait, elle détruirait non seulement le véhicule mais le bâtiment aussi. Et les personnes qui se trouvaient à l'intérieur seraient obligées de fuir.

Une fois le dispositif en place, Cam s'assura que les fils étaient branchés convenablement, puis il sortit de sous le véhicule.

Mais alors qu'il cherchait des yeux la meilleure cachette possible, le bruit caractéristique d'un fusil qu'on recharge le fit sursauter.

— Les mains sur la tête ! lui ordonna une voix d'homme derrière lui.

— Et vite ! ajouta un second.

Ignorant l'injonction concernant ses mains, Cam se retourna. L'un des hommes lui disait vaguement quelque chose. Sans doute l'avait-il croisé sur le ferry. Il n'avait jamais vu l'autre. En tout cas, aucun des deux n'était Ray et aucun n'avait l'air d'être le chef.

Cam s'arrangea pour dissimuler le détonateur sous sa chemise. Il lui fallait absolument sortir du rayon de l'explosion.

— Je fais juste un tour, les gars ! assura-t-il pour gagner du temps et réfléchir à un plan de secours.

— Bien sûr ! persifla le premier homme. Ne vous fatiguez pas à raconter des histoires, nous savons qui vous êtes. Des gens vous cherchent.

— Et où est passée la bonne femme ? demanda l'autre.

Confirmation. Ils étaient bien avec Ray.

Cam secoua la tête.

— Je ne comprends pas de quoi vous parlez.

— Là ! fit l'un d'eux en désignant la colline.

Cam s'en voulut de suivre son regard. Julia se tenait debout en haut de la colline. Il n'en revenait pas. Pourquoi agitait-elle les bras comme des sémaphores ?

La colère s'empara de lui, et il faillit rater l'occasion que Julia lui tendait. Se ressaisissant, il profita de la diversion qu'elle avait créée pour s'éclipser en catimini. Comme les deux types étaient toujours tournés vers la colline, il recula de quelques pas avant de s'élancer vers les fourrés. Tout en courant comme un dératé, il appuya sur le bouton.

Derrière lui, une énorme explosion souleva la voiture puis un souffle chaud passa alentour. Il tomba sur le ventre, protégea sa tête de ses bras, attendant que le chaos s'ensuive. Il y eut des cris, des crépitements de feu. Une autre explosion suivit la première — le réservoir d'essence, sans doute — et des morceaux de carrosserie tombèrent en pluie autour de lui.

Le calme ne revint qu'au bout d'un long moment.

Lorsqu'il redressa enfin la tête, Julia était près de lui, l'air terrorisé.

— Cameron ?

— Ça va.

Il ne savait pas si c'était vrai mais il roula sur lui-même.

Apparemment, ses membres fonctionnaient correctement, ce qui était bon signe.

— Nous reparlerons de tout cela plus tard, lança Holt, quelque part au-dessus de lui. Heureusement pour toi, Shane a attrapé le type avant qu'il ne puisse s'enfuir.

— Et l'autre ?

— Il est mort.

Holt se tourna vers Julia.

— Vous, vous partez avec Cam.

Elle hocha la tête mais ne dit rien. Cette absence de réponse interpella Cam. Julia n'était pas du genre à rester silencieuse. Il se releva.

— Tu as créé une diversion, dit-il.

Elle avait risqué sa propre vie pour lui, et cette prise de conscience l'enivrait. Il était à la fois furieux qu'elle ait osé cela et touché au cœur.

Elle ramassa un papier par terre.

— Ils venaient d'acheter des bières.

— Que veux-tu dire ?

Elle agita un ticket de caisse.

— Le gars a pris un pack de bières dans la voiture, il l'a porté jusqu'au porche avant de se retourner. C'est à ce moment-là qu'il a senti ta présence.

— Et tu es venue à mon secours…

Elle haussa les épaules.

— Chacun son tour.

L'endroit ressemblait à une zone de guerre. La carcasse retournée de la voiture finissait de brûler et les flammes dévoraient le baraquement. Un cadavre était étendu par terre. Des débris jonchaient le sol.

Cam s'éclaircit la gorge.

— Tu peux décider où nous allons, maintenant.

— Cap sur la maison de Sandy.

Ce n'était pas la réponse qu'il espérait.

— Tu crois vraiment que c'est une bonne idée ?

— Tu sens mauvais.

Ray baissa ses jumelles.

L'ancien entrepôt et toute la zone alentour étaient la proie des flammes. Il avait perdu un autre de ses hommes et un second avait été fait prisonnier. Il avait cru pouvoir tirer et abattre Roth, mais d'autres types étaient arrivés en renfort.

Heureusement, le garde ne savait rien. Ray venait de l'embaucher. C'était un bon à rien qui passait son temps à boire.

Il ne risquait pas de leur balancer le nom du patron.

Il ne pourrait pas dire grand-chose sur lui non plus, estimait Ray. Mais il était susceptible de répondre à certaines questions, ce qui était embêtant.

Ray lâcha un juron. Trois types étaient sur l'île pour lui pourrir la vie. Il fallait les éliminer et, pendant qu'il y était, il tuerait la femme aussi.

Le patron ne serait pas content mais, de toute façon, il ne serait plus le patron très longtemps, alors Ray s'en moquait. Tout n'était plus qu'une question d'heures désormais, et le compte à rebours avait déjà commencé.

12

Julia regretta très vite sa décision de se rendre chez Sandy. Avant d'entrer chez lui, elle lui avait fait promettre de ne pas appeler la police, et il s'y était engagé de mauvaise grâce. Mais il ne les avait pas accueillis à bras ouverts, loin de là. Non seulement, il ne lui faisait pas l'aumône d'un sourire mais il ne cessait d'agresser verbalement Cam, ne lui épargnant aucune pique.

Quand Cam monta se doucher, Julia devina ce qui allait suivre : Sandy allait s'attaquer à elle. Pour tenter d'éviter cette confrontation, elle se réfugia dans la cuisine.

L'ordinateur portable de Sandy y était resté sur l'îlot central, et dessus s'affichaient les actualités locales. Julia en fut effarée, mais elle eut à peine le temps de les parcourir. L'arrivée de Sandy la tira brutalement de sa lecture. Il posa bruyamment son mug sur le comptoir tout en se hissant sur un haut tabouret à côté d'elle.

— Tu mérites mieux, Julia.

— Cam n'est pas un meurtrier ! répliqua-t-elle.

Il était déterminé, têtu, attentionné, craquant et il embrassait comme personne. A l'occasion, il pouvait se montrer difficile ou exigeant mais il n'avait rien d'un tueur, Julia en était certaine.

Sandy ne semblait pas de cet avis.

— Tu prétends qu'il n'a tué personne depuis qu'il a débarqué à Calapan ?

— Non, je ne dis pas ça.

Comment l'aurait-elle pu ? L'information était à la une du

journal local et alimentait toutes les conversations de l'île. Il était même question d'instituer une sorte de loi martiale obligeant les gens à rester chez eux pour faciliter le travail de la police. Le service des ferries avait été interrompu sauf pour les urgences, et des renforts de police étaient attendus d'un instant à l'autre.

Pour Cam et son équipe, les nouvelles étaient inquiétantes. En tant qu'étrangers à Calapan, ils avaient toutes les chances d'être désignés comme les auteurs des meurtres. Et Cam n'avait pas fait preuve de beaucoup de subtilité dans sa façon de se comporter sur l'île. Si on y ajoutait le fait qu'un trafiquant de drogue mettait les grands moyens pour défendre son business, la catastrophe annoncée promettait d'être de taille.

— Ça suffit ! lâcha Sandy en sortant son téléphone portable de sa poche. Je vais prévenir les autorités. J'ai déjà attendu trop longtemps.

— Non ! cria Julia en tentant de lui arracher l'appareil.

— Si, c'est la meilleure solution, fais-moi confiance. Qu'est-ce qui ne tourne pas rond chez toi ? ajouta-t-il en reculant pour l'empêcher de se saisir du téléphone.

Elle se demandait la même chose. A la vue du portable, elle avait réagi au quart de tour. Elle se sentait le devoir de protéger Cam à tout prix.

— Tu m'avais promis, Sandy !

— C'était une erreur.

Impossible de le laisser faire, décida Julia. Il fallait qu'elle prévienne Cam, et au besoin qu'elle s'enfuie avec lui.

Fatalement, Sandy en déduirait qu'elle lui préférait Cam. Il fonctionnait de manière très binaire, elle ne le savait que trop. Pour lui, tout était noir ou blanc. Depuis toujours, il exigeait de ses proches une loyauté totale et de tous les instants.

— Je t'ai fait confiance et si tu…

Elle n'avait pas envie de menacer Sandy mais n'était plus très loin de le faire.

— Tu dois me faire confiance, toi aussi, ajouta-t-elle finalement.

— J'ai un problème avec ce type, pas avec toi ! cria Sandy.

Les bruissements d'eau depuis la salle de bains avaient cessé, et Julia s'attendait à ce que Cam apparaisse d'un instant à l'autre. Comme il n'arrivait pas, elle poursuivit.

— Cam est avec moi.

Sandy ouvrit la bouche et la referma. Il finit par secouer la tête en la regardant avec dédain.

— Ma pauvre petite Julia !

Elle détestait ce ton apitoyé comme cette expression condescendante. Sandy s'en était servi à maintes reprises dans le passé pour la culpabiliser.

— Je t'en prie, ne me regarde pas comme ça.

— Promets-moi que, quand il s'en ira, quand il sortira de cette maison, tu resteras ici avec moi. En sécurité. Cet homme est dangereux, Julia.

Au contraire, Cam n'avait cessé de la défendre, pensa-t-elle.

— C'est l'île de Calapan qui est dangereuse !

— A cause de lui ! assura Sandy.

— Il s'est jeté sur moi pour me protéger des balles, il a risqué sa vie pour sauver la mienne. Il a détourné de moi des agresseurs pour qu'ils s'en prennent à lui plutôt qu'à moi. Est-ce qu'un homme qui voudrait me nuire se comporterait ainsi ?

Sandy se pencha vers elle.

— Pourquoi est-il venu à Calapan ?

Elle aurait préféré éviter la question ou au moins l'esquiver. Mais Sandy avait droit à la vérité.

— Pour interroger un témoin. Apparemment, il a recueilli des informations…

— Quelles informations ?

— Quelqu'un trafique de la drogue sur l'île, il en fabrique des quantités très importantes qu'il vend pour l'essentiel à l'extérieur, sur le continent.

De nouveau, Sandy leva les yeux au ciel.

— Et tu peux m'expliquer comment un banal interrogatoire de témoin s'est transformé en fusillade ?

Julia saisit une bouteille d'eau, plus pour s'occuper les mains qu'autre chose.

— Rudy était le témoin en question et quelqu'un l'a assassiné.

— Tu refuses toujours de reconnaître que ton type est au cœur de toute cette histoire.

Julia ne releva pas le « ton type ». Elle se concentra sur l'essentiel.

— Quelqu'un de puissant est au cœur de toute cette histoire. Un homme se trouve sur l'île et se fait passer pour le chef de la police.

Sandy ne la quittait pas des yeux.

— Tu crois que c'est vrai ?

— Oui.

Cette conviction ne reposait que sur les dires de Cam et de son équipe, mais Julia ne mettait pas en doute leur parole. L'envie de sonder la sincérité de Cam l'avait parfois traversée depuis leur rencontre mais, désormais, elle le croyait.

— Il est possible que le chef Kreider soit impliqué, lança-t-elle.

Sandy grommela.

— Je sais que tu n'as jamais aimé Kreider mais tu n'as quand même pas le droit d'accuser les gens sans preuves !

— Il a le bras long et il connaît l'île comme sa poche…

— Tu es victime de la paranoïa de ton petit ami.

— Julia est plus intelligente que moi, intervint Cam en surgissant dans la pièce.

Il posa tendrement une main sur l'épaule de Julia et, remarqua-t-elle, il ne corrigea pas Sandy qui l'avait désigné comme son petit ami. Cela eut sur elle un effet formidablement apaisant. L'angoisse qui lui nouait l'estomac depuis quelques minutes s'envola d'un coup.

Elle lui sourit.

— Cam…

Il la contourna pour faire face à Sandy.

— Y a-t-il quelque chose que vous aimeriez me demander ?

— Je m'inquiète pour Julia, répondit Sandy.

Cam opina.

— Moi aussi.

— Je peux lui faire quitter l'île, assura Sandy.

De nouveau, Julia en eut assez.

— Au cas où vous ne l'auriez pas remarqué, je suis là !

Le silence tomba dans la pièce, seulement rompu par le ronronnement du réfrigérateur.

Finalement, Sandy glissa son téléphone dans sa poche.

— Vous semblez tous les deux exténués, commenta-t-il en se levant, l'air un peu plus calme.

Julia poussa un soupir intérieur. Ils avaient évité un véritable clash.

— Nous allons dîner et nous octroyer une bonne nuit de sommeil, ajouta Sandy. En espérant y voir plus clair demain matin.

Cam n'avait pas bougé.

— Si vous avez l'intention d'appeler les flics dès que j'aurai fermé les yeux, je…

— Je m'engage à ne pas prévenir la police ce soir, le coupa Sandy. A condition que vous me donniez votre parole de ne pas vous enfuir sous la pluie avec Julia.

Les deux hommes se mesuraient du regard. Ils ne semblaient même pas faire attention à Julia.

Finalement, Cam opina.

— D'accord, marché conclu.

Cam tint les bras de Julia au-dessus d'elle et accéléra ses va-et-vient entre ses cuisses. Sous ses assauts, elle poussa un petit cri, rejetant la tête sur l'oreiller. Qu'elle perde ainsi le contrôle était un spectacle très sexy.

Elle semblait s'abandonner complètement à son étreinte.

La toucher, l'embrasser ravissait Cam. Lorsqu'il la pénétra, un frisson le parcourut tout entier.

Elle plongea les yeux dans les siens, comme une invite à aller plus fort, à faire monter la jouissance en elle.

Il respirait avec peine, en proie à des émotions complètement nouvelles. En lui aussi, le plaisir allait crescendo, mais il voulait attendre, que Julia soit la première…

Enfin, elle cria, s'agrippant à lui, plantant ses ongles dans sa peau.

Alors, à son tour, il hurla et, dans un dernier coup de rein, s'effondra sur elle. Veillant à ne pas l'écraser, il roula sur le côté et mêla ses doigts aux siens. Il posa la longue main de Julia sur son torse.

Puis, fermant les paupières, il remercia in petto Holt de lui avoir laissé une boîte de préservatifs dans le sac à dos. Il ne savait pas comment son ami avait deviné qu'il en aurait besoin mais il lui en était infiniment reconnaissant. C'était ainsi entre les membres des Corcorans : un mélange de fraternité et de sixième sens, songea Cam.

Il serra tendrement Julia contre lui.

— Je ne suis pas sûr que Sandy avait cela en tête en nous conseillant d'aller nous coucher, dit-il en riant.

— Je suis une grande fille.

— Et même une femme, chérie. N'ayons pas peur des mots !

— Je n'aime pas qu'on me parle comme si j'avais quatre ans.

A son ton empreint de colère, il redressa la tête.

— Attends. Tu as quelque chose à me reprocher ?

— Non, pas à toi. Mais Sandy a un petit côté « papa protecteur » que je trouve insupportable. Il en fait trop et je supporte de moins en moins qu'il me donne des ordres comme si j'étais encore une enfant.

Cam l'avait remarqué mais il ne pouvait être assimilé à Sandy sur ce point. Il se comportait de manière rigoureusement opposée. Il avait mêlé Julia au danger en l'entraînant dans sa mission.

Sandy, lui, semblait entretenir une relation paternelle avec Julia. Comme elle n'avait pas été très proche de son vrai père, il était sans doute logique qu'elle ait demandé à un autre homme de jouer ce rôle.

— Il a des enfants ?

— Il a été marié et divorcé plusieurs fois mais il n'a jamais eu d'enfants. Il reconnaît lui-même que, dans sa jeunesse, il travaillait tellement pour gagner de l'argent qu'il n'était jamais chez lui.

— Et, maintenant, il a pris sa retraite.

Cam en était surpris. Manifestement, Sandy avait été un bourreau de travail. Pourtant, il avait pris sa retraite alors qu'il n'avait pas cinquante ans ? Quelque chose ne collait pas.

— C'est curieux..., ajouta Julia, confirmant son intuition. Parce qu'il n'a jamais été du genre casanier.

Tout en parlant, elle caressait son torse. Il en avait du mal à se concentrer sur leur conversation, mais il décida d'ignorer son érection.

Il avait envie d'en apprendre davantage sur Sandy. Ce gars n'était pas clair.

— Que fait-il à longueur de journée ?

— Peut-être qu'il compte son argent...

— Moi aussi, répliqua Cam. Et j'ai trente-huit dollars.

— Alors tu as largement les moyens de m'inviter à dîner quand nous en aurons fini avec cette histoire, dit-elle en se pelotonnant contre lui.

Comme il restait silencieux, elle se redressa pour le regarder.

— Oh ! Oh ! Est-ce que je t'ai fait peur ?

Il n'avait rien dit. Sa réaction était involontaire mais, en effet, l'éventualité d'une suite, d'un engagement, le terrifiait. Toute sa vie, il avait veillé à rester libre. Mis à part avec les Corcorans, il n'avait jamais eu envie de s'engager.

Il essaya de botter en touche.

— Il en faut beaucoup pour me faire peur.

— Mais ?

Là, il ne pouvait plus se défiler. Il avait préparé un petit discours sur le sujet. Toutefois, les mots eurent du mal à sortir.

— Je ne suis pas de l'étoffe dont on fait les maris, tu sais. Je suis toujours par monts et par vaux. Mes missions m'obligent à voyager en permanence. Et ce métier me plaît.

— Je n'en suis pas surprise.

Rien n'étonnait Julia. Il n'avait jamais rencontré une femme comme elle, et se sentir si bien avec elle l'angoissait.

— J'essaie juste de t'expliquer que nouer une relation amoureuse n'est pas facile pour moi.

Elle sourit.

— Tu en as déjà noué une ? Tu as déjà trouvé le temps et l'énergie de vivre une relation avec une femme ?

Son ton amusé le rassura.

— Oui.

— Et est-ce qu'au moins une fois dans ta vie tu as revu une fille après avoir couché avec elle ?

Il eut envie d'éclater de rire mais préféra répondre avec sincérité.

— Oui.

— Tu vois où je veux en venir ?

Elle l'interrogeait comme si elle s'adressait à un enfant.

— Tu penses que j'exagère mes problèmes concernant mes relations amoureuses…

— Oui. Je ne suis pas très différente des autres femmes que tu as connues. Et avec elles, les choses se sont bien déroulées, au moins pendant un temps, non ?

C'était là où elle se trompait. Et ce qui expliquait qu'il avait à la fois envie de rester avec elle et de s'enfuir en courant.

— Tu es très différente des autres, Julia.

— Ah bon ? En quoi ?

Cam hésita mais elle avait droit à la vérité.

— Tu comptes beaucoup pour moi.

— Oh ! Voilà qui me touche au-delà de tout !

Et elle se pencha vers lui pour lui embrasser le menton.

13

Cam déambulait dans la maison de Sandy. Il ne parvenait pas à dormir. Non seulement Julia l'avait excité de la plus agréable des façons, mais il était également préoccupé. Cette île, le mystère entourant le chef Kreider comme les nombreuses questions concernant Sandy nourrissaient son besoin d'enquêter. Les souvenirs du corps chaud de Julia s'estompaient peu à peu au fur et à mesure que des sujets plus sinistres envahissaient son esprit.

L'appel urgent passé à Connor par Holt n'avait pas donné d'éléments susceptibles de le rassurer. Certes, Sandy avait de l'argent mais ses revenus ne correspondaient pas au luxe de cette maison et ils ne justifiaient pas non plus un système de sécurité si sophistiqué que Joel lui-même avait eu du mal à le contourner. Quelque chose clochait… Cam en était persuadé.

Sandy était un bourreau de travail qui ne faisait rien de ses journées. Et un homme puissant, disposant de ressources importantes. Il était né sur l'île, y connaissait tout le monde. Au final, Sandy semblait aussi trouble que le chef Kreider. Cam devait mener des investigations sur les deux hommes.

Enquêter sur Sandy menacerait forcément la relation qu'il avait nouée avec Julia. Mais, justement, il ne savait pas très bien où il en était avec elle. Elle parlait de le revoir, de dîner avec lui et, quand elle l'embrassait, il oubliait qu'il s'était juré de ne jamais s'engager avec une femme, de rester toujours libre.

— Vous devriez partir.

C'était la voix de Sandy, et Cam se retourna. Que le maître

de céans surgisse ainsi, brusquement et sans faire de bruit, ne le surprenait pas. Cette façon de se comporter correspondait bien à sa personnalité et elle déclenchait une sirène d'alarme supplémentaire dans la tête de Cam. La manière dont Sandy avait sécurisé la maison, les caméras de surveillance dont il avait bardé toutes les pièces, étaient d'autres sources d'inquiétude. A cause d'elles, Cam s'était interdit de fouiller le bureau.

— Je n'ai pas l'intention de faire le moindre mal à Julia, répliqua-t-il.

Et il mettrait tout en œuvre pour s'assurer que personne ne toucherait à un cheveu de sa tête.

Sandy avança jusqu'à l'immense cheminée du salon.

— Trop tard. Elle ne m'a pas raconté les circonstances exactes de votre rencontre mais je parierais sur le hasard. Vous étiez poursuivi, vous vous êtes réfugié chez elle et vous avez vu en elle la possibilité de vous tirer d'un mauvais pas. Je me trompe ?

Cam refusa de mentir. S'il devait un jour être inculpé de crimes et se retrouver pour finir devant un tribunal, ce petit morceau de sincérité éviterait à Julia de culpabiliser.

— C'est vrai.

— Et, depuis le départ, vous vous servez d'elle.

Là-dessus, Cam n'était pas d'accord.

— Libre à vous de le penser.

— Vous ne cherchez même pas à le nier ? s'exclama Sandy en secouant la tête. C'est admirable.

— Elle était là. Elle a vu ce qui se passait, ce que j'ai fait et ce que je n'ai pas fait.

Si ce type espérait le faire chanter ou le menacer, Cam allait lui faire savoir qu'il n'avait aucune chance d'y parvenir. Il était au-dessus de ce genre de pression.

— Je ne me suis jamais caché d'elle, assena Cam.

— Mais, maintenant, elle vous aime et elle se soucie de vous. Ce qui la rend vulnérable. Et je ne veux pas qu'elle le soit.

Si Cam avait dû chercher un mot pour qualifier Julia, il n'aurait pas opté pour « vulnérable ». Certes, elle pouvait l'être, comme la plupart des gens, mais sa personnalité avait bien d'autres facettes et, à ses yeux, sa force prédominait.

— Elle est intelligente et pleine de compassion.

— Le choix des adjectifs que vous employez pour la décrire est intéressant.

Sandy n'avait pas tort. Ces termes étaient trop faibles pour décrire une telle femme, mais Cam avait d'autres objectifs.

— Julia fait partie des gens qu'on ne rencontre pas à tous les coins de rue, reprit Cam.

— Nous sommes d'accord sur ce point.

Peut-être l'étaient-ils. Cam n'en était pas sûr parce que Sandy le sermonnait plus qu'il ne lui parlait.

— Je suis venu sur cette île pour y effectuer une mission. Lorsque je l'aurai remplie, je partirai.

— J'ai effectué des recherches sur les Corcorans, reprit Sandy en croisant les bras sur son torse. Où que vous alliez, vous attirez les ennuis.

Sandy venait de se trahir, réalisa Cam sans rien en laisser paraître.

Sauf à propos de certaines affaires ciblées, le groupe n'apparaissait pas sur Internet et évitait toute publicité. La plupart des dossiers dont les Corcorans se chargeaient leur avaient été confiés par les gouvernements ou par de grosses entreprises. Et Connor faisait des miracles pour protéger l'équipe et garder secrets les noms de ces membres. Les détails de leurs missions n'étaient jamais publiés dans les médias non plus.

Le secret des opérations était une condition sine qua non pour garantir la liberté de mouvement et la discrétion dont ils avaient besoin dans leur travail. Le bain de sang qu'ils avaient connu à Calapan n'était pas habituel, et Connor exigerait des explications par la suite, Cam s'en doutait.

Mais, dans l'immédiat, il préférait découvrir ce que savait Sandy et comment il avait obtenu ces informations.

— Certaines personnes diraient plutôt que nous réglons les problèmes.

— Certaines personnes peut-être, répliqua Sandy. Mais pas moi.

Il se refermait comme une huître. Comme s'il prenait conscience qu'il avait eu tort de dévoiler son jeu en disant qu'il avait enquêté sur l'équipe. Il tentait de faire machine arrière.

Mais Cam n'était pas dupe. Ce type semblait très intelligent et qu'il cherche à le cacher ne pouvait qu'inquiéter.

— Julia vous oubliera quand vous serez loin et plus vite vous quitterez l'île, moins elle en souffrira.

Cette réflexion confirma l'intuition de Cam. Il avait affaire à un manipulateur. Chacune des paroles de Sandy le hérissait, et il dut faire appel à toute sa volonté pour garder un visage impénétrable.

— Julia est majeure et vaccinée. C'est à elle d'en décider.

Manifestement furieux, Sandy se leva, redressa les épaules, l'air de vouloir se battre.

— Pour une fois, comportez-vous comme un homme et faites la seule chose à faire !

Cam ne broncha pas. Ce type ne l'impressionnait pas. Et le petit côté paternel que Sandy surjouait le laissait de marbre. Sans doute parce qu'il n'avait jamais eu de père.

— Nous partirons demain à la première heure, annonça-t-il d'un ton sans réplique.

Sandy s'étrangla presque de colère.

— *Vous* partirez, corrigea-t-il. Mais, elle, elle restera avec moi.

La façon dont Sandy se mêlait de tout et décidait à leur place était insupportable. Il se comportait de façon très paternaliste et surtout très limite. S'il prétendait agir ainsi uniquement pour le bien de Julia, pour la protéger, Cam doutait de sa véritable motivation.

— Vous lui avez demandé son avis ? Julia est assez grande pour réfléchir par elle-même et prendre ses décisions.

— Elle retrouvera son bon sens.

Cam pensait la même chose. Un jour, elle allait se réveiller, le regarder et voir ce qu'il voyait devant un miroir. Un homme qui faisait de son mieux mais qui n'avait rien d'un prince charmant.

— Vous pouvez penser ce que vous voulez mais c'est à elle seule de décider.

Sandy hocha la tête.

— Vous verrez que, quand le moment viendra, elle se ralliera à moi.

Julia se réveilla en pleine nuit, surprise que Cam ne soit pas à côté d'elle dans le lit. Comme elle se redressait, il revint dans la chambre.

— Que fais-tu debout ?

Elle ne chercha pas à chuchoter, ils n'avaient rien à cacher. Sandy les avait installés dans deux chambres séparées, en prétextant qu'elle avait besoin de repos, de dormir. Mais en réalité, elle avait besoin de Cam. Et de rien d'autre.

Il se tourna vers elle, le visage sombre. Il semblait s'interroger, hésiter à lui dire la vérité.

Elle fronça les sourcils.

— Qu'y a-t-il ?

Il finit par lancer :

— Les flics sont là.

— Quoi ?

Elle tira le drap devant sa poitrine nue. Jusqu'à cet instant, elle s'était sentie à l'aise et en sécurité. Elle en arrivait presque à oublier les horreurs de ces derniers jours. Mais l'allusion à la police la fit revenir brutalement à la réalité.

Pourtant, elle refusait encore de croire que Sandy l'ait trahie.

— Ce n'est pas possible.

— Il y a une voiture de patrouille garée dehors, au bout de l'allée.

Le cœur de Julia s'accéléra.

— Tu l'as vue ?

Cam resta impénétrable.

— Je le sais.

Cela n'avait aucun sens. Depuis qu'elle le connaissait, Cam n'avait jamais joué aux devinettes. Il préférait les raisonnements logiques, il écoutait l'avis de ses coéquipiers, il cherchait des renseignements.

— Je ne comprends pas.

Cam s'assit sur le bord du lit.

— Sandy veut que je m'en aille.

Ce n'était pas nouveau.

— Je vais lui parler.

— C'est trop tard, dit-il en se levant. Maintenant, j'ai besoin de partir.

Il était en jean et il enfila son T-shirt.

— Nous n'allons pas recommencer cette discussion, Cam. Si tu t'en vas, je m'en vais avec toi.

L'idée de sortir de la chaleur du lit pour se retrouver dans la nuit froide ne l'enchantait pourtant pas, loin de là.

— Julia, c'est…

— J'ai couché avec toi parce que je t'aime et que je me soucie de toi, Cam. Tu crois vraiment que je vais te laisser errer sur l'île sans moi, surtout si des flics cherchent à te coincer ?

— Sandy fera en sorte qu'il ne t'arrive rien, que personne ne te fasse de mal.

— Toi aussi.

— Non.

Elle l'attrapa par la ceinture.

— De toute façon, je te suivrai. Alors imagine les dangers que je vais courir si je te suis sans ton aide.

Cam poussa un gros soupir.

— OK. Habille-toi.

Elle était déjà en pantalon et elle chercha une chemise à mettre sous son imperméable.

Enfin prête, elle se tourna vers Cam. Il examinait le boîtier du système d'alarme.

Une petite lumière rouge y clignotait, ce qui signifiait que la maison était fermée et protégée.

Julia connaissait le code qui le déverrouillait et elle le

composa. Plusieurs fois. Mais, contrairement à ce qu'elle espérait, le clignotant ne tourna pas au vert.

— Le code ne marche pas, maugréa-t-elle.

— Il a été changé, avança Cam sur un ton qui laissait entendre que Sandy les avait enfermés à l'intérieur.

Ce n'était pas possible.

— Pourquoi aurait-il fait ça ?

— Il ne veut pas que nous partions.

Cam devenait paranoïaque, estima Julia. Sandy pouvait être exigeant, pénible. Il avait de nombreux défauts mais aucune raison de l'enfermer où que ce soit. L'hypothèse était absurde.

— Qu'est-ce que ça veut dire ? Tu tiens des propos bizarres et ce n'est vraiment pas le moment.

— Nous devons trouver un autre moyen pour sortir. De façon à ne pas déclencher l'alarme. Réfléchis, dit-il en la regardant avec intensité.

— Il n'y en a pas. Si nous ouvrons une porte ou une fenêtre, l'alarme se déclenchera.

— Sandy s'enferme dans sa propre maison, c'est inimaginable. Tu n'as vraiment pas une idée ?

La réponse s'imposa aussitôt à l'esprit de Julia.

— Le balcon de sa chambre ! Sandy aime dormir la fenêtre ouverte. Il l'a donc débranchée du système d'alarme général.

Cam entrebâilla la porte et observa le couloir.

— Je n'arrive pas à croire qu'il faille gagner l'étage pour pouvoir sortir, dit-il en prenant le sac à dos contenant les armes et les munitions.

Il semblait se préparer à affronter une armée entière. Quand un couteau apparut et disparut sous sa ceinture, le ventre de Julia se noua douloureusement.

— C'est toi qui tiens à ce que nous partions.

— Et le plus vite possible, renchérit Cam.

Il prit sa main et se prépara à quitter la chambre.

— Maintenant, chut ! Taisons-nous.

Comme si elle ne savait pas qu'ils ne devaient pas faire de bruit ! Mais la détermination qui serrait les mâchoires de Cam prouvait qu'il ne plaisantait pas. Et, lorsque des voix d'hommes résonnèrent devant la maison, Julia comprit pourquoi.

Sandy discutait avec… Kreider !

Julia accéléra le pas.

Cam l'entraîna avec lui, et ils traversèrent en vitesse le salon. Ils devaient réussir à quitter la maison sans que Kreider ne s'en aperçoive. Il leur faudrait descendre en rappel du balcon. Bien sûr, il aurait été plus simple de sortir par la porte. Mais, avec l'aide de Cam, un peu d'alpinisme n'effrayait pas Julia.

Non loin, Sandy expliquait à Kreider que Cam était dans la maison.

Une folle colère s'empara de Julia. Celui qu'elle considérait comme un père de substitution l'avait trahie. Comment avait-il pu lui mentir ainsi ? Renier sa parole ?

D'un geste, Cam l'invita à le suivre à l'étage. Ils gravirent à la hâte les marches, le tapis amortissant le bruit de leurs pas.

De toute façon, Julia savait à quels endroits le plancher craquait et elle s'efforça de contourner ces zones à risques. Mais entrer dans la chambre de Sandy sans sa permission semblait étrange. Bien sûr, elle n'avait pas le choix. De surcroît, sa fureur avait balayé le respect qu'elle devait à cet homme et qui lui aurait interdit, la veille encore, de violer son domaine.

Elle fit entrer Cam.

En pénétrant dans la chambre, il fronça les sourcils. Elle savait pourquoi. La pièce était plus grande que beaucoup de maisons et plus confortable que la plupart des suites d'hôtels. L'immense lit était fait. Une bibliothèque ornait deux pans de murs. Un bureau, des fauteuils de cuir et un canapé complétaient le mobilier.

Cam se dirigea vers les portes-fenêtres et le balcon. Julia le suivit. L'air sentait la pluie et la terre mouillée. Le vent se levait. Ils s'approchèrent de la balustrade et considérèrent le vide.

— Alors ? fit Julia.

Cam allait-il sortir une corde de sa poche ? Non, bien sûr. Il retourna à l'intérieur et arracha les draps du lit, des draps en soie. Il les accrocha l'un à l'autre et en noua une extrémité au garde-fou.

Avait-il perdu la tête ?

— Tu plaisantes ?

— Tu peux rester, si tu veux.

C'était un défi.

— Non. Descends en premier, je te suis.

Il lança la corde de fortune par-dessus la rambarde puis il enfourcha celle-ci, se préparant à la descente.

— Tu veilleras à rester près du mur, à ne pas te balancer près des fenêtres, dit-il. A tout de suite.

— D'accord.

Sauf que rien n'allait. Julia ne souffrait pas de vertige mais descendre en rappel de cette chambre était suicidaire.

En quelques bonds, Cam disparut dans le vide. Fascinée, Julia le suivit des yeux et, distraite, elle faillit ne pas entendre les bruits de pas qui montaient l'escalier. Elle n'avait plus un instant à perdre.

Sans attendre que Cam ne touche le sol, elle enjamba le garde-fou à son tour et se laissa glisser le long du mur. Cam dut comprendre pourquoi parce qu'il sauta pour parcourir les derniers mètres et lui tint le drap pour lui faciliter la descente.

Au-dessus de sa tête, la porte de la chambre s'ouvrit bruyamment. Il y eut des pas précipités et un cri. Un projecteur s'alluma, éclairant la scène et, un instant, elle se pétrifia. Ne sachant plus quoi faire, elle lâcha tout, espérant que Cam serait là pour la rattraper au vol.

Elle tomba dans ses bras. Il la posa à terre, prit sa main, et tous deux coururent vers la pinède. Derrière eux, des hommes hurlaient. Elle l'entraîna à travers le parc, contourna la piscine et s'approcha de la barrière. Malheureusement, elle ne parvint pas à l'ouvrir.

— Laisse-moi faire.

D'un violent coup de pied, Cam fit sauter la serrure, et ils reprirent leur course folle à travers la forêt.

Lorsque Julia s'arrêta enfin, son cœur battait la chamade et ses poumons la brûlaient.

Cam lui caressa le dos, doucement. Il lui murmura quelque chose qu'elle ne comprit pas. Une seule question la taraudait.

— Où allons-nous ?

Cam n'hésita pas.

— Au chantier naval.

14

Le ciel virait au rose violacé, annonçant le lever du soleil. La pluie avait cessé, le vent était tombé. Une belle journée d'été s'annonçait. Un sentiment de paix envahissait Cam mais cette accalmie serait certainement de courte durée.

Assise sur un tronc d'arbre, Julia tapotait ses pieds l'un contre l'autre en fixant le sol. Elle avait glissé les mains sous ses cuisses et se taisait.

Ce silence n'augurait rien de bon, songea Cam. Julia aimait parler. Même au cœur du danger, elle ne cessait jamais d'émettre un commentaire ou de l'interroger. Se balancer d'avant en arrière sans émettre aucun son ne lui ressemblait pas.

Conscient de marcher sur des œufs, Cam lança pourtant :

— Que sais-tu des affaires de Sandy ?

Il lui avait posé la question à plusieurs reprises sans jamais obtenir de réponse satisfaisante. Dès qu'il abordait le sujet, elle se refermait comme une huître. Mais Cam avait vraiment besoin du renseignement. Aussi, cette fois, il mit les pieds dans le plat.

— Quelle est la source de ses revenus ? Quelle est la nature exacte de ses activités ?

— Je te l'ai déjà dit !

Après avoir quitté la maison de Sandy, ils avaient marché un long moment. Ensuite, Cam avait « emprunté » un autre véhicule pour se rendre plus facilement au chantier naval. Pendant tout ce temps, Julia n'avait pas desserré les dents. Le jour n'allait plus tarder à se lever, et elle restait silencieuse et sombre.

Cam l'avait interrogée sur la fortune de Sandy, sur sa famille, et il n'avait pas besoin d'être médium pour mesurer à quel point ses questions la fatiguaient. Au lieu de rebondir, de creuser le sujet, elle avait passé le trajet le nez tourné vers la vitre, comme absorbée par la beauté des paysages en lui indiquant le chemin d'une voix morne.

Bien sûr, elle était assez intelligente pour comprendre pourquoi il l'interrogeait sur Sandy. Il était inutile de le lui expliquer. Cam ne cherchait pas davantage à lui cacher son inquiétude. Mais il n'aimait pas ses silences ni la façon dont elle évitait son regard.

Il fit une nouvelle tentative.

— Sandy est très riche et il connaît l'île.

— Comme beaucoup de gens à Calapan.

Cam s'assit à côté d'elle, espérant que ce rapprochement physique comblerait le fossé qui s'était creusé entre eux.

— Alors présente-les-moi. Dis-moi où ils se trouvent. Je demanderai à Connor et au reste de l'équipe à Annapolis de mener une petite enquête sur eux.

— Je ne vis plus ici, répliqua-t-elle avec raideur.

Cam prit une profonde inspiration, s'efforçant de maîtriser son agacement.

— Arrête, Julia. Je vois bien que tu es en colère contre moi.

— Je suis trop occupée à essayer de rester en vie pour être en colère.

— Tu sais, je ne tiens pas particulièrement à ce que Sandy soit impliqué.

Elle se tourna alors vers lui.

— Vraiment ?

La femme douce qu'il avait serrée dans ses bras s'était évaporée, celle avec qui il avait plaisanté aussi. Son ravissant visage semblait plus dur en cet instant.

Il ne s'agissait pas uniquement de Sandy, songea Cam. La réaction de Julia était disproportionnée.

— Que veux-tu dire ?

Elle baissa la tête, et ses cheveux tombèrent sur ses joues.

— Tu ne l'aimes pas.

Cam ne pouvait le nier et il n'essaya pas de le faire. Mais il n'avait pas non plus l'intention de cacher sa frustration à Julia. Elle l'accusait de chercher des ennuis à un innocent. C'était un peu fort.

— Tu crois que je lui fais porter le chapeau d'un crime qu'il n'a pas commis ?

Elle haussa les épaules.

— Je n'en sais rien. Comme tu ne cesses de le répéter, je ne te connais pas encore très bien.

Il le prit mal. Manifestement, elle cherchait la bagarre. La fatigue, la frustration et le manque de contrôle avaient sans doute raison de son bon sens, et elle avait envie de provoquer le conflit. Il le comprit parce qu'il lui arrivait à l'occasion de se comporter de la même façon, lorsqu'il était la proie d'un trop-plein d'émotions négatives. Mais saisir ce qui se passait dans la tête de Julia et l'accepter étaient deux choses différentes. Elle n'était pas la seule à s'efforcer de reprendre les rênes de la situation.

Au lieu de protester ou de tenter de la raisonner, il se contenta d'énoncer les faits.

— Tu tiens à te disputer avec moi apparemment.

Elle se leva pour lui faire face. Le rouge de ses joues témoignait de sa colère.

— Sandy m'a pratiquement élevée. Quand mon père était trop ivre pour se rappeler mon existence, il était là.

— Je comprends.

— D'ailleurs, il a toujours été là pour moi. Tu ne mesures pas à quel point c'était important pour moi parce que tu n'as pas eu de père, mais Sandy a joué un rôle majeur dans ma vie.

Ce fut comme une gifle pour Cam et, par réflexe, il riposta :

— Cela explique certainement que tu sois revenue sur l'île sans daigner lui annoncer ton retour.

A peine Cam eut-il prononcé ces mots qu'il regretta de

ne pas avoir su tenir sa langue. Julia ne connaissait pas son travail. Il était normal qu'elle se sente déchirée. Il n'aurait pas dû lui faire ce genre de remarque.

Comme il s'apprêtait à se répandre en excuses, elle leva la main pour l'intimer au silence.

— Tais-toi.

— Je suis désolé, j'ai dépassé les bornes.

C'était un euphémisme mais, dans l'immédiat, il ne pouvait rien dire de plus. Quand ils auraient réglé les problèmes, démantelé les trafics de drogue et que Julia serait en sécurité, il s'excuserait en bonne et due forme et il tenterait de réparer les dégâts.

Manifestement en proie à une folle colère, Julia le fusilla du regard. Reculant pour se mettre hors de sa portée, elle cria d'une voix tremblante :

— Il a été le premier homme en qui j'ai eu confiance.

Son regard accablé, les larmes qui brillaient dans ses yeux, la souffrance qui teintait ses paroles ravagèrent Cam.

— Julia, je…

— Et tu as été le second.

Les mots flottèrent entre eux. L'importance de ce qu'ils sous-entendaient le frappa. Un grand vide se fit dans sa poitrine, et il chercha frénétiquement quelque chose à dire, les mots justes.

Une voix derrière lui le fit alors sursauter.

— Que se passe-t-il ? Une querelle d'amoureux ?

Revolver au poing, un homme sortit d'un bâtiment à moitié en ruine. Il avança à pas vifs vers Julia.

Cam bondit, tentant de la protéger, mais trop tard… L'agresseur parvint le premier devant Julia. Il la prit à la gorge et pointa son arme sur sa tête.

— Laissez-la et mêlez-vous de vos affaires ! intima Cam.

Il était lui-même bardé d'armes à feu et de poignards en tout genre.

— Il s'agit de mes affaires, répliqua le type. Vous vous trouvez sur une propriété privée, vous êtes sur mes terres.

Cam n'en crut pas un mot. Ce type était un sous-fifre, cela

sautait aux yeux. Il obéissait aux ordres de quelqu'un. Il n'était tombé sur eux que par hasard, par chance.

Mais Cam préféra le vérifier.

— Vous êtes propriétaire du chantier naval ?

— Pas moi mais mon patron.

Julia tenta de se libérer du bras qui lui bloquait la gorge. Elle lui enfonça les ongles dans la peau mais le type resserra son emprise et la souleva de terre. Dans ses yeux, la panique et la détresse ne se lisaient que trop. Cam en était malade. Il s'efforça malgré cela de s'exprimer avec calme.

— Alors, allez le chercher que nous puissions nous expliquer.

— Bien essayé, monsieur Roth.

Julia laissa échapper un petit cri, et son agresseur colla sa joue à la sienne.

— Oui, je sais qui vous êtes et je sais aussi que vous deux avez tué beaucoup de gens sur cette île au cours des dernières heures.

Julia redressa les épaules.

— Nous étions en état de légitime défense.

Cam préférait qu'elle ne réponde pas. Il était inutile de discuter avec ce genre de type. Mieux valait faire profil bas en attendant le bon moment pour agir.

— Ecoutez, ma petite dame, je crois que je vous rends service, non ? Vous aviez l'air très en colère contre votre copain et, d'un coup, je viens de vous débarrasser de lui. Alors au lieu d'ergoter, vous devriez me remercier.

Elle poussa un gros soupir.

— Non.

L'homme reporta son attention sur Cam.

— Posez vos armes à terre ou je l'égorge.

Cam tira son revolver de sa ceinture et leva les mains en l'air.

— Restons calmes.

— Par terre, j'ai dit les armes à terre.

— Cam ! lui intima Julia.

Il plongea ses yeux dans les siens, s'efforçant de lui envoyer un message du regard.

Comme elle gardait son air apeuré, il préféra la rassurer avec des mots.

— Tout ira bien pour toi. Je te le promets.

Et il tiendrait parole. Julia était une femme innocente qu'il avait entraînée contre son gré dans cette aventure. Elle ne méritait pas de faire les frais d'un combat qui n'était pas le sien, d'une cavale qu'elle n'avait pas voulue.

— Vous avez tort de mentir à votre petite amie, reprit le type.

Julia essaya de s'écarter de son agresseur. En vain. Elle finit par fermer les paupières. Elle tremblait de tous ses membres. Sa terreur était palpable.

Cam tenta de détourner l'attention du type sur lui.

— Et qu'allez-vous faire ensuite ?

— J'ai reçu l'autorisation de vous tuer, déclara l'homme en se rengorgeant.

Cam n'avait aucune raison d'en douter. Il lui fallait donc convaincre cet homme qu'il valait plus cher vivant que mort.

— Pourtant, croyez-moi, vous auriez tout intérêt à m'avoir de votre côté, avec vous.

— Fermez-la. Vous n'avez pas d'ordre à me donner.

Cam avança d'un pas de plus.

— Personne n'a d'ordre à vous donner. Et c'est bien le problème, non ? Vous en recevez en permanence et vous obéissez. Mais vous en avez assez.

— Taisez-vous ! cria le type en resserrant son emprise sur Julia. Avancez, ajouta-t-il.

En arrivant, Cam avait rapidement inspecté les lieux et il n'avait remarqué ni traces de pas ni signes de vie. Comment avait-il pu passer à côté de quelque chose ? Comment la présence de ce gars avait-elle pu lui échapper ?

— Avancer, mais vers où ?

— Par là, répondit l'homme en désignant de son arme le bâtiment en ruine d'où il était sorti. Et n'oubliez pas que j'ai un couteau sur sa gorge, alors pas d'entourloupe.

L'homme parlait tellement qu'il finissait par baisser la

garde. Il s'agissait bien d'un amateur, comme Cam l'espérait depuis le début

— Je ne veux surtout pas que vous la blessiez, dit-il.

— Vous entendez ça, Julia ? Vous étiez en train de lui faire une scène, de l'accabler de reproches, et maintenant il veut vous protéger. C'est trop drôle ! Vous n'avez rien à dire ?

Pour la forcer à l'écouter, le type tourna le visage de Julia vers lui. Aussitôt, la colère submergea Cam et il faillit descendre l'homme sur-le-champ.

— Ne la touchez pas !

— Je fais ce que je veux. Vous n'avez aucun ordre à me donner.

— Si vous posez de nouveau la main sur elle, je vous briserai le cou en m'arrangeant que vous souffriez un maximum, promit Cam.

Une sourde inquiétude passa dans les yeux de l'agresseur qui finit par hocher la tête.

— Avancez, répéta-t-il.

Il les entraîna à travers les ruines du chantier naval. Cam enregistrait tout ce qui les entourait. Une odeur de poisson flottait dans l'air. L'océan devait être tout près.

Pour le reste, des carcasses de vieux navires et des bâtiments en ruine plantaient le décor. Seule une baraque couverte de graffitis semblait à peu près indemne.

Non loin, il y avait deux camions avec leurs hayons ouverts. Personne ne travaillait autour mais des caisses jonchaient le sol comme si leurs contenus avaient été emportés ailleurs. De toute évidence, conclut Cam, le chantier naval abritait l'essentiel du trafic de drogue. Mais les cadavres découverts sur l'île avaient attiré l'attention des médias et de la police. Continuer à fabriquer et à transporter de la drogue dans ces conditions devenait trop risqué, du moins pour le moment.

Ils étaient parvenus au sommet d'une petite colline qu'il leur fallait redescendre de l'autre côté pour atteindre le bâtiment désigné. Ils glissaient sur l'herbe mouillée. Cam veillait à rester près du type. Ce dernier devait gérer deux personnes à la fois, et Cam ne faisait rien pour lui faciliter la tâche. Il n'espérait qu'une chose : qu'à un moment ou à un autre leur agresseur trébuche.

Tout en marchant, celui-ci serrait Julia contre lui. Cam la fixa un moment, et elle, d'un léger mouvement de tête, lui fit comprendre qu'elle avait un plan et qu'il devait la laisser faire.

Discrètement, il acquiesça.

Puis tout se passa très vite. Elle fit mine de se tordre la cheville et s'effondra avec un cri. Le type tenta de la rattraper mais elle lui échappa, et Cam passa aussitôt à l'action. Il bondit pour frapper l'homme avec force.

Tous deux roulèrent sur le sol. Cam bourra son adversaire de coups de poing. Visiblement surpris par cette attaque, ce dernier se défendait mal.

Mais, en bas de la colline, il reprit l'avantage, envoyant Cam valser à terre avant de lui assener un coup de pied en plein crâne. Mille étoiles dansèrent autour de Cam. Il faillit perdre connaissance mais ce n'était pas envisageable. Il se devait de remporter le combat.

Deux jambes apparurent alors dans son champ de vision.

Celles de Julia.

Elle serrait une arme entre les mains et visait la tête de leur agresseur.

— Un geste et je tire.

Le type blêmit et se pétrifia. Puis il voulut se jeter sur elle, mais Cam en profita pour s'emparer du calibre dissimulé dans sa botte.

— Fais ce qu'elle te dit !

— D'autant que j'ai très envie d'appuyer sur la détente, renchérit-elle.

Elle avait le souffle court, la voix hachée. Mais la main qui tenait le revolver ne tremblait pas, nota Cam.

Il se leva et mit un genou sur la poitrine du gars pour l'empêcher de bouger. Il lui attacha les mains dans le dos.

— Tu as eu tort d'énerver la dame.

15

Adossée à ce qui avait été un jour le mur d'un bâtiment, Julia se frotta la nuque. Elle ne parvenait pas à se débarrasser de la sensation désagréable qu'avaient laissée les mains de son agresseur sur elle. L'odeur de la sueur de cet homme comme la peur qui l'avait saisie imprégnaient encore sa mémoire. Au bord de la nausée, elle dut détourner les yeux.

Même si ce type était assis sur une chaise, les mains attachées dans le dos, elle craignait qu'il ne parvienne à bondir sur ses pieds et à lui sauter dessus. C'était idiot de sa part, elle le savait. Cam le tuerait s'il s'avisait de s'en reprendre à elle.

Cam…

Elle lui en avait voulu parce qu'il s'était attaqué à un homme auprès duquel elle s'était toujours sentie en sécurité, un homme pour qui elle éprouvait une profonde affection, un homme qui incarnait pour elle une image paternelle.

Sandy.

Elle avait toujours fait confiance à Sandy. Certes, désormais, elle faisait également confiance à Cam. Mais ce dernier cherchait manifestement à détruire le seul élément positif, chaleureux, de son enfance. A le lui voler.

Voilà pourquoi elle avait mal réagi envers lui.

Un revolver dans une main, un poignard dans l'autre, il faisait face à son prisonnier. Malgré le petit filet de sang qui coulait à la racine de ses cheveux, il semblait maîtriser totalement la situation.

— Qui êtes-vous ?

L'homme avait choisi ce bâtiment parce qu'il avait encore des murs, un toit et qu'il offrait donc un minimum de protection… Du moins l'avait-il prétendu. Autrefois, l'endroit devait abriter le dortoir des travailleurs saisonniers employés sur le chantier naval. Mais, au fil des ans, la nature avait repris ses droits. La végétation avait envahi l'intérieur, et des herbes folles tapissaient le sol.

L'ancien dortoir était totalement abandonné.

La proximité de l'océan accentuait l'aspect sinistre des lieux, songea Julia. Au milieu de ces ruines, le chant du ressac semblait lugubre. De temps à autre, des morceaux métalliques se détachaient de l'une des carcasses des navires et tombaient avec fracas.

Elle avait hâte de s'en aller mais son assaillant ne leur facilitait pas la tâche.

Il secoua la tête et cracha par terre.

— Je ne dirai rien.

— C'était pourtant une question facile, répliqua Cam en rangeant son revolver mais en gardant le couteau. Elles vont devenir plus difficiles.

Il avait contacté son équipe qui n'allait plus tarder à arriver. L'homme ne pouvait le savoir. La montre que Cam portait au poignet ressemblait à une montre ordinaire mais elle lui permettait de communiquer en permanence avec Shane et Holt, ce qui pouvait leur sauver la vie.

Julia toisa le type qui lui avait fait si peur un peu plus tôt.

— Répondez-lui.

— Fermez-la !

— Hey ! fit Cam en le frappant sur le crâne. Je vous interdis de lui parler sur ce ton.

Le gars reporta son attention sur elle pour lui jeter d'un ton méprisant :

— Vous faisiez semblant de vous disputer avec lui, vous faisiez mine d'être en colère. C'était du cinéma. J'aurais dû m'en douter tellement l'objet de votre dispute était ridicule.

Voilà qui était gênant. Julia s'éclaircit la gorge pour ne pas insister.

— Oui.

Se désintéressant d'elle, l'homme se tourna vers Cam.

— Qui êtes-vous ? Je connais votre nom mais je ne sais pas qui vous donne des ordres, ni ce qui vous a poussé à tuer des gars sur cette île.

— Je suis quelqu'un que vous devriez écouter, répondit Cam en prenant un air las. Votre nom, maintenant.

— Ned.

Julia n'était pas sûre d'avoir envie de le savoir. Elle aurait préféré l'ignorer pour ne pas avoir à songer à lui comme à un être humain mais juste comme à un agresseur.

Cam jouait avec son couteau à quelques centimètres du dénommé Ned.

— D'accord, Ned. Parlez-moi de Ray Miner.

L'homme fronça les sourcils.

— Comment savez-vous…

— J'ai accès à des renseignements, à des armes, à des ressources, c'est évident, non ?

Cam s'assit en face de Ned.

— Reprenons. Que pouvez-vous me dire à propos de Ray Miner ?

— C'est le bras droit du patron.

Une vague d'excitation souleva Julia. Le gars commençait à parler, à divulguer des informations. Plus il en recueillerait, plus Cam arriverait à résoudre cette affaire.

Et alors, il s'en irait…

Cette brusque prise de conscience lui fit l'effet d'une douche froide.

Cam posa un pied sur la chaise.

— Qui est le patron ?

— Je n'en sais rien.

Cam se pencha au-dessus de son prisonnier.

— Faites un effort.

— Vous pouvez me poser la question cent fois, mille fois si vous voulez, la réponse sera toujours la même.

La lame jaillit, et Cam poussa un gros soupir.

— Notre échange va devenir plus douloureux.

Julia découvrait un nouvel aspect de la personnalité de Cam. Depuis qu'il était entré dans la maison de son père, il n'avait jamais mis en avant sa capacité à faire du mal à quelqu'un.

Calmement, il montra à Ned les armes qu'il avait et comment il comptait les utiliser.

Ned dut comprendre qu'il ne plaisantait pas parce qu'il se résolut à parler.

— Je traite avec Ray. C'est lui qui m'a embauché.

— Où est-il maintenant ?

— Dans le coin…

Le cœur de Julia faillit cesser de battre.

— Que voulez-vous dire ?

Ned reporta son attention sur elle. Il ne semblait plus en colère mais plutôt satisfait. En tout cas, il n'avait visiblement pas peur.

— Il est quelque part… pas loin.

Cam ne relâchait pas la pression.

— Que se passe-t-il sur le chantier naval ?

Julia se surprit à tendre l'oreille. Elle aussi avait envie de connaître la réponse. Après des années au cours desquelles elle avait eu l'impression qu'il ne se passait rien sur l'île, des années de décadence, d'abandon, quelqu'un avait visiblement décidé de relancer certaines activités à l'emplacement de l'ancien chantier naval. Des trafics de drogue avaient pris la place de la construction de navires. L'île avait perdu au change.

Ned détourna les yeux et fixa le sol.

— Je n'ajouterai plus rien.

— Vous y avez installé un laboratoire où sont fabriquées des drogues de synthèse et vous y organisez vos trafics.

Cam sourit à Julia.

— Il croit que nous l'ignorons, il est persuadé que nous ne savons rien.

Ned redressa le nez.

— Vous ne savez rien ! Vous inventez tout.

— Erreur.

D'un geste théâtral, Cam envoya valser la chaise sur laquelle il était assis un instant plus tôt.

— Tu veux que je te dise ce que nous savons ? Vous avez mis au point un nouveau produit, un médicament hybride, qui a malheureusement un effet secondaire un peu gênant puisqu'il provoque des crises cardiaques chez certaines personnes.

Julia ne put s'empêcher d'écarquiller les yeux. Manifestement, Cam avait eu accès au dossier complet afin de pouvoir mener à bien la mission qui lui avait été confiée. Il lui avait été demandé de se rendre sur l'île, de discuter avec le chef de la police puis d'interroger un témoin, Rudy. De fait, il était au courant de beaucoup d'éléments. Il connaissait les acteurs de cette affaire, les principaux suspects ou du moins leurs profils.

Au fur et à mesure que cette idée faisait son chemin dans l'esprit de Julia, le visage de Sandy s'imposa comme une évidence. Elle en frissonna. Cam avait réussi à la faire douter de l'homme en qui elle avait une confiance aveugle depuis toujours.

— Les gens ne devraient pas prendre des substances s'ils ne sont pas capables de les doser correctement, répliqua Ned.

Il n'avait pas tort, mais qu'un homme semant la mort offre ce genre de conseils mettait Julia en colère.

Cam, lui, poursuivait.

— A cause de vous, toutes les polices des Etats-Unis sont sur les dents. Celles du Canada et du Mexique aussi.

Ned afficha un sourire suffisant.

— Ce qui vous donne une petite idée de la puissance de l'organisation que vous prétendez affronter.

Cam ne parut pas impressionné.

— Quoi qu'il en soit, où sont passées ces drogues ?

— Je ne dirai rien.

Julia commençait à en avoir assez. Un pas en avant, deux pas en arrière. Depuis le départ, avec ce Ned, ils progressaient avant de reperdre du terrain. Elle rêvait d'un lit confortable et de quelques heures dans les bras de Cam. Ils pourraient alors parler, se disputer et faire tout ce qui leur passerait par la tête.

Mais, pour cela, il leur fallait en finir avec les mystères dans lesquels ils se débattaient.

Elle décida donc de passer la vitesse supérieure.

— De toute façon, votre patron pensera que vous avez parlé, alors autant nous aider. C'est votre intérêt… le seul moyen de sauver votre peau.

— Elle n'a pas tort, renchérit Cam.

— Le patron sait qu'il peut compter sur mon silence, quoi qu'il advienne.

Il l'affirmait, mais le ton de sa voix recelait un certain doute.

— Je peux me montrer très convaincant, menaça Cam. Vous voulez un échantillon de mes talents ?

— Vous ne…

— Regardez-moi ! le coupa Cam. Vous avez touché Julia et personne ne pose la main sur elle sans ma permission.

Julia réprima un sourire. Comment avait-elle pu douter de lui ?

Ray observa le visage de Ned à travers la lunette de son fusil-mitrailleur. Il se tenait à plus de trois cents mètres de ses cibles. Celles-ci s'agitaient devant Ned, ligoté sur une chaise. Manifestement, ce dernier subissait un interrogatoire en règle.

Cet imbécile ne l'avait pas volé. Ray avait vu avec quelle aisance Cam avait repris l'avantage. Il était tombé sur Ned avec la complicité de la femme. Penser qu'un type aussi bien payé que Ned se soit fait piéger si facilement exaspérait Ray. Mais que les deux hommes discutent en cet instant comme de vieux amis l'inquiétait plus encore.

De quoi parlaient-ils ? Il n'était pas question de transmettre le moindre renseignement à l'ennemi, Ned le savait pourtant. De toute façon — et heureusement —, il ne détenait que des bribes d'informations : ils avaient dû charger en catastrophe des camions la veille puisque des renforts de police étaient attendus sur l'île d'un instant à l'autre. Ils avaient profité de la loi martiale ordonnant aux habitants de rester confinés chez eux pour agir en toute discrétion. Ned ne savait rien d'autre, sinon, peut-être, à quel point ces trafics étaient lucratifs.

Rudy avait longtemps joué un rôle central dans l'organisation mais, à un moment, il avait pris peur. Ray l'avait neutralisé à temps, avant qu'il ne balance tout, et il lui avait fait avouer son crime. Tuer ce traître avait été un plaisir.

Mais il lui appartenait désormais de réparer les dégâts causés par Rudy. Dans ce but, Ray s'était arrangé pour jouer le rôle du chef de police local afin de rencontrer Cameron Roth. De toute façon, Rudy étant mort, sa capacité de nuisance s'était éteinte avec lui.

Au départ, les hommes de Ray avaient reçu l'ordre de coincer le dénommé Cameron Roth et de le descendre avant qu'il ne puisse créer des ennuis. Malheureusement, ce Roth avait flairé le danger. Quand il avait été pris pour cible, il s'était défendu, il avait riposté. Puis il s'était mis à l'abri chez cette femme qui l'avait aidé. Et tous ces éléments combinés avaient rapidement anéanti le plan initial.

Ray avait dû s'expliquer avec le patron et reconnaître qu'il ne faisait pas le poids face à Cameron et à son équipe. Les trois hommes avaient mis à mal les plans de Ray pour protéger les affaires. Il devait donc faire marche arrière et espérer sauver ce qui pouvait encore l'être.

En revanche, tuer Cameron Roth pour le plaisir restait une possibilité.

Ray cala son fusil-mitrailleur à l'épaule, décidé à en finir avec ce type une bonne fois pour toutes.

Mais, remarqua-t-il alors dans la lunette, Roth avait de la visite. Deux autres hommes l'avaient rejoint. Comme Roth ne paniquait pas et que la femme semblait plutôt contente de les voir, il devait s'agir du reste de l'équipe des Corcorans.

Désormais, ils seraient trois pour interroger les habitants de Calapan. Fatalement, ils obtiendraient des témoignages, des aveux, et ils ne mettraient sans doute pas longtemps pour réunir les morceaux du puzzle. Ned ne savait peut-être pas tout mais ces Corcorans avaient la capacité de combler les trous.

La situation devenait très dangereuse, conclut Ray. Il n'avait plus qu'une chose à faire. Ce ne serait pas de gaieté de cœur mais il le fallait.

Non qu'il ait une affection particulière pour Ned. Ned était si bête qu'il fallait lui expliquer plusieurs fois les ordres pour s'assurer qu'il les avait compris. Mais il était bon tireur et, avec un fusil dans les mains, il se montrait souvent impressionnant. Voilà pourquoi il manquerait à l'équipe.

Ray observa de nouveau la scène. Il aurait pu descendre les trois hommes mais le souhait du patron de préserver la vie de la femme lui compliquait la tâche. Le boss était déjà furieux d'avoir dû interrompre ses trafics. S'il apprenait, de surcroît, que la femme qu'il voulait vivante avait reçu une balle perdue, cela ferait du grabuge. Et, pour le moment, Ray n'était pas le patron. Il devait se plier aux consignes.

Aussi, il attendit le bon moment, l'instant où sa cible serait dans sa ligne de mire. Il visa le front de Ned… et fit feu.

16

Holt et Shane arrivèrent avant que Cam n'ait fait usage de son couteau. Ce qui était sans doute une bonne chose. Comme il se tournait vers eux pour leur souhaiter la bienvenue, une déflagration retentit.

Cam se jeta aussitôt sur Julia. Il pensait la pousser à terre et s'allonger sur elle pour la protéger de son propre corps mais elle se recroquevilla contre sa poitrine. Il la prit alors dans ses bras et la plaqua contre le mur.

Holt et Shane, eux, avaient plongé au sol.

Après un instant de stupeur, Cam comprit ce qui s'était passé. Quelqu'un avait bel et bien tiré de l'extérieur, quelqu'un qui était bon tireur et avait atteint sa cible en pleine tête.

— Bon sang ! cria Holt.

Il s'agenouilla près du corps sans vie de Ned. La balle avait atteint celui-ci au front.

Pour lui éviter ce spectacle macabre, Cam poussa Julia derrière le vieux poêle. Elle grommela quelque chose qu'il ne comprit pas.

Près d'eux, Shane et Holt cherchaient le moyen de se protéger. Mais il n'était pas simple de se mettre à l'abri dans un bâtiment à moitié en ruine.

Finalement, ils prirent tous conscience qu'il n'y avait eu qu'une détonation. Alors que le tireur aurait pu continuer à canarder. Peut-être avait-il l'intention de les tuer l'un après l'autre en prenant son temps, peut-être s'agissait-il d'un sadique qui avait envie de savourer ses meurtres.

Julia chuchota alors quelque chose à l'oreille de Cam, mais si bas qu'il ne saisit pas.

— Que dis-tu ?

Il s'attendait à ce qu'elle hurle ou lui répète à quel point elle détestait Calapan. Au lieu de quoi, elle murmura :

— Pardonne-moi.

Cam la dévisagea avec perplexité. Depuis le début de cette histoire, Julia l'impressionnait. Sa capacité à garder son calme au cœur d'une fusillade, en pleine terreur, le sidérait. Elle l'avait beaucoup aidé. Et voilà qu'elle lui demandait de lui pardonner quelque chose. Cela n'avait aucun sens.

— Te pardonner de quoi, pour quoi ?

— D'avoir douté de toi.

A propos de Sandy, comprit-il.

Mais il n'avait probablement pas fini de remuer le couteau dans la plaie. Le sujet reviendrait sans doute plusieurs fois sur le tapis avant qu'elle n'accepte que son Sandy chéri n'était peut-être pas ce qu'il prétendait être.

En attendant, Cam mourait d'envie de l'embrasser. Là, au cœur du danger et devant ses coéquipiers. Elle lui faisait cet effet-là. Près d'elle, il oubliait toute prudence, tout bon sens. Un désir impérieux le dominait.

Quelques heures plus tôt, elle l'avait interrogé sur ses véritables motivations vis-à-vis de Sandy. Elle l'avait soupçonné de charger son mentor parce qu'il ne l'aimait pas et qu'il était un peu jaloux des relations qui les unissaient, elle et Sandy.

Sa réaction était, somme toute, assez logique. Elle connaissait Sandy depuis toujours. Alors que Cam n'était entré dans sa vie que deux jours plus tôt. Pour n'importe qui, accorder une confiance aveugle à un quasi-inconnu n'était pas simple. Et, plus que n'importe qui, Julia se méfiait de tout et de tout le monde.

— Je n'ai rien à te pardonner. Tu as été formidable, reprit-il.

— Non, j'ai été en colère contre toi.

— C'était compréhensible.

Holt se redressa. Visiblement, il n'avait pas écouté les propos de Julia.

— Cam…, dit-il. Ce Ned est mort. Nous ne tirerons plus rien de lui.

Ce qui était dommage, Ned aurait pu les renseigner sur les trafics de drogue. Il n'était pas d'une loyauté à toute épreuve, il n'aurait pas accepté de mourir pour protéger ses patrons, Cam en était certain. Voilà sans doute pourquoi il s'était fait descendre. Une fois réduit au silence, il n'était plus une menace pour quiconque.

— Quelqu'un a voulu le faire taire…

Shane hocha la tête.

— Il a eu le temps de dire quelque chose d'intéressant ?

— Il a confirmé l'existence des trafics de drogue sur l'île et le rôle de Ray Miner, mais il ne savait pas qui était au-dessus de Ray.

Ce qui exaspérait Cam. Des hommes étaient en train de fabriquer des stupéfiants en quantité, d'organiser leur transport. Ils étaient là, tout près. Sur une île. Il ne comprenait pas comment le type à la tête de ces trafics réussissait à garder son identité secrète.

Ned avait sans doute rencontré le grand chef sans imaginer son rôle dans l'organisation. Si le baron de la drogue était un insulaire connu de tous, il veillait certainement à ne jamais se trahir.

A l'aide de ses jumelles, Holt inspecta les broussailles alentour, étudiant la zone d'où avait été tirée la balle qui avait tué Ned.

— Notre tireur est très doué. Abattre quelqu'un de si loin n'est pas à la portée du premier venu.

— A mon avis, il ne s'agissait pas du chef de l'organisation, ajouta Shane. Un chef ne se charge pas des basses besognes.

— Il serait alors trop facile de le débusquer, acquiesça Cam. Pour le démasquer, il suffirait de créer un problème qui l'obligerait à intervenir.

— La façon dont nous tuons ses hommes me semble une

raison suffisante pour justifier une réaction de sa part, non ? intervint Julia d'un ton amusé.

Elle disait « nous », remarqua Cam. Elle se considérait désormais comme un membre de l'équipe.

Il en fut heureux.

— Pourquoi restons-nous à découvert au lieu de nous mettre à l'abri ? continua-t-elle. Le tueur est peut-être toujours dans le coin. Il pourrait de nouveau faire feu.

Shane secoua la tête.

— Non, il est parti depuis longtemps.

— Comment vous le savez ? Peut-être qu'il attend le bon moment pour nous tirer comme des lapins.

Cam connaissait la réponse, mais Julia serait-elle inquiète ou rassurée de l'apprendre ?

Finalement, il répondit.

— Il voulait buter Ned, il n'avait que Ned dans son collimateur.

— S'il avait eu envie de nous faire subir le même sort, nous serions déjà morts, renchérit Shane.

Julia quitta alors son abri pour les rejoindre au milieu de la pièce.

— Il est presque angoissant pour moi de mesurer à quel point vous êtes bons tous les trois.

— A l'origine, nous étions quatre, indiqua Cam. Une femme faisait équipe avec nous.

Il sourit en se remémorant Erica. Elle faisait partie des tireurs d'élite et s'était montrée impressionnante sur le terrain. Grâce à sa connaissance des émotions humaines, elle avait joué un rôle majeur au sein de l'équipe.

— Une femme ? releva Julia, manifestement étonnée. Et pourquoi elle ne travaille plus avec vous ?

Sa surprise était logique, songea Cam. Peu de gens imaginaient les femmes en tireurs d'élite. Mais, même si elle ressemblait à une serveuse de bar, Erica savait manier les armes comme personne.

— Elle a préféré s'enrôler comme garde du corps. Elle adore

ses nouvelles activités, et j'ai bien peur qu'elle ne revienne jamais dans l'équipe.

— Alors je jouerai son rôle de gestionnaire des émotions, décida Julia. Par nature, toutes les filles d'Eve sont spécialistes dans ce domaine.

Holt regarda Shane.

— Julia sait s'imposer.

Cam hocha la tête.

— Et ça me plaît.

— Mais je crois que la seule personne dont elle se soucie est Cam, reprit Holt.

— Ça suffit ! intima Cam. Ne vous comportez pas comme si Julia n'était pas là.

Celle-ci sourit à Holt et à Shane.

— Les femmes savent parler. Peut-être que vous l'ignoriez…

Ray lut le texto qu'il venait de recevoir sur son téléphone. Cela ne ressemblait pas au patron de laisser des messages, des traces. En général, il se montrait d'une prudence de Sioux. Cela dit, personne ne parviendrait à remonter sa piste. Il ne se laisserait pas coincer à cause d'un téléphone portable, Ray en était certain.

En tout cas, Ray ne pouvait ignorer son texto. Le patron lui ordonnait d'évacuer au plus vite les bâtiments du chantier naval, de faire sortir sans délai tous ceux qui y travaillaient, de s'arranger pour faire disparaître les laboratoires comme les stocks de drogues. Certains des hommes étaient déjà au volant de camions remplis de marchandises et ils avaient des coordonnées de lieux sûrs où ils pourraient se réfugier en attendant la fin de l'alerte.

Par prudence, les différentes activités avaient été compartimentées de façon étanche depuis longtemps afin que personne n'ait quoi que ce soit à gagner à trahir l'organisation. De toute façon, le patron ne l'aurait pas toléré. Les gars devaient tous garder à l'esprit le sort réservé à Rudy, aux traîtres, telle était la consigne. Il exigeait une loyauté sans faille de son personnel et, en général, il l'obtenait.

En tout cas, à en croire son message, le patron allait arriver d'un instant à l'autre et il avait un plan.

17

Julia n'avait jamais rencontré Connor, le fondateur des Corcorans. Mais, en cet instant, Cam, Holt et Shane tenaient une sorte de réunion virtuelle avec lui, via la montre de Holt. Ils n'avaient pas quitté le chantier naval, où le corps de Ned gisait encore au sol.

Julia était épuisée par ces derniers événements et elle avait du mal à suivre la discussion entre les quatre hommes. Ils parlaient de reconnaissance faciale, de drogues de synthèse et de camions. Apparemment, les caisses de stupéfiants étaient en train de changer de place, les trafiquants cherchaient un moyen d'échapper à la police. Cela semblait une bonne nouvelle, mais les membres de l'équipe étaient contrariés de n'avoir pas encore réussi à capturer les dealers, de n'avoir personne à livrer aux autorités.

Julia s'adossa au bord d'une ancienne fenêtre pour se reposer un peu.

Cam s'approcha d'elle. Il avait retrouvé sa démarche assurée. Ses blessures avaient été rapidement soignées par Shane. Pour ces hommes d'exception, devinait Julia, « blessure » signifiait « faiblesse ». Ils refusaient donc de s'y intéresser.

— Salut.

Julia tiqua intérieurement. Cam la gratifiait d'un simple « salut », il ne faisait plus l'effort de prononcer une phrase entière.

Il s'installa près d'elle et observa Shane qui photographiait les lieux sous tous les angles tandis que Holt parlait toujours via sa montre.

Tout cela n'étonnait même plus Julia. Désormais, les échanges de coups de feu, les photos et les conversations via des montres étaient devenus choses courantes. Que des gens sur l'île veuillent tuer Cam et la capturer, elle, n'intéressait manifestement plus personne.

Cam se rapprocha un peu plus d'elle, et leurs corps se touchèrent.

— Ai-je la moindre chance de te convaincre de prendre le ferry pour quitter l'île aujourd'hui ?

Il continuait à lui seriner le même refrain. Chaque fois, il devenait un peu plus tentant d'accepter et de lui demander de partir avec elle. Officiellement, elle était toujours en congé mais ce n'était pas l'idée qu'elle se faisait des vacances.

— Les ferries sont en activité ?

Cam croisa les jambes.

— Connor y travaille.

L'admiration brillait dans le regard de Cam. Connor semblait doté de qualités exceptionnelles. Il avait tout d'un superhéros. Apparemment, il était capable de répondre à toutes les demandes, d'effectuer tous les services. Il était peut-être le chef de l'équipe mais, à en croire ses hommes, il vaudrait mieux pour les Américains qu'il dirige le pays.

— Ton grand patron me paraît au-dessus du lot. Je tiens absolument à le rencontrer.

Pour le féliciter de son travail. Mais elle en profiterait peut-être pour lui tendre la facture des soins médicaux dont elle aurait besoin pour se remettre de cette aventure.

— Connor te plaira, assura Cam en souriant. Et sa femme sans doute encore plus.

Sa… femme !

— Il est marié ?

— Oui.

Ce détail accabla Julia. Après le petit discours de Cam sur son impossibilité de s'engager, après avoir appris que Shane et Holt étaient, eux aussi, célibataires, elle avait cru que toute l'équipe devait respecter une sorte d'obligation morale et s'interdire de se marier. Manifestement, elle s'était trompée.

— Il a donc trouvé, lui, le temps de nouer une relation amoureuse…

Et Cam s'était caché derrière de mauvaises excuses pour ne pas s'engager avec elle.

Elle s'exprimait sur le ton de la plaisanterie mais, intérieurement, elle bouillait : Cam avait argué de son métier pour ne pas aller plus avant avec elle.

Il ferma un œil, comme s'il réfléchissait.

— Je suis impressionné par ta capacité à revenir sur une conversation que nous avons eue tout à l'heure et qui me semblait close.

— Il me semble plutôt que mes raisonnements étaient plus convaincants que les tiens.

Julia avait eu le dessus dans cette discussion et elle entendait le rappeler à Cam.

Il hocha la tête.

— Certes.

Cependant, elle hésita à revenir une fois de plus sur le sujet. Elle pourrait lui demander, par exemple, quand ils se reverraient, s'assurer qu'il y aurait bien une prochaine fois… Mais, dès qu'il lui fallait envisager l'éventualité d'un avenir entre eux, Cam se mettait à paniquer et cherchait la tangente pour ne pas avoir à répondre. C'était à la fois très mignon, assez amusant et franchement insultant. Julia était tellement à l'écoute qu'elle devinait ses humeurs alors que lui ne cessait d'avoir peur qu'elle lui demande quelque chose.

Manifestement, elle n'était pas la seule à avoir du mal à faire confiance…

Renonçant à poursuivre sur les sujets personnels, elle revint au terrain professionnel.

— Que va-t-il se passer maintenant ?

— Connor a prévenu la police. Certains inspecteurs sont en route pour rejoindre l'île. D'autres sont déjà arrivés mais ils font le guet près des ferries. Ils surveillent les quais pour coincer ceux qui tenteraient de quitter l'île par la mer. Ray pense qu'il maîtrise la flotte de Calapan mais il a tort. Si les trafiquants essaient d'embarquer, nous les arrêterons.

Julia tenta d'imaginer comment les insulaires, qui accordaient beaucoup d'importance au respect de leur vie privée, allaient accepter l'intrusion des forces de l'ordre.

Mais, très vite, une importante question s'imposa à son esprit.

— Ces policiers vont lever les accusations de meurtres qui pèsent sur toi ?

— A moins que Connor n'ait envie de me jouer une sale blague.

Julia éclata de rire, et les trois hommes la dévisagèrent.

— Alors sans doute pas.

— Nous avons bientôt fini, annonça Shane. Connor cherche à en apprendre davantage sur ce Ned.

— A quoi bon ? demanda Julia. Il est mort…

— Si nous en apprenons plus sur lui, nous aurons des chances de reconstituer ses liens avec les barons de la drogue et d'identifier celui qui a organisé ces trafics.

Shane ne désigna pas explicitement Sandy comme suspect potentiel. Il se contentait d'énoncer les faits.

Julia n'avait jamais connu d'homme plus sobre en paroles.

Elle s'appuya davantage sur Cam. Comme il ne la repoussa pas et ne montra pas de signes de malaise, elle s'aventura à poser la tête sur son épaule.

— Ton métier est épuisant.

— Nous nous reposerons plus tard.

Shane les regarda.

— Redressez-vous, nous avons de la visite.

— Comment le sait-il ? s'enquit Julia.

— Il a un côté effrayant avec ce genre de choses, reconnut Cam. Qui est-ce ?

En guise de réponse, tous se mirent en mouvement. Ils auraient pu se disperser mais il aurait alors été plus facile pour un intrus de repérer le maillon faible, devina Julia : elle-même.

Cam, Holt et Shane avaient tous trois l'arme au poing. Ils se positionnèrent en ligne, formant une sorte de barricade devant la porte. Julia se hissa sur la pointe des pieds pour tenter de voir par-dessus leurs épaules ce qui se passait.

Cam rompit le silence.

— A l'avenir, nous essaierons de dégoter de meilleures affectations pour nos missions. Nous laisserons aux gars d'Annapolis les enquêtes sur les trafics de drogue.

Un instant plus tard, le chef Kreider apparut. Il tenait un revolver à la main mais aucun de ses hommes ne l'accompagnait. En tout cas, Julia n'en repéra pas. Ils se tenaient peut-être en embuscade quelque part. Tout était possible et un peu angoissant.

— Vous pouvez réfléchir à ces nouvelles affectations dès maintenant ! lança Kreider en pointant son arme sur Cam.

Il ne paraissait pas remarquer qu'il était en infériorité numérique.

— Les mains en l'air ! ordonna-t-il. Tous les quatre.

Aucun d'eux ne bougea. Et. Shane leva même les yeux au ciel, nota Julia. Ils ne semblaient pas inquiets ni impressionnés par le petit numéro de Kreider.

Julia ne l'avait jamais aimé mais une arme à feu restait une arme à feu.

— Peut-être que nous devrions tous garder notre calme, avança-t-elle.

Kreider avait le regard rivé sur Cam.

— Mademoiselle White, vous n'êtes pas en position de demander quoi que ce soit. Vous auriez intérêt à sortir d'ici et à venir avec moi.

Cam intervint aussitôt.

— Pas question. Elle reste avec moi. Pour toujours.

La façon dont il le déclara — d'un ton sans réplique, avec force — toucha Julia au cœur. Mais elle s'efforça de rester focalisée sur Kreider. Ce type n'avait pas changé malgré les années. Il était toujours odieux, injuste, et il nourrissait toujours le même mépris pour les femmes.

— Dites à vos amis de déposer leurs armes et de se coucher à terre. Sinon, je tire.

Kreider lui parlait comme s'ils étaient proches et s'entendaient comme larrons en foire.

Pourtant, Julia ne se souvenait pas qu'il l'ait un jour aidée ou soutenue. Il était trop occupé à protéger ses vieux amis pour faire quoi que ce soit pour elle ou pour que Calapan devienne un endroit où les gens aient envie de vivre. Le problème de la drogue n'était qu'un exemple parmi d'autres de l'incompétence de Kreider, de son incapacité à faire du bon travail.

Holt fronça les sourcils.

— Personne ne vous menace, Kreider. Qu'est-ce qui justifie que vous fassiez usage de la force contre l'un de nous ?

— Les morts sur l'île de Calapan me semblent un argument suffisant. Non ?

Kreider n'avait pas tort, songea Julia. Même s'il n'était pour rien dans les trafics de drogue — et elle était loin d'en être convaincue —, il ne pouvait laisser tomber le meurtre de Rudy et les autres sans un minimum d'enquête.

Mais, pour un homme qui prétendait leur courir après depuis trois jours, il lui avait fallu beaucoup de temps pour les retrouver.

Aussi lui demanda-t-elle :

— Pourquoi êtes-vous ici ?

Kreider lui fit à peine l'aumône d'un regard.

— Vous n'êtes pas en position de poser des questions.

— Et moi ? lança soudain une voix masculine.

Un homme en uniforme entra. Julia se souvenait fort bien de lui. Il n'appartenait absolument pas aux forces de l'ordre. Il s'était déguisé en policier pour tirer sur Cam et le pourchasser jusqu'à la maison du père de Julia. Et aussi pour la terrifier avec l'aide de ses deux sbires.

Cam grimaça.

— Ray Miner, quelle surprise ! Vous et le chef Kreider, vous faites vraiment la paire. Je n'ai jamais vu pire comité d'accueil.

Kreider s'approcha de la chaise au pied de laquelle gisait toujours Ned, et les hommes s'écartèrent pour le laisser passer. Il prévint quelqu'un par radio, parlant de meurtre mais sans demander de renforts ni expliquer ce qui se passait. Bizarre pour quelqu'un censé protéger la ville, pensa Julia.

Puis il se tourna vers Cam.

— Roth… Je vous retrouve et, comme d'habitude, vous êtes auprès d'une nouvelle victime.

D'un mouvement de menton, Cam désigna Ray.

— Et, comme d'habitude, vous, vous avez convoqué un faux policier à cette réunion. Très malin de votre part.

— Arrêtez ! répliqua Kreider en secouant la tête. Ray Miner a toute légitimité pour être ici. J'ai vérifié moi-même ses références.

— Comment avez-vous procédé ? demanda Shane. Parce que vos vérifications sont fausses. Ce type n'est pas un flic et ne l'a jamais été. C'est un imposteur.

— Il n'est pas possible que vous soyez nul à ce point, Kreider, renchérit Cam. Je ne peux pas le croire.

Chacun des mots qu'ils prononçaient terrifiait Julia. Les hommes des Corcorans étaient forts et prêts à tout, mais humilier un officier de police n'était jamais une bonne idée. Sur une île aussi petite que Calapan, c'était suicidaire.

— Est-il possible que tout le monde dépose ses armes pour discuter tranquillement ?

Cela dit, elle espérait que Cam en garderait une sous le coude, au cas où.

— Mes armes restent avec moi, déclara Shane.

— Je ne pense pas, répliqua Ray en s'approchant de Holt. Déposez vos flingues ou Mlle White en paiera le prix.

Cam échangea un regard avec Holt, puis reporta son attention sur Ray.

— Pour info, vous n'avez aucune légitimité à donner un ordre, ni à porter cet uniforme.

Julia reconnaissait l'expression peinte sur le visage de Cam.

Il avait un plan. Elle ignorait ce qu'il avait en tête et comment elle pourrait l'aider mais quelque chose couvait.

Elle décida de faire son possible pour gagner du temps.

— Engager des pourparlers sans les armes ne serait-il pas la meilleure façon de régler les problèmes ?

Ignorant la question, Kreider lança :

— Que faites-vous ici, tous autant que vous êtes ? Vous vous trouvez sur une propriété privée.

— Craignez-vous que l'entreprise propriétaire du chantier naval ne prenne ombrage de notre présence ? demanda Cam sur un ton moqueur.

Kreider fronça les sourcils.

— Sauf erreur de ma part, le chantier naval est la propriété d'une personne physique et non d'une société.

Julia écoutait, fascinée par l'habileté avec laquelle les hommes des Corcorans réussissaient à lui tirer les vers du nez sans avoir l'air d'y toucher, sans avoir besoin d'un interrogatoire en règle. Comme beaucoup de gens, Kreider aimait montrer qu'il en savait plus que les autres et, ce faisant, il se trahissait. Il ne se rendait pas compte qu'il donnait des renseignements à ses adversaires.

— Nous sommes venus sur cette île pour interroger Rudy. A présent, il est mort. Mais nous avons découvert l'existence de trafics de drogues, reprit Cam. Voilà pourquoi nous sommes là.

— Je n'ai rien vu d'illégal sur cette île, répliqua Ray.

Kreider promena les yeux autour de lui.

— En effet, Roth, voyez-vous ici quelque chose de louche qui m'aurait échappé ?

— Tout a été nettoyé, intervint Julia.

Après tout ce qu'ils avaient traversé, il semblait juste de mettre un terme à cette enquête, qu'ils trouvent enfin les preuves qu'ils étaient venus chercher et celles de leur innocence.

Ray se mit à rire.

— Comme c'est pratique !

— Pas vraiment, répliqua Cam en croisant les bras sur son torse.

Ray desserra sa cravate. Il devenait manifestement nerveux.

— Pour la dernière fois, allongez-vous par terre.

— Sinon quoi ? demanda Holt.

Shane renchérit :

— Sondez les murs et le sol, fouillez les bâtiments et les camions garés à l'extérieur, Kreider. Vous trouverez les preuves de l'existence d'un laboratoire clandestin.

Ray secoua la tête.

— Vous refusez d'obéir à mes ordres. Dans ces conditions, je vous embarque tous, y compris la femme.

— Attends, fit Kreider. Ils sont à moi et ils viennent avec moi.

— Inutile de vous disputer sur le sujet, messieurs, déclara Holt. Nous n'irons nulle part. Ni avec l'un ni avec l'autre.

— Cette histoire commence sérieusement à me fatiguer, maugréa Ray qui leva son revolver.

Il fit feu sur Kreider.

Tous se pétrifièrent.

Kreider s'effondra sur le sol et, dans un bel ensemble, toute l'équipe dégaina ses armes.

Julia n'en revenait pas. Le chef de la police s'était fait descendre sous ses yeux.

Lorsqu'elle releva la tête, Ray avait un revolver pointé sur elle et un autre visant les trois hommes. Elle se raidit.

Le sourire de Ray devint cruel.

— Maintenant, êtes-vous enfin disposés à obéir ?

— Vous venez de tuer votre patron ? s'exclama Cam, incrédule.

— Je crois que tout le monde sera d'accord pour dire que je ferai un meilleur chef, répondit Ray en donnant un coup de pied dans le cadavre. J'ai réussi à le duper, et la plupart des gens sur cette île sont persuadés que je suis bien officier de police.

— Pourquoi ?

Julia ne savait pas très bien ce qu'elle demandait. Pourquoi faire ça ? Pourquoi tuer ? Pourquoi mentir ? Pourquoi se servir de cette île pour des trafics ?

— Je suis plus fort, plus intelligent, plus efficace.

Et plus mégalo, ajouta-t-elle intérieurement.

Elle jeta un regard à Cam qui secoua légèrement la tête.

— C'était donc vous le seul coupable, reprit-il en se redressant pour se rapprocher d'elle, mine de rien. L'organisation des trafics, la fabrication de stupéfiants, vous êtes à l'origine de tout, n'est-ce pas ?

— Oui.

Cam plissa les yeux.

— Etes-vous également chargé du transport des marchandises ?

Ray refusa de répondre.

— Il est temps de mettre un terme à cette conversation.

— Nous sommes quatre contre un, fit remarquer Shane.

— Pas vraiment parce que, primo, je ne suis pas seul, reprit Ray qui pointait toujours une arme sur Julia. Et, deuxio, parce que, si quelqu'un s'approche de moi, me menace de près ou de loin, la femme le paiera de sa vie.

Julia en eut la nausée.

— Pourquoi tout ça ?

— Je vous demande pour la dernière fois de déposer vos armes ou, alors, elle va se mettre à crier.

Cam leva les mains.

— D'accord, vous avez gagné.

— Que fais-tu ? cria Shane d'une voix étranglée.

Julia aussi se posait la question. Ils étaient trois, ils avaient l'avantage, même s'il était probable que des flics avaient envahi le chantier naval à l'extérieur de ce bâtiment.

Cam se tourna vers Shane.

— Je ne le laisserai pas lui faire du mal. Nous sommes très bien sans nos flingues.

— C'est très mignon, persifla Ray.

Puis il ajouta d'un ton sans réplique :

— Déposez vos armes ! Tout de suite.

Les trois hommes obtempérèrent. Holt et Cam portaient trois fusils-mitrailleurs sur eux, Shane semblait plus lourdement armé.

Lorsqu'ils eurent fini, le sol était tapissé d'armes.

— Venez ici ! ordonna Ray à Julia.

Elle ne bougea pas, mais Cam mit la main sur elle.

— Elle reste avec moi.

— J'ai bien peur que non, répliqua Ray en écartant les armes du pied pour les mettre hors de portée des hommes du Corcoran. J'ai besoin d'elle, figurez-vous.

L'estomac de Julia se serra.

— Que voulez-vous dire ?

— Félicitez-vous d'être utile à quelqu'un et fermez-la.

Comme elle reculait pour l'empêcher de la toucher, Shane frappa Ray du pied et l'atteignit à la main, le désarmant. Holt et Cam entrèrent alors en action. Cam se jeta sur Ray et lui donna un violent coup de couteau. Puis Holt l'immobilisa sur le sol.

Cam se tourna vers Julia.

— Tout va bien ?

Elle s'efforçait de recouvrer son souffle.

— Quel était le plan ?

Cam lui sourit.

— Il ne nous a demandé que nos armes à feu.

— Et nous voulions l'avoir vivant, ajouta Holt.

Ray les fusilla du regard.

— Vous me le paierez.

Il semblait hors de lui. Sa main saignait. Il devait être soigné et aller en prison. Dans n'importe quel ordre, songea Julia.

Tandis que Shane et Holt entraînaient Ray dehors, elle essaya de retrouver son calme. Les événements qui se succédaient la dépassaient. Des haut-le-cœur soulevaient son estomac. Elle était au bord du malaise.

Cam la prit dans ses bras.

— Tout ira bien.

Elle dit alors la première chose qui lui vint à l'esprit.

— Je veux voir Sandy.

Cam se raidit nettement.

— Moi aussi.

18

Deux heures plus tard, Ray se retrouva à la clinique avec Holt à son chevet. Il n'avait pas commencé à parler mais ce n'était qu'une question d'heures, estimait Cam. En revanche, retrouver les camions prenait plus de temps que prévu. Les trafiquants n'avaient pas essayé de faire sortir les véhicules de l'île — se doutant probablement qu'une telle initiative n'avait aucune chance d'aboutir. Ils les avaient cachés quelque part en attendant que les choses se tassent.

Quelqu'un d'intelligent était à la tête de ces trafics, ils en avaient désormais la preuve. Mais il ne s'agissait pas de Kreider, Cam en était convaincu.

D'où sa visite avec Julia chez Sandy.

Celui-ci était en train de remplir deux verres d'eau fraîche. Il leur en tendit un à chacun. Puis il décapsula une bouteille de bière.

— Kreider serait un trafiquant de drogue ? dit-il en secouant la tête. J'ai vraiment du mal à le croire.

— Etait, corrigea Julia en frissonnant. Il n'est plus rien maintenant.

Cam lui donna discrètement un petit coup de coude pour l'inciter à la prudence. Elle venait de traverser beaucoup d'épreuves, elle était blessée et il s'en voulait donc de la toucher. Même s'il mourait d'envie de la prendre dans ses bras et de la mener au ciel.

Sandy continua comme si elle n'avait rien dit.

— En tout cas, cela n'a aucun sens à mes yeux.

Cam partageait son avis. Assis sur l'un des hauts tabourets de la cuisine de Sandy, il s'efforçait de mettre en place les morceaux du puzzle et d'y trouver un sens. L'attitude de Kreider ne laissait pas penser qu'il trempait avec Ray dans les trafics de drogue. Kreider s'était toujours comporté comme s'il pensait que Ray était un policier légitime, agissant en bonne et due forme.

De même, rien dans les relevés bancaires de Kreider comme dans ses antécédents ne venait corroborer l'hypothèse d'un baron à la tête d'un trafic de stupéfiants. Même s'il n'avait jamais été considéré comme un chef de police doué ou efficace, tout le monde s'accordait à dire qu'il travaillait beaucoup. Il aimait traîner dans l'île en uniforme, aller voir les gens. Ce qui ne lui laissait pas beaucoup de temps pour courir jusqu'au chantier naval et superviser la production des stupéfiants.

Par ailleurs, Kreider avait spontanément signalé que le chantier naval n'était plus la propriété d'une entreprise mais d'un particulier. Connor et Joel travaillaient sur de nombreuses sociétés fictives et sur les hommes de paille qui les dirigeaient officiellement, mais Cam avait un moyen beaucoup plus simple d'obtenir la réponse à leurs interrogations.

— Qui vous a acheté le chantier naval ?

Sandy baissa lentement la bouteille qu'il s'apprêtait à boire au goulot.

— Pardon ?

— Julia m'a dit qu'une société vous avait acheté ce chantier mais que la nouvelle direction avait fait de mauvais choix et l'avait poussé à la faillite.

S'ils découvraient de qui il s'agissait, peut-être pourraient-ils remonter la piste jusqu'à Kreider et aller se coucher.

En attendant, pour Cam, l'enquête n'était pas terminée, loin de là. Beaucoup de gens qui auraient pu témoigner étaient morts. Kreider était censé être à la tête des trafics de drogue mais, quelle que soit la façon dont Cam tournait l'affaire, cette hypothèse n'avait aucun sens.

Julia vida la bouteille d'eau dans son verre avant de la poser sur le comptoir.

— C'était une société canadienne, si ma mémoire est bonne. Papa s'en plaignait beaucoup.

Cam ne voulait pas raviver les mauvais souvenirs de Julia. Elle lui avait dit qu'elle n'avait jamais eu confiance en son père. Il n'était donc pas utile de faire allusion à lui ni d'encourager tout ce qui pouvait lui rappeler les souffrances de son enfance.

— Vous vous rappelez son nom ? demanda Cam à Sandy.

— Cela n'a pas d'importance parce que, depuis, le chantier a été revendu, répondit Sandy en ouvrant le réfrigérateur pour en sortir une assiette de viande froide. Vous avez faim ? Vous aimeriez grignoter quelque chose ?

La scène semblait surréaliste, se dit Cam. Julia n'y participait pas tant elle était épuisée. Elle avait encaissé trop de menaces, de coups de feu et elle n'en pouvait plus. Manifestement, elle avait besoin de récupérer, de dormir plusieurs heures d'affilée.

Et Sandy ne semblait pas se soucier de la question. Il était curieux qu'un citoyen influent ne réagisse pas le moins du monde à l'idée que des trafiquants de drogue transforment un chantier qui lui avait un jour appartenu en atelier de stupéfiants. Apparemment, quand il avait faim, rien d'autre ne comptait.

De nouveau, Cam pesta intérieurement. Depuis le départ, rien ne se passait de façon logique. La mission piétinait depuis qu'ils avaient débarqué sur cette île. Résoudre cette affaire restait véritablement un défi.

— Il faut que je me rende à la clinique.

Les mots s'échappèrent des lèvres de Cam avant qu'il ne puisse y réfléchir.

Julia qui s'apprêtait à envoyer sa bouteille d'eau vide dans la poubelle interrompit son geste.

— Pourquoi ?

— Ray Miner est réveillé et disposé à parler.

Ce n'était pas tout à fait exact, mais Cam n'allait pas le préciser. Ray se considérait toujours comme le patron de toute l'affaire, d'autant que Kreider n'était plus là pour le contredire.

Bien sûr, il chargeait Kreider, le rendant seul responsable des trafics de drogues.

Comme c'était pratique ! Il était probable que l'ego surdimensionné de Ray le poussait à s'imaginer avec davantage de responsabilités qu'il n'en avait en réalité. Son orgueil était tel qu'il ne parvenait certainement pas à se considérer comme un simple employé. De toute façon, il allait quitter la clinique pour croupir en prison, ce qui valait mieux pour tout le monde.

— Tant mieux, non ? commenta Julia. Ce type est dangereux et ne doit pas être laissé en liberté. Il faut le mettre hors d'état de nuire.

Cam avait envie de rester près d'elle pour la réconforter. Mais il devait continuer à jouer son rôle. Si Ray était réellement le patron, pourquoi ne pas le considérer publiquement comme tel ? Et, s'il ne l'était pas, le véritable baron pourrait en prendre ombrage et se démasquer…

Cam poursuivit donc son récit fictif.

— Ray n'est pas content de la façon dont les choses se terminent pour lui. Apparemment, il pensait devenir le patron. Sa colère comme sa déception peuvent le pousser à parler et donc à servir nos intérêts.

Cam fixa Sandy jusqu'à ce que ce dernier crache enfin. En vain.

— Très bien, fit-il donc.

— Je viens avec toi ! dit Julia en se levant.

— Je préfère que tu restes ici pour te reposer.

Il refusait d'en discuter. Elle était épuisée, il fallait qu'elle se repose. De plus, si Sandy était bien le baron de la drogue et décidait de réduire définitivement Ray au silence, mieux valait laisser Julia en dehors de tout cela.

— Elle s'est foulé la cheville, indiqua-t-il à Sandy.

Celui-ci fronça les sourcils.

— Quoi ?

— Tout va bien, assura Julia.

Avant qu'elle ne puisse minimiser ses blessures, Cam intervint :

— Tu n'es pas en forme. Je vais m'absenter quelques heures. Ensuite, nous pourrons prendre le ferry et repartir pour Seattle.

— Cam…, fit-elle avec un gros soupir. Je n'ai pas l'énergie de remettre le sujet sur le tapis pour la énième fois.

Lui non plus. L'idée de la quitter, de s'en aller de son côté et de laisser un autre homme l'aimer, lui donnait envie de détruire la maison de Sandy pierre par pierre.

Aussi, il ajouta :

— Je pense que prendre quelques jours de vacances à Seattle me ferait du bien. Si tu étais là pour me donner des idées sur la meilleure façon de passer du bon temps, j'en serais ravi.

Pourtant, si son intuition était bonne, si Sandy était bien le grand patron des trafics de drogue, Julia ne voudrait plus jamais le revoir. Elle ne lui pardonnerait jamais.

Mais Cam refusait pour le moment de s'appesantir sur cette éventualité. Il devait se concentrer sur la mission qui lui avait été confiée.

Il embrassa Julia sur le front.

— Je fais un saut là-bas et je reviens.

— Tenez-nous au courant des évolutions de la situation, ajouta Sandy.

Cela ne risquait pas de se produire mais Cam préférait semer le doute, le plus possible.

— Puis-je connaître le code du système d'alarme afin de pouvoir revenir, même tard, sans déclencher des sirènes ?

Sandy ne répondit pas. Il ne lui donna pas le code ni le moyen de contourner le système.

Julia se tourna alors vers leur hôte.

— Sandy ?

— Je n'aime pas le divulguer, reconnut-il enfin.

Ce type était paranoïaque, et Cam commençait à comprendre pourquoi.

— Je ne vais quand même pas dormir sur le paillasson ! lâcha-t-il.

Sandy finit par prendre un bout de papier et y écrivit quelques chiffres.

— Voilà.

Le numéro n'était certainement pas le bon, supposa Cam. Mais, pour Julia, il essaierait de le faire marcher. En espérant qu'il se trompait et qu'il n'aurait pas à aborder le sujet une fois de plus.

Un peu plus tard, Cam se gara sur le parking de la clinique et entra dans l'établissement. Plusieurs personnes patientaient dans la salle d'attente. Certaines toussaient, d'autres étaient très pâles.

Cam dut présenter ses papiers dans le hall puis à l'étage. Manifestement, Connor avait mis les grands moyens pour surveiller le prisonnier.

Holt retrouva Cam dans le couloir.

— Je croyais que tu avais été te coucher.

— Je suis trop tendu pour espérer dormir.

— Je n'ai pas dit que tu avais été te coucher pour dormir… rectifia Holt avec un sourire entendu.

Mais Cam n'était pas d'humeur à aborder un sujet personnel.

— Ray a décidé de parler ? De collaborer ?

— Non.

— J'ai besoin qu'il le fasse.

— Comme nous tous, répliqua Holt en haussant les épaules.

— Non, tu ne m'as pas compris. J'ai besoin que les gens croient qu'il collabore avec nous, qu'il est d'accord pour balancer des noms.

— Pourquoi ?

Cam maugréa :

— Tu sais très bien pourquoi !

Holt plissa les yeux, mais une lueur de compréhension y brilla.

— Tu es sûr que c'est une bonne chose ?

— Je pense, oui.

Plus il y réfléchissait, plus Cam en était persuadé : Sandy jouait un rôle central dans cette histoire.

Holt poussa un sifflement.

— Tu mènes un jeu dangereux qui risque de te coûter cher.

Cam se moquait de prendre des risques physiques et, d'ailleurs, Holt ne faisait probablement pas allusion à ces derniers. Plutôt au fait que la relation qu'il avait nouée avec Julia était récente et donc fragile. Le sexe entre eux était fabuleux mais l'un et l'autre avaient du mal à faire confiance.

Cam ne savait même pas ce dont il rêvait avec elle ni ce dont il était capable. Mais l'idée de ne plus la voir à la fin de cette mission le tuait. En quelques jours, Julia avait réussi à s'imposer, à devenir une évidence, et il ignorait comment rompre avec elle ni s'il le souhaitait.

S'il sortait Julia de l'équation, s'il parvenait à oublier la force de leur mutuelle attirance et son bonheur avec elle, il ne restait qu'un point noir : Sandy.

Les soupçons que Cam nourrissait contre ce type étaient forts. Ce qui signifiait qu'il ne pouvait laisser tomber le sujet, même au risque de perdre Julia au bout du compte.

— Mais si j'ai raison à propos de…

Holt secouait déjà la tête.

— Tu auras quand même perdu parce que Julia sera furieuse contre toi. Elle entretient avec Sandy une relation père fille. Elle ne te pardonnera pas d'avoir jeté en prison celui qu'elle considère comme un deuxième papa.

— C'est vrai, mais je suis certain que ce Sandy n'est pas clair.

— Serais-tu jaloux ?

Une sourde colère souleva Cam.

— Elle n'a pas de relation amoureuse avec ce gars.

— Je voulais dire émotionnellement.

— Je ne comprends pas de quoi tu parles.

En réalité, il en avait une idée. Il faisait l'expérience d'avoir le bonheur de quelqu'un comme priorité absolue, avant son travail ou quoi que ce soit d'autre.

Holt secoua la tête.

— Tu es différent quand vous êtes ensemble.

— Mais je ne la connais que depuis quelques jours…

— Votre complicité saute aux yeux.

— Je sais.

Pour autant, les mots semblaient étranges dans la bouche de Holt. Il n'avait jamais eu de petite amie attitrée et, là, il parlait romance et poésie.

— Elle va te détester, soupira-t-il.

— Je le sais aussi.

C'était la seule chose qui retenait Cam, même si c'était égoïste.

— Tu as vraiment envie de prendre le risque de la perdre ? insista Holt. A mon avis, ça ne vaut pas le coup. Si tu veux, laisse-moi jouer le mauvais rôle. Elle me détestera mais, pour moi, c'est sans importance.

Cam fit non de la tête.

— Si je ne peux pas vivre avec moi-même, cela ne marchera pas entre nous, de toute façon.

Oui, il envisageait cette éventualité et, si Sandy se révélait bien le coupable et que Julia le prenait mal, elle ne le lui pardonnerait pas.

— Tu es coincé, conclut Holt.

— Je crois bien.

19

Julia se recroquevilla sur le bord du canapé, dans le salon de Sandy. Elle tombait de fatigue mais voulait rester debout jusqu'au retour de Cam. L'idée de s'enfouir avec lui sous les couvertures lui plaisait bien. Après tout ce qu'ils avaient enduré et tout ce à quoi ils avaient survécu, elle avait envie de le toucher, de l'embrasser, de se réchauffer contre son corps viril. Mais, pour mettre en œuvre ce beau programme, il fallait déjà qu'il revienne.

Sandy, lui, avait regagné son bureau depuis plus d'une heure. Et il ne faisait aucun bruit.

Julia avait cru qu'il finirait par en sortir pour venir échanger quelques mots avec elle. Après l'arrestation de Ray et la mort de Kreider, il était difficile d'ignorer la tempête qui traversait l'île de Calapan… comme le nombre des vies brisées et les multiples questions qui demeuraient sans réponses.

Elle se leva pour se rendre dans la cuisine et s'y confectionner un autre petit en-cas.

Comme elle traversait la salle à manger, le boîtier du système d'alarme attira son attention. Une petite lumière clignotait, signalant qu'il était branché et protégeait la maison. Si elle séjournait là quelques jours — ce qui était prévu —, elle aurait besoin d'aller et venir en liberté. Ce qui signifiait qu'elle devrait connaître les codes de sécurité. Celui qu'elle avait ne fonctionnait pas. Pour le moment, elle n'était donc pas libre de ses mouvements. Il lui était impossible de quitter la maison.

Envahie par une immense fatigue et par l'émoi dû aux

événements de ces derniers jours, elle avait peu de chance de mémoriser un nouveau code. Pourtant, mieux valait régler la question sans attendre d'être coincée dehors par un jour de pluie.

Elle rinça son mug dans l'évier, puis se dirigea vers la porte d'entrée. Avant toute chose, elle tenait à vérifier que le code qu'elle avait n'était pas le bon. Le clignotant vert lui confirma que la maison était protégée. Vu que des trafiquants de drogue sévissaient sur l'île, il était logique qu'elle le soit.

Pieds nus sur le parquet, elle décida de descendre demander le nouveau code à Sandy. Elle ne voulait pas le déranger mais, comme l'avait remarqué Cam, même s'il était dans son bureau, Sandy ne travaillait pas. Il était à la retraite.

Polie, elle frappa avant d'entrer. Personne ne lui répondit. Comme Sandy avait regagné son bureau une heure plus tôt et qu'il n'y avait aucun moyen d'en sortir autrement que par cette porte, il était forcément là. Peut-être s'était-il endormi.

La main sur la poignée, Julia frappa plus fort. Elle n'avait jamais pénétré dans son bureau sans y avoir été invitée. Cette pièce était une sorte de sanctuaire qu'elle ne voulait violer pour rien au monde.

Mais, brutalement, elle eut envie de savoir ce que faisait Sandy quand il était seul et se prétendait en train de travailler.

Elle prit une profonde inspiration, tourna la poignée et poussa la porte. Son regard se posa sur les murs recouverts de bibliothèques et sur le grand bureau. Mais pas de Sandy.

S'était-elle assoupie sur le canapé ? Aurait-elle pu le manquer alors qu'il sortait de la maison ? Non, c'était peu probable.

Elle s'approcha de l'interphone qui permettait de l'appeler s'il se trouvait n'importe où dans la demeure. Mais ses appels restèrent également vains.

Comme elle se redressait, perplexe, une désagréable claustrophobie la gagna. C'était une étrange impression qui n'était fondée sur rien, sauf que le clignotant vert signifiait qu'elle ne pouvait pas quitter la maison. Elle était bel et bien enfermée à l'intérieur. Briser une fenêtre déclencherait automatiquement l'alarme et ne permettrait pas pour autant de sortir. Si le système était branché, elle était piégée à l'intérieur.

L'idée la terrifia.

Puis, son attention fut attirée par les papiers et les dossiers qui jonchaient la table de travail de Sandy. Tout était sous son nez. Elle pouvait y jeter un coup d'œil, juste pour vérifier que les soupçons de Cam ne reposaient sur rien…

Du même coup, elle aurait la possibilité d'éclaircir certains points, comme le nom du nouveau propriétaire du chantier naval. Elle ne pouvait imaginer que Sandy ne le connaisse pas. Sandy avait toujours été au courant de tout. Cela dit, depuis quelques jours, plus rien n'était normal, plus rien n'était comme avant.

Ils voulaient tous en finir avec cette histoire, sauf elle qui préférait que Cam soit obligé de rester le plus longtemps possible.

Elle s'installa dans le grand fauteuil de cuir.

Aussitôt, elle crut remonter le temps, redevenir une petite fille. Autrefois, elle s'asseyait sur ce siège et le faisait tourner comme une toupie. Elle jouait dessus comme si elle se trouvait dans un parc d'attractions.

Repoussant ses souvenirs, elle ouvrit le tiroir du haut mais se sentit si mal qu'elle le referma aussitôt. Comment osait-elle se comporter ainsi ? Elle n'avait pas le droit de fouiller le bureau de Sandy, elle n'avait pas le droit de trahir sa confiance.

Fourrer le nez dans les affaires des autres n'avait jamais été son genre. Si Cam avait besoin de preuves ou voulait s'expliquer avec Sandy, qu'il le fasse ! Elle refusait de s'impliquer, de se mêler de ce qui ne la regardait pas. Elle ne jouerait pas les espionnes.

Elle retourna près du clavier qui sécurisait la porte d'entrée. Elle entra le code que Sandy lui avait donné mais il ne fonctionnait pas. Elle essaya d'autres combinaisons.

A la cinquième tentative, elle renonça : elle ne parviendrait pas à débloquer le système.

Elle avait l'estomac tellement noué qu'elle respirait avec peine.

Etre enfermée la rendait nerveuse. Si Cam avait besoin d'elle,

elle ne pourrait pas le rejoindre… et en prendre conscience accentua son angoisse.

Elle retourna dans le salon pour téléphoner à Cam et lui demander conseil. Il devait y avoir moyen de sortir autrement qu'en passant par le balcon du premier étage.

Elle décrocha le téléphone fixe.

Il n'y avait pas de tonalité…

Elle raccrocha et réessaya mais sans plus de succès.

A la dixième tentative, elle était au bord de la crise de nerfs. Elle ne parvenait plus à maîtriser sa peur.

De toute évidence, la ligne avait été coupée.

Puis elle se souvint de son téléphone portable. Elle l'avait laissé sur la table de la cuisine.

Elle s'y précipita mais, dès qu'elle y entra, elle se figea. Sandy avait nettoyé la table après le repas, et le téléphone portable avait disparu.

Elle ouvrit les tiroirs et chercha partout son appareil avant de remonter dans sa chambre. Sandy avait pu le laisser sur son lit.

Mais, bien sûr, il n'y était pas.

Bon sang, elle était bel et bien enfermée dans cette maison, sans code, sans téléphone portable, sans ligne fixe, sans aucun moyen de communiquer avec l'extérieur. Elle était emprisonnée.

Cam avait peut-être raison, finalement.

Pour la troisième fois, Cam tenta de joindre Julia sur son téléphone portable. Comme lors de ses premières tentatives, l'appareil sonna mais elle ne prit pas l'appel. Epuisée, avait-elle mis son téléphone en silencieux pour pouvoir dormir tout son soûl sans risquer d'être réveillée ?

Beaucoup de raisons anodines pouvaient expliquer son silence. Cam refusait de croire qu'il lui était arrivé quelque chose qui l'empêchait de répondre.

La clinique était calme. Tout le monde pensait que Ray était au second alors qu'en réalité il se trouvait au troisième.

Ils avaient évacué la plupart des malades de l'étage sauf ceux qui ne pouvaient pas ou ne voulaient pas être déplacés.

— Qu'est-ce que tu as ? demanda Holt assis à côté de lui dans la salle d'attente.

Cam s'efforça de dissimuler son angoisse.

— Je n'arrive pas à la joindre.

Holt poussa un soupir.

— Peut-être qu'elle a besoin de souffler.

— Ça ne lui ressemble pas.

Si elle avait voulu être tranquille, elle le lui aurait dit.

Holt consulta sa montre.

— Tu es toujours avec nous dans cette histoire ?

— Oui, bien sûr.

Holt hocha la tête et n'ajouta rien. C'était son style. Il ne faisait pas de reproches, jamais. Il traitait ses coéquipiers comme des adultes, ce qui était réconfortant.

Sur le terrain, il y avait un principe majeur. Les membres de l'équipe devaient toujours être au courant de tout. Si quelque chose empêchait l'un d'eux d'être à fond dans le travail, dans la mission, quelle qu'en soit la raison, il fallait le dire. Pour ne jamais mettre ses coéquipiers en danger. Cam connaissait cette règle de base et l'avait toujours respectée. Il passait sa vie avec Holt et Shane. Il n'était pas question pour lui de les exposer parce qu'il était préoccupé.

Et si, comme il le craignait, Sandy incarnait un danger, il devait l'identifier au plus vite. Plus longtemps Julia resterait chez lui, à lui faire confiance alors qu'il trafiquait tous azimuts, plus les risques que tout finisse mal étaient élevés. A tout moment, Sandy pouvait estimer que Julia en savait trop ou qu'elle représentait un trop grand risque pour lui. Cam préférait ne pas penser à ce qu'il ferait alors.

Le pire était qu'ils pouvaient être tout près du but, à deux doigts de démasquer le responsable de ces trafics de stupéfiants, mais être finalement incapables de conclure. Il était possible que Sandy ne se montre pas à la clinique, ne se trahisse pas.

Comme Cam soulignait une fois de plus cette éventualité, Holt secoua la tête.

— Il viendra.

Holt se trompait rarement — sauf en matière de femmes — et, sur ce point précis, il avait raison. Cam commençait à connaître la personnalité de Sandy. Il n'était pas du genre à rester chez lui alors qu'il pouvait arranger les choses et sauver du même coup sa liberté, sa réputation et tout ce qu'il avait construit au cours de sa vie. Un homme qui vivait dans une maison comme la sienne aimait être admiré. Il n'accepterait pas de passer pour un criminel de la pire espèce sans réagir.

— Oui, je le pense aussi, reconnut Cam.

— Comment vas-tu l'expliquer à Julia ? ajouta Holt en fixant le bout de ses chaussures.

Cam avait listé ses différentes options. Toutes se résumaient à la même chose. Il devrait prendre Julia entre quatre yeux et lui expliquer que le seul homme en qui elle avait confiance l'avait trompée de la pire des façons. Cam ne savait pas du tout comment elle parviendrait à l'accepter, à s'en remettre.

Aussi se contenta-t-il de répondre à Holt :

— Je verrai, je ne peux gérer qu'une catastrophe à la fois.

— Pour une fois, je vais faire semblant de le croire.

Les couloirs de la clinique étaient déserts et silencieux sauf lorsqu'ils étaient empruntés par les infirmières. Si les urgences les plus graves étaient transférées par avion à Seattle, la clinique était en mesure de répondre à tous les autres besoins médicaux de la communauté locale. Sous peu, elle servirait également de scène de théâtre pour piéger un criminel.

Cam se tenait dans la salle de bains attenante à la chambre prétendument réservée à Ray. Avant de quitter la maison de Sandy pour se rendre à la clinique, il avait veillé à donner le numéro de la chambre à Julia de manière désinvolte, comme s'il s'agissait d'un détail qui lui aurait échappé. Bien sûr, il l'avait fait en présence de Sandy.

Comme il n'avait plus de nouvelles de Julia, il avait envie d'envoyer Holt chez celui-ci, mais ils avaient besoin d'être tous les trois à la clinique pour le dernier acte.

Il rongeait son frein. D'un côté, il avait envie que Sandy apparaisse, d'un autre, il le redoutait. Viscéralement, il était certain que Sandy était mêlé à ces trafics. Il aurait préféré se tromper mais ses instincts étaient bons, en général.

Deux heures, longues et pénibles, s'écoulèrent sans qu'il ne se passe rien. A l'extérieur de la clinique, le reste de l'île dormait encore. Le jour n'allait pas tarder à se lever mais le ciel était gris foncé, il allait sans doute pleuvoir toute la journée.

Cam appuya sa tête contre le mur. Il n'en pouvait plus de cette attente. Il était sur le point d'abandonner la partie, de déclarer forfait et d'aller s'enquérir de Julia lorsque des bruits de pas lui firent dresser l'oreille. Et il ne s'agissait pas des espadrilles dont les infirmières étaient chaussées. Mais de chaussures de cuir. Certainement les mocassins noirs très élégants que Cam avait vus dans la soirée.

L'intrus dut montrer patte blanche au type qui montait la garde au bout du couloir, ce qui faisait partie du plan. Le vigile avait reçu des consignes strictes. Il devait être assis sur une chaise mais se lever à l'approche de ce visiteur nocturne sous prétexte d'aller chercher une boisson au distributeur automatique. Il devait alors regarder son laissez-passer d'un œil pressé. Il fallait que pénétrer dans l'établissement ne soit pas trop facile — vu le contexte, si tout le monde y entrait comme dans un moulin, il y aurait de quoi s'interroger —, mais aussi éviter toute complication. Le vigile devait permettre à Sandy de passer mais sans donner l'impression que tout était facile.

De toute façon, les risques étaient faibles puisqu'en réalité Ray n'était pas à cet étage. A la manière dont le garde avait écouté Holt lui expliquer la situation, Cam était certain qu'il se montrerait à la hauteur de sa tâche.

Les bruits de pas se rapprochèrent. Quelques instants plus tard, la porte de la chambre s'ouvrit et se referma doucement. S'il entrait dans la salle de bains, Sandy verrait le rideau de douche tiré mais pas Cam. Et dans le lit était allongé un homme de la stature de Ray et qui avait tant de pansements enroulés sur la tête qu'il était difficile de l'identifier.

Si Sandy se penchait vers lui, il se rendrait très vite compte qu'il ne s'agissait pas de Ray. En fait, c'était Shane. Mais, avec un peu de chance, Sandy voudrait faire vite.

Par la porte entrouverte de la salle de bains, Cam jeta un coup d'œil dans la chambre. Sandy était vêtu d'une blouse blanche et portait au cou un stéthoscope. C'était un déguisement charmant mais inutile. Le garde l'aurait laissé passer même s'il avait été habillé en civil.

Sandy s'approcha de la tête du lit et du matériel médical. En réalité, aucun des tubes et tuyaux n'était relié à Shane mais Sandy ne pouvait le savoir. Il sortit une seringue de sa poche et la vida dans l'un des tubes qu'il croyait branchés à Ray. Cam se sentit mal. Il n'était pas sûr que Julia le croirait, même s'il y avait d'autres témoins de la scène.

Cam sortit de la salle de bains au moment où Sandy s'apprêtait à s'en aller. Les deux hommes faillirent entrer en collision.

Cam le visa de son arme.

— Vous êtes médecin maintenant ?

— Je… J'étais venu voir si tout allait bien pour lui.

Ses explications n'avaient aucun sens, d'autant qu'il avait prétendu quelques heures plus tôt ne pas connaître Ray Miner et ignorer ce qu'il faisait dans la vie.

— Avez-vous besoin qu'il revienne vous seconder dans le laboratoire où vous mettez au point les drogues de synthèse ? Il doit être très difficile de trouver un personnel loyal pour effectuer ce genre de tâches et pour n'en parler à personne, non ?

Ce type rendait Cam malade. Il avait tout, il était riche et influent mais il s'était lancé dans ces trafics pour gagner davantage encore. La cupidité l'animait. Lui-même ne consommait probablement pas de stupéfiants mais il n'hésitait pas à fourguer ces produits aux gosses, à les rendre dépendants afin de s'enrichir sur leurs dos.

— Quoi ?

Sandy commença à faire l'imbécile mais Cam refusa d'entrer dans son petit numéro. Cet air innocent et confus… Il pouvait sortir le grand jeu, il était tombé sur un auditoire qui n'allait pas s'en laisser conter.

— Je ne sais pas ce que vous êtes allé imaginer mais…

— C'est terminé.

De toute évidence, Sandy cherchait encore une explication à sa présence dans cette chambre tout en gardant cette expression d'oiseau tombé du nid.

Mais Cam souhaitait que Sandy craque et avoue ses crimes, reconnaisse qu'il trafiquait de la drogue. Qu'il se comporte enfin comme un honnête homme.

— Vous êtes un narcotrafiquant et un meurtrier ! assena Cam.

Sandy commença à secouer la tête.

— C'est une méprise, vous dites n'importe quoi.

— Pourquoi faites-vous ça ? Pourquoi dealer ? J'ai entendu dire qu'il s'agissait d'opérations gigantesques, de quantités folles.

Cam s'était promis de ne pas poser la question mais il ne put s'en empêcher.

Depuis des années, il avait entendu les multiples excuses émises par les criminels lorsqu'ils étaient pris, la main dans le sac, pour se justifier. La plupart étaient des tissus de mensonges et, le plus souvent, Cam n'écoutait même plus ce qu'on lui disait. Sandy allait sans doute jouer les victimes. Le pauvre petit milliardaire qui s'ennuyait ou qui n'avait pas eu de chance ou n'importe quoi d'autre.

Cam, lui, travaillait dur et payait ses factures. Il n'attendait l'aide de personne. Comment des gens qui avaient tant pouvaient remettre tout en cause pour gagner encore plus ?

Quelque chose changea chez Sandy. La fausse peur qui brillait dans ses yeux disparut. Soudain, il ressemblait davantage à ce qu'il était.

— Fabriquer de la came, c'est facile. La transporter et la vendre aussi. Gérer toutes les opérations peut se révéler très lucratif. En tout cas, je l'ai entendu dire, ajouta-t-il avec un odieux sourire. Parce que je n'en ai aucune expérience personnelle.

— Bien sûr…

Cam en avait assez de ce petit jeu.

— Ecartez-vous du lit !

— Ou je pourrais tuer ce gars, menaça Sandy en brandissant un revolver qu'il portait à la ceinture. Il ne pourrait plus rien dire.

Cam secoua la tête.

— A votre place, je ne ferais pas ça. Il s'énerve très facilement.

— Pourquoi devrais-je m'en soucier ?

— Parce qu'il a une grenade à la main.

Et Cam donna le code qui disait à Shane de bouger.

Sans perdre de temps, celui-ci se redressa et, armé d'un poignard, il se jeta sur Sandy et le frappa à la cuisse. Sandy poussa un hurlement de bête.

De vrais médecins arrivèrent en courant. Holt les accompagnait.

Sandy exigea d'être soigné dans l'heure tandis que Shane et Holt réunissaient les preuves. Le produit injecté à Ray se révélerait être un poison, cela ne faisait aucun doute.

Sandy se tourna vers les trois hommes.

— Vous croyez que vous m'avez eu ! Au final, vous verrez que je m'en sortirai.

— Il vous faudra une batterie d'avocats qui vous ruineront, mais qui sait ? persifla Cam.

Sandy le fusilla du regard.

— En attendant, vous, vous allez perdre Julia.

— Elle vous aime comme une fille aime son père, rappela Cam. Pourquoi lui avoir fait un coup pareil ?

Sandy ne faisait plus semblant d'être paternel. Il laissait exploser sa fureur.

— J'ai tout fait pour elle, et elle est partie. Elle a quitté l'île. Quelle ingrate ! Elle est aussi nulle que son père et regardez comment il a fini.

Cam s'en souvenait.

— Il est tombé à l'eau.

— Tombé ? Bien sûr…

Le sang de Cam se glaça.

Shane, lui, serra les poings, tandis que Holt jurait.

— Vous êtes en train de dire que…

— Vous aurez peut-être envie de retourner chez moi, reprit Sandy en ricanant. Le téléphone est coupé, il n'y a aucun moyen d'y entrer ou d'en sortir. Julia doit être hystérique à l'heure qu'il est.

Cam l'imagina tentant en vain de sortir de la maison.

— Pourquoi lui faire ça ?

— Parce que, pour une fois, je voulais qu'elle obéisse et qu'elle fasse ce que je lui avais ordonné de faire.

Le commentaire était si froid, si horrible, que Cam ne pourrait le répéter à Julia. Et, à moins qu'il ait mal compris, Sandy avait également avoué qu'il avait tué le père de Julia.

— Vous détestez les femmes, énonça Shane.

— Je déteste la faiblesse. Et Julia, comme son père, fait partie des faibles.

— C'est là où vous vous trompez, riposta Cam. Je ne peux pas parler pour son père, que je n'ai pas connu, mais Julia a plus de force que nous deux réunis.

20

Julia ne supportait plus d'être enfermée. Elle devenait claustrophobe.

Par les baies vitrées du salon, elle scruta le parc complètement éclairé. Puis l'immense piscine qui brillait dans la nuit grâce aux spots installés dans le bassin. Elle n'était pas bonne nageuse mais elle aurait donné beaucoup pour pouvoir se jeter à l'eau. Qu'elle soit chaude ou froide, cela n'avait pas d'importance.

Tendue à l'extrême, elle se sentait au bord de l'explosion. Elle ne s'était jamais considérée comme quelqu'un de particulièrement nerveux ou d'anxieux, mais être enfermée contre sa volonté et sans pouvoir communiquer avec qui que ce soit la rendait folle. Elle frisait l'hystérie. Il fallait à tout prix qu'elle sorte de cette maison.

A force d'arpenter les pièces en tous sens, elle était en nage. Le combiné téléphonique gisait à terre. Il n'y avait toujours pas de tonalité. Dans le bureau, une télévision était allumée et un ordinateur portable ouvert mais la connexion Internet était coupée. Il n'y avait aucun moyen d'entrer en contact avec le monde extérieur. Si la demeure était grande, richement décorée et équipée de tout le confort moderne, il s'agissait pourtant d'une prison.

De nouveau, Julia grimpa dans la chambre de Sandy. Voilà déjà deux fois qu'elle y était montée. Elle avait vu comment Cam avait réussi à s'enfuir en passant par le balcon. Il avait noué des draps entre eux, les avait accrochés à la balustrade et il était descendu en rappel. Mais, sans lui, elle n'y arriverait pas. Elle craignait de tomber.

Cam avait eu raison à propos de Sandy. Elle ignorait ce qui se passait exactement mais rien n'était normal. Elle ne parvenait plus à comprendre. Sans Cam, elle n'allait pas bien.

Soudain, des coups furent frappés à la porte du rez-de-chaussée.

Etait-elle victime d'hallucinations ? Son imagination lui jouait-elle des tours ?

Mais la sonnette retentit, à plusieurs reprises.

Julia se mit à espérer.

En hâte, elle descendit l'escalier et se précipita vers la porte d'entrée.

Quand il vit son visage dans la lucarne de la porte, Shane lui fit signe de se rendre à l'arrière de la maison.

Elle aurait dû être en colère mais le soulagement l'emportait. Ses jambes flageolaient tant elle avait cru devenir folle.

Elle passa devant les baies vitrées. Holt et Cam se tenaient de l'autre côté, dans le jardin. Ils semblaient réfléchir. Holt brandit une arme mais Cam secoua la tête.

Puis il sourit à Julia, et une douce chaleur la gagna. Il allait bien et, désormais, elle le savait, tout irait bien.

— L'alarme est branchée et je n'arrive pas à la débloquer ! cria-t-elle.

Ils hochèrent la tête. Ils semblaient au courant.

Après quelques palabres, Cam alla chercher un gros pot de fleurs. Vu sa taille, il arriverait à briser la baie vitrée.

Celle-ci résista au premier coup mais Julia ne doutait pas. Au final, Cam parviendrait à faire exploser ces cloisons de verre. Il prétendait peut-être ne pas vouloir prendre de responsabilités envers une femme, il refusait peut-être d'unir son destin à une fille d'Eve et préférer se contenter de relations légères, mais elle n'était pas dupe de ses beaux discours. La détermination qui brillait dans ses yeux était plus convaincante.

Le second coup atteignit la vitre, et un énorme craquement résonna dans la nuit. Julia attendit que le verre s'écroule. Cam restait devant, comme si regarder les dégâts pouvait les hâter.

Finalement, il recula, prit son élan et envoya un coup de pied. Le verre explosa et se répandit en millions de petits cubes brillants sur le plancher.

Puis Cam entra. Il la prit dans ses bras et lui embrassa les cheveux. Il parla de confiance mais elle n'entendait presque plus rien. Les battements précipités de son cœur couvraient le reste.

Intensément soulagée, elle noua les bras autour de son cou et l'étreignit avec force.

Puis le monde devint noir.

Assis au chevet de Julia à la clinique, Cam attendait qu'elle se réveille. Le médecin avait mis son évanouissement sur le compte de l'angoisse et du choc. Cam n'avait pas apprécié ce diagnostic et il détestait tout autant qu'elle n'ait toujours pas rouvert les yeux.

Il prit ses mains pour les réchauffer. Elles étaient glacées.

Holt ouvrit alors la porte de la chambre et entra.

— Comment allons-nous ? s'enquit-il.

Shane le suivait.

— Apparemment, elle n'est pas encore prête à se réveiller, dit-il.

Le médecin avait déclaré la même chose à Cam qui ne supportait plus d'entendre cette phrase, désormais.

Il reporta son attention sur Julia.

— Apparemment.

Shane s'approcha du lit pour observer la jeune femme. Il dut trouver ce qu'il cherchait parce qu'il se tourna vers Cam.

— Que vas-tu lui dire quand elle reprendra connaissance ?

Cam avait eu largement le temps d'y penser. A plusieurs reprises. Il pouvait essayer de lui dorer la pilule mais ce ne serait pas juste. Julia était forte. Il lui devait la vérité et il lui offrirait une épaule pour pleurer quand elle mesurerait à quel point Sandy l'avait trahie.

— Je lui dirai la vérité.

C'était la seule option. Toutes les autres le conduiraient dans le mur.

— Tu as raison, acquiesça Holt. Mais elle va avoir un choc. Ce type l'a élevée, elle le considère comme un membre de sa famille.

— Ils n'ont pas de liens de sang.

Pour une raison incompréhensible, Cam estimait ce détail important. Il ne voulait pas qu'elle soit trop liée à Sandy.

— Je ne pense pas que cela la réconfortera vu qu'il trafique des drogues depuis des années, qu'il tue, fait régner la terreur et qu'il a essayé de te descendre… sans parler du fait qu'il a sans doute tué son père.

Cam le savait mais cette liste sordide énoncée à voix haute était pire encore. Plus ils allaient enquêter sur Sandy, plus ils découvriraient certainement des crimes ignobles.

Pour autant, le pire était ailleurs. Le pire était l'amour que Julia nourrissait depuis l'enfance pour ce type.

— Elle l'aime.

Shane grimaça.

— Ses goûts en matière d'homme sont douteux.

— Merci.

Mais Cam sourit. Il ne prenait pas la réflexion de son coéquipier pour une insulte.

Holt le regarda en face.

— J'imagine que ça signifie que tu n'es plus un cœur à prendre.

— Je n'ai jamais été un cœur à prendre.

Avant de rencontrer Julia, il ne cherchait qu'à papillonner, qu'à s'amuser et, pendant des années, cette vie lui avait parfaitement convenu.

— Tu étais célibataire, oui, reprit Holt, un sourire en coin. Tu peux maintenant prétendre le contraire mais j'ai vu tes yeux quand tu les poses sur elle. Tu es amoureux d'elle.

Cam ne voulut même pas s'abaisser à le nier, à minimiser ses sentiments. Il était d'accord avec le diagnostic de Holt.

— C'est vrai.

Shane posa une main sur son épaule.

— Alors ne gâche pas tout.

Cela semblait simple, presque trop.

— C'est ton conseil ?

Les deux hommes se dirigeaient déjà vers la porte.

— Appelle-nous si tu as besoin d'aller quelque part. Mais Connor m'a chargé de te dire que tu avais droit à quelques jours de vacances.

— C'est un romantique comme on n'en fait plus.

Cam ne se serait jamais imaginé faire ce genre de déclaration. Mais il admirait la capacité de Connor à concilier sa vie professionnelle et sa vie personnelle, son couple et son métier. Il n'était pourtant pas le seul. Tous les membres d'Annapolis étaient mariés. Ils avaient tous survécu à l'amour. Peut-être y réussirait-il, lui aussi. Il embrassa la main de Julia. Peut-être… Tout dépendait de sa moitié, de sa partenaire.

— Vous êtes tous atteints par la maladie d'amour, commenta Holt d'un air écœuré.

— Sauf moi, protesta Shane.

— Oui, Shane et moi, nous avons été épargnés, reconnut Holt.

— Cela vous arrivera un jour.

Le sourire de Holt s'envola.

— Ne parle pas de malheur.

Julia reprit ses esprits petit à petit. Plusieurs fois, elle revint à la conscience avant de retomber dans la nuit. Une présence amie semblait près d'elle, une main dans la sienne, des lèvres chaudes à la racine de ses cheveux. Elle avait envie de se réveiller, de s'ouvrir à tant d'amour mais rien que battre les paupières lui demandait une énergie folle.

Finalement, une voix l'appela, rauque et profonde. Elle la connaissait.

Elle fit appel à toute sa volonté pour sortir de la nuit. La vive lumière du jour l'éblouit. Elle eut envie de protéger ses yeux de sa main mais le geste lui était impossible.

— Coucou.

Cam lui souriait.

— Que s'est-il passé ? demanda-t-elle.

Elle se rappelait avoir tourné des heures en rond dans la maison de Sandy, elle se souvenait de son désespoir. Elle revoyait des débris de verre partout. En revanche, elle avait oublié le sort de Sandy et pourquoi il l'avait laissée en verrouillant la maison en partant.

— Sandy avait branché le système de sécurité pour t'empêcher de sortir de chez lui, expliqua Cam en lui caressant la main. Le médecin pense que le choc et la déshydratation, sans parler de la fatigue, ont eu raison de toi, et tu as perdu connaissance.

— Mais, maintenant, ça va aller.

— Oui, répondit-il en l'embrassant. Tu as besoin de te reposer, et je crois te l'avoir répété cent fois.

Elle voulut lever les yeux au ciel mais cela lui demandait trop d'efforts.

— Je ne suis pas faible.

— Bien sûr que non ! Je n'ai jamais rien prétendu de tel.

Elle songea à tout ce que Cam lui avait dit. Il n'avait fait que la complimenter. Elle ne se rappelait pas qu'il l'ait qualifiée de faible ni affublée d'aucun défaut. Cam n'avait rien de commun avec son père ni aucun des hommes qu'elle avait connus.

— Je voulais juste le dire, que tu le saches.

Il l'embrassa.

— Mais je le sais ! Je connais ta force.

Elle allait d'un instant à l'autre refermer les paupières et retomber dans l'inconscience. Avec Cam à ses côtés, elle se sentait en sécurité mais trop de questions la hantaient. Elle commença par la plus évidente.

— Sandy était impliqué dans cette histoire de trafic de drogue, non ?

Une grimace traversa le visage de Cam. Il essayait de lui cacher des choses pour la protéger, pour qu'elle ne souffre pas. Mais elle avait déjà deviné la vérité. Quand elle n'avait pas retrouvé son téléphone portable alors que la ligne fixe était coupée, elle avait compris que Sandy avait quelque chose à cacher.

Elle aurait voulu croire qu'il l'avait fait pour la protéger de Cam dont il se méfiait. Mais, au fond, elle le savait : ce n'était pas la véritable raison. Sandy était devenu secret et son système de sécurité intégrait de plus en plus de fonctionnalités. Tout cela relevait de la paranoïa. Il avait beaucoup changé depuis qu'elle avait quitté l'île.

Cam continuait à lui serrer la main.

— Nous pensons que Sandy est à la tête du trafic de drogue. Le patron, le baron de la drogue, c'est lui.

Elle ferma les yeux.

— Je n'arrive pas à l'imaginer dans ce rôle-là.

Elle ne l'avait jamais vu se droguer ni boire. Il avait reproché à son propre père d'avoir sombré dans l'alcool. Dealer était-il pour lui un moyen de se prouver qu'il était plus fort et que les autres étaient des faibles ? Cela ne correspondait pas à sa personnalité.

— Il a pourtant avoué devant moi et les autres membres de l'équipe. Il était très fier d'avoir monté un trafic florissant.

— Je pense que, maintenant, il va tout nier, avança Julia.

Imaginer Sandy en prison lui donnait la nausée. Il avait toujours aimé le confort, le luxe. Comment accepterait-il l'uniforme, les repas en commun ?

— Nous l'avons piégé à la clinique, et il a mordu à l'hameçon. Il a voulu tuer Ray, le seul à pouvoir le dénoncer, mais en réalité c'était Shane qui était dans le lit.

Julia ne reconnaissait pas le Sandy qu'elle avait connu. En matière d'hommes, elle était vraiment bien naïve.

Elle se tourna vers le seul qui comptait vraiment pour elle. Elle attendait que Cam lui annonce qu'il était envoyé sur une nouvelle mission à l'autre bout du monde et qu'il allait emprunter une nouvelle identité. La fin était programmée depuis leur rencontre, il le lui avait annoncé dès le départ.

Elle prit une profonde inspiration pour se blinder intérieurement et elle lui dit :

— N'aie pas peur de me blesser, dis-moi franchement.

Il fronça les sourcils.

— Quoi ?

— Que tu t'en vas, que tu ne veux pas t'engager.

— Quand ai-je dit ça ?

— Tu as envie de le dire, et je suis prête à l'entendre.

Ce n'était pas totalement vrai. Elle aurait le cœur brisé lorsqu'il la quitterait.

— Tu veux que je m'en aille ?

— Non.

Elle le cria presque. Une infirmière qui passait par là entra dans la chambre pour vérifier que tout allait bien.

Cam afficha son petit sourire sexy.

— Pourquoi veux-tu me faire dire quelque chose que je ne pense pas ? Julia, je parlais sérieusement en te disant que j'éprouvais pour toi quelque chose que je n'avais jamais éprouvé avec une autre. Que tu comptais pour moi. Je n'avais jamais connu l'amour et je n'ai pas eu la chance de grandir au sein d'une famille heureuse, d'être témoin de l'amour de mes parents, de connaître l'amour de frères et sœurs. Alors j'ai été perdu, au départ. Mais j'ai réfléchi et, même si je ne l'avais jamais croisé, j'ai reconnu l'amour. Je t'aime, Julia.

— Tu veux rester avec moi ?

— Et comment, dit-il, le regard brillant. Je suis tombé amoureux de toi et je crois que, quand deux personnes tombent amoureuses l'une de l'autre, il faut qu'elles passent le plus de temps possible ensemble, non ?

Bouche bée, Julia ne savait plus quoi dire.

— Essayons déjà.

Il se pencha vers elle et captura sa bouche pour un baiser passionné.

— Je suis fou de toi, Julia.

— Tu n'es pas le seul, Cam. Je suis tombée amoureuse de toi, moi aussi.

Elle l'avait dans la peau depuis leur première rencontre, l'amour l'avait foudroyée au premier regard.

Il prit sa main et l'embrassa tendrement.

— Pourtant, tu dois savoir que j'exerce un métier dangereux et rempli de secrets et…

— Je le sais depuis le début, Cam.

Depuis qu'il avait surgi dans la maison de son père, plus rien n'avait été pareil.

— C'est vrai. Et je veux nous donner une chance, une vraie chance.

Elle était d'accord, elle lui donnerait toutes celles qu'il souhaitait.

— Tu sais, Cam. Tu me plais depuis le départ, confia-t-elle en nouant les bras autour de son cou pour l'attirer à elle.

Cam étouffa un rire.

— Sois honnête… Tu ne m'as pas aimé tout le temps.

Il n'avait pas tort. Au début, elle avait eu peur de lui mais ses craintes s'étaient rapidement dissipées. Par la suite, il l'avait parfois énervée. Mais le désir impérieux et l'attirance avaient eu gain de cause et étaient toujours là, même après qu'ils eurent couché ensemble.

— Dès que j'ai appris à te connaître, je suis devenue accro, dit-elle.

Cam était tellement penché au-dessus de son lit qu'il faillit y tomber avec elle.

— J'espère que ça va continuer.

Elle lui caressa le bras.

— Ton style me plaît, Cameron Roth.

— Et tout ce que tu es me plaît, Julia White.

— Alors sors-moi d'ici et emmène-moi à l'hôtel comme tu me l'avais promis.

Il lui envoya un clin d'œil.

— C'est comme si c'était fait.

21

Holt s'installa avec Shane à la terrasse d'un café près de la clinique. Voir Cam tomber amoureux méritait une bière. Peut-être même une bouteille de gin. Par chance, l'île regorgeait d'alcools. L'humidité ambiante semblait pousser les gens à boire.

La police avait envahi l'ancien chantier naval, et l'enquête progressait vite. Manifestement, Sandy allait avoir de gros ennuis. Ray ne l'avait pas encore balancé mais Shane et Holt avaient parié qu'il le ferait avant la fin de la semaine.

Ni Ray ni Sandy n'étaient du genre à croupir en prison. Ils étaient tous deux intelligents mais leurs ego surdimensionnés posaient problème. Le procureur avait promis à Ray une peine moindre s'il témoignait contre Sandy. Ray serait stupide de ne pas accepter.

Shane leva sa chope.

— Un de plus perdu pour l'équipe.

— Et pas n'importe lequel : Cam !

Holt avait presque envie de prononcer une petite prière.

— Quand il a rencontré Julia, j'ai bien senti que c'était fichu.

— A sa décharge, c'est une femme qui vaut le détour. Non seulement elle est très jolie mais elle est intelligente, aimante… Pour tout dire, je n'aurais jamais cru qu'une fille aussi bien remarquerait un garçon comme Cam.

— Et elle n'a pas tremblé quand des hommes sont morts sous ses yeux. Oui, tu as raison, c'est une fille bien.

— Mais l'amour touche tous les membres de l'équipe, les uns après les autres. C'est une maladie contagieuse. Méfions-nous !

L'idée de se faire passer la corde au cou et de se marier terrifiait Holt.

— Tu sais s'il existe un vaccin ?

— Je vais me renseigner…

Ils n'étaient plus que deux à résister. Tous les autres qui se croyaient des célibataires endurcis avaient fini par tomber sous les flèches de Cupidon. Connor avait été le premier à se marier puis tous les autres avaient trouvé une femme en un temps record.

Shane poussa un gros soupir et considéra sa chope vide.

— Je crois que je vais commander un autre demi. J'ai envie de boire pour oublier que l'amour m'a pris tous mes copains.

— Et si la femme qu'il te faut était ici ? lança Holt en promenant les yeux autour de lui.

Mais il ne voyait jamais ce que les autres voyaient. Il attirait les jolies filles mais il avait toujours préféré l'intelligence.

— Si la femme qu'il me faut est ici, je le saurais parce qu'elle m'offrira une bière.

Shane se tourna vers la porte du bar mais celle-ci resta fermée, et personne ne vint lui proposer un verre. Il haussa les épaules.

C'était le Shane que Holt aimait et admirait.

— Tu es d'un romantique…

— Nous avons besoin de signer un nouveau pacte, lança Shane. Sauf si…

Holt le sentit : la fin de la phrase ne lui plairait pas.

— Quoi ?

— Je parie que tu seras le suivant.

— Nous deux ou rien.

— On verra ! conclut Shane en vidant son verre.

— C'est tout vu.

HELENKAY DIMON

Protecteur malgré lui

INTÉGRALE

UN AMOUR À PROTÉGER

Traduction française de
CHARLOTTE DEMANIE

SAGAS

HARLEQUIN

Titre original :
SHELTERED

Ce roman a déjà été publié en 2017

1

Depuis trois nuits, la côte sauvage de l'Oregon était balayée par de violentes rafales de vent mêlées de pluie, et la petite maison de Lindsey Pike semblait trembler sous la tempête. Les températures étaient descendues bien en dessous des normales saisonnières pour cette fin d'été mais la météo n'était pas la seule raison pour laquelle Lindsey avait décidé de ne pas laisser ses fenêtres ouvertes.

Elle avait les nerfs à vif. Et pour ne rien arranger, il y avait ce bruit régulier qui semblait la narguer.

Regrettant une nouvelle fois d'avoir repoussé la réparation de ce fichu volet, Lindsey se laissa tomber sur son lit et reprit la lecture de son livre. Mais, après avoir lu et relu une dizaine de fois la même phrase, elle dut se rendre à l'évidence : peut-être n'était-ce pas le moment idéal pour se plonger dans des lectures aussi complexes. Elle se releva d'un bond et fit la grimace en sentant le froid des lattes de parquet sous ses pieds nus.

Elle décida d'aller chercher un magazine pour se changer les idées mais, alors qu'elle avançait dans le couloir en direction du salon, elle se figea brusquement. Quelque chose ne tournait pas rond…

Sur la pointe des pieds, Lindsey fit demi-tour pour aller prendre son revolver caché dans le coffre-fort de sa table de nuit. Retenant sa respiration, elle comprit soudain ce qui l'avait alertée. Le vent soufflait toujours aussi violemment à l'extérieur, pourtant elle n'entendait plus le bruit du volet.

Imaginant toutes les hypothèses possibles, elle s'immobilisa à nouveau. Le volet avait peut-être fini par se briser… Dans ce cas, elle ne manquerait pas de le réparer dès le lendemain. Mais, même si sa raison lui soufflait que c'était de toute évidence la cause la plus probable de ce brusque silence, Lindsey sentait l'inquiétude l'envahir peu à peu. Elle avait déjà ressenti de nombreuses fois cette peur presque paralysante et faisait maintenant confiance à son intuition, qui ne l'avait jamais trompée.

Changeant d'avis, elle fit demi-tour pour retourner au salon et c'est alors qu'elle le vit. Elle ne distinguait encore que sa silhouette, mais une chose était sûre : il était grand, menaçant et… caché dans la pénombre.

Sans prendre le temps de réfléchir, Lindsey courut vers sa chambre pour prendre son revolver et son téléphone. Elle n'hésiterait pas à se servir de sa lampe de chevet pour se défendre si elle n'avait pas le temps de sortir son arme du coffre. Elle se savait prête à tout pour survivre.

Mais elle entendit immédiatement des pas derrière elle, des pas lourds et rapides. Et alors qu'elle allait ouvrir la porte, elle sentit tout à coup qu'une main se posait sur son épaule et la tirait brusquement en arrière.

— Ecoutez-moi, Lindsey, lui dit son assaillant dans un murmure.

— Non, lui répondit-elle en se débattant. Lâchez-moi !

L'homme était d'une force incroyable et Lindsey ne put se dégager. Elle décida alors de crier le plus fort possible mais l'homme posa sa main sur sa bouche.

— Lindsey, stop !

Dans la panique, elle n'avait pas remarqué qu'il connaissait son prénom. Toutefois cela ne changeait pas grand-chose à la situation… Elle-même ne le connaissait pas. Et jamais plus elle ne serait la victime de qui que ce soit.

— Lindsey, c'est moi, dit l'homme en la serrant plus fort contre lui.

— Allez-vous-en ! hurla-t-elle.

Mais il plaqua une nouvelle fois sa main sur sa bouche.

Lindsey le mordit alors violemment. L'homme sursauta et relâcha son étreinte en poussant un juron sonore.

Tout en sachant pertinemment qu'elle n'arriverait pas à s'enfermer dans sa chambre, Lindsay courut jusqu'à sa table de nuit. Le cœur battant, elle allait l'atteindre quand son assaillant la rattrapa et la poussa sur le lit. Bien décidée à ne pas se laisser faire, elle lança des coups de pied et des coups de poing en tous sens.

Electrisée par un puissant flot d'adrénaline, Lindsey eut soudain l'impression qu'une force surhumaine l'animait. Elle glissa un de ses genoux entre les jambes de l'homme, mais il réussit à éviter le coup juste à temps.

— Lindsey, c'est Hank.

L'exaspération qu'elle sentit dans le ton de sa voix l'alerta.

Les mots de l'homme restèrent comme suspendus entre eux un instant. Puis, sans lâcher son poignet qu'elle tenait fermement, Lindsey leva les yeux vers son assaillant. Elle regarda ses épaules musclées, ses cheveux noirs, ses yeux sombres au regard intense.

Et elle le reconnut. Hank… Hank quelque chose. C'était le nouvel homme à tout faire de la communauté de New Foundations. Cet endroit qu'elle haïssait tant mais dont elle n'arrivait manifestement pas à se détacher.

Si cet homme pensait une seule seconde que le fait qu'il soit un de leurs membres pouvait justifier sa présence chez elle, il se trompait lourdement. Elle ne faisait confiance à personne qui avait été ou était encore en lien avec New Foundations. Et son look décontracté ne changeait rien à la donne.

— Sortez de ma maison ! lui ordonna-t-elle en tentant de le faire tomber du lit.

Mais l'homme était trop lourd et elle sentit la panique l'envahir.

— Vous devez m'écouter, lui dit Hank d'une voix basse mais autoritaire.

— Non, lui répondit Lindsey en essayant de le griffer.

Soudain, un éclair illumina la pièce et un coup de tonnerre

retentit presque immédiatement. Lindsey se souvint de ce qu'on expliquait aux enfants : le temps qui s'écoule entre les deux indique à quelle distance se trouve l'orage. Elle se demanda si la foudre était proche.

Hank prit son menton dans sa main et tourna son visage vers lui.

— Des hommes arrivent, lui dit-il en la regardant droit dans les yeux, comme pour la persuader de le croire.

— Quoi ? lui demanda-t-elle en se figeant.

— Des gens de New Foundations veulent vous parler et je crois qu'ils se fichent bien de savoir si vous êtes disposée à les recevoir.

Lindsey se sentit submergée par une nouvelle vague de désespoir. Cet homme était-il vraiment ici pour la prévenir d'un éventuel danger ? Dans ce cas, peut-être pourrait-il l'aider à affronter ces hommes ? Enfin, si ce qu'il disait était vrai…

Se concentrant sur sa respiration pour tenter de se calmer, Lindsey décida d'essayer de le convaincre de la libérer.

— Je dois partir d'ici au plus vite.

— Et moi, je dois vous protéger, lui répondit-il en hochant la tête. C'est pour cette raison que je suis ici.

— Vous êtes l'un d'entre eux ! lui cria-t-elle, soudain terrifiée à l'idée de ce qui pourrait se passer si c'était vraiment le cas.

— Non, Lindsey, vous n'avez rien à craindre, je ne suis pas là pour vous faire du mal.

Lindsey connaissait bien ce genre de ton, calme et rassurant. Elle l'avait déjà entendu maintes et maintes fois, parfois même de la part de gens tout à fait bienveillants qui avaient promis de l'aider. Malgré cela, elle savait qu'elle devait rester méfiante.

— Pourquoi devrais-je vous croire ?

Hank sembla hésiter un instant, pourtant il ne répondit pas à sa question. Lentement, il se redressa.

— J'ai très peu d'avance sur eux, ils ne devraient plus tarder, dit-il avant de s'asseoir sur le bord du lit.

Lindsey n'était pas du genre à se sentir mal, pourtant il lui sembla tout à coup qu'elle manquait d'oxygène. Les murs de sa chambre commencèrent à tourner, lui donnant la nausée.

— Laissez-moi m'enfuir par l'arrière de la maison, dit-elle d'une voix suppliante.

— Ça ne marchera pas, lui répondit Hank en se relevant pour lui faire face. Il faut que ces hommes croient que vous êtes avec moi.

— Quoi ? lui demanda-t-elle en tentant de se rapprocher discrètement de la table de nuit.

— Vous pouvez me croire.

Il pouvait toujours rêver. Elle n'allait sûrement pas lui faire confiance. Ni à lui, ni à personne d'ailleurs.

— Ça ne risque pas d'arriver.

Un craquement retentit soudain plus loin dans la maison. Lindsey sentit la peur se propager en elle.

— Ne bougez pas, lui dit Hank en regardant derrière lui et en lui faisant signe de rester assise.

Cet inconnu était-il vraiment en train de lui donner des ordres ? se demanda Lindsey en levant les yeux au ciel.

— Avant toute chose, je crois que je vais d'abord essayer de vous tuer, dit-elle d'un ton qu'elle tenta de rendre menaçant.

— Ce serait en effet la meilleure chose à faire si j'avais essayé de vous faire du mal, mais je ne l'ai pas fait, n'est-ce pas ?

Lindsey reconnut qu'il avait raison sur ce point, mais elle vit qu'il commençait maintenant à déboutonner sa chemise.

— Que faites-vous ? lui demanda-t-elle en cherchant des yeux quelque chose dans la chambre pour se défendre.

Hank était maintenant en T-shirt et commençait à défaire sa ceinture. Quelques secondes plus tard, il laissa tomber son jean sur le sol.

— J'essaye de rendre la situation la plus crédible possible, lui dit-il, à présent seulement vêtu de son caleçon.

Lindsey tendit la main vers sa lampe de chevet. Le socle était lourd, un coup sur le crâne suffirait à le neutraliser.

— OK, lui répondit-elle en se tenant prête à l'affronter.

Mais au lieu de s'approcher d'elle il se baissa pour sortir

de la poche de son pantalon… un revolver. Puis, après lui avoir fait signe de garder le silence en posant un doigt sur ses lèvres, il se tourna vers la porte.

— Qui est là ? lança-t-il d'une voix grave qui résonna dans le couloir vide.

Par la vitre, Lindsey vit que des ombres s'agitaient à l'extérieur. Sans doute les branches des arbres, mais elle ne pouvait en être sûre.

Avançant pieds nus vers le salon, Hank fit craquer les lattes du parquet.

Un instant, Lindsey pensa s'enfuir par la fenêtre mais elle n'avait aucune idée de ce qui l'attendait au-dehors. Elle ouvrit le battant de sa table de nuit, tapa rapidement le code pour déverrouiller le petit coffre-fort qui s'y trouvait et s'empara de son propre revolver. Puis, après l'avoir chargé, elle alla rejoindre Hank et le suivit dans le couloir.

— Que faites-vous chez ma petite amie ? cria celui-ci en avançant lentement, le dos contre le mur.

« Ma petite amie » ? Alors qu'elle essayait de comprendre en quoi ce mensonge allait pouvoir les aider, Lindsey vit soudain Hank se jeter sur un homme qui avait pénétré dans le salon.

Elle leva son arme et la pointa dans leur direction, avant de stopper son élan. La pièce était sombre et tous deux se battaient maintenant sur le sol.

Soudain, un éclair illumina la pièce et elle vit que l'intrus avait des cheveux blonds et une veste sombre. Hank avait le dessus, assenant de violents coups de poing à son adversaire.

Le tonnerre gronda puis un silence angoissant emplit la maison. Les deux hommes se battaient toujours mais ils avaient maintenant disparu du champ de vision de Lindsey. Elle remarqua tout à coup que le ronronnement familier des appareils ménagers avait cessé et elle s'élança vers l'interrupteur du couloir pour l'actionner. En vain. L'électricité avait été coupée. Etait-ce du fait de l'orage ou à cause des intrus ?

Resserrant son emprise sur son arme, Lindsey tenta une nouvelle fois de distinguer Hank de son assaillant.

Même si elle ne le connaissait pas et ne lui devait rien, elle était consciente du fait qu'il aurait tout aussi bien pu la traîner à l'extérieur et la livrer à ce type blond. Et si elle ne comprenait pas les raisons pour lesquelles il ne l'avait pas fait, elle ne voulait certainement pas risquer de le blesser.

En se concentrant, elle vit que Hank avait réussi à immobiliser l'autre homme. Assis à califourchon sur lui, il avait passé un bras autour de son cou. De toute évidence, son soi-disant petit ami venait de remporter le combat.

Pourtant, la bataille était loin d'être finie. Un autre homme apparut tout à coup, apparemment caché dans un coin de la pièce jusque-là, en face d'elle. Elle sentit des frissons glacés parcourir son corps et se mit à claquer des dents. De là où elle se trouvait, elle ne pouvait voir le visage de ce deuxième homme, tapi dans l'ombre, mais elle avait l'impression qu'il la regardait. Qu'il l'attendait.

Brusquement, il se jeta sur Hank et lui donna un puissant coup de poing en pleine tête qui l'envoya valser contre le mur. Lindsey mit son arme en joue, prête à tirer sur quiconque tenterait de s'approcher d'elle.

Mais l'homme se contenta d'aider son acolyte à se relever puis, sans dire un mot, ils quittèrent tous les deux la maison.

Les bras ballants, comme en état de choc, Lindsey resta immobile, incapable de bouger, incapable de penser.

— Lindsey ? Ça va, vous n'avez rien ? lui demanda Hank en se relevant, avant d'aller ramasser son arme au sol.

Le son de sa voix réussit à la sortir de sa stupeur. Sans lâcher son revolver, elle se dirigea lentement vers sa chambre pour aller chercher la lampe torche qu'elle gardait dans un tiroir de sa commode, puis elle alla en prendre une deuxième dans la salle de bains.

Quand elle revint dans le salon, elle en tendit une à Hank.

Tout en se frottant l'arrière du crâne, celui-ci l'observa un instant avant de froncer les sourcils.

— Ou avez-vous trouvé ce flingue ? lui demanda-t-il.

— Il m'appartient.

— Vous pourriez peut-être le baisser, vous ne croyez pas ?

Lindsey avait envie de lui demander s'il allait bien. Après tout, il venait quand même de la défendre contre ces deux intrus qui étaient manifestement venus pour l'enlever. Mais elle décida d'aller à l'essentiel.

— Qui êtes-vous ?

Un instant, elle crut qu'il ne l'avait pas entendue. En effet, Hank se mit à inspecter la maison minutieusement, pièce par pièce, puis il vérifia la porte d'entrée et jeta un rapide coup d'œil à l'extérieur. Enfin, il se tourna vers elle pour lui répondre.

— Pour vous, je suis Hank Fletcher, un ouvrier venu ici pour trouver du travail. Nous nous sommes rencontrés en ville, nous avons commencé à nous fréquenter et maintenant je dors chez vous presque toutes les nuits.

Très mauvaise réponse, pensa Lindsey. Rien ne lui plaisait dans cette histoire délirante et surtout pas la première partie.

— Pour moi, vous êtes Hank Fletcher ? répéta-t-elle en fronçant les sourcils. Vous voulez dire que ce n'est pas votre véritable identité ?

— Non.

Lindsey apprécia sa franchise mais cela ne lui suffisait pas. Elle n'était pas du genre à lâcher prise et elle voulait comprendre.

— Dites-moi qui vous êtes ou je vous tire dessus.

Hank s'assit sur le bras du canapé en soupirant.

— Je m'appelle Holt Kingston, je travaille pour la Corcoran Team et je suis un agent infiltré. Actuellement, je crois qu'on peut dire que je suis votre seul espoir de ne pas être enlevée et emmenée de force au campement de New Foundations pour y être interrogée.

Même si elle ne comprenait pas grand-chose à ce que Hank – ou plutôt Holt donc – venait de lui répondre, Lindsey espéra que les mots « agent infiltré » faisaient référence à la police ou à n'importe quelle autre autorité.

Malgré cela l'idée de pouvoir lui faire confiance lui semblait toujours totalement impossible. Il y avait quelque chose chez cet homme qui la déroutait… Quelque chose qu'elle avait ressenti et qui l'avait poussée à le dévisager la première fois qu'elle l'avait croisé en ville, alors qu'il conduisait le camion de New Foundations.

Et encore maintenant, tandis qu'il se tenait là, devant elle, en sous-vêtements, elle n'arrivait pas à quitter des yeux son torse nu et musclé.

Elle se rendit soudain compte qu'elle n'avait plus peur. Elle avait toujours les nerfs à vif, certes, mais la panique, elle, avait disparu.

Ignorant la sonnette d'alarme qui résonnait dans sa tête pour tenter de la mettre en garde, elle décida de poursuivre la conversation.

— J'imagine que vous savez que la communauté de New Foundations est en réalité une secte ?

— Oh ! Lindsey, lui répondit-il en hochant la tête. C'est même bien pire que ça. Cet endroit est plus dangereux et menaçant qu'une simple secte.

Apparemment, cet inconnu comprenait ce que représentait ce lieu qui revenait la hanter sans cesse et qui nourrissait ses pires cauchemars.

— Vous avez tout compris, lui répondit-elle en hochant la tête.

— Ça veut dire que vous me faites confiance ?

Lindsey soupira intérieurement. Non, il ne fallait pas exagérer, elle n'allait sûrement pas baisser sa garde. Pas encore. Probablement ne le ferait-elle d'ailleurs jamais.

— Disons seulement que je suis d'accord pour écouter ce que vous avez à dire.

— C'est tout ce que je vous demande, lui répondit-il en esquissant un sourire.

Lindsey baissa son arme mais la garda serrée dans sa main.

— Faites court, ordonna-t-elle.

2

Quand il vit Lindsey baisser son arme, Holt se détendit. A force de ne pas respecter le protocole, il allait finir par se prendre une balle.

Un peu plus tôt dans la journée, alors qu'il traînait dans le campement de New Foundations, il avait surpris une conversation entre deux hommes. Apparemment, ils étaient en train de s'organiser pour kidnapper Lindsey chez elle, cette nuit, et Holt avait décidé de jouer les trouble-fête. C'est ainsi que grâce à une bonne dose de chance et quelques heureuses coïncidences, il avait réussi à se retrouver au bon endroit au bon moment.

Il n'avait pas pour habitude de révéler sa véritable identité et son métier d'agent infiltré. Mais la partie la plus importante de son job était de sauver les gens, c'était même primordial aux yeux de la Corcoran Team. Travailler sous couverture sur des opérations officieuses et délicates, anticiper des enlèvements et empêcher ainsi qu'ils se produisent, être les premiers à se précipiter au secours des victimes et les sortir de ce mauvais pas, voilà en quoi consistaient essentiellement ses missions. Engagée par le gouvernement ou par des entreprises privées, la Corcoran Team était la seule organisation à pouvoir les mener à bien.

Constituée de trois hommes, l'équipe était mobile, se déplaçait en fonction des affectations et rendait des comptes au bureau principal qui se trouvait à Annapolis. Connor Bowen en était le propriétaire et c'est lui qui dirigeait la compagnie, y compris les quatre agents qui travaillaient hors du Maryland.

Holt n'avait donc affaire qu'à une seule personne : Connor, et il savait déjà que son patron n'apprécierait pas la façon dont il avait géré la situation.

Lui-même avait d'ailleurs du mal à admettre que cette femme superbe lui avait fait tourner la tête. Et Lindsey Pike était définitivement une très belle femme. Des cheveux châtains illuminés de mèches blondes. De grands yeux verts. Une démarche assurée avec laquelle elle déambulait gracieusement dans les rues de Justice, Oregon — ville qui portait vraiment mal son nom.

Dès qu'il avait vu Lindsey, Holt avait été intrigué — et attiré malgré lui, il devait bien le reconnaître —, aussi quand il avait entendu qu'elle était sur le point d'avoir de sérieux ennuis, il n'avait pas hésité à s'en mêler.

A présent, il était évident qu'elle ne lui laisserait que quelques minutes pour la convaincre qu'il faisait bien partie des « gentils » avant de le menacer à nouveau de son arme. Peut-être quelques secondes seulement, vu son expression sévère et ses sourcils froncés.

— Dites-moi pour quelle raison vous êtes ici, lui ordonna-t-elle d'un air déterminé.

Elle n'avait pas l'air effrayée et Holt comprit qu'elle savait exactement combien les hommes de New Foundations pouvaient être dangereux. Peut-être même savait-elle qu'ils la pourchassaient et qu'ils avaient prévu de venir chez elle ? Quoi qu'il en soit, elle semblait savoir des choses qu'il ignorait sur cette mystérieuse communauté.

— J'ai surpris une conversation, lui répondit-il en décidant de jouer la carte de la sincérité. Apparemment, ces hommes avaient reçu l'ordre de vous kidnapper.

— Qui a donné cet ordre ?

— Je ne sais pas.

— Bien sûr que si, répondit-elle en fronçant davantage les sourcils. Qui vous a dit de venir me chercher ?

Voilà qui expliquait tout. Lindsey le considérait encore comme son assaillant, pas comme son sauveur.

— Personne. Au campement, j'ai entendu des hommes parler de votre enlèvement et j'ai décidé de venir avant eux pour vous mettre en garde.

— Au campement..., répéta-t-elle d'un ton moqueur. A vous entendre, on a presque l'impression que cet endroit est agréable à vivre.

Agréable n'était pas l'adjectif que Holt aurait choisi pour qualifier ce lieu. Evidemment, vu de l'extérieur, tout semblait se dérouler à merveille dans la communauté de New Foundations. Perdu dans les bois, l'endroit ressemblait à une retraite paisible. Dans un environnement bucolique, des cabanes étaient alignées les unes à côté des autres, et tout était partagé et libre d'accès : repas et multiples activités. Le personnel avait la possibilité de vivre dans des dortoirs privés à quelques centaines de mètres de la zone principale, derrière le studio de yoga.

Tout avait l'air calme en apparence, l'endroit semblait idéal pour les personnes fatiguées de la société moderne, de la technologie, de la politique ou de la vie citadine. Mais quelque chose avait dégénéré dans ce havre de paix. Des groupes d'hommes disparaissaient pendant des heures entières, et personne ne savait où ils allaient. Le stand de tir ne désemplissait pas, tout comme l'abri de fortune qui avait été construit à l'arrière de la propriété et où les membres pouvaient dorénavant s'entraîner aux prises d'assaut et à différentes techniques de combat.

Mais ce n'était pas ce qui inquiétait le plus Holt. Une quantité considérable de caisses avaient été livrées sur la propriété et il avait immédiatement compris ce qu'elles contenaient. Et il n'arrivait pas à saisir pour quelles raisons une retraite paisible qui proposait des stages de yoga et de jardinage pouvait avoir besoin de lance-grenades.

Quand la Corcoran Team avait reçu des informations préoccupantes concernant New Foundations, Holt avait été immédiatement envoyé sur place. Mais il s'était avéré extrêmement difficile de trouver d'anciens membres disposés à parler de cet endroit et de ce qu'ils y avaient vécu. En effet, la plupart de ceux qui entraient dans la communauté ne la quittaient pas, et c'est d'ailleurs pour cette raison que le gouvernement commençait à croire qu'il s'agissait d'une secte. Holt, quant à lui, avait vite compris qu'il s'agissait d'autre chose encore. Le camp de New Foundations ressemblait plutôt à une milice nationaliste.

— J'imagine que vous avez dû énerver quelqu'un, dit Holt en avançant vers Lindsey.

— C'est un faible mot.

— Vous avez été membre de cette communauté ? insista-t-il, même s'il sentait sa réticence à lui en dire plus.

— Vous savez quoi ? lui répondit-elle en resserrant sa main sur la crosse de son revolver. Je vais me charger de poser les questions.

Visiblement Lindsey n'était pas née de la dernière pluie et Holt ne put s'empêcher d'admirer la détermination avec laquelle elle refusait de répondre à ses questions.

— Et qu'est-ce qui vous fait croire que je vais être d'accord avec ça ? lui demanda-t-il en penchant la tête sur le côté.

— Pour commencer, vous êtes chez moi, et puis je vous rappelle que vous m'avez tirée du lit et que vous êtes à moitié nu…

OK, bien joué, 1-0 pour Lindsey, pensa Holt avant de lui répondre :

— Je vous écoute.

— Qu'est-ce que la Corcoran Team ?

— Ça, je ne peux pas vous le dire.

Même si Lindsey était debout devant lui, elle n'était pas assez proche pour qu'il puisse la désarmer. En l'observant attentivement, Holt s'était rendu compte qu'elle avait dû suivre les entraînements du camp. Et si, comme il le pensait, elle avait passé du temps dans cette communauté et qu'elle avait réussi à en sortir vivante, alors son instinct de survie devait être aussi puissant que le sien.

— Est-ce que vous travaillez avec le gouvernement ?

Avec ? Holt se demanda soudain si Lindsey ne connaissait pas déjà la réponse à sa question.

— Vous êtes un agent du FBI, ou un truc dans le genre ? poursuivit-elle.

— Un truc dans le genre, lui répondit-il, refusant de lui en dire plus.

Lindsey soupira avec exaspération.

— J'ai l'impression qu'on tourne en rond, constata-t-elle.

— Je vous expliquerai tout ça, mais d'abord nous devons prévenir la police, répliqua Holt en se souvenant tout à coup que c'est la première chose qu'ils auraient dû faire.

— Non, répondit-elle sèchement.

Holt n'avait pas l'habitude qu'on le contredise. Peut-être était-ce parce que son imposante carrure et son expression naturellement bourrue étaient dissuasives. Sa sœur disait qu'il avait hérité de l'apparence de leur père et Holt savait que, malheureusement, cela n'avait rien d'un compliment.

— Je vous demande pardon ? lui demanda-t-il en essayant de parler doucement pour la faire changer d'humeur.

— Oh ! Je crois que vous m'avez très bien entendue, lui répondit-elle en haussant les sourcils.

Eh bien, cette femme ne se laissait pas facilement impressionner. Mais Holt devait reconnaître qu'il trouvait ça, comme pas mal d'autres choses chez elle d'ailleurs, on ne peut plus séduisant. Ce petit côté « je ne me laisse pas marcher sur les pieds » lui faisait effectivement beaucoup d'effet.

— Nous devons leur faire un rapport de ce qu'il vient de se passer.

— Mais nous savons qui étaient les assaillants, vous venez même de me le confirmer, protesta Lindsey.

Son refus d'obtempérer commençait à irriter Holt mais il ne laissa rien paraître. Pour tout dire, il ne laissait jamais rien paraître. L'éducation qu'il avait reçue à West Point et ses années passées à l'armée avaient fini de lui apprendre à rester maître de lui-même. Pour Holt, demeurer calme en toutes circonstances relevait du bon sens et il pouvait feindre l'impassibilité même lorsqu'il bouillonnait à l'intérieur.

— Les gens de New Foundations ne savent pas que je suis un agent infiltré.

— Pourquoi ? lui demanda-t-elle, l'air soudain curieux.

— Je travaille sous couverture, ce qui veut dire que vous ne devez rien dire à quiconque sur ma véritable identité.

— A qui pourrais-je bien en parler ? lui répondit-elle avant d'ajouter : Mais dites-m'en un peu plus sur cette histoire d'infiltration…

— Uniquement si nous appelons la police après, rétorqua-t-il.

Mais Lindsey secoua la tête, avec une expression encore plus déterminée qu'auparavant, comme si elle avait vraiment décidé de lui mettre des bâtons dans les roues.

— La police locale protège les dirigeants de New Foundations, lui dit-elle. Ils ont une sorte d'arrangement qui permet à la communauté de faire son business tranquillement.

— Je sais, c'est justement pour ça qu'il faut les prévenir.

— Je ne comprends pas, lui répondit-elle en penchant la tête sur le côté.

En y regardant de plus près, Holt vit que Lindsey semblait s'être détendue. Et il remarqua aussi qu'elle ne portait pas de soutien-gorge sous son pyjama…

S'efforçant de reporter rapidement son attention sur leur conversation, il détourna le regard. Pourtant il dut se rendre à l'évidence, il était sous le charme.

— Eh bien, nous allons pouvoir vous protéger.

— Comment ça ?

— Grâce à moi.

Lindsey soupira à nouveau avant d'aller poser son arme sur la table.

— Je savais que vous alliez me répondre ça.

— Il faut qu'ils pensent que nous sortons ensemble, vous et moi.

— Pourquoi ? lui demanda-t-elle d'un ton si sceptique qu'il se sentit légèrement vexé.

— Comme ça, vous serez en sécurité, lui répondit-il en

essayant d'ignorer son attitude. Savez-vous pour quelles raisons ils veulent vous emmener là-bas ?

— Aucune idée, répliqua-t-elle en croisant les bras sur sa poitrine. Vous n'aurez qu'à le leur demander.

— Etes-vous toujours d'aussi mauvaise humeur ?

Visiblement Lindsey était aussi forte que lui en ce qui concernait la rétention d'informations.

— Oui, lui répondit-elle sans sourciller.

Il ne pouvait s'empêcher d'admirer sa détermination et sa franchise, même s'il savait qu'il réussirait malgré tout à obtenir les réponses dont il avait besoin.

— Je vais vous dire ce qu'on va faire. Nous allons appeler la police et leur faire notre rapport sur ce qu'il vient de se passer. De cette manière, les gens de New Foundations seront rapidement au courant, ma couverture sera intacte et cela deviendra encore plus difficile pour eux de pouvoir vous enlever.

— Sinon, je peux aussi quitter la ville, ajouta-t-elle en haussant les épaules.

C'était une bonne idée. Brillante même, mais pour on ne sait quelle raison Holt ne l'aimait pas.

— C'est la meilleure solution, c'est sûr, mais j'étais certain que vous le refuseriez si je le suggérais, lui répondit-il.

— Pourquoi ?

— En dehors du fait que vous remettez systématiquement en cause tout ce que je vous dis ?

Holt vit que Lindsey esquissait un sourire.

— Même si j'ai bien sûr envie de nier, je dois avouer que vous n'avez pas tort sur ce point.

Se sentant vainqueur de ce premier round, Holt décida de répondre à sa question.

— En général, ceux que je protège refusent de quitter leurs maisons, leurs familles, leurs amis…

Il avait entendu ce même refrain tant de fois qu'il avait commencé à croire que les gens tenaient vraiment plus à leur famille et à leur maison qu'à tout autre chose. Mais étant lui-même plutôt du genre nomade, il ne partageait pas ce genre de sentiment.

Certes, il avait dans sa vie des personnes qu'il aimait tant qu'il aurait pu mourir pour elles et un boulot qu'il appréciait réellement, mais il ne comprenait pas tout ce cirque autour de la construction d'un foyer et d'une famille. Peut-être était-ce dû au fait que son propre père avait été plus intéressé par sa carrière dans l'armée que par ses enfants.

Ou peut-être était-ce ce que l'on pouvait ressentir quand la personne en qui vous aviez le plus confiance au monde vous abandonnait, mourant, sur un chemin de terre quelque part au fin fond de l'Afghanistan. Holt savait que cela avait un lien, mais il avait décidé de ne pas s'éterniser sur cette armure émotionnelle qu'il s'était forgée. La vie était ainsi faite et il ne voyait pas l'intérêt de se remettre en question.

— Vous faites ça souvent ? lui demanda-t-elle.

— Quoi ? Sauver des gens ? Oui, c'est mon boulot, lui répondit-il en se disant intérieurement que, de toute façon, il n'aurait rien pu faire d'autre de sa vie.

— Donc vous avez le droit de vous servir de ça ? lui demanda Lindsey en lui montrant son arme, toujours posée sur la table.

— Oui, madame.

— Et vous n'êtes pas un ouvrier.

— Non, mais je sais me servir de mes mains, déclara-t-il en haussant les épaules.

— Ah, vraiment ?

— Vous seriez surprise de mes nombreuses compétences, lui répondit-il en se rendant compte qu'il était peut-être temps d'arrêter les sous-entendus.

— Seriez-vous en train de me draguer ? lui demanda-t-elle en changeant subitement d'expression.

En même temps, c'était tentant, se dit Holt intérieurement avant de lui répondre :

— Ça ne serait pas très à-propos, vu que je viens juste de me faire botter les fesses par deux malfrats.

Même s'il savait qu'il devait rester vigilant, Holt ne pouvait empêcher son regard de se promener et son cerveau de dérouler de multiples scénarios.

Ce qui n'était pas bon signe, pas bon signe du tout.

— Je ne comprends rien à ce qui vient de se passer, dit Lindsey en se dirigeant vers la cuisine. Je ne sais pas ce que ces types me veulent. Je reste toujours éloignée du camp et je n'ai jamais parlé à quiconque de ce qui se passe là-bas.

— Vous n'avez vraiment aucune idée de ce que vous avez pu faire pour contrarier les gens de New Foundations ?

— Non.

Et voilà, leur discussion recommençait à tourner en rond. Pourtant Holt était prêt à parier que Lindsey en savait beaucoup sur le campement. Mais, vu sa résistance, il allait devoir lui tirer les vers du nez.

— Pourquoi voudraient-ils vous enlever, dans ce cas ?

— Je consacre tout mon temps et mon énergie à la destruction de cet endroit.

— Eh bien, alors…

— Mais ils n'en savent rien, ajouta-t-elle.

— Désolé de vous contredire mais tout porte à croire qu'ils sont au courant.

Holt sentait que la haine de Lindsey était personnelle, ce qui pouvait signifier qu'elle avait vécu là-bas. Il était même possible qu'elle connaisse d'autres membres. Des gens que son équipe pourrait avoir besoin d'interroger.

— Vous n'êtes pas le seul à avoir une couverture, lui répondit-elle en revenant vers lui. Mais dans mon cas c'est plus une mission secrète. Et jusqu'à ce soir, je n'avais encore eu aucun problème. Je vis suffisamment loin du campement, j'évite de donner mon nom et je ne me suis encore jamais fait remarquer. Je réalise d'immenses détours pour éviter de passer devant l'entrée du camp.

— Peut-être qu'on vous a vue, lui dit-il en marchant à sa rencontre.

Quelle qu'en soit la raison, Lindsey semblait maintenant

être dans la ligne de mire de quelqu'un et elle n'était plus en sécurité.

— Je pense que c'est bien pire que ça, lui répondit-elle en relevant les yeux pour le regarder.

— Que voulez-vous dire ?

Elle semblait de nouveau extrêmement nerveuse.

— Quelqu'un là-bas doit avoir compris qui je suis vraiment.

3

Simon Falls se laissa aller en arrière sur sa chaise de bureau en soupirant. Les images qui défilaient sous ses yeux sur les écrans de contrôle provenaient des multiples caméras de sécurité placées sur l'ensemble du terrain de New Foundations et de deux appareils rotatifs installés dans la ville de Justice.

Simon avait décidé de laisser aux dirigeants des ateliers du camp le soin de gérer les débats sur la protection de l'intimité et de la vie privée qu'avait suscités l'installation de tout ce matériel. Il avait d'autres chats à fouetter… Sa priorité était de défendre le campement, et ce à n'importe quel prix. Une tâche qui serait d'ailleurs bien plus aisée si tout le monde faisait correctement son boulot, se dit-il en regardant les deux hommes qu'il avait convoqués et qui maintenant étaient assis en face de lui.

Tapotant son bureau du bout de son stylo, il considéra un instant ces deux types qu'il avait pour habitude de charger de régler les nombreux problèmes qui pouvaient surgir sur le camp. Cette fois, on pouvait dire qu'ils avaient raté leur coup. Il ne leur avait pourtant donné qu'une seule et simple chose à faire : ramener cette fille au camp, indemne.

Et voilà qu'ils lui servaient toutes sortes d'excuses pour tenter de justifier leur échec. Une d'entre elles interpella Simon.

— Quel homme ? leur demanda-t-il. Qui était cet homme dans la maison ?

— C'était Hank Fletcher, un nouveau gars de votre équipe,

lui répondit enfin Todd Burdock, le meilleur tireur de la communauté, qui se tenait devant lui au garde-à-vous.

Simon prit un moment pour réfléchir.

— Vous voulez dire que Hank fréquente Lindsey Pike ?

— Je veux dire qu'il dormait là-bas, lui répondit Todd en fronçant les sourcils comme s'il choisissait soigneusement chacun de ses mots.

Cette information ne concordait pas avec ce que Simon avait pu voir sur les écrans de contrôle. Il surveillait Lindsey sans relâche depuis des mois. C'est lorsque ses recherches s'étaient retrouvées dans une impasse que cette femme avait commencé à éveiller ses soupçons.

— Depuis quand ? leur demanda-t-il.

— Je ne sais pas, lui répondit Todd.

Simon ne tolérait pas ce genre de réponse, l'homme aurait dû s'en douter. En fait, il n'acceptait aucun échec sous son contrôle.

— Eh bien, dépêchez-vous de le découvrir.

— Nous pouvons peut-être le faire venir, proposa Grant Whiddle.

Simon pensait justement que c'était la dernière chose à faire. Il voulait continuer à espionner Lindsey et se disait qu'il en apprendrait sûrement plus sur Hank en le surveillant, lui aussi.

— Hank ne doit pas savoir que nous sommes derrière l'incident de cette nuit, leur répondit-il. Non, nous devons gérer cela d'une autre façon. Avec qui celui-ci a-t-il noué des liens au camp ?

— Personne, ce type reste tout seul la plupart du temps, répondit Todd en prenant soin, comme toujours, d'éviter de croiser le regard de Simon.

Hank était donc un solitaire. Simon n'était pas surpris, l'essentiel des membres de la communauté était des hommes désabusés qui souhaitaient donner un sens à leur vie. Ils arrivaient ici et offraient le peu qu'ils possédaient en échange de quelques belles idées et de la promesse qu'ils allaient trouver ce qu'ils cherchaient.

Simon se souvenait avoir pensé pendant son entretien que Hank faisait partie de cette catégorie. Renvoyé de son poste de façon totalement humiliante car il avait ouvert le feu dans une situation où n'importe quelle personne sensée aurait fait de même, l'homme était un don du ciel pour la communauté car il avait beaucoup de potentiel et un vrai don pour le tir. Mais malgré ces compétences, son lien avec Lindsey Pike ne pouvait pas être ignoré.

— A son arrivée, je lui ai moi-même attribué une place dans le dortoir, ajouta Simon. Est-ce que c'est la première nuit qu'il découche ?

Grant adressa un rapide regard en coin à Todd avant de répondre :

— Non.

Tout ceci ne correspondait pas à l'idée que Simon s'était faite de Hank. D'après ce qu'il avait pu voir sur les écrans de contrôle, il faisait son travail sans se faire remarquer et sans poser de questions. Mais chaque homme a ses secrets… Simon décida donc de découvrir quels étaient ceux de Hank.

— Nous allons le surveiller de plus près, lança-t-il aux deux hommes. Je veux être au courant de tout ce qu'il fait, à chaque minute de la journée, surtout quand il est en compagnie de Lindsey Pike.

— Du coup, nous ne devons plus la ramener au camp ? demanda Grant.

La question irrita profondément Simon. Ce type était totalement stupide… C'était le principal problème avec les mercenaires, tous n'étaient pas équipés d'un cerveau.

— Vous ne pouvez pas essayer de la kidnapper deux soirs de suite. Vous ne pensez pas qu'elle va vous attendre, non ?

— Mais cette fois-ci nous serons au courant de la présence de Hank, insista Grant. Nous pouvons même emmener un troisième gars et…

— Votre mission est suspendue pour le moment, coupa Simon, excédé, avant de faire signe aux deux hommes de quitter son bureau.

Sur le pas de la porte, Todd s'éclaircit la voix puis se permit d'ajouter :

— Elle est potentiellement dangereuse, monsieur.

— Elle l'est en effet, lui répondit Simon avant de reporter son attention sur les écrans de contrôle. Mais je le suis tout autant et je pense que vous seriez bien avisés de vous en souvenir.

Comme l'avait imaginé Lindsey, la visite au bureau du shérif ne fut d'aucune utilité. Elle regrettait d'avoir impliqué les forces de l'ordre dans cette affaire, car elle se doutait qu'après avoir ouvert une enquête on allait probablement fouiller dans son passé, alors qu'elle avait réussi à se faire oublier depuis plusieurs années.

« Probablement des vagabonds », avait décrété le shérif après avoir inspecté la maison de Lindsey.

Le jeune Carver avait pris la place de son père quand le vieux shérif de Justice avait été victime d'une crise cardiaque et, depuis huit mois que celui-ci était en congé maladie, c'était à lui que revenaient toutes ses responsabilités. Manifestement, le fait que le jeune Carver n'ait absolument aucune expérience en la matière n'avait pas semblé important. Non, ce qui avait été déterminant, c'est qu'il avait grandi ici et qu'il connaissait le prénom de chaque habitant de Justice. Et, malgré son incompétence et sa timidité, Frank Carver Junior — avec ses cheveux roux et ses joues qui s'empourpraient chaque fois qu'il prenait la parole — était un bon tireur. Il avait traîné si longtemps dans les jambes de son père qu'il faisait presque partie des meubles du commissariat. Pour finir, le fait que la ville tout entière adorait le vieux shérif Carver avait évidemment joué en sa faveur.

Mais Lindsey savait qu'il n'allait rien faire pour l'aider et elle se retint de dire à Holt qu'elle l'avait prévenu.

Comme elle l'avait pensé, le shérif Carver n'avait pas fait venir la police scientifique sur les lieux et n'avait pas non plus demandé qu'on prenne de photos. Il avait seulement déambulé, les sourcils froncés, dans toute la maison, Holt sur ses talons.

— Je ne vois pas de qui il pourrait s'agir d'autre, dit-il en regardant de plus près le chambranle de la porte. Ce n'étaient pas des gamins, n'est-ce pas ?

— Non, c'est des adultes, lui répondit Holt, qui semblait dubitatif en le regardant s'affairer.

— Eh bien, c'est une chance que vous ayez été là, monsieur Fletcher ! lui répondit le shérif en lui jetant un regard complice.

— Vous pouvez m'appeler Hank.

Lindsey se demanda comment Holt parvenait à ne pas lever les yeux au ciel. Du haut de son mètre quatre-vingts, il semblait si costaud, comparé à ce gamin, qu'on avait l'impression qu'il serait capable de le briser à mains nues. Le contraste entre les styles et corpulences de ces deux hommes était saisissant. Frank Carver Junior avait vingt-quatre ans, Holt devait en avoir dix de plus et la différence de maturité était flagrante.

Quand elle avait découvert Holt en pleine nuit dans sa maison, Lindsey avait été terrifiée. Elle avait pourtant verrouillé les portes avec soin et avait même fait son habituelle ronde de nuit pour vérifier que tout était bien fermé avant d'aller se mettre au lit. Malgré cela, ce n'était pas le fait qu'il ait réussi à entrer qui la perturbait le plus et qui la faisait encore trembler…

En réalité, elle n'arrêtait pas de penser à lui. Tous les jours, et à des moments incongrus. Depuis qu'elle l'avait aperçu la première fois en ville, quelques semaines plus tôt, Holt avait fait des apparitions régulières dans ses rêves. Il y tenait le rôle d'un étranger mystérieux qui se glissait à côté d'elle dans son lit sans poser de questions. Avec ses épaules musclées et ses traits ciselés, il était devenu l'objet de tous ses fantasmes.

Quand elle avait remarqué Holt en ville, Lindsey l'avait suivi du regard avant de détourner rapidement les yeux lorsqu'il s'était retourné vers elle. Même si elle avait eu l'impression d'être aussi navrante qu'une adolescente, cela faisait si longtemps qu'elle n'avait pas ressenti quelque chose pour un homme qu'elle en avait été heureuse.

— Je n'ose imaginer ce qui aurait pu se passer, ajouta Carver.

— Il ne s'est rien passé, donc tout va bien, lui répondit Holt pour couper court à la conversation.

Lindsey essaya d'ignorer le fait que les deux hommes parlaient d'elle comme si elle n'était pas là mais elle ne put s'empêcher d'en être irritée.

— Je ne sais pas si vous êtes au courant mais je sais me servir d'une arme, leur dit-elle pour leur rappeler son existence et le fait que c'était de sa vie qu'ils étaient en train de discuter.

— Bien sûr, répondit Carver, qui ne prit même pas la peine de la regarder. Mais dites-moi, monsieur Fletcher, vous êtes nouveau en ville ? Je ne crois pas vous avoir déjà vu dans les parages…

— Je fais des petits travaux pour New Foundations.

Lindsey n'arrivait pas à déterminer ce qu'elle voyait dans les yeux du jeune shérif… Regardait-il Holt avec méfiance ou était-il fasciné par ce nouveau héros si viril ? Quoi qu'il en soit, il se faisait tard et, à présent, elle ne rêvait plus que d'une seule chose : ranger sa maison et se mettre au lit.

— New Foundations, hum… C'est un chouette endroit, il y a tout un tas de gens bien là-bas, répondit Carver en rangeant dans sa poche un petit carnet sur lequel il n'avait absolument rien noté. Et donc vous fréquentez Mlle Pike…

Holt resta impassible et Lindsey réprima un grognement. Sans le savoir, Carver venait de mettre les pieds dans le plat.

— Est-ce que vous êtes en train de me poser des questions sur ma vie amoureuse, shérif ? demanda-t-elle d'un ton offusqué.

— Bien sûr que non, lui répondit-il en lui adressant un bref regard — le premier depuis qu'il était arrivé. Je réfléchissais seulement à voix haute.

— En même temps, c'est la vérité, nous sommes ensemble, intervint Holt en attrapant Lindsey par la taille.

Lindsey dut se concentrer pour bloquer l'afflux de sang qui martelait ses tempes. Cette main, posée dans le bas de son dos, lui procurait une sensation très agréable, elle était même tout à fait réconfortante. Et si sa respiration était saccadée, ce n'était pas cette fois parce qu'elle avait peur, mais bien parce qu'elle était troublée.

— Nous vous ferons signe si nous découvrons quelque chose, leur lança Carver en commençant à descendre les marches du perron, ses clés de voiture à la main. Mais je pense que ça ne se reproduira pas, il devait probablement s'agir de personnes qui cherchaient de la drogue ou de l'argent pour pouvoir s'en payer.

— Il y a des problèmes de drogue dans les environs ? demanda Holt.

— N'y en a-t-il pas partout ? lui répondit le shérif en leur jetant un regard par-dessus son épaule.

— Encore une bonne raison pour m'installer ici, alors ! conclut Holt d'une voix puissante qui retentit dans la nuit.

Il n'avait pas crié mais c'était tout comme. Ses mots avaient résonné dans l'air comme si le vent s'était arrêté de souffler.

Le shérif fit demi-tour pour regarder Lindsey et Holt un instant, puis il leur lança avec un sourire malicieux :

— Vraiment ?

Lindsey était pétrifiée. Que Holt prétende qu'il était son petit ami était une chose, mais qu'il s'attribue le rôle de l'homme qui partageait sa vie en était une autre. Pour les gens d'ici et pour tout le monde au camp, cette nouvelle allait faire beaucoup de bruit. Mais peut-être était-ce justement le but de la manœuvre…

Alors qu'elle réfléchissait à tout ce qui pouvait découler de cette déclaration, Lindsey sentit soudain que les doigts de Holt se resserraient sur sa taille. Manifestement, il lui demandait de confirmer.

— Hum, oui, dit-elle en se raclant la gorge.

Carver les dévisagea un instant. Il était visiblement ravi d'être le premier à apprendre cette nouvelle, qui allait bientôt devenir le plus gros ragot de toute la ville.

— Alors, Lindsey, vous n'avez plus aucune raison de vous en faire !

— C'est aussi ce que je pense, conclut Holt en saluant Carver d'un signe de la tête.

Le shérif descendit les dernières marches et se dirigea vers sa voiture. Il n'avait donné aucun conseil à Lindsey et ne lui avait même pas dit comment elle devait s'y prendre pour se protéger… Apparemment, les paroles de Holt suffisaient à régler le problème. La façon dont tout cela venait de se dérouler avait exaspéré Lindsey. Deux hommes étaient entrés par effraction chez elle, mais la seule personne qui avait semblé retenir l'attention du shérif était Holt.

Elle savait que c'était la communauté de New Foundations qui était responsable de ce qui venait de se passer, elle savait même pourquoi. Cependant, elle doutait fortement que Carver, lui, soit au courant.

Mais si elle avait réussi à cacher son passé ainsi que sa véritable identité pendant tout ce temps, il serait dommage de tout compromettre maintenant, aussi décida-t-elle de lâcher prise.

Enfin, pas complètement, elle avait envie de s'amuser un peu.

— Eh bien, voilà, ça n'a été qu'une perte de temps, dit-elle à Holt. J'ai dû me mordre la langue pour ne pas vous dire : « Je vous avais prévenu. »

— En fait, le but de l'opération était de leur envoyer un message, lui répondit-il en descendant d'une marche pour la regarder droit dans les yeux. Et je crois qu'on peut dire que nous avons réussi.

— Vous voulez faire croire que nous ignorons que ce sont les gens de New Foundations qui sont responsables, n'est-ce pas ?

Lindsey commençait à comprendre la stratégie de Holt et plus elle y pensait, plus elle la trouvait judicieuse.

— C'est pour ça, en effet, et aussi pour qu'ils comprennent que s'ils veulent s'en prendre à vous, ils devront d'abord se débarrasser de moi, lui répondit Holt.

— En parlant de ça…

— Si ces types pensent que je vis ici, la coupa-t-il en s'appuyant contre une des poutres qui soutenaient le porche, il y a moins de chances pour qu'ils reviennent.

— Vous pensez qu'ils vont me laisser tranquille, du coup ?

— Non.

— Ce n'est pas très réconfortant, lui répondit-elle en se disant qu'il manquait cruellement de tact.

— Désolé, je préfère être franc avec vous.

Lindsey avait passé sa vie entière à essayer de comprendre ce que les gens pouvaient ressentir et à essayer d'analyser leurs comportements. Holt semblait être un homme direct et droit ; mais si d'ordinaire elle appréciait ce genre de comportement, dans ces circonstances plutôt particulières, elle aurait, pour une fois, aimé être rassurée.

— Alors, si nous décidons d'être francs l'un avec l'autre, répliqua-t-elle en décidant de revenir sur certaines choses, il faut que vous sachiez qu'il est hors de question que vous vous installiez chez moi.

Lindsey n'avait certainement pas besoin qu'un véritable fantasme vivant dorme à deux pas de sa chambre, sur son canapé. Rêver de lui chaque nuit avait déjà suffisamment perturbé son sommeil, alors le savoir si proche d'elle, l'entendre, le sentir, et même pouvoir l'observer à loisir, pourrait lui faire totalement perdre le contrôle d'elle-même.

— Vous avez déjà tenté d'éluder le sujet, lui répondit Holt en croisant les bras sur son torse musclé et en la regardant d'un air calme et déterminé, mais j'aimerais que vous me disiez maintenant ce que ces hommes ont contre vous. Et pendant que vous y êtes, profitez-en aussi pour m'expliquer ce que vous avez voulu dire tout à l'heure à propos de votre véritable identité. Commencez peut-être par me révéler combien vous en avez…

— Seulement si vous me donnez les raisons exactes de votre présence ici, lui répondit-elle en lui renvoyant la balle. Et sur les ordres de qui. Commencez peut-être par me donner la liste des choses que vous avez découvertes jusqu'à maintenant…

Holt resta un instant silencieux et Lindsey se félicita de sa repartie.

— Impressionnant, lui répondit-il finalement en souriant. Mais manifestement nous sommes dans une impasse…

En surprenant l'étincelle qui brillait dans ses yeux sombres, Lindsey se sentit troublée une nouvelle fois et dut se concentrer pour repousser la vague de chaleur qui la submergeait.

— En tout cas, ce n'est pas en vous y prenant de la sorte que vous allez trouver un lit pour la nuit.

— Oh ! Je ne suis pas difficile, je me contenterai du canapé.

Mon Dieu, soupira Lindsey intérieurement, *cet homme a réponse à tout.*

— Hank… Holt…

Lindsey s'interrompit car elle ne se souvenait plus de son véritable prénom… D'ailleurs qui était cet homme ? Pouvait-elle vraiment lui faire confiance ? Même si son instinct la poussait à le croire, le fait de prétendre qu'ils étaient tous les deux en couple lui semblait malgré tout extrêmement risqué.

— Je ne me souviens plus, reprit-elle, comment dois-je vous appeler ?

— Quand nous sommes en public, appelez-moi Hank, et si c'est plus facile pour vous et que cela vous permet de ne pas faire de gaffe alors appelez-moi toujours ainsi.

Lindsey préférait Holt. Ce prénom lui allait comme un gant. Il reflétait à merveille son impressionnante carrure, son côté rassurant et si… particulier. Mais elle décida de garder ses réflexions pour elle.

— Je ne vous connais pas, vous savez.

— Même chose pour moi, lui répondit-il en lui faisant un clin d'œil.

Peut-être était-ce sa voix, rauque et virile ? Ou peut-être était-ce le fait qu'il aurait pu lui faire du mal, qu'il aurait pu la traîner de force au campement ou même laisser ces deux brutes entrer dans sa maison pour remplir leur mission ? Quoi qu'il en soit, elle se demandait bien pour quelle raison elle se sentait calme et apaisée quand il se trouvait près de lui.

— Pourquoi devrais-je vous faire confiance ? lui demanda-t-elle en fronçant les sourcils.

— Parce que vous n'avez pas le choix.

Mauvaise réponse, pensa Lindsey.

— On a toujours le choix, lui répondit-elle en se remémorant ce que son père lui avait appris.

— Très bien, lui répondit-il en haussant les épaules. Alors il ne vous reste plus qu'à quitter la ville pendant qu'il est encore temps.

Même si Lindsey était consciente que c'était sûrement la meilleure chose à faire, elle ne put lui répondre. Les mots semblaient bloqués au fond de sa gorge. L'idée de le quitter, de prendre la fuite, lui nouait l'estomac.

— Combien de temps me reste-t-il ? lui demanda-t-elle.

— Je ne sais pas.

Cet homme était vraiment sincère. Cela ne devait pas toujours lui rendre service mais il avait l'air de ne jamais déroger à la règle. Lindsey ne put s'empêcher de trouver cela charmant. Sa franchise, ses épaules musclées, son visage… et ses cheveux dans lesquels elle avait maintenant irrésistiblement envie de passer la main.

— J'ai du travail, dit-elle en reprenant ses esprits.

— C'est-à-dire ?

Elle ne pouvait pas lui expliquer réellement ce qu'elle faisait, à savoir aider des gens à sortir du campement de New Foundations. Si elle lui en parlait, il aurait une multitude de nouvelles questions à lui poser, des questions auxquelles elle n'était pas encore prête à répondre.

— Vous avez remarqué que notre discussion tourne en rond ? rétorqua-t-elle pour changer de sujet de conversation.

— Ecoutez, lui dit-il en avançant vers elle. Je comprends que vous soyez effrayée et méfiante, c'est vrai qu'on ne se connaît pas. D'ailleurs, jusqu'à tout à l'heure, vous n'étiez encore pour moi que cette belle femme que j'ai croisée en ville il y a quelques jours, et qui était si sexy avec son jean et son chemisier clair.

— Quoi ? lança-t-elle en se demandant si elle avait bien entendu.

— Maintenant j'en sais plus sur vous, continua-t-il. Je sais que vous avez eu des problèmes avec les gens de New

Foundations, ce qui est plutôt une mauvaise nouvelle. Certaines personnes là-bas sont dangereuses, peut-être même totalement folles à lier.

S'il n'y avait que cela, pensa Lindsey. Elle qui avait vécu là-bas et qui avait réussi à s'échapper de cet endroit avait encore aujourd'hui l'impression d'être en fuite.

— Je dois les arrêter, dit-elle dans un souffle.

— Vous devriez surtout rester à l'écart de ce campement et me laisser m'occuper d'eux, lui répondit-il en haussant les sourcils. Vous n'avez qu'une seule chose à faire : me faire confiance.

Lindsey ne rêvait que de ça. Elle menait ce combat contre New Foundations depuis si longtemps qu'elle était au bord de l'épuisement. L'idée de passer les rênes et de partir loin de Justice était pour le moins tentante, mais elle connaissait bien mieux les secrets de cette communauté que Holt. Et c'était elle qui devait la détruire.

Si seulement Holt n'avait pas eu l'air si sincère… A présent qu'il la dévisageait, elle avait l'impression de fondre intérieurement. Mais elle n'était pas dupe, elle savait ce qu'il voulait et elle ne le lui donnerait pas.

— Vous m'en demandez beaucoup, lui répondit-elle.

— Je sais.

— Et vous semblez bien sûr de vous… Vous pensez que vos muscles et votre jolie gueule vont me faire changer d'avis ?

— Ma jolie gueule ? répéta-t-il après s'être éclairci la voix.

A présent, Holt était vraiment proche de Lindsey. Quelques mètres seulement les séparaient.

— Vous semblez avoir un peu de mal à comprendre, lui dit-elle en essayant de dissimuler son trouble. Je ne vois pas pourquoi je devrais faire confiance à quelqu'un que je ne connais pas et dont j'ignore tout.

— Ecoutez, Lindsey, je suis ici pour rendre compte de ce qui se passe dans ce campement, pour évaluer le danger qu'il peut représenter, et si nécessaire pour faire sortir les gens de là avant que cet endroit n'explose, au sens propre comme au figuré.

Lindsey avait été freinée dans ses actions contre New Foundations par son manque de ressources et par son incapacité à pouvoir infiltrer la communauté. Holt pourrait donc s'avérer une aide précieuse dans la mission qu'elle s'était fixée, mais s'il connaissait sa véritable identité cela pourrait aussi compromettre sa sécurité.

Malgré ce risque, elle ne pouvait pas ignorer ce soutien inespéré.

— Mais vous ne faites pas partie du FBI, n'est-ce pas ?

— Ni du FBI ni d'aucun service fédéral, lui répondit-il en secouant la tête.

— J'ai envie de croire que vous êtes du côté des gentils, lui dit-elle en se demandant pour qui il pouvait bien travailler.

— Laissez-moi trois jours et je vous le prouverai.

Lindsey sentit que son système de défense était en train de flancher. Avec l'aide de Holt, elle pourrait faire de grands progrès. Il ne lui promettait pas l'impossible et lui offrait une protection, ce qui semblait maintenant nécessaire. Peut-être qu'en faisant équipe ils arriveraient enfin à percer à jour les plans de la communauté, et peut-être même réussiraient-ils à les déjouer ?

— Et pendant ces trois jours ? lui demanda-t-elle en essayant d'avoir un aperçu de sa vision des choses.

— Eh bien, vous aurez un petit ami musclé, lui répondit Holt en la regardant des pieds à la tête.

Il semblait avoir trouvé son talon d'Achille… Lindsey était sensible à son charme et se demandait si elle serait capable d'y résister.

— Marché conclu.

4

C'était bien la première fois depuis qu'il travaillait pour la Corcoran Team que Holt avait envisagé de ne pas se présenter à la réunion d'équipe. Celle-ci devait se tenir dans une ville proche de Justice et, sur le chemin, il n'avait cessé de se perdre.

A présent, il se tenait devant ses collègues, dans l'arrière-boutique d'une quincaillerie et attendait qu'ils sortent de leur stupeur commune.

Même s'il savait pertinemment qu'en leur faisant part de ce qui s'était passé ces derniers jours il allait se retrouver dans le collimateur, il leur avait malgré tout raconté les choses en détail, y compris sa nuit passée sur le canapé de Lindsey.

Et il s'attendait maintenant à le payer au prix fort.

— Tu as fait quoi ?

Shane Backer, le meilleur ami de Holt et l'homme en qui il avait le plus confiance, semblait ne plus pouvoir se départir de son sourire moqueur.

Les regards attentifs ayant laissé place aux rictus, Holt décida de changer de sujet de conversation.

— Passons à autre chose, dit-il d'un ton autoritaire.

— Attends, laisse-nous te charrier un peu, continua Shane. Tu as quand même préféré protéger une femme plutôt que faire ton boulot.

A nouveau, Holt se demanda s'il avait bien fait de tout leur révéler. Peut-être aurait-il mieux fait de passer sous silence ce qui concernait Lindsey… Mais Shane allait bientôt intégrer la mission en jouant le rôle d'un de ses vieux copains militaires et, si Holt voulait que sa fausse relation amoureuse avec Lindsey soit crédible, son ami devait être au courant.

— Jamais je ne ferais une chose pareille, répondit-il en se demandant comment il pouvait reprendre le contrôle de la discussion.

— Mauvaise réponse, dit Shane en pouffant.

— Désolé, mec, mais tu ne vas pas t'en sortir comme ça, ajouta Cameron Roth, qui faisait partie de l'équipe volante.

Holt avait pensé que Cam serait de son côté. Il s'était justement retrouvé il y a quelques mois dans une situation similaire et cela avait bien failli se terminer en total fiasco.

— Est-ce que tu veux qu'on reparle de Julia et de comment nous avons tous dû courir à votre rescousse sur un chantier naval pour vous sauver la peau ? lui lança Holt en fronçant les sourcils.

— Euh…, balbutia Cam. Ce n'est pas tout à fait comme cela que ça s'est passé dans mon souvenir.

— Attendez, intervint Shane en levant une main. Holt, est-ce que tu es en train de comparer ce que tu vis avec Lindsey avec l'amour évident qui s'est développé entre Cam et Julia ?

— Ce n'est pas non plus ce qui s'est passé selon moi, ajouta Cam en secouant la tête.

— Oh ! Arrête, lui dit Shane avant d'aller s'asseoir sur une pile de cartons empilés contre un mur. Tu es tombé amoureux et tu es devenu totalement stupide.

Holt ne put s'empêcher de sentir une pointe de soulagement en voyant Shane et Cam se chamailler. Mais comparer sa relation avec Lindsey avec celle qu'entretenaient Cam et Julia — qui étaient à présent sur le point de se fiancer — n'était pas la meilleure des idées. Quoi qu'il en soit, il avait réussi à éviter le pire.

A présent, il était temps de revenir à l'ordre du jour.

— Le temps nous est compté, vous savez.

— Alors revenons-en à ta couverture, lui répondit Shane.

— Qu'y a-t-il avec ma couverture ? Tout va bien, elle est

intacte, répliqua Holt en constatant que, malgré ses tentatives, la conversation ne prenait toujours pas le tour qu'il souhaitait.

— Est-ce que tu es sûr de toi ou est-ce que le leader de New Foundations va te convoquer dans son bureau pour te descendre ? demanda Cam.

— Ma soi-disant relation avec Lindsey va me donner encore plus de crédibilité à leurs yeux.

Et le fait que Holt avait été suivi depuis qu'il avait quitté la maison de Lindsey ne faisait que confirmer sa théorie. Il n'était plus seulement un homme quelconque venu traîner dans le campement pour trouver des petits boulots, mais quelqu'un que le personnel de New Foundations surveillait de près.

Certes on ne pouvait pas qualifier de compétente la personne qui était chargée de le suivre. Celle-ci lui avait collé au train sans aucune discrétion et avait également eu la bonne idée de choisir un véhicule que Holt avait déjà vu plusieurs fois dans le garage privé de Simon Falls.

— Oui, mais cela risque de devenir problématique pour t'intégrer dans la communauté, non ? ajouta Shane.

— Non, fais-moi confiance, je te promets que c'est une bonne chose.

Plus le temps passait, plus Holt en était convaincu. Il savait d'ailleurs qu'il ne lui faudrait pas plus d'une heure pour réussir à gagner Connor à sa cause.

Les informations que détenait Lindsey sur ce lieu, quelles qu'elles soient — et il savait qu'il n'allait pas tarder à découvrir de quoi il s'agissait —, l'avaient de toute évidence mise dans la ligne de mire de New Foundations. Ce qui plaçait Holt au centre de ce duel, une position dont il n'allait pas se gêner pour profiter pleinement.

C'était un cercle vicieux. Holt voulait les informations que Lindsey détenait et, à présent, quelqu'un chez New Foundations voulait savoir ce que lui-même savait. A moins qu'on ne veuille tout simplement l'éliminer, mais Holt n'avait pas l'intention de laisser les choses se dérouler de cette façon.

— Comment ce plan totalement improvisé que tu comptes

suivre pourrait-il être plus efficace que celui sur lequel nous bossons depuis une semaine ? lui lança Shane.

Ils avaient tout prévu… sauf Lindsey. Rien n'avait préparé Holt à la rencontrer, mais il n'avait pas envie d'en dire plus à ce sujet.

— Parce que cette nouvelle stratégie lui permet de dormir chez cette femme, répondit Cam en ouvrant une bouteille d'eau. On dirait même que c'en est le but.

— Ce n'est pas ça, nia Holt en songeant qu'il ferait tout son possible pour que cela ne prenne pas cette tournure.

Il n'était pas un séducteur et ne se laisserait jamais distraire de son travail par une femme.

— Pas encore, ajouta Cam en levant sa bouteille.

Ce regard complice d'homme à homme inquiéta Holt et il se demanda s'ils allaient réussir à ramener la conversation sur un terrain plus professionnel.

— J'ai besoin de toi sur ce coup-là, dit-il à Shane en espérant que celui-ci allait se décider à l'aider.

— De quoi parles-tu ?

— De surveiller Lindsey quand je ne pourrai pas le faire moi-même.

Holt allait devoir continuer à travailler au camp, ce qui signifiait qu'il serait obligé de laisser Lindsey sans protection. La visite de son vieux compagnon de l'armée tombait donc à point nommé.

Cette couverture donnerait à Shane la possibilité de fouiner lui aussi. Quant à Cam, il pourrait continuer à balader des touristes en hélicoptère pour faire des surveillances aériennes du camp et des environs.

— Est-ce que Lindsey sait qu'elle va avoir un deuxième colocataire ? demanda Shane.

Vu qu'elle n'avait déjà pas vraiment apprécié qu'un homme dorme chez elle, Holt ne s'était pas empressé de lui raconter en détail la suite du programme, ce matin au petit déjeuner.

— Non.

— Est-ce que je peux être présent quand tu vas le lui annoncer ? lui demanda Shane en affichant un immense sourire.

— Tu peux toujours courir, lui répondit Holt en secouant la tête.

— Décide-toi, mec, rétorqua Shane d'un ton railleur. Tu veux que je reste ou tu veux que je parte ?

— Aux yeux de tous, nous étions dans l'armée ensemble toi et moi. Nous nous sommes rencontrés là-bas, nous avons servi notre pays et nous sommes restés amis, malgré tout ce que nous avons vécu. D'ailleurs, tu étais là quand j'ai tiré sur les locaux en Afghanistan. Et tu penses qu'on a été injuste avec moi. Maintenant tu as, toi aussi, quitté l'armée et tu cherches un endroit pour t'installer.

Le camp de New Foundations recherchait des hommes motivés et compétents. C'est pour cette raison que Holt s'était inventé cette vie, et comme il avait véritablement traversé des moments difficiles, il n'avait aucun mal à feindre ce sentiment permanent d'agressivité et de frustration.

La seule différence était que l'armée n'était pas responsable de ce qui lui était arrivé. En réalité, il avait été abandonné presque mort par quelqu'un en qui il avait entièrement confiance. Mais, dans son passé fictif, c'était lui qui était le meurtrier. Les deux issues étaient aussi odieuses l'une que l'autre mais Holt avait appris depuis bien longtemps à vivre avec ses blessures.

— Est-ce que tu comptes dire à Lindsey qui je suis réellement ? lui demanda Shane.

— Elle connaît déjà ma véritable identité et elle sait que je travaille pour la Corcoran Team.

— Quoi ? s'exclama Cam, visiblement abasourdi. Comment est-ce possible ?

Et voilà, pensa Holt, on en revenait encore au même point. Au lieu de répondre, il sauta sur l'occasion pour faire ce qu'il faisait de mieux : donner des ordres.

— Toi, Cam, tu continues de t'occuper de la surveillance aérienne. Prends des photos puis envoie-les à Joel et Connor pour qu'ils tentent de découvrir quelque chose.

Joel Kidd gérait l'aspect technique de la Corcoran Team et il était extrêmement qualifié. Quant à Connor, c'était tout simplement l'homme le plus compétent du monde. Holt leur faisait confiance pour les aider depuis le Maryland.

— Et pour Lindsey ?

— De quoi veux-tu parler ? demanda Holt, même s'il avait tout à fait compris ce que voulait dire Cam.

Connor dirigeait la Corcoran Team avec quelques règles limpides : les membres étaient chargés de collecter le maximum d'informations avant de s'infiltrer, ils devaient avoir une confiance absolue en leurs collègues, et savoir que, dans le pire des cas, Connor pourrait toujours passer derrière eux pour réparer un éventuel débordement.

— Le bureau du Maryland, Joel en particulier, va devoir enquêter sur elle, dit Shane d'une voix autoritaire. Et donc fouiller dans son passé.

N'étant pas d'humeur à se disputer avec Shane, Holt acquiesça. Lui-même avait déjà prévu de faire des recherches sur Lindsey, mais il avait espéré pouvoir le faire sans avoir toute l'équipe sur le dos. Apparemment, ce n'était pas ce qui allait se passer.

— J'imagine qu'elle va être folle de joie quand elle va découvrir que nous faisons des recherches sur elle, continua Shane.

— Nous n'allons pas le lui dire, répondit Holt qui avait déjà pensé à cette éventualité.

— Hum… J'ai constaté que ce n'était pas forcément la meilleure chose à faire avec les femmes. Tu penses que tout va bien aller mais ça ne se passe jamais comme prévu, intervint Cam en posant sa main sur l'épaule de Holt. Mais continue donc de vivre dans ton monde imaginaire où tu penses que c'est toi qui as le contrôle.

— C'est le cas, répondit Holt d'une voix sèche.

— Eh bien, tu sais quoi, Holt ? J'ai presque de la peine pour toi, rétorqua alors Cam en secouant la tête d'un air désolé.

Un peu plus tard ce soir-là, Lindsey sortit prendre l'air sur le porche. Le soleil déclinait et une légère brise était venue rafraîchir l'atmosphère. La proximité avec les bois et le lac l'obligeait parfois à porter un pull le soir, même en plein été. Mais après des années passées à devoir se plier au règlement interne du camp de New Foundations, Lindsey savourait chaque minute de liberté, et le coucher du soleil était devenu pour elle un rendez-vous immanquable. Elle frissonna en repensant aux levers matinaux pour s'acquitter des corvées ménagères, aux entraînements de combat, aux lectures imposées…

L'air, ce soir, était si froid qu'il semblait la transpercer. Elle avait passé sa journée à organiser son éventuel départ en urgence, avait contacté les anciens membres de New Foundations dont elle s'occupait et avait passé en revue toutes les instructions et tous les exercices qui concernaient les évacuations d'urgence.

Puis elle avait fait quelques recherches sur Internet, sur Holt et sur la Corcoran Team. Elle n'avait pas trouvé grand-chose sur lui, mais elle avait eu plus de chance en ce qui concernait son équipe.

Elle regarda Holt qui se tenait un peu plus loin. Il semblait observer le petit lac, à une quinzaine de mètres de la maison, et lorsqu'il se pencha en avant en posant ses mains sur la balustrade, elle remarqua une nouvelle fois combien il était musclé.

Son jean délavé lui allait à merveille et le coton fin de son T-shirt semblait être comme une seconde peau sur son torse viril. Lindsey n'avait encore jamais fait attention aux vêtements des hommes, mais il y avait manifestement un début à tout.

Elle s'avança vers lui et s'immobilisa à ses côtés pour écouter les bruits de la nature dans l'obscurité tombante. De loin, Holt lui avait semblé décontracté, mais à présent qu'elle était proche de lui Lindsey sentit qu'il était en état d'alerte. Il scrutait le paysage devant eux, de gauche à droite, d'un air nerveux.

— Si je comprends bien, lui dit-elle enfin, dès que vous ne travaillerez pas, vous viendrez ici, c'est ça ?

— Pour le moment, c'est ça, en effet, lui répondit-il sans la regarder.

La présence de Holt rassurait Lindsey, et cette sensation de sécurité était quelque chose de tout à fait nouveau pour elle. Elle avait appris très tôt à ne compter que sur elle-même et n'attendait rien des autres. Se cacher, courir, s'adapter… ces quelques mots avaient été son mantra depuis le jour où elle avait décidé de revenir à Justice, à quelques kilomètres seulement du lieu où elle avait grandi, lieu qui avait façonné sa personnalité et la manière dont elle voyait aujourd'hui le monde.

Cela faisait maintenant des mois qu'elle était de retour et elle était épuisée. Après avoir aidé d'autres membres de New Foundations à s'enfuir, elle leur avait trouvé tout ce dont ils pouvaient avoir besoin pour pouvoir recommencer leur vie. Grâce à son passé, elle avait maintenant des contacts et avait pu facilement obtenir pour eux de nouvelles identités et leur permettre ainsi d'être en sécurité.

Jusqu'à présent, elle n'avait pas pu exfiltrer autant de membres qu'elle l'aurait souhaité, car briser la loi du silence au campement relevait presque de l'impossible. Chaque fois, elle avait dû attendre, patiemment, que le bouche-à-oreille se mette en place pour pouvoir passer à l'action. Alors seulement commençait la série de rendez-vous secrets pendant lesquels elle s'efforçait de gagner leur confiance.

Mais sa stratégie était fastidieuse et ne semblait plus adaptée à la communauté actuelle, qui ne cessait de s'agrandir…

La veille, pour la première fois depuis des années, elle avait dormi d'une traite. Elle avait envie de croire que l'attaque de ces deux hommes dans sa maison y était pour quelque chose mais, au fond d'elle-même, elle savait pertinemment que la seule personne à remercier pour ce sommeil réparateur était Holt. Il avait passé la nuit sur son canapé et avait tenu sa promesse. Il n'était pas venu frapper à sa porte et n'avait rien fait qui aurait pu l'effrayer.

Et voilà qu'il allait passer une nouvelle nuit chez elle.

— En fin de compte, je suis d'accord pour que vous restiez.

Holt lui jeta un regard en coin avant de recommencer à inspecter les alentours.

— Vous venez seulement de le décider ?

C'était étonnant de voir comme elle pouvait à la fois penser du bien de cet homme et ressentir tout un tas d'agréables sentiments en sa présence, et comme, dès qu'il ouvrait la bouche, tout cela volait en éclats. La communication ne semblait pas être leur fort.

— J'ai fait quelques recherches sur la Corcoran Team…

Il se retourna vers elle avec, cette fois, un air tout à fait attentif.

— Et ?

— Je pense que ce que j'ai trouvé n'est qu'une version édulcorée de la vérité : en gros ce que vous et votre équipe voulez bien que n'importe qui découvre. Mais j'ai finalement réussi à dénicher des renseignements intéressants.

Après avoir surfé sur Internet comme tout un chacun, Lindsey avait fait appel à quelques contacts pour lui donner un coup de main et était parvenue à passer certains pare-feu. Ce qui lui avait permis d'obtenir des informations internes sur le groupe de Holt.

— On dirait que vous avez tout compris, lui répondit-il. Ce serait assez difficile de travailler comme agent infiltré — ce que nous faisons régulièrement — si n'importe qui pouvait voir nos visages partout sur les réseaux sociaux.

— C'est logique, en effet.

Et les quelques informations que Lindsey avait découvertes le confirmaient. La Corcoran Team avait travaillé pour de grandes entreprises et pour des petits gouvernements, pour le NCIS et pour des entrepreneurs gouvernementaux.

— J'ai même pu vérifier auprès de votre patron que vous étiez bien membre de cette organisation.

Lindsey n'avait vu que quelques liens concernant Connor Bowen, le fondateur et leader de la Corcoran Team, ainsi que sur un autre membre, un ancien agent du NCIS. Cette organisation pouvait donc employer deux hommes comme deux cents, le mystère restait entier.

Elle n'avait trouvé aucune information concernant leur

localisation et ignorait si le gouvernement était au courant de leur existence et de leurs actions. La seule photo de Connor Bowen en ligne représentait un homme grand, brun, plutôt beau, et Lindsey se demanda si le fait d'être sexy était un critère d'embauche pour l'équipe.

Quand elle avait entendu Connor au téléphone, sa voix calme avait confirmé son apparente assurance. Il n'avait pas semblé choqué d'apprendre que Holt avait dévoilé sa véritable identité à une inconnue, cependant il avait demandé à Lindsey de lui répéter plusieurs fois cette histoire de faux petit ami. Elle croyait même l'avoir entendu rire.

— Attendez une minute, lui dit Holt, l'air soudain stupéfait. Vous avez parlé à Connor ?

— Comme je ne trouvais aucun numéro de téléphone, je suis finalement arrivée à la conclusion que la Corcoran Team n'était pas joignable. J'étais sur le point d'abandonner quand mon téléphone a sonné, et… Surprise ! C'était Connor. Je ne vous cache pas que j'ai trouvé ça un peu flippant.

En effet, cette soudaine impression que Big Brother la surveillait l'avait un peu effrayée.

— Joel surveille chacune des recherches qui sont faites sur la Corcoran Team et se charge de découvrir l'identité de ceux qui les font. Il choisit ce qu'il veut laisser voir de notre organisation.

— Ou fait-il ses recherches ?

— Partout, lui répondit Holt en esquissant un sourire.

— Cette rétention d'informations est un tout petit peu… intimidante, lui dit-elle en se retenant d'utiliser un autre vocabulaire.

— C'est la volonté de Connor.

— Il ne semblait pas ravi de me voir fouiner, mais il a accepté de répondre à mes questions… enfin, d'une certaine manière.

— Je lui ai fait un compte rendu de la mission il y a à peine une heure…, commença Holt avant de s'arrêter brusquement.

— Il a dû m'appeler juste après. Apparemment vous lui avez dit que votre couverture était peut-être compromise.

Holt fronça les sourcils et Lindsey se fit la réflexion qu'il maîtrisait parfaitement cette expression.

— Vous employez un vocabulaire bien professionnel tout à coup.

— Ce sont ses propres mots.

— Donc maintenant que vous savez que je suis réglo, peut-on considérer que ce sujet est clos ? répondit Holt en recommençant à observer le champ avec attention.

— Pour l'instant, oui.

— Je suis clairement désavantagé, ajouta-t-il en se tournant vers elle. Vous en savez désormais beaucoup sur moi, mais vous ne m'avez toujours pas donné le moindre détail sur vous.

— Ah, vous avez remarqué ?

— Ne vous laissez pas distraire par mon corps musclé, lui répondit-il en lui adressant un clin d'œil. Je suis plus intelligent que j'en ai l'air.

— Vous n'allez pas oublier ce que je vous ai dit, n'est-ce pas ? lui répondit Lindsey, qui n'avait maintenant plus du tout envie de plaisanter.

— Certainement pas.

— Ce que je voulais dire, c'est que…, commença-t-elle pour essayer de se rattraper.

— J'ai très bien compris ce que vous avez voulu dire, répliqua-t-il en la dévisageant.

Il semblait si déterminé et il était si grand. Elle remarqua qu'encore une fois elle était bouleversée par le regard qu'il posait sur elle.

— De toute évidence, vous n'avez pas de problème de confiance en vous, rétorqua-t-elle d'un ton provocateur.

— Je sais reconnaître une attraction mutuelle quand il y en a une.

— Attraction mutuelle ?

Le terme lui sembla bien présomptueux pour qualifier ce

trouble qu'elle avait senti naître en elle depuis qu'elle avait croisé Holt en ville.

Cependant Lindsey devait reconnaître que, depuis ce jour où elle l'avait vu en train de commander un muffin et un café noir à l'épicerie où elle travaillait à mi-temps, elle n'avait plus toute sa raison. Un seul regard sur lui et toutes les promesses qu'elle s'était faites pour ne se concentrer que sur sa mission s'étaient évanouies.

— Ne changez pas de sujet de conversation, lui dit-il en hochant la tête.

— Je peux essayer.

— Vous pourriez…, commença-t-il avant de s'interrompre pour scruter les alentours à nouveau.

Lindsey suivit son regard qui fixait le hangar.

— Qu'y a-t-il ? lui demanda-t-elle en chuchotant.

— Nous avons de la compagnie.

— Vous plaisantez ?

Lindsey réprima son envie de crier puis se demanda si elle devait aller chercher son arme.

— Je surveille cette personne depuis à peu près un quart d'heure maintenant, poursuivit Holt.

Voilà qui expliquait son étrange comportement…

— Pendant que nous discutions ?

— Oui, et avant.

— Vous auriez pu me prévenir, vous ne croyez pas ?

— Je pense que nous pouvons dire que le soleil est tout à fait couché maintenant, et comme la nuit est tombée peut-être pourrions-nous rentrer à l'intérieur ? déclara-t-il en haussant légèrement la voix.

— Absolument, lui répondit-elle en pensant à nouveau à son revolver.

Même si sa voix était calme et légère, elle tremblait d'inquiétude. Holt posa ses mains sur ses épaules pour la guider vers l'intérieur puis referma la porte derrière lui.

Une fois dans la maison, il sortit une arme qui était cachée au niveau de sa cheville et elle remarqua qu'il avait maintenant deux armes en main.

Quittant son apparence d'homme calme et contemplatif qui regardait le jour décliner, Holt venait de se transformer en protecteur féroce. Et Lindsey ne put s'empêcher de le trouver encore plus séduisant.

— Vous savez comment vous en servir ? lui demanda-t-il en lui tendant un des revolvers.

— Oui.

Elle savait manier les armes. Les revolvers, les couteaux et même certains explosifs. Le règlement de New Foundations n'avait rien de subtil. Si chacun devait apprendre à se battre au camp, c'était parce que les faibles n'étaient d'aucune utilité à la cause. Mais Lindsey n'avait jamais vraiment compris de quelle cause il s'agissait.

Dès qu'elle eut l'arme en main, elle vérifia que celle-ci fonctionnait et qu'elle était bien chargée. Ce revolver ne lui appartenait pas, pourtant elle savait qu'elle serait capable d'appuyer sur la gâchette. Elle n'avait pas peur de faire ce qui était nécessaire pour se protéger.

Holt lui demanda de se placer entre le salon et la cuisine. En s'appuyant contre le mur, elle constata que, de cet endroit, elle voyait aussi bien la porte d'entrée que la fenêtre, et donc une partie du jardin.

Il était doué. Il savait exactement comment garder l'avantage dans n'importe quelle situation. Même si elle n'avait pas pensé pouvoir lui trouver de nouvelles qualités, elle devait se rendre à l'évidence ; elle le trouvait de plus en plus séduisant.

— Restez là, lui ordonna-t-il en levant la main. Si vous voyez quelqu'un et que ce n'est pas moi, tirez. Visez la jambe pour le faire tomber ou la main pour qu'il lâche son arme.

— Je suis bien meilleure tireuse que ce que vous pensez, répliqua Lindsey en se sentant légèrement vexée.

— C'est un risque d'épargner le gars mais je le veux vivant pour l'interroger, conclut Holt avant de disparaître.

Pour un homme de cette carrure, il se déplaçait étonnamment discrètement. Même les lattes du parquet restèrent silencieuses.

Lindsey avait maintenant deux possibilités : s'asseoir et attendre, ou le suivre et l'aider. Mais comme elle s'était fait la promesse, il y a quelques années, de ne plus jamais être passive, elle décida de lui emboîter le pas. Elle s'approcha lentement de la cuisine, rejoignit la porte arrière de la maison, mais ne trouva aucune trace de Holt. Il avait dû courir pour se retrouver aussi loin en si peu de temps et elle ne pouvait plus le voir.

Il l'avait félicitée pour le système de sécurité qu'elle avait installé dans sa maison, mais avait malgré tout ajouté de nouvelles lampes à détecteurs, car il restait selon lui de nombreux angles morts. Un de ces spots s'alluma tout à coup, derrière l'abri, là où elle rangeait sa tondeuse à gazon et son matériel de jardinage.

Elle plissa les yeux pour essayer de surprendre un mouvement. Elle distingua deux ombres, mais alors qu'elle était sur le point de quitter la maison pour s'élancer vers la cabane, les mots de Holt lui revinrent à l'esprit.

« Restez ici. »

5

Holt entendit la porte de la maison claquer. Il se concentra un instant et décida d'ignorer les bruits de pas pour se focaliser sur ce qu'il pouvait gérer. L'homme, qu'il avait surpris dans la cour, tapi derrière les arbres, semblait maintenant caché dans l'abri de jardin de Lindsey.

Il se demanda s'il serait plus judicieux de le faire sortir de sa planque ou bien d'aller le chercher à l'intérieur. Quoi qu'il en soit, il empêcherait ce type de s'approcher de Lindsey.

Mais en entendant cette dernière traverser la cour, il se rendit compte qu'il venait de perdre tout avantage sur son adversaire. En effet, maintenant que Lindsay était à l'extérieur, c'est elle qui devenait sa priorité.

Il lui fit signe de s'arrêter, puis, levant son arme, il s'accroupit et se glissa le long du mur de la cabane. Comme la plupart des gens tiraient à hauteur d'homme, il aurait ainsi plus de chance de s'en sortir si l'intrus décidait d'ouvrir le feu.

Quand Holt parvint à la porte d'entrée, il vit que Lindsey n'était qu'à quelques mètres seulement de lui et il lui fit à nouveau signe de s'arrêter. Elle sembla enfin saisir le message et s'immobilisa.

Holt appuya sur le bouton « alerte » de sa montre pour appeler Shane et Cam à la rescousse. Il savait qu'ils seraient discrets et qu'ils examineraient soigneusement la situation avant de tenter quoi que ce soit. Et il pouvait compter sur eux pour mettre Lindsey hors de danger s'il lui arrivait quoi que ce soit.

Le compte à rebours commença dans un silence pesant.

Après avoir jeté un dernier regard à Lindsey pour vérifier qu'elle n'avait pas bougé, Holt décida de passer à l'action. D'un coup d'épaule, il enfonça la porte et pénétra dans la cabane en hurlant. L'intrus tenta alors de s'enfuir mais Holt se jeta sur lui et l'immobilisa contre la tondeuse à gazon. Assis sur la machine, l'homme agitait ses pieds pour tenter de trouver un appui au sol, mais Holt ne lui en laissa pas la possibilité et, tout en l'agrippant par le col, il se pencha sur lui.

Le mélange de peur et de colère qu'il lut dans le regard du type le stoppa net.

— Arrêtez ! cria celui-ci en se débattant.

Holt reconnut sa voix, c'était celle d'un des deux hommes qui étaient entrés par effraction chez Lindsey, la veille. Remettre ça demandait du courage, se dit-il intérieurement. Cela révélait peut-être même une légère tendance suicidaire.

— Grant ? appela Holt en se demandant comment il avait réussi à se souvenir de son prénom.

Grant devait avoir vingt-cinq ans et n'était qu'un sous-fifre de New Foundations. Un de ces types qui se servaient de leurs poings pour compenser leur manque de discernement.

— Que se passe-t-il ? cria Lindsey en déboulant à l'intérieur.

A présent, il était temps de jouer le rôle du petit ami furieux et inquiet. Holt n'avait pas beaucoup d'expérience en la matière mais il lui sembla qu'il en voulait suffisamment à Lindsey de ne pas l'avoir écouté et de s'être jetée dans la gueule du loup pour être crédible.

— Retourne dans la maison !

— Je peux vous expliquer, commença Grant en tentant de lever une main.

— On vous écoute, lui répondit Holt en lui bloquant le bras avec son genou.

— En fait, c'est vous que je suis venu chercher, Hank, se dépêcha de répondre Grant.

— Pour quelle raison ? lui demanda Holt sans le relâcher.

Grant pouvait bien trembler et bégayer, cela ne signifiait pas pour autant qu'il ne jouait pas la comédie. Et ce type était si costaud qu'il aurait pu intégrer n'importe quelle équipe de football.

— Vous êtes censé passer vos nuits au campement, répondit-il.

Voilà qui était une nouvelle règle. Holt se demanda qui l'avait fixée et pour quelle raison.

— Personne ne m'a dit qu'il y avait un couvre-feu.

— Il n'y en a pas, répondit Grant avant de soupirer. Vous pouvez me reposer à terre ?

— Non, lui répondit Holt en se disant que c'était bien la dernière chose qu'il comptait faire.

Lindsey s'approcha d'eux et tira le revolver de Grant de la poche de sa veste.

— Je suis d'accord avec lui, dit-elle. Vous ne bougerez pas d'ici tant que vous ne nous aurez pas dit pourquoi vous traînez sur ma propriété.

En voyant Lindsey évoluer dans cette scène chaotique et violente, Holt prit soudain un peu de recul sur la situation. Ils n'avaient pas besoin d'une arrestation, seulement d'une explication.

Holt resserra sa prise sur le col de Grant.

— Je ne peux plus respirer, réussit à dire celui-ci avant de se mettre à tousser.

Holt attendit patiemment qu'il ait fini sa petite performance d'acteur pour réitérer sa demande.

— Je vous écoute.

— Quand vous êtes nouveau dans la communauté, lui répondit enfin Grant, le règlement interne veut que vous ne vous éloigniez pas du campement. Or vous ne cessez d'aller et venir depuis votre arrivée et on m'a demandé de m'assurer que vous alliez bien.

Holt n'était pas convaincu. Et vu l'expression contrariée qu'affichait Lindsey, celle-ci ne croyait pas non plus un seul mot de son baratin.

— Comment saviez-vous que j'étais ici ? lui demanda Holt.

— Le chef sait tout, lui répondit Grant en souriant.

— C'est-à-dire ? dit Holt en sentant sa patience diminuer.

— Des rumeurs courent vous concernant, vous et Mlle Pike.

Tout cela semblait cohérent mais Holt savait que l'homme mentait. Il ne voyait pas comment les gens pouvaient déjà colporter des ragots alors que cette histoire de faux petit ami ne datait que de la veille.

— Pourquoi ne pas m'en avoir parlé aujourd'hui, quand j'étais au camp ?

— Et si votre petite visite est si innocente, pourquoi ne pas être tout simplement venu sonner à ma porte ? poursuivit Lindsey.

— Ah oui, très bonne question, répondez donc à la demoiselle, soutint Holt en relâchant Grant pour qu'il puisse s'asseoir.

Grant était plus jeune et plus imposant que lui mais il lui manquait clairement plusieurs heures d'entraînement pour pouvoir exploiter l'intégralité de ses atouts physiques. Et malgré le temps qu'il devait passer au camp de New Foundations, personne ne semblait avoir pensé à le former correctement.

— Je ne savais pas si les rumeurs étaient vraies, dit Grant en haussant les épaules. Je voulais juste vérifier.

Lindsey faillit s'étrangler.

— En regardant par mes fenêtres ?

Holt savait que la situation était terrifiante pour Lindsey, mais c'était une bonne chose qu'elle prenne conscience de la dangerosité de ces types. Il avait besoin qu'elle se tienne sur le qui-vive pour pouvoir vraiment la protéger. Même si sa colère actuelle suggérait qu'elle était capable de se défendre toute seule.

— Peut-être devrions-nous appeler le shérif ? dit Lindsey, comme si elle pensait sérieusement que la police pourrait les aider. Il recherche un cambrioleur, non ?

— Ce n'était pas moi, dit Grant en levant ses deux mains en l'air. Je ne faisais que vous surveiller, c'est tout, je le jure.

Holt se demanda pourquoi ce gamin pensait que cette excuse pourrait arranger son cas.

— Est-ce que quelqu'un t'a chargé de venir ici ?

— Non, lui répondit Grant sans baisser les yeux. C'était mon idée.

Holt se demanda un instant s'il disait la vérité et recula d'un pas.

— Je sors avec Lindsey, dit-il d'une voix calme.

— Ça veut dire que vous habitez ici ? demanda Grant d'une voix tremblante.

— Ça veut dire que vous n'avez ni la permission de Lindsey ni la mienne de venir traîner par ici, ajouta Holt avant de prendre une voix plus menaçante pour tenter de l'effrayer un peu. Alors, si je vous trouve une nouvelle fois, toi ou un de tes copains, en train de fouiner dans les parages, je ne me contenterai pas d'appeler le shérif. Est-ce qu'on se comprend bien tous les deux ?

Immobile, les yeux écarquillés, Grant resta silencieux.

— Pour ma part, ajouta Lindsey, sachez que je n'hésiterai pas à vous tirer dessus.

— Vous pouvez la croire, dit Holt en souriant.

— OK, j'ai compris, soupira Grant.

— Très bien, fit Holt en reculant. Allez, maintenant, dégage.

Grant ne perdit pas de temps et se précipita vers l'extérieur en bousculant une échelle au passage.

Alors que la tension qui flottait dans l'air retombait, Holt tenta de trouver les mots justes pour faire comprendre à Lindsey qu'il n'y avait qu'un responsable ici et que c'était lui.

— Eh bien, ça s'est plutôt bien terminé, lui dit-elle soudain en le regardant droit dans les yeux.

En la voyant avec cette arme à la main et sachant pertinemment qu'elle n'hésiterait pas une seconde à s'en servir, Holt se détendit. Cette femme n'était pas du genre à se cacher sous un lit. Si elle était en danger, elle résisterait.

Plus il passait de temps avec elle, plus il la trouvait sexy.

Malgré cela, Grant n'était pas le seul à avoir besoin de se faire remonter les bretelles. Holt voulait savoir si Lindsey et lui étaient bien d'accord sur un point.

— Vous étiez censée rester à l'intérieur.

— Vous auriez pu vous douter que cela ne risquait pas d'arriver, lui répondit-elle en posant sa main sur son torse musclé. Et sachez que votre attitude de « petit chef qui donne des ordres » ne marche pas avec moi.

Oui, ça Holt l'avait bien compris.

— C'est noté.

— Je vous rappelle que cette histoire me concerne autant que vous. Nous sommes ensemble dans cette galère.

En entendant ces mots, Holt sentit une étrange sensation l'envahir, quelque chose qu'il ne parvint pas à identifier.

— A ce sujet…, commença-t-il.

— Oui ? lui retourna-t-elle en affichant soudain un air méfiant.

— Nous allons avoir de la visite.

— Un nouvel intrus ? demanda-t-elle en regardant autour d'elle.

— Non, mais je pense qu'il ne vous reste que quelques secondes avant de rencontrer le reste de mon équipe.

Holt ne pensait pas spécialement que ce soit une bonne chose mais il avait donné l'alarme et n'avait donc plus le choix.

— Je ne suis pas sûre d'être prête, lui répondit Lindsey en coinçant une mèche de ses cheveux derrière son oreille.

— Vous êtes coriace, et d'après ce que je viens de voir, je pense que vous pouvez tout supporter.

Y compris lui-même. Cette pensée troubla Holt bien plus qu'il ne l'aurait voulu.

Simon avait prévu de passer sa soirée à effectuer quelques recherches. Il avait un tas de paperasse sur Hank Fletcher à étudier. Ce type semblait avoir quelques secrets et Simon avait cherché à en savoir plus sur lui. C'était loin d'être évident mais c'était justement pour cela que Simon avait pensé que Hank serait un bon élément pour la communauté de New Foundations.

Il avait envie de donner un objectif et un foyer à cet homme, de construire avec lui une relation basée sur le respect mutuel et la loyauté. Il espérait même pouvoir lui confier suffisamment de responsabilités pour qu'il se sente en sécurité. Alors, seulement, il commencerait à semer les graines. Cette stratégie avait déjà fait ses preuves, il l'utilisait depuis des années maintenant.

Certains gars étaient plus résistants et il fallait du temps pour réussir à les convaincre. D'autres adhéraient au programme immédiatement. Quoi qu'il en soit, Simon gagnait toujours. Le temps de la soumission était pour lui révolu depuis bien longtemps maintenant.

La plupart des gens arrivaient jusqu'à New Foundations sans difficultés. Les défavorisés et les désabusés. Et parmi eux, Simon repérait parfois quelqu'un de particulier qu'il tentait alors de recruter pour la communauté.

Simon était plongé dans ses recherches quand un appel de Todd avait interrompu ses plans.

Lui et Grant se tenaient maintenant devant son bureau. Todd, confiant et débordant de colère, à côté de Grant qui, lui, regardait ses pieds. Simon savait déjà ce qu'il s'était passé mais il voulait avoir la version complète de l'histoire.

— Parle ! ordonna-t-il en regardant Grant.

— Je suis retourné chez Mlle Pike, répondit celui-ci dans un souffle.

Les mots irritèrent Simon au plus haut point. Ses ordres avaient été on ne peut plus clairs. Et personne ne lui désobéissait jamais.

— Pourquoi ?

— J'ai pensé que je pourrais obtenir des informations, répondit Grant en levant les yeux vers lui. Pour vous montrer de quoi je suis capable.

L'idée n'était pas stupide, certes, mais Simon n'avait pas besoin d'aide de la part d'un subalterne.

— Qu'est-ce qui vous fait penser que vous êtes qualifié pour élaborer des stratégies ?

Le visage de Grant perdit toutes ses couleurs.

— J'ai… J'ai suivi l'entraînement.

— Apparemment pas suffisamment, répondit Simon en

regardant Todd, puisque c'est la deuxième fois que vous échouez en deux jours. Tous les deux.

Grant avait du potentiel mais il était décevant. Simon avait choisi de le mettre en équipe avec Todd en pensant que ce serait constructif, mais Todd était du genre à former ses aspirants avec des cris et des coups. Grant ne semblait pas bien réagir à cette méthode, ce qui était tout à fait regrettable.

— Entraînement ou non, Hank t'a découvert et menacé, grommela Todd.

— Je préférerais entendre les explications de Grant, le coupa Simon en se disant qu'il faudrait injecter une petite piqûre de rappel à tous ses hommes concernant le respect des limites. Continuez, Grant.

— Je pensais que je pourrais aller jeter un œil et venir vous faire un rapport.

Simon comprit soudain qu'il n'allait pas avoir d'autre choix que de faire un exemple du cas de Grant.

— Mais tu ne m'as pas demandé la permission avant d'agir. Tu as pourtant passé quelques années dans l'armée, tu connais le principe de hiérarchie, n'est-ce pas ?

Il n'y avait pas de place pour les initiatives personnelles dans cette communauté. New Foundations n'avait qu'un chef et qu'un seul ordre du jour.

— J'ai pensé…

Simon grinça des dents.

— Ne me fais pas perdre mon temps avec tes justifications.

— Bien sûr, chef, répondit Grant en baissant une nouvelle fois les yeux.

En voyant cet homme fort s'effacer soudain devant lui, Simon eut tout à coup une idée lumineuse.

— Je te congédie, retourne au baraquement, dit-il à Grant qu'il renvoya d'un geste avant de se tourner vers l'homme sur qui, normalement, il pouvait compter pour ce genre de mission. Todd, tu restes ici.

Ce dernier garda le regard rivé sur Simon tandis que Grant quittait le bureau.

— Il m'a menti sur ce qu'il comptait faire, dit Todd dès que la porte se referma sur Grant. Je pensais qu'il retournait au réfectoire.

— Tu es responsable de lui, lui répondit Simon qui ne voulait plus entendre aucune excuse.

— C'est vrai.

— *Tu* me déçois beaucoup.

Simon savait pertinemment que ces mots allaient mettre Todd hors de lui. Il était avide de reconnaissance. Il avait grandi seul et perdu la seule chose à laquelle il tenait quand une blessure l'avait écarté de sa carrière d'agent de sécurité. Simon l'avait alors pris sous son aile et lui avait accordé toute l'attention que son ancienne entreprise avait refusé de lui offrir.

Résultat final : Todd lui devait beaucoup et il le savait.

— Oui, monsieur, dit-il en déglutissant péniblement.

— *Tu* dois réparer tout ça.

Todd acquiesça.

— Je peux consacrer plus de temps à la formation de Grant et lui imposer plus de discipline.

C'était bien trop tard pour cela. Simon avait déjà d'autres plans en tête.

— Peut-être que Grant pourrait nous aider d'une autre manière avec Mlle Pike…

— Que voulez-vous dire ? demanda Todd en fronçant les sourcils.

Plus Simon envisageait cette alternative, plus celle-ci lui plaisait. Certes, il y aurait un peu de perte et probablement même du recyclage mais cela n'était rien à côté de ce qu'il obtiendrait en échange.

— Il est temps d'envoyer un message à Lindsey Pike.

— OK, répondit Todd sans poser de questions.

— Et nous allons nous servir de Grant pour le faire, ajouta Simon en esquissant un sourire.

Lindsey Pike se retrouverait alors exactement là où Simon voulait qu'elle se trouve — au fond du piège.

6

Lindsey quitta sa maison bien avant l'aube, le lendemain matin. La veille, Holt lui avait fait de nombreuses recommandations, il lui avait dit où elle avait le droit de se rendre et avait insisté sur le fait qu'elle devait en permanence être accompagnée d'un garde du corps. D'une manière générale, Lindsey avait eu la désagréable impression qu'il lui donnait des ordres, la menaçant de lui enlever son arme si elle ne lui obéissait pas.

Ce genre de trait de caractère n'était pas ce qu'elle préférait chez un homme.

Malgré cela, elle avait acquiescé docilement, était partie se coucher, et s'était enfuie en douce ce matin. Elle savait que Holt allait se servir de la salle de bains à son réveil et pensait profiter de ce moment pour pouvoir effectuer tranquillement son trajet d'une heure dans les montagnes. Elle lui avait laissé une petite note explicative sur la table de la cuisine, mais elle se doutait que cela ne changerait rien à l'affaire : il allait être furieux.

Elle tourna à droite et avança aussi loin qu'elle le pouvait en voiture sur le chemin de terre qui menait à la petite cabane cachée sous les grands arbres. Ce lieu n'avait pas d'adresse officielle. Elle avait même découvert lors d'une précédente visite qu'il n'y avait pas de salle de bains.

Mais tout cela n'avait pas grande importance, Lindsey n'était venue ici aujourd'hui que pour voir l'homme qui se trouvait à l'intérieur, Roger Wallace. Roger avait dix-neuf ans mais il en paraissait bien moins. Il avait passé l'essentiel de sa vie dans la communauté de New Foundations et avait emménagé ici longtemps après qu'elle-même s'était enfuie du camp. C'était la première personne que Lindsey avait réussi à sauver et elle s'inquiétait pour lui car il avait manqué leurs deux derniers rendez-vous.

Elle se gara, éteignit le moteur et composa une nouvelle fois le numéro sur son téléphone jetable. Elle tapa ensuite le code d'urgence puis, après quelques minutes de sonnerie dans le vide, elle sortit de la voiture et marcha vers la maison. Elle savait que ce n'était pas le genre de lieu où entrer sans y être invitée mais elle y était déjà venue plusieurs fois et puis… Roger ne répondait pas.

Elle entendit soudain le grondement d'un moteur et le crissement de pneus sur le gravier. Elle se sentit immédiatement soulagée et jeta un regard derrière elle, pensant découvrir le camion cabossé de Roger. Mais c'était Holt, assis au volant de sa voiture noire.

Lindsey tressaillit en croisant son regard furieux et dut se retenir pour ne pas prendre ses jambes à son cou.

Holt sortit de son véhicule, claqua la portière et marcha droit vers elle. Lindsey pensa le prévenir que le terrain était truffé de pièges, mais il semblait tellement submergé par la colère qu'il ne l'entendrait probablement pas.

— Comment m'avez-vous retrouvée ? lui demanda-t-elle en décidant de prendre les devants.

— Non, Lindsey, lui répondit-il en s'arrêtant devant elle, les mains posées sur ses hanches. Non, vous n'allez sûrement pas vous en sortir comme ça.

Elle remarqua qu'il avait la voix tremblante et semblait sur le point de se consumer de rage.

Pourtant quelque chose en lui donnait à Lindsey l'envie de le bousculer. Elle ne se laisserait pas marcher sur les pieds et puis, cette manière qu'il avait de toujours traîner dans ses pattes avait le don de l'exaspérer au plus haut point. Le ton qu'il prenait pour lui parler lui donnait automatiquement envie de refuser tout ce qu'il lui demandait. Mais elle savait que c'était une réaction puérile et qu'ils étaient maintenant tous les deux en réel danger, aussi décida-t-elle de calmer le jeu.

— Je suis désolée mais je ne vois pas ce que vous voulez dire.

— Vous avez été agressée, Lindsey.

— Je me souviens oui, merci.

— Vraiment ? lui demanda-t-il sèchement.

Lindsey prit une profonde inspiration pour essayer de résister à son envie de conflit et tenta de garder le contrôle d'elle-même. En ce moment même, Roger avait peut-être de sérieux problèmes et la présence de Holt à ses côtés pouvait être une bonne chose.

— Si vous vous calmez, je peux vous expliquer.

— Je peux vous garantir que, même si je me mets à hurler, vous allez m'expliquer.

Holt ne lui facilitait pas les choses. Mais elle réussit à ne pas se laisser déstabiliser.

— Roger n'est pas venu à ses rendez-vous.

Holt resta silencieux un instant et Lindsey eut l'impression qu'il se détendait un peu.

— Dites-m'en plus.

Elle envisagea une seconde de ne pas tout lui dire mais abandonna cette idée presque aussitôt. Certes, tout lui confier pouvait mettre Roger en danger mais, d'un autre côté, Holt avait des moyens de protection qu'elle-même n'avait pas.

Elle décida donc de s'en tenir aux faits et lui fit un compte rendu détaillé de la situation.

— Roger Wallace est un ancien membre de New Foundations. Il vit aujourd'hui ici, dans cette cabane. Nous nous rencontrons lors de rendez-vous réguliers et il a manqué les deux derniers.

— Est-ce que cela lui était déjà arrivé auparavant ?

Roger travaillait avec Lindsey. Il lui fournissait les informations dont elle avait besoin pour aider d'autres membres à quitter la communauté. Incontestablement, il avait un peu de mal à s'adapter à la vie en dehors du camp, mais il était compétent et il s'était porté volontaire pour soutenir Lindsey dans sa mission.

Elle avait donc des contacts réguliers avec lui et c'était bien la première fois qu'il ne se présentait pas à leur rendez-vous. Cela faisait maintenant trois jours qu'elle n'avait pas de nouvelles de lui.

— Non, jamais, répondit-elle à Holt.

— Vous m'expliquerez plus tard comment vous l'avez rencontré.

— Je ne pense pas, le coupa-t-elle en pensant que c'était justement ce dont elle ne voulait pas lui parler.

— Mais d'abord, reprit-il sans prêter aucune attention à sa remarque, nous allons vérifier qu'il va bien.

Il passa alors devant elle et commença à se diriger vers la cabane mais Lindsey lui saisit le bras pour l'empêcher d'aller plus loin.

— Arrêtez.

— Lindsey, ne me testez pas. Vous n'imaginez pas les efforts que je fais pour prendre sur moi et ne pas vous engueuler pour votre petite escapade de ce matin.

Malgré ce qu'il disait, Lindsey remarqua qu'il semblait toujours plutôt détendu. Elle se fit la réflexion que c'était plutôt bon signe.

— Vous ne m'auriez pas autorisée à venir ici.

— C'est vrai, dit-il en se détournant pour repartir en direction de la cabane.

— Holt, arrêtez-vous, lui dit-elle en sentant l'agacement l'envahir face à son obstination. Vous allez vous mettre en danger.

— Vous voulez dire qu'il va me tirer dessus ?

Cette éventualité ne semblait pas du tout l'inquiéter. Même après n'avoir passé que quelques jours avec lui, Lindsey comprenait maintenant qu'il était le genre d'homme à penser qu'il arriverait de toute façon à ses fins, même s'il se prenait une balle. Ce dont elle ne doutait pas, il possédait en effet une incroyable confiance en lui. Elle l'observa un instant et, à nouveau, se sentit en sécurité à ses côtés.

Mais le terrain autour de la cabane était truffé d'explosifs. Arriver sains et saufs jusqu'à la porte demandait de faire de nombreux détours et de suivre un chemin bien précis. Malheureusement, sortir Roger du camp de New Foundations n'avait pas suffi à tempérer sa paranoïa.

— Roger a installé tout un système de pièges autour de sa cabane.

— Alors, partons d'ici, lui répondit Holt calmement après avoir regardé le terrain.

Lindsey ne cessait de mettre des embûches sur sa route, pourtant Holt ne paraissait jamais se démonter. C'était la première fois qu'elle rencontrait un homme comme lui. Son père avait été un homme faible et crédule. En entendant parler de la communauté de New Foundations, il avait cru que cet endroit était un paradis, un lieu sûr où ils pourraient vivre et, sans prendre le temps de réfléchir, il les avait menés droit en enfer.

— Je sais où les explosifs sont cachés, dit-elle en lui indiquant différents endroits sur le sol.

— Peut-être mais nous allons malgré tout partir d'ici.

Même si Holt paraissait sûr de lui, Lindsey vit une étrange émotion passer sur son visage. Elle se demanda s'il n'était pas en proie à un combat intérieur et décida de l'aider à se décider.

— D'abord je me fais agresser chez moi et maintenant c'est Roger qui manque nos rendez-vous.

— Vous pensez qu'il a des ennuis ? lui demanda Holt en la regardant dans les yeux.

— J'en suis certaine.

— OK, parlez-moi de ces pièges, lui dit-il en se rapprochant d'elle.

— Les explosifs sont enterrés en suivant la forme d'un X, lui répondit-elle en dessinant la forme dans la paume de sa main. La plupart sont disposés au milieu de l'allée et suivent une ligne qui part de cet arbre.

Elle lui montra un étrange buisson aux feuilles orangées qui détonnait au milieu de toute cette verdure.

— J'ai compris.

— Il y a des pièges à fil et je ne sais quoi d'autre dans les bois aux alentours. Si nous restons sur le chemin et évitons les zones dont je viens de vous parler, ça va aller.

— Vous l'avez déjà fait, n'est-ce pas ?

— Je viens ici pour voir Roger toutes les semaines, lui répondit-elle en se disant que cela ne l'empêchait pas d'être terrifiée à chaque fois.

— Est-ce que vous l'avez aidé à sortir du camp ? lui demanda Holt en plissant les yeux. Est-ce que c'est ça votre secret ? Est-ce pour cette raison que quelqu'un là-bas veut mettre la main sur vous ?

Le souvenir de sa vie dans la communauté de New Foundations la fit frémir.

— Je ne pense pas que ce soit le bon moment pour avoir cette conversation, lui répondit-elle sèchement.

— Probablement, mais je crois que nous devrons trouver l'occasion de le faire. Je n'aime pas ça.

— Quoi ? Ne pas avoir le contrôle de la situation ? lui demanda-t-elle, même si elle savait que cela signifiait qu'il était d'accord pour continuer.

Holt n'était pas du genre à fuir devant une situation potentiellement dangereuse. Elle non plus. Plus maintenant.

Il la regarda fixement.

— Ajoutons cela à la longue liste de choses dont nous allons devoir discuter plus tard.

Lindsey eut soudain le sentiment qu'il n'allait pas oublier, malheureusement.

— Pour votre information, je ne suis pas particulièrement impatiente d'avoir cette conversation.

— C'est vous qui avez déclenché la guerre en laissant cette note, lui dit-il en se raclant la gorge. Vous avez vraiment pensé que me dire de ne pas m'inquiéter allait fonctionner ?

Lindsey ne pouvait pas vraiment répliquer. Elle avait procédé ce matin comme elle le faisait toujours, à savoir en passant à l'action, le plus discrètement possible. Et si elle avait agi en solitaire, c'est parce qu'elle ne savait pas faire autrement.

S'habituer à avoir un homme à ses côtés n'était pas une chose aisée pour elle, cela allait lui demander du temps. Mais ce qui l'inquiétait vraiment c'était de savoir que lorsqu'elle serait habituée à sa présence il déciderait de la quitter.

Et il n'était pas question qu'elle ait une peine de cœur. Elle savait en reconnaître les signes avant-coureurs mais elle ignorait la façon dont elle pouvait les éviter.

— Vous voyez ça ? lui dit-elle en lui indiquant des morceaux de rubans aux couleurs déteintes accrochés en haut de l'arbre, puis une ligne presque invisible sur le sol.

— Ce sont les pièges.

Lindsey avait mis du temps à percer le secret du système de Roger. Et chaque fois qu'elle lui rendait visite, ce dernier sortait de sa cabane et venait l'escorter.

— Vous reconnaissez la configuration ?

— Bien sûr, lui répondit-il.

— Ce n'est pas si évident, vous savez… La plupart des gens ne connaissent pas forcément le fonctionnement des pièges et des explosifs.

— Lindsey, je ne pense pas que nous ayons les mêmes fréquentations.

— Je…, commença-t-elle à dire en avançant sur le chemin.

— Attendez ! la coupa-t-il en la saisissant par les épaules.

Il passa un bras autour de sa taille et l'attira contre lui.

— Ne posez pas le pied à terre.

Lindsey baissa les yeux et remarqua le mince fil qui dépassait de l'amas de graviers. Elle comprit immédiatement de quel genre de fil il s'agissait car Roger lui en avait déjà montré. Mon Dieu, elle avait bien failli marcher sur le déclencheur.

Sentant les battements de son cœur s'accélérer, elle serra le bras de Holt.

— Il ne devait pas y en avoir à cet endroit.

Comme si elle était aussi légère qu'une plume, Holt la

souleva du sol puis recula de quelques mètres, les mettant ainsi tous les deux hors de danger.

A la seconde où les bras musclés de Holt l'enveloppèrent, Lindsey sentit sa peur diminuer. Elle essaya de respirer calmement mais, quand Holt la redéposa à terre, elle sentit ses genoux flancher. Ayant l'impression soudaine qu'elle n'avait plus aucune force, elle fut prise d'un vertige et se blottit contre lui.

— Est-ce que ça va ? lui demanda-t-il en la regardant avec inquiétude.

— Pas vraiment, lui répondit-elle d'une voix blanche.

— On dirait que votre ami a décidé de changer sa petite organisation.

En effet les pièges semblaient avoir été déplacés et c'était une très mauvaise nouvelle, pensa Lindsey avec angoisse. Car ce ne pouvait être l'œuvre de Roger, jamais il n'aurait pris le risque de la mettre en danger.

— Non, ce n'est pas lui.

Holt tenait toujours Lindsey serrée dans ses bras puissants et c'était grâce à lui qu'elle pouvait tenir debout.

— Nous ne sommes pas dans un film, Lindsey. Si vous marchez là-dessus, vous allez mourir. Il n'y a aucun moyen de le désamorcer.

— Je suis à la fois exaspérée et heureuse que vous sachiez cela, lui répondit-elle en se disant qu'il avait tout d'un monsieur Je-sais-tout.

Malgré cela, elle devait reconnaître qu'en ce qui concernait le combat ou la survie il était définitivement l'homme qu'elle voulait avoir à ses côtés.

Mais il devait comprendre qu'elle avait une obligation envers Roger. Et qu'elle la prenait très au sérieux. Roger était pour elle comme un ami, même si elle n'était pas sûre qu'il soit capable d'avoir des relations amicales avec quiconque. Mais ils travaillaient ensemble, Lindsey tenait à lui et elle devait s'assurer qu'il était sain et sauf.

— Je suis désolée mais je ne peux pas faire demi-tour, dit-elle à Holt en le regardant droit dans les yeux.

— OK, lui répondit Holt en passant devant elle. Alors, suivez-moi. Glissez vos doigts dans ma ceinture et posez vos pieds dans mes traces. Quand je lève un pied, vous posez le vôtre à la place, d'accord ?

Ce n'était pas juste. C'était Lindsey qui devait prendre ce risque, pas Holt. Pourtant son ton déterminé lui indiqua qu'il n'était manifestement pas la peine d'en discuter.

— D'accord, dit-elle docilement.

— Nous allons marcher très lentement.

Et c'est ce qu'ils firent. Lindsey eut l'impression de mettre des heures à remonter ce fichu chemin. Holt mesurait chacun de ses mouvements et observait sans cesse les alentours. Parfois plusieurs minutes s'écoulaient entre deux pas.

Chaque fois qu'il posait son pied au sol, il faisait une marque à côté de son empreinte. Sans doute des repères pour leur trajet de retour.

Quand ils arrivèrent enfin devant la cabane, elle lâcha la ceinture de Holt. Mais au lieu d'être soulagée, la panique la submergea. Roger ne semblait pas être chez lui. Pourtant, elle voyait son camion, garé derrière le bâtiment, à l'endroit habituel. Elle n'avait d'ailleurs jamais compris comment il arrivait à rouler jusqu'ici en évitant les explosifs…

— Quelque chose ne tourne pas rond, murmura-t-elle.

— La porte d'entrée est ouverte.

Lindsey suivit le regard de Holt et observa la porte, qui semblait fermée.

— Comment le voyez-vous ?

— Elle n'est pas alignée, dit-il en tendant le doigt. Il y a aussi un piège sur la dernière marche des escaliers, c'est normal ?

— Non, il n'y en a jamais eu, mais comment l'avez-vous…

— Une vue parfaite et une formation hors de prix, lui répondit Holt en scrutant à nouveau les alentours avec attention. Appelez-le.

— Roger ! Roger !

Lindsey hurla son nom plusieurs fois, mais hormis quelques oiseaux qui s'envolèrent au-dessus des arbres, rien ne bougea.

Roger ne sortit pas sur son perron pour les menacer, réaction à laquelle elle s'était attendue vu qu'elle était accompagnée d'un étranger.

— Est-ce que ce Roger est du genre à aller voir des amis ?

— Pas du tout.

— Alors, suivez-moi, allons par là.

Au lieu de monter les quelques marches du perron, comme aurait fait n'importe qui, Holt décida de prendre l'escalier qui se trouvait sur le côté du porche. Il se pencha, regarda sous les lattes et tapa dessus avec un bâton. Puis il lui fit signe de monter.

Le fait de passer la première lui noua l'estomac. Elle avait peur de poser le pied au mauvais endroit ou d'y mettre trop de poids. Retenant sa respiration, elle gravit les marches d'un pas prudent et attendit que Holt la rejoigne.

Une fois sous le porche, celui-ci contourna les quelques pots ébréchés et sales qui semblaient entassés négligemment dans un coin mais qui constituaient en réalité un autre système d'alerte élaboré par Roger pour d'éventuelles intrusions.

— Est-ce que vous remarquez quelque chose d'inhabituel ? lui demanda Holt.

Lindsey savait que l'endroit paraissait en désordre mais il avait toujours été ainsi. Ce qui était anormal, c'était cette sensation de picotement qu'elle ressentait dans la nuque. Elle savait maintenant reconnaître les signaux de panique que lui envoyait son corps et ne les ignorait plus.

Même si elle se doutait que Holt était le genre d'homme à n'accorder d'importance qu'à des choses concrètes, elle décida malgré tout de lui en parler.

— Tout est comme d'habitude, pourtant je sens que quelque chose ne va pas…

— Je pense que nous devrions nous fier à votre instinct sur ce coup-là, lui répondit-il en lui tendant la main. Restez derrière moi et regardez bien où vous mettez les pieds.

Il poussa la porte d'entrée, qui s'ouvrit sans même qu'il ait besoin de tourner la poignée.

— Merde…, souffla-t-il après avoir fait un pas à l'intérieur.

— Quoi ?

En jetant un œil par-dessus son épaule, elle découvrit avec effroi qu'il y avait sur le sol une immense tache sombre qui semblait à chaque seconde s'agrandir un peu plus.

— Est-ce que c'est…

Réprimant une soudaine envie de vomir, elle ne put terminer sa phrase.

— Je pense que c'est du sang, lui dit Holt en serrant un moment sa main dans la sienne avant de la relâcher. Et il y en a beaucoup.

Lindsey le regarda chercher son téléphone dans sa poche, composer un numéro et raccrocher sans attendre. Puis il commença à prendre des photos. Chaque angle de vue lui semblait déplacé. Elle ne lui avait encore jamais vu pareille attitude, il semblait être devenu froid et insensible.

— Qu'est-ce que vous faites au juste ? lui demanda-t-elle en lui saisissant le bras pour tenter de l'entraîner à l'extérieur.

— Je viens d'appeler Cam et maintenant je m'efforce de garder ce lieu intact jusqu'à ce qu'il arrive, lui répondit-il en restant à sa place.

— Quoi ?

Elle ne comprenait absolument rien à son charabia.

— Cam est un de mes hommes. Vous étiez censée le rencontrer l'autre soir mais Shane et lui étaient finalement rentrés au camp de base.

— Je me souviens, oui.

— Nous avons besoin que des experts passent au crible cet endroit pour rechercher des indices avant que le shérif Carver et sa bande d'attardés ne débarquent ici en trombe, ajouta-t-il calmement. Et Cam et Shane sont ce qu'on peut appeler des experts.

L'idée même de l'arrivée imminente de tous ces hommes donna le tournis à Lindsey. En s'appuyant contre la porte d'entrée pour tenter de conserver son équilibre, elle remarqua soudain qu'une chemise était roulée en boule à ses pieds.

— C'est la chemise de Roger…

— Ne touchez à rien ! lui ordonna Holt sans la laisser finir sa phrase.

— C'est une preuve ?

— Ou un nouveau piège. Je ne sais pas ce que nous cherchons exactement.

Encore une fois, Lindsey se sentit confuse, la situation ne lui semblait pas si complexe.

— C'est une scène de crime, dit-elle doucement.

— Probablement, lui répondit-il en lui montrant du doigt une lampe à moitié tombée sur le côté et les coussins du canapé qui étaient bizarrement disposés. Mais j'essaie de comprendre s'il s'agit d'une mise en scène.

Un souvenir revint soudain à la mémoire de Lindsey. L'accident de voiture de Roger… Comment il avait récupéré son propre sang et l'avait gardé pendant des semaines.

— Oh…

— Qu'y a-t-il ? lui demanda Holt en la regardant.

— Pour s'évader du camp de New Foundations, Roger a simulé sa propre mort. Et je l'ai aidé à le faire. En fait, c'est pour cette raison que je reste à Justice, c'est ma mission.

Holt ne montra aucun signe d'étonnement.

— Je m'en doutais.

Et voilà, elle venait de lui confier son plus grand secret. Une information qui lui révélait qui elle était vraiment et qui allait inévitablement soulever beaucoup d'interrogations.

— C'est tout ce que vous trouvez à dire ?

— Quand nous aurons notre petite discussion, nous en reparlerons, lui répondit-il en hochant la tête.

— Et maintenant ? lui demanda-t-elle en se disant que cette conversation risquait d'être très longue.

— Maintenant nous allons sortir d'ici et laisser mes hommes examiner la scène. Ils vont effacer tout ce qui vous implique et tout ce qui pourrait concerner le passé de Roger, car j'imagine que vous voulez continuer à cacher ce que vous venez de me dire ?

— Absolument.

— Alors ne bougez pas, ajouta-t-il en faisant craquer le parquet sous ses pas. Je ne plaisante pas.

— J'ai décidé de vous écouter à présent.

— J'aimerais vous croire, répondit-il en lui lançant un regard suspicieux.

Elle le regarda se déplacer dans la petite cabane qui n'était constituée que de deux pièces. Holt inspecta l'endroit dans son intégralité et prit quelques nouvelles photos avant de revenir se placer devant elle.

— Il n'y a pas de corps. Pourtant il y a de nombreux signes de lutte mais pas de marques qui indiqueraient qu'on ait traîné un corps ici ou à l'extérieur.

Lindsey se demanda comment il pouvait avoir déduit tout cela après avoir fait un tour aussi rapide des lieux.

— C'est horrible.

— Je ne peux pas dire le contraire, lui répondit-il en jetant un œil à sa montre. Allez, il est temps de partir.

Lindsey ne lui posa aucune question, en partie parce qu'elle ne voulait pas rester plus longtemps dans cet endroit macabre, dans cette cabane saccagée avec tous ces papiers éparpillés partout et surtout devant cette immense tache de sang. Elle se demanda si elle réussirait à oublier cette vision ou si elle allait la hanter pendant le reste de ses jours.

Holt avait évoqué le trajet de retour comme si cela allait être la chose la plus simple du monde. Pourtant, retourner jusqu'à leurs voitures leur prit presque autant de temps qu'à l'aller. Et le fait que Lindsey ne puisse s'arrêter de trembler comme une feuille n'avait rien arrangé. Le peu de sang-froid qu'elle avait réussi à conserver dans la cabane l'avait abandonnée et la panique la rendait maintenant chancelante.

Quand elle arriva enfin devant sa voiture, elle chercha ses clés mais les laissa tomber par terre. Quand elle réussit à les rattraper, elles tremblaient tellement dans la paume de sa main que Holt s'en empara délicatement. Quand il lui suggéra de monter avec lui en voiture — ses hommes ramèneraient la sienne chez elle — elle accepta sans rechigner.

La route jusqu'à chez elle lui sembla infiniment longue. Lindsey avait redouté que Holt ne souhaite commencer leur fameuse conversation mais il ne le fit pas. Au lieu de ça, malgré la saison, il alluma le chauffage, mit la radio en marche et elle comprit qu'il faisait son possible pour tenter de la réconforter.

Il ne la bombarda pas de questions, n'exigea aucune explication et lui laissa simplement le temps de reprendre le contrôle d'elle-même et de ses émotions.

Mais en arrivant devant sa maison, alors qu'elle était sur le point de le remercier, elle aperçut tout à coup un homme sur son perron. Grand, presque aussi robuste que Holt, il se tenait les mains sur les hanches, les jambes écartées, dans cette position qu'elle connaissait bien maintenant.

Il était très beau, très musclé et avait un sourire charmant, contrairement à Holt qui, lui, affichait la plupart du temps un air sévère.

— Qui est-ce ? demanda-t-elle.

— Il est avec moi, lui répondit Holt en garant la voiture. Mais ce n'est pas bon signe qu'il soit là.

C'était la dernière chose qu'elle voulait entendre. Elle tenta de poser une question mais ne réussit pas à parler et décida d'utiliser ce qu'il lui restait d'énergie pour tenter de sortir tant bien que mal de la voiture.

— Que se passe-t-il ? demanda Holt à l'homme tout en marchant droit vers lui. Tu étais supposé aller récolter des indices avec Cam à la cabane.

— Madame, dit l'homme en faisant un signe du menton en direction de Lindsey avant de se retourner vers Holt. Nous avons un nouveau problème.

— Un autre ? soupira Holt.

— Qu'y a-t-il ? demanda vivement Lindsey.

L'homme la regarda un instant avant de lui répondre :

— Eh bien, madame, un corps aurait été découvert sur votre propriété.

7

Le cerveau en ébullition, Holt ne savait plus quoi penser. Trop de questions restaient sans réponses... Il avait besoin d'en savoir plus sur ce Roger et sur son évasion du camp de New Foundations. Et il avait également besoin d'en savoir plus sur Lindsey. Car il ne pouvait plus l'ignorer : il rêvait de pouvoir lui faire l'amour. L'embrasser, la porter jusqu'à un lit, la caresser et... lui parler. Il y avait tant de choses qu'il ignorait d'elle.

Marchant à présent en direction du petit lac qui se trouvait sur les terres de Lindsey, il regarda cette dernière qui avançait aux côtés de Shane et eut une étrange impression. Lorsqu'il les avait présentés l'un à l'autre, il avait volontairement ignoré le regard chargé de sous-entendus que lui avait lancé Shane.

Tous deux étaient amis depuis longtemps. Ils s'étaient connus à l'armée et avaient servi leur pays ensemble pendant un moment. A présent, ils faisaient partie de la même équipe, avaient les mêmes objectifs dans la vie et passaient la plupart de leur temps libre ensemble.

Ils partageaient également la même vision des choses sur les relations amoureuses : à savoir qu'ils préféraient ne pas en avoir. Cam avait fait partie de leur club de célibataires endurcis jusqu'au jour où il avait rencontré Julia et avait alors complètement perdu la raison.

Holt avait constaté les ravages de l'amour sur les hommes de la Corcoran Team — qui étaient les types les plus coriaces qu'il connaisse. Des hommes intelligents et forts devenaient l'ombre d'eux-mêmes lorsqu'ils essayaient de conquérir le cœur des femmes.

Et, même s'il avait pour habitude de plaisanter avec Shane à ce sujet, Holt trouvait surtout ces histoires très embarrassantes et il ne voulait rien avoir à faire avec ce genre de choses.

L'idée de devenir vulnérable ou de vouloir faire passer une femme avant tout le reste le consternait. Cependant, il devait reconnaître qu'il appréciait la plupart des femmes de ses amis et qu'il comprenait même les raisons pour lesquelles ceux-ci en étaient tombés amoureux. Les atomes crochus entre eux étaient le plus souvent flagrants.

Mais les épreuves que ces couples devaient traverser pour être ensemble n'avaient aucun sens pour Holt. Quelle personne saine d'esprit s'infligerait sciemment un tel supplice ? Lui n'avait encore jamais croisé aucune femme capable de remettre en cause ses certitudes.

Jusqu'à Lindsey.

Jamais encore Holt n'avait rencontré quelqu'un comme elle et, même maintenant, alors qu'ils venaient d'apprendre de nouvelles informations inquiétantes, il ne pouvait penser à autre chose qu'à elle. Il se remémorait toutes les choses qu'elle avait pu dire et le comportement qu'elle avait adopté en situation de danger. Lindsey paraissait forte et responsable mais pourtant extrêmement sensible. Et c'était justement cette ambivalence qui l'avait fait chavirer.

Pas question, en revanche, que quiconque s'en aperçoive.

— C'est sûrement Roger, murmura Lindsey en brisant le silence.

— Nous ne le savons pas encore, lui répondit-il même s'il pensait la même chose qu'elle.

Personne ne pouvait s'en sortir vivant après avoir perdu autant de sang. Et Roger avait beau avoir déjà mis en scène sa propre mort, ce qu'ils avaient découvert semblait bien plus professionnel.

Shane écarta quelques branches sur leur passage et continua

d'avancer sans dire un mot, comme s'il ne voulait pas les interrompre dans leur discussion.

— J'aurais dû aller le voir bien plus tôt, murmura Lindsey en secouant la tête.

Sans réfléchir, Holt lui prit la main. Il entrelaça ses doigts avec les siens et sentit la fraîcheur de sa peau. Lindsey sursauta mais accepta son étreinte. Ne trouvant rien à dire de pertinent, Holt décida de rester silencieux.

Bientôt, ils arrivèrent sur la rive du lac et il aperçut le corps dont Shane venait de leur parler. L'eau clapotait contre les jambes d'un homme qui était manifestement mort depuis un moment. Plutôt costaud, celui-ci était recroquevillé sur lui-même et semblait trempé. S'était-il noyé ? C'était impossible à déterminer avant l'autopsie.

Lindsey s'était figée. Holt ne s'en était pas rendu compte mais elle avait lâché sa main. En se tournant vers elle, il vit qu'elle était blanche comme un linge.

— Que se passe-t-il ? lui demanda-t-il en ayant subitement peur qu'elle ne s'évanouisse.

— Ce n'est pas Roger.

— Et ce n'est pas une bonne nouvelle ? leur demanda Shane.

Holt ne savait pas trop quoi en penser. Il aurait été logique que ce corps soit celui de Roger. Le corps d'un inconnu sur la propriété de Lindsey soulevait beaucoup de nouvelles questions et faisait monter d'un cran la dangerosité de la situation.

Holt préférait connaître l'identité de ses adversaires et leurs buts, quels qu'ils soient. Quelqu'un qui avait un plan pouvait en effet être facilement arrêté, il suffisait de trouver le bon appât. Mais ce n'était pas aussi évident avec ceux dont on ignorait les motivations.

Plutôt que de se perdre en suppositions, Holt décida donc de passer à l'action. Il enjamba le corps en prenant soin de ne pas le déplacer et s'accroupit pour l'observer. Visiblement, l'homme avait été abattu d'une balle dans la tête et Holt chercha d'autres éventuelles blessures sur son corps. Mais l'eau du lac l'avait apparemment entièrement nettoyé.

Il prit de nouvelles photos avec son smartphone et les transféra à Connor pour qu'il les étudie. Enfin, il regarda le visage de l'homme et l'identifia immédiatement. Il se souvint des conversations et des altercations qu'il avait eues avec ce type. Et des menaces qu'ils s'étaient lancées la dernière fois qu'ils s'étaient vus.

Une chose était claire, rien ne serait plus comme avant… Lindsey ne pourrait plus se cacher. Holt pria pour que sa propre couverture tienne encore le coup et qu'elle puisse lui permettre de résoudre cette affaire.

Il fit signe à Lindsey de s'approcher et celle-ci accepta l'aide que lui proposait Shane pour avancer jusqu'au corps.

— Qui est-ce ? demanda-t-elle en trébuchant sur un rocher.

— C'est Grant, dit Holt en se relevant.

— L'homme qui vous a attaqués chez Lindsey et que tu as ensuite surpris en train de vous épier…, commenta Shane en observant le corps à son tour.

— On lui a tiré une balle dans la tête, ajouta Holt.

— Holt dit que vous êtes une bonne gâchette, demanda Shane à Lindsey. Où se trouve votre arme ?

— Chez moi… Mais, vous ne pensez quand même pas que c'est moi qui l'ai tué ?

— Non, mais d'autres pourraient le croire.

Holt comprit soudain ce à quoi pensait Shane. Cette scène avait tout d'un piège.

— Pour quelles raisons aurais-je voulu tuer cet homme ? cria soudain Lindsey, manifestement en proie à un élan de panique.

— Quelqu'un trouvera bien une explication, lui répondit Shane.

— C'est-à-dire ? lui demanda Lindsey.

— C'est-à-dire qu'on vous a tendu un piège, lui répondit Shane sans mâcher ses mots.

— C'est ridicule ! dit Lindsey en éclatant d'un rire nerveux avant de se retourner vers Holt. Attendez, vous pensez la même chose ?

— Je pense que Grant était dans le collimateur de quelqu'un au campement de New Foundations, lui expliqua-t-il calmement afin de ne pas l'effrayer davantage. Et qu'il a peut-être été exécuté car il n'a pas réussi à vous enlever l'autre nuit.

Bien qu'elle lui ait fait un signe du menton pour acquiescer, Holt savait que Lindsey n'avait toujours pas compris les enjeux de la situation. Elle semblait en état de choc, probablement à cause de l'extrême violence des événements dont elle avait été témoin. Et Holt comprenait que les gens normaux ne puissent décrypter des stratégies aussi machiavéliques.

— Et maintenant, son corps est sur votre propriété, continua Holt.

— Ils veulent vous faire passer un message, ou vous tendre un piège… Peut-être même les deux, ajouta Shane en prenant une voix plus douce.

Pendant un instant, Lindsey fixa du regard les vaguelettes qui venaient s'échouer sur le rivage puis elle se retourna vers Holt.

— OK, et qu'est-ce qu'on fait maintenant ?

— Nous allons chercher ton arme et…, commença Holt.

— Je vous parie un millier de dollars qu'elle ne sera pas à sa place, le coupa Shane en esquissant un sourire.

— Ma maison est équipée d'un système de sécurité, lui répondit Lindsey en secouant la tête.

— Et ? ricana Shane. Vous ne le savez peut-être pas mais c'est simple comme bonjour de désamorcer ce genre de choses.

— Ensuite, nous appellerons le shérif Carver, continua Holt en ignorant la remarque de Shane.

Holt pensa que Lindsey allait protester mais elle hocha la tête calmement.

— Il ne nous sera d'aucune utilité.

Holt comptait justement sur l'incompétence de ce type pour faire progresser l'enquête lentement. Si tout se passait comme il le prévoyait, celui-ci ne comprendrait que tardivement l'implication supposée de Lindsey dans ce meurtre.

— C'est ce que nous pouvons espérer de mieux, répondit-il

à Lindsey. Je pense en effet que le fait que le shérif soit un peu long à la détente est une véritable aubaine pour nous.

— Eh bien, commenta Shane en fronçant les sourcils. On dirait que ce n'en est pas une pour la ville de Justice.

— C'est la raison pour laquelle nous sommes venus donner un coup de main, lui répondit Holt.

Dès le premier regard, Simon avait compris à quel point le shérif Carver allait être facile à manipuler. S'il avait réussi à cerner la personnalité du vieux Carver et qu'il appréciait sa manière de voir les choses — ce dernier avait bien compris que le monde ne se résumait pas en deux clans, les gentils et les méchants —, Simon n'avait jamais pu vraiment se servir de lui. Mais cela avait été chose aisée avec son rejeton.

Le jeune shérif savait qu'il devait obéir s'il ne voulait pas s'attirer de nombreux ennuis. D'un mouvement du menton, Simon lui fit signe de s'asseoir.

— Que se passe-t-il, shérif ? lui demanda-t-il sèchement.

— Il y a eu du grabuge chez Lindsey Pike.

Simon savait pertinemment qu'un corps avait été retrouvé là-bas. A présent, Lindsey n'allait plus pouvoir se dérober et c'était exactement le but de cette petite opération.

— Ne nous étions-nous pas déjà dit que vos allées et venues dans mon bureau en pleine journée n'étaient pas une bonne idée ?

— J'ai suivi à la lettre les recommandations que vous m'aviez faites, répondit Carver. Personne ne pense que je suis ici pour parler de boulot, j'ai clairement spécifié qu'il s'agissait d'une visite amicale.

C'était véritablement une bonne chose de s'entourer de gens qui savaient respecter les règles, se dit Simon. Surtout quand, en prime, ils étaient faciles à corrompre.

— Dites-m'en plus sur Lindsey Pike.

— Il y a eu un meurtre et il vous implique, lui répondit Carver.

— Comment ça ?

— Il s'agit de Grant.

Simon ne fut pas surpris, c'est lui qui avait donné l'ordre de le tuer. Il était seulement reconnaissant que tout se soit passé comme prévu.

— Expliquez-moi ce que c'est que cette histoire.

— Quelqu'un a tiré une balle dans la tête de Grant et a déposé son corps sur le rivage du lac qui se trouve à côté de la maison de Lindsey Pike.

Simon n'avait que faire de toutes ces informations. La seule chose qui l'intéressait était de savoir de quelle façon il allait pouvoir obtenir ce qu'il voulait de Lindsey.

— Et qu'a-t-elle vu ?

— Rien, répondit le shérif en fronçant les sourcils.

— Et Hank ?

Simon savait que Lindsey et Hank seraient en mesure de fournir des alibis puisqu'ils étaient probablement ensemble. Mais il pensa soudain que cela ne les innocenterait pas pour autant… Ils pouvaient tout à fait avoir tué Grant tous les deux.

— Vous êtes au courant pour eux deux ? demanda le shérif qui, manifestement, essayait de comprendre où voulait en venir Simon.

— Je sais tout des gens qui vivent ici. Je connais tout de leurs vies, chaque détail, chaque secret.

— Une enquête va être ouverte.

Enfin une information qui intéressait Simon.

— Est-ce que Lindsey a un alibi ? demanda-t-il au shérif en se laissant aller en arrière dans son fauteuil.

— Je vous demande pardon ? demanda Carver en écarquillant les yeux.

— J'ai entendu dire qu'elle était douée pour le tir.

— Comme beaucoup de monde dans la région, y compris pas mal de gens de votre communauté.

— J'allais justement vous dire la même chose, lui répondit Simon en décidant de ne pas laisser l'esprit du jeune shérif se perdre dans cette direction. Mais Grant a eu quelques problèmes lorsqu'il lui a rendu visite chez elle.

— C'est-à-dire ?

Simon dut se retenir pour ne pas sourire. Comme prévu, le shérif avait mordu à l'hameçon.

— Il s'est rendu chez Lindsey Pike pour parler boulot avec Hank. Mais Hank et Lindsey l'ont menacé.

— Que lui ont-ils dit ? demanda Carver en s'avançant vers Simon.

— Je n'étais pas là, mais j'imagine que Hank a dû lui demander de rester éloigné de sa femme. Quant à Lindsey, eh bien…

Simon s'interrompit un instant et tapota le bout de son stylo sur son accoudoir.

— Quoi ?

— Elle a menacé de tuer Grant.

Le shérif eut un mouvement de recul.

— Mais pourquoi ferait-elle une chose pareille ?

— J'ai découvert, trop tard malheureusement, que Grant s'était amouraché d'elle. Je crois qu'il la suivait un peu partout…

Simon s'interrompit à nouveau et hocha la tête pour renforcer son effet, avant de reprendre :

— Si j'avais su cela avant, j'aurais pu faire quelque chose pour éviter cette tragédie.

— Vous voulez dire qu'il la harcelait ? demanda le shérif en se levant brusquement de sa chaise.

— Non, pas à ce point, mais vous pouvez imaginer ce qu'il a dû ressentir quand il a appris que Lindsey sortait avec Hank.

— Grant vous a-t-il dit qu'il avait peur de Hank ?

C'était une supposition logique et Simon décida de garder cette hypothèse dans un coin de sa tête. Si besoin était, il pourrait orienter l'enquête dans cette direction mais, pour le moment, il voulait que ce soit Lindsey qui soit sous les feux des projecteurs.

— Non, je crois que, malgré son béguin pour elle, c'est surtout Lindsey qu'il redoutait.

Carver inclina la tête en avant, manifestement pour réfléchir à tout ce que cela impliquait, et Simon se fit alors la réflexion qu'il ressemblait malgré tout à son père.

— OK…, soupira le shérif. Je vais m'occuper de tout ça.

Simon leva ses deux mains en l'air avant de lui répondre :

— C'est tout ce que je vous demande.

8

Maintenant que la police avait quitté les lieux et que le corps de Grant avait été emmené à la morgue, Lindsey faisait les cent pas dans sa chambre. Il était presque 2 heures du matin, mais elle ne parvenait pas à trouver le sommeil. Chaque fois qu'elle fermait les yeux, elle revoyait le corps inerte de Grant. Même s'il l'avait menacée et effrayée, jamais elle n'avait souhaité sa mort.

Elle devait à tout prix trouver un moyen de s'occuper l'esprit. Peut-être que la télévision ou un livre lui permettraient de ne plus être assaillie par ces visions sanglantes. En temps normal, elle serait allée dans son salon, mais c'était impossible ce soir. Elle ne pouvait pas déambuler comme d'habitude dans sa maison alors que deux hommes dormaient dans la pièce voisine, l'un sur son canapé et l'autre au sol.

Après cette terrible journée et l'interrogatoire que lui avait fait subir le shérif, elle avait presque regretté de ne pas avoir révélé la véritable identité de Holt aux autorités et avait ressenti le besoin de s'isoler. Mais à présent elle tournait dans sa chambre comme un lion en cage et elle avait l'impression qu'elle allait devenir folle.

Elle était seule dans la pièce, seule dans son grand lit, tandis que deux hommes costauds étaient installés tant bien que mal dans son petit salon avec tout un tas de couvertures et d'oreillers. Même si cela n'avait pas semblé leur poser de problème, elle ne pouvait s'empêcher de penser qu'il devait exister une solution plus adaptée… Pourtant elle avait beau se creuser la tête, elle ne trouvait pas la solution idéale.

Bien que ce ne soit tout à fait vrai : en réalité, Lindsey savait très bien ce qu'elle voulait. Que Holt soit ici avec elle.

A peine eut-elle le temps de repousser cette pensée qu'un bref coup fut frappé à sa porte. Après avoir jeté un coup d'œil rapide à son pyjama léger et court, elle ouvrit la porte. Holt se tenait devant elle, seulement vêtu d'un T-shirt et d'un boxer, et la dévisageait, son arme à la main.

— Est-ce que tout va bien ? lui dit-il d'une voix inquiète.

Elle se demanda un instant si elle n'avait pas malencontreusement parlé à voix haute… Ce ne serait pas la première fois, c'était une des conséquences de la vie en solitaire.

— Oui, pourquoi ?

— Vous ne cessez de vous agiter dans votre chambre.

Elle baissa les yeux, contempla ses orteils vernis de rose et se demanda comment il avait pu l'entendre alors qu'elle était pieds nus.

— Comment le savez-vous ?

— Je suis au courant de chacun de vos mouvements, lui dit-il en la regardant de la tête aux pieds.

Lindsey eut l'impression que le ton avec lequel il venait de prononcer ces mots avait réchauffé son corps.

Holt soupira longuement puis ajouta :

— Bon, eh bien, si tout va bien, je vais vous laisser.

— Attendez, lui dit-elle en lui saisissant le bras.

Il haussa les sourcils mais ne manifesta aucune résistance, alors elle poursuivit :

— Vous pouvez rester un instant ?

Holt jeta un coup d'œil vers le lit puis replongea son regard dans le sien.

— Je ne suis pas sûr que ce soit une bonne idée.

Subitement, Lindsey fut submergée par le désir. Elle avait terriblement envie de lui. Mais elle savait ce qu'il redoutait, elle-même y avait également pensé, cependant, en y réfléchissant bien, elle avait trouvé une solution.

Et maintenant, elle voulait qu'il passe la nuit ici, avec elle. Ce soir, elle avait besoin d'être rassurée, d'être réconfortée.

Certes, embarquer quelqu'un avec elle dans cette galère serait un acte égoïste. Lindsey vivait avec une épée de Damoclès au-dessus de la tête, le danger était partout, elle devait constamment être sur le qui-vive. Et l'idée de partager ne serait-ce qu'une petite partie de tous ses secrets avec quelqu'un suffisait à lui nouer le ventre.

Mais, avec Holt, les choses étaient différentes. Le danger était son quotidien et il n'était pas du genre à flancher. Il serait même probablement capable de l'aider à atteindre son but… après lui avoir évidemment fait la morale sur les règles de sécurité à respecter. Malgré cela, et en dépit de son allure si séduisante, il avait quand même un défaut. Il était presque aussi obstiné qu'elle.

— Juste un instant, insista-t-elle en lui tendant la main.

— Qu'attendez-vous de moi, exactement ? lui demanda-t-il en baissant finalement son arme.

Etre effrontée revenait à prendre des risques. Lindsey n'adoptait donc jamais ce genre de comportement. Elle avait une ligne de conduite stricte et restait discrète, surtout en ce qui concernait son combat contre la communauté de New Foundations.

Les histoires d'amour, les rencontres, tout cela passait au second plan. Son expérience en la matière était d'ailleurs plutôt limitée et elle n'avait pas été véritablement attirée physiquement par un homme depuis au moins un an.

Malgré tout cela, elle décida de se jeter à l'eau. Elle était pourtant consciente que, si Holt la repoussait, ils auraient du mal ensuite à continuer à passer du temps ensemble. Mais, au vu de l'étincelle qui brillait au fond de ses yeux, Lindsey était presque sûre que Holt n'allait pas la rejeter.

— Pourriez-vous vous allonger à côté de moi jusqu'à ce que je m'endorme ?

— Vous avez peur ? lui demanda-t-il d'une voix plus douce.

Il n'y a aucune raison de vous inquiéter, Lindsey, il ne peut rien vous arriver tant que Shane et moi sommes ici.

Lindsey le savait pertinemment. Quand Holt lui avait garanti, un peu plus tôt ce soir-là, qu'elle n'allait pas être arrêtée tout de suite et que jamais il ne la laisserait être embarquée loin de lui, elle avait décidé de le croire sur parole. Elle savait qu'il se sentait concerné par sa sécurité.

Ce qu'elle ignorait en revanche, c'était si elle représentait autre chose à ses yeux qu'un potentiel témoin, détenteur d'informations essentielles.

Lui était devenu bien plus que cela pour elle. Il lui donnait envie de penser à l'avenir. C'était un type bien, un type solide. Et la plupart des hommes qu'elle avait rencontrés jusqu'à présent ne remplissaient pas ces critères.

— S'il vous plaît, lui dit-elle en continuant à lui tendre la main.

Holt regarda une nouvelle fois le lit derrière elle avant de lui répondre.

— Pour quelques minutes seulement alors, car il faut que je surveille les alentours.

Voilà bien la meilleure des excuses, pensa Lindsey avant de le remercier.

Holt déchargea son arme puis la vérifia deux fois avant de la poser sur la table qui se trouvait à côté du lit de Lindsey. Elle pensa une seconde à son propre revolver, qu'elle avait caché dans le coffre de sa table de chevet et qu'ils avaient cherché en vain tout à l'heure car il avait bel et bien disparu.

Mais si elle commençait à réfléchir à tous les problèmes qui lui étaient tombés sur le dos ces derniers jours, Lindsey savait qu'elle n'aurait plus qu'une envie, se rouler en boule dans un coin de la pièce. Elle préférait aussi ne pas penser à Roger et à ce qui avait bien pu lui arriver…

En choisissant de rester à distance pour les protéger, Lindsey avait perdu beaucoup de ses amis. Elle s'était attachée à Roger et, même si celui-ci n'était pas du genre à le lui dire, elle savait que leur relation avait de l'importance à ses yeux. A présent, elle ne pouvait s'empêcher de penser qu'elle l'avait laissé tomber.

— Lindsey ? lui dit soudain Holt en lui prenant la main.

Elle secoua la tête pour tenter de faire disparaître toutes ces pensées négatives.

— Pardon…

— Vous êtes nerveuse ? lui demanda-t-il en fronçant les sourcils. Je ne vous fais pas peur, quand même ?

— Je ne vous aurais pas demandé de me tenir compagnie si c'était le cas. Pour tout vous dire, avec vous je me sens en sécurité… entre autres choses.

Il acquiesça puis l'attira contre lui.

— Vous savez quoi ? Je crois que nous devrions d'abord nous occuper de cette petite tension qui flotte entre nous…

Avant même que Lindsey ait le temps de lui demander de quoi il parlait, Holt se pencha vers elle et posa ses lèvres sur les siennes. Son baiser brûlant la transperça de part en part. Il posa ses mains dans le bas de son dos et elle passa ses doigts dans ses cheveux tandis que leurs lèvres semblaient ne jamais vouloir se séparer.

Quelque chose s'était réveillé au fond d'elle. Elle se sentait maintenant puissante et… excitée. C'était un mélange des plus enivrants.

Après quelques minutes, Holt rompit leur baiser. Le souffle haletant, il posa sa joue contre la sienne.

— C'est sans doute une erreur.

En sentant son érection contre sa cuisse, Lindsey fut submergée par une vague de chaleur.

— Pour moi, c'est plutôt agréable, murmura-t-elle.

— Beaucoup trop agréable, en effet, répondit-il en reculant légèrement. Et c'est bien ça le problème.

Pendant un instant, Lindsey crut que Holt allait sortir de la chambre, mais au lieu de ça il lui fit signe de s'étendre sur le lit.

Elle n'hésita pas une seconde et se glissa sous les draps. Rapidement, il s'allongea derrière elle et l'enlaça tendrement.

Puis il déposa un baiser dans sa nuque et elle reconnut la sensation troublante de sa vigueur, pressée contre le bas de son dos.

— Tu es en sécurité avec moi, lui murmura-t-il doucement. Tu le seras toujours, tu peux me croire.

Lindsey sentit chacun de ses mots vibrer en elle et comprit ce qu'il essayait de lui dire. Il la protégerait mais cela n'irait pas plus loin ce soir. Pourtant, même si Shane dormait à poings fermés dans la pièce voisine et que les murs étaient aussi fins que du papier à cigarette, elle ne pouvait s'empêcher d'en mourir d'envie…

— J'aime être dans tes bras, lui confia-t-elle en soupirant.

— A ton service, lui répondit-il avant d'éclater de rire. C'était un peu ringard cette réponse, non ?

— Au contraire.

Lindsey se blottit contre lui et essaya de se détendre. Mais, même enveloppée de sa réconfortante chaleur, elle se sentait toujours très nerveuse. Pour la première fois de sa vie, elle se demanda si elle n'avait pas besoin de se confier et envisagea un instant de le faire avant de finalement y renoncer.

— Tu peux me dire ce qui te tracasse, tu sais, lui dit-il en la serrant plus fort.

Lindsey laissa passer quelques minutes puis se lança…

— Après le divorce de mes parents, mon père m'a emmenée au camp de New Foundations, commença-t-elle en s'étonnant que les mots sortent aussi facilement. C'est ma mère qui avait obtenu ma garde mais, lors de l'une de ses visites, il m'a fait monter dans sa voiture et il m'a enlevée. Nous sommes passés chercher son frère puis nous avons roulé pendant des heures sans qu'il ne me donne aucune explication.

— Quel âge avais-tu ? lui demanda Holt, et elle fut surprise de ne pas remarquer la moindre trace de jugement dans le ton de sa voix.

— Sept ans. Je me souviens qu'en regardant par la fenêtre j'ai remarqué que le paysage changeait. Adieu les palmiers, adieu le soleil…

Elle s'était laissée aller contre le siège arrière et, en touchant la vitre, elle avait été surprise de sentir du froid. Puis elle avait vu la neige sur le sol. Elle avait supplié son père d'appeler sa mère mais cela n'avait fait que l'énerver davantage et son oncle avait commencé à crier. Ils lui avaient alors dit qu'elle n'était qu'une sale petite ingrate et que c'était à cause d'elle qu'ils faisaient ce voyage.

Puis son père lui avait parlé de cette nouvelle aventure qu'ils allaient vivre et du fait que Lindsey allait pouvoir changer de prénom… Elle pourrait même le choisir ! Ses pleurs avaient redoublé, ne faisant qu'empirer les choses. Son oncle, Walt, était furieux et, chaque fois qu'il se retournait pour la regarder, Lindsey se recroquevillait un peu plus sur son siège.

— Le camp n'était pas si mal, au début. Il y avait beaucoup de gens, plein d'enfants et mon père ne cessait de me répéter que ma mère allait probablement nous rejoindre…

Lindsey se souvint qu'elle lui posait la question sans cesse jusqu'au jour où son oncle, Walt, lui ordonna de ne plus jamais parler de sa mère ou il s'occuperait lui-même de la tuer. Après cela, Lindsey n'avait plus parlé pendant des semaines.

— A l'époque, reprit-elle, le campement portait un autre nom et ressemblait plus à une communauté.

— Mais les choses ont changé…

— Tu sais tout cela grâce à tes recherches ?

— Oui.

Holt la tenait toujours serrée contre lui et Lindsey laissa glisser ses doigts sur sa peau douce. Dans ses bras, elle se sentait apaisée et prête à raconter son histoire.

— Les choses ont commencé à changer quelques années plus tard. Mon père, qui déjà était un homme nerveux et agité, sombra dans la paranoïa. Comme il était convaincu que la police allait venir me chercher, il m'a fait suivre un entraînement quasi militaire et m'a appris à me battre et à tirer… Mon oncle, lui, semblait encourager ses instabilités d'humeur et son déclin mental.

— Est-ce qu'il s'est passé quelque chose de particulier qui

aurait pu déclencher ça chez lui ? demanda Holt après l'avoir embrassée sur la tempe.

— En y repensant, je pense que ça a été progressif, peut-être même qu'il n'avait jamais été très équilibré…

Lindsey tenta de se remémorer ce que son père lui disait mais elle était si jeune à l'époque que tout son discours lui semblait étrange et effrayant.

— Je n'en suis pas certaine, continua-t-elle, mais je crois que c'est peut-être à l'arrivée de ce nouveau chef que tout a vraiment basculé. Je devais avoir douze ans.

C'est à cette période qu'elle avait commencé à avoir vraiment peur. Et même si son père lui avait dit quelques années auparavant que sa mère était morte — il lui avait même montré une coupure de journal —, elle ne cessait de regretter sa vie d'avant.

Son père semblait adorer le nouveau leader de New Foundations et il buvait chacune de ses paroles, tandis que son oncle, lui, semblait plus critique à son égard. Cela avait d'ailleurs été la cause d'un conflit entre les deux frères. Un conflit dont Lindsey n'avait jamais compris la vraie nature car elle avait tout fait pour ne plus jamais croiser son oncle Walt.

— C'est à ce moment-là que j'ai décidé de m'enfuir, ajouta-t-elle.

Elle avait essayé deux fois. Mais à la deuxième tentative elle avait été rattrapée et jetée dans un trou dans lequel elle était restée des jours sous haute surveillance.

— Après cela, c'est devenu de pire en pire au camp. Les gens partaient, les armes entraient…

— Il y en avait donc déjà à cette époque ?

Lindsey comprit que Holt avait découvert les hangars de stockage de la communauté et probablement même les armes qui s'y trouvaient.

— Je devais avoir quatorze ans quand j'ai commencé à évoluer dans un monde d'armes à feu. Personne n'a pris la peine de m'expliquer pourquoi…

— Il y a maintenant chez New Foundations suffisamment

d'armes pour équiper une véritable petite armée. Des armes qu'un citoyen lambda ne pourrait jamais posséder.

Lindsey frissonna et Holt la serra encore un peu plus fort contre lui.

— J'ai finalement réussi à m'enfuir le jour de mes quinze ans. J'étais censée commencer à apprendre de nouvelles techniques de combat. Je ne sais pas de quoi il s'agissait mais apparemment j'en avais besoin. Pourtant à l'époque les adolescents et les enfants n'avaient pas le droit de sortir de la propriété, je ne vois donc pas à quoi cela pouvait bien servir de leur faire suivre ce type d'entraînement.

— C'est toujours le cas aujourd'hui, dit Holt. Il n'y a que les adultes qui peuvent aller et venir librement.

— Je me suis cachée dans le coffre d'un camion de livraison. C'était réfrigéré et j'ai bien failli mourir gelée avant de pouvoir en descendre un peu plus loin dans la montagne.

Encore maintenant, Lindsey pouvait se souvenir de la sensation d'engourdissement qu'elle avait ressentie dans le véhicule.

— A cette époque, poursuivit-elle, le vieux shérif Carver était tout le temps fourré au campement, je savais donc que ce n'était pas la peine de compter sur la police. Aussi, une fois dehors, j'ai fait du stop pour m'éloigner le plus possible du camp avant de demander de l'aide.

— Cette histoire va me rendre fou, lâcha Holt dans un soupir.

Lindsey perçut de la colère dans le ton de sa voix mais elle savait que celle-ci n'était pas dirigée contre elle.

— Pourquoi ?

— Tu étais vulnérable et sans défense… Mais là où tu as atterri, quand tu as averti la police, pourquoi n'ont-ils pas ouvert une enquête sur New Foundations ?

— En fait, je n'ai jamais contacté les forces de l'ordre. Je pensais que, si je le faisais, mon père et mon oncle retrouveraient aussitôt ma trace.

A cette époque, le seul but de Lindsey était de s'enfuir le plus loin possible de New Foundations. Et, même si elle était consciente du fait qu'elle ne pouvait pas s'en sortir toute seule, elle avait confiance en son instinct de survie.

— J'ai alors rencontré une femme qui m'a mise en relation avec un couple et ce sont eux qui ont réussi à retrouver ma tante.

— Ta mère était vraiment décédée ?

— Oui.

Le plus grand regret de Lindsey était de n'avoir pas réussi à s'enfuir assez tôt du camp pour pouvoir prévenir sa mère qu'elle était encore en vie.

— Je suis donc partie vivre chez ma tante. Elle m'a fait changer d'identité et m'a appris tout ce dont j'avais besoin pour m'en sortir.

Sa tante, Chloé, avait accepté de chambouler toute sa vie pour elle sans se poser aucune question. Elle avait fait promettre à Lindsey de ne plus jamais retourner auprès de son père. Quand elle était morte, l'année précédente, dans un accident de voiture, Lindsey avait perdu tout ce qu'il lui restait de famille.

— Mon père est mort lui aussi, il y a quelques années, lors d'un raid à une centaine de kilomètres d'ici. Apparemment, les gars de New Foundations avaient monté une opération pour défendre un type qui était en conflit avec le FBI.

Quand sa tante lui avait annoncé la nouvelle sans prendre de gants, Lindsey avait tenté de dissimuler son émotion.

— Je suis désolé, lui dit Holt doucement avant de l'embrasser à nouveau.

Cette manière qu'il avait de l'écouter sans émettre le moindre jugement sur ce qu'elle était en train de lui confier l'apaisait. A aucun moment Lindsey n'avait senti la moindre trace de pitié ou d'indignation dans le ton de sa voix. Seulement de l'empathie.

— Sacré héritage, n'est-ce pas ? lui lança-t-elle en esquissant un sourire.

— Les actions de ton père n'ont rien à voir avec toi, lui répondit Holt en faisant glisser sa main sur son corps jusqu'à la naissance de sa poitrine. Pour ma part, je trouve que tu es une femme plutôt incroyable.

— Holt, je voudrais me retourner pour te regarder…, chuchota-t-elle.

— Essaye de dormir, lui répondit-il, le souffle court.

Lindsey savait que Holt avait raison et elle décida de l'écouter.

— Où iras-tu ? lui demanda-t-elle.

— Nulle part, je reste à côté de toi.

Sa réponse sonnant comme une promesse, Lindsey ferma les yeux et se laissa emporter par le sommeil.

La nuit avait été courte et au petit matin, Lindsey s'était réveillée les jambes entrelacées avec celles de Holt. Quand il s'était levé pour aller prendre une douche, elle avait fourré sa tête dans son oreiller pour respirer son odeur.

A présent, il était sorti faire quelques courses pour ce qui était censé être son travail au campement de New Foundations. Il avait dit à Lindsey avant de partir qu'une sorte de cérémonie funéraire allait être donnée en hommage à Grant et qu'il devait donc régler deux ou trois choses avant cela.

Lindsey se retrouvait donc maintenant seule avec Shane. Ce n'était pas si embarrassant qu'elle avait pu le redouter car celui-ci était pour le moment dans la cuisine, en train de lui préparer son petit déjeuner. Décidément, ces messieurs de la Corcoran Team ne cessaient de la surprendre…

Elle l'observa un instant. Shane se déplaçait avec la même aisance que Holt. Et il mesurait lui aussi plus d'un mètre quatre-vingt-dix. Mais il était plus large et plus musclé. Il était très bel homme avec ses cheveux châtains et sa barbe de trois jours. Son charme avait quelque chose de juvénile, et il semblait aimable et facile à vivre. Il était vraiment différent de Holt qui, avec son regard sombre et inquiétant, la bouleversait, la rendait fébrile et lui donnait envie de réorganiser entièrement sa vie pour pouvoir passer du temps avec lui.

Lindsey soupira. De toute évidence, elle n'allait pas tarder à déroger à sa règle d'or qui consistait à ne jamais s'attacher à personne.

— Vous avez bien dormi ? lui lança Shane en la regardant s'asseoir devant la table de la cuisine. Non mais, attendez, ce n'était qu'une question de politesse, rien de plus, je vous promets… Oh ! Vous devriez voir votre tête !

Mais Lindsey n'était pas née de la dernière pluie et elle avait bien compris que Shane venait à la pêche aux informations. Elle supposa qu'il devait être comme Holt, plutôt le genre d'homme qui aimait aller à l'essentiel et opta pour la franchise.

— Nous ne couchons pas ensemble, Holt et moi.

— Vous êtes sûre ? lui demanda Shane en haussant un sourcil. Parce qu'à mon réveil, ce matin, j'étais seul dans le salon.

Elle décida d'ignorer son rictus et la pointe d'ironie qu'elle avait perçue dans le ton de sa voix.

— Je voulais parler de relations sexuelles.

Il lui fit un clin d'œil puis se retourna pour surveiller le bacon qui grillait dans la poêle.

— En même temps, ce ne sont pas mes oignons.

En sentant la délicieuse odeur qui emplissait la pièce, Lindsey se demanda tout à coup d'où pouvait bien sortir cette nourriture, vu que son propre rituel de petit déjeuner consistait à avaler à toute vitesse un simple bol de céréales au-dessus de l'évier.

— Il ne vous a rien dit ?

— Holt est mon meilleur ami.

Visiblement, Shane ne voulait pas répondre à sa question. En même temps, si elle avait été à sa place, elle aurait probablement adopté la même attitude.

— Je vais prendre ça pour un non, alors. Mais dites-moi, vous qui le connaissez si bien, est-ce qu'il est toujours aussi… autoritaire ?

— Absolument, lui répondit Shane en reniflant.

Et voilà, c'était exactement ce que Lindsey redoutait. Elle et Holt semblaient avoir le même tempérament… La cohabitation allait inévitablement se compliquer dans les jours à venir.

— Très bien, lança-t-elle en essayant de rester neutre.

Shane déposa la tranche de bacon grillée sur une assiette puis se retourna vers elle, tout sourire.

— Vous voulez un conseil, Lindsey ? Ne jouez jamais au poker. Vous n'êtes pas vraiment douée pour dissimuler vos émotions.

— Votre meilleur ami peut être assez difficile à vivre, vous savez.

Et encore, c'était un euphémisme.

— Attendez de rencontrer sa sœur, lui répondit Shane en posant une tasse de café devant elle.

— Je ne savais pas qu'il en avait une…

— Une petite sœur, elle s'appelle Makena, précisa-t-il, et Lindsey remarqua qu'une étrange lueur s'était allumée dans son regard. Elle est… euh… comment dire…

— Sexy ?

— Ah oui, ça, c'est sûr qu'elle l'est. Grande avec de longs cheveux bruns, continua Shane avant de secouer la tête. Holt et elle ont en commun une obstination sans faille, qui leur vient sans doute de leur père, un militaire de carrière très sévère.

Lindsey apprécia cette petite incursion dans la vie familiale de Holt mais elle avait bien compris que Shane essayait de détourner la conversation pour ne plus parler de Makena. Une partie d'elle-même se demanda ce que Holt pourrait bien penser s'il apprenait que son meilleur ami ressentait manifestement quelque chose pour sa petite sœur.

— Elle a tout ce qu'il faut pour bien grandir, répondit-elle en se disant qu'elle creuserait l'affaire plus tard.

— Pas vraiment, non, mais je pense que c'est plutôt à Holt de vous raconter tout ça.

A ces mots, Lindsey repensa à ce qu'il s'était passé la veille. Après avoir déballé son passé et ses secrets à Holt, elle s'était endormie à poings fermés et ne lui avait laissé aucune possibilité de parler de sa vie à lui.

— Je ne suis pas certaine qu'il le fera, dit-elle d'un ton sceptique.

— Vous ne le voyez donc pas ? lui demanda Shane en posant maintenant une assiette devant Lindsey.

L'odeur des œufs et du bacon lui ouvrit l'appétit mais elle attendit que Shane se soit servi pour commencer à manger.

— Quoi ? Que devrais-je voir ?

— La manière dont il vous regarde.

— Comme s'il voulait m'étrangler ?

— Non, lui répondit Shane en riant. Pas ce regard-là, celui qu'il pose sur vous la plupart du temps, quand il n'est pas énervé.

— Vous jouez souvent les entremetteurs ?

— Oh non, je suis plutôt du genre dur à cuire.

Lindsey regarda à nouveau l'étincelle qui pétillait dans ses yeux… Shane était vraiment séduisant.

— En fait, j'ai un peu de mal à faire confiance, lui dit-elle pour tenter de justifier son attitude méfiante.

— J'avais compris, oui, mais si vous choisissez de croire en quelqu'un, alors Holt est la bonne personne, lui répondit Shane en reprenant une fourchetée de ses œufs. Mais en vous disant cela, ma réputation de « phobique de l'engagement » n'est plus si crédible, alors je crois que je vais sortir faire un tour pour m'entraîner un peu au tir.

— C'est une bonne idée.

— Cela me permettra de m'occuper en attendant que Holt revienne.

Quelque chose interpella soudain Lindsey. Manifestement, Shane en savait plus qu'elle sur ce qu'était parti faire Holt.

— Où est-il ?

— Le boss l'a appelé pour le voir.

— Vous voulez parler de ce Connor qui dirige la Corcoran Team, c'est ça ?

Shane fit la grimace.

— Non, je veux parler du chef de cette secte spécialisée dans le trafic d'armes. Holt est reparti jouer le rôle de Hank.

Lindsey sentit son estomac se soulever. Elle lâcha sa fourchette et celle-ci tomba avec fracas sur le bord de son assiette.

— Je remarque que vous avez attendu un sacré moment avant de me donner cette information, grommela-t-elle.

Shane regarda l'assiette de Lindsey puis releva les yeux vers elle.

— On dirait que la manœuvre a fonctionné, lui dit-il en haussant les épaules d'un air désolé.

— Est-ce que vous pourriez me prêter votre arme pour que je m'entraîne moi aussi à tirer en l'attendant ?

— Je vous aime bien, Lindsey Pike, lui répondit Shane en lui tendant la cafetière. Et je vous promets que vous n'avez pas à vous en faire pour Holt, il va très bien s'en sortir.

Lindsey décida de le croire. De toute façon, elle n'avait pas vraiment le choix, elle ne pouvait pas débarquer au camp, c'était impossible. Mais, en y pensant, elle se rendit compte qu'elle pourrait prendre ce risque si Holt était en danger et ce soudain changement de position l'effraya terriblement.

9

Simon prit un moment pour observer l'homme qui se trouvait en face de lui. Celui-ci semblait sur les nerfs. Malgré son assurance et ses compétences hors norme, ce type semblait bouillonner à l'intérieur, un peu comme une cocotte-minute prête à exploser. Et c'était justement ce qui plaisait à Simon.

S'il n'avait pas eu d'histoire avec Lindsey, Hank aurait été le candidat idéal pour être son second. Mais sa relation avec elle remettait en cause tous les plans de Simon. Ce n'était pas la première fois. Cette femme avait tendance à tout détruire sur son passage, même les gens qu'elle fréquentait.

— On dirait que vous avez été très occupé ces derniers jours ? demanda enfin Simon à Hank en tapotant ses doigts les uns contre les autres.

Quand Simon l'avait recruté, il avait interrogé Hank sur son passé, et celui-ci lui avait expliqué pour quelles raisons il avait donné l'ordre d'ouvrir le feu sur les habitants de ce village en Afghanistan. Il s'inquiétait pour la sécurité de ses hommes et avait simplement décidé de suivre le protocole habituel. Mais, au lieu de recevoir une médaille pour ses bons et loyaux services, Hank avait été renvoyé de l'armée et poursuivi en justice. Après cela, il avait dû trouver une nouvelle voie.

Simon lui aussi avait dû tout recommencer de zéro. Cela lui avait pris des années mais il avait réussi à se faire une place dans la communauté de New Foundations. Il avait commencé par accepter les pires des petits boulots et avait appris, au fur et à mesure, le fonctionnement du camp. Quand il avait enfin pu suivre l'entraînement, il l'avait trouvé si médiocre qu'il avait décidé de partir un temps pour acquérir de nouvelles compétences et rencontrer des personnes qui pourraient le faire évoluer.

Puis il était revenu au campement. Il était devenu un autre homme et quand l'occasion d'avoir des responsabilités dans la communauté s'était présentée à lui, il n'avait pas hésité. Il avait viré les gens qui se mettaient sur son chemin et n'avait reculé devant aucun des obstacles qui se dressaient devant lui. A présent, c'est lui qui était aux commandes et personne ne lui résistait.

Simon avait senti, dès sa première rencontre avec Hank, qu'ils étaient faits du même bois. Il ne lui restait plus qu'à modeler ce super soldat pour en faire la personne dont il avait besoin.

Calme et confiant, Hank se tenait toujours les bras croisés devant lui et le regardait fixement, sans baisser les yeux.

— J'essaie simplement de faire mon travail sans me faire remarquer, répondit-il à Simon.

— On ne peut pas dire que cela ait fonctionné… D'après ce que j'ai compris, vous vous êtes retrouvé récemment au beau milieu d'une scène de crime.

— Ce n'est pas exactement ce qu'il s'est passé, non, lui répondit Hank en choisissant manifestement ses mots avec le plus grand soin.

— Eh bien, donnez-moi votre version des faits, alors.

Même si Simon connaissait déjà la réponse à cette question, il voulait tester l'honnêteté de Hank. Cet homme semblait avoir un petit problème avec l'autorité, ce qui paraissait logique vu son passé, mais Simon exigeait de ses hommes une obéissance sans bornes. C'était d'ailleurs ce qui avait cruellement manqué à son prédécesseur. Et la première chose que Simon avait mise en place quand il avait pris la direction du camp de New Foundations avait été de virer manu militari tous les membres qui lui opposaient une quelconque résistance et qui n'acceptaient pas sa manière de voir les choses.

— Le terrain où a été découvert le corps de Grant appartient à une amie, lui répondit Hank.

Hank était en train de lui donner une version aseptisée des événements. Mais Simon en attendait davantage et voulait que Hank prenne conscience du fait que chacun de ses gestes était surveillé et qu'il l'accepte.

— Votre amie Lindsey Pike.

— Vous la connaissez ?

— J'en ai seulement entendu parler, lui répondit Simon qui jugeait que le moment n'était pas encore venu d'expliquer à Hank comment il connaissait Lindsey. Le shérif Carver m'a posé des questions sur elle et Grant.

Hank s'affaissa légèrement. Son mouvement était presque invisible mais Simon avait des yeux de lynx. La jalousie avait le pouvoir de rendre les hommes vulnérables, même les plus robustes.

— Que voulez-vous dire ? lui demanda Hank.

— Grant s'était entiché de Mlle Pike, lui répondit Simon. Apparemment il serait allé la voir chez elle mais Lindsey et vous l'avez foutu violemment à la porte. Je ne sais pas ce qu'il s'est passé ensuite mais, quoi qu'il en soit, à présent Grant est mort. Vous admettrez que le timing ne joue pas en votre faveur.

— Vous pensez que je suis impliqué, dit Hank, qui avait retrouvé son air impassible.

— Je suis sûr que vous voyez quelles conclusions les forces de l'ordre risquent de tirer de toute cette affaire, lui répondit Simon pour tenter de le faire réagir.

— Ils se trompent.

Hank était décidément très solide. Il ne tremblait pas, ne semblait même pas inquiet. Simon ne put s'empêcher d'être impressionné par sa maîtrise de lui-même.

— Très certainement, mais je crois malgré tout que nous allons devoir la jouer fine.

— Je ne vois pas de quoi vous voulez parler.

— Asseyez-vous, lui dit Simon en lui indiquant la chaise en

face de lui. Vous devez revenir vivre au baraquement, Hank. Pour un moment.

— Je préférerais rester avec Lindsey, lui répondit Hank.

Et il poursuivit sans laisser la possibilité à Simon de pouvoir protester :

— Un de mes amis est de visite à Justice en ce moment et il habite avec moi chez elle. Ce serait bizarre pour eux deux si je ne suis pas là-bas. Ils se connaissent à peine.

Eh bien, pensa Simon, voilà qui était une nouvelle pour le moins surprenante. Il n'avait pas prévu d'avoir un nouveau joueur dans la partie. Et rien n'indiquait dans le passé et la personnalité de Hank qu'il était le genre d'homme à avoir des amis.

— J'avais cru comprendre qu'après vos problèmes dans l'armée vous aviez rompu avec toutes vos relations.

— Avec tout le monde sauf avec lui. Il a toujours été là et a même témoigné en ma faveur, lui répondit Hank sur un ton toujours aussi calme. J'avais d'ailleurs songé à vous le présenter et lui faire visiter le camp. Je pense que ce que nous faisons ici, à New Foundations, lui plairait beaucoup.

— Et que pensez-vous que nous faisons exactement ? lui demanda Simon qui avait appris, avec le temps, à lire entre les lignes.

— Nous vivons nos vies sans histoires. Sans interventions gouvernementales, sans règles ni lois sauf celles convenues il y a maintenant fort longtemps.

Hank marqua une pause et esquissa un sourire avant de conclure :

— C'est d'ailleurs pour ces raisons que je suis venu au campement de New Foundations et que j'ai choisi de m'y installer.

— Et personne ici n'a plus à subir le système judiciaire du gouvernement, ajouta Simon qui avait toujours pensé que les problèmes devaient se régler en interne, comme cela s'était passé pour Grant.

— Exactement, j'en ai eu ma dose.

— Je sais mais c'est justement pour ça que je pense que vous devriez être prudent avec Mlle Pike, conclut Simon.

— Est-ce un conseil ou un avertissement ? lui demanda Hank d'une voix tout à coup teintée de colère. Je n'ai pas l'intention d'arrêter de la voir.

Intéressant, se dit Simon en se demandant si cette détermination était plutôt une bonne ou une mauvaise chose pour ses affaires. Hank allait-il être un allié ou un ennemi ?

— Vous savez, je me pose des questions sur vos responsabilités au camp… J'envisage de vous donner accès à une formation un peu plus approfondie et peut-être de vous promouvoir au poste de Grant.

— Je suis intéressé.

Evidemment qu'il l'était, pensa Simon. N'importe qui accepterait une telle offre, surtout le genre de types qui rejoignaient le camp. Simon comprenait le besoin de ces hommes d'appartenir à une communauté et de sentir qu'ils accomplissaient quelque chose dans leur vie.

Mais jusqu'à présent, la communauté avait travaillé dans l'ombre. En se battant contre le gouvernement, en équipant une milice avec des armes à feu et en fournissant des hommes sur le terrain pour combattre l'ATF, l'organisme de la police chargé de lutter contre le trafic des armes à feu, des explosifs, du tabac et de l'alcool. Et cela n'était que le début… Simon avait de grands projets pour New Foundations. Etre aux commandes nécessitait parfois de prendre la décision de tout détruire pour pouvoir reconstruire. Et c'était une chose que les gens avaient tendance à oublier aujourd'hui.

— Ce poste peut parfois inclure des tâches difficiles, ajouta Simon pour tâter le terrain.

— Cela ne me pose aucun problème, lui répondit Hank en hochant la tête.

— Et s'il s'avère que Mlle Pike a quelque chose à voir avec la mort de Grant, je devrai tester votre loyauté.

Le silence emplit la pièce. Simon pouvait à présent entendre le tic-tac régulier de sa montre et le grincement de son fauteuil tandis qu'il se balançait.

Après une longue minute, Hank reprit enfin la parole.

— Si c'est elle qui l'a tué, je l'amènerai moi-même au camp pour qu'elle réponde de son crime.

— Je savais que je pouvais compter sur vous, lui répondit Simon en se réjouissant de l'attitude de Hank.

A son retour, Holt fut accueilli chaleureusement par Lindsey, qui se jeta à son cou sans même lui laisser le temps de refermer la porte.

— Tu es enfin rentré ! lui dit-elle en soupirant.

Après l'avoir serrée dans ses bras la nuit dernière, Holt savait qu'il était désormais inutile de jouer les indifférents et il l'enlaça tendrement avant de déposer un rapide baiser sur ses lèvres.

— Eh bien, je devrais partir plus souvent.

— Tu m'enlèves les mots de la bouche, ajouta Shane en se raclant la gorge.

Le rouge monta soudain aux joues de Lindsey et elle essaya de se dégager des bras de Holt.

— Je suis désolée, dit-elle.

Mais Holt ne la laissa pas s'échapper. Il ne voulait pas qu'elle se sente embarrassée et qu'elle décide de ne plus lui montrer aucun signe d'affection… Il l'embrassa donc langoureusement avant de finalement relâcher son étreinte.

— Tu n'as aucune raison de l'être, lui murmura-t-il.

— J'ai pensé que tu avais peut-être eu des ennuis et…, commença-t-elle en jouant nerveusement avec ses mains.

— Tout va bien, Lindsey.

Tout du moins pour le moment, pensa Holt. Son rendez-vous avec Simon s'était plutôt bien passé… Il avait réussi à jouer le rôle de Hank sans commettre d'erreurs et était également parvenu à retenir la puissante envie qu'il avait de le frapper. Et maintenant qu'il voyait combien Lindsey semblait soulagée de le voir rentrer sain et sauf, il ne pouvait s'empêcher de trouver agréable que quelqu'un se soucie de lui.

— Vraiment ? insista-t-elle.

— Oui, pour le moment Simon Falls ne brandit que des menaces et essaye de me mettre dans la tête que c'est peut-être toi qui as tué Grant.

Lindsey passa de la nervosité à la colère en quelques secondes.

— Quoi ?

— Après cela, il m'a plus ou moins proposé de prendre le poste de Grant…

— Une réunion de boulot tout ce qu'il y a de plus normale…, ajouta Shane en hochant la tête.

— Je n'en sais rien, lui répondit Holt. Pour tout te dire, je n'en avais encore jamais eu.

— Attendez une seconde, intervint Lindsey en posant une main sur le torse de Holt. Simon m'accuse du meurtre de Grant ?

— Oui et le shérif aussi.

C'était d'ailleurs le plus intrigant pour Holt. Pendant leur entretien, Simon Falls avait beaucoup parlé des forces de l'ordre, ce qui était plutôt bizarre. Certes, pour pouvoir créer tranquillement sa propre milice, Simon devait se tenir à carreau et ne pas se faire remarquer, mais de là à travailler main dans la main avec le shérif… Cela semblait plutôt incohérent.

— Vous vous rappelez quand je vous ai dit qu'on allait vous tendre un piège ? lança Shane à Lindsey en hochant la tête. Eh bien, voilà, nous y sommes.

— C'est du délire, dit Lindsey en se massant les tempes.

— Que sais-tu exactement sur Simon Falls ? lui demanda Holt d'un ton calme.

— Je ne l'ai jamais vu ni rencontré, lui répondit Lindsey en haussant les épaules. Il ne quitte jamais le campement. Quelqu'un a tenté une fois de le prendre en photo pour que je puisse voir son visage mais il a malheureusement échoué. D'après mes recherches, il a pris la direction de la communauté quand son prédécesseur est décédé mais je n'ai rien trouvé sur son passé.

— Nous avons les mêmes informations, lui répondit Holt. Ce type semble sorti de nulle part…

— Aucune trace de son existence avant ce fameux accident, murmura Shane. Accident qui, d'ailleurs, n'en était pas un…

— Quoi ? lança Lindsey en se tournant vers lui.

Holt décida qu'il était grand temps de la mettre au parfum.

— Après étude approfondie du dossier, nous pensons que quelqu'un avait trafiqué la voiture de l'ancien leader.

— Ce serait Simon Falls ? demanda Lindsey en regardant tout à tour les deux hommes. Vous voulez dire qu'il aurait tué le responsable du camp pour pouvoir prendre sa place ?

— Il est évident que cet accident a été une belle aubaine pour lui…

Même si Holt n'avait aucune preuve, il était persuadé de l'implication de Simon dans cet accident et espérait pouvoir obtenir de nouveaux renseignements sur ce mystérieux dirigeant en interrogeant les membres de la communauté.

— Est-ce que tu connais les gens qui vivent là-bas ? demanda-t-il à Lindsey.

— La plupart d'entre eux, répondit-elle immédiatement, semblant maintenant tout à fait disposée à bien vouloir partager ses informations. Il y a Todd…

— Lindsey, la coupa Shane, nous avons besoin de parler aux gens qui ont réussi à quitter la communauté. Nous n'avons trouvé aucune information les concernant.

Pour la première fois depuis qu'ils avaient commencé à parler du camp de New Foundations, Lindsey sourit.

— Vous n'avez rien trouvé car je fais très bien mon boulot.

— C'est toi qui es derrière tout ça ? C'est toi qui organises les évasions ? lui demanda Shane, l'air soudain impressionné.

— Je les fais sortir du camp, oui. Pour préserver sa réputation, la communauté cache les évasions et continue à clamer que personne n'a jamais voulu partir, mais certains membres ont réussi à s'échapper.

En entendant Lindsey, Holt se rendit compte qu'il l'admirait et que les sentiments qu'il ressentait pour elle grandissaient de jour en jour.

— Pourrais-tu organiser une rencontre avec l'un d'entre eux ? lui demanda-t-il.

— Oui, dit-elle en se mordant la lèvre.

— Merci, c'est une belle preuve de confiance.

— J'espère que je ne me trompe pas…

— S'il y a un homme en qui croire, Lindsey, c'est bien moi.

— C'est noté, lui répondit-elle en acquiesçant.

Holt patientait sous le porche tandis que Lindsey faisait des recherches dans les documents qu'elle conservait dans des fichiers codés afin que personne ne puisse les décrypter. Le ciel était couvert et une douce brise s'était levée.

Quand il entendit que quelqu'un venait derrière lui, Holt ne prit même pas la peine de se retourner : il connaissait Shane depuis tellement longtemps qu'il était capable d'anticiper chacun de ses faits et gestes.

— Alors…, commença Shane en se plaçant à ses côtés pour regarder l'horizon avec lui.

— Ferme-la.

— Tu peux toujours rêver, lui répondit Shane en s'appuyant sur le poteau pour lui faire face. Tu persistes à dire qu'elle n'est qu'une relation de boulot ?

— Non, répondit Holt à contrecœur.

— Tu progresses.

Holt ne savait pas comment expliquer à Shane ce qu'il ressentait. Il ne connaissait Lindsey que depuis quelques jours mais la surveillait de près depuis bien plus longtemps. Les regards qu'elle lui lançait le mettaient K-O, il y avait quelque chose chez elle qui résonnait au plus profond de lui. Et maintenant qu'il avait eu un aperçu de son passé et qu'il avait une idée de ce qu'elle avait pu traverser, il s'inquiétait pour elle. Et ne pouvait s'empêcher de se demander si elle l'accueillerait à nouveau dans son lit.

— Elle a quelque chose de… spécial.

— Je suis d'accord, lui répondit Shane en levant aussitôt une main en l'air. Ne me regarde pas comme ça, je ne suis pas intéressé, je trouve que vous allez plutôt bien ensemble.

— Nous ne sommes pas ensemble.

— Tu n'as pas dormi sur le canapé hier soir, je le sais, je m'y suis installé.

Holt savait qu'il ne servait plus à rien de nier.

— Elle était bouleversée.

— Tu ne comptes quand même pas te servir de cette excuse pour me faire croire qu'il n'y a rien entre vous ? lui demanda Shane en appuyant sa tête contre la balustrade.

Holt céda. Il n'était pas lâche au point de rejeter la faute sur Lindsey. Certes, il avait frappé à sa porte car il l'avait entendue qui s'agitait dans sa chambre, mais en réalité ce qu'il cherchait surtout c'était une excuse pour qu'elle lui ouvre sa porte.

— Je ne le nie pas.

— De toute façon, tu ne *pourrais* pas le nier, lui répondit Shane en posant son doigt sur le front de Holt. C'est flagrant, il suffit de voir la manière dont tu la regardes.

Holt soupira. Il avait vu Cam tomber sous le charme de Julia et il avait même vu certains hommes perdre complètement la raison après avoir rencontré une femme. Qu'il s'agisse de Lindsey ne changeait donc rien à la donne, Holt ne voulait toujours pas tomber dans un piège de ce genre.

— Je la trouve attirante, confia-t-il à Shane.

— Non, mec. Je crois que c'est bien plus que ça.

— Ecoute, Shane, je ne suis pas comme Cam, je n'ai pas la moindre envie de me retrouver pris dans les filets d'une femme.

Mais plus il le disait, moins il le croyait. Holt essayait de se remémorer la peur qu'il avait d'être un jour piégé par l'amour. Il n'était pas du genre séducteur mais il avait une manière assez claire d'envisager ses relations avec les femmes et il se comportait toujours avec elles comme il voulait qu'on se comporte avec sa propre sœur. Ce qui impliquait du respect et de l'honnêteté.

Holt commençait toujours ses relations en mettant les choses au clair. Il voulait s'amuser, rien de plus. Il se demanda s'il en avait parlé à Lindsey. Mais ils semblaient être passés à la vitesse supérieure dès qu'ils s'étaient rencontrés. Il n'y avait même pas eu de place pour une quelconque mise au point… et à présent, il ne pouvait se résoudre à l'idée que ce qu'il vivait avec elle serait au mieux quelque chose de passager.

Il était conscient que cette femme était en train de l'ensorceler et qu'il avait déjà perdu une partie de sa liberté. La seule chose qu'il ne savait pas encore c'était s'il le voulait.

— Tu veux un conseil ? lui demanda Shane sur un ton qui suggérait que ce qu'il allait lui dire aurait la même puissance qu'un coup de poing.

— Quoi ?

— Quand tu vas aller dans sa chambre, ce soir, lui répondit Shane en souriant, ne tente même pas de résister à tes pulsions, essaye juste de voir jusqu'où va ton attirance.

Holt repensa à Lindsey, si belle dans son pyjama presque transparent et il sentit son cerveau sur le point de disjoncter.

— Est-ce que tu es en train de me donner des conseils sur ma vie amoureuse ?

— J'essaie seulement de t'éviter de tourner en rond pendant des lustres, comme Cam a pu le faire.

— Ce n'est pas le genre de choses que je ferais, lui répondit Holt en pensant qu'il semblait pourtant emprunter la même voie.

— OK, ajouta Shane en hochant la tête. Si c'est ce que tu as envie de croire…

10

Un peu plus tard cet après-midi-là, Holt engagea son camion sur une route qui menait à une vieille grange. Le bâtiment avait été réaménagé et était devenu aujourd'hui le lieu d'habitation d'un frère et d'une sœur, Kurt et Kelly Noonan, anciens membres de New Foundations.

Lindsey les avait aidés à s'évader du camp et, même s'ils étaient à présent libres, ils n'avaient pas réussi à s'émanciper totalement de l'emprise de la communauté et passaient la plupart de leur temps à surveiller ce qu'il se passait sur la propriété.

Lindsey avait mis du temps avant de trouver le courage d'aborder Kurt Noonan. Elle l'avait croisé plusieurs fois en ville et l'avait même surpris en train de voler les pourboires du café dans lequel elle travaillait. Aujourd'hui Kurt et Kelly étaient reconnaissants de l'aide qu'elle leur avait fournie et échangeaient volontiers avec elle les renseignements qu'ils avaient sur la communauté.

A sa mort, la tante de Lindsey lui avait laissé suffisamment d'argent pour qu'elle puisse vivre aisément — surtout compte tenu de son niveau de vie — mais pour récolter des informations sur le campement, ce travail de serveuse à mi-temps dans le café principal de la ville de Justice s'était révélé le poste idéal. Et puis, cela lui permettait de voir du monde.

Elle claqua la portière du camion et fit le tour du véhicule pour rejoindre Holt. Ensemble, ils regardèrent un instant la peinture rouge écaillée de la porte principale, qui semblait sortie de ses gonds. Le jardin autour de la grange était laissé à l'abandon, l'herbe était haute et les branches des arbres tombaient sur le toit.

Personne ne pouvait imaginer qu'il y avait à l'intérieur de ce hangar autant de matériel technologique de pointe. Voilà qui apprendrait à Simon Falls à former les enfants de la communauté aux bases de la guerre cybernétique.

— Où est allé Shane ? demanda Lindsey à Holt en prenant soudain conscience qu'une troisième personne armée n'aurait pas été de trop pour les accompagner.

Kurt et Kelly Noonan craignaient pour leur sécurité. Savoir que deux hommes robustes montaient la garde pendant leur entrevue avec Lindsey aurait pu les tranquilliser.

— Il est parti faire une fouille minutieuse de la cabane de Roger avec Cam. Ils ont tout le matériel nécessaire pour détecter les explosifs et vont pouvoir se déplacer à loisir sur la propriété.

— Tu veux dire qu'ils vont rechercher son corps ? lui demanda Lindsay en sentant son sang se glacer dans ses veines.

— Je n'ai rien dit de la sorte, si ? lui répondit Holt en levant les sourcils.

Lindsey soupira. Depuis qu'elle avait vu la tache de sang dans la cabane, il était inutile de tenter de la préserver. Elle avait compris que Roger n'avait pas mis en scène sa propre mort… Non, cette fois, il était bel et bien parti. Elle le sentait au plus profond d'elle-même.

— Tu n'as pas besoin de me le dire, je le sais.

Avec la mort de Grant et les soupçons qui pesaient sur elle, Holt semblait vouloir la ménager. Et sa décision de ne pas aller en parler au shérif avait également eu pour but de faire baisser son anxiété.

Elle observa un instant Holt qui scrutait avec la plus grande attention, comme à son habitude, les alentours. Il semblait toujours prêt à la protéger et à la défendre. C'était une des nombreuses choses qu'elle aimait chez lui.

— Je croyais que tu les avais prévenus de notre visite, lui dit-il en fronçant les sourcils.

— Je l'ai fait, lui répondit-elle.

— Eh bien, on dirait qu'il n'y a personne, murmura-t-il en s'appuyant contre le capot du camion.

— Mais non, ça fait partie du subterfuge.

— Explique-moi une chose, les Noonan sont persuadés que quelqu'un de New Foundations les recherche pour… Quoi au juste ? Pour les ramener là-bas ?

Le ton de Holt révélait qu'il trouvait cette hypothèse tirée par les cheveux. Un peu comme s'il pensait que Simon Falls avait mieux à faire.

— Non, pour les tuer, Holt. Le stock d'armes a rendu quelques personnes plutôt nerveuses là-bas, et encore, c'était avant que la nouvelle cargaison dont tu as parlé ne soit livrée.

— Ce sont des armes de guerre.

Lindsey ne comprenait pas le but de cette manœuvre. Et ne l'avait jamais compris, d'ailleurs. Les membres de New Foundations avaient des armes et savaient s'en servir. Et après ? A moins que Simon Falls ne prévoie de déclarer la guerre à la ville voisine, constituer un tel arsenal n'avait aucun sens.

— Est-ce que ce type veut faire sauter toute la ville de Justice ? demanda-t-elle à Holt en venant s'appuyer à côté de lui contre le camion.

— J'aimerais bien le savoir… En tout cas, si certains membres sont au courant d'une éventuelle opération, on peut dire qu'ils savent garder le silence.

— Le secret est une de leurs règles d'or. Toutes leurs vies sont construites là-dessus.

— C'est bien vrai, répondit Holt en se levant. Reste ici, veux-tu.

Lindsey réprima un sourire. Si Holt pensait une seconde qu'il allait pouvoir se rapprocher davantage de la grange sans que les Noonan ne déclenchent une riposte, il se fourrait le doigt dans l'œil.

— Ils ne te laisseront pas entrer.

— J'ai compris, mais j'ai besoin de savoir si tu peux

m'accompagner sans danger, lui répondit Holt en avançant vers la porte.

Quand il posa le pied dans ce que Lindsey savait être le dernier périmètre de sécurité et que rien ne se passa, elle sentit son estomac se nouer.

— Holt, attends ! cria-t-elle en se précipitant vers lui.

Il s'immobilisa immédiatement, sans lui poser de questions.

— Qu'y a-t-il ?

— Il y a quelque chose de bizarre.

— Remonte là-dedans, lui dit-il en lui désignant le camion du menton.

Puis il appuya calmement sur un bouton sur le côté de sa montre.

— Nous arrivons trop tard, lui répondit-elle, pressentant le pire.

— Ne bouge pas, lui ordonna-t-il, et il tendit une main vers elle pour l'empêcher d'avancer.

Holt ne semblait toujours pas comprendre à quelle sorte de gens il avait affaire. Kurt et Kelly n'avaient rien à perdre car ils avaient déjà tout perdu, y compris leurs parents qui vivaient toujours à l'intérieur du camp et qu'ils n'avaient pas vus depuis plus de deux ans.

— Je me trompe peut-être mais jamais ils ne te laisseront entrer.

— Ils vont bien y être obligés.

D'ordinaire, Lindsey pensait que la confiance en soi était une réelle qualité mais, si Holt continuait à ne pas prendre au sérieux ses mises en garde, il risquait de gros ennuis.

— Ils sont entraînés, Holt, lui dit-elle d'une voix tremblante. Ils te tireront dessus sans se poser aucune question et n'auront que faire de mes cris pour tenter de les en empêcher. Ils n'ont peut-être qu'une vingtaine d'années mais ils ont passé leur jeunesse à se faire endoctriner et, tu peux me croire, ils n'ont qu'une seule manière d'accueillir les étrangers.

Lindsey vit qu'elle avait réussi à le faire changer d'avis car Holt sembla enfin se résigner.

— D'accord.

En quelques pas, elle fut à côté de lui. Holt lui avait prêté son arme de secours mais elle regrettait de ne pas avoir la sienne. A la pensée de celle-ci resurgissant quelque part et pouvant la relier à une nouvelle scène de crime, elle frissonna.

Lindsey se souvenait à quelle vitesse elle avait couru jusque chez elle après avoir entendu Shane. Et de ce qu'elle avait ressenti en découvrant que le coffre de sa table de chevet avait été forcé et que son arme avait disparu.

Quelques jours avaient passé, et aujourd'hui elle avait décidé d'ignorer sa peur et son immense sentiment de frustration pour se concentrer sur le flot d'adrénaline qui la submergeait et faisait battre son cœur plus vite.

Pourtant, malgré ses bonnes résolutions, elle sentait son inquiétude grandir à mesure qu'ils approchaient de la grange. Instinctivement, elle savait que quelque chose avait dû se passer ici. Et s'ils découvraient une nouvelle scène de crime, Lindsey ne savait pas si elle serait capable de le supporter.

Juste avant d'atteindre la porte d'entrée, Holt sembla tout à coup changer d'avis et tourna vers la droite pour faire le tour du bâtiment.

Lindsey se demanda ce qu'il faisait et espéra qu'il avait un plan en tête… Peut-être pensait-il pouvoir jeter un œil à l'intérieur par une des fenêtres, dans ce cas il allait être déçu. Les seules ouvertures vers l'extérieur étaient comme des meurtrières, extrêmement étroites et situées bien trop haut. Les Noonan avaient pensé à tout quand ils avaient réaménagé cet endroit…

Tandis qu'ils faisaient le tour de la grange, Lindsey entendit soudain quelque chose. Un bruit très faible, presque imperceptible. Ce n'était probablement que le sifflement du vent dans le feuillage des arbres mais Holt semblait l'avoir entendu lui aussi car il s'immobilisa et lui fit signe de faire de même.

Elle entendit le son une nouvelle fois. Peut-être était-ce le cri d'un animal ? C'était si doux. Si bizarre.

Holt recommença à avancer en mesurant chacun de ses

pas pour faire le moins de bruit possible. Lindsey le suivit en faisant de même. Elle avait la désagréable impression d'être observée. Epiée.

Arrivé au coin, Holt se mit dos au mur pour regarder derrière la grange. Quand il se retourna, il dévisagea Lindsey avec des yeux écarquillés. Il semblait essayer de lui dire quelque chose mais quoi ?

Il regarda à nouveau, plus longuement cette fois. Poussée par la curiosité, Lindsey jeta un œil par-dessus son épaule. Elle entendit alors un craquement dans le gravier et fit volte-face.

Un homme avait surgi derrière eux, comme par magie. Elle ne l'avait jamais vu et eut à peine le temps de remarquer son sourire sauvage et son arme rutilante avant qu'il ne se jette sur elle. En bondissant sur Lindsey, il percuta aussi Holt et ils roulèrent tous les trois à terre.

Lâchant son arme pour agripper le bras de Holt, Lindsey atterrit violemment sur le sol. Elle s'attendait à ce que leur assaillant se jette sur elle mais rien ne se produisit.

Quand elle ouvrit les yeux, elle vit Holt empoigner l'homme. Ils commencèrent à se battre à mains nues en grognant. Techniquement parlant, les deux hommes semblaient de force égale.

Tout à coup, l'inconnu plaqua le corps de Holt contre le mur de la grange, faisant craquer le bois sous son poids. Holt riposta en lui enfonçant son genou dans l'estomac et ils roulèrent à nouveau à terre. Lindsey chercha son arme des yeux. Si elle pouvait la retrouver dans l'herbe et si les deux hommes se séparaient, elle pourrait peut-être tirer.

Leur assaillant prit de nouveau l'avantage sur Holt. Après lui avoir donné une série de coups de poing dans les côtes, il s'assit à califourchon sur lui, sortit un couteau d'un étui accroché à sa cheville et le brandit au-dessus de Holt.

Ne parvenant pas à remettre la main sur son arme, Lindsey comprit qu'elle allait devoir se battre elle aussi à mains nues. Elle se redressa, mais alors qu'elle était sur le point de se jeter sur l'homme, Holt, qui semblait pourtant en mauvaise posture quelques secondes plus tôt, tira sur lui.

Le coup de feu résonna un instant et l'inconnu s'immobilisa. Lentement, il lâcha son couteau et posa sa main sur son ventre. Du sang apparut entre ses doigts.

Lindsey marcha à quatre pattes jusqu'à Holt, qui était toujours à terre. Il devait être blessé… Peut-être même inconscient.

— Holt ?

Il marmonna quelque chose en guise de réponse et elle s'approcha plus près de lui pour tenter de le comprendre.

— Qu'est-ce que tu dis ?

— Nous devons retrouver les Noonan, lui répondit-il en ouvrant des yeux furieux.

Il se redressa tant bien que mal et s'assit. Son mouvement fut si soudain que Lindsey sursauta. Elle avait pensé qu'il était peut-être évanoui mais il était déjà sur pied…

Elle comprit soudain. Cette position de défense, ces grognements tandis que son assaillant le bombardait de coups… tout était simulé.

— Est-ce que tu es blessé ? lui demanda-t-elle.

— Non mais j'aurais pu l'être, ce type était d'une force incroyable.

Holt se comportait comme si le fait d'avoir supporté tous ces coups sans broncher n'avait pas grande importance. N'importe quel autre homme, à sa place, aurait mordu la poussière. Mais pas lui. Il était rusé et avait réussi à duper son assaillant.

Sans perdre un instant, Holt prit le pouls de l'homme, s'empara de son couteau et le fourra dans sa poche. Puis il retrouva l'arme de Lindsey et la lui rendit.

— Viens, lui dit-il en lui tendant la main.

Quand ils tournèrent au coin de la grange, Lindsey put enfin voir ce que Holt avait découvert avant qu'ils ne se fassent attaquer. L'herbe haute qui entourait le bâtiment avait été piétinée et formait comme un chemin qui partait au loin.

Ils décidèrent de le suivre et, en baissant les yeux, Lindsey découvrit des traces de sang sur la pelouse piétinée.

Elle se sentit alors envahie par la panique. Ses émotions n'avaient cessé de faire le Yo-Yo, mais à présent ce n'était plus ni la peur ni le soulagement qu'elle sentait monter en elle.

Les Noonan, ces personnes avec qui elle partageait tant de choses et qu'elle considérait presque comme des amis, semblaient être en grand danger et elle était terrorisée à l'idée de ce qui avait bien pu leur arriver.

La remise se trouvait un peu plus loin. Kurt et Kelly y entreposaient tout, leur linge, leur bricolage, leur nourriture, ainsi que tout un tas de provisions en prévision d'une éventuelle fin du monde. Simon Falls leur avait fait subir un tel lavage de cerveau qu'ils n'avaient pas réussi à se libérer de cette manie d'accumuler.

Holt scruta les alentours de la réserve avec circonspection et, alors que Lindsey pensait qu'il allait en faire le tour, il enfonça brusquement la porte d'un violent coup de pied.

Le bois craqua, la serrure vola en éclats et la porte s'entrouvrit légèrement. Holt donna un dernier coup d'épaule, entra dans la remise… et se figea.

— Qu'y a-t-il ? lui demanda Lindsey, submergée par un mélange de peur et de tristesse.

Holt ne lui répondit pas et se précipita sur Kelly, qui était attachée à une chaise. Il prit son pouls, la libéra puis, délicatement, l'allongea au sol.

Lindsey, elle, se jeta sur le corps inerte de Kurt qui gisait sur le plancher. Il était recroquevillé en position fœtale. Elle ne réussit pas à trouver son pouls et lança un regard suppliant à Holt.

Celui-ci se glissa à côté d'elle et entreprit à son tour de prendre le pouls de Kurt. N'y parvenant manifestement pas, il le tourna sur le côté et ils constatèrent qu'il était blessé.

— Nous devons appeler une ambulance, dit Holt en levant les yeux vers Lindsay. Et vite. Je ne sais pas vraiment où nous nous trouvons, il va falloir que tu te charges de leur donner les explications.

— OK, lui répondit Lindsey en se demandant si elle allait en être capable.

— Tiens, lui répondit-il en lui tendant son téléphone. Appuie sur la touche 7 puis demande un transport médical. N'appelle pas les urgences ni qui que ce soit d'autre. Juste la touche 7. OK ?

Lindsey avait l'esprit embrumé mais elle essaya d'enregistrer les consignes de Holt. Il y avait des choses ici que la police ne devait surtout pas découvrir, un véritable trésor d'informations accumulées sur la communauté de New Foundations.

— Mais pour les…

— Connor s'occupera du reste.

Elle n'avait aucune idée de ce dont il voulait parler. Elle essaya de réfléchir mais elle semblait incapable de pouvoir faire quoi que ce soit d'autre que de fixer Holt.

— Maintenant, Lindsey, lui dit-il en lui saisissant le bras, probablement pour la faire sortir de sa stupeur.

— D'accord, murmura-t-elle en s'emparant du téléphone.

— Je comprends ton inquiétude, Lindsey, lui dit-il doucement, mais tu dois me faire confiance.

Lindsey jeta un œil à Kelly puis à Kurt. Ils avaient été battus à mort. Leurs corps étaient constellés d'ecchymoses. Kurt était très mal en point et Kelly n'avait pas été épargnée. De toute évidence, leur agresseur se fichait royalement du fait qu'il s'agisse d'une jeune femme, ce qui confirmait ce que Lindsey savait déjà de ce groupe.

— La touche 7, puis le shérif Carver, répéta Holt en hochant la tête.

— Pourquoi l'appeler lui ?

— Même si cela risque d'être vraiment difficile, je pense qu'il est temps de s'occuper de Falls, dit Holt en lui jetant un regard plus sombre encore. Avant qu'il ne fasse d'autres victimes.

Cette fois, Lindsey ne le désapprouva pas. Elle suivit ses instructions sans protester en espérant que Holt savait ce qu'il faisait.

— Ça va ? lui demanda Holt quand l'ambulance arriva enfin et que les victimes furent prises en charge.

— Non, ça ne va pas.

Lindsey n'avait même pas réussi à avoir l'autorisation d'accompagner les Noonan à l'hôpital.

Le shérif Carver avait agi comme Holt l'avait prévu et il avait cru que les Noonan étaient pris en charge par des ambulances lambda.

Ce service d'ambulance devait être employé par la Corcoran Team et ces infirmiers allaient probablement emmener Kurt et Kelly dans un endroit sûr. Ce qui signifiait que Lindsey ne pourrait avoir de leurs nouvelles qu'en passant par Holt. Et même si elle avait horreur de perdre le contrôle de la situation, elle savait que, cette fois, elle avait vraiment besoin d'aide.

Elle frotta ses mains sur ses bras en pensant qu'elle aimerait que Holt la serre fort contre lui.

— Je vais rentrer à la maison et faire comme si tout cela n'était pas arrivé.

— C'est une bonne idée, lui répondit-il en hochant la tête sans la regarder.

— Tu ne me dis pas que tout va s'arranger, et tout le bla-bla ? lui demanda-t-elle, surprise qu'il ne lui sorte pas son habituel discours de réconfort.

— Je te dirai ça quand nous aurons retrouvé le corps qui manque.

Sa réponse la frappa aussi violemment qu'un coup de poing dans l'estomac.

— Quoi ?

— Le type que j'ai blessé tout à l'heure a disparu.

— Mais comment est-ce possible ? lui demanda-t-elle.

— On dirait que la milice de Simon Falls est à nos trousses, lui répondit Holt en posant enfin les yeux sur elle. La bonne nouvelle, c'est que nous avons de l'avance sur eux.

Eh bien, pensa Lindsey, heureusement que Holt était du genre optimiste.

11

Simon Falls se tenait avec le shérif Carver devant la porte principale du camp de New Foundations. La majeure partie de la propriété, une quarantaine d'hectares, était encerclée par une haute clôture. Le reste du terrain était protégé par un grillage électrifié, équipé de détecteurs de mouvements, et de nombreux panneaux d'avertissements qui menaçaient de tirs par balle n'importe qui chercherait à pénétrer sur le terrain sans autorisation.

Des gardes étaient en permanence postés devant le portail, et personne, à l'intérieur du camp, n'avait la moindre idée de ce qu'il pouvait bien se passer à l'extérieur. Même si les membres de la communauté avaient entendu parler de la mort de Grant, la rumeur courait qu'il avait été tué par un vagabond et, pour le moment, Simon avait décidé de laisser la nouvelle se propager. Seuls les membres de son corps d'élite devaient être au courant de ses projets.

Simon écoutait à présent le shérif avec la plus grande attention. Celui-ci était en train de lui raconter que deux habitants de Justice venaient d'être agressés, apparemment sans raison, et que c'était Lindsey et Hank qui avaient prévenu la police car ils se trouvaient sur les lieux.

Simon ne pouvait s'empêcher de jubiler en constatant avec quelle facilité son piège était en train de se refermer sur Lindsey Pike. Il ne lui restait plus qu'à donner le signal de sa mise à mort.

— Shérif, on dirait que vous n'avez plus d'autre choix que d'arrêter cette femme.

— Je n'ai toujours aucune preuve la reliant à ces meurtres, lui répondit Carver tout en saluant de la main un couple qui passait devant eux. Je soupçonne plutôt ce type, Hank. Je le trouve bizarre… C'est depuis son arrivée à Justice qu'il y a eu tous ces meurtres.

— C'est une hypothèse intéressante, lui répondit calmement Simon. Mais Hank n'a jamais fait de vagues, ici.

Que Hank se fasse arrêter par les forces de l'ordre n'était pas dans l'intérêt de Simon. Cela lui prendrait une éternité pour retrouver un homme avec ce genre de tempérament et de telles compétences. Non, pour mener à bien ses projets, il avait besoin qu'il reste libre.

— Il me semble que c'est surtout cette Lindsey Pike qu'il faudrait arrêter, poursuivit-il.

— Peut-être, en effet.

Simon décida de changer de sujet de conversation, il enfoncerait le clou plus tard en faisant au shérif de nouvelles révélations sur Lindsey. Pour le moment, Carver se comportait exactement comme il le souhaitait et semblait le tenir au courant de la moindre avancée dans l'enquête sans prendre d'initiatives personnelles. Ce type n'avait décidément pas grand-chose en commun avec son père.

Il n'avait pas été très difficile de corrompre le vieux shérif Carver… En approuvant ses méthodes, Simon avait reçu en échange une aide non négligeable, à savoir un libre échange d'informations et la promesse de non-intervention des forces de l'ordre sur tout ce qui pouvait se passer à l'intérieur du camp. C'était aujourd'hui au tour de Frank Carver Junior d'être manipulé, même s'il ne semblait pas s'en être encore rendu compte.

— Que prévoyez-vous de faire ? lui demanda Simon en essayant de dissimuler le mépris qu'il ressentait pour le jeune shérif.

— Rassembler davantage de preuves.

— Et comment puis-je vous aider ? l'interrogea Simon en regrettant le tour que prenait la conversation.

— J'ai besoin de tout ce que vous avez sur Hank.

Et voilà, Simon avait maintenant un vrai problème sur les bras. Il se retint d'exploser car, même si la colère et l'envie de remettre le shérif à sa place le démangeaient, il y avait trop de monde autour d'eux. Et certaines choses devaient se régler en privé.

— Je vous enverrai tout ça, lui répondit-il en pensant que Carver ne perdait rien pour attendre.

— Merci, lui lança celui-ci d'un air détendu.

Puis il le salua d'un signe de tête et sortit de la propriété en passant devant les gardes. Simon le regarda s'éloigner en réfléchissant aux possibles complications qu'il pourrait lui créer.

Todd apparut et vint se placer aux côtés de Simon en gardant le silence.

— J'imagine que tu es là pour m'expliquer les raisons de ton nouvel échec ? gronda Simon en essayant de cacher sa fureur derrière un sourire de façade.

— Hank et Lindsey sont arrivés plus tôt que prévu sur les lieux, lui répondit Todd en regardant les environs d'un air décontracté. Du coup, Jeb a paniqué.

— Oui, et maintenant il est mort, maugréa Simon qui détestait perdre des hommes. Et cela ne va pas être difficile de faire le lien entre lui et la communauté. Je ne sais d'ailleurs pas par quel miracle Hank ne l'avait pas déjà croisé lors des entraînements…

— Je me suis occupé de lui, lui répondit Todd en se raclant la gorge. Ne vous inquiétez pas, personne ne retrouvera son corps.

— J'ai un nouveau travail pour toi, lui dit Simon en décidant de passer à autre chose. Mais ce sera ta dernière occasion de me montrer ce que tu vaux.

— Je vous écoute, chef.

— Le shérif enquête sur Hank, trouve quelque chose pour détourner son attention, quelque chose en rapport avec Lindsey Pike, lui ordonna Simon qui venait soudain de se rendre compte que tous ses plans risquaient de partir en fumée si celle-ci décidait de quitter la ville.

Dans sa cuisine, Lindsey inspectait avec la plus grande attention le contenu de chacun de ses placards avant d'en refermer les portes violemment. Holt la regardait faire patiemment en attendant le retour de Shane. Il avait pensé à quelque chose pour la distraire mais maintenant qu'elle se défoulait aussi rageusement sur ces pauvres meubles, l'embrasser ne semblait plus être une si bonne idée. Ce qui était bien dommage, regretta-t-il intérieurement.

Shane arriva enfin, au moment même où Holt commençait à se dire qu'il ne pouvait plus supporter ce vacarme. Après avoir composé les codes de sécurité sur le boîtier d'alarme pour éviter que celle-ci ne se déclenche, il les rejoignit dans la cuisine.

— Alors ? lui lança Lindsey en se retournant brusquement vers lui.

— L'état de santé de Kelly est stable.

Holt comprit immédiatement que le fait que Shane n'en dise pas plus était mauvais signe. S'il avait eu d'autres bonnes nouvelles, il les leur aurait données sans tarder, surtout après avoir remarqué le regard plein d'espoir de Lindsey. Mais il fallait que les choses soient dites, Holt décida donc de poser lui-même la question.

— Et Kurt ?

— Il ne s'en est pas sorti.

Lindsey s'écroula sur une des chaises de la cuisine, les yeux écarquillés. Sa douleur était presque palpable.

— Fais-moi un rapport complet, demanda Holt à Shane avant d'aller vers elle pour tenter de la réconforter.

— Cam et Connor sont en train de tout organiser pour envoyer Kelly dans un endroit sûr dès qu'elle sera en état en voyager, lui répondit Shane immédiatement.

Holt regarda Lindsey en espérant qu'elle se manifeste.

Qu'elle dise quelque chose, n'importe quoi. Mais elle semblait dans un état second, son regard était vide et son visage pâle.

— Lindsey a réussi à faire s'évader de la communauté six autres personnes, dit Holt à Shane en lui tendant la liste qu'elle lui avait faite un peu plus tôt. La plupart d'entre eux ont quitté l'Etat de l'Oregon.

— Je les ai contactés, dit soudain Lindsey d'une voix mécanique.

Plus le temps passait, plus Holt s'inquiétait pour elle… Il se demandait à présent si elle allait réussir à tenir le coup. La perte de Kurt pourrait être insurmontable. En apprenant une telle nouvelle, la plupart des gens se renfermaient sur eux-mêmes et il n'était pas rare de les voir se déconnecter de la réalité.

— Connor nous a filé un coup de main pour avertir toutes ces personnes, ajouta Holt en se remémorant avec quel calme ce dernier avait aidé Lindsey à prévenir chacun des fugitifs sans les faire paniquer.

— Je viens juste de l'avoir au téléphone, lui répondit Shane en acquiesçant. Il a chargé Joel et quelques autres d'aller chercher ces personnes, de les délocaliser et de les surveiller jusqu'à ce qu'on comprenne ce qu'il se passe exactement.

En entendant ces nouvelles, Holt se sentit soulagé.

— Mais Kurt est mort et Roger n'est toujours pas réapparu, coupa soudain Lindsey en se relevant pour aller ouvrir la porte du réfrigérateur.

— Nous allons arrêter ces gars, lui répondit Holt d'un ton confiant.

— Et combien de personnes vont encore mourir avant que cela ne se produise ? lança-t-elle en lui jetant un coup d'œil par-dessus l'épaule.

— Aucune, je l'espère.

Holt ne pouvait pas garantir à Lindsey que tout allait se passer sans encombres et sans violence. Mais il pouvait lui faire la promesse qu'il allait tout faire pour limiter les dégâts.

— Je vais me coucher, dit-elle tout à coup en refermant le réfrigérateur.

Elle quitta la pièce sans ajouter un mot et Holt la regarda marcher dans le couloir jusqu'à sa chambre puis refermer la porte derrière elle.

— Elle traverse une véritable épreuve, commenta Shane.

— C'est le moins qu'on puisse dire.

Des gens mouraient tous les jours et des agresseurs semblaient cachés derrière chaque porte. Même pour Holt, qui faisait ce métier depuis longtemps, la coupe était pleine.

— Cette nuit, quand tu iras la rejoindre, essaye de la rassurer, reprit Shane.

— Peut-être qu'elle a besoin d'être un peu seule, dit Holt, qui doutait sincèrement de pouvoir aider Lindsey.

Shane hocha la tête.

— Si tu crois ça, c'est que tu n'as toujours rien compris.

Même si Holt n'avait aucune idée de ce que sous-entendait Shane, il avait la sensation que celui-ci avait raison.

— Y a-t-il une chance pour que tu sortes ce soir ? lui demanda-t-il en haussant les sourcils.

— Voilà qui est mieux, lui répondit Shane en esquissant un sourire. Allez, donne-moi dix minutes et je disparais.

— Je t'en accorde cinq.

12

Lindsey n'était pas d'humeur à être cajolée ou réconfortée. Mais, même si elle était loin d'être aussi fragile qu'une poupée de porcelaine, elle n'était pas insensible. Quelqu'un qu'elle avait aidé, qu'elle avait nourri, qu'elle avait presque éduqué en le préparant à affronter le monde réel venait de mourir. Il avait vingt-deux ans. C'était tellement injuste… Comment Kelly allait réussir à s'en sortir sans son frère ?

Et puis il y avait Roger… et Grant, qu'elle ne connaissait pas mais qui avait été tué lui aussi. Et cet homme chez les Noonan… Les morts ne cessaient de s'accumuler et la terreur avait envahi Lindsey.

Elle s'assit un instant sur son lit, se releva, puis se rassit à nouveau. Quand elle vit ses mains commencer à trembler, elle serra les poings. Ne s'était-il vraiment passé qu'une semaine depuis cette soirée où elle avait tranquillement fermé à double tour sa maison avant d'aller se coucher ? Ce rituel la sécurisait. Mais aujourd'hui elle avait compris combien elle avait été naïve de croire qu'elle pouvait être en sécurité.

— Lindsey ?

Elle n'avait pas entendu les coups frappés à sa porte. Seulement la voix grave de Holt qui semblait traverser les murs et glisser jusqu'à ses oreilles.

— Tu as besoin de quelque chose ? lui demanda-t-elle.

Il entra dans la chambre et referma la porte derrière lui.

— J'ai besoin de toi.

Lindsey se demanda si elle avait bien entendu. Sa nervosité devait lui jouer des tours. Elle le regarda pour essayer de décrypter son expression mais en vain.

— Qu'est-ce que tu viens de dire ?

— Rien du tout.

— Il me semble que tu as parlé.

— Si tu préfères, je peux partir, lui répondit-il en posant sa main sur la poignée de la porte.

— Non, lui dit-elle presque en criant.

Il marcha calmement jusqu'au lit et quand il s'assit à côté d'elle, le matelas s'enfonça sous son poids et son corps glissa contre le sien.

— Je n'arrive pas à me calmer, lui dit-elle doucement. J'ai l'impression que je vais éclater en mille morceaux.

— C'est normal, lui répondit-il en posant sa main sur sa cuisse.

— C'est une sensation affreuse… Est-ce que tu te sens parfois comme ça ?

— Ça m'arrive, oui, lui dit-il en lui prenant la main pour entremêler ses doigts avec les siens. Tu es à bout de nerfs car tout se mélange, le danger, la peur, la tristesse et la douleur.

— Et comment est-ce que je peux me débarrasser de tout ça ?

Lindsey retourna sa main pour regarder celle de Holt. Elle était virile, puissante et rugueuse comme celle d'un homme qui a l'habitude des travaux manuels.

— Il y a différentes méthodes, cela dépend des gens, lui répondit-il en faisant des ronds avec son pouce sur le dos de sa main.

De lents et tendres cercles qui semblaient la détendre, même si elle sentait bien que l'agitation régnait encore au fond d'elle.

— Aucune chance qu'un baiser puisse faire l'affaire ? demanda-t-elle en se souvenant que cette solution avait plutôt bien fonctionné la dernière fois.

— Lindsey, il faut que tu saches qu'à cet instant précis je suis en train de faire de très gros efforts pour ne pas me conduire comme un salaud.

Lindsey n'avait encore jamais pensé à Holt de cette façon.

Elle avait vite compris qu'il était têtu — il était même maître en la matière —, mais jamais elle n'avait envisagé qu'il puisse être un salaud.

— Tu ne l'es pas.

— Comment peux-tu le savoir ? On dirait bien que je suis sur le point de franchir les limites.

— Qu'est-ce que tu veux dire ? interrogea-t-elle en se demandant où il voulait en venir.

Holt secoua la tête et baissa encore la voix.

— Tu es bouleversée et je ne veux pas en profiter.

Décidément, pensa Lindsey, il ne comprenait rien à la situation. Son inquiétude était touchante mais déplacée. Elle lui avait clairement signifié qu'elle était attirée par lui. Elle lui avait même fait une offre on ne peut plus claire la veille, en lui proposant de venir dormir avec elle. Mais Holt semblait être passé à côté.

Elle savait qu'il ressentait quelque chose pour elle, mais elle avait cru qu'il arriverait à combattre ses sentiments sans difficulté — ce qui n'était pas la chose la plus flatteuse au monde. Elle s'était même sentie envahie d'un mélange de déception et de tristesse à cette idée.

Cependant elle savait maintenant à quel point tout cela était ridicule. Même si Holt semblait vibrer de désir, il gardait le contrôle de lui-même. Il était tellement absorbé par son travail qu'il en oubliait ses besoins primaires. Mais Lindsey voulait qu'il lâche prise. Qu'il lui fasse suffisamment confiance pour tenter le coup.

Et elle voulait l'entendre de sa bouche. Elle ne voulait pas être la seule à prendre le risque.

— Est-ce que tu as envie de moi ? lui demanda-t-elle en le regardant dans les yeux.

— Depuis le premier jour où je t'ai vue, là-bas dans ce café. N'en doute jamais, lui répondit-il sans hésiter une seconde. Ton allure ce jour-là, la manière dont tu te déplaçais. Ce mélange de beauté et de force m'a presque fait oublier ma mission et, pour ta gouverne, cela ne m'était encore jamais arrivé.

N'étant pas sûre de savoir quoi répondre, Lindsey balbutia.

— Eh bien…

— C'est quand tu m'as servi mon café que j'ai compris que j'étais foutu. Puis je t'ai regardée marcher et là, dit-il avant de siffler, là j'ai perdu la tête.

— Il faut dire que je sers très bien les cafés, lui répondit-elle en souriant.

— C'est vrai.

— J'ai envie de toi, moi aussi, tu sais, murmura-t-elle en délivrant enfin ces mots qui tournaient sans cesse dans son esprit depuis qu'elle l'avait rencontré.

Holt la regarda un instant avec tendresse, le sourire aux lèvres.

— Tu es sûre de toi ?

— Oui.

— Peut-être devrions-nous attendre que…, commença-t-il à marmonner.

— Attendre quoi ? Que les gens arrêtent de mourir ? On ne sait même pas quand cela arrivera.

Il se tourna vers elle et plongea son regard dans le sien.

— Nous allons régler tout ça et te mettre en sécurité.

Chacune de leurs phrases, songea Lindsey, semblait les éloigner un peu plus l'un de l'autre. Holt ne comprenait manifestement pas ce qui l'inquiétait ni ce à quoi elle pensait à l'instant présent.

— Je n'ai pas peur pour moi, Holt. C'est vrai que tout ce qui s'est passé me rend malade mais quand tu es assis à côté de moi, un sentiment incroyable grandit en moi.

— Décris-le-moi.

Lindsey ne trouva pas les mots. Aucun ne semblait assez puissant.

— Du désir. Je ne sais pas quel autre nom lui donner.

— Peut-être que je ferais mieux de t'embrasser et nous chercherons une meilleure définition plus tard ?

— Oui ! lui répondit-elle en pensant qu'il allait maintenant se pencher vers elle pour l'embrasser tendrement.

Mais ce n'est pas ce qu'il fit. Non, ce n'était pas son genre.

Il la prit brusquement dans ses bras, la souleva et la posa à califourchon sur ses genoux.

Et, avant qu'elle n'ait le temps de pouvoir reprendre son souffle, ses lèvres furent sur les siennes. C'était un baiser passionné. La promesse de la nuit à venir. La vision de Lindsay se troubla et elle agrippa ses épaules tandis que le monde basculait autour d'eux.

Leurs langues jouaient ensemble, se cajolaient, se découvraient. Holt embrassa Lindsey jusqu'à ce qu'elle soit à bout de souffle et que son cœur batte la chamade, puis il ralentit un peu son allure. Chacune de ses actions la rendait un peu plus gourmande. Et quand il embrassa son cou, sa nuque et mordilla le lobe de son oreille, elle perdit tout contrôle.

Elle en oublia même le danger et la peur. Elle désirait tant Holt, elle avait tant espéré ce moment ! A présent, il n'était plus question ni de sauvetage ni de protection. Seulement d'une attraction mutuelle si forte et sauvage qu'elle envoyait tout valser sur son passage. D'une envie frénétique qui devait être rassasiée.

Holt passa son bras autour de sa taille et, alors qu'elle était assise sur ses genoux et commençait à sentir l'effet qu'elle lui faisait, il la coucha tout à coup sur le matelas et fut soudain au-dessus d'elle.

Dans cette position, Lindsey pouvait voir son visage et les reflets sombres de ses yeux marron.

Elle caressa ses épaules et brusquement elle ne put supporter une seconde de plus le tissu qui séparait leurs peaux. Elle lui ôta son T-shirt, laissa courir ses mains sur son torse nu et soupira.

Elle caressa de vieilles cicatrices, des blessures de guerre. Elle découvrit chaque angle, chaque ligne de cette masse de testostérone et, grognant de plaisir, Holt ne fit rien pour l'en empêcher. Quand elle posa ses mains sur l'élastique de son boxer, il souleva ses hanches, comme pour la presser de continuer.

Alors qu'elle allait passer en dessous de la ceinture, elle sentit soudain les mains de Holt se réveiller. Ses doigts commencèrent à remonter jusqu'à son top. Le coton léger n'avait aucune chance contre la puissance de ses mains déterminées. Il remonta son débardeur jusque dans son cou puis le fit passer par-dessus sa tête.

Alors il posa sa bouche sur elle. Il l'embrassa, la lécha. Un sein puis l'autre. Lindsey sentit chacune de ses terminaisons nerveuses reprendre vie. A chaque coup de langue, elle levait les hanches pour venir coller son corps contre son érection. Elle était bouleversée, ravagée et bougeait la tête d'un côté et de l'autre sans avoir conscience de ce qu'elle faisait.

L'alliance des mains de Holt et de sa bouche était en train de la consumer. Quand il plongea une main dans son short et glissa sous sa culotte, elle manqua sauter au plafond. Holt était expert dans tous les domaines et, manifestement, il n'y avait pas d'exception.

Quand il commença à la caresser, Lindsey tendit les jambes contre ses hanches. Elle voulait qu'il la touche encore, qu'il la pénètre. Elle glissa une main vers le bas de son corps et s'empara de son érection. Ses doigts bougèrent sur lui et Holt gémit de plaisir.

Quand il se déplaça à côté d'elle, elle attrapa son bras pour le retenir.

— Holt ?

— Préservatif, grogna-t-il en se dirigeant vers la commode.

Elle le vit attraper quelque chose et, alors qu'il revenait vers elle, elle reconnut l'emballage.

— Tu l'avais posé dans ma chambre ?

— Je l'avais dans la main quand je suis entré tout à l'heure, lui répondit-il en lui lançant un sourire ravageur. J'avais bon espoir.

Décidément, pensa Lindsey, tout chez cet homme la charmait.

— Et ça se passe comme tu le voulais ?

Pendant qu'il déchirait l'emballage, elle fit glisser son boxer sur ses cuisses musclées. Puis elle le caressa jusqu'à ce que ses yeux se ferment. Alors, d'un geste vif, il se débarrassa de son sous-vêtement et en profita pour ôter la culotte de Lindsey.

Quand il se glissa au-dessus d'elle, le contact de sa peau

contre la sienne la fit gémir de plaisir. Chaque cellule de son corps en contact avec le sien semblait reprendre vie. Avec Holt, Lindsey se sentait sexy et libre, peut-être même un peu aventurière et sauvage.

A nouveau, elle prit son érection en main. Elle aimait son contact et sa chaleur dans sa paume. Elle savoura chaque grognement, chaque gémissement qu'il laissa échapper. Puis elle resserra son emprise, jusqu'à sentir soudain ses doigts à lui, sur elle. En elle. Alors, son esprit s'envola. Et une avalanche de sensations violentes et farouches l'inondèrent.

Quand il souleva ses jambes et les écarta, elle comprit qu'il était temps d'arrêter les préliminaires. Tout son corps était tendu et suppliait pour en obtenir davantage. Elle voulait désespérément être foudroyée.

Enfin Holt fut en elle. Elle ne savait pas quand il avait pris le temps de mettre le préservatif mais il l'avait fait. Plongeant plus profondément à chacun de ses coups de reins, il adopta un rythme qui, à chaque mouvement, faisait trembler son corps de plaisir. Enfin, elle sentit qu'ils étaient tous deux proches de l'orgasme et elle l'enserra en elle comme pour le supplier d'en finir, de la soulager.

Le chant de leur amour faisait trembler la chambre. On n'entendait plus que le claquement régulier des pieds du lit contre le sol. Le mélange de leurs souffles courts. Les battements de son cœur qui martelaient ses tempes.

Bientôt, Lindsey ne fut plus qu'une boule de nerfs, un magma de cellules en feu. Elle cria le nom de Holt tandis qu'il s'enfonçait plus profondément en elle. Et soudain, elle sentit venir la vague et lâcha prise. Elle ne chercha pas à résister, se cambra, enfonça ses talons dans le matelas et crut perdre la raison.

Plus rien n'avait d'importance, plus rien ne la touchait. A cet instant précis, elle appartenait à Holt. Elle sentait la puissance de ses bras, la chaleur de sa peau et elle se laissa emporter tandis que son corps vibrait comme sous un électrochoc.

Quand elle reprit enfin ses esprits, elle sentit Holt se raidir.

Ses épaules se figèrent et sa main glissa dans le bas de son dos. Il la tint serrée contre lui tandis que son corps tressautait.

Ils avaient été bruyants et transpirants, sensuels et affamés de désirs. A présent, ils étaient allongés, immobiles, et Holt se reposait sur elle de tout son poids. Mais cela ne la dérangeait pas. Sentir sa peau contre la sienne était plus agréable que tout ce qu'elle aurait pu imaginer.

Après quelques minutes de silence, il se redressa sur ses coudes.

— Ça va ?

Elle essaya de se se rappeler si elle s'était déjà sentie aussi bien.

— Oui, si j'oublie que mes muscles sont en bouillie et que je ne peux pas bouger.

— Mais c'est agréable ?

— Génial, en fait, lui répondit-elle en lui caressant les épaules.

— Bien, lui dit-il en se déplaçant sur le côté et en l'emmenant. Je peux m'accommoder d'un « génial ».

Lindsey eut envie de lui demander ce qu'il voulait dire mais elle préféra profiter du moment présent et se blottit contre lui. Maintenant totalement détendue, elle se sentit soudain épuisée.

Elle allait s'endormir quand une question vint la troubler.

— Est-ce que ça se passe toujours comme ça ?

— Non, c'est une première.

— C'est-à-dire ? lui demanda-t-elle en retrouvant soudain un peu d'énergie.

— Je ne couche pas avec des femmes quand je suis en mission. Jamais. Ce n'est pas mon genre.

Elle se redressa pour le regarder mais, avant qu'elle n'ait eu le temps de dire quelque chose, il ajouta :

— Tu ne me crois pas ?

— En fait, je voulais parler de la violence qui nous entoure, mais c'est plutôt agréable de savoir que je ne suis pas une histoire parmi tant d'autres.

Quelque chose au fond d'elle-même dansait de joie à l'idée de signifier un peu plus pour lui qu'une simple liaison.

— Tu n'es pas une aventure d'un soir. Considère ça comme une garantie.

Lindsey eut envie de lui demander ce qu'elle représentait alors pour lui, mais elle choisit finalement de ne pas prendre trop de risques.

— Est-ce que ça t'arrive d'avoir peur ?

— A chacune de mes missions. La clé, c'est de contrôler cette peur, lui répondit-il en lui caressant les cheveux. Il faut canaliser cette énergie et la transformer en quelque chose de constructif pour remplir ses objectifs.

— La migraine qui s'est installée dans mon crâne dès que tout ça a commencé n'a pas l'air de vouloir me quitter, lui dit-elle.

— C'est le stress, lui répondit-il en massant doucement ses tempes.

— J'imagine que tu en as, toi aussi ?

— Du stress ? Oh ça, oui, lui répondit-il en riant. Mais j'ai très vite appris à vivre avec. Mon père était un homme dur, un militaire de carrière. Pour lui, rien n'était jamais assez bien. Dès le jour où il a rencontré ma mère à Hawaii, il a été très clair sur ses attentes et son exigence de perfection.

Lindsey essaya d'imaginer ce que cela pouvait être de grandir avec une telle pression. Cela expliquait sûrement l'entêtement de Holt et son côté responsable.

— Ça n'a pas dû être facile d'avoir un tel père.

— Oh ! D'autres sont plus à plaindre, lui répondit-il en écartant une mèche de son visage. Toi, par exemple.

— Ce n'est pas un concours.

— Mais ça remet les choses en perspective, lui dit-il en haussant les épaules. Mon père a toujours été très clair sur le fait que son amour pour l'armée passerait toujours avant nous.

— Tu ne lui ressembles pas, murmura Lindsey.

— Je préférerais qu'on parle de toi, dit-il en laissant doucement glisser sa main le long de son dos.

— Pour info, ce que tu es en train de faire, là, avec tes doigts, ce n'est pas « parler de moi ».

Holt agrippa brusquement ses fesses et Lindsey sursauta.

— Mais tu peux continuer, lui dit-elle en lui lançant un sourire chargé de sous-entendus.

— Est-ce que ça signifie que je peux rester ici cette nuit ?

Même si Lindsey était prête à lui offrir bien plus qu'une nuit dans son lit, elle avait compris que Holt était un solitaire. Il n'avait jamais eu de relations sérieuses et n'allait sûrement pas changer ses habitudes pour elle.

— Tant que tu es en ville, je crois que tu peux même prévoir de passer toutes tes nuits ici, lui dit-elle.

— Marché conclu.

13

La nouvelle fut publiée dans le journal local dès le lendemain matin. Dans un encart plutôt mince, l'auteur reliait la mort de Grant à l'agression des Noonan, qui s'était produite dans une ville à quelques heures de route seulement de Justice. Sur une autre page, un article évoquait la disparition d'un nouveau membre de la communauté de New Foundations, qui semblait s'être noyé dans un lac des environs.

L'article omettait de mentionner que Kelly avait survécu à son agression car Connor s'était chargé de faire croire à tout le monde que le frère et la sœur avaient tous les deux perdu la vie.

La Corcoran Team avait placé Kelly en lieu sûr et la jeune femme allait bientôt obtenir une nouvelle identité. Sa vie passée dans la communauté de New Foundations ne serait bientôt plus qu'un vilain souvenir, tout du moins c'est ce que tout le monde espérait. Mais pour l'instant elle ne semblait pas en état de pouvoir penser à quoi que ce soit d'autre qu'à la disparition de son frère, et sa peine, selon Cam, semblait incommensurable.

Ce qui était compréhensible… Holt avait du mal à imaginer comment il réagirait si par malheur il arrivait quelque chose à sa sœur. Il deviendrait probablement fou, démolirait tout autour de lui et refuserait de se laisser prendre en charge par quiconque… Non, se connaissant, il chercherait à tout prix à obtenir justice et sûrement même à se venger. Il choisirait la mauvaise voie, celle des imbéciles.

Les auteurs de cet article n'avaient fait que leur boulot en publiant ces nouvelles, mais le fait que toute cette affaire soit rendue publique allait compliquer sa mission. Ce genre d'histoire rendait les gens hystériques, les paniquait tout en les excitant. Holt ne serait pas surpris s'ils décidaient de former des petits groupes d'autodéfense.

Et la référence à Lindsey n'arrangeait rien. L'article suggérait qu'elle avait été interrogée par les forces de l'ordre, et même si on ne lui reprochait encore rien, Holt savait que c'était suffisant pour que les gens fassent le lien.

Lindsey connaissait personnellement ces trois personnes. Une avait été retrouvée morte sur sa propriété et c'était elle qui avait découvert les deux autres. Quant à son passé, il était si mystérieux qu'il en devenait trouble.

De toute évidence, l'auteur de cet article avait tout fait pour salir son nom…

Holt reposa doucement le journal sur la table de la cuisine en se demandant comment il allait bien pouvoir s'y prendre pour réussir à cacher tout cela à Lindsey. Elle n'avait pas besoin de cette mauvaise nouvelle en plus de tout ce qu'elle avait enduré ces derniers jours.

Mais la réalité le rattrapa soudain. Lindsey vivait à Justice, servait des cafés aux habitants, discutait avec eux. La rumeur allait se répandre de maison en maison comme une traînée de poudre, et ce jusqu'à ce que tout le monde soit au courant. Elle deviendrait alors la brebis galeuse de la ville et ne pourrait plus se cacher nulle part.

Holt passa nerveusement sa main dans ses cheveux et essaya de trouver un moyen de calmer la frustration et la colère qui venaient subitement de l'envahir.

— Je savais bien que ça ne te plairait pas, lui dit soudain Shane en déposant une tasse de café devant lui.

— Je n'avais pas réalisé à quel point c'était sérieux.

— J'ai pensé qu'il valait mieux que tu le découvres par toi-même, lui répondit Shane.

Holt n'en était pas aussi sûr. Si Shane l'avait prévenu plus tôt, il aurait pu essayer de trouver un moyen pour annoncer tout cela à Lindsey moins brusquement. Mais on ne pouvait pas revenir en arrière…

— Je n'aurais jamais dû faire venir le shérif Carver chez les Noonan, déclara-t-il avant de boire une gorgée de son café.

— Tu y étais obligé pour que nous puissions faire croire à la mort de Kelly. Et en faisant cela, tu as envoyé un message à Simon Falls, ce qui va accélérer les choses entre lui et Lindsey.

Il se tut car Lindsey venait d'apparaître dans la cuisine.

— Bonjour, lança-t-elle gaiement.

Mais son sourire s'effaça peu à peu tandis qu'elle regardait les deux hommes.

— Que se passe-t-il ?

— Qu'est-ce qui te fait penser qu'il se passe quelque chose ? lui répondit Holt en essayant de gagner un peu de temps.

— Vous devriez voir vos têtes… Et je sais ce que ça signifie quand tu réponds à ma question par une question, je commence à connaître tes techniques de diversion.

Holt ne savait pas si le fait que Lindsey puisse lire en lui comme dans un livre ouvert était une bonne chose mais, ce qu'il savait en revanche, c'est qu'il n'allait pas pouvoir lui raconter de salades.

— Regarde, lui dit-il en lui montrant le journal posé sur la table.

— Holt, tu devrais la mettre en garde avant, dit Shane en secouant la tête.

— Ne t'inquiète pas, elle peut encaisser.

Holt espéra qu'il ne se trompait pas. Il en était venu à croire que Lindsey pouvait tout supporter…

Elle parcourut la page des yeux puis regarda avec attention la photo. Quand elle leva les yeux vers les deux hommes, Holt vit un éclair de colère briller dans son regard.

— On m'a tendu un piège, dit-elle d'une voix calme.

Elle avait compris l'enjeu de la situation sans qu'on ait à le lui expliquer. Mais, même si cela facilitait grandement la tâche de Holt, celui-ci se demanda si elle comprenait bien à quel point sa vie allait être mise sens dessus dessous.

— Il n'y a plus de doute là-dessus, dit-il.

— Je vous avais prévenue, ajouta Shane.

— Qui a bien pu donner ces informations au journal ? demanda-t-elle en chiffonnant la page dans sa main.

— Quelqu'un au camp, quelqu'un qui s'en est chargé pour Simon Falls…

Holt savait que c'était le leader de New Foundations qui était responsable de tout ça. Même s'il se cachait derrière ses sbires pour garder les mains propres, c'était lui qui tirait les ficelles.

— C'est un ramassis de conneries ! dit Lindsey en jetant la boule de papier par terre. Les gens ne seront pas dupes, ils n'y croiront pas.

Shane lança à Holt un regard chargé d'inquiétude avant de répondre à Lindsey :

— Les gens peuvent être naïfs avec ce genre d'histoires.

— Qu'est-ce que ça signifie exactement ? demanda Lindsey en faisant le tour de la table pour prendre une tasse vide.

— Ça veut dire qu'il faut s'attendre à ce que la ville tout entière se retourne contre vous, répondit Shane en grimaçant.

Lindsey ne pouvait pas l'ignorer. Elle avait peut-être eu une enfance marginale mais elle devait se douter que dans une ville aussi petite que Justice une telle histoire allait être sur toutes les lèvres pendant des semaines. Et si de nouvelles informations apparaissaient, ce que Holt redoutait, Justice allait bientôt devenir invivable pour elle.

— Nous pensons que Simon Falls essaye de te rendre la vie impossible pour que tu ne sois plus en mesure de pouvoir faire quoi que ce soit ici.

— OK, dit-elle en serrant ses doigts sur sa tasse. Alors il me suffit de déménager dans une autre ville, pas loin d'ici, pour continuer à faire mon travail.

— Même sans tes problèmes judiciaires, qui ne sont pas à prendre à la légère mais qui peuvent être arrangés par la Corcoran Team, je crois que fuir ne t'aidera pas. Simon veut que tu viennes à lui.

— Mais pour quelle raison ? demanda Lindsey avec une grimace de dégoût.

— Je ne sais pas, pour t'arrêter… Pour t'affronter…

Holt préférait ne pas pousser sa réflexion, il ne souhaitait pas réfléchir davantage à ce que Simon attendait de Lindsey.

— Tout cela me semble bien trop organisé, continua-t-il en haussant les épaules. On dirait que ce type veut t'attirer dans sa tanière.

— Est-ce normal qu'une partie de moi rêve de tirer une balle dans la tête de ce Simon Falls pour en finir avec ce cauchemar ? demanda Lindsey avec un soupir.

— Oui, lui répondit Holt en hochant la tête.

— Tout à fait normal, ajouta Shane.

— C'est ce côté-là que j'aime bien chez vous deux, dit Lindsey en posant sa tasse sur la table.

— Seulement ça ? demanda Holt en décidant de continuer dans un registre plus léger.

— Fin de la discussion…, commença Lindsey avant d'être interrompue par la sonnerie de son téléphone. Pourquoi est-ce que j'ai l'impression qu'on m'appelle encore pour m'annoncer des mauvaises nouvelles ?

En la regardant chercher son téléphone portable dans son sac, Holt eut envie de lui répondre que c'était parce qu'elle était une femme intelligente. Et que c'était d'ailleurs une des nombreuses choses qu'il aimait chez elle.

— C'est sûrement le début d'une série de coups de téléphone très désagréables, prépare-toi, lui conseilla Holt.

Elle acquiesça avant de décrocher, puis écouta son interlocuteur en fronçant les sourcils. Elle essaya de parler plusieurs fois mais, manifestement, elle ne pouvait pas l'interrompre. Enfin, elle conclut la conversation d'un « très bien » puis raccrocha.

— Eh bien, tu as raison, c'était on ne peut plus désagréable, dit-elle en se frottant les tempes. C'était mon boulot, ils viennent de me virer.

— On dirait que le plan de Simon Falls se déroule à merveille, commenta Shane.

Holt observa Lindsey pour voir si elle allait s'écrouler ou se mettre en colère, ce qui serait pour le moins compréhensible. Mais elle resta immobile en se mordillant la lèvre, et il décida de lui poser la question qui le taraudait.

— Tu as eu des nouvelles de Roger ?

— Aucune, non, lui répondit-elle en se laissant tomber sur une chaise à côté de lui. Qu'est-ce qu'on fait maintenant ?

Holt admirait son courage. Elle ne pensait ni à se cacher ni à fuir, non, elle voulait affronter la situation. Mais, même si c'était une attitude remarquable, Holt voulait que Lindsey reste ici, à l'abri. Si Simon Falls était bien en train de lui tendre un piège, comme ils en étaient persuadés, il n'était pas question de lui offrir de nouvelles opportunités.

Et puis il avait une idée en tête. Une idée pour forcer la main de Simon.

— Toi, tu ne fais rien du tout. Moi, je vais aller tenter quelque chose. Je crois qu'il est grand temps de voir si Hank peut être utile à Simon.

Hank avait été recruté par Simon, qui lui avait sorti son fameux discours d'homme à homme, et Holt pensait maintenant qu'il était temps de profiter de sa couverture. Peut-être même pouvait-il offrir plus d'aide à Simon que celui-ci n'en demandait…

— Tu peux faire ça sans risquer de te griller ? demanda Lindsey.

— Fais-moi un peu confiance, veux-tu ? lui répondit Holt en lui adressant un clin d'œil.

— Ne lui en veux pas, intervint Shane, j'allais te demander la même chose.

— Donnez-moi une journée et je vais régler ça.

— De quelle manière ? demanda Lindsey, l'air sceptique.

Holt avait eu l'idée dès qu'il avait vu le journal. Simon voulait faire monter la pression. Holt allait faire de même.

— Je pense qu'une rupture de notre prétendue relation est la meilleure chose à faire.

Un ange passa dans la cuisine, puis Holt vit le visage de

Lindsey se détendre. Elle avait l'air d'avoir compris ce qu'il voulait dire et affichait maintenant un air amusé.

— Alors j'imagine que je dois être triste, dit-elle enfin en faisant mine de pleurnicher.

— Pas aussi triste que moi qui ne vais plus jamais te voir me servir des cafés.

— Je serais ravie de t'en servir une tasse chaque matin, lui répondit-elle en haussant les sourcils.

— Et au lit ?

— Eh bien voilà ! On dirait que je suis la dernière personne à avoir les pieds sur terre, intervint Shane en se levant de sa chaise.

— De qui parles-tu ? demanda Lindsey, manifestement embarrassée par le brutal changement de discussion de Shane.

— De la Corcoran Team, lui répondit Shane en jetant un regard chargé de sous-entendus à Holt. Les autres membres ont tous perdu leur self-control.

— Qu'est-ce que tu veux dire ? lui demanda-t-elle en penchant la tête sur le côté.

Mais Holt ne laissa pas à Shane le temps de répondre.

— Laisse tomber, Lindsey.

Simon accepta de rencontrer le shérif. Celui-ci s'était présenté à la porte d'entrée du camp et, apparemment hors de lui, avait exigé d'être reçu par le chef de la communauté. En temps normal, Simon aurait ignoré ce coup d'éclat et renvoyé le shérif pour lui donner une leçon. Mais il avait deux mots à lui dire.

Todd escorta donc Carver jusqu'au bureau de Simon et après que ce dernier leur eut donné la permission d'entrer, il fit signe au shérif de pénétrer le premier dans la pièce. Le shérif marcha droit vers le bureau de Simon et se planta devant lui.

— Vous interférez dans mon enquête, lança-t-il, rouge de colère. Pour commencer, vous bloquez mon accès aux informations concernant Grant, et maintenant vous divulguez des renseignements qui font peser des soupçons sur Lindsey Pike. Pourquoi avez-vous fait cela ?

Plus il voyait le shérif s'agiter, plus Simon se sentait serein. Il pouvait aisément manipuler cet homme mais il allait d'abord devoir le discipliner un peu.

— Comme vous pouvez le constater, je travaille.

— Je n'ai pas l'impression que vous comprenez le sérieux de la situation, répondit Carver en posant ses mains sur ses hanches d'un air déterminé.

Simon sentit qu'il avait atteint les limites de son seuil de tolérance et il fit signe à Todd d'avancer vers eux.

— Non, Frank. Je crois que c'est vous qui ne comprenez pas.

Sans dire un mot, Todd passa son bras autour du cou du shérif et commença à serrer sa gorge. Puis il le débarrassa de son arme et de son talkie-walkie. Pendant ce temps-là, Simon fit mine de se plonger dans ses dossiers, comme si ce que Todd faisait subir au représentant de la loi était le cadet de ses soucis. Ce qu'il voulait, c'était que Carver se sente humilié et qu'il saisisse une bonne fois pour toutes que ce n'était pas lui qui avait le contrôle et qu'il ne l'aurait d'ailleurs jamais.

— Comment osez-vous… ? commença ce dernier.

Il s'interrompit quand Todd posa le canon de son arme sur sa tempe.

— Que faites-vous ? balbutia-t-il

— Todd va garder votre arme et vos affaires pendant que nous parlons calmement tous les deux, lui répondit Simon.

Le shérif tenta de regarder autour de lui mais Todd l'immobilisa.

— Qu'est-ce que ça veut dire ? demanda-t-il à Simon en le fusillant du regard.

— Nous allons seulement clarifier quelques règles de base, lui répondit Simon en relevant les yeux vers lui. Je pensais que vous les aviez comprises mais vous avez l'air de croire que vous avez votre mot à dire sur ce qui se passe ici, à Justice. Or, ce n'est absolument pas le cas.

Simon avait mis des années à mettre en place son organisation. Il se chargeait de semer le trouble et de créer des tensions dans les environs puis s'occupait de fournir des armes et toutes les ressources nécessaires aux milices de la région. La formule était simple : il provoquait des guerres puis fournissait le matériel pour le combat.

C'était un business très lucratif et un endroit comme le camp de New Foundations, avec son recrutement permanent de tireurs, était le lieu idéal pour développer cette opération. Les idéalistes et les parasites avaient quitté la communauté depuis bien longtemps. Simon avait d'ailleurs pris le soin de virer personnellement les deux derniers récalcitrants. Aujourd'hui les membres n'étaient plus que des partisans et ils lui obéissaient tous au doigt et à l'œil.

— Vous pensez que c'est vous qui dirigez la ville ? lui lança le shérif d'un ton venimeux. La moitié des habitants de Justice ne savent même pas qui vous êtes, quant au reste ils pensent que vous n'êtes que le gourou d'une pauvre secte.

— Je suis la personne qui fait avancer les choses, lui répondit calmement Simon. Pour ce faire, je passe des accords, comme celui que j'ai eu avec votre père pendant des années.

— De quoi parlez-vous ?

C'était incroyable de constater à quel point une révélation pouvait affaiblir un homme, pensa Simon. Le shérif semblait maintenant s'être physiquement écroulé.

— Votre père a été un associé merveilleux… Silencieux et discret, on peut dire qu'il a été très utile à notre cause. Il fait partie de ces hommes qui ont compris qu'il est parfois nécessaire de prendre quelques libertés avec la loi pour pouvoir accomplir de grandes choses.

— C'est faux, je ne vous crois pas.

Pourtant, pour une fois Simon ne disait que la vérité. Le vieux shérif Carver s'était considérablement investi dans les affaires de New Foundations. Chaque fois que Simon avait eu besoin de falsifier des preuves ou d'éloigner quelqu'un, c'était lui qui s'en était occupé. Et il en avait retiré de nombreux avantages, surtout dans le domaine financier.

C'était un arrangement extrêmement fructueux, qui aurait pu perdurer longtemps si l'ancien shérif n'était pas tombé malade.

— Maintenant que votre père est sur la touche, c'est vous qui récupérez ses obligations. Je lui avais demandé de vous en parler mais il ne semble pas l'avoir fait.

— Je ne comprends rien à ce que vous racontez.

Evidemment, pensa Simon. Une des choses qui faisaient du vieux shérif Carver un parfait associé était qu'il n'avait pas son pareil pour garder des secrets. D'ailleurs, personne dans son entourage ne semblait avoir deviné cette partie cachée de son existence. Enfin, jusqu'à maintenant.

— Il est temps pour moi de rencontrer Lindsey Pike, annonça Simon à Frank Junior.

— Eh bien, demandez-le-lui, répondit le shérif en écarquillant les yeux.

— Elle ne viendra pas d'elle-même, elle va avoir besoin d'une… motivation.

Simon avait pensé que tuer Hank devant Lindsey serait un bon déclencheur mais il avait vite changé d'avis. En effet, il voulait garder cet homme en vie car il avait de nombreux projets en tête pour lui, le premier d'entre eux étant de voir s'il pouvait être un meilleur second que Todd.

— Qu'allez-vous lui faire ? demanda le shérif en déglutissant péniblement.

— La raisonner, lui répondit Simon, en pensant que ce qu'il voulait surtout, c'était rafraîchir la mémoire de cette petite prétentieuse.

— A propos de quoi ?

— Cela ne vous regarde pas.

Lindsey avait établi elle-même les règles du jeu de leur conflit… Sans le savoir. Et à présent, cela ne se jouait plus qu'entre elle et lui.

— Et si elle refuse ?

— Dans ce cas, elle et ce pauvre Grant auront des choses en commun, lui répondit sèchement Simon qui n'avait plus aucune patience.

— Mais pourquoi devrais-je vous aider ? demanda Carver en tremblant.

— Parce que votre famille est impliquée, shérif. Je me suis d'ailleurs assuré que le nom de votre père apparaisse bien sur tous les documents qui concernent les armes. Lui et vous êtes donc mouillés jusqu'au cou dans cette affaire.

— Des armes…, répéta le shérif tandis que Todd éclatait de rire. Vous êtes fous… Tous les deux.

— Non, nous sommes déterminés, répondit Simon en se levant de sa chaise. Maintenant, shérif, vous allez gentiment suivre Todd et vous allez me ramener Mlle Pike.

— Je refuse.

— Alors vous mourrez ici même, lui répondit Simon qui n'avait pas de temps à perdre. Je vous laisse dix secondes pour faire votre choix.

Simon soupira et regarda le shérif avec mépris. Il n'était pas inquiet, car, quelle que soit la décision que prendrait Carver, il savait que, avec ou sans son aide, Lindsey Pike serait bientôt de retour dans le camp.

14

Quelques heures plus tard, Lindsey sortit sous son porche. Elle ressentait le besoin d'être un peu seule après la discussion qu'elle venait d'avoir avec Shane et Holt… Ils avaient évoqué les différentes tactiques et stratégies qu'il serait judicieux d'adopter pour contrer les plans de Simon Falls. Mais quand les deux hommes avaient commencé à envisager que Simon puisse séquestrer Holt, c'en avait été trop pour elle.

Elle leur avait promis de ne pas s'éloigner, même si elle trouvait ces excès de prudence un peu ridicules.

Malgré tout, elle n'arrivait toujours pas à regarder dans la direction du lac… Le souvenir du corps de Grant, qu'ils avaient découvert échoué sur la rive, la hantait. Il lui faudrait probablement beaucoup de temps avant de pouvoir se sentir à nouveau à l'aise ici.

La meilleure solution serait peut-être de mettre en vente sa propriété et d'emménager dans une autre ville des environs. Mais il semblait encore un peu tôt pour penser à tout cela, il y avait d'autres choses à régler avant.

Elle descendit les marches et traversa le petit jardin. Dans son potager, quelques légumes étaient prêts à être cueillis et tout autour d'elle les fleurs écloses resplendissaient de mille couleurs. Elle se pencha pour effleurer un pétale violet. En contemplant la beauté de la nature, elle eut soudain du mal à croire que la mort pouvait rôder si près.

Un bruit de pas la tira de ses pensées. Elle leva la tête, prête à expliquer à Holt pour quelles raisons elle s'était éloignée de la maison, mais elle découvrit que c'était en réalité le shérif Carver qui s'avançait vers elle.

Au lieu d'afficher son habituel air insolent — qui, selon Lindsey, cachait un évident manque d'assurance —, il la dévisageait avec un regard absent. Il était blanc comme un linge et elle se retint de lui demander si tout allait bien car elle ne voulait pas lui donner l'impression qu'elle était heureuse de le voir.

— Qu'est-ce que vous faites ici ?

Lindsey pensa qu'elle allait s'évanouir s'il lui répondait qu'il était venu pour l'arrêter. Elle avait tenu le coup jusqu'à maintenant mais ne savait pas si elle serait capable d'en supporter davantage. Certes, elle était de nature courageuse et la présence de Holt à ses côtés avait renforcé sa confiance en elle, mais pouvaient-ils réellement contrer les plans machiavéliques de Simon Falls ?

— Vous devez me suivre, je dois vous interroger.

OK, se dit Lindsey en pensant immédiatement qu'elle n'irait nulle part sans Shane et Holt. Si la police, le shérif ou même le FBI voulaient lui parler, il faudrait d'abord qu'ils s'arrangent avec ses deux gardes du corps.

— Est-ce que c'est vous qui avez raconté ces histoires aux journalistes ? lui demanda-t-elle.

— Ne me compliquez pas la tâche.

Lindsey fut soufflée. Carver ne prenait même pas la peine de nier.

— Je veux que Hank m'accompagne, lui répondit-elle en se dirigeant vers la maison.

Mais alors qu'elle allait appeler à l'aide, elle sentit une main se poser fermement sur sa bouche. Puis quelqu'un qu'elle n'avait pas vu arriver l'enserra et posa sur sa tempe le canon d'une arme.

— N'essayez même pas de crier ou je vous tue.

Cette voix, menaçante et pleine de colère, lui était familière.

— J'avais les choses en main, dit le shérif en regardant les environs.

— Un seul son de sa bouche et son mec débarquera dans la seconde. Et je ne pense pas que vous ayez envie de vous battre contre lui, dit Todd en approchant son visage de celui de Lindsey. Quant à vous, tenez-vous à carreau car je n'hésiterai pas à tirer sur le premier homme qui sortira de cette maison. Et je viserai le cœur.

— Vous êtes de mèche avec cet individu ? demanda Lindsey au jeune shérif.

Tout en parlant, elle profita de sa main libre pour sortir discrètement son téléphone portable de sa poche et tenta tant bien que mal d'envoyer un SMS à Holt sans regarder l'écran.

— Je fais respecter la loi dans cette ville, mademoiselle Pike, et il se trouve que M. Falls veut vous voir, lui répondit Carver.

— Vous pouvez lui dire d'aller se faire…, commença Lindsey en sentant la chair de poule couvrir son corps.

— Arrêtez, Lindsey, la coupa Carver en lui jetant un regard désespéré.

Lindsey se rendit soudain compte qu'il semblait aussi paniqué qu'elle.

— Il va me tuer, vous le savez, n'est-ce pas ? dit-elle, tout en essayant de transmettre son message à Holt. Vous m'envoyez à la mort, shérif.

— Je le sais, lui répondit Frank Junior avant de sortir son arme.

Mais Todd fut plus rapide que lui. En un éclair, il sortit un couteau de sa poche et poignarda le shérif.

Lindsey voulut s'enfuir mais en voyant Frank tomber à genoux, une plaie béante sur le ventre, elle se pétrifia. Le sang coulait entre les doigts du shérif, il ouvrit la bouche mais aucun son n'en sortit.

Avant qu'elle ait eu le temps de reprendre ses esprits, Todd l'attrapa par le cou.

— Eh bien, c'est dur de vous parler en privé, vous êtes une coriace, vous, hein ?

— Holt… Il va vous retrouver, vous savez, lui répondit-elle en se maudissant immédiatement.

Submergée par la peur, elle venait de se tromper de prénom…

— Vous parlez de Hank ? Oui, j'espère bien qu'il va me retrouver car j'ai quelques coups de poing à lui rendre.

— Vous admettez être entré chez moi par effraction et m'avoir agressée l'autre soir ? lui demanda-t-elle en essayant de se dégager de son emprise.

— Je vous laisse imaginer ce que je vous ai concocté pour la suite, lui répondit-il en commençant à l'étrangler.

Alors que Todd éclatait d'un grand rire, Lindsey réussit à appuyer sur la touche « envoi » de son téléphone et le lâcha…

Puis ce fut le noir.

De retour dans le salon, Holt surprit Shane étalé de tout son long sur le canapé, les pieds posés sur les coussins, en train d'étudier une pile de documents. Maintenant qu'ils étaient au courant des activités secrètes de Lindsey, celle-ci avait accepté de leur ouvrir son bureau. Ils avaient donc accès à toutes ses informations et pouvaient les comparer avec celles qu'avait réunies la Corcoran Team.

Connor les avaient avertis qu'il était inquiet de ce qu'il avait découvert sur Simon Falls. Les photos prises par Cam montraient de grosses réserves d'armes dans le camp de New Foundations. D'autres auraient pu laisser passer ces indices mais Connor avait reconnu le genre d'armes dont il s'agissait. Des lance-grenades et un missile sol-air. C'était peut-être le plus effrayant et tout corroborait avec ce que Holt avait pu voir sur place.

Ce Simon Falls, quel qu'il soit, avait accès à de l'artillerie lourde et pouvait faire beaucoup de dégâts. Holt espérait que Simon faisait seulement partie d'une milice de type gouvernemental et qu'il n'était pas un fou furieux qui cherchait à se faire un nom.

Mais Holt n'avait jamais été chanceux et il ne put s'empêcher de se demander si le fait d'avoir rencontré Lindsey changeait la donne. En même temps, le danger et les femmes ne faisaient pas bon ménage. Il avait vu ses amis perdre la tête et se mettre en péril en prenant des décisions irraisonnées au nom de l'amour.

Après avoir passé sa vie entière à développer ses compétences professionnelles, Holt ne se voyait pas du tout abandonner sa carrière pour n'importe qui. Bien sûr, Lindsey n'était pas n'importe qui. En un temps record, cette femme était devenue plus importante pour lui qu'aucune autre ne l'avait été jusqu'à présent et Holt ne savait pas quoi penser de ce retournement de situation qui, il le savait, le rendait vulnérable.

Il avait appris à ne faire confiance à personne. En Afghanistan, l'homme qu'il pensait être son ami avait choisi de devenir trafiquant de drogue, lui avait tiré dessus et l'avait laissé pour mort en plein désert. Mais cette fois, son instinct lui disait que Lindsey n'était pas le même genre de personne. Elle serait toujours de son côté.

C'était cette même certitude qui l'avait aidé à accorder sa confiance aux membres de la Corcoran Team et qui l'avait poussé à rester proche de Shane et de Makena. A présent, il lui fallait juste voir s'il restait de la place pour Lindsey dans son petit cercle d'intimes. En imaginant, bien sûr, qu'elle veuille en faire partie.

— Nous avons reçu les nouvelles infos sur le passé de Lindsey, lui lança Shane en agitant une feuille. Il n'y a pas grand-chose sur elle sous le nom de Lindsey Pike mais Joel a réussi à découvrir beaucoup de choses d'après les empreintes digitales que je lui avais envoyées.

— Quoi ? s'exclama Holt en cherchant Lindsey des yeux.

En s'approchant de la fenêtre, il découvrit qu'elle était dans le jardin et, en la regardant se diriger vers la plate-bande, il décida de lui accorder cinq minutes avant d'aller la chercher pour la ramener auprès d'eux.

— Tu nous as demandé de faire une enquête approfondie sur elle, par sécurité, lui répondit Shane en posant les pieds à terre pour se redresser.

— Je ne crois pas l'avoir fait, non.

Jamais Holt n'avait souhaité s'aventurer sur cette voie.

— OK, lui répondit Shane en le regardant du coin de l'œil. Alors peut-être que c'est moi qui ai eu cette idée pour protéger tes arrières.

Holt se souvenait très bien avoir demandé à Joel d'arrêter de fouiller dans la vie de Lindsey. Il avait aussi demandé à Connor de freiner ses recherches. Mais manifestement soit le message n'était pas passé, soit les membres de la Corcoran Team avaient volontairement choisi d'ignorer sa remarque.

A leur place, Holt aurait sûrement fait la même chose… Mais là n'était pas la question.

— Est-ce que tu m'as bien entendu quand je t'ai dit que Lindsey Pike n'était pas son véritable nom ? lui répéta Shane.

Holt jeta un œil par la fenêtre pour regarder Lindsey qui était penchée sur les fleurs puis alla s'asseoir à côté de Shane.

— Je le savais, lui dit-il en soupirant.

— Et quand avais-tu prévu de nous en parler ?

— Elle a grandi au camp de New Foundations puis, quand elle s'est enfuie, elle a changé d'identité.

Holt s'empara de la feuille que tenait Shane. C'était l'avis de recherche d'une enfant disparue et il prit un instant pour regarder la photo dans le coin. Lindsey était alors une petite fille rayonnante avec un sourire éclatant auquel il manquait une dent. Il reconnut immédiatement la lueur d'intelligence qui brillait encore aujourd'hui dans son regard.

— Et de look aussi, apparemment.

— Tu sembles apprécier la nouvelle version, lui répondit Shane en s'éclaircissant la gorge. Et je peux te comprendre. C'est une femme incroyable, je te dis ça en tout bien tout honneur, bien sûr.

Lindsey était bien plus qu'une femme incroyable, pensa Holt. Tout chez elle lui plaisait. Son allure séduisante, sa langue bien pendue, même son obstination…

Holt pensait à elle sans arrêt. Il ne pouvait s'empêcher de l'observer quand elle était dans les environs et se surprenait même à apprécier ses fredonnements — même si elle chantait faux. Jamais encore il ne s'était senti si troublé par quelqu'un.

Jamais il n'avait pensé pouvoir un jour se sentir à la fois confiant, bouleversé et vulnérable, tout cela en même temps et à cause d'une femme.

— Ferme-la, répondit-il donc à Shane en sachant qu'il ne trouverait aucun argument crédible pour se défendre.

Dès qu'il commençait à penser à la fin de leur mission, il sentait sa poitrine se serrer. Et l'idée de savoir que Lindsey pourrait éventuellement rencontrer quelqu'un, sortir et coucher avec un autre que lui lui retournait les sangs.

Il était en train de tomber amoureux de cette femme. A une vitesse alarmante. Il se souvint de quelle manière il s'était moqué de Joel et de Cam, et comprit soudain qu'il suffisait d'une femme pour changer un homme. C'était à son tour, à présent… et c'était assez embarrassant.

— Tu es conscient que chaque fois que je te parle de ça, tu me réponds la même chose ? lui demanda Shane en se replongeant dans les coussins du canapé.

— Et alors ?

— C'est pathétique.

— Tu essayes de me mettre en rogne ? lança Holt en tentant de changer de sujet de conversation.

— On a pris des paris, tu sais…

Plongé dans les documents qui concernaient le passé de Lindsey, Holt faillit ne pas relever la dernière remarque de Shane.

— Pardon ?

— On se demande combien de temps tu vas tenir avant de t'agenouiller devant Lindsey pour la supplier de bien vouloir te pardonner, lui répondit Shane en souriant, manifestement ravi de cette discussion.

— Me pardonner quoi ?

— Oh ! Il y aura bien une raison…

— Attends une seconde, lui dit soudain Holt en apercevant quelque chose dans la pile de papiers que Shane était en train de trier.

— Quoi ? Cet homme sur la photo ? C'est Walt Freeland,

l'oncle de Lindsey, lui répondit Shane. Il a été tué lors d'une fusillade contre la brigade de l'ATF.

Holt sentit une vague d'inquiétude le submerger. La photo était vieille mais il n'y avait pas de doute. Cette mâchoire, cette bouche, cette lueur malveillante dans le regard. Une chose était sûre, l'oncle de Lindsey n'était pas mort.

— Non, cet homme est toujours vivant.

— Que veux-tu dire ?

L'homme avait changé d'apparence, probablement volontairement. Seul quelqu'un de très observateur pouvait le reconnaître. Quelqu'un qui le fréquentait chaque jour, qui venait s'asseoir dans son bureau pour répondre à ses questions.

— Il est coiffé différemment et il a perdu beaucoup de poids mais cet homme est bel et bien toujours en vie.

— Comment le sais-tu ? lui demanda Shane en fronçant les sourcils.

— C'est mon patron, le patron de Hank pour être précis.

Shane le regarda, les yeux écarquillés, et Holt ajouta :

— C'est Simon Falls.

— Mais comment se fait-il que Lindsey ne l'ait pas reconnu ?

— Je pense qu'elle ne l'a encore jamais rencontré en tant que Simon Falls. Peu de gens l'ont vu en réalité. J'ai essayé de prendre des photos de lui pour les envoyer à Connor et Joel mais je n'y suis jamais parvenu.

Se rappelant soudain que Lindsey était dehors, Holt bondit du canapé et sortit sous le porche. Mais elle n'était plus dans le jardin… Holt sentit les battements de son cœur s'accélérer.

— Lindsey ! appela Shane, qui l'avait rejoint.

— Où est-elle passée ?

— Regarde, lui répondit Shane en dévalant les marches pour rejoindre les arbres devant lesquels une forme était recroquevillée au sol.

Avant même de retourner le corps, Holt reconnut l'uniforme du shérif Carver. Certes, il baignait dans son sang et son regard était vitreux, mais il était encore vivant.

— Il a été poignardé, constata Holt.

Ignorant le son que son téléphone venait d'émettre et qui lui indiquait qu'il venait de recevoir un message, il déchira un morceau de son T-shirt et le pressa sur la blessure de Carver.

— Où est Lindsey ?

— Je suis désolé, réussit péniblement à lui répondre le jeune shérif.

— C'est un peu tard pour ça, vous ne croyez pas ? Où est-elle ?

Shane se baissa pour ramasser quelque chose au sol puis le déposa devant Holt.

— Son téléphone…

Holt déverrouilla le smartphone grâce au code que lui avait confié Lindsey en cas d'urgence, tandis que Shane appelait une ambulance.

Il découvrit rapidement le message que Lindsey lui avait envoyé et comprit que c'était celui-ci qu'il venait de recevoir. Bourré de fautes de frappe et difficilement compréhensible, les deux SMS disaient la même chose : Todd l'avait enlevée.

— Il l'emmène voir Simon… Je pense que c'est au camp, réussit à dire le shérif.

— Les trouver ne sera pas le plus difficile, lui répondit Holt en pensant au traceur GPS qu'il avait placé sur Lindsey et qui allait lui permettre de suivre sa trace.

Holt inspira profondément. Il irait chercher Lindsey et il la ramènerait en lieu sûr. Il y parviendrait, quel que soit le prix à payer. Il regarda une nouvelle fois le message confus de Lindsey, truffé de coquilles. La partie la plus importante était limpide :

Fais vite, je t'aime.

15

Holt réussit à franchir les portes du camp de New Foundations sans encombres. Il avait imaginé que des gardes l'attendraient, armés jusqu'aux dents, et que Simon lui-même aurait peut-être été présent.

Mais tout semblait normal. Les membres de la communauté vaquaient tranquillement à leurs occupations et le flux des allers et retours des camions jusqu'aux entrepôts était habituel. Personne ne paraissait être au courant qu'une femme innocente venait d'être kidnappée et qu'elle était maintenant séquestrée quelque part sur la propriété…

Et cela arrangeait grandement Holt. Le traceur GPS qu'il avait placé ce matin encore — il le faisait depuis qu'il avait emménagé chez Lindsey — dans la poche arrière de son jean signalait sa présence dans le camp. Elle semblait se trouver à quelques kilomètres seulement, dans un bâtiment excentré qui servait à stocker du matériel.

D'après les documents qu'avait collectés Connor, cet endroit avait autrefois servi de salle de repos pour les employés. Et en étudiant les photos aériennes de Cam, Shane et Holt avaient découvert que le bâtiment se trouvait en pleine forêt et qu'il était entouré de clôtures. La seule manière de pouvoir y entrer était donc de passer par… la porte d'entrée.

Holt entra calmement dans le campement en essayant de ne pas attirer l'attention des milliers de caméras de surveillance qui étaient installées un peu partout. Même s'il se sentait fébrile, il savait maîtriser ses émotions.

Après avoir longé les habitations et la grande salle à manger, Holt passa devant le bureau de Simon. Il suivait le même itinéraire tous les jours et n'allait certainement pas changer ses habitudes aujourd'hui, alors qu'on le surveillait probablement. Après avoir tourné à l'angle d'un baraquement, il dépassa les camions de livraison et arriva devant une immense grange où étaient stockées les denrées non périssables.

Holt manquait de temps et la distance qui le séparait du bâtiment où était retenue Lindsey était grande. Comme il avait malheureusement été forcé de garer son camion sur le parking à l'entrée du camp, il ne lui restait plus qu'une solution : emprunter un camion de transport. Mais pour cela, il allait devoir, comme chaque conducteur, signer une autorisation…

En entrant dans le garage de fortune du campement, il découvrit deux véhicules. Il savait qu'ils étaient tous les deux équipés de traceurs GPS et qu'il ne pourrait donc plus s'en servir après avoir récupéré Lindsey. Mais il avait déjà un plan pour leur évasion…

Après avoir salué de la main les mécaniciens, Holt se dirigea vers la station de transmission, attrapa le tableau accroché au mur et commença à inscrire les informations requises. Holt croisait chaque jour le responsable du garage et il espérait que cela jouerait en sa faveur.

— Vous n'êtes pas inscrit sur le planning d'aujourd'hui, vous avez prévu d'emprunter un véhicule ? lui demanda ce dernier en levant les yeux vers lui.

— Des arbres sont tombés dans la cour, répondit Holt.

L'histoire était crédible. Le vent faisait régulièrement d'importants dégâts sur la propriété et Holt avait d'ailleurs passé beaucoup de temps ici à couper des branches cassées et à dégager des chemins encombrés.

Alors, même si le temps pressait, ne pas trop s'éloigner de la vérité semblait la meilleure des idées. Holt espérait seulement que cela n'allait pas prendre trop de temps, sinon il devrait passer au plan B, qui consistait tout simplement à courir le plus vite possible vers le bâtiment où était retenue Lindsey, en tentant de ne pas se faire tirer dessus.

Holt raccrocha le petit tableau puis attendit patiemment l'autorisation du responsable. Si Simon Falls avait donné l'ordre de l'arrêter, il n'allait plus tarder à le savoir.

— Nous allons avoir besoin de ce véhicule demain pour aller chercher des provisions, alors ramène-le-moi avant la fin de la journée, lui lança enfin l'homme en lui tendant les clés.

— Aucun problème, lui répondit Holt en gardant son air impassible.

Il allait se diriger vers le camion quand l'autre le rappela. Holt se retourna lentement en pensant aux armes qu'il avait sur lui pour se défendre. La dernière chose qu'il voulait, c'était tuer cet homme ou blesser un des gars de cette communauté. Après tout, ce n'étaient pas de mauvais bougres et ils étaient plus enclins à la paix qu'à la guerre.

Sauf Todd. Une des balles de Holt lui était spécialement réservée.

— N'oublie pas de faire le plein ! lui cria l'homme en lui montrant du doigt le panneau suspendu au-dessus du tableau de sortie.

— Pas de problème, lui répondit Holt en relâchant son souffle.

Sans perdre une minute, il monta dans le camion et démarra. A chaque instant, des hommes armés pouvaient surgir, à chaque seconde, des tirs pouvaient fuser. Mais pour le moment tout se passait pour le mieux. Personne n'avait encore tenté de l'arrêter, personne ne lui avait demandé s'il avait l'autorisation de se trouver dans ces quartiers. Il agissait calmement, faisait comme si de rien n'était, et tout le monde semblait disposé à lui donner ce qu'il voulait.

Le trajet ne lui prit que quelques minutes à peine mais il lui sembla durer une éternité. Le bâtiment à deux étages où était censée se trouver Lindsey était en mauvais état, il semblait sur le point de s'écrouler. La charpente paraissait pourrie, la toiture était très abîmée, la porte, elle, était toujours cadenassée, mais les vitres des fenêtres avaient toutes été brisées.

Holt se gara à proximité et laissa le moteur tourner un instant, espérant ameuter ainsi les éventuelles personnes qui pouvaient se trouver dans les environs. Mais il n'y avait pas âme qui vive et seul le vent agitait les feuilles des arbres…

Holt se demanda pourquoi Simon avait choisi un endroit pareil pour retenir quelqu'un en captivité. Il semblait si facile d'accès qu'il n'en revenait pas.

En faisant rapidement le tour du bâtiment, il découvrit qu'il n'avait cependant pas beaucoup d'options pour y pénétrer et choisit une des portes les moins détériorées. En songeant à Lindsey, probablement enfermée quelque part ici, seule, effrayée et peut-être même blessée, il sentit la fureur l'envahir à nouveau.

Après avoir jeté un rapide coup d'œil à l'intérieur par une fissure dans le mur, il poussa la porte, mais celle-ci refusa de s'ouvrir. En glissant une main à l'intérieur, il réussit à l'entrouvrir et put voir par l'interstice qu'un tas de grandes caisses lui bloquait le passage. Personne ne semblait avoir déjà emprunté cette voie pour entrer dans le bâtiment… Donnant un violent coup d'épaule dans le bois brut, il parvint à élargir l'ouverture et s'y glissa.

Une fois à l'intérieur, il prit quelques secondes pour laisser ses yeux s'habituer à la pénombre puis observa les alentours. Il n'y avait qu'une seule pièce, immense. La peinture sur les murs était écaillée et des tas de détritus étaient entreposés dans tous les coins. La saleté obscurcissait les quelques morceaux de vitres toujours en place sur les fenêtres…

Il fit deux, trois pas dans la grande salle en réfléchissant. De toute évidence, Lindsey n'était pas enfermée ici. Comment se faisait-il que le GPS lui ait indiqué cet endroit ? Il était censé être fiable à cent pour cent. Et pourquoi ce silence qui régnait dans la pièce lui paraissait-il si étrange ?

Alors qu'il s'apprêtait à rebrousser chemin, Holt remarqua tout à coup un mince rayon de lumière qui émergeait d'un tout petit espace entre deux murs, supposés se rejoindre.

Il essaya de se souvenir de l'architecture extérieure du

bâtiment et se demanda s'il pouvait y avoir une autre pièce, cachée derrière celle-ci. Même si cela semblait à première vue totalement invraisemblable, plus rien ne pouvait le surprendre. Depuis qu'il était arrivé en Oregon, rien ne se passait comme prévu et la mort semblait rôder partout autour de lui.

Il se rapprocha des quelques caisses qui avaient été empilées contre le mur et commença à les déplacer en prenant soin de faire le moindre bruit possible.

Sentant l'espoir renaître en lui, il se répéta une nouvelle fois, comme une promesse qu'il se faisait à lui-même, qu'il ferait tout pour sauver Lindsey… Et qu'il mettrait tout en œuvre pour lui éviter de se confronter à son oncle, cet homme totalement déséquilibré qui était supposé être mort.

La subite mutation de ce simple membre de la communauté en leader était pour le moins étonnante. Il fallait qu'un grave événement se soit produit pour justifier un tel changement. Holt se demanda si le trafic d'armes avait déjà lieu à cette époque… Quoi qu'il en soit, ce type avait réussi à capter l'attention de tout le monde. Et si la plupart des gens de New Foundations n'avaient jamais rencontré Simon Falls en personne, cela n'excluait pas le fait qu'il pouvait être un orateur des plus charismatiques. Mais Holt avait beau tenter de comprendre comment Simon avait pu prendre les rênes du camp, il devinait qu'il lui manquait des pièces essentielles pour reconstituer l'ensemble du puzzle.

Son couteau à la main, son pistolet dans l'autre, il laissa courir ses doigts sur la surface du mur à la recherche d'un éventuel mécanisme à déverrouiller mais ne trouva rien. Il inspecta alors l'intérieur du chambranle de la porte et découvrit enfin ce qu'il cherchait : un minuscule interrupteur. Il appuya dessus sans hésiter et entendit un mécanisme grincer tandis qu'une porte s'ouvrait en face de lui.

Lindsey était là, assise par terre, derrière une épaisse cloison transparente. La tête entre les genoux, elle se tenait assise, immobile comme une statue, dans une cellule qui ne devait pas faire plus de trois mètres carrés. Elle ne semblait ni blessée ni souffrante.

Holt pensa l'appeler mais, comme si elle avait deviné sa présence, Lindsey releva la tête et écarquilla les yeux en le reconnaissant.

Cependant le soulagement que Holt vit apparaître sur son visage fut de courte durée et une expression de terreur le remplaça presque aussitôt. Holt tenta de se retourner pour en comprendre la cause mais il fut arrêté dans son mouvement par un choc violent et il tomba à genoux.

Le second coup atterrit sur sa tempe. On le frappait avec quelque chose de dur, peut-être un objet en métal. Il essaya de réfléchir en se protégeant mais autour de lui les murs se mirent à tourner et il sentit la bile monter dans sa gorge.

S'efforçant de garder les yeux ouverts, il regarda Lindsey et posa la main sur la cloison qui les séparait. Puis une douleur aveuglante le terrassa et ce fut le noir complet.

Simon referma son ordinateur portable et rangea soigneusement son disque dur. Il avait mis en place de nombreuses mesures de sécurité ici, et personne d'autre que lui au campement ne pouvait avoir accès à un ordinateur. Les relations avec le monde extérieur étaient donc à la fois limitées et contrôlées, ce qui lui garantissait une certaine tranquillité.

Il avait également pris l'habitude de ne rien laisser traîner d'autre que ce qu'il voulait qu'on trouve. Et c'était d'ailleurs un des meilleurs moyens pour s'assurer que certaines informations ou allusions — comme l'implication de Lindsey dans les meurtres — se propagent à toute vitesse dans la communauté. Lancer une rumeur, laisser les membres l'alimenter pendant quelques semaines puis intervenir pour rassurer la population affolée… Depuis le temps, Simon était devenu un expert dans ce genre de manipulations.

A présent, il était impatient de retrouver Lindsey. Celle-ci était arrivée au camp depuis près d'une heure et était maintenant enfermée sous haute surveillance vidéo dans un endroit isolé de la propriété. Mais avant de savourer ce moment tant attendu, il devait discuter avec Hank des projets qu'il avait pour lui. Son invitée d'honneur allait devoir attendre encore un peu…

Quelqu'un frappa à la porte du bureau de Simon mais avant qu'il n'ait le temps de répondre, Todd surgit dans la pièce.

— Nous avons un nouveau problème.

Todd était le genre de type qui savait garder son sang-froid en toutes circonstances, aussi quand il montrait des signes de nervosité, cela n'augurait rien de bon. Mais comme il n'était pas au courant de toutes les activités qui se déroulaient au camp ni des personnes qui étaient impliquées dans le trafic, Simon ne s'inquiéta pas outre mesure et se demanda seulement quelle mouche pouvait bien l'avoir piqué.

— J'ai vu que Hank était revenu au camp, lui dit Simon en jetant un œil aux écrans de surveillance avant de se rasseoir calmement dans son fauteuil. Ce qui est une bonne nouvelle car je suis tout à fait d'humeur pour une petite démonstration de loyauté. J'espère seulement qu'il va être à la hauteur de mes attentes.

— C'est justement le problème, lui répondit Todd. Hank n'est pas Hank.

Simon sentit quelque chose se froisser en lui. Il avait mis en place un plan très précis et placé soigneusement chacune de ses pièces comme sur un échiquier. Il n'y avait pas de place pour l'improvisation.

— Quoi ? demanda-t-il à Todd d'un ton furieux.

— Lindsey l'appelle Holt.

— Qu'est-ce que vous racontez ? Vous les avez vus ensemble ? Mais Lindsey est enfermée et Hank est… Où est-il d'ailleurs ?

— Il est avec elle, lui répondit Todd en restant calme malgré la réaction violente de Simon. Ils sont ensemble en ce moment même. A peine arrivé au campement, il a filé droit vers le bâtiment où nous l'avons enfermée.

Simon comprit immédiatement que si Hank connaissait

l'endroit où Lindsey était détenue, cela ne pouvait être une coïncidence. Il ne croyait pas au hasard.

— Tu es sûr de ce que tu dis ?

— Il a tout fait pour ne pas attirer l'attention et s'est comporté exactement comme il le fait chaque jour mais, au lieu d'aller bosser, il a filé droit vers la grange, répondit Todd avant de hausser les épaules. On voit que ce type est bien entraîné.

Simon avait remarqué l'attitude un peu étrange de Hank en l'observant sur les écrans de surveillance mais cela ne l'avait pas alerté. Etait-il possible que son retour dans le camp de New Foundations ne soit en réalité qu'une mission de sauvetage ? Mais comment pouvait-il savoir où Lindsey était détenue et même qu'elle avait besoin d'aide ? Simon se trompait rarement sur les gens, pourtant Hank ne semblait pas coller à l'image qu'il s'était faite de lui. Il tenta de se remémorer les quelques informations qu'il avait réussi à collecter sur ce type.

— Vous l'avez suivi, j'imagine ?

— Oui, acquiesça Todd.

— Bien. Et tu penses qu'il est venu chercher Lindsey ?

— Il l'a même déjà trouvée. Mais je me suis occupé de lui et au moment où je vous parle, il est enfermé avec elle.

Dans cette cellule invisible que Simon avait fait construire. Equipée d'une porte et d'une cloison aussi solides que des boucliers pare-balles, il en était tout à fait satisfait. Sans compter que la pose d'une vitre incassable lui permettait de mener comme il le voulait ses interrogatoires.

— Parfait. Ils vont avoir un peu de temps pour profiter de leur dernier tête-à-tête.

— A votre avis, patron, qui est ce type ? lui demanda Todd. Ses compétences sont impressionnantes. J'ai pu avoir l'avantage sur lui cette fois-ci car je l'ai pris par surprise mais sans cela… Je ne sais pas ce qu'il se serait passé.

Simon n'était pas inquiet de ce qu'il pourrait arriver si Hank arrivait à reprendre le dessus. Il savait que ses hommes étaient loyaux et qu'ils n'hésiteraient pas à le soutenir contre un membre devenu incontrôlable, d'autant plus qu'il s'agissait d'un ancien militaire.

— Je n'en ai pas la moindre idée, mais je ne pense pas que ce soit le plus préoccupant. Non, la vraie question ici, c'est de savoir comment Hank a pu savoir où Lindsey était enfermée. Personne ne va jamais dans ce coin de la propriété.

Simon avait d'ailleurs tout fait pour s'en assurer. Personne ne s'était encore jamais aventuré jusque là-bas et si quelqu'un commençait à traîner dans les parages, il était immédiatement sommé de bien vouloir s'éloigner.

— C'est comme si c'était elle qui l'avait guidé, marmonna Todd.

— On dirait surtout que ce Hank, ou Holt ou quel que soit son fichu nom, a quelques explications à nous donner.

— Vous allez lui parler ? demanda Todd, comme s'il espérait que Simon allait lui répondre le contraire.

— Evidemment, pour lui remonter les bretelles, je suis bien obligé d'écouter ce qu'il a à me dire.

— Je crois qu'il est dangereux, lui répondit Todd en fronçant les sourcils.

— Il ne le sera plus quand nous l'aurons tué.

— Bien, répondit Todd en affichant un grand sourire.

— Gardez les yeux ouverts, lui lança Simon. Peut-être qu'il n'est pas tout seul. Je crois me souvenir qu'il m'a dit qu'il avait un ami en ville. Ils travaillent peut-être ensemble…

— Et si c'est le cas ?

— Si c'est le cas, Lindsey assistera à deux mises à mort.

16

Quand Holt allait-il se réveiller ?

Assise à même le sol dans la cellule où Todd l'avait enfermée, les jambes étendues devant elle, Lindsay avait posé la tête de Holt sur ses cuisses et caressait ses cheveux en comptant les minutes. Et s'il avait une commotion cérébrale ? Ou même pire ? Peut-être était-il en train de mourir.

Il avait perdu beaucoup de sang mais Lindsey se rappelait avoir lu quelque part que les blessures à la tête saignaient toujours beaucoup et qu'il ne fallait pas paniquer. La plupart du temps le crâne protégeait le cerveau. Elle s'était servie de la serviette que Todd lui avait jetée pour essayer d'éponger tout ce sang, mais maintenant elle avait peur d'avoir aggravé les choses…

Encore une nouvelle épreuve à traverser pour eux deux. La dernière heure avait été une montagne russe d'émotions. La joie intense qu'elle avait ressentie en découvrant que Holt était venu la libérer s'était changée en terreur quand Todd était apparu derrière lui.

La violence du coup porté, la façon dont les yeux de Holt s'étaient révulsés et l'effondrement de son corps inerte au sol… Lindsey savait que jamais elle ne pourrait oublier ce terrible souvenir.

Elle fut soudain submergée par un nouvel élan de panique. Elle devait sortir d'ici au plus vite pour s'assurer que les gens dont elle était responsable étaient tous en sécurité. Mais pour cela, elle devait avant tout réussir à réveiller Holt et vérifier qu'il allait bien. Depuis le départ de Todd, elle n'avait cessé de prononcer son nom, de lui chanter des chansons, d'embrasser ses cheveux et de caresser sa nuque. Mais rien ne semblait vouloir le sortir de sa torpeur.

Alors qu'elle allait tenter de le secouer, il s'agita un instant et se releva brusquement.

— Doucement, lui conseilla Lindsey en redoutant qu'il ne s'effondre à nouveau. Ça va ? Tu n'as pas trop mal ?

— Ça va, lui répondit-il en essayant de se mettre debout avant de retomber sur le sol.

— Todd t'a frappé trois fois sur la tête, lui dit-elle en le prenant dans ses bras.

C'est du moins ce dont elle avait été témoin. Peut-être Holt avait-il déjà été battu avant de la retrouver ? Elle n'avait aucune idée de ce qui pouvait bien se passer en ce moment même dans le monde extérieur. Sa minuscule cellule l'isolait de tout, sauf de la peur.

— Je hais ce type, grogna Holt en se frottant la tête.

— Tu pourrais bien avoir une commotion cérébrale ou quelque chose de pire.

— Non, ne t'en fais pas, je vais bien, lui répondit-il en appuyant sa tête contre le mur derrière lui. Ça n'est pas aussi impressionnant que ça en a l'air.

— Bien sûr. C'est d'ailleurs pour cette raison que tu as la tête de quelqu'un qui est sur le point de tomber dans le coma.

Holt tourna les yeux vers elle.

— Quand j'ai pris le premier coup, j'ai compris que ça allait mal tourner pour moi.

— Tu es en train de me dire que tu t'es laissé faire pour finir emprisonné avec moi ?

Lindsey ne voyait pas quel intérêt cela représentait. N'aurait-il pas été plus judicieux de s'enfuir et d'aller chercher de l'aide ? Malgré tout, elle ne pouvait s'empêcher d'être touchée qu'il soit venu la chercher et qu'il n'ait pas envoyé quelqu'un d'autre le faire à sa place. C'était décidément un homme sur qui on pouvait compter et puisque l'attirance qu'elle ressentait pour lui ne cessait de grandir, elle décida d'ajouter cette nouvelle qualité à la longue liste des choses qu'elle aimait chez lui.

— Je dois te faire sortir d'ici, lui dit Holt en prenant sa main.

— Oui, eh bien moi, j'ai surtout besoin que tu ne t'évanouisses pas.

— Ce n'est pas mon genre, lui répondit-il, l'air presque vexé.

— Est-ce que tu crois que tu peux ramper jusqu'à cette vitre ?

Lindsey alla toucher la paroi qui les séparait du monde extérieur.

— Cam et Shane ne devraient plus tarder.

La Corcoran Team volait à leur rescousse ! Sans savoir vraiment pourquoi, Lindsey se sentit immédiatement réconfortée.

— Comment m'as-tu retrouvée ?

— Je t'ai suivie, lui répondit-il en caressant le dos de sa main.

— Je te demande pardon ?

Lindsey essaya de garder son calme, se retint de lui poser une avalanche de questions et décida de le laisser s'expliquer.

— Le traceur n'est pas plus gros qu'un bouton, ajouta-t-il.

— Je ne suis pas d'accord avec cette méthode ni avec le fait que tu ne m'en aies pas parlé, mais nous reprendrons cette discussion plus tard.

A la seule idée qu'un tel objet pouvait exister, Lindsey se sentait extrêmement nerveuse.

— C'est quand même grâce à ce GPS que j'ai pu te retrouver, ajouta-t-il en haussant les épaules.

— Et c'est pour ça que je te remercie de t'en être servi. Pour le moment.

En regardant le visage de Holt, Lindsey vit que celui-ci luttait contre la douleur. Chaque fois qu'il faisait un mouvement ou qu'il disait quelque chose, il semblait souffrir. Mais il faisait tout pour le lui cacher.

— Alors, quel est le plan maintenant ? Est-ce que nous allons rester assis ici et attendre gentiment qu'on vienne nous secourir ?

Holt tenta de tourner la tête pour la regarder mais ses paupières se refermèrent.

— Tu crois vraiment que c'est mon genre d'attendre sans bouger ?

— Non, mais il ne me semble pas que tu aies le pouvoir de traverser les murs ?

— Décidément, tu ne crois pas beaucoup en moi.

— Holt, s'il te plaît, sois sincère, cela doit bien être la pire des situations dans laquelle tu t'es jamais retrouvé, non ?

— Oh non, tu peux me croire, on en est encore très loin, lui répondit-il en secouant la tête.

Lindsey regarda autour d'elle. Même s'il n'y avait apparemment aucune ouverture dans cette cellule, un souffle d'air semblait arriver dans la pièce et refroidissait la température ambiante.

— Je ne te crois pas. Je ne vois pas ce qui pourrait exister de pire, nous sommes tous les deux enfermés ici en train d'attendre que l'on vienne nous abattre.

Lindsey sentit l'effroi l'envahir à nouveau. Même si elle refusait de croire qu'elle allait finir ses jours ici, tout pointait cependant dans cette direction.

Voilà pourquoi elle avait écrit et envoyé ce SMS. Elle n'était pourtant pas le genre de femme à dire « je t'aime » facilement ou à décorer son courrier avec des petits cœurs. Mais chaque jour elle se sentait tomber un peu plus amoureuse de Holt et elle pensait vraiment ce qu'elle lui avait écrit.

— J'ai été laissé pour mort, lui dit Holt. Ce qui est bien pire que ce que je vis maintenant.

Lindsey savait reconnaître la souffrance. Holt était blanc comme un linge et avait les yeux mi-clos. Il avait posé les paumes de ses mains contre le mur derrière lui, et elle se demanda s'il essayait de se redresser ou s'il s'accordait seulement un moment de répit.

— Ça s'est passé en Afghanistan, reprit-il d'une voix profonde qui résonna dans la petite cellule. J'ai découvert qu'un ami — il ne s'agissait pas de Shane — faisait du trafic de drogue. Qu'il mettait régulièrement certains de nos hommes en danger et qu'il vendait ses produits à la population locale. En gros, il se faisait beaucoup d'argent.

Holt relatait les faits d'une voix dénuée d'émotion. Comme s'il avait séparé ses souvenirs de la réalité. Lindsey supposa que c'était un mécanisme de défense ou une manière de se libérer.

— J'ai la désagréable impression de connaître l'issue de ton histoire, lui dit-elle.

— Lui et moi étions amis, alors je lui ai donné la chance de tout avouer, poursuivit Holt en se frottant les yeux. Mais j'avais laissé passer les drogues et je me sentais coupable. Je ne pouvais pas m'empêcher de penser que si je l'avais vu venir j'aurais pu arrêter ce train en marche.

— Cela n'aurait peut-être rien changé.

— Quand il s'est retrouvé face à ces deux options : se rendre ou rentrer chez lui, il a préféré en prendre une troisième. Il a choisi de me descendre. Et il m'a laissé en plein désert tandis que je me vidais de mon sang.

Les mots choquèrent Lindsey. Tout le monde entendait parler de l'horreur de la guerre à distance. Mais cette histoire était personnelle. Un souvenir terrible qui semblait avoir traumatisé Holt.

— Comment as-tu survécu ?

— J'ai rampé pour me trouver un abri. J'ai appuyé le plus fort possible sur ma blessure pour arrêter l'hémorragie. C'était sur mon crâne, à la naissance de mes cheveux.

Holt se comportait comme si tout le monde possédait les mêmes capacités de survie. Comme si ce genre de situation arrivait tout le temps. Pourtant rien ne semblait l'avoir autant affecté que la trahison de son ami.

— Tu es en train de me dire que ton ami t'a tiré une balle dans la tête pour sauver sa peau ?

— Oui, apparemment il était à la recherche d'une solution définitive.

— Qu'est-il devenu, à présent ? lui demanda-t-elle.

— Il est en prison.

— Pas étonnant que tu ne fasses plus confiance à personne aujourd'hui.

Petit à petit, tout prenait sens. Cette peur de l'engagement, le fait que Holt ne soit lié qu'à peu de personnes et essentiellement à des gens qu'il avait connus avant ce drame. Il gardait ses sentiments enfouis au plus profond de lui-même et verrouillait chacune de ses émotions. Tout du moins c'est ce qu'il prétendait avoir fait jusqu'à cette nuit où il lui avait fait l'amour.

— Est-ce que tu es toujours en contact avec lui ?

Lindsey se demanda si elle-même serait capable de continuer à avoir une relation avec quelqu'un qui avait essayé de la tuer.

— Non. Il m'accuse de tout.

— C'est ridicule, soupira-t-elle.

— Et petite rectification, lui dit-il en la regardant, j'ai confiance en toi.

Les mots résonnèrent dans l'esprit de Lindsey et elle se dépêcha de lui poser la question qui la hantait et qu'elle ne pourrait peut-être plus jamais lui poser, une fois que Todd serait revenu les chercher.

— As-tu reçu mon SMS ?

— Oui, c'était bien vu.

— Je veux dire..., commença-t-elle pour lui faire comprendre qu'elle ne parlait pas du côté stratégique de son geste.

— Oh, mais il est réveillé !

En entendant la voix de Todd, Lindsey bondit et tenta de se mettre devant Holt pour le protéger mais celui-ci l'en empêcha et la serra contre lui. Son regard semblait plus vif à présent, et même si ses mouvements étaient toujours un peu plus lents que d'ordinaire, le grand protecteur féroce était de retour. Lindsey le sentit sur le qui-vive, là tout contre elle, prêt au combat.

— Ça tombe bien, continua Todd. On a une surprise pour vous.

— Quoi ? demanda Holt.

— Apparemment, il est temps pour vous de faire vos preuves. Le chef est prêt à vous recevoir.

17

A chaque pas, Holt sentait son esprit s'éclaircir. Sa blessure le faisait toujours souffrir et ne lui permettait pas de garder les yeux ouverts longtemps mais il était en train de se remettre. Quelques minutes encore et il serait prêt à passer à l'action.

Le problème était qu'il devait protéger Lindsey. Certes, elle était capable de s'en sortir dans presque toutes les situations, mais Holt savait que celle qu'elle était sur le point de vivre allait être extrêmement difficile à encaisser pour elle.

Simon Falls était un psychopathe. Il avait tué des gens pour en arriver là où il était aujourd'hui et avait dissimulé sa véritable identité grâce à de faux papiers. Si Lindsey avait, elle aussi, utilisé le même procédé, c'était pour garantir sa sécurité et aider d'autres membres du camp de New Foundations à retrouver leur liberté. Holt ne comprenait pas bien pour quelle raison ce sale type en avait encore après elle après toutes ces années, mais il supposait qu'il était animé par la rancœur.

En sortant de leur cellule, escortés par Todd, Holt savait qu'il ne pouvait pas prendre la main de Lindsey car ce geste était trop imprudent. Mais il était si avide de lui montrer combien elle était importante à ses yeux qu'il lui effleura la main. Quand elle lui jeta un bref regard, il sut que son message était passé.

Alors il se concentra sur la situation et commença à observer les environs. Il avait exploré le campement de New Foundations dans ses moindres recoins et connaissait maintenant le terrain comme sa poche. Il avait même réussi à s'approcher des baraquements où étaient stockées les armes. Mais l'intérieur de cet endroit était une découverte. Il se demanda ce qu'il avait pu rater d'autre sur la propriété.

Todd les fit s'arrêter au milieu de la grande pièce rectangulaire dont le sol était jonché de détritus et de vieilles fournitures. Il flottait dans l'air une odeur de moisi qui laissait à penser que cet endroit ne datait pas d'hier et qu'il n'avait pas dû être ouvert depuis des années. La cellule dans laquelle ils avaient été emprisonnés semblait, elle, plutôt récente et équipée de matériel de haute technologie, ce qui impliquait que Simon avait gardé de nombreuses relations avec le monde extérieur. Cet hypocrite ne s'était visiblement pas cantonné aux règles de la communauté de New Foundations et n'avait pas réussi à abandonner les biens matériels.

Todd se tenait derrière eux et pointait le canon de son arme sur Lindsey. Ce qui était une idée brillante, pensa Holt. Il ne tenterait rien tant qu'elle serait dans la ligne de mire. Même s'il se moquait bien de prendre une balle pendant la bataille, il était hors de question pour lui de mettre Lindsey en péril.

Tandis qu'ils attendaient en silence la venue de Simon, Holt comprit que celui-ci devait savourer l'idée de son entrée en scène. Il avait pensé tout révéler à Lindsey pour gâcher l'effet de surprise de son oncle mais n'avait pas trouvé le temps de le faire.

Enfin, le grand mégalomane fit son entrée. Il portait des vêtements décontractés et ses cheveux étaient coiffés de manière à cacher une tache qu'il avait sur le visage. Un fusil d'assaut était attaché à son torse et il tenait un revolver à la main. Pendant une seconde, Holt eut l'impression de se retrouver au beau milieu d'une guérilla.

— Ce n'est pas possible…, commença Lindsey.

— Lindsey Pike ? Ou peut-être devrais-je t'appeler Beth ?

— Walt ?

— Je m'appelle Simon maintenant, lui répondit-il en haussant les épaules.

Lindsey semblait abasourdie et il lui fallut manifestement quelques instants pour réussir à reprendre ses esprits.

— Mais… Mais tu es mort.

Le ton de la voix de Lindsey bouleversa Holt et renforça sa furieuse envie de l'emmener loin de tout ça, de l'éloigner de ce fou furieux et de ce maudit camp.

Mais il savait qu'il ne pouvait pas la protéger de la vérité. Et Simon Falls n'avait pas fait venir sa nièce ici seulement pour l'effrayer. Il avait quelque chose en tête et cela faisait de lui un homme encore plus dangereux. Un homme que Holt allait probablement devoir tuer.

— Quel est le programme, Walt ? intervint Holt.

La seule chose qu'il pouvait faire pour le moment était de gagner du temps. Shane et Cam devaient être en train d'essayer de pénétrer dans la propriété et, puisque Holt n'avait pas entendu de coups de feu, il supposa qu'ils avaient dû choisir d'éviter l'entrée principale et tenter de passer par-dessus l'immense clôture dans la forêt.

— Eh bien, nous pourrions tous commencer par révéler nos véritables identités, n'est-ce pas, Holt ? lui répondit Simon en lui souriant d'un air sadique. Ou peut-être devrais-je vous appeler *agent* Holt ?

Manifestement Simon pensait qu'il était un agent du gouvernement ou quelque chose dans le genre. Ce type n'avait pas les compétences nécessaires pour réussir à contourner les cryptages et les hauts barrages de sécurité qu'avait mis en place Joel pour protéger les membres de la Corcoran Team.

— Pardon ? poursuivit Simon en mettant une main derrière son oreille. Alors, vous n'avez rien à répondre cette fois ?

— C'est moi que tu veux, intervint Lindsey en faisant un pas en avant. Laisse-le partir.

— J'ai bien peur que ce ne soit pas possible, lui répondit Simon en hochant la tête.

— Holt n'a rien fait.

— Je pense qu'il nous veut tous les deux, n'est-ce pas Walt ? demanda Holt.

— Je préfère que vous m'appeliez Simon. J'ai cessé d'être Walt il y a des années, quand je me suis rendu compte que le gène de la faiblesse dans notre famille n'était pas forcément une fatalité.

— Notre famille n'avait rien de faible, lui répondit Lindsey d'un ton fier.

— Mon frère n'est jamais parvenu à faire taire les voix qui le hantaient, lui répondit Simon en hochant la tête. Quant à toi, tu as fugué mais tu n'as pas pu t'empêcher de revenir. J'imagine que la discipline et la structure du camp devaient te manquer. As-tu gardé quelques souvenirs de tes cours sur les armes à feu ? Car je ne sais pas si tu le sais, mais c'est ça que nous faisons ici. Nous nous déplaçons dans les environs et fournissons des armes et du soutien à ceux qui en ont besoin. C'est un business extrêmement lucratif. Bien plus florissant que le yoga ou que n'importe laquelle de ces foutues activités qui se déroulaient ici avant.

Bingo, pensa Holt. C'était exactement ce dont il se doutait.

— C'est insensé, dit Lindsey avec l'air complètement abasourdi. Comment as-tu réussi à me retrouver ?

— Grâce à ton ami Roger, lui répondit Simon en affichant un petit air triste et en penchant la tête sur le côté. Vers la fin de notre entrevue, je suis au regret de te dire qu'il n'était plus si loyal. Peut-être était-ce à cause de la douleur…

— Que lui as-tu fait ? demanda Lindsey, dont les joues s'étaient empourprées.

— Lindsey, intervint Holt en lui faisant signe de se contrôler pour ne pas donner à Simon ce qu'il souhaitait.

— Il travaillait pour moi, lui répondit Simon sur un ton provocateur.

— Il s'est échappé de New Foundations, le contredit Lindsey en hochant la tête.

— Pour mieux y revenir.

— Tu mens, je ne te crois pas.

Mais Holt avait bien peur que ce ne soit la vérité. Il avait toujours pensé que cette scène de crime avait été mise en scène. Et il y avait cette histoire de corps qui avait disparu.

Tous les autres cadavres avaient été découverts, alors pour quelle raison celui de Roger était-il resté introuvable ?

Holt avait espéré que ce ne soit pas une histoire de trahison. Il savait combien ce genre de blessure pouvait être profonde. Elle vous faisait souffrir pendant des années, vous torturait, pouvait même vous rendre totalement paranoïaque.

— Cet homme t'a trahi, ajouta Simon en continuant de remuer le couteau dans la plaie. Il est venu me voir et m'a révélé ta véritable identité et ton petit stratagème pour faire sortir d'ici les membres de ma communauté.

— Je croyais qu'ils étaient libres de partir quand ils le voulaient ? lui lança Lindsey.

— Les gens doivent rester ici et être reconnaissants de ce que je leur offre, lui répondit Simon en affichant soudain un air contrarié. Fin du chapitre.

— Je ne te crois pas pour Roger, lui dit-elle d'un ton insolent. Si ce que tu dis est vrai, alors fais-le venir, qu'il me le dise lui-même.

— J'aurais aimé pouvoir le faire, vraiment, mais malheureusement Roger n'est plus parmi nous.

— Tu l'as tué…, murmura Lindsey, blanche comme un linge.

— Il a eu un accident mais je peux te montrer tous les comptes rendus de nos communications, si tu le souhaites. Cependant, Lindsey, n'avons-nous pas des choses plus pressées à régler d'abord ?

— De quoi parles-tu ?

— Eh bien, nous pourrions commencer par régler le cas de ton ami Holt.

Holt envisagea un instant de se jeter sur Todd pour s'emparer de son arme mais il savait que celui-ci risquait d'ouvrir le feu et de tirer dans le tas.

— Je t'interdis de lui faire du mal, le menaça Lindsey en venant se placer devant Holt.

Ce dernier la prit par les épaules et la déplaça sur le côté en lui murmurant discrètement à l'oreille :

— Ne t'en fais pas pour moi.

— On dirait bien que tu t'es attachée à lui, Lindsey. C'est fort regrettable… Il n'est pas celui que tu crois, j'ai fait des recherches sur lui car j'aime savoir avec qui je travaille. Figure-toi que je caressais l'idée de faire de cet homme un modèle pour la communauté et j'avais même prévu d'augmenter son salaire et ses responsabilités.

— C'est mon petit ami, dit Lindsey d'une voix assurée.

A n'importe quel autre moment, Holt aurait souri en entendant ces mots. Mais il se contenta de les garder en mémoire pour y repenser plus tard.

— Nous savons tous les deux que tu mérites bien mieux, Beth, lui répondit Simon en haussant les épaules.

— Je ne m'appelle plus comme ça, laissa-t-elle échapper en fusillant son oncle des yeux. Mais que t'est-il arrivé ? Tu étais un homme pauvre et en colère. Comment as-tu pu devenir le chef de cette communauté ? J'imagine que tu as dû éliminer chaque personne qui s'est mise sur ta route, n'est-ce pas ?

— Tu seras toujours Beth, tu sais, et cet endroit fait partie de ton héritage, que tu le veuilles ou non.

— Je ne veux rien avoir à faire avec le campement de New Foundations !

— Bien sûr que si, répliqua Simon en faisant un grand geste pour lui montrer les alentours. C'est moi qui ai créé tout ça.

Holt se demanda si Simon se rendait compte que ce qui semblait être pour lui le symbole de sa réussite n'était en réalité qu'un vieux bâtiment en ruine, perdu au milieu de nulle part.

Pour Holt, la plus grande réussite de Simon était son stock d'armes. Il avait en sa possession une tonne d'armes lourdes, ce qui lui donnait, de fait, une réelle position de pouvoir. Et ce qui faisait donc également de lui une cible pour ceux qui voulaient faire des affaires.

— Si j'hérite de cet endroit, je le transformerai en retraite pour animaux de compagnie ou quelque chose dans le genre, lui répondit Lindsey en lui jetant un regard noir.

— Je ne l'autoriserai pas, riposta Simon en grimaçant.

— Pour ma part, je trouve que c'est une excellente idée, ajouta Holt pour jeter un peu d'huile sur le feu.

Sans surprise, Todd le bouscula pour le punir de son arrogance. Holt avait presque oublié qu'il était derrière eux et qu'il se prenait pour le second de Simon.

— Je vais te proposer un marché, Beth. Et ce marché est le plus intéressant que j'ai jamais proposé à personne.

— Je ne suis pas intéressée, lui répondit Lindsey en frissonnant.

— Je vais te donner l'occasion de te faire pardonner de t'être enfuie loin de moi, continua-t-il en ignorant sa réponse. Et je vais te permettre de mener ta vie ici de la manière dont tu le souhaites, même si celle-ci ne cadre pas avec le règlement de la communauté.

— Arrête de faire comme si j'avais le choix.

Holt connaissait les blessures de Lindsey. La seule chose que les hommes de sa famille ne lui avaient jamais donnée était le libre arbitre. Ils ne l'avaient jamais prise au sérieux, jamais respectée, jamais aimée.

— A cet instant précis, tu as encore le choix, ajouta Simon en lui tendant une de ses armes.

Lindsey la fixa des yeux mais ne bougea pas d'un pouce. Quant à Holt, il n'avait plus assez de patience pour supporter cette mascarade.

— Qu'est-ce que ça veut dire ? demanda-t-il à Simon en montrant l'arme du menton.

Simon releva les yeux vers lui et afficha un grand sourire satisfait avant de lui répondre :

— Rien de bien compliqué. Si Lindsey veut vivre, elle doit vous tuer.

18

Les mots résonnèrent un instant dans l'esprit de Lindsey. Son oncle, cet homme qu'elle avait toujours craint et méprisé, pensait-il réellement qu'elle pouvait le choisir lui plutôt que l'homme qu'elle aimait ?

— Prouve-moi que tu es aussi forte et indépendante que tu le dis, lui ordonna Simon en lui faisant signe de saisir l'arme qu'il lui tendait.

Holt regardait le revolver avec une telle intensité que Lindsey le soupçonna de croire qu'elle hésitait face à ce dilemme barbare.

— C'est lui ou toi, Lindsey, reprit Simon.

— Je ne le ferai pas.

Elle en était de toute façon absolument incapable. Jamais elle ne pourrait tuer un autre être vivant de sang-froid. La cruauté et la perversité de cet acte l'horrifiaient. Et si Simon avait déjà proposé un tel marché à quelqu'un auparavant ? Cela signifiait que des membres de la communauté, jeunes ou moins jeunes, avaient déjà dû mourir, pensa Lindsey, horrifiée.

Mais soudain elle se rappela que les choses n'étaient plus les mêmes à présent. Elle aimait Holt. Elle n'aurait pu dire quand c'était arrivé. Ne ressentant d'abord qu'une simple attirance pour lui, elle avait cru que cela en resterait là. Il était de passage en ville et il repartirait un jour… Seulement force était de constater que rien ne s'était passé comme elle l'avait prévu.

Même lorsqu'elle se préparait au pire dans sa cellule, Lindsey n'avait que Holt en tête, et penser à lui l'avait réconfortée. Il était obstiné et profondément bienveillant, bourru et pourtant tellement séduisant. En sa présence, elle sentait ses genoux faiblir et sa raison flancher. S'ils arrivaient à sortir d'ici vivants, elle le lui dirait. Car peu lui importaient les liens du sang ou ce que lui promettait Simon, elle ne capitulerait pas. Elle ne tuerait pas l'homme qu'elle aimait.

Mais, soudain, elle comprit. En réalité, ce n'était pas Holt qui était visé. En choisissant de l'épargner, elle se condamnait à mourir en premier.

— C'est ta dernière chance, insista Simon en désignant Holt.

— Je refuse.

— Fais-le, Lindsey, ajouta Holt d'une voix douce.

Lindsey le regarda et hocha la tête. Son cœur et son corps tout entier vibraient pour lui. Elle savait qu'il était sincère et qu'il tiendrait sa promesse. Brusquement, l'idée de le perdre et de devoir vivre sans lui lui donna un vertige qui se propagea dans son corps aussi violemment qu'une onde de choc. Le tuer lui pour se sauver elle. Jamais elle ne pourrait envisager de faire une chose pareille.

— Tu es une fille intelligente, alors écoute ton petit ami.

Simon, lui, était stupide, au sens large du terme. Lindsey l'avait toujours pensé et cela ne s'était visiblement pas arrangé.

— Je suis une femme, à présent.

— Si cela doit se jouer entre toi et moi, dit Holt à Lindsey, alors c'est toi qui dois vivre. Moi, je ne pourrai pas continuer sans toi.

— Mais c'est impossible, lui répondit-elle, ne pouvant imaginer un tel sacrifice.

— S'il te plaît, Lindsey.

— Je…, commença-t-elle avant de se souvenir qu'ils n'étaient pas seuls. Je tiens à toi, Holt, je ne veux pas te perdre.

— Cela n'arrivera pas.

Lindsey se demanda ce que Holt voulait dire. Elle tenta de chercher des indices pour comprendre de quelle manière ils pourraient bien s'en sortir tous les deux vivants mais la situation était inextricable. Elle se sentit totalement désespérée : c'était sa faute s'ils étaient ici. Son enfance terrible. Son oncle fou furieux. Tout était sa faute.

— Tu es faible, dit Simon en hochant la tête. Bon sang, mais prouve-moi que tu comprends ce qui est en jeu ici et clos le chapitre, veux-tu ? Une balle pour… euh… comment l'appelles-tu déjà ? Ah, Holt ! Une balle dans le cerveau de Holt et nous pourrons repartir à zéro. Tout sera pardonné.

La folie de son oncle semblait sans limite.

— Je n'ai pas besoin de ton pardon.

— Lindsey, sois prudente, dit Holt avec ce ton qu'elle avait déjà entendu tant de fois ces derniers jours, pas moralisateur, plutôt préoccupé.

— Il a raison, tu me dois le respect, ajouta Simon, le visage déformé par la colère.

Il ne pouvait décemment pas penser qu'elle lui devait quoi que ce soit. En la kidnappant, lui et son père, il lui avait volé sa vie. La tristesse et l'angoisse s'étaient chargées de tuer sa mère. La seule chose que Lindsey pouvait donc ressentir pour cet homme était de la haine.

— Je n'aurai jamais aucun respect pour toi, lui répondit-elle en le fusillant du regard. J'étais heureuse avec ma mère.

— Ne me parle de cette pauvre conne.

A ces mots, Lindsey se jeta sur Simon pour prendre l'arme et la dirigea contre lui.

— Non, Lindsey, non ! cria Holt.

Elle tira une première fois, une deuxième, puis vida le chargeur sur son oncle. En vain.

— Il n'était pas chargé, constata Holt en soupirant.

Parcourue par un flot d'adrénaline, Lindsey se mit à trembler de la tête aux pieds. Elle se demanda comment Holt avait deviné cette supercherie. Après quelques secondes, elle leva les yeux et les plongea dans le regard sadique de son oncle.

— Tu paieras pour cette trahison, gronda celui-ci.

Il lui avait offert ce revolver et maintenant il lui reprochait de s'en être servie…

— Donne-moi une arme chargée, lui ordonna-t-elle.

Simon la regarda un instant et Lindsey se demanda s'il pouvait lire la haine sur son visage.

— Non, lui répondit-il enfin. Maintenant, c'est à mon tour de tirer.

19

Holt savait que le temps ne jouait plus en leur faveur. Simon avait gagné la partie. Et chaque minute qui passait le rapprochait un peu plus de la mort.

En regardant Lindsey et son air dévasté, il comprit soudain que le combat que celle-ci menait depuis des années était en réalité dirigé contre ce maniaque égocentrique qui prospérait dans le chaos. Simon Falls était un homme qui aimait engendrer la peur. C'était un malade mental, et Holt se demandait bien comment quelqu'un d'aussi dérangé pouvait être de la même famille que Lindsey.

— Mets-toi à genoux, lui ordonna Simon.

— Non merci, je crois que je vais rester debout, lui répondit Holt en s'inquiétant de la tournure que prenaient les choses.

Il n'avait pas l'intention d'obéir. Si Simon voulait le tuer, il n'avait qu'à le faire en le regardant droit dans les yeux.

Cependant celui-ci ne parut pas contrarié par son refus. Il lui adressa un sourire narquois avant de trouver le seul argument contre lequel Holt ne pouvait s'opposer. Il dirigea lentement le canon de son arme sur la tempe de Lindsey.

Dans d'autres circonstances, Holt aurait probablement pensé que la situation ne pouvait pas dégénérer, mais Simon semblait incontrôlable. Ce type vivait dans un endroit où la foi était censée primer sur tout le reste, pourtant il paraissait totalement dépourvu de valeurs personnelles. Son seul moteur était la cupidité et cela n'avait rien de très original.

En jetant un rapide coup d'œil vers Lindsey, Holt constata

qu'elle était terrorisée et il décida d'obtempérer sans perdre plus de temps. Il n'était pas question qu'elle soit punie pour son excès d'orgueil.

— Très bien, dit Simon d'un ton satisfait avant de faire signe à Lindsey de faire de même. Toi aussi, à terre !

Lindsey n'hésita pas une seconde et s'agenouilla si près de Holt que leurs épaules se touchèrent. Il lui prit la main, entrelaça ses doigts avec les siens et tenta de les réchauffer en profitant au maximum de ce contact charnel.

Il n'avait aucune intention de mourir.

Ce n'était ni le lieu ni le moment. Quand il s'était retrouvé en sang, perdu au fin fond du désert en Afghanistan, il s'était révolté contre son sort et, alors qu'il était sur le point de se résigner, il avait réussi à retrouver suffisamment d'énergie pour s'en sortir vivant. Holt avait décidé d'utiliser cette même technique aujourd'hui.

Peut-être ne prendrait-il qu'une seule balle ?

Et si Cam et Shane avaient réussi à infiltrer le campement, alors tout s'arrangerait en peu de temps. Il ne serait pas difficile de neutraliser Todd et Simon et, même si d'autres soldats risquaient de débarquer, Holt n'était pas inquiet car il savait que Simon était la clé de voûte de la communauté et que, sans lui, chacun retrouverait son libre arbitre et sa liberté.

Holt essaya de trouver un moyen de prévenir Lindsey. Ils devaient jouer le jeu tous les deux, et ce jusqu'à ce que la fusillade se termine.

— Tu vas mourir pour avoir pensé que tu pouvais infiltrer ma communauté sans en payer les conséquences, lança soudain Simon en brandissant son arme vers Holt. Et toi, Lindsey, tu vas mourir pour m'avoir tant déçu.

— Allez-y, murmura Todd à son patron d'un ton encourageant.

Holt serra la main de Lindsey et entama un compte à rebours.

Puisque Simon semblait profiter de chaque minute et qu'il prenait manifestement un malin plaisir à faire traîner les choses, Holt ne savait pas réellement de combien de temps il disposait. Aussi se permit-il une dernière réflexion :

— Pff… Tout ça pour de l'argent.

— Je suis capable de réussir là où d'autres échouent, lui répondit Simon, dont l'ego avait visiblement été touché.

Il dévia légèrement le canon de son arme, comme l'avait espéré Holt.

— Vous ne faites que déplacer des stocks d'armes, ce n'est pas si compliqué.

— Il y a des causes qui ont besoin d'être soutenues. Des partenariats silencieux qui…

Holt soupira en écoutant ce discours qu'il avait déjà entendu tant de fois dans la bouche d'hommes perdus et pervertis par cette course à l'argent qui semblait sans limites.

— Vous n'avez aucune conscience morale, Simon, la seule chose qui vous tient à cœur, c'est d'amasser toujours plus d'argent.

— Est-ce que vous êtes en train de me provoquer pour que je vous tue en premier ? lui répondit Simon en souriant. Ne vous inquiétez pas, c'est ce qui est prévu. Lindsey doit voir son homme si fort et si parfait s'écrouler à ses pieds dans un bain de sang.

Holt avait réussi son coup, Simon avait légèrement baissé son arme. Après avoir serré une dernière fois la main de Lindsey, il passa à l'action.

Mais alors qu'il se jetait sur Simon et le renversait à terre, des tirs retentirent soudain au-dessus de sa tête. Il entendit des cris et des hurlements tandis que partout autour de lui des morceaux de bois et de verre étaient projetés dans les airs.

Simon était à présent allongé sous Holt, et son arme avait volé à quelques mètres de lui. Malgré son envie de s'assurer que Lindsey était saine et sauve, Holt garda toute son attention fixée sur son ennemi. Lindsey avait besoin que son oncle disparaisse de la surface de la terre. Le monde entier en avait besoin.

Pourtant, même s'il n'était plus tout jeune, Simon Falls n'était pas le genre d'homme à s'avouer vaincu si facilement. Il donna un violent coup de genou dans le menton de Holt et tenta de fuir en rampant sur le sol.

Mais Holt le rattrapa juste avant qu'il n'atteigne son arme et lui donna un coup de pied avant de lui bondir sur le dos. Simon s'écroula sous son poids puis commença à se cabrer sauvagement. Holt sortit son couteau mais, alors qu'il s'apprêtait à l'utiliser, il découvrit soudain une paire de chaussures dans son champ de vision. Une paire de bottes pour être exact.

Holt leva les yeux. Shane se tenait devant eux et pointait le canon de son revolver sur Simon.

— Je vous conseille de vous calmer, lui dit-il tranquillement, le doigt posé sur la gâchette.

Holt se laissa tomber à côté de Simon et chercha Lindsey du regard.

Elle était assise à quelques mètres seulement de lui et quand il lui adressa un signe de tête, elle vint le rejoindre en marchant à quatre pattes et se blottit contre lui. Il posa une main sur son épaule et de l'autre serra son couteau.

Un aperçu des lieux lui révéla le chaos qui régnait dans la pièce. Les murs et le peu de matériel qui avait été entreposé là avaient été abîmés et détruits par les nombreux tirs. Todd gisait sur le dos dans une mare de sang.

Simon, lui, avait survécu. Ce qui impliquait qu'il allait être traîné devant la justice. Ce n'était pas ce dont avait rêvé Holt, mais d'une certaine manière c'était une bonne chose pour Lindsey. A présent, le chef de New Foundations parlait à tort et à travers, clamant son innocence à qui voulait bien l'entendre… Holt ignora chacune de ses paroles, bien trop occupé à gérer les pensées qui l'assaillaient tandis qu'il serrait Lindsey dans ses bras.

Et soudain, il eut un flash : l'endroit où ils étaient, les armes stockées juste à côté…

— Nous devons sortir d'ici au plus vite ! cria-t-il en retrouvant son énergie.

Mais au moment où il allait se relever il vit que Simon s'agitait. Il semblait être entré dans une fureur sans bornes quand Shane avait commencé à le ligoter et hurlait comme un damné. Shane arma son revolver mais Holt attrapa l'arme de Simon qui était restée par terre et lui tira une balle en pleine poitrine.

Les yeux de Simon s'agrandirent un instant puis sa respiration s'accéléra et il s'effondra sur le sol.

— Vérifiez son pouls ! lança Cam de l'autre bout de la pièce.

Shane lui répondit quelque chose mais Holt n'en saisit pas le sens. Il baissa les yeux vers Lindsey, qu'il tenait serrée dans ses bras. Son cœur battait si fort qu'il pouvait le sentir résonner en lui et son corps était parcouru de spasmes nerveux. Il comprit qu'il lui faudrait beaucoup de temps pour réussir à oublier tout ce qui venait de se dérouler sous ses yeux.

— Lindsey ? murmura-t-il en se demandant ce qu'il pouvait faire pour l'aider.

Elle leva vers lui un regard terrifié et le regarda un instant avant de répondre :

— S'il te plaît, Holt, ramène-moi à la maison.

20

Lindsey poussa un profond soupir de plaisir…

Après être rentrés chez elle, Holt et elle s'étaient douchés et s'étaient traînés tant bien que mal jusqu'à son grand lit. Ils ne l'avaient pas quitté depuis…

Le lit trembla une nouvelle fois et Lindsey agrippa les draps. Son corps tout entier se mit à frissonner sous la puissance du mouvement des hanches de Holt. Cette façon qu'il avait de bouger, de plonger au plus profond d'elle-même…

Elle n'en pouvait plus. Elle pinça son dos pour lui faire comprendre qu'il devait l'emmener plus loin. Fini les préliminaires et autres jeux sensuels, il n'était plus nécessaire d'attiser son désir, il fallait passer à la vitesse supérieure.

— Holt, maintenant, réussit-elle à lui susurrer dans le creux de l'oreille en griffant son dos pour lui montrer combien elle était sérieuse.

Holt garda son rythme mais s'enfonça plus profondément en elle. Il passa ses mains sous ses fesses et la souleva du matelas pour qu'elle puisse sentir chacun de ses élans. Soudain, il glissa ses doigts dans son intimité et ce fut le nirvana. Une vague intense déferla en elle et elle se cambra de plaisir.

Libérée de toute tension, Lindsey s'agrippa à Holt, qui semblait lui aussi sur le point d'atteindre le sommet du plaisir. Elle sentit son corps se raidir et ils furent simultanément terrassés par un orgasme foudroyant.

Tout en tentant de reprendre son souffle, Lindsey regarda par la fenêtre ouverte et constata que le jour s'était levé. La pluie avait cessé, les oiseaux chantaient gaiement et l'air fleurait bon les exquis parfums de la nature.

Lindsey n'avait pas particulièrement envie de sortir prendre l'air. La douceur des draps et la chaleur du corps de Holt étaient tout ce dont elle avait besoin, à cet instant précis. Elle était consciente qu'il lui faudrait, à un moment ou à un autre, sortir de cette chambre pour affronter le monde extérieur. De toute évidence, elle allait subir des interrogatoires et allait avoir de nombreux documents à étudier. Les médias étaient déjà sur le coup, le téléphone ne cessait de sonner, et tous les membres de la Corcoran Team avaient eux aussi cherché à les joindre pour s'assurer que Holt s'était bien remis de sa blessure.

Mais Lindsey avait tant de choses à assimiler. Elle allait devoir apprendre à gérer les séquelles que son enlèvement avait laissées en elle et essayer d'oublier le fait qu'elle avait failli y laisser sa vie. Et puis se faire à l'idée que son oncle censé être mort depuis des années était réapparu devant elle, le temps d'un horrible cauchemar, avant de retourner parmi les morts, cette fois pour de bon. D'une certaine façon, elle aurait dû se sentir attristée par la mort de Walt mais ses larmes refusaient de couler. Ce qui n'était pas le cas quand elle pensait au shérif ou à Roger, dont les noms étaient venus s'ajouter à la longue liste des victimes de ce drame. Pourrait-elle seulement un jour les oublier ?

La petite ville de Justice était maintenant envahie par les forces de l'ordre. Holt avait prévenu l'ATF, le FBI et tous occupaient le campement. Lindsey espérait que leur enquête permettrait la fermeture définitive de cet endroit mais elle savait que l'enquête allait être longue et qu'il lui faudrait être patiente.

— Je crois que je pourrais dormir un mois entier, gémit-elle en roulant sur le côté.

— Dormir ou faire l'amour ? lui demanda Holt d'une voix rauque. Si c'est la deuxième option, il va me falloir des vitamines.

Lindsey en doutait fort, Holt avait une impressionnante

endurance. Pour être honnête, tout chez cet homme était impressionnant.

— Nous devrions manger quelque chose, lui répondit-elle en posant le bras sur son torse.

— Ça, c'est sûr, je ne vais certainement pas prendre l'avion le ventre vide.

A ces mots, Lindsey se redressa d'un bond et lui jeta un regard noir. Holt, lui, resta impassible un long moment avant de finalement lever les yeux vers elle.

— Quoi ? lui lança-t-il d'un air innocent.

— L'avion ?

Lindsey se sentait profondément agacée d'avoir découvert cette information par hasard, mais elle décida de ravaler sa colère et de faire comme si de rien n'était pour tenter d'en savoir plus.

— Je dois rentrer pour faire un compte rendu de la situation à Connor, dit Holt en passant un bras derrière sa nuque.

— Je ne comprends pas, lui répondit Lindsey, consciente de sa mauvaise foi.

Il semblait tout à fait logique que Holt doive tout raconter à son patron tant que les événements étaient encore frais dans sa mémoire. Elle-même avait d'ailleurs dû répondre à un millier de questions avant d'être autorisée à pouvoir quitter le camp.

— En gros…, commença-t-il en souriant.

— En fait, je m'en moque, dit-elle en l'interrompant.

— OK, répondit-il, l'air surpris.

Croyait-il vraiment que l'analyse détaillée de toutes les scènes de crime pouvait l'intéresser ? pensa Lindsey. Elle devait déjà essayer de gérer ses propres traumatismes, elle n'avait certainement pas besoin qu'il en rajoute. Combien de temps lui faudrait-il pour réussir à tourner la page ? Des semaines ? Des mois ? Il s'était passé tellement de choses atroces. Et tant de gens étaient morts…

Holt avait été la seule lueur dans cette obscurité. Il avait rendu supportable l'insupportable. Il avait réchauffé son cœur et enflammé ses nuits.

Lindsey ne savait pas quel genre de relations il avait bien pu entretenir auparavant. Manifestement, rien de sérieux, d'après ce qu'elle avait pu comprendre. Rien de comparable à leur histoire qui, elle, sortait de l'ordinaire. Ce qu'ils vivaient tous les deux était extraordinaire. Du moins l'était-ce pour elle.

Mais si Holt était capable de faire ses valises et de la quitter sans aucun regret, alors Lindsey allait avoir de nouvelles blessures à panser. Son chagrin d'amour la laisserait désespérée et anéantie. Rien que l'idée de pouvoir le perdre faisait naître en elle une douloureuse boule d'angoisse.

Elle comprit soudain qu'il ne servait à rien de faire semblant, certaines choses devaient être dites.

— Est-ce que tu reviendras ?

— Quand ? lui répondit-il en fronçant les sourcils.

Lindsey fut estomaquée par sa réaction. Il ne manquait décidément pas de culot. Elle s'assit et tira le drap pour couvrir son corps nu.

— Ne fais pas celui qui ne comprend pas.

Quelque chose qui ressemblait à de la méfiance s'afficha soudain sur le visage de Holt et l'air sembla tout à coup se charger de tension.

— De quoi parles-tu ? lui demanda-t-il.

— Il se passe quelque chose entre nous, réussit-elle à lui répondre.

Ce n'était pas aussi facile à dire qu'elle le pensait. En trouvant la force de verbaliser une pensée intime qui n'était finalement que son propre ressenti, elle prenait, seule, le risque de se tromper.

— Je suis d'accord.

— La question est de savoir ce que nous allons faire de ça.

Holt se redressa lentement et s'appuya sur ses coudes.

— Je ne sais pas, lui répondit-il en l'observant avec attention.

L'espace d'un instant, Lindsey se demanda à quelle question il répondait. Il semblait si accablé. Sa réponse ressemblait à celle d'un homme sur le départ qui a déjà pris la décision de ne plus donner signe de vie.

Cela ne lui suffisait pas. Ils avaient mis sa chambre à coucher sens dessus dessous, elle lui avait révélé ses sentiments les plus profonds et il avait eu l'air de les partager. Et maintenant, elle récoltait le légendaire « on verra bien » ?

Elle devait quitter ce lit. Une heure plus tôt, elle pensait que, s'il le lui demandait, elle pourrait rester dans ses bras toute sa vie. Et c'était ça le nœud du problème. Holt ne lui avait rien demandé. Et il ne le ferait probablement jamais.

Elle jeta un coup d'œil autour d'elle pour trouver de quoi s'habiller, attrapa le T-shirt de Holt et l'enfila. Se sentant plus sûre d'elle-même à présent qu'elle n'était plus nue, elle se leva du lit.

— Où vas-tu ? lui demanda-t-il.

— Chercher de quoi manger, réussit-elle à lui répondre, la gorge nouée.

Les mots étaient bloqués dans sa gorge et elle tenta de les ravaler. Quelque part, elle savait que sa réaction n'était pas juste. Ils ne s'étaient rien promis l'un à l'autre. Elle avait essayé de faire évoluer leur histoire vers quelque chose de sérieux mais Holt n'était pas le genre d'homme intéressé par ce type de relation. Shane l'avait d'ailleurs prévenue.

— Attends une seconde, lui dit-il en s'asseyant dans le lit. Est-ce que j'ai dit quelque chose qui t'a contrariée ?

— Non, rien.

— Lindsey…

En entendant son ton suppliant, elle baissa sa garde et se retourna pour le regarder. Elle essaya de trouver quelque chose de subtil ou de drôle à dire pour dissiper le malaise qui s'était installé entre eux mais en vain.

— Je suis amoureuse de toi, murmura-t-elle finalement.

Voilà qui n'était ni subtil ni drôle et Lindsey se sentit envahie par l'embarras maintenant qu'elle ne pouvait plus faire marche arrière. Mais après tout, ce n'était que la vérité…

Holt lui adressa son sourire si chaleureux et séduisant.

— Je t'aime bien, moi aussi, tu sais.

Ils ne se disaient pas la même chose. Cette différence frappa

Lindsey comme un coup de batte de base-ball en plein visage. Non, cela n'avait définitivement rien à voir. Elle était pleine d'espoir à l'idée de ce que leur histoire pourrait devenir dans le futur. Il profitait du moment présent, il profitait de leurs ébats sexuels. A croire que c'était la seule chose qu'il recherchait.

Lindsey n'avait aucun doute sur le fait que Holt appréciait sa compagnie. Elle pouvait le lire dans ses yeux quand il la regardait. Mais l'idée de pousser un peu plus loin leur relation semblait manifestement lui donner envie de prendre ses jambes à son cou.

— Je vais te préparer ton petit déjeuner, comme ça tu pourras commencer à organiser ton départ.

— Je n'ai pas besoin de partir si tôt, tu sais, lui répondit Holt en se laissant aller en arrière dans le lit, contre les oreillers.

Son air innocent redonna un peu d'espoir à Lindsey. Au moins, il n'était pas en train de lui sortir le fameux discours du « il vaudrait mieux que nous restions amis ».

— Je crois que si.

— Pourquoi ? lui demanda-t-il en écarquillant les yeux.

— Parce que je ne tiens pas un hôtel.

Peut-être y allait-elle un peu fort, mais cela faisait du bien de dire à haute voix ce qu'elle pensait tout bas.

Holt descendit du lit et se dirigea droit vers elle.

— Qu'est-ce que c'est que cette histoire ?

— Tu m'aimes bien.

— Oui, lui répondit-il en l'attirant contre lui.

— Parfait, répliqua-t-elle d'une voix froide en reculant.

— Mais qu'est-ce qu'il t'arrive, Lindsey ?

— Si tu découvres un jour que ce que tu ressens pour moi est plus fort que ce que tu ressens pour le chat de ton voisin, alors appelle-moi.

— Mon voisin a un chien.

— Tant mieux pour lui.

— Lindsey, je ne comprends pas ce qu'il se passe.

— Eh bien, tu sais quoi, Holt, dit-elle en pensant que pour

un homme de son intelligence il semblait tout à coup assez limité, quand tu auras compris, fais-moi signe.

Quand Holt arriva au petit aéroport privé, il était très en avance et il lui restait au moins deux bonnes heures à tuer avant de pouvoir embarquer. Il avait pensé qu'il pourrait profiter de cette matinée pour passer encore un peu de temps avec Lindsey, mais rien ne s'était passé comme il le prévoyait. Il ne voulait pas lui dire au revoir. Il n'avait pas envie de partir. Alors quand elle avait commencé à lui poser des questions, il avait paniqué…

En avançant sur le tarmac, Holt constata que les membres de l'équipe étaient au complet. Cam tournait autour de l'avion pour faire une vérification de l'appareil et Shane, assis sous l'auvent, jouait sur son smartphone. En les regardant, Holt se rendit compte à quel point il regrettait de ne pas être resté chez Lindsey. Il ne comprenait toujours pas ce qu'il s'était passé. La journée semblait pourtant avoir bien commencé et s'annonçait prometteuse. Un lit chaud, une femme sensuelle à qui il avait fait l'amour toute la nuit, endormie au creux de ses bras…

Non, vraiment tout semblait parfait. C'est quand ils avaient commencé à discuter que les choses s'étaient gâtées. A croire que c'étaient les mots qui avaient tout gâché.

— Qu'est-ce que tu fais là ? lui lança Cam en l'apercevant.

Lui et Shane échangèrent un regard complice et Holt sentit que la conversation allait prendre un tour qui ne lui plairait pas.

— Je te rappelle que c'est moi qui dirige cette équipe, lui répondit-il pour leur clore le bec.

— Je voulais dire, comment se fait-il que tu ne sois pas encore au lit avec Lindsey ? insista Cam.

— Si c'était moi, j'y serais, ajouta Shane.

— Nous devons rentrer pour faire le compte rendu de toute cette affaire, poursuivit Holt en faisant comme si de rien n'était.

Au fond de lui cependant, il appréhendait ce retour. Il avait peur de retrouver sa solitude en rentrant chez lui. La maison de Lindsey était pleine de vie et elle avait une odeur délicieuse, une sorte de mélange d'effluves de son shampooing et de quelque chose qui mijoterait sur le feu. Holt était plutôt un habitué des plats à emporter, qu'il mangeait seul devant sa télé quand il ne travaillait pas. Il avait vraiment tout d'un célibataire endurci.

— Attends, ne me dis pas que tu as déjà tout gâché ? lui demanda Shane en se levant pour venir rejoindre Holt et Cam sur le tarmac.

— On dirait bien que si, ajouta Cam en hochant la tête.

— Absolument pas, leur répondit Holt en se disant que ce n'était pas comme ça qu'il voyait les choses.

— OK, mais est-ce que Lindsey, elle, pense que tu as tout gâché ? continua Cam en s'appuyant contre le petit avion.

Apparemment il semblait être devenu le spécialiste des relations amoureuses. En même temps, Holt devait reconnaître qu'il était nettement plus doué que lui dans ce domaine car il était engagé dans une relation tout à fait sérieuse et avait même des projets d'avenir avec l'élue de son cœur. Quand Holt avait essayé de se projeter dans le futur avec Lindsey, il avait pensé que son être tout entier résisterait à cette idée. Et, même s'il n'avait pas envisagé toutes les responsabilités à venir, il savait qu'elles n'allaient pas tarder à venir l'étouffer, c'était inévitable.

— Pour tout vous dire, je ne sais pas ce qu'elle veut, répondit-il à ses hommes.

— Oh ! mec…

Cam et Shane échangèrent un nouveau regard complice et réprimèrent un fou rire. Holt n'aimait pas être sur la sellette, ce genre de situation était beaucoup plus drôle et confortable quand on n'était pas le dindon de la farce.

— OK, ça va les gars, expliquez-moi, qu'est-ce qu'il y a ?

— Tu as dû foirer un truc, lui répondit Cam en haussant les épaules. C'est ça, le problème.

Holt ne savait pas de quoi Cam voulait parler, il ne s'y connaissait vraiment pas en psychologie féminine.

— Est-ce qu'elle t'a dit ce qu'elle voulait ? lui demanda Shane en levant les yeux au ciel.

C'était terriblement embarrassant. Holt n'avait pas l'habitude de se confier et encore moins de s'épancher sur ses relations avec les femmes. Pour lui, les hommes n'étaient pas censés partager ces choses-là…

Mais en se remémorant l'expression qu'avait affichée Lindsey — mélange de colère et de douleur —, il décida de mettre un instant son orgueil de côté.

— Je ne sais pas… Elle voulait qu'on passe plus de temps ensemble, je crois.

— Et que lui as-tu répondu ? demanda Cam.

— Que je l'aimais bien.

Cam et Shane le dévisagèrent avec un air ahuri.

— Ouah…, dit Cam en se mordant les lèvres.

— Catastrophique…, ajouta Shane en hochant la tête.

Holt se dit que ce dernier était très mal placé pour lui faire la morale, vu le divorce éprouvant qu'il venait tout juste de traverser. Mais, malgré son envie de le lui faire remarquer, il se retint car il savait ce serait un coup bas.

— Qu'est-ce que je dois faire ? leur demanda Holt en décidant de ne pas envenimer le débat.

— Est-ce que tu l'aimes ? lui demanda Cam.

La question mit Holt mal à l'aise. Il savait que Cam avait compris quel genre de sentiments il éprouvait pour Lindsey. Mais il savait aussi que s'il commençait à penser à ce que cela entraînait – l'amour avec un grand A, les projets, l'engagement – il allait perdre les pédales.

— C'est trop tôt.

— Ça ne veut pas dire non, fit remarquer Cam à Shane.

La dernière chose dont avait besoin Holt à cet instant était bien que ces deux-là commencent à déblatérer sur le sujet. Holt avait seulement besoin d'un petit conseil.

— Je tiens à elle.

— Arrête de dire des choses pareilles ou elle va finir par te tuer, dit Shane en secouant la tête.

— Vous ne m'êtes d'aucune aide, souffla Holt en sentant l'agacement l'envahir.

— Ecoute, voilà ce que je te suggère…, commença Cam en lui montrant son sac qui était posé au sol. Prends tes affaires, retourne là-bas et dis-lui ce que tu ressens vraiment pour elle. Tes sentiments profonds.

Cela semblait à la fois très simple et extrêmement difficile à faire.

— Tu te fous de ma gueule ? répliqua Holt en se demandant s'il aurait le courage de prendre un tel risque.

— Non, j'essaie seulement de t'aider à rattraper le coup avec la femme que tu aimes. Après il sera trop tard.

Holt prit soudain conscience de la faiblesse de ses propres arguments.

— Je ne veux pas la perdre.

— Alors, va lui dire ce que tu ressens ! lui répondirent Shane et Cam en même temps.

Ils étaient d'accord, et Holt décida que c'était de bon augure.

21

Lindsey s'était assise sous son porche et regardait devant elle, un verre de limonade à la main. Le verre était glacé et elle pensa un instant le poser au sol mais elle se ravisa et resta immobile. Elle était bien trop occupée à ne rien faire, à regarder dans le vide, à laisser le temps s'écouler.

Même s'habiller lui demanderait trop d'efforts. Tout comme les diverses déclarations aux organismes officiels qu'elle avait promis de faire aujourd'hui. Ou répondre au téléphone qui ne cessait de sonner. Le journal local avait dit quelque chose à propos de la prochaine parution d'un démenti pour l'innocenter et attendait qu'elle se manifeste pour avoir sa version des faits.

Mais Lindsey n'avait plus envie de rien. Elle ne ressentait plus rien. Regarder Holt la quitter l'avait pétrifiée. Elle se sentait vide, elle n'avait plus faim, et la seule chose à laquelle elle semblait encore capable de pouvoir réfléchir était comment elle allait s'y prendre pour brûler son matelas, porteur de tant de souvenirs.

Elle avait cru que Holt allait faire demi-tour. Qu'il allait rouler sur un kilomètre avant de réaliser qu'il avait perdu la tête et qu'il reviendrait vers elle. Mais ce n'était pas ce qui s'était passé.

Maintenant, elle essayait de ne plus penser à rien, et surtout pas au fait qu'il était peut-être en ce moment même en train de décoller et de quitter l'Etat.

Elle pourrait partir elle aussi. Plus rien ne la retenait ici désormais. Les gens qu'elle aidait n'avaient plus besoin d'elle, quant aux autres, c'est le service funéraire qui s'en chargerait.

Alors qu'elle venait de trouver la force de prendre une nouvelle gorgée de limonade, Lindsey vit un camion pénétrer dans son allée. Ce n'était pas n'importe quel camion, c'était *le* camion.

Il s'arrêta devant sa maison et Holt resta un moment assis derrière son volant à la dévisager. Lindsey se demanda combien de temps s'était passé depuis qu'il était parti. Peut-être une heure ? Mais dans ce cas pourquoi revenait-il seulement maintenant ? Ignorant les raisons de son retour, elle tenta de calmer l'ardeur qu'elle avait sentie se rallumer en elle.

Les minutes passèrent, lentement, puis, après ce qui lui sembla une éternité, Holt ouvrit enfin la portière et sortit. Il portait le même jean et le même T-shirt gris que ce matin et cela la rassura. Il avait probablement conduit jusqu'à l'aéroport avant de revenir. Tout cela n'avait aucun sens mais elle décida d'attendre et d'écouter ce qu'il avait à lui dire… S'il se décidait à lui parler. Holt n'était pas particulièrement doué en ce qui concernait les explications.

Il se pencha pour attraper quelque chose sur le siège passager et quand il fit le tour du camion, Lindsey vit que c'était son sac. Celui qu'il avait apporté chez elle. Celui qu'il avait préparé pour son départ.

A présent il était de retour. Cela devait forcément signifier quelque chose. Cela ne pouvait être autrement.

L'étincelle d'espoir qui était née en elle se transforma en feu de joie. La colère et la tristesse qui l'avaient submergée quand il était parti s'atténuèrent. Elle prit une gorgée de limonade pour s'assurer qu'elle ne rêvait pas. Dans sa main, son verre tremblant semblait suivre le rythme rapide des battements de son cœur.

Lindsey se sentit soudain vulnérable. L'amour qu'elle portait à cet homme était évident. Peu de jours avaient passé depuis leur rencontre, et pourtant c'était comme si sa vie entière ne dépendait plus que de lui.

Sans s'en rendre compte, elle se retrouva nez à nez avec

lui sur les marches. En lisant au fond de son regard, elle vit qu'il y restait de la méfiance.

C'était à lui de prendre la parole en premier. Mais il resta silencieux, alors elle se lança.

— Qu'est-ce que tu fais ici ?

— C'est ici que je veux être, lui répondit-il en se balançant d'avant en arrière.

Ce n'était pas le genre d'attitude qu'il avait habituellement. Holt n'était pas du genre nerveux. Il semblait capable de rester immobile et calme pendant des heures.

Mais c'était la meilleure des réponses qu'il pouvait lui donner. Pour une fois, elle n'avait pas envie de hurler ou de l'étrangler.

— Je croyais que tu devais rentrer chez toi. Que tu avais un compte rendu à faire.

Lindsey ne se souvenait pas exactement des raisons qu'il lui avait fournies car, dès qu'il avait commencé à parler de prendre un avion, elle s'était renfermée sur elle-même.

— C'est ce que je devais faire oui. Mais je préfère rester ici, avec toi, lui répondit-il avant de hausser les épaules. En fait, je veux bien aller n'importe où, mais avec toi… Ce que je veux te dire, c'est que tu peux venir avec moi si tu veux. Tant que nous sommes dans la même maison et que nous partageons le même lit, tout me va.

Ses réponses s'amélioraient. Celle-là frôlait même la perfection. En quelques mots seulement, Holt venait de lui faire une proposition. Rapide et sans détours. Mais Lindsey savait qu'il n'était pas le genre d'homme à se perdre en conjectures ni à s'embarrasser avec les détails.

Ce qu'elle savait en revanche, c'est qu'il pensait chacun de ses mots. Et qu'elle pouvait compter sur lui.

Elle garda pourtant son calme, car il avait plus l'air d'un homme en état de choc que d'un homme amoureux. Il était pâle comme un linge et elle se demanda s'il ne ferait pas mieux de s'asseoir.

— Pourquoi ce brusque changement ?

— Cam et Shane m'ont plus ou moins dit que j'étais le dernier des idiots.

Lindsey sourit et posa son verre sur le sol. Après avoir vécu quelques jours avec Shane, elle pouvait presque imaginer ce qu'il avait dit à Holt.

— Je les aime bien.

— Ne te méprends pas, ils sont aussi idiots que moi.

Holt plongea son regard dans celui de Lindsey et laissa tomber son sac à ses pieds. Pour une raison qu'elle ignorait, ce geste lui parut important.

Lindsey pensa un instant à sa maison et à sa vie ici, à Justice. Rien ne la retenait plus, elle pouvait suivre Holt. Après toutes ces années passées à ne penser qu'à sa mission et au campement de New Foundations, cela lui ferait probablement le plus grand bien de se changer les idées. Trouver un nouveau boulot, de nouvelles passions…

Le soleil montait dans le ciel bleu et réchauffait petit à petit l'atmosphère. L'été était une saison magnifique dans l'Oregon. Les lacs, les forêts, les montagnes… Tout cela aurait presque pu faire oublier la violence des derniers événements à Lindsey. Presque.

Ils restèrent ainsi, à se regarder en silence pendant quelques minutes. Lindsey résista à la tentation de toucher le visage de Holt. Toutes ces caresses qu'ils avaient échangées dans la chambre. Elle voulait retrouver ce sentiment d'intimité partagée, où qu'ils décident d'aller.

Les mots doux de Holt et le fait qu'il ait décidé de poser son sac étaient déjà la preuve qu'il était prêt à s'engager. Cela n'avait probablement pas dû être facile pour lui mais il l'avait fait. Peut-être le discours de ses amis avait-il servi de déclencheur, quoi qu'il en soit, Lindsey savait qu'il était sincère.

— Quand je t'ai dit ce matin que je tenais à toi, lui dit-il enfin, je le pensais.

— Je sais.

Mais à nouveau la tiédeur de sa phrase lui fit serrer les dents. Même si elle comprenait qu'en disant cela il faisait déjà un effort considérable, cela ne lui suffisait pas. Après avoir consacré sa vie entière à aider les autres, elle était aujourd'hui prête à penser un peu à elle-même et voulait que Holt lui donne ce dont elle avait besoin.

Il prit ses mains dans les siennes, joua un instant avec ses doigts puis caressa tendrement sa paume.

— Je ne te mentirai jamais, Lindsey.

— Je sais ça, aussi.

— Alors je dois te prévenir : je risque de tout faire foirer, murmura-t-il doucement en levant les yeux vers elle. Vraiment. On ne peut pas dire que je sois doué pour les relations humaines, et la force de mes sentiments pour toi m'effraie. Je me sens bizarre et c'est quelque chose qui ne m'était encore jamais arrivé. Quand je suis avec toi, la seule chose à laquelle je pense, c'est à te déshabiller. On dirait que je suis retourné à l'état sauvage, que je suis guidé par mon instinct et mes pulsions primaires.

Lindsey l'écoutait attentivement mais elle attendait autre chose. Elle voulait que leur histoire soit bien plus qu'une aventure sexuelle. Elle lui avait déjà dit les fameux trois mots et elle avait besoin qu'il se jette à l'eau, lui aussi.

— Dis-moi ce que tu attends réellement de moi, lui répondit-elle alors. Je sais ce que j'attends de toi, moi, mais toi, que recherches-tu vraiment ?

— Tout.

— Holt…

— Jusqu'ici ma vie a été minable. J'ai eu une enfance compliquée, une relation horrible avec mon père, j'ai failli mourir, dit-il en haussant les épaules. Mais ne te méprends pas, je ne me cherche pas d'excuses, non, je cherche plutôt à m'expliquer…

— Je comprends, Holt. Notre passé nous façonne. Regarde ma vie et mes propres obsessions.

Une si grande partie de qui elle était et de la façon dont elle réagissait découlait de ce qu'elle avait vécu auparavant. Elle avait même choisi de rester dans cet endroit qu'elle prétendait haïr…

Mais, pour elle, le camp de New Foundations et tout ce qui s'était passé cette semaine révélaient une véritable envie de passer à autre chose. Et pour la première fois de sa vie, Lindsey se sentait assez forte pour que cela puisse arriver.

— Y aurait-il une chance pour que tu veuilles bien repartir de zéro ? lui demanda Holt d'un ton malicieux.

Son sourire était contagieux. Quand il souriait, sa carapace semblait se fendre et c'était comme si ses sentiments devenaient lisibles, ce qui le rendait encore plus séduisant. Mais Lindsey aimait également son côté mystérieux et inquiétant. Sa noirceur, son besoin de contrôler et de protéger. Tout cela faisait de lui l'homme complexe et merveilleux qu'il était.

— Attends, qu'est-ce que tu viens de dire ? lui demanda-t-elle en freinant brusquement le cours de ses pensées.

— Tu parlais d'obsession… Je te disais que si tu en cherchais une nouvelle, eh bien, je me porte volontaire.

Il commença à énumérer ses qualités sur ses doigts.

— Je ne fume pas, je ne suis pas un grand buveur, sauf peut-être une petite bière de temps en temps devant un match de football, je sais couper du bois et je suis un bon cuisinier.

En entendant cela, l'espoir de Lindsey s'embrasa. Holt se tenait là, devant elle, et lui offrait tout ce dont elle rêvait. Elle passa ses bras autour de son cou.

Il semblait perdu, maintenant, un peu comme s'il s'était attendu à ce qu'elle le rejette. Mais Lindsey n'avait jamais songé à le faire, elle attendait seulement qu'il prenne sa décision.

Elle ne le laisserait plus s'éloigner. Dorénavant, elle se battrait pour le garder auprès d'elle. S'ils tentaient cette aventure ensemble et s'ils voulaient que leur histoire fonctionne, ils devraient être partenaires, ce qui impliquerait forcément d'affronter ensemble quelques écueils.

— Tu te portes volontaire pour ce poste ?

— On dirait bien que je suis amoureux de toi, alors je crois que ce serait une bonne chose que tu te rendes compte que toi non plus tu ne peux pas vivre sans moi. Et que nous ne pouvons plus nous séparer.

A ces mots, Lindsey sentit qu'elle perdait le contrôle et décida de lâcher prise. Elle savait qu'ils avaient brûlé les étapes. Mais pour l'instant cette relation à grande vitesse lui convenait. Ils avaient la vie devant eux pour apprendre à se connaître…

— Je ne suis pas très doué dans ce domaine mais…, commença Holt, avant de soupirer.

— Tu te trompes, le coupa-t-elle en l'embrassant sur la joue puis dans le cou. Tu es peut-être un peu lent, ça, je te l'accorde, mais tu es bourré de talents. En y réfléchissant bien, on dirait même que tu ne vas pas être si facile à vivre.

— Est-ce que cela signifie que je peux rester ?

— Essaie seulement de me quitter encore une fois, lui répondit-elle en déposant un rapide baiser sur ses lèvres.

— Voilà exactement ce que tout homme rêve d'entendre, lui répondit Holt avant de la prendre dans ses bras. La réunion avec Connor attendra, allons plutôt vérifier l'état de ton lit et de ta chambre à coucher. Je suis parti un peu vite ce matin, mais nous allons arranger ça.

Holt semblait soudain plein de bonnes idées. Lindsey se demanda qui elle devrait remercier pour l'avoir remis sur la bonne voie : Cam, Shane ou les deux ? Quoi qu'il en soit, elle n'y manquerait pas car jamais encore elle ne s'était sentie aussi heureuse.

— A une seule condition, ajouta-t-elle. Si tu me promets que nous y resterons toute la journée.

— Emballé, c'est pesé ! lui répondit-il en souriant.

HELENKAY DIMON

Mission clandestine

INTÉGRALE

UN AMOUR À PROTÉGER

Traduction française de
HERVÉ PERNETTE

SAGAS

HARLEQUIN

Titre original :
TAMED

Ce roman a déjà été publié en 2017

1

Makena Kingston avait passé la majeure partie de son existence à attendre que Shane Baker se réveille et remarque enfin sa présence. Ce soir, elle attendait de le voir se garer devant chez elle et descendre de voiture.

Il devait venir dîner et elle s'était arrangée pour que son invitation paraisse la plus innocente possible. Shane travaillait avec Holt, son frère aîné, au sein de l'équipe Corcoran, un groupe d'intervention secret. Apparemment, il bénéficiait de quelques jours de congé.

Elle l'avait appelé dans la matinée et, depuis, les heures lui semblaient passer à une lenteur insupportable. Pour la énième fois, elle jeta un regard par la fenêtre de la cuisine pour voir s'il arrivait.

D'où elle était, elle apercevait la rue ainsi qu'une portion de la cour des voisins. Les maisons étaient très proches les unes des autres et ne disposaient pas de beaucoup de terrain. Aussi n'était-il pas rare qu'elle entende ses voisins, un jeune couple, se disputer pour tout et n'importe quoi.

La nuit tombait et tout était calme. Chestertown, la petite ville du Maryland où elle résidait, possédait un charme bucolique, alors que Washington n'était qu'à une heure et demie de route. Ici, il ne se passait pas grand-chose, et ça lui convenait très bien.

Elle leva de nouveau les yeux et, cette fois, aperçut un SUV qui se garait devant la maison des voisins.

Deux personnes sortirent du véhicule. Tout de noir vêtues…

Ce détail la frappa car elles lui parurent vraiment trop couvertes pour la saison.

Makena s'appuya des deux mains sur le rebord de l'évier et se pencha en avant en plissant les yeux. Il lui sembla que les nouveaux arrivants — deux hommes, si elle se fiait à leur carrure d'épaules — se déplaçaient furtivement. Ils se séparèrent devant la maison voisine. L'un s'affaira quelques secondes près de la porte d'entrée, l'autre se dirigea vers l'arrière. Quand ce dernier réapparut, tous deux partirent au pas de course.

Intriguée, Makena alla se poster près d'une autre fenêtre. Elle sentait bien que ce dont elle venait d'être témoin n'était pas normal. Une petite déflagration retentit. Elle sursauta et poussa un cri.

Le cœur battant, elle changea de pièce, à l'affût du moindre mouvement. Où donc étaient passés les deux individus ?

Ses pensées étaient confuses. Elle ne pouvait pas rester sans rien faire, cependant. La police, il lui fallait prévenir la police, s'avisa-t-elle enfin.

Elle tâtonna ses poches, mais ne trouva pas son portable. Et elle n'avait pas de fixe. Sa peur monta d'un cran. Elle fit un énorme effort pour se calmer et réfléchir. Le salon. Oui, c'est sûrement dans cette pièce qu'elle avait laissé son portable.

C'est alors qu'elle aperçut un homme masqué derrière la fenêtre.

La seconde suivante, il avait disparu.

Affolée, Makena se précipita dans le salon et, d'une main tremblante, dispersa la pile de journaux qui encombraient la table basse. Il y avait la télécommande de la télévision, son ordinateur, mais pas son téléphone.

Une série de coups sourds se firent entendre. Son cœur cognait tellement fort dans sa poitrine que Makena mit quelques secondes à comprendre qu'ils provenaient de l'extérieur. Quelqu'un cherchait à forcer sa porte arrière ! Un craquement de bois retentit, et elle distingua ensuite très nettement des bruits de pas.

— Au secours ! s'écria-t-elle, submergée par la panique.

Dans sa hâte à s'enfuir, elle entra en collision avec l'individu qui venait de s'introduire chez elle.

Le choc lui coupa le souffle, elle eut l'impression d'avoir heurté un mur. Sa tête partit en arrière, et tout se mit à tourner autour d'elle.

Mais elle ne tomba pas, car des bras robustes l'enserrèrent fermement et la déposèrent sur le canapé.

Elle n'avait pas totalement recouvré ses esprits, mais elle était suffisamment lucide pour réaliser la dangerosité de la situation. Hélas, ses mouvements de reptation pour empêcher que l'intrus ne la maintienne en place eurent pour résultat de la faire chuter du canapé.

En atterrissant lourdement au sol, elle sentit un objet sous elle. Sans réfléchir, elle s'en saisit et voulut se relever. Mais une main lui emprisonna aussitôt le mollet pour la retenir. Elle poussa un cri.

Elle ne faisait plus la distinction entre la peur et la douleur. Elle prit alors conscience qu'elle avait son portable en main. C'était ça l'objet qu'elle avait ramassé !

Elle battit frénétiquement des jambes pour se libérer et chercha des yeux quelque chose à jeter à la figure de son agresseur.

Celui-ci se redressa, sans pour autant la lâcher. Makena continua de se débattre, tout en tentant d'appeler le premier numéro sur le répertoire de son portable. Son regard se posa un quart de seconde sur l'écran. Assez longtemps pour qu'elle distingue le message qui y était inscrit :

« Pas de réseau. »

Mon Dieu, elle était seule, personne ne viendrait à la rescousse. Une vague de découragement la submergea.

Lui saisissant la jambe à deux mains, son agresseur tira brutalement, et elle se retrouva à plat dos sur le parquet. Une violente douleur lui traversa le coude, lui faisant lâcher le téléphone qu'elle avait toujours en main.

Quand elle voulut se redresser, l'individu cagoulé lui

plaqua une main sur la gorge. Des yeux noirs pleins de rage se posèrent sur elle.

— Tu bouges et tu es morte.

Il sortit un couteau et le brandit.

— Je n'ai rien, balbutia-t-elle, affolée. Je travaille à l'université, je ne…

Il resserra son étreinte.

— Ferme-la.

L'instinct de survie prit le dessus. Attrapant la main de son agresseur pour tenter de le repousser, Makena se tortilla dans tous les sens.

— Tu l'auras voulu, gronda-t-il d'une voix froide et détachée.

— Non, cria-t-elle avant tout pour se donner du courage.

Sa panique s'intensifiait, elle avait de plus en plus de mal à respirer. Son agresseur était beaucoup plus fort qu'elle, seule la ruse lui permettrait d'en réchapper.

Mais le temps lui manquait ; petit à petit, sa vision se brouillait. Se rappelant qu'un tisonnier était posé devant la cheminée, Makena continua à lutter contre la main qui l'étranglait, surtout pour détourner l'attention de son agresseur tandis que, de l'autre main, elle cherchait à tâtons le tisonnier.

Enfin elle le sentit du bout des doigts et, tendant le bras au maximum, parvint à s'en saisir. Elle assura sa prise et s'apprêta à frapper.

Shane Baker arriva à Chestertown une heure avant le moment où il devait se présenter chez Makena pour le dîner. Au lieu de se garer devant chez elle, il s'arrêta quelques rues plus loin et alla marcher le long du fleuve pour s'éclaircir les idées.

Il ne fallait pas qu'il se passe quelque chose entre Makena et lui, se répéta-t-il pour la énième fois. Il s'était marié une fois et, par sa faute, l'expérience avait viré au désastre. Et, comme Makena était la petite sœur de son meilleur ami et qu'il savait que jamais elle ne se satisferait d'une relation libre et sans attaches, la question était réglée.

De toute façon, elle méritait mieux que lui. Il travaillait énormément et était sans cesse en déplacement aux quatre coins du globe. Il adorait son boulot au sein de l'équipe Corcoran, l'unité secrète qui effectuait des missions de sauvetage périlleuses pour le compte de multinationales ou du gouvernement. Le danger l'accompagnait partout et, il ne devait pas se le cacher, ça lui plaisait.

Mais imposer un tel mode de vie à Makena, c'était hors de question, même si la jeune femme l'attirait énormément. Dîner avec elle n'était déjà pas une bonne idée, il en était bien conscient, pourtant il avait été incapable de refuser son invitation. Pour tenter de se justifier, il s'était dit qu'en l'absence de Holt — le frère aîné de Makena profitait lui aussi de quelques jours de congé avec Lindsey, sa nouvelle compagne —, c'était à lui de veiller sur elle. A nouveau, il se fit la promesse que la soirée ne déraperait pas. Ils allaient dîner ensemble, discuter de choses et d'autres, comme deux amis, puis il s'en irait.

Il lui restait seulement à faire en sorte que son corps soit sur la même longueur d'onde que son esprit.

Shane se dirigeait vers la maison de Makena quand des bruits insolites en provenance de chez elle lui parvinrent. Sans réfléchir, il se mit à courir. Il arrivait devant la porte d'entrée quand il entendit un bref appel à l'aide.

Aussitôt il contourna la maison et constata que la porte arrière avait été forcée. Une fois dans les lieux, il perçut des gémissements sourds. Il n'y avait pas de lumière à l'intérieur, et il lui fallut quelques secondes pour s'habituer à la semi-obscurité.

Son arme à la main, il suivit la direction des bruits. Il s'apprêtait à appeler Makena quand il distingua un objet qui fendait l'air. Il découvrit que la jeune femme était maintenue au sol par un homme cagoulé, mais qu'elle était sur le point de le frapper avec ledit objet. Elle l'atteignit à l'épaule.

Le type hurla de douleur mais ne la lâcha pas. Alors, ni une ni deux, Shane, saisissant son arme par le canon, frappa l'homme de la crosse. Assommé, celui-ci s'effondra.

Shane tourna la tête vers Makena. Elle avait les yeux agrandis par la peur, son chemisier était déchiré, ses longs cheveux noirs en bataille. Mais elle était vivante. Jamais il n'avait été aussi heureux de la voir.

Il avança d'un pas, mais elle recula aussitôt, comme s'il représentait lui aussi une menace.

— Makena, c'est moi, la rassura-t-il. Tu vas bien ?

Quand elle reconnut sa voix, elle battit des paupières et, enfin, poussa un long soupir de soulagement.

— Shane ?

— Viens là, ma belle.

Il s'agenouilla, la prit dans ses bras et la tint contre lui. Elle tremblait de tous ses membres. Il lui caressa les cheveux et le dos en des gestes apaisants, tout en s'assurant du regard qu'il n'y avait plus de danger. Il ignorait de quoi il retournait, mais une chose était sûre : vu la façon dont il était vêtu, le type qu'il venait d'assommer n'était pas venu rendre une visite de courtoisie à Makena.

Quand il sentit qu'elle se calmait, il la prit par les épaules et se recula pour la dévisager.

— T'a-t-il fait du mal ?

— Je… Oui… Non… Ils étaient deux.

Elle qui d'habitude s'exprimait d'une voix déterminée avait perdu toute assurance. Et ses propos l'alertèrent.

Il se releva aussitôt, prêt à parer une nouvelle attaque. Au même moment, un crissement de pneus se fit entendre. Shane se précipita à la fenêtre et eut juste le temps d'apercevoir les feux arrière d'un SUV.

Quand il se retourna, Makena se tenait derrière lui. Elle se passait convulsivement les paumes le long des bras, comme pour se purifier après l'agression dont elle avait été victime. Il vérifia que le misérable était toujours KO. Mieux vaudrait pour lui qu'il se montre coopératif à son réveil, se dit Shane en grimaçant. Et il sortit son téléphone pour appeler du renfort.

— Mon téléphone ne marchait pas, dit Makena en désignant l'appareil du doigt, je ne sais pas pourquoi.

Shane s'assura qu'il avait du réseau puis adressa un message d'urgence à Cameron Roth, un de ses coéquipiers.

— Ne bouge pas, dit-il à Makena une fois le message envoyé.

Il se dirigea vers l'individu couché au sol. Il vérifia sa respiration. Pas de soucis, il était en vie.

— Tu as de quoi lui attacher les poignets ?

Il avait hâte que ce type reprenne connaissance, car il était pressé d'avoir des réponses à ses questions. Qui était-il ? Pourquoi était-il entré par effraction ? Que cherchait-il ?

— T'a-t-il parlé ?

— A peine.

Makena s'absenta quelques secondes puis revint avec une corde en nylon.

— Tu dois me répéter chaque mot qu'il a prononcé, reprit-il tandis qu'il ligotait l'individu. Peut-être n'est-il qu'un simple cambrioleur mais, comme tu es liée à l'équipe Corcoran, je préfère être prudent.

— Il n'était pas là pour moi. Son complice et lui, je… Enfin, je les ai vus pénétrer par effraction dans la maison voisine. Sans doute a-t-il remarqué que je les avais surpris, c'est pourquoi il sera entré chez moi.

Qu'il s'en soit pris à elle parce qu'elle avait été témoin d'un cambriolage était d'une certaine façon rassurant. Makena avait été agressée parce qu'elle se trouvait au mauvais endroit, au mauvais moment. Shane eut un peu honte de se sentir soulagé. Que ce type ait porté la main sur la petite sœur de Holt le révulsait mais, au moins, au départ, ce n'était pas elle la cible.

— Tiens.

Il lui tendit son portable.

— Appelle la police.

Shane fouilla rapidement les poches de l'homme inconscient. Il crut d'abord qu'il n'avait rien sur lui, mais un papier crissa sous ses doigts. Il le sortit, le déplia et lut ce qui était inscrit dessus. Ce fut comme s'il avait reçu un coup à l'estomac.

Sa réaction intrigua Makena, qui s'approcha.

— Qu'est-ce que c'est ?

— Un papier sur lequel sont inscrits tes nom et adresse.

Elle fronça les sourcils.

— Quoi ?

Shane serra les poings. Il n'y avait qu'une explication possible. Et elle ne lui plaisait pas.

— Ces types étaient là pour toi, murmura-t-il d'une voix blanche.

2

Makena fit de son mieux pour garder son calme. Shane, lui, n'était pas du genre à être ébranlé facilement. Traquer et mettre hors d'état de nuire des criminels, c'était pour ainsi dire son quotidien. Il vivait pour l'adrénaline et le danger. Pourtant, à présent, elle le vit qui fixait le papier qu'il avait entre les mains avec gravité.

Sans dire un mot, il arracha la cagoule qui couvrait le visage de son agresseur.

— Tu reconnais ce type ? Tu l'as déjà vu ?

Elle n'eut pas à réfléchir longtemps.

— Non, jamais.

— A-t-il dit quelque chose qui…

— Qu'est-il venu faire là ? s'écria-t-elle sans tenir compte de ce que lui demandait Shane. Pourquoi dans mon quartier ?

Bien sûr, Shane n'avait pas la réponse à ses questions, mais elle était tellement désemparée que c'était tout ce qui lui passait par la tête.

Pourquoi un homme armé en tenue de commando avait-il débarqué chez elle ? Que lui voulait-on ? Elle n'y comprenait rien, tout cela n'avait aucun sens.

Shane s'approcha d'elle et lui posa la main sur le bras.

— Prends une grande inspiration et expire tout doucement.

— D'accord.

Contrairement à elle, il était familier de ce genre de situation ; aussi était-elle prête à faire tout ce qu'il lui dirait pour récupérer mentalement et physiquement.

— T'est-il arrivé de parler de Holt ou de l'équipe Corcoran à quelqu'un ? lui demanda-t-il en prenant soin de ne pas élever la voix. Même de manière anodine, ou par accident.

Elle prit quelques secondes pour réfléchir.

— Non.

— Si cela s'est produit, ce n'est pas grave, insista-t-il. Mais je dois le savoir.

— Je t'ai dit que non, répliqua-t-elle plus fermement.

Elle était parfaitement consciente que les activités de l'équipe Corcoran devaient être tenues secrètes. L'agence travaillait pour le gouvernement ou d'importantes sociétés privées, et les missions qu'elle effectuait étaient toujours délicates et sensibles. Jamais, au grand jamais elle ne mettrait en danger la sécurité de l'un ou l'autre de ses membres par manque de discrétion.

Jamais elle ne jouerait avec la vie de son frère. Et encore moins avec celle de Shane. Il lui suffisait de contempler ses larges épaules, ses biceps et ses pectoraux parfaits que son T-shirt épousait impeccablement pour avoir le souffle coupé. Il avait un visage avenant, une petite fossette sexy au menton qu'elle avait sans cesse envie de toucher du bout du doigt et qui lui donnait un charme fou. Les coéquipiers de Shane ne manquaient d'ailleurs jamais de le mettre en boîte à cause de son côté beau gosse. Quant à elle, elle l'aimait en secret depuis plusieurs années.

— Ça peut arriver tellement facilement, reprit-il en secouant la tête. Moi-même, plus d'une fois, j'ai…

— Shane, je te le jure. Non.

Elle avait commis de nombreuses erreurs dans sa vie, mais pas celle-ci. La sécurité de ceux qui lui étaient chers était sa priorité. Elle avait toujours fait très attention.

Shane l'observa en silence pendant quelques secondes.

— Je te crois.

— J'espère bien.

Qu'il ait pu douter d'elle était déjà dur à avaler.

— Mais si tes liens avec l'équipe Corcoran ne sont pas à

l'origine de ton agression, je ne vois pas quelles peuvent en être les raisons. Tu as des ennuis en ce moment ?

Cette question lui semblait absurde, mais elle avait encore l'esprit embrouillé et avait du mal à réfléchir.

— Quel genre d'ennuis ?

— Assez sérieux pour que des types armés enfoncent ta porte.

— Tu te rends compte de ce que tu dis ?

Elle occupait un emploi de bureau. Son quotidien consistait principalement à étudier des dossiers. Elle menait une vie calme et rangée. A une exception près : elle se livrait en dehors de son temps de travail à une activité qu'elle jugeait importante, mais dont elle n'avait parlé à personne. Pas même à Holt. Il y avait gros à parier que ce dernier se mettrait en colère s'il était au courant. Shane n'approuverait pas non plus, c'était sûr et certain.

Les séquelles de sa lutte contre son agresseur commençaient à se réveiller. Elle avait mal au dos et aux cervicales, et rester là, debout face à Shane, lui était pénible.

— Encore une fois, je tiens à être clair, reprit Shane qui parlait lentement en détachant chaque mot. Le moindre élément doit être pris en compte. Même la chose a priori la plus insignifiante.

— Bon sang, tu connais mon boulot : j'examine des dossiers d'entrée à l'université. Je vois mal un étudiant ou des parents se venger de moi à cause d'une candidature refusée.

Et quand bien même c'eût été possible, encore aurait-il fallu qu'on puisse remonter jusqu'à elle. Ses coordonnées personnelles n'étaient pas connues du public.

Mais il y avait ce secret qu'elle gardait… Elle se mordit la lèvre inférieure. Etait-il possible que l'agression dont elle avait été victime soit liée à cette activité ? Là encore, elle épluchait des dossiers. Mais pas seulement… Elle allait aussi sur le terrain, rencontrait des gens, posait des questions, traquait les mensonges. Et ceux qui se retrouvaient démasqués pouvaient nourrir un désir de vengeance et souhaiter lui faire du mal…

Shane, qui était beaucoup plus grand qu'elle, se pencha pour placer son visage à quelques centimètres du sien.

— Qu'omets-tu de me dire ?

— Rien du tout.

Il continua de la dévisager avec la même intensité.

— Nous nous connaissons depuis trop longtemps pour que je ne remarque pas que tu es mal à l'aise.

— Forcément, je viens de subir une agression.

Ils se connaissaient bien, en effet. Makena l'avait rencontré par l'intermédiaire de Holt, qui était son meilleur ami. Elle aussi en savait long sur lui. Il s'était marié, puis avait divorcé et vécu des moments difficiles. Shane était aussi celui qui faisait toujours en sorte que Holt, son frère, revienne d'une mission en un seul morceau. Celui qu'elle était toujours heureuse de voir, qui avait la plaisanterie facile… Et qui était tellement séduisant.

Elle avait réellement commencé à l'apprécier et à se sentir attirée par lui lors de leur deuxième rencontre. Tant qu'il était marié, elle avait tout fait pour refouler ses sentiments. Depuis qu'il était redevenu célibataire, c'était cependant plus compliqué. Et même quand ils n'étaient pas ensemble, il lui arrivait fréquemment de penser à lui. Lorsqu'elle savait qu'elle allait le voir, elle attendait toujours ce moment avec une folle impatience, même si ce n'était que pour quelques minutes.

Quand il partait en mission pour une longue période, elle se languissait de lui. C'est pourquoi elle n'avait pas voulu manquer l'occasion de le voir plus longuement ce soir, sachant qu'il était en congé. La soirée ne s'était pas du tout déroulée comme prévu, mais elle lui était extrêmement reconnaissante d'être arrivé à temps. Sinon, elle n'osait imaginer ce qui se serait passé.

Un gémissement la sortit de ses pensées. Elle tourna la tête. L'homme au sol n'avait pas bougé, il avait les yeux fermés, mais elle avait clairement perçu son grognement.

— Il se réveille, commenta-t-elle.

— Tant mieux.

Shane lui indiqua de reculer de quelques pas.

— J'ai quelques questions pour lui.

Quant à elle, son seul désir était de voir ce type expédié au diable. Certes, elle aussi souhaitait comprendre pourquoi il l'avait attaquée, mais sa présence chez elle ne faisait que raviver sa peur.

— Tu ne pourrais pas l'interroger au poste de police ? murmura-t-elle.

— Non, j'aimerais qu'il réponde à mes questions sans que cela figure dans un rapport officiel.

Makena frissonna. Elle avait déjà entendu son frère prononcer de telles paroles à propos de ses missions. Et elle préférait ignorer ce que cela impliquait.

Shane s'agenouilla au-dessus de son agresseur. Celui-ci ouvrit les yeux.

— Tu as deux minutes et pas une de plus pour me dire qui tu es et pourquoi tu es là.

Il sortit son arme et la pointa sur le type.

— Tu as peut-être besoin d'un petit coup de pouce pour parler ?

— Shane, par pitié.

Makena ne voulait rien savoir des méthodes de travail de Shane et de son frère, et encore moins les voir en application. Elle comprenait la nécessité de recourir à la force, voire à la violence, pour combattre le mal, mais elle ne se sentait pas capable d'en être témoin. Encore moins ce soir.

— Va attendre dehors l'arrivée de la police, lui dit Shane sans quitter des yeux l'individu ligoté.

Ce dernier lui retournait son regard sans ciller. C'était comme s'ils s'étaient lancé un défi.

Elle n'avait aucune envie que Shane prenne des risques pour elle ou que la colère ne lui fasse commettre un geste inconsidéré, qui le mettrait en position délicate vis-à-vis de la police. Mieux valait qu'elle reste à ses côtés. Même si prendre l'air et se trouver loin de son agresseur lui auraient fait le plus grand bien.

— Pas question.

Shane tourna brièvement la tête vers elle.

— J'ai besoin de réponses. Des réponses que ce salaud détient.

L'inconnu redressa la tête mais ne pipa mot.

— Alors ne bouge pas, ajouta Shane sans la quitter des yeux.

Makena ne comptait sûrement pas se rapprocher. Elle recula au contraire et, ce faisant, heurta violemment une chaise.

Elle grimaça comme une vive douleur lui affectait le mollet et qu'elle perdait momentanément l'équilibre. Elle allait se rétablir quand son agresseur, tendant les jambes à la vitesse de l'éclair, lui balaya la cheville pour la faire chuter. Elle s'affala. La seconde suivante, l'ignoble individu se redressait et la tenait sous la menace d'un couteau.

— Lâche ton arme, ordonna-t-il à un Shane déconfit.

Makena sentit revenir la panique et son pouls s'emballa comme Shane, sourd à l'injonction qui lui avait été faite, ne baissait pas son bras.

— Je t'ai dit de lâcher ton arme !

L'homme appliqua plus fort la lame du couteau contre son cou.

— Vite, sinon je la tue.

— Non, rétorqua Shane de manière automatique, comme si aucun autre mot ne parvenait à franchir ses lèvres.

Bien qu'elle soit pétrifiée de peur, Makena songea qu'elle ne pouvait pas rester sans rien faire. Se retrouver à la merci de cet homme, dans sa propre maison et sous les yeux de Shane, lui était insupportable. Sans réfléchir, elle envoya un coup de coude dans les côtes de son tortionnaire.

Ce qui se passa ensuite, elle aurait été bien incapable de le relater clairement.

Elle entendit Shane prononcer des paroles qu'elle ne comprit pas tant ses pensées étaient confuses. Et elle sentit un choc sourd tout près de son visage. L'instant d'après, la lame que son agresseur pressait sur sa gorge s'éloignait avant de tomber à terre.

Un vertige la saisit comme Shane la prenait par les épaules

pour la relever. Elle tourna la tête pour comprendre ce qui s'était passé, mais le bras de Shane emplissait son champ de vision.

Quand Shane se releva à son tour, elle vit qu'il y avait du sang au sol. Elle s'empressa de fermer les yeux.

Shane aurait-il fait feu ?

— Tu l'as…

Shane l'enlaça.

— Oui.

Bien que cette étreinte lui procurât un immense réconfort, elle refusa de se laisser aller contre lui. C'était trop grave. Elle s'écarta pour le fixer droit dans les yeux.

— Tu veux dire que tu l'as tué, n'est-ce pas ?

— Oui.

Il ne cherchait pas à nier, ni même à édulcorer la réalité. Une partie d'elle appréciait qu'il se montre franc et assume ses actes. Mais elle était également révoltée que, pour lui, la mort d'un homme soit presque banale.

— Ça va ?

Il la prit par les épaules et se posta devant elle pour lui cacher l'homme qui gisait au sol.

— Non, ça ne va pas trop, répondit-elle, ne voyant aucune raison de lui mentir.

— Il t'aurait tuée si je ne l'avais pas… neutralisé.

Pas le moindre doute dans sa voix. Sa conviction l'apaisa. Shane ne redoutait pas l'action ni la violence, mais il ne la perpétrait pas gratuitement.

— Je sais.

— Makena, je…

Il s'interrompit et leva la tête.

Elle devina ce qui avait provoqué sa réaction. Les sirènes… La police n'allait pas tarder à arriver.

— Maintenant, on a un problème, grommela Shane.

D'étonnement, elle écarquilla les yeux.

— Maintenant ? Parce qu'il y a deux minutes, tout allait bien peut-être ?

— Reste calme, surtout.

Facile à dire ! Ce genre de mise en garde avait le don de provoquer l'effet inverse chez elle…

— Ecoute, quand la police va découvrir le corps, on va me traiter comme un suspect.

Il sortit le chargeur de son arme.

— Quoi ?

Elle frémit à l'idée que Shane, par sa faute, risquait de se retrouver au poste à subir un interrogatoire. Mais ce n'était pas sa seule inquiétude…

En effet, si la police fouillait sa maison, ils ne manqueraient pas de découvrir des documents et dossiers qui susciteraient leur intérêt. Certes, elle ne faisait rien d'illégal, mais elle leur devrait des explications. Des explications qu'elle n'avait aucune envie de fournir. Ni à la police ni à Shane.

Ce dernier posa son arme et son chargeur sur la table.

— Pour éviter tout problème, je vais me mettre à genoux et lever les mains…

Elle le saisit par le bras pour qu'il reste debout.

— Non, j'ai besoin de toi, dit-elle, complètement aux abois. Il y a des choses ici qui…

Le son des sirènes était assourdissant à présent, la lumière stroboscopique des gyrophares dansait sur les murs, et Makena distinguait des silhouettes à l'extérieur. Sans doute des voisins qui étaient sortis et se demandaient ce qui se passait. Très vite, la maison serait pleine de policiers.

Il fallait qu'elle prenne une décision.

Shane lui posa la main sur l'épaule.

— Makena, de quoi parles-tu ? Dis-le-moi.

— La police ne doit pas ouvrir le coffre-fort qui se trouve dans ma chambre.

C'est là qu'elle rangeait ses dossiers confidentiels. Elle se montrait prudente, elle ne laissait rien traîner. Et maintenant…

Shane plissa les yeux.

— Qu'est-ce que tu racontes ?

— Je t'expliquerai plus tard.

Elle commença à le tirer en direction de la chambre.

— Je te demande seulement de faire en sorte que les policiers ne remarquent pas la présence de ce coffre, répéta-t-elle.

Il y eut un coup frappé à la porte d'entrée, puis la sonnette retentit à deux reprises. Le son strident lui mit les nerfs en pelote.

— Entendu, je m'arrangerai pour qu'ils s'intéressent avant tout à moi, déclara Shane qui retourna dans le salon. Va leur ouvrir.

— Et je…

Elle n'eut pas le temps d'en dire plus, car la porte fut forcée et plusieurs hommes en uniforme firent irruption dans la pièce.

Shane s'était agenouillé, mains derrière la tête. Deux policiers lui hurlèrent de se mettre à plat ventre et l'immobilisèrent au sol.

— Non, arrêtez, ce n'est pas…, commença-t-elle.

Un autre policier la fit taire et l'empêcha de rejoindre Shane.

Celui-ci tourna la tête vers elle.

— Appelle Connor, lut-elle sur ses lèvres.

Il parlait de Connor Bowen, le patron de l'équipe Corcoran. Ce dernier avait énormément de relations et d'influence. Si Shane considérait que son intervention était nécessaire, cela signifiait qu'ils avaient de sérieux ennuis, en conclut Makena.

3

Debout au milieu du salon, Shane s'efforçait de ne pas regarder Makena de manière trop insistante. Quand il était dans la même pièce qu'elle, il avait toujours du mal à ne pas la dévorer des yeux. Ses longs cheveux noirs, ses yeux sombres en amande, ses longues jambes, son corps parfait… Tout en elle lui échauffait les sens.

Elle était tellement belle que, chaque fois, la promesse qu'il s'était faite de garder ses distances avec elle était rudement mise à l'épreuve. Il la désirait. Très fort.

Mieux valait qu'il s'intéresse à ses collègues. Cameron et Connor étaient arrivés. Comme à son habitude, Connor avait rapidement fait comprendre aux policiers qui il était, de quels appuis il disposait… Et, depuis, c'était lui qui dirigeait les opérations.

Cameron, lui, était le troisième membre du trio qu'ils formaient avec Holt. Pour mener les missions extérieures de l'équipe Corcoran. Et si Cameron était là ce soir, c'était parce que, quand un de ses amis avait des ennuis, il ne faisait jamais faux bond. C'était sa nature. Pour l'heure, il se tenait à côté de Makena et s'assurait que personne ne l'importunait.

Connor s'approcha d'eux.

— Bien. Donc, un des assaillants est mort.

— Grâce à Shane, ironisa Cameron.

— A ma place, tu en aurais fait autant, répliqua Shane.

C'était une évidence. Makena était la sœur de Holt. Au sein

de l'équipe Corcoran, on ne transigeait pas : la sécurité des membres de l'agence ou celle de leurs proches passait avant tout.

— Probablement, admit Cameron. Mais moi, j'aurais fait preuve de plus de finesse. Ou bien j'en aurais terminé plus vite.

Shane savait que Cameron plaisantait. Si du moins on considérait que les circonstances s'y prêtaient… C'était une façon d'évacuer la tension. Cependant, c'était à Makena que ce type s'en était pris, pas à lui, et ça, il n'était pas prêt à le digérer.

— Cet homme voulait me tuer, intervint Makena d'une voix faible.

— Je vois. Pas de doute, moi aussi je l'aurais abattu, répondit Cameron.

Shane s'apprêtait à rappeler à Makena que Cameron avait un sens de l'humour tordu, mais Connor intervint avant :

— Bien, inutile de s'étendre sur ce point.

Un policier bouscula involontairement Makena. Elle sursauta mais recouvra immédiatement son calme. Seule la façon dont elle se frottait les mains trahissait sa nervosité.

Shane était impressionné par le sang-froid dont faisait preuve la jeune femme. Non seulement elle n'était pas habituée à se retrouver dans une telle situation — contrairement à lui-même et à ses partenaires — mais elle avait permis, par sa vivacité et sa présence d'esprit, que l'affaire connaisse une issue heureuse. Dire qu'il ne s'était même pas aperçu que l'agresseur de Makena cachait un couteau sur lui, se reprocha-t-il une énième fois. Il avait vraiment sous-estimé son adversaire… Une faute qu'il ne se serait jamais pardonnée si…

— Et mes voisins ?

La question de Makena le détourna de ses sombres pensées.

— Ils n'étaient pas chez eux, répondit-il.

— Ouf ! Y a-t-il des dégâts ? J'ai entendu comme une sorte d'explosion.

Shane hésita à lui fournir l'explication, car elle était sordide.

— Ce devait être un coup de feu. Ils… ont tué le chien.

Cameron poussa un juron.

— Ça craint.

Shane acquiesça d'un signe de tête.

— Au moins ce n'était pas une personne, commenta-t-il.

— Moi, j'aime les chiens, riposta Cameron en prenant un air attristé.

Cela dit, il s'écarta pour laisser passer les brancardiers qui venaient d'entrer dans le salon.

— Vous avez toujours des conversations de ce genre quand vous êtes en mission ? leur demanda Makena.

Les traits crispés, elle ne quittait pas des yeux les brancardiers qui chargeaient le cadavre sur la civière.

Shane aurait donné n'importe quoi pour la réconforter, il luttait pour se retenir de la prendre dans ses bras. Sans la présence de Cameron, de Connor et d'une bonne dizaine de policiers, il n'aurait pas résisté.

Il chercha des paroles encourageantes à dire mais n'en trouva pas. Alors il lâcha la première chose qui lui passa par la tête :

— Cameron essaie de faire de l'esprit pour faire tomber la pression.

Elle plissa les yeux et contempla Cameron.

— Vraiment ?

— Ouais, reprit Shane. Mais il est plutôt nul. Tu imagines ce que Julia doit supporter.

Julia White était la compagne de Cameron. Elle était la prunelle de ses yeux.

Une fois encore, c'est Connor qui les ramena à l'affaire en cours.

— Je viens de recevoir les renseignements que j'avais demandés sur ce type. Il avait un casier mais, jusque-là, il n'avait été condamné que pour des délits mineurs.

— Et nous sommes sûrs qu'il n'y a rien de plus à découvrir sur son compte ? reprit Shane.

Il contempla la pièce. La table basse était renversée, des magazines éparpillés au sol. Mais globalement, il n'y avait pas trop de dégâts.

Connor haussa les épaules.

— Si on ne trouve rien d'autre, ça signifiera que notre

homme avait changé de catégorie. Après tout, il y a toujours une première fois à tout, conclut-il le plus sérieusement du monde.

Et de sortir son portable.

— Il faut appeler Holt.

— Non.

Makena posa la main sur le téléphone, comme si elle voulait s'en emparer.

Connor s'écarta pour le tenir hors de sa portée.

— Pardon ?

Shane devinait la raison de la réaction de Makena. Récemment, Holt avait rencontré Lindsey, sa nouvelle compagne. Depuis, il faisait aussi souvent que possible l'aller-retour entre le Maryland et l'Oregon, où vivait Lindsey.

— Ce n'est pas le moment, reprit Makena. Il doit rester avec Lindsey, passer du temps avec elle. S'il apprend ce qui est arrivé ce soir, il se sentira obligé de rentrer.

Connor parut contrarié.

— Nous ne pouvons pas ne pas mettre Holt au courant.

Les brancardiers emmenèrent le corps, et Shane invita le petit groupe à s'écarter pour ne pas les gêner.

— Moi, je pense que Makena a raison, déclara-t-il.

— La conversation promet d'être intéressante, lança Cameron.

— Makena peut rester avec moi, reprit Shane.

Devant l'expression interloquée de Connor et la surprise de Makena, il s'empressa d'ajouter :

— Pour sa sécurité.

Cameron s'éclaircit la gorge.

— Oh oh !

— Pour sa sécurité ? répéta Connor, perplexe.

Shane décida d'ignorer les sous-entendus de ses collègues.

— Le mieux est de l'installer dans une maison sécurisée jusqu'à ce que l'identité et les motivations de son agresseur soient éclaircies. Car ce n'est pas un cambriolage qui a mal tourné.

— Si je comprends bien, tu te dévoues pour jouer les gardes du corps, répondit Connor, toujours aussi dubitatif. Tu penses que c'est une bonne idée ?

— Hé, je suis là ! intervint Makena d'un air excédé. Je suis adulte, je vous rappelle. Vous ne croyez pas que j'ai mon mot à dire ?

Ce n'est pas gagné, songea Shane. Il avait déjà du mal à convaincre ses collègues du bien-fondé de sa proposition. Alors si Makena n'était pas non plus de son côté, c'était fichu.

— Ecoute, quelqu'un a envoyé des hommes après toi. Nous devons découvrir pourquoi.

— Il se peut qu'il y ait un lien avec Corcoran, intervint Connor. Par mesure de prudence, j'ordonne le confinement de tout le personnel et de ses proches.

— Ça ne me dit rien qui vaille, dit Makena qui se mordit la lèvre inférieure.

— Ouais. Julia ne va pas aimer non plus, renchérit Cameron. Elle va m'en vouloir à mort.

Connor leva les mains en signe d'apaisement.

— Personne n'apprécie ce genre de mesures, ma femme encore moins que quiconque, car ça signifie rester chez soi, limiter ses déplacements dans des horaires restreints, etc. Mais c'est la seule solution pour minimiser les risques.

Shane sauta sur l'occasion.

— Ces mesures de confinement ne sont jamais simples à faire accepter, alors voilà ce que je vous propose : vous vous chargez de les faire appliquer, et moi, je m'occupe de Makena.

Celle-ci haussa les sourcils.

— Oh ! Vraiment ?

Au ton de sa voix, il comprit qu'il avait mal choisi ses mots et qu'il avait intérêt à rectifier le tir.

— Je voulais dire que je m'occuperai de ta sécurité.

— Bien sûr, répliqua Cameron, c'est ce que tu voulais dire.

Connor changea de position pour avoir l'attention de tous.

— Ecoutez, j'attendrai vingt-quatre heures avant de prévenir Holt. C'est mon dernier mot.

Vingt-quatre heures, c'était court. Mentalement, Shane enclencha le compte à rebours.

— Mais enfin, ce n'est pas à moi d'en décider ? s'exclama Makena.

— Non, répondit simplement Connor. Maintenant, si vous voulez bien m'excuser, il faut que je termine mon baratin auprès de nos amis de la police pour les persuader que la Sécurité intérieure est chargée de l'affaire.

— Ah, l'uniforme, c'est pour ça, déclara Makena qui détailla la veste de Connor.

Shane aimait bien l'uniforme de la Sécurité intérieure. Avec ses lettres blanches brodées sur le tissu noir, il était plus beau que celui du FBI. L'équipe Corcoran avait toutes les tenues des agences officielles à sa disposition. Il leur suffisait de revêtir l'une ou l'autre en fonction de la mission qu'on leur confiait.

— J'enfile cet uniforme, je présente un papier officiel aux flics avec le numéro de téléphone d'un homme haut placé, et le tour est joué, énonça tranquillement Connor. C'est nous qui prenons la main sans qu'on nous pose la moindre question. Ce qui est précisément ce qu'il nous faut ce soir.

Ce commentaire pouvait paraître prétentieux, et pourtant ce n'était pas exagéré.

— C'est beaucoup de pouvoir pour un seul homme, dit Makena, quelque peu sceptique.

— Ne suis-je pas digne de confiance ? s'exclama Connor avec un clin d'œil avant de s'éloigner.

Cameron attendit un instant puis lui emboîta le pas.

— J'ai envie d'assister au spectacle.

Rapidement, un cercle se forma autour de Connor. Shane mit à profit ce remue-ménage pour rester quelques minutes seul avec Makena. Il avait des questions à lui poser.

— Qu'est-ce qu'il y a dans ce coffre ?

Il s'était débrouillé pour que les policiers ne s'intéressent pas à la chambre et à son contenu. Mais il devait savoir ce que Makena voulait à tout prix éviter qu'ils découvrent.

D'un geste, elle lui intima le silence.

— Pas maintenant.

Il allait insister mais se ravisa. Elle avait passé une soirée épouvantable et il n'avait pas l'intention d'en rajouter. Cependant, le temps pressait car, si l'un des deux agresseurs était sur le point d'être emmené à la morgue, l'autre courait toujours.

— Le sablier ne va pas tarder à se vider.

A ce commentaire, Makena haussa les sourcils.

— Ça veut dire quoi ?

Qu'il perdait patience. Qu'il ne supportait pas de savoir qu'elle avait des révélations potentiellement cruciales à lui faire et de ne toujours pas en connaître la teneur.

Il lui posa une main sur l'avant-bras pour l'inciter à le suivre sur le pas de la porte. Des voisins étaient sortis de chez eux et s'étaient rassemblés devant le portail. La nuit était tombée, une petite brise fraîche s'était levée et apportait l'odeur du fleuve tout proche.

Il fit abstraction de tout cela pour se concentrer sur Makena. Il retira sa main, car la toucher ne faisait que lui rappeler combien elle l'attirait et il n'avait vraiment pas besoin d'être distrait en ce moment.

— Ecoute, ne fais pas l'idiote, tu sais très bien ce que je veux dire.

Elle se pencha vers lui pour lui parler tout bas :

— Tu crois que tu pourrais tout sortir d'ici sans attirer l'attention ?

Il ignorait toujours de quoi elle parlait exactement. Il avait beau être venu maintes fois chez elle, il ne savait pas qu'il y avait un coffre-fort dans la maison. Il n'était certainement pas très grand, ce qui signifiait que son contenu ne devait pas être volumineux. C'était rassurant car il se voyait mal partir avec un gros sac sur le dos sans qu'on s'aperçoive de quoi que ce soit.

— Si tu parles du contenu du coffre, oui, je pense que je serai capable de le sortir discrètement. Mais, je te préviens, je ne compte pas me contenter de le transporter. Dès que je le pourrai, je passerai tout minutieusement en revue. Et ne t'avise pas de m'en dissuader.

Elle lui prit la main.

— Je suis sûre que je réussirai à te convaincre de ne pas t'immiscer dans ma vie privée.

Il resta interdit. Elle ne sous-entendait quand même pas que… Elle n'allait pas…

— Arrête tout de suite.

Elle parut confuse.

— Quoi ?

Il redouta d'avoir mal interprété ses propos, mais c'était trop tard.

— Si tu suggères ce que je pense, alors…

Elle lui retourna un regard offusqué.

— Mais enfin, tu me crois capable de…

Il leva la main pour s'excuser.

— Ecoute, jusqu'à ce soir, il t'aurait suffi de me demander de ne pas m'intéresser à ta vie privée pour que je respecte ta volonté. Mais un homme a tenté de te tuer. Et ça, ça change tout.

Cette fois, il n'était pas complètement honnête car, dans n'importe quelles circonstances, s'il l'avait crue en danger, il aurait été incapable de rester sans rien faire et se serait donné les moyens de vérifier certains détails en toute discrétion, sans même lui en parler.

— Maintenant, je sais que tu es en danger et que tu me caches quelque chose, reprit-il. Alors j'irai au bout de cette histoire.

— Tu vas trop loin. Prétendre que tu veux jouer au preux chevalier…

Elle fit un grand geste de la main, comme pour remplacer les mots qu'elle avait laissés en suspens.

Il ne comprenait pas trop ce qu'elle lui reprochait exactement, mais décida de ne pas insister. Quant à ses répliques sibyllines, elles étaient loin d'être convaincantes, elles aussi…

Mais ça ne changeait rien. L'objectif était toujours d'éviter que les flics, et surtout Connor, se mettent en tête de fouiller la maison à la recherche d'indices.

— Bien, alors voilà le plan : on sort ce qu'il y a dans le

coffre, on file dans un endroit discret pour manger un morceau et tu me dis tout sur ton grand secret.

Elle en resta bouche bée.

— Attends. Après ce qui s'est passé, tu te sens capable de manger ?

— Rien ne peut m'empêcher de manger.

— Comment est-ce possible ?

Il n'aurait su dire à quand remontait la dernière fois où il avait eu l'appétit coupé. D'ailleurs, s'il ne craignait pas de prendre du poids et de devoir ensuite faire encore davantage de sport, il mangerait certainement comme quatre.

— Eh bien, je ne suis pas ce qu'on peut appeler un maigrichon, au cas où ça t'aurait échappé.

Elle s'appuya contre le montant de la porte.

— Oh ! Ça, je le sais.

Voilà qu'elle recommençait. Elle prenait une intonation amusée, presque provocante. Si elle continuait, il allait perdre la tête et faire quelque chose qu'il regretterait.

— Makena.

Le silence s'étira entre eux. Enfin, elle leva les mains, comme si elle se rendait.

— D'accord, on prend ce qu'il y a dans le coffre, on file discrètement pour aller manger et discuter. Tu as gagné.

Tant qu'il s'en tiendrait au plan, tout irait bien. De toute façon, il n'avait pas le choix.

— Etait-ce si difficile ?

— Franchement, oui.

— Dans ce cas, je te préviens, tu vas devoir t'habituer.

Elle haussa les sourcils.

— A quoi ? A ta propension à décider de tout, à ton besoin de me protéger…

— A tout ça, oui, répliqua Shane. Car, demain, en dehors de moi, tu n'auras personne vers qui te tourner.

Etrangement, cette idée lui plaisait. Beaucoup, même.

4

La mise en garde de Shane n'avait pas été proférée en l'air. Makena avait beau être tout près de chez elle, elle se retrouvait dans un *diner* dont elle ignorait jusqu'à l'existence et où Shane l'avait conduite sans la moindre hésitation, comme s'il connaissait Chestertown mieux qu'elle, alors qu'elle y vivait depuis de nombreuses années. Bref, c'est lui qui avait le contrôle, et elle n'avait eu d'autre choix que le suivre.

— Le propriétaire n'a pas beaucoup investi dans l'éclairage, commenta-t-elle tandis qu'elle plissait les yeux pour essayer, en vain, de distinguer dans la pénombre les visages des autres clients de l'établissement.

Un parfum de frites et de fromage vint lui chatouiller les narines, ce qui contribua sensiblement à modifier son humeur. Si le contenu des assiettes était à la hauteur du fumet, pas de doute, elle n'allait pas tarder à recouvrer l'appétit. Aussi commanda-t-elle la même chose que Shane quand la serveuse vint s'enquérir de leur choix.

— Ce que nous avons sorti du coffre, c'était juste de la paperasse, déclara Shane, les coudes de chaque côté de son assiette, dès qu'ils furent servis. Et c'est pour ça que tu étais aussi inquiète que les flics tombent dessus ?

Aïe ! Il était déterminé à en venir au fait sans attendre…

Makena prit le sandwich posé devant elle et fit mine de l'inspecter sous tous les angles.

— Ce fromage fondu a l'air divin.

Shane poussa un grand soupir.

— Si tu penses pouvoir me distraire, eh bien, tu te trompes.

Elle mordit dans son sandwich et mâcha lentement.

— J'ai le droit d'essayer.

— Non.

Il ne tenait pas en place, tout dans son langage corporel indiquait qu'il ne laisserait pas tomber tant qu'il n'aurait pas obtenu toutes les réponses à ses questions.

Dépitée, elle reposa son sandwich et s'adossa à la banquette.

— Tu es conscient que, pour moi, la soirée a été éprouvante, n'est-ce pas ?

Il fronça les sourcils.

— Oui. Plus ou moins.

L'envie de lui décocher un coup de pied la démangea, mais elle se retint.

— Tu as oublié que ce type est mort sur mon parquet ?

— Je mentirais si j'affirmais que, pour moi, ce genre d'événement est totalement inédit.

C'était effrayant. A sa place, n'importe quelle femme normalement constituée aurait pris ses jambes à son cou. Makena avait déjà essayé de l'oublier, de sortir avec d'autres hommes. En vain. Au contraire, cela n'avait fait que mettre en lumière à quel point Shane lui plaisait.

C'était un monstre de virilité, qui en plus avait des traits d'une douceur immense. Cette combinaison la faisait fondre. Son attirance pour lui s'était manifestée très vite et, depuis, ne s'était jamais démentie. Toutefois, à l'instant, elle avait besoin qu'il soit davantage que l'homme qui nourrissait ses fantasmes. Elle avait besoin qu'il respecte sa volonté de garder ses secrets, mais reste néanmoins près d'elle au cas où quelqu'un lui en voudrait pour de bon.

Elle le fixa droit dans les yeux.

— Ton travail me fait froid dans le dos.

— Tant mieux, rétorqua-t-il tranquillement, sans afficher la moindre contrariété. Maintenant, revenons-en à l'accord que nous avons passé. Il me semble que tu as des choses à me dire.

Elle chercha ses mots et rassembla son courage. Comme elle levait la tête pour se lancer, elle reconnut un visage parmi les autres clients. Il appartenait à un homme qui avait l'air furieux et qui se dirigeait droit vers leur table…

Elle sentit monter son anxiété et se cramponna à la banquette.

— Tu crois qu'on a pu nous suivre jusqu'ici ?

Shane tournait le dos à l'homme qui avançait vers eux. Il prit un petit morceau de son sandwich, nullement préoccupé.

— Tu regardes trop la télé.

Elle était tétanisée. Elle n'osait plus bouger et ne savait que faire. Cet homme pouvait être armé ou… Il fallait que Shane réagisse.

— Tu ne comprends pas.

A son regard inquiet, Shane changea d'expression et se retourna.

— Qu'est-ce que… ?

L'homme s'était arrêté devant leur table et la fixait avec hostilité.

— Il paraît que tu as eu des ennuis chez toi, ce soir ?

Il semblait s'en réjouir. Et d'abord, comment était-il au courant ?

— Comment le savez-vous ? parvint-elle à murmurer d'une voix blanche.

Shane se leva et se planta devant l'intrus.

— Qui êtes-vous ?

— Je vous dérange en plein rendez-vous galant ? rétorqua le type d'un ton ironique. Un conseil, mon vieux, filez sans tarder. Elle va…

— Ça suffit, le coupa Shane sans élever la voix.

Il n'en avait d'ailleurs pas besoin. L'autre avait compris le message et recula d'un pas.

— Vous voulez me frapper ?

— Je vous jure que mieux vaudrait pour vous que ça n'arrive pas.

L'ambiance dans le restaurant avait changé. Les conversations avaient cessé, les autres clients jetaient des regards inquiets dans leur direction. Mais l'importun refusait de se laisser impressionner. Il ne connaissait pas Shane, il ignorait à qui il avait affaire. Mais, s'il allait trop loin, il ne tarderait pas à l'apprendre à ses dépens. Makena songea qu'elle devait intervenir avant que la situation ne dégénère.

— Shane, laisse tomber.

— Vous l'avez entendue ? Suivez son conseil, ricana l'individu.

— Encore une fois, qui êtes-vous ? répéta Shane, imperturbable.

— Seulement un des pauvres bougres qu'elle a embrouillés, répliqua l'homme en la pointant du doigt.

— Vous n'avez pas le droit de me reprocher ce qui vous est arrivé, rétorqua-t-elle.

Elle sentait monter sa colère. Ce type l'épiait depuis un moment. Elle l'avait surpris un jour devant chez elle. C'était un menteur patenté qui se prétendait victime, il était incapable d'assumer ses actes. Elle le méprisait.

Soudain, il fit un pas dans sa direction. Il leva le bras mais, à la vitesse de l'éclair, Shane s'interposa et le repoussa. Le type protesta mais ne put empêcher Shane de le plaquer au mur et de le tenir en respect d'une seule main.

L'homme tenta d'échapper à son emprise, mais c'était peine perdue. Quand, à une autre table, deux autres clients se mirent debout, Shane leva l'autre bras. Il n'eut pas à dire un mot. Ce seul geste suffit à les convaincre de se rasseoir.

Makena avait le cœur qui battait à tout rompre. Elle aurait voulu mettre fin à cette situation, mais elle était démunie et restait debout, bouche bée.

— Je crois que nous nous sommes mal compris, déclara Shane d'une voix calme mais implacable. Vous ne l'approchez pas, vous ne lui parlez pas et en aucun cas vous ne la touchez.

— Elle l'a cherché, maugréa le fâcheux personnage.

— Ça, c'est ce que disent tous les pauvres types qui ne savent pas mettre leur ego de côté. Elle vous a plaqué, alors laissez tomber et passez à autre chose.

Quoi ? Shane croyait que c'était un ancien petit ami ? Cette idée la révulsa.

— Non, ce n'est pas ça, balbutia-t-elle.

Le type renifla de dédain.

— Comme si j'aurais eu envie de fréquenter cette petite…

Shane resserra son étreinte pour l'empêcher de terminer sa phrase.

— Dernier avertissement. Si vous pensez que je n'oserais pas vous mettre une raclée devant tout le monde, vous vous trompez.

— Vous feriez bien de réfléchir avant de lancer des menaces, vous ne savez même pas de quoi il est question.

Cet ignoble individu voulait-il que Shane le réduise en bouillie ? se demanda Makena. Ne voyait-il pas que son adversaire avait le regard embrasé de fureur ?

Après quelques secondes, Shane finit par s'écarter.

— Eh bien allez-y, je vous écoute, expliquez-moi.

Le type se plia en deux, eut une quinte de toux et mit un moment à récupérer. Enfin, il releva la tête.

— Vous n'avez qu'à demander des comptes à votre copine. C'est elle qui cause des ennuis.

Il fixa Makena et ajouta :

— Tu as l'intention de te jouer également de lui et de le poignarder dans le dos ?

Makena était scandalisée qu'il inverse les rôles et la fasse passer pour ce qu'elle n'était pas. Mais elle n'aurait pas dû être surprise.

— Shane n'est pas un menteur, lui. Tout le monde ne peut pas en dire autant.

— Laisse tomber, Makena, ce monsieur va gentiment s'en aller, dit Shane sans quitter le type des yeux.

— Je vous préviens, jouer les chevaliers servants ne vous aidera pas, elle n'a aucune pitié, rétorqua celui-ci.

— Assez. Vous la bouclez et vous partez.

— Rira bien qui rira le dernier.

Sur ce, le type s'en alla. Makena le vit qui contournait les tables sans prêter attention aux regards rivés sur lui. Petit à petit, les conversations reprirent normalement. L'incident était clos.

Shane se rassit et la fixa.

— Alors…

— Je ne suis jamais sortie avec ce mec. Jamais je ne fréquenterais un minable comme lui.

Plus que tout, elle tenait à le lui faire savoir.

Shane acquiesça.

— Comment s'appelle-t-il ? Dis-le-moi, c'est important.

Elle n'hésita pas un instant. De toute façon, elle était sur le point de tout lui révéler.

— Jeff Horvath.

— Et que représente ce Jeff Horvath pour toi ?

— Ça, ce n'est pas une question à laquelle il est facile de répondre.

Il repoussa son assiette.

— Peu importe, j'ai tout mon temps. Je t'écoute.

— C'est un imposteur. Un type qui se fait passer pour un ancien militaire d'élite.

Soudain, les mots lui vinrent.

— Toi, tu as fait partie de l'armée, continua-t-elle. Mais il y a des hommes qui se font passer pour des héros de guerre, qui mentent sur leurs états de service, qui s'inventent une fausse existence. Ils passent leur vie entière à se faire passer pour ce qu'ils ne sont pas, alors même que d'autres se battent et parfois meurent pour de bon. Je ne le supporte pas.

Etrangement, elle se sentit soulagée d'avoir enfin laissé sortir ce qu'elle avait sur le cœur. Elle n'avait pas pris conscience de la colère qu'il y avait en elle.

Shane plissa les yeux.

— Et ce Jeff Horvath fait partie de ces hommes ?

— Oui.

— Si j'avais su, je ne me serais pas retenu de le frapper. Mais pourquoi est-il autant remonté contre toi ?

Elle était certaine que Shane n'allait pas aimer sa réponse. S'armant de courage, elle se lança.

— Tu as déjà entendu parler d'un site Internet qui s'appelle « Le mur du déshonneur » ? C'est un site qui s'est donné pour mission de dénoncer les faux héros de guerre.

Comme il continuait de froncer les sourcils, elle comprit qu'elle devait se montrer plus claire.

— Je travaille pour ce site. J'effectue des recherches, je remplis des dossiers de demande de renseignements.

— Je croyais que tu travaillais à l'université, fit-il, interloqué. Tu me l'as d'ailleurs redit plus tôt dans la soirée.

Makena se tordit les mains. La tension dans l'air était presque palpable.

— Oui, mais…

— Mais quoi, Makena ?

Son ton pressant l'agaça, mais elle s'efforça de passer outre.

— Je fais cela en plus. Bénévolement.

— Attends, tu effectues des recherches sur des types qui mentent sur leurs états de service dans l'armée, qui ont parfois bâti toute leur carrière sur ces mensonges et ont tout à perdre à être découverts ?

A chaque parole, il martelait la table du plat de la main.

— Tu te rends compte de ce que ça signifie ?

— Ils méritent d'être dénoncés.

Elle y croyait plus fort que tout. Son père, militaire, était autant dévoué à sa tâche qu'à sa famille.

Son père était dur, exigeant, il demandait le meilleur de ses enfants et, souvent, elle avait échoué à le satisfaire. Pour lui, elle avait constitué une déception.

Mais, bien qu'elle en ait souffert, Makena était consciente des sacrifices qu'il fallait consentir quand on dédiait sa vie à l'armée. Alors, que des hommes s'inventent de faux mérites pour gravir l'échelle sociale, pour elle, c'était une honte. Voilà pourquoi, depuis près d'un an, elle contribuait à démasquer les imposteurs.

— Je ne nie pas que des individus comme Horvath méritent d'être dénoncés, reprit Shane.

— Alors quel est le problème ?

— Mais tu… Enfin…

Il se passa la main sur le visage.

— Est-ce que Holt est au courant ?

— Non.

Non, impossible. Si elle lui disait ce qu'elle faisait, il la dissuaderait de continuer. Pour la protéger.

Elle était touchée que son grand frère prenne son rôle à cœur, mais elle était lasse qu'il la traite comme une gamine. Evidemment, elle avait mis du temps avant de trouver sa voie, avant d'occuper un emploi stable. Mais, désormais, elle était autonome et Holt devrait finir par le comprendre.

— Tu ne lui en as pas parlé parce que tu savais que ça le mettrait en colère, qu'il t'interdirait de continuer.

Interdire. Le terme la fit sortir de ses gonds.

— Je suis adulte, mon frère n'a pas à décider de mes activités.

Shane tapa une fois encore du plat de la main sur la table.

— Il veut te savoir en sécurité, c'est tout.

Se soucier de la sécurité de quelqu'un et le pouponner étaient deux concepts distincts. Mais elle n'était pas sûre que son frère et Shane fassent la différence.

— Je n'en doute pas. Mais cela ne signifie pas pour autant que l'on s'arroge le droit de diriger ma vie.

Shane prit un air renfrogné.

— Moi aussi, je souhaite te savoir en sécurité.

Bien… Elle sentit son pouls s'emballer.

— Je croyais que nous parlions de Holt.

— Nous parlons du danger auquel tu t'exposes.

Shane ferma les yeux pour se calmer.

— Ce type, Jeff Horvath, à l'entendre, on aurait dit qu'il savait où tu habitais. Et ce soir, comme par hasard, il était là, alors que tu m'as affirmé que c'était la première fois que tu mettais les pieds dans ce restaurant.

— C'est pour cette raison que je t'ai demandé si nous avions pu être suivis en venant ici.

Tout le long du trajet, Makena avait plusieurs fois regardé dans le rétroviseur. Elle n'avait vu personne. Imaginer que Jeff avait pu les pister sans qu'elle s'en aperçoive lui donnait la chair de poule.

Shane parut vexé par son commentaire.

— Quoi, tu insinues que c'est ma faute ?

Ce n'était pas ce qu'elle voulait dire. Absolument pas. Elle couvrit sa main de la sienne et laissa la chaleur qu'il dégageait monter en elle et chasser ses frissons.

— Non, pas du tout. Voilà, maintenant tu sais tout. Je travaille bénévolement pour ce site Internet.

— En secret.

— Les enquêtes doivent se mener en secret, oui, c'est une obligation. Tu imagines bien que ces types couvrent leurs arrières.

Il prit sa main dans la sienne.

— Laisse tomber et demande à quelqu'un de te remplacer.

Elle ne put retenir un sourire.

— C'est toi qui dis cela alors que tu passes ton temps à côtoyer le danger ?

— Je suis entraîné. Pas toi.

Il lui retourna la main et lui caressa doucement la paume du pouce.

Ce petit geste pourtant anodin suffit à l'exciter. Elle dut faire un effort pour ne pas être distraite.

— Ecoute, mon boulot consiste principalement à éplucher des documents, à effectuer des recherches sur Internet et à passer des coups de téléphone. Il n'y a aucun danger.

— Dans ce cas, comment Jeff Horvath connaît-il tes nom et adresse ?

Elle se mordilla la lèvre, mal à l'aise.

— Euh… Je… J'ai commis une maladresse.

Elle retira sa main.

— Horvath était un de mes premiers dossiers. Et je… suis allée le voir directement.

— Pardon ?

Elle détourna les yeux. Elle se rappelait ce qui s'était passé comme si c'était hier. Fière de l'aboutissement de son enquête, elle n'avait pas pu résister à la tentation d'aller dire ses quatre vérités à ce Jeff Horvath. Elle l'avait attendu et, quand elle l'avait vu sortir de chez lui en compagnie de sa fiancée, elle l'avait intercepté et lui avait déclaré tout de go que ses mensonges avaient été découverts et que, bientôt, tout le monde serait au courant. Sa famille, ses associés, tous sauraient qu'il leur mentait depuis des années.

Elle n'aurait jamais dû agir ainsi. Elle aurait dû laisser les publications du site faire leur œuvre et protéger son anonymat. Elle avait commis une erreur qu'elle ne referait plus jamais, mais elle ne pouvait pas revenir en arrière.

Elle trouva le courage de lever les yeux vers Shane. Il était livide.

— Par pitié, épargne-moi un sermon.

— Ne t'inquiète pas, je suis tellement consterné que je ne trouve rien à dire.

— Oh ! Je t'en prie, n'exagère pas.

Il secoua la tête.

— Mais as-tu la moindre idée de ce que je serais capable de faire si quelqu'un touchait à toi ?

Cela faisait des années qu'elle espérait l'entendre prononcer une déclaration de cette teneur, et voilà que ça se produisait parce qu'il était en colère contre elle.

— Non, je n'en sais rien. Tu n'es pas du genre à partager tes sentiments, tu sais. A vrai dire, je ne savais même pas que tu t'inquiétais pour moi.

— Eh bien maintenant, tu le sais. Et garde cette information dans un coin de ta tête, car nous allons passer un bon moment à mettre les points sur les *i*.

Elle fit la grimace.

— Je m'y attendais.

— Ah, tu ne pensais pas qu'un type qui se fait passer pour un militaire pouvait se mettre en colère ? Eh bien, attends de voir ce que te réserve un homme qui a véritablement fait partie de l'armée.

— J'aurais dû partir avec Cameron, marmonna-t-elle.

— Trop tard, tu es coincée avec moi.

La perspective n'aurait pas dû la réjouir. Et pourtant…

5

Finalement, Shane considérait qu'il était resté plutôt zen. Il avait terminé son sandwich et les avait ensuite conduits chez lui sans provoquer d'accident malgré son irritation.

Songer que Makena s'exposait à la rancœur de sales types l'angoissait au plus haut point. Il devait serrer les dents pour ne pas exploser et lui hurler dessus. En même temps, il s'efforçait de résister à son envie de l'embrasser. Sacré cocktail…

— Tu comptes te remettre à me parler à un moment ou un autre, ou bien il faut que je me fasse à l'idée que je vais te sentir bouillir le reste de la soirée sans que tu décroches un mot ? lui demanda Makena.

— Pardon ?

Décidément, elle n'avait peur de rien ! A sa place, n'importe qui aurait compris qu'il était dans un tel état de nerfs que mieux valait faire profil bas. Mais elle, elle continuait à le provoquer pour le pousser à réagir.

Le pire, c'est qu'il devait bien admettre que ce trait de caractère lui plaisait. Non seulement elle était naturellement sexy, mais en plus elle avait de la personnalité.

Il l'observa arpenter de long en large le petit salon de sa maison située dans un quartier qui dominait Chesapeake Bay. Il s'y était installé pour pouvoir se rendre rapidement à Annapolis, le siège de l'équipe Corcoran, mais également parce que c'était un coin reposant où il pouvait couper de temps à autre avec son quotidien.

Voir Makena dans sa maison provoquait d'étranges sensations en lui. Ce n'était pas la première fois qu'elle venait chez lui mais, d'habitude, il y avait d'autres personnes. Ce soir, ils étaient en tête à tête. Il chassa de son esprit qu'à l'étage un grand lit pouvait les accueillir tous deux.

Elle se retourna pour lui faire face et se passa les mains sur les bras.

— J'en conclus que je te déçois.

— Tu n'y es pas.

En fait, il considérait que son travail secret était juste et courageux. Il aurait simplement préféré que ce ne soit pas elle qui l'effectue. Imaginer qu'un menteur patenté pourrait la traquer pour lui faire payer la révélation de sa duplicité lui était insupportable.

— Non, tu ne me déçois pas, je suis seulement très inquiet de savoir que tu t'investis dans une mission qui risque de te causer des ennuis.

Il le lui avait déjà fait comprendre. Depuis, il faisait de son mieux pour se convaincre que quiconque à sa place réagirait de la même façon en apprenant que la sœur de son meilleur ami était en danger.

Mais il savait pertinemment ce qu'il en était.

Elle fit un grand geste de la main et agita la tête.

— Je vais bien, Shane, n'en rajoute pas.

— Mais oui, il suffit de te regarder.

Elle était encore plus pâle qu'à l'habitude, elle ne cessait de se frotter nerveusement les bras. Elle avait beau prétendre le contraire, elle était à bout. Et c'était seulement pour ne pas amplifier son épuisement qu'il s'était retenu de lui poser les nombreuses questions qui lui étaient passées par la tête.

— Je l'admets, je suis un peu tendue.

Elle s'assit sur l'accoudoir du canapé. Ou plutôt se laissa tomber dessus. Seul le néon de la hotte de cuisine était allumé et, dans la pénombre, cet éclairage indirect dessinait sa silhouette.

— Quand on vient de se faire agresser, c'est normal.

Elle avait les yeux baissés sur ses mains et balançait une jambe d'avant en arrière.

— Il n'y a pas que ça. Je crains que tu ne me sermonnes toute la nuit.

— Eh bien pourquoi pas, puisqu'on a le temps ? rétorqua-t-il.

Il avait essayé d'adopter un ton léger, mais cette réplique fut plus cinglante qu'il le souhaitait.

Elle releva la tête et le fixa d'un air grave.

— Je connais de meilleures façons de passer le temps.

Il recula et buta contre le montant de la porte derrière lui. Mais enfin, qu'est-ce qui lui arrivait ? Il était chez lui, il était censé avoir le contrôle de la situation, et voilà qu'il se laissait intimider par un regard ?

— Ne fais pas ça.

— Quoi ?

Son sourire faussement innocent la trahissait. Elle savait pertinemment ce qu'il voulait dire.

— Cesse de me tenter.

Elle haussa les épaules.

— J'ignorais avoir ce pouvoir.

Il était censé la croire ? Et puis quoi encore ? Il était conscient que, parfois, il lui arrivait de la contempler trop longuement et qu'elle s'en rendait compte. Elle était tellement belle !

— As-tu besoin d'un miroir ?

— Je te retourne la question.

Quand il était avec elle, il prenait toujours soin de ne pas évoquer d'autres femmes. Il avait beau s'être fait la promesse de ne jamais la toucher, il refusait de la blesser ou de la rendre jalouse. Il voyait bien que l'attirance qu'il éprouvait pour elle était réciproque, ce qui rendait les choses encore plus compliquées.

— Il va falloir que nous établissions des règles strictes.

Ça lui semblait une évidence, même si, à part éviter qu'ils ne se promènent en petite tenue et ne se touchent, il ne voyait pas trop en quoi pourrait consister ce règlement intérieur.

— Bien.

Elle se leva avec un soupir, marcha jusqu'au pied de l'escalier qui menait à l'étage et leva les yeux.

— On passe la nuit ici ?

Sa façon de poser la question suggérait qu'ils allaient dormir dans le même lit, ce qui était impossible. Il s'allongerait par terre et monterait la garde.

C'étaient de belles résolutions mais, quand il traversa la pièce pour se poster face à elle, il se sentit instantanément faiblir. Il aurait mieux fait de rester où il était, même si son corps pensait le contraire.

— Tu vas aller te reposer et nous reparlerons de ton activité pour ce site Internet demain matin.

Même s'il craignait sa réaction, il ajouta :

— Nous allons mettre Connor au courant et lui demander de se renseigner sur ce Jeff.

— Pourquoi seulement moi ?

Ça, c'était typique. Souvent, elle suivait sa propre pensée et il ne savait plus de quoi elle parlait.

— Pardon ?

— Ne ferions-nous pas mieux de nous reposer tous les deux ? précisa-t-elle en lui posant la main sur l'épaule.

Il se répéta en boucle qu'elle était en danger pour éviter de se laisser aller à la sensation de sa main qui le brûlait à travers le coton de sa chemise.

— J'imagine que tu as moins l'habitude que moi de subir des décharges d'adrénaline et que tu dois la sentir refluer.

— Je ne sais pas. Tout à l'heure, j'avais des fourmillements dans l'ensemble du corps et maintenant, j'ai l'impression que je pourrais dormir des jours entiers, dit-elle tandis qu'elle lui passait la main dans les cheveux.

Il déglutit.

— C'est caractéristique.

— Tu vas venir dormir avec moi ?

Ce fut comme si, en lui, une digue venait de se rompre. Elle était tellement sexy, tellement tentante. Il lui posa les mains sur la taille pour l'attirer à lui et, sans réfléchir, inclina la tête.

Il captura ses lèvres et bascula dans une autre dimension. Il pensait naïvement qu'un petit baiser apaiserait des années de cette frustration engendrée par sa farouche volonté de ne pas la toucher et qu'ensuite, ça irait mieux.

Ce fut tout l'inverse.

Son cœur se mit à battre plus fort, et il referma les bras autour de sa taille pour l'embrasser encore plus intensément. Une énergie dévastatrice s'était emparée de lui. Il voulait oublier ses états d'âme, les leçons de morale qu'il se faisait pour laisser libre cours à un désir qui ne demandait qu'à s'exprimer.

Au gémissement de plaisir que Makena laissa échapper, il comprit qu'elle attendait cela depuis longtemps. Il était décidé à la prendre dans ses bras, à la porter en haut de l'escalier quand, soudain, un éclair lumineux sur sa droite capta son attention. Immédiatement, il s'écarta d'elle pour dégainer son arme.

Elle sursauta.

— Qu'est-ce qu'il y a ?

— Nous avons de la visite.

Il était persuadé que l'éclair lumineux correspondait au faisceau d'une lampe torche que quelqu'un tenait devant lui. Il tourna la tête en direction de la porte d'entrée et vit un autre faisceau lumineux qui, la seconde d'après, s'éteignit.

Tout laissait penser que deux hommes, suffisamment entraînés pour savoir approcher simultanément et en silence d'un objectif, n'allaient pas tarder à faire irruption. Il allait y avoir du grabuge.

Makena lui serra nerveusement le bras.

— Comment est-ce possible ?

Bonne question. La maison n'était pas enregistrée à son nom et personne ne les avait suivis.

— Monte à l'étage.

— Nous ne devrions pas plutôt essayer de rejoindre la voiture ?

Il ne pouvait pas lui dissimuler la vérité.

— Nous ne pouvons sortir d'ici ni par l'avant ni par l'arrière.

— Je ne comprends pas.

— Oh si ! Je suis sûr que tu devines pourquoi.

Il n'avait pas le temps de se lancer dans des explications

fournies et elle était assez maligne pour comprendre ce qui se passait. Seulement, après ce qu'elle avait déjà vécu plus tôt dans la soirée, son esprit refusait d'admettre les faits. Comment l'en blâmer ?

— Monte et enferme-toi dans la penderie de ma chambre. Au sol, tu trouveras une boîte. Il y a une arme à l'intérieur.

— Tu gardes une arme dans ta penderie ?

En fait, il y avait des armes dissimulées un peu partout dans la maison mais, encore une fois, ce n'était pas le moment de s'étendre.

— Vas-y, Makena, et ne sors de ta cachette que si tu entends ma voix ou celle d'un autre membre de mon équipe.

— D'accord.

Juste avant qu'elle monte l'escalier, il la retint et lui passa rapidement la main sur le visage.

— Je suis sérieux. Ne prends aucun risque, je t'en conjure.

Elle acquiesça.

— J'ai compris.

Il s'aplatit dos au mur tandis que Makena montait les marches. Il disposait d'un couteau et de deux armes de poing à sa portée. D'autres étaient cachées non loin. Il était prêt à empêcher les intrus d'approcher de Makena, coûte que coûte.

Après un bref cliquetis, la porte d'entrée s'ouvrit. L'alarme silencieuse venait de se déclencher et d'envoyer un message d'urgence au quartier général de Corcoran. Juste après, la sonnerie du téléphone retentit. Shane ne bougea pas. S'il ne répondait pas, les renforts arriveraient encore plus vite.

Tant pis si l'équipe entière débarquait. De toute façon, il espérait bien avoir neutralisé ses adversaires avant même l'arrivée de ses collègues. Au moindre mouvement, il ferait feu.

L'imposte de verre de la porte arrière vola alors en éclats, le prenant par surprise. Il se baissa. Il ignorait si la vitre avait été brisée par une balle ou par autre chose. Quand il releva la tête, il repéra la silhouette d'un homme qui pénétrait dans la maison. Il se redressa et fit feu. L'homme parut recevoir un impact mais continua d'avancer.

L'intrus portait un gilet pare-balles. Hélas, lui-même ne pouvait pas en dire autant. Shane eut tout juste le temps de se baisser de nouveau. Des coups de feu retentirent, un second individu pénétra dans la maison par la porte avant.

Shane se sentit pris au piège. Sa seule issue était de monter à l'étage. Mais alors il se rapprocherait de Makena et la mettrait en danger. Il aurait voulu l'éviter, mais il n'avait pas d'alternative. S'il ne bougeait pas, il était mort. D'un bond, il se précipita dans l'escalier puis tira en rafale pour couvrir sa fuite.

Le bruit des tirs était infernal, des morceaux de plâtre éclataient autour de lui sous l'effet de la riposte des deux individus. Il arriva à l'étage juste avant qu'un des deux hommes ne s'engage à son tour dans l'escalier. Il se mit à couvert et se concentra pour compter les pas. Il leva son arme, prit une brève inspiration et, quand il sut que son adversaire était tout près, se dressa, brandit son arme, visa la tête et fit feu. Il avait exécuté tous ces mouvements à la vitesse de l'éclair. L'homme bascula en arrière et s'effondra.

Shane regarda en bas des marches et chercha son acolyte des yeux. Le silence était revenu, plus rien ne bougeait.

Mais c'était un leurre. Il ne croyait pas une seconde que le second type avait pris peur et détalé. Ce qui signifiait qu'il était là, tapi quelque part dans la maison.

Derrière lui, dans la chambre, il entendit du bruit. Il y entra discrètement, son arme levée. Il tourna la tête en direction de la fenêtre. Rien.

Dans le coin, il aperçut une silhouette qui se déplaçait. Il identifia immédiatement les longs cheveux noirs. Makena.

— Tout va bien ? lui demanda-t-elle tout bas.

Il se posa un doigt en travers des lèvres pour lui indiquer de garder le silence et désigna la fenêtre. Il fallait qu'il la fasse sortir.

Il ouvrit le tiroir du petit meuble sous la fenêtre, en sortit une corde de descente en rappel et la lui tendit.

— Tiens, à toi de jouer.

Elle fixa des yeux la corde, le mécanisme pour l'accrocher à la fenêtre et le mousqueton censé l'empêcher de chuter.

— Tu plaisantes ?

— Non.

En prenant soin de ne pas faire de bruit, il ouvrit la fenêtre et jeta un regard au-dehors. Tout était calme et la lampe de sécurité installée à l'extérieur lui permettait de voir tout le périmètre de la cour.

Il n'y avait pas un instant à perdre. Un type armé était toujours dans la maison et si de nouveaux coups de feu éclataient, ça risquait d'être la panique dans le quartier. La police avait certainement déjà été alertée. Certes, il bénéficiait d'une couverture, mais Makena avait déjà été impliquée dans une fusillade plus tôt dans la soirée. Si la police la découvrait ici, elle deviendrait suspecte et devrait répondre à des questions. Et si elle se retrouvait dans un poste de police, il ne pourrait pas veiller sur elle.

— Nous n'avons pas le temps de discuter, murmura-t-il en accrochant la corde au montant de la fenêtre.

Tout était prévu pour qu'il puisse s'échapper en cas d'urgence.

Il lui passa le harnais de descente à la taille, referma le mousqueton et, tout en gardant un œil sur la porte de la chambre, l'invita à s'asseoir sur le rebord de la fenêtre.

Elle secoua la tête et lui serra l'avant-bras.

— Je n'y arriverai pas.

— Makena…

Elle secoua de nouveau la tête.

— Ce n'est pas possible.

— Bien sûr que si, rétorqua-t-il en la fixant. Tu es capable de tout. Tu as plus de courage que la plupart des gens que je connais, ce n'est pas ça qui va t'arrêter.

— Mais je…

Elle n'eut pas le temps de terminer. Un coup de feu retentit, la balle siffla tout près d'eux. Ils se recroquevillèrent.

— Tiens la corde à deux mains, descends progressivement

et, une fois au sol, cours, lui dit-il avant de l'inciter à entamer la descente.

Dès qu'elle fut à l'extérieur, Shane rampa pour se mettre à l'abri derrière le lit. Il disposait de suffisamment de munitions pour couvrir sa retraite.

Il y eut de nouveaux coups de feu puis, soudain, plus rien. Shane releva la tête de quelques centimètres et eut juste le temps d'apercevoir une silhouette vêtue de noir qui sortait précipitamment de la chambre pour redescendre l'escalier.

Mon Dieu, Makena !

Il se releva et regarda par la fenêtre. Elle était en bas, les yeux levés vers lui. Sans hésiter, il saisit la corde d'une main et s'élança à l'extérieur. Il prit le temps de se stabiliser puis descendit à la seule force des bras. Il lâcha la corde avant même d'être au sol.

A la réception, il se tordit la cheville et retint un grognement de douleur. Plus tard, il allait avoir mal, mais tant pis. Pour le moment, il devait serrer les dents. Il prit Makena par la main et ils partirent en courant. Ils traversèrent la cour et se dirigèrent vers le parking de l'autre côté de la route. Là, au pire, ils pourraient se cacher entre les voitures.

Il la tenait fermement pour lui permettre de soutenir l'allure mais, à sa grande surprise, il constata qu'elle était quasiment aussi rapide que lui. Elle avait le visage fermé mais ne montrait ni peur ni fatigue. Décidément, elle l'impressionnait.

Arrivés sur le parking, ils contournèrent une camionnette et se baissèrent pour se cacher derrière, à l'affût d'un bruit de pas. Shane envoya le signal d'alerte à Cameron. Quelques instants plus tard, il distingua une ombre qui venait vers eux.

Comment était-ce possible ? Il ne comprenait déjà pas comment ces deux types avaient pu débarquer chez lui et, là, voilà que Makena et lui étaient pour ainsi dire suivis à la trace. Soudain, il comprit : Makena avait un mouchard sur elle.

Il ne pouvait pas le chercher maintenant. Son but était de prendre vivant le type qui venait vers eux, de le livrer pieds et poings liés à son équipe pour qu'il réponde à leurs questions.

Ce dernier, s'avisa-t-il alors, s'était arrêté… Il connaissait leur position exacte et s'apprêtait à faire feu. Il lui fallait intervenir avant. Shane brandit son arme, visa la tête et fit feu. L'homme s'effondra.

Mais rien ne disait que ces deux types n'avaient pas d'autres complices prêts à intervenir. Il ne pouvait pas courir le risque. Il ne restait qu'une solution. Il ne voyait pas comment l'expliquer à Makena et n'y alla donc pas par quatre chemins :

— Déshabille-toi.

Même dans la pénombre, il vit son regard s'agrandir.

— Je ne peux pas t'expliquer maintenant, enlève tout, il le faut.

— Tu as pris un coup sur la tête ou quoi ?

Il ôta son T-shirt et le lui tendit.

— Ils te suivent.

Elle prit le T-shirt sans comprendre.

— Et alors ?

Shane avait la sensation qu'un compte à rebours défilait dans sa tête. Si par malheur il y avait un troisième homme à leurs trousses, il n'allait pas tarder à faire son apparition.

— Quelqu'un, sans doute le type qui est entré chez toi par effraction, a réussi à placer un mouchard sur toi. C'est pour cette raison que nous sommes suivis à la trace, alors il faut que tu…

Elle serrait son T-shirt entre ses mains.

— Quoi ? Redis-le.

— Te mettes entièrement nue.

Elle resta immobile à le fixer pendant quelques secondes.

— Je commençais à croire que tu ne me le demanderais jamais.

Avant qu'il puisse répondre, et il ne voyait d'ailleurs pas ce qu'il aurait bien pu répondre à cela, Shane sentit son portable vibrer. Ouf ! La cavalerie était en chemin.

Comme Makena s'apprêtait à enlever son chemisier, il détourna les yeux et sortit son téléphone. Il décrocha et parla avant même que Cameron puisse s'exprimer :

— J'ai besoin qu'on envoie une équipe de nettoyage chez moi.

— Quelle phrase horrible, entendit-il Makena commenter derrière lui.

Il prit soin de ne pas se retourner. Elle était juste derrière lui, sans doute totalement dévêtue, mais il ne devait surtout pas y penser.

— Connor préfère qu'on dise comme cela, répondit-il.

— Et, bien sûr, il connaît des gens spécialisés dans ce type de nettoyage.

Shane sourit au commentaire de Makena. Mais la voix de Cameron au téléphone le ramena à la réalité :

— Retrouve-nous à la maison sécurisée des Foster.

— OK.

Les membres de l'équipe Corcoran disposaient de trois points de chute en cas de problèmes. Connor faisait en sorte qu'ils ne soient jamais pris au dépourvu. Ce soir, Shane lui en était extrêmement reconnaissant.

— Alors, où allons-nous maintenant ? s'enquit Makena.

Cette fois, il eut le réflexe de regarder par-dessus son épaule et le regretta immédiatement. Makena avait passé son T-shirt, qui lui tombait jusqu'en haut des cuisses. Mais il n'en cachait pas encore assez.

La vision de ses longues jambes effilées et de ses jolis pieds fins était bonne pour le hanter chaque fois qu'il fermerait les yeux. En d'autres termes, il était fichu…

— Apporte des vêtements pour Makena, dit-il à Cameron avant de raccrocher.

6

Seule dans la salle de bains de la maison sécurisée, Makena poussa un long soupir. Cette petite maison était située à l'écart des autres, au bout d'une allée sombre. Vu de l'extérieur, on pouvait presque penser qu'elle était totalement abandonnée.

Une apparence ô combien trompeuse ! Ne serait-ce que pour atteindre la porte d'entrée, il fallait franchir une grille, désactiver plusieurs alarmes… Shane s'en était chargé. Une fois dans la place, Makena avait découvert une petite cuisine équipée et un salon avec un canapé d'angle. Au fond, une porte donnait sur la chambre et la salle de bains attenante ; une autre sur ce que Shane appelait la « salle spéciale » : une pièce équipée d'instruments dernier cri pour rechercher et recevoir des informations sensibles.

Elle flottait dans le T-shirt que lui avait prêté Shane et le pantalon de survêtement apporté par Cameron. Mais, comme elle n'avait rien d'autre à se mettre, elle devait s'en contenter. Entre le baiser que lui avait donné Shane et son « strip-tease » forcé, elle était passée par de drôles d'émotions.

Elle se colla un sourire sur le visage et sortit de la salle de bains pour retourner au salon. Quand elle vit Shane, son cœur se mit instantanément à battre plus fort. La présence de Cameron, assis sur le canapé, la calma un peu.

— Tu es ravissante avec ces vêtements, s'exclama ce dernier en lui décochant un sourire ironique.

— C'était soit cela, soit j'apparaissais enroulée dans une serviette.

Le sourire de Cameron s'agrandit.

— Je m'abstiendrai de tout commentaire, dit-il.

— Oui, ça vaut mieux, intervint Shane d'un ton bourru.

Cameron se renfonça dans son siège.

— Hé, n'oublie pas que c'est ta faute si on en est là.

— Comment ça ?

— Eh bien, il semble évident que c'est parce qu'elle est avec toi que Makena est en danger.

Shane secoua vivement la tête.

— Pourquoi protestes-tu ? reprit Cameron en fronçant les sourcils.

— Parce que tu te trompes.

La discussion risquait de s'éterniser entre ces deux-là, songea Makena. Mieux valait y prendre part. Elle traversa la pièce et s'assit au bout du canapé.

— Mes ennuis ne concernent que moi, Shane n'y est pour rien.

— Tu dis cela à cause du papier retrouvé sur l'homme qui a pénétré chez toi et sur lequel figurait ton adresse ? lui demanda Cameron. Je comprends ton point de vue mais il doit y avoir une explication.

— Oui, l'explication c'est que quelqu'un en a après elle personnellement, intervint Shane.

— Impossible, rétorqua Cameron.

— Oh que si !

Shane avait haussé le ton, et la discussion s'enlisait. Makena se retint de lever les yeux au plafond d'exaspération. Elle avait déjà partagé à contrecœur son secret avec Shane et n'avait pas envie de recommencer, mais elle n'avait pas le choix.

— Je travaille bénévolement pour un site Internet qui s'appelle « Le mur du déshonneur ».

Cameron écarquilla les yeux.

— Le site qui dénonce les faux militaires ?

Elle fut touchée qu'il sache précisément de quoi il était question. Et, peut-être prenait-elle ses désirs pour la réalité, mais n'y avait-il pas comme de l'admiration dans la voix de Cameron ?

— Tu connais ?

— Bien sûr, je le consulte de temps en temps. Et chaque fois que je vois la photo d'un nouvel imposteur, je le maudis et en même temps je me réjouis qu'il ait été démasqué. Sérieusement, tu bosses pour ce site ?

— Oui, j'effectue des recherches, je vérifie les témoignages.

Dit comme cela, ça paraissait simple mais, pour avoir accès aux infos, il fallait remplir des demandes officielles, passer des coups de fil, convaincre certaines personnes de répondre à quelques questions. Bref, un travail de fourmi qui, pour des hommes d'action comme Shane et Cameron, évoquerait l'enfer.

— Super ! s'écria Cameron.

— Non, c'est tout sauf super, maugréa Shane.

Bien. Au moins, il n'avait pas changé d'avis.

— Shane me voit comme une irresponsable.

Cameron se tourna vers lui.

— Pourquoi ? Les types qui sont dénoncés le méritent. Ils sont une insulte pour ceux qui ont réellement servi dans l'armée. Comme toi, par exemple.

— C'est dangereux, répondit Shane d'une voix agacée.

Son argument était une esquive. Elle décida d'en opposer un autre.

— A ce compte-là, prendre le volant est dangereux aussi.

Shane ne releva même pas.

— Tu crois que Holt serait ravi s'il l'apprenait ? reprit-il en continuant de s'adresser à Cameron — comme si elle comptait pour du beurre…

— Tu es sûr que le problème, c'est ce que pourrait penser Holt ? répliqua son coéquipier.

Excellente question ! songea Makena. Précisément celle qu'elle aurait aimé poser. Si Shane n'avait pas de sentiments pour elle, jamais il ne l'aurait embrassée comme il l'avait fait quand ils se trouvaient chez lui. Du moins voulait-elle s'en convaincre.

— Je préfère nettement discuter avec Cameron. Il me comprend, lui, lança-t-elle par provocation.

Shane renifla de dédain.

— Laisse tomber.

— Holt entend passer sa vie avec quelqu'un qui s'est entièrement consacré dernièrement à aider des personnes à sortir de l'influence d'une secte impliquée dans un immense trafic d'armes, déclara Cameron. Comment pourrait-il reprocher à sa sœur d'avoir autant de courage que la femme qu'il aime ?

Makena se sentit plus légère. Entendre Cameron la soutenir et donner des arguments difficilement opposables à Shane lui remontait le moral.

— Qu'en dis-tu, Shane ? fit-elle.

— Là, il s'agit de sa sœur, ce n'est pas pareil, répondit ce dernier, toujours sans la regarder.

Il changea plusieurs fois de position, visiblement contrarié.

Cameron haussa les sourcils.

— Autant que je sache, Makena n'est pas ta sœur.

— Cette discussion est terminée.

A ces mots, Shane se leva et se rendit dans la cuisine. Makena le suivit du regard. Elle ne pouvait pas s'en empêcher.

— On dirait, ouais, riposta Cameron avec un petit sourire amusé.

Shane revint dans la pièce aussi vite qu'il l'avait quittée, un bloc de papier en main. Il prit un stylo et griffonna quelques mots.

— Nous devons nous renseigner sur Jeff Horvath et…

— Qui ça ? le coupa Cameron.

— Un type que Makena a dénoncé. Il connaît son identité, il sait où elle habite et, ce soir, il nous a suivis.

— Et il serait derrière ces agressions ? demanda son collègue, dubitatif.

— Je n'en suis pas sûr, mais il montre beaucoup de rancœur. Et j'ignore jusqu'à quelle extrémité cette haine pourrait le conduire.

Makena se mordit la lèvre inférieure.

— En fait, ça fait un bout de temps qu'il m'épie, finit-elle par avouer.

Shane leva les yeux vers Cameron.

— Tu comprends ce que je veux dire quand j'affirme qu'elle est en danger ?

— D'accord, un point pour toi.

— Makena, il faut que tu me fournisses la liste de tous les hommes que tu as contribué à dénoncer, reprit Shane, tête baissée, en continuant d'écrire sur son bloc-notes. Ainsi que les noms de l'ensemble de tes collaborateurs au site Internet et leurs coordonnées.

— Pourquoi ?

— Ils sont peut-être eux aussi en danger, répliqua Shane sans lever les yeux. Nous ne le saurons pas tant que nous n'aurons pas mené l'enquête.

Makena était très ennuyée. Si Shane et ses collègues s'immisçaient dans la vie privée de Tyler Cowls, le créateur et dirigeant du « Mur du déshonneur », ce dernier serait très mécontent. Peut-être même ne voudrait-il plus de sa collaboration à ce site.

— En fait, je travaille avec une seule personne, mais c'est quelqu'un qui tient à sa discrétion.

Shane leva enfin la tête.

— Je m'en fiche.

— C'est quoi, cette réponse ?

Pas celle qu'elle espérait, en tout cas, loin de là.

— Comment s'appelle-t-il ? lui demanda Shane, indifférent à son irritation.

Elle tenta une approche différente.

— Ecoute, laisse-moi d'abord lui parler…

— Non, mieux vaut ne pas le prévenir que nous irons le voir demain.

Quand il avait une idée en tête, rien ne pouvait le faire changer d'avis.

— Parce que c'est ce que tu as décidé ?

— Oui.

Cameron poussa un grognement et se leva.

— Bon, moi, il faut que j'y aille. Shane, je peux te parler une minute ?

Shane songea à refuser de suivre son coéquipier. Il sentait qu'une explication d'homme à homme se préparait et il préférait l'éviter.

— Qu'est-ce qu'il y a ? grogna-t-il.

Une fois sorti, Cameron s'appuya contre un montant du porche et fixa l'obscurité.

— Tu t'y prends comme un manche.

— De quoi parles-tu ?

Quel mauvais coucheur il faisait ! Bien évidemment qu'il savait à quoi son collègue faisait allusion. Sauf que chaque fois qu'il avait parlé de Makena avec Cameron, il avait pris grand soin de dissimuler l'attirance qu'il éprouvait pour elle. Mais, manifestement, Cameron s'en était rendu compte. D'ailleurs, n'allait-il pas jusqu'à insinuer que tout le monde, Holt y compris, savait que la jeune femme ne lui était pas indifférente ?

Mais son attirance pour elle ne signifiait pas pour autant qu'il se considérait fait pour elle. Et ça, il fallait qu'il le fasse comprendre à Cameron.

— Arrête ton manège, rétorqua ce dernier, tu sais très bien ce que je veux dire, ne te réfugie pas dans le déni.

Shane tenta de cacher son exaspération. Son ami n'était pas du genre à lâcher le morceau.

— Ecoute, tu ferais mieux de rentrer te reposer car…

Cameron se redressa.

— Tu penses vraiment que le fait qu'elle travaille pour ce site fait d'elle une irresponsable ?

Au contraire, pour cela, il l'admirait encore plus. Ce qui ne manquait pas de le perturber. Tout ce qu'elle dégageait, tout ce qu'elle entreprenait amplifiait l'attrait qu'elle exerçait sur lui et ne rendait que plus intense sa crainte qu'il lui arrive malheur.

— C'est dangereux.

— Tu l'as répété plusieurs fois, ça devient lassant.

Quand il s'agissait de la sécurité de Makena, ça lui était bien égal d'être rasoir, songea Shane. Il allait falloir que Cameron trouve un argument plus percutant pour le persuader que Makena ne risquait rien en poursuivant son activité sur ce site.

— Tu tiens à elle et cela influe énormément sur tes propos et ton comportement, reprit ce dernier en le voyant hausser les épaules.

— C'est la sœur de Holt, nous devons…

— Oh ! Arrête, le coupa Cameron avec un grognement agacé.

Shane poussa un profond soupir.

— Le mariage, ce n'est pas pour moi. Plus jamais, lâcha-t-il. Je suis vacciné.

Il s'était déjà essayé au mariage, et l'expérience avait tourné à la catastrophe. Il avait espéré que son ex-femme et lui reconnaissent tout simplement qu'ils ne pouvaient plus continuer à vivre ensemble et qu'il valait mieux qu'ils se séparent d'un commun accord, dans l'apaisement. Mais la déception et la rancœur avaient été si fortes que le divorce avait été conflictuel. Ces pénibles moments étaient gravés au fer rouge dans sa mémoire et dans son cœur. Plus jamais il ne voudrait revivre cela.

— Mais qui t'a parlé de mariage ? rétorqua Cameron, qui le regarda d'un air abasourdi.

— Parce que tu penses qu'on pourrait être ensemble et en même temps ne rien officialiser ?

A vrai dire, il aurait donné cher pour que ça se passe ainsi, mais ça lui paraissait inconcevable.

— C'est à elle que tu devrais poser la question, pas à moi, répondit Cameron en levant les yeux au ciel. Je sais que ton mariage a été un désastre, mais…

— Oh ! Pas pire que ceux de mon père.

Shane repensa aux quatre fois où son père s'était marié. Pour ce dernier, rien n'était sérieux, pas plus le mariage que le reste. Il prenait tout à la plaisanterie, il mentait et finissait par blesser tous ceux qu'il côtoyait. Lui, il s'était battu pour ne pas ressembler à l'homme qui l'avait élevé, mais il n'était pas certain d'y être parvenu.

— Tu n'es pas ton père, affirma Cameron qui avait deviné ce qui le taraudait. Je sais ce que c'est qu'avoir quelqu'un qui se met à compter plus que tout, au point d'avoir la sensation de ne plus rien maîtriser. Ça pousse à commettre des erreurs et après il faut ramer pour les réparer. J'ai vécu cela.

Cameron songeait à Julia, bien sûr. Shane se remémora l'époque où son ami avait rencontré celle qui allait devenir sa femme. Lui qui était un modèle de sang-froid en toutes circonstances était devenu méconnaissable. Pas question de connaître le même sort !

— Ce n'est pas parce que, dans l'équipe, vous êtes maintenant tous en couple que j'ai envie de suivre votre exemple, marmonna-t-il.

— Elle ne t'attendra pas éternellement.

— Elle ferait aussi bien.

Prononcer ces paroles lui fit mal. Imaginer Makena en compagnie d'un autre homme lui déchirait les entrailles.

— Je dois me montrer très prudent avec elle, ajouta-t-il.

— Tu pourrais commencer par la soutenir.

Shane ferma les yeux. Il tenta de chasser de son esprit le souvenir du baiser qu'il lui avait donné.

— Je ne veux pas qu'elle continue à travailler pour ce site Internet.

— Et tu penses que ça ne lui fait rien de savoir que tu risques ta vie tous les jours ?

Shane refusait d'y songer. La question n'était pas là. Il avait été entraîné pour affronter le danger.

— Ce n'est pas pareil.

Cameron agita la tête.

— La chute risque d'être rude.

— Ça veut dire quoi ?

— Tu le découvriras bien assez tôt.

A ces mots, son ami se dirigea vers les marches pour s'en aller.

— Passe une bonne nuit, ajouta-t-il.

Shane resta immobile à le regarder monter en voiture. Il essayait de se vider l'esprit, de ne plus penser à rien. Il entendit alors derrière lui le grincement de la porte d'entrée. Le parfum du shampoing de Makena lui titilla aussitôt les narines.

— Cameron est parti ?

Il n'était pas prêt à reprendre une conversation banale et polie, aussi déclara-t-il, de dos :

— Je lui enverrai la liste des hommes sur qui il doit se renseigner.

— Bien. Je suppose que je dois aller travailler dessus sans tarder, alors.

A sa voix, il sentit qu'elle avait compris qu'il ne voulait pas parler avec elle. Il avait vraiment le chic pour la blesser.

— Makena.

Il se retourna pour lui faire face. Avec ses cheveux encore humides qui lui tombaient sur les épaules, elle était superbe.

— Tu sais que je t'admire pour ce que tu fais pour ce site Internet, n'est-ce pas ? Je suis seulement inquiet pour ta sécurité.

— A la façon dont tu me cries dessus et dont tu serres les dents, je l'avais deviné, bien sûr…

— Ecoute, je suis désolé, j'aurais dû mieux réagir. Je… Je regrette de t'avoir traitée d'irresponsable. Tu es tout l'inverse.

Elle inclina la tête, l'air songeur.

— Tu sais, j'ai perdu tellement de temps à me chercher, à brasser de l'air, à échouer dans tout ce que j'entreprenais.

Il ne sut comment répondre. Ce n'était pas du tout l'image qu'il avait d'elle.

— Tu es dure avec toi-même. Tu n'as que vingt-six ans.

— J'ai besoin de faire cela.

En termes de besoins, il en connaissait un rayon. Lui, au départ, s'était engagé dans l'armée pour des raisons financières et également pour se faire une place.

— Le jeu n'en vaut peut-être pas la chandelle.

— Le risque a toujours été présent autour de moi.

Il ne pouvait pas le nier.

— Je ne veux pas me battre avec toi, murmura-t-il.

— Et qu'est-ce que tu veux ?

Elle n'aurait pas dû lui poser une telle question. S'il y répondait avec sincérité, ils s'engageraient sur un chemin sans issue. Rester avec elle vingt-quatre heures sur vingt-quatre était déjà suffisamment éprouvant.

— Je ne sais pas.

Voilà, il venait de lui mentir sciemment pour la première fois.

— Quand tu le sauras, préviens-moi.

Sans rien ajouter, elle tourna les talons.

Il rassembla son courage pour ne pas la suivre et la prendre dans ses bras.

7

Le matin suivant, Makena se sentait très frustrée, ce qui accentuait sa nervosité et lui causait une migraine persistante. La nuit avait été agitée. Elle s'était installée dans le lit tandis que Shane n'avait cessé de faire des allers et retours entre la chaise juste à côté et le salon. Chaque fois qu'il quittait la chambre, elle laissait échapper un soupir de soulagement. Pas parce qu'elle ne voulait pas de lui mais, au contraire, parce que le savoir tout près et ne pas pouvoir le toucher la rendait folle.

— Tu penses qu'il est chez lui ? lui demanda Shane qui observait la maison aux stores à demi baissés le long d'une rue calme et bordée d'arbres d'Annapolis.

— C'est toujours comme ça chez lui.

— Il veut faire croire que c'est inhabité ?

Makena acquiesça d'un signe de tête. La première fois qu'elle était venue chez le créateur et gérant du « Mur du déshonneur », elle avait été surprise par l'aspect extérieur de la maison de cet ancien membre des marines. Petite, en retrait des autres habitations, elle ressemblait presque à un décor de théâtre. Et les fenêtres toujours fermées et les stores tirés laissaient effectivement penser que personne n'y vivait.

A l'intérieur, l'impression était tout à fait différente. Le rez-de-chaussée, avec cuisine, salon et chambre, était on ne peut plus banal, mais l'étage offrait un grand espace ouvert rempli d'ordinateurs et de piles de dossiers. Jamais les voisins n'auraient soupçonné l'activité qu'abritait cette charmante maisonnette.

— Tyler Cowls est quelqu'un de très secret, je te l'ai déjà dit.

Makena trouvait curieux toutefois que Tyler n'ait pas répondu aux coups de fil qu'elle lui avait passés — à partir d'un numéro confidentiel — pour le prévenir de leur visite, car il avait en permanence son téléphone près de lui et prenait toujours ses appels.

Pour l'heure, elle et Shane se tenaient toujours dans la voiture de ce dernier, à observer discrètement ce qui se passait dans la rue. Shane sortit une petite paire de jumelles et les pointa sur la maison.

— Je me demande si Jeff Horvath sait où vit Tyler Cowls.

— Ecoute, j'ai déjà admis avoir commis une très grosse erreur avec Jeff.

Shane abaissa ses jumelles.

— Ce n'était pas un reproche déguisé, dit-il.

Mais oui, c'est ça.

— Vraiment ?

Elle était à cran. Elle souhaitait avoir une vraie discussion avec Shane, lui parler de la nuit dernière, le pousser à admettre que le baiser qu'il lui avait donné n'était pas anodin. Mais elle redoutait ce qui pourrait en résulter et, de toute façon, ce n'était pas le moment.

Parler à Tyler les aiderait peut-être à comprendre pourquoi on s'était attaqué à elle.

Soudain, Shane lui saisit le bras.

— Attention, ne bouge pas.

— Quoi, tu vois quelque chose ?

Si tel était le cas, elle ne pouvait pas en dire autant.

— Non, rien. J'ai seulement cru que tu voulais sortir.

— Ah !

Ce n'était pas la première fois qu'ils n'étaient pas sur la même longueur d'onde, mais c'était toujours aussi exaspérant…

— Tu as dit qu'il travaillait à domicile et qu'il sortait rarement de chez lui, reprit Shane, toujours aux aguets. Pourtant, il n'y a pas de voiture garée dans l'allée ni dans la rue. Et aucun signe de vie dans la maison.

— Et il n'a pas non plus répondu à mes appels, renchérit-elle avec inquiétude.

L'attitude de Shane, qui se méfiait de tout et de tout le monde, était-elle contagieuse ?

— Nous devrions aller sonner à la porte, ajouta-t-elle.

— J'y vais. Toi, tu restes là et tu te tiens prête à composer le 911.

Alors qu'il s'apprêtait à descendre de voiture, elle rétorqua :

— Tyler ne te laissera jamais entrer. Il ne fait confiance à personne.

— Un type charmant, on dirait ! Je trouverai bien le moyen de le convaincre, s'écria Shane en sortant son arme.

— Parce que tu penses que lui, il n'est pas armé ? Avec quelqu'un d'autre, ça marcherait, mais Tyler serait plutôt du genre à tirer d'abord et à te demander ce que tu lui veux seulement après.

Tyler était paranoïaque. Pour lui, la plupart des gens étaient des menteurs. Elle avait mis du temps avant de gagner sa confiance.

— D'accord, tu m'accompagnes, mais reste bien derrière moi, répliqua Shane après avoir marmonné quelques paroles incompréhensibles. Plus tard, il faudra qu'on parle aussi de tes amis.

— Tu comptes te charger de les sélectionner pour moi ?

Il ne put réprimer un sourire.

— Je préfère ne pas répondre.

Elle voulut se convaincre qu'il plaisantait. Ils traversèrent la rue. Shane ne cessait de regarder de tous côtés. Il se déplaçait comme un fauve prêt à sauter sur une proie.

Quand ils arrivèrent devant la porte, Makena sortit son téléphone et tenta d'appeler Tyler une fois encore. Elle s'attendait à voir Shane inspecter la porte, à la recherche de traces d'effraction, mais, prenant appui sur le rebord d'une fenêtre latérale, il jeta un œil à l'intérieur.

— On a un problème, déclara-t-il calmement.

— Qu'est-ce qu'il y a ? lui demanda-t-elle, sentant pointer la panique.

— Tyler est-il du genre désordonné ?

— Que veux-tu dire par…

— C'est bon, j'ai compris : nous ne sommes pas les premiers à lui rendre visite.

Sans hésiter, il revint se poster devant la porte et, prenant son élan, se jeta dessus, épaule en avant. A la seconde tentative, le bois craqua et la porte céda.

Il se précipita à l'intérieur. Makena le suivit. Quand elle arriva dans le salon, elle se figea : les coussins étaient éventrés, les meubles renversés. Quelqu'un avait entièrement retourné la pièce.

Depuis le fond de la maison, un claquement retentit. Shane courut aussitôt dans la direction du bruit. Makena sentit son pouls s'accélérer, la peur suintait par tous les pores de sa peau. Le pire, c'est qu'elle commençait à s'habituer à cette sensation. Elle avait toujours fait en sorte d'éviter la violence et le danger, mais, dernièrement, elle ne cessait d'y être confrontée.

Elle traversa la maison et s'arrêta devant la porte arrière, qui était ouverte. Elle ne vit personne dans la cour. Elle chercha Shane du regard. Elle avait besoin d'être sûre qu'il ne lui était rien arrivé.

Tout était calme, mais elle redoutait d'entendre partir un coup de feu à tout moment.

— Il est parti.

La voix de Shane derrière elle la fit se retourner. Apparemment, il avait fait le tour de la maison et était revenu à l'intérieur par la porte avant. Il avait toujours son arme à la main, et sa mine renfrognée trahissait sa contrariété.

— Que s'est-il passé ? balbutia-t-elle.

— J'ai seulement eu le temps de voir un homme s'enfuir. Vêtements sombres, épaules carrées. C'est tout.

Elle passa dans les autres pièces. Les placards étaient ouverts, leur contenu vidé, comme si une tornade était passée.

— Où est Tyler ?

— Bonne question, répondit Shane qui leva les yeux sur l'escalier. Qu'y a-t-il à l'étage ?

— Tout.

— Je ne suis pas certain de comprendre ce que tu veux dire par là, mais je vais jeter un œil.

Soudain, Makena sentit un bras se refermer autour de son cou et vit une main brandir une arme pointée sur Shane. Ce dernier ne parut pas ébranlé et fixa le nouveau venu, comme pour le défier de faire feu.

— Qui êtes-vous ?

Makena sentit un immense soulagement s'emparer d'elle comme elle identifiait la voix qui venait de poser cette question.

— Dieu merci, tu vas bien.

Shane, lui, était toujours sur ses gardes.

— Lâchez-la tout de suite ou vous allez le regretter.

Makena sentit le bras autour de son cou se retirer. Mais elle ne s'écarta pas car elle voulait éviter que Shane ne fasse feu.

— Shane, tout va bien, c'est Tyler, déclara-t-elle.

Mais Shane continuait de fixer Tyler avec hostilité.

— Qui êtes-vous ? demanda de nouveau Tyler.

— Quelqu'un qui va vous descendre si vous ne baissez pas votre arme.

Makena avait l'impression d'être au milieu d'une scène de western. Elle leva les deux mains en l'air.

— Ça suffit, maintenant, je vous demande de vous calmer.

Tyler finit par se tourner vers elle.

— C'est un ami à toi ?

— Oui. Tyler, je te présente Shane. Shane, voici Tyler, l'homme que nous recherchons.

Tyler baissa enfin son arme.

— Comment ça ? Personne ne devrait avoir à me rechercher.

— Trop tard, rétorqua Shane.

Shane trouva instantanément Tyler Cowls antipathique. Il s'était attendu à découvrir un homme plus vieux, à l'allure de marginal. Finalement, il avait devant lui un type comme on en croise tous les jours, à peu près du même âge que lui. Sans doute le considérait-on généralement comme quelqu'un de plutôt séduisant. En tout cas, il devait avoir un sérieux problème de vue, car il ne quittait pas Makena du regard.

— Avez-vous vu votre « visiteur » ? lui demanda-t-il.

Tyler contourna la table de la cuisine et tendit une bouteille d'eau à Makena avant de lui en proposer une autre.

— Non merci, ça va, répondit Makena en secouant la tête.

Shane, lui, continuait d'observer l'habitant des lieux. Maintenant qu'il l'avait identifié, il pourrait demander à son équipe de se renseigner sur lui. Si Cowls avait un secret, il l'apprendrait.

Pour le moment, il lui fallait trouver qui était derrière la série d'effractions en cours.

— Non, répondit enfin Tyler. C'était sans doute un petit malfrat.

Tyler cessa de regarder Makena un bref instant pour tourner la tête vers lui.

— Pouvez-vous me redire ce que vous faites, déjà ?

Shane n'aimait décidément pas ce type.

— Je ne pense pas vous l'avoir jamais dit, répliqua-t-il sèchement.

— Shane, lui lança Makena d'un ton de reproche.

Elle tira une chaise et, discrètement, lui assena un coup de talon. Il se retint de grimacer. Bien. Message reçu. Même si Tyler ne lui plaisait pas, il ferait de son mieux pour se montrer sympathique. Ce qui ne l'empêcha pas de fusiller Makena du regard pour lui faire comprendre que ça ne marcherait pas à chaque fois.

— L'effraction dont vous venez d'être victime n'a pas l'air de vous émouvoir outre mesure, en tout cas, reprit Shane en se tournant vers Tyler.

— J'ai vu arriver le type qui a mis toute cette pagaille. Alors j'ai pris le nécessaire et je me suis enfui par la fenêtre.

Cela dit, il sortit une tablette numérique et en tapota l'écran avant de la lui tendre.

— J'aime être préparé à toute éventualité.

Shane posa les yeux sur l'écran avec réticence. Il était vexé de l'admettre, mais Tyler disposait d'un système de sécurité qui rivalisait avec celui de Corcoran.

— En effet, vous êtes très prudent.

— Les types que nous dénonçons sont rarement ravis de la publicité que nous leur faisons, rétorqua Tyler qui but une longue gorgée d'eau avant de s'asseoir sur une chaise.

— Ne dis rien, murmura Shane à Makena comme elle avait surpris le regard appuyé qu'il lui avait lancé.

De toute évidence, elle avait compris la pensée qui l'avait traversé. Tyler avait équipé sa maison d'un système de sécurité ultra-perfectionné pour parer au pire, alors qu'elle-même ne disposait que d'un simple verrou sur sa porte.

Voilà un sujet de discussion pour plus tard. Mais ils l'auraient. Il était hors de question qu'elle continue à vivre sans protection.

— Cela nous ramène aux agressions dont Makena a été victime, reprit-il. Vous avez une idée de qui peut être derrière tout ça ?

C'était sa principale préoccupation. La seule, même, à dire vrai. Si Tyler souhaitait se mettre en danger, c'était son problème, mais il n'avait pas le droit de faire subir à Makena les conséquences de ses actes.

Tyler jeta encore une fois un regard à cette dernière. A croire qu'il avait un strabisme qui le faisait sans cesse tourner les yeux vers elle.

— La piste Jeff Horvath me semble intéressante à suivre, dit-il. Mais Frank aura peut-être une autre idée.

Frank ? Apparemment, Makena avait oublié de lui parler de lui.

— Qui est ce Frank ?

Makena saisit la bouteille d'eau posée devant elle et se mit à jouer nerveusement avec le bouchon.

— Frank Jay.

« Frank Jay »… Ce nom ne lui était pas inconnu, mais il n'aurait su dire d'où il le connaissait.

— Pourriez-vous développer un peu ?

Makena garda les yeux baissés et se mit à déchiqueter l'étiquette de la bouteille d'eau.

— Il est sur le site, dit-elle évasivement.

Shane lui arracha la bouteille des mains et la posa sur la table.

— C'est un des hommes que vous avez dénoncés ?

Enfin, elle releva la tête.

— Oui, mais depuis il s'est repenti.

Shane réfléchit à cette nouvelle information. Avait-il bien compris ? Ils avaient dénoncé un type qui avait menti sur ses états de service… avant de faire alliance avec lui ? Ce revirement lui paraissait suspect.

— J'en doute.

— Moi aussi j'étais sceptique, au départ, répondit Tyler, mais il a fait du bon boulot pour nous. Il a reconnu ses erreurs et a déclaré vouloir se racheter.

— A vous entendre, votre site est un authentique centre de réinsertion !

Il se montrait volontairement railleur car voir Makena et Tyler assis à la même table, échanger des regards et se comprendre à demi-mot alors que lui devait sans cesse demander des précisions l'agaçait au plus haut point.

— Disons plutôt que voir éclater la vérité lui a fait l'effet d'un électrochoc et que cela a ranimé son sens moral, répliqua calmement Tyler. Si vous le souhaitez, je peux dresser une liste d'autres suspects potentiels.

— Quoi qu'il en soit, l'agression dont j'ai fait l'objet, l'effraction de ton domicile, tout nous ramène à l'activité du site, reprit Makena.

— Qui connaît votre activité et votre adresse ? demanda Shane à Tyler.

— A part Makena, personne.

Celle-ci se figea.

— Attends une minute.

— Non, je ne t'accuse pas, s'empressa de reprendre Tyler, je voulais dire qu'à ma connaissance il n'y a que toi.

Il se remit à tapoter sur sa tablette numérique.

— Peut-être ai-je été suivie jusqu'ici quand je suis venue la semaine dernière ? suggéra Makena.

— Possible, répondit Shane. Mais pourquoi s'en prendre à vous deux maintenant seulement ?

Tyler haussa les épaules.

— Il se peut que quelqu'un ait réussi récemment à établir le lien entre le site et moi. Et se soit ensuite servi de Makena pour remonter jusqu'à moi.

Shane ne trouvait pas cette hypothèse assez solide. Cela faisait trop de coïncidences. Toutes les mesures de sécurité auraient failli en même temps ? Peu vraisemblable. Derrière les récents événements, il y avait quelqu'un avec de l'argent et des ressources. Car ceux qui avaient attaqué Makena n'étaient pas des novices. C'étaient des hommes entraînés qui n'en étaient pas à leur coup d'essai.

— Et maintenant, que comptez-vous faire ?

Il avait déjà une idée de la façon d'assurer la sécurité de Makena, mais il devait composer avec Tyler.

Celui-ci leva les yeux vers lui.

— A quel sujet ?

Cela lui semblait évident, mais il développa sans s'énerver :

— Maintenant que votre adresse a été découverte, allez-vous fermer le site et…

— Non, le coupa Tyler avec colère. J'ai d'autres endroits où aller.

— Où ça ?

Quand il demanderait à Connor de se renseigner sur Tyler, il lui réclamerait aussi d'éplucher ses comptes. Il avait une jolie petite maison dans un quartier chic et, selon Makena, aucun travail fixe en dehors de celui qu'il effectuait pour son site. Et voilà qu'il venait indirectement d'avouer qu'il avait assuré ses arrières. A l'évidence, Tyler Cowls avait envisagé de se retrouver en danger à cause de son activité et avait pris des dispositions en ce sens. Mais, pour cela, il fallait de l'argent. D'où provenait-il ?

Tyler sourit.

— Vous comprendrez aisément que je ne souhaite pas vous apprendre où je compte me rendre.

Soit ce type se prenait pour Rambo, soit il était vraiment très fort. Shane serra les poings. Décidément, ce type lui était très antipathique.

— Nous devrons être en mesure d'entrer en contact avec vous.

— Je ferai le nécessaire. Mais vous serez les seuls à pouvoir le faire. Ce qui signifie que s'il m'arrive encore quelque chose…

Tyler laissa sa phrase en suspens, s'éclaircit la gorge et haussa les épaules.

— Eh bien, quoi ? le pressa Makena.

Shane, lui, n'avait pas besoin qu'il précise sa pensée. *Pas très subtil, le gars !*

— Vous me soupçonnez d'être à l'origine de vos ennuis ? riposta-t-il toutefois.

— Je ne vous connais pas, répondit Tyler.

— C'est marrant, mais je me faisais la même réflexion à votre sujet.

Mais il comptait bien y remédier. D'ici vingt-quatre heures au maximum, il saurait absolument tout sur Tyler Cowls. Alors, ils auraient une nouvelle conversation.

8

Makena attendit que Shane termine sa ronde de la maison sécurisée. Il passait dans toutes les pièces, scrutait les moindres recoins, vérifiait que personne ne s'était introduit à l'intérieur en leur absence. Elle adorait le regarder se déplacer. Il dégageait une aisance et une force naturelles.

Il revint dans la cuisine, rangea son arme et posa son trousseau de clés sur la table. A son pas rapide et son air résolu, elle sentit qu'il n'allait pas tarder à lui livrer ses réflexions après leur rencontre avec Tyler. Elle avait déjà une petite idée sur ce qu'il pensait de Tyler et n'avait aucune envie de le laisser prendre l'initiative de la conversation, d'autant qu'elle avait elle aussi des choses à exprimer. Aussi déclara-t-elle d'entrée de jeu :

— Il ne t'a vraiment pas plu.

Elle ne précisa pas qu'elle parlait de Tyler, elle partait du principe qu'il le comprendrait.

Il poussa un long soupir et la fixa.

— Non, pas vraiment.

L'intensité de son regard était tellement forte qu'elle faillit avoir un mouvement de recul. Ils se tenaient chacun à une extrémité de la table. C'était mieux ainsi car, sans pouvoir dire pourquoi, elle sentait que la conversation n'allait pas tarder à dégénérer.

— Tu n'as pas fait beaucoup d'efforts pour dissimuler ton antipathie.

Elle en ressentait de la colère. Pour elle, le site Internet représentait beaucoup. Que Shane le voie seulement comme un chiffon rouge que Tyler et elle agitaient sous le nez des hommes qu'ils dénonçaient la vexait au plus haut point.

— Lui non plus.

Sa façon de prononcer ces quelques mots l'intrigua.

— Qu'entends-tu par là ?

Shane posa les mains sur le dossier de la chaise devant lui.

— Qu'il aurait préféré t'avoir pour lui tout seul.

Ce commentaire lui parut tellement ridicule qu'elle en resta bouche bée.

— Qu'est-ce que tu racontes ?

Shane parut abasourdi.

— Attends, tu ne t'es pas rendu compte que ce type avait un faible pour toi ?

Mais ils étaient… Jamais il ne… Mentalement, Makena se repassa les nombreuses fois où ils s'étaient retrouvés seuls, Tyler et elle. Il leur était arrivé de prendre un café, il l'avait même invitée à dîner chez lui. Mais, pour elle, jamais il n'avait été question que leur relation aille au-delà de leur collaboration pour le site.

Tyler était plutôt mignon, il se montrait toujours charmant et amical. Mais elle n'éprouvait rien d'autre pour lui que du respect. De toute façon, Shane était devenu omniprésent dans son esprit. C'en était à un point où plus aucun autre homme n'avait d'intérêt à ses yeux. Toutefois, Tyler, lui, l'ignorait…

Makena se mordilla la lèvre. La révélation que Shane venait de lui faire au sujet de Tyler la mettait mal à l'aise et, surtout, la faisait se réinterroger sur le comportement qu'elle adoptait en présence de ce dernier. Aurait-elle pu, sans le vouloir, lui envoyer de mauvais signaux ?

Elle sentit la culpabilité s'abattre sur elle. Après la peur qu'elle éprouvait depuis vingt-quatre heures, elle n'était plus capable de gérer d'autres émotions. Elle décida de tenir tout cela à distance. La prochaine fois qu'elle verrait Tyler, elle mettrait les choses au point pour qu'aucun malentendu ne subsiste.

— Nous travaillons ensemble et jamais il n'a eu de geste déplacé.

C'était la vérité mais, maintenant, elle n'était plus certaine que de petits détails n'auraient pas dû lui mettre la puce à l'oreille. La façon dont il se montrait toujours très attentionné envers elle, les regards qu'il lui adressait. Pourquoi n'avait-elle rien vu ?

— Ça ne veut rien dire, reprit Shane qui s'appuya plus fort sur la chaise. Et quand il se montrera plus pressant, que feras-tu ?

— Je refuse de parler de cela.

Elle ne voulait pas discuter de son absence de vie amoureuse avec Shane. Elle avait besoin de préserver sa dignité.

Il se redressa et contourna la table pour s'approcher d'elle.

— Il te plaît ?

Non, non, non.

— Shane, ne me fais pas croire que tu ne sais vraiment rien.

— Donc, il ne te plaît pas.

Cette discussion était vraiment surréaliste !

— Bien sûr que non, et tu devrais le savoir, murmura-t-elle d'une voix étranglée.

— Tu parles du baiser que nous avons échangé ?

Elle avait le souffle court, la gorge serrée.

— Evidemment, pour toi, ça ne signifiait rien.

— Ai-je dit cela ?

A chaque pas qu'il faisait, elle en effectuait deux dans la direction opposée. Ils se suivaient autour de la table. Mieux valait partir et le laisser jouer tout seul. Elle se dirigea vers la porte.

— Où vas-tu ?

Sa question l'arrêta net. Elle se retourna pour lui faire face mais garda une main sur la poignée.

— J'ai besoin de prendre l'air.

— Ça ne marche pas comme ça, Makena, répliqua-t-il.

En quelques pas, il se retrouva à quelques centimètres d'elle.

— Si je reste ici, tu restes ici aussi.

— Sauf que c'est de toi que je veux m'éloigner, rétorqua-t-elle sans réfléchir.

Au lieu de paraître offensé, il sourit. Il leva la main pour lui caresser la joue.

— C'est vrai ?

Elle n'avait aucune idée de ce que signifiait son comportement ni de la façon de réagir.

— Tu as laissé entendre que je ne t'intéressais pas.

— Tu es sûr que c'est moi qui ne comprends rien à rien ? lui demanda-t-il.

Et il posa les mains sur sa taille.

— L'autre jour, après m'avoir embrassée, c'est tout juste si tu ne t'es pas enfui en courant, lui dit-elle avec le filet de voix qui lui restait.

— Ce n'est pas vrai, rétorqua-t-il. Mais tu es la sœur de Holt.

Nous y voilà ! Elle était persuadée qu'à un moment ou un autre Shane prononcerait le prénom de son frère.

— Ne te sers pas de lui comme excuse.

— Compris.

Il posa la main à plat contre la porte, juste à côté de sa tête. Sans la toucher, il l'enveloppa de sa chaleur.

— Tu es du genre à t'investir dans une relation sérieuse, et moi, dans ce domaine, je suis une catastrophe. Alors que préconises-tu ? Qu'on fasse l'amour quelques fois et qu'ensuite on agisse comme si rien ne s'était passé ?

Ses paroles la touchèrent au plus profond d'elle-même. Elle sentait que, derrière, il y avait une immense blessure. Elle savait que son père s'était marié et remarié maintes fois et avait échoué dans à peu près tout ce qu'il avait entrepris. Et que Shane était hanté par la crainte de ne pas valoir mieux.

Elle posa une main sur son torse et sentit son cœur battre sous ses doigts.

— Pourquoi te considères-tu incapable de gérer une relation sérieuse ?

— Je n'ai toujours pas fini de payer les traites de l'avocat qui s'est occupé de mon divorce.

— Shane, par pitié, non.

Il s'était redressé et allait reculer. Elle le retint par les avant-bras. Il aurait facilement pu se libérer, mais il n'en fit rien. Elle se dit que c'était bon signe, qu'il était disposé à l'écouter.

— Ton épouse et toi, vous n'étiez tout simplement pas faits l'un pour l'autre. Votre mariage ne pouvait pas tenir.

Elle ne cherchait absolument pas à dénigrer Patty, l'ex-femme de Shane. Mais elle savait que cette dernière n'avait jamais eu envie de devenir l'épouse d'un militaire, avec tout ce que cela impliquait. Patty détestait le voir partir sans cesse, savoir qu'il risquait sa vie. Pourtant, Shane ne s'était pas joué d'elle, il ne lui avait jamais caché l'existence qu'il menait. A l'annonce de leur mariage, Makena avait été la première étonnée, car elle voyait mal comment ils trouveraient un compromis.

— Je lui avais promis que je finirais par quitter l'armée et je n'en ai rien fait.

Il soupira.

— J'ai tout gâché.

Elle refusait de le voir assumer tous les torts. D'autant que son frère Holt lui avait dit plusieurs fois que Patty n'avait pas un caractère facile.

— Vous étiez deux, ce n'est pas ta faute à toi seul.

Shane secoua la tête.

— Pourquoi en sommes-nous venus à parler de ça ? soupira-t-il.

Parce que la plaie de l'échec de son mariage était encore à vif et influait sur son comportement, se dit Makena à part elle. La question était plutôt de savoir s'ils parviendraient à évoquer leurs sentiments réciproques sans que Shane en vienne inévitablement à ressasser le passé.

— Tu as l'air de penser que je tiens à tout prix à me faire passer la bague au doigt.

Il lui caressa doucement la joue.

— J'essaie seulement de me montrer responsable.

Mauvaise réponse.

— Peut-être n'ai-je pas envie que tu le sois.

— Makena.

Il prononça son nom comme une supplique.

— Je suis une grande fille, tu sais, reprit-elle avant de croiser les bras autour de son cou. Ce qui compte, ce n'est pas mon frère, ton ex, encore moins ton père. Ce qui compte, c'est nous deux. Ce que nous ressentons l'un pour l'autre.

Il lui passa doucement les mains le long du dos.

— Si on commence à parler de ça…

— Embrasse-moi.

Elle en avait assez de ces échanges stériles. Ils risquaient de parler éternellement et de n'arriver nulle part. Elle n'en pouvait plus.

La respiration de Shane s'était accélérée, son torse se soulevait sous le coup de l'émotion.

— Si je t'embrasse, je ne pourrai plus m'arrêter.

— Tant mieux.

Il n'en fallut pas davantage. Il couvrit sa bouche de la sienne et elle sentit instantanément monter une onde de désir en elle.

Elle passa les mains dans ses cheveux et se serra contre lui. Les sensations étaient tellement fortes qu'elle en eut le vertige. Il passa un bras autour de sa taille et, sans effort, la souleva du sol. Elle enroula les jambes autour de lui.

— On va dans la chambre ? murmura-t-il en relevant la tête pour croiser son regard.

Incapable de prononcer le moindre mot, elle se contenta d'acquiescer. Elle redoutait qu'il finisse par se dire que ce n'était pas raisonnable et interrompe ce moment délicieux, et priait de toutes ses forces pour que ça n'arrive pas. Elle fut exaucée : Shane traversa la maison et ouvrit la porte de la chambre de l'épaule.

A chaque seconde, elle sentait croître son désir.

Il la déposa sur le lit. Elle tendit la main et, du doigt, dessina le contour de son sourcil puis de ses lèvres.

— J'adore sentir ta barbe naissante sous mes doigts.

Il partit d'un petit rire.

— Dans ce cas, je vais attendre quelques jours avant de me raser.

Sa voix rauque agit comme une caresse. Et il était tellement beau !

— C'est vrai ?

— Oui, je t'assure.

Il l'embrassa de nouveau. Malgré son jean, elle sentait son érection et devinait qu'il devait se faire violence pour se montrer patient. Mais ce n'était pas la peine. Elle avait envie de lui, elle voulait le sentir en elle sans attendre.

Soudain, il se redressa.

— Qu'est-ce que tu fais ?

Inquiète, elle voulut le retenir. Il lui donna un nouveau baiser puis lui sourit.

— Je vais seulement chercher un préservatif.

Quelle sotte ! Elle n'y avait pas pensé… Le désir qu'elle avait de Shane se doubla de tendresse. Même si elle prenait la pilule, elle fut touchée par sa présence d'esprit.

— Bien sûr, dit-elle, le rouge aux joues.

Il lui adressa un clin d'œil.

— Ça te va bien, ces couleurs.

Quelques secondes plus tard, il était de retour. Il ôta son T-shirt puis la couvrit de nouveau de son corps. Quand il glissa la main sous son chemisier et qu'elle sentit ses doigts sur sa peau, la sensation fut tellement délicieuse qu'elle en eut des frissons partout. Et quand il atteignit son soutien-gorge, elle cessa de respirer.

Il caressa ses seins puis, en quelques mouvements rapides, la débarrassa de son chemisier qu'il laissa tomber négligemment.

Il ne lui fallut pas plus de temps pour lui enlever son soutien-gorge puis prendre possession de ses seins. Makena s'abandonna totalement à ses mains expertes.

Mais, très vite, elle eut elle aussi envie de lui rendre ses caresses. De nouveau, elle passa les mains dans ses cheveux, puis les fit redescendre tout doucement le long de son torse avant d'attendre sa ceinture.

A l'aveugle, elle défit la boucle puis fit descendre la fermeture Eclair de son jean. Shane se tortilla pour l'enlever complètement et, dans le même mouvement, s'apprêta à se débarrasser de son caleçon. Elle lui attrapa la main pour l'arrêter puis, lentement, caressa l'expression de sa virilité, fière de susciter un tel désir en lui.

Ses caresses lui firent perdre toute patience. Il ôta son caleçon, embrassa encore une fois ses seins, laissa descendre ses lèvres sur son ventre et lui retira sa petite culotte. Lentement, il caressa l'intérieur de ses cuisses et y déposa de petits baisers. Elle renversa la tête en arrière et serra les draps entre ses poings tant les sensations étaient fortes. Elle se mit à respirer bouche ouverte et à crier son nom.

— Oh ! Shane !

Enfin, alors qu'elle était totalement consumée de désir, il se tourna de côté. Le petit bruit de plastique lui fit comprendre qu'il avait enfilé le préservatif avec dextérité. La seconde d'après, il était entre ses jambes, prêt à la pénétrer. Elle retint son souffle et, quand il fut en elle, laissa échapper un long gémissement de plaisir. Très vite, il trouva son rythme, et elle bascula dans une autre dimension. Pendant de longues minutes délicieuses, ils ne firent plus qu'un, les moindres parties de leurs corps étaient en contact et à chaque seconde le plaisir était plus fort.

Bientôt, un grand frisson dévastateur s'empara d'elle et une dernière vague d'extase l'emporta. Quand, petit à petit, elle commença à recouvrer ses esprits, Shane avait la tête posée sur son épaule et murmurait son nom.

Elle eut besoin de nombreuses minutes supplémentaires pour recouvrer une respiration normale, mais le souvenir de ce qu'ils venaient de vivre était toujours aussi prégnant. Elle posa la main sur son épaule et laissa glisser le bout de son doigt sur son bras.

Il leva la tête pour la regarder.

— Incroyable.

— Tu l'as dit.

Elle ne put retenir le rire qui la secoua. C'était un rire

spontané, joyeux. Car elle était heureuse. Dans le regard de Shane, elle remarqua une lueur inédite.

— Pas de regrets ?

Elle fit non de la tête.

— Absolument aucun.

Un bref instant, elle eut peur qu'il fasse un commentaire qui brise la magie de l'instant.

— Tant mieux, se contenta-t-il de dire.

Elle en éprouva un immense soulagement.

Il resta tout contre elle et caressa tendrement son dos et son cou. Cela suffit à réveiller son désir alors qu'il l'avait déjà comblée au-delà de tout ce qu'elle aurait pu imaginer.

Cependant, elle avait les paupières lourdes et ne lutta pas contre le sommeil qu'elle sentait venir. Elle se recroquevilla tout contre lui.

— Tu sens bon, commenta-t-elle.

— J'allais dire la même chose de toi, répondit-il avant de lui déposer un baiser sur le front. Endors-toi.

Elle n'eut même pas la force de lui répondre. Après les éprouvants moments de ces deux derniers jours, son corps commençait enfin à se détendre.

Elle le sentit remonter le drap sur elle. Alors qu'elle allait s'endormir pour de bon, elle l'entendit murmurer :

— Je n'ai pas le droit d'échouer, cette fois-ci.

Makena s'efforça de ne pas bouger, de ne pas rouvrir les yeux. Elle ne voulait pas qu'il sache qu'elle avait perçu son inquiétude. Mais elle était déterminée à tout faire pour la chasser.

9

Toute sa vie, Frank Jay était passé d'un mensonge à un autre. Mais la révélation publique qu'il n'avait jamais fait partie des Navy Seals, contrairement à ce qu'il avait toujours prétendu, avait signé le début de ses ennuis. Ses amis lui avaient tourné le dos, les offres d'emploi qui lui avaient été proposées avaient aussitôt été retirées. Quant au sénateur qui souhaitait avoir un véritable héros dans son équipe, il lui avait fait comprendre qu'il refusait d'entendre encore parler de lui.

Personne ne souhaitait être vu en sa compagnie ni avoir son nom associé au sien. Il avait commis l'erreur de trop.

Sa vie s'était effondrée et il était le seul responsable du désastre. Bien sûr, ce fichu site Internet avait précipité sa perte, mais il avait creusé son trou tout seul. Toutefois, ce qui s'était passé ensuite, il n'y pouvait rien. Il avait reconnu sa faute, suivi une cure pour vaincre sa dépendance à l'alcool. Il n'avait pas touché à la moindre goutte depuis sept mois. Sept mois qui lui avaient paru une éternité.

Ce qui lui arrivait maintenant, c'était un accident de parcours.

Assis dans un coffee-shop, Frank ne cessait de se le répéter. Il tournait et retournait le dossier entre ses mains et, devant lui, son café était froid. Il avait récupéré le dossier à l'endroit prévu dix minutes plus tôt. Normalement, il aurait dû finir son café, se lever et s'en aller. Mais, aujourd'hui, il refusa de suivre le protocole. De toute façon, que pouvait-on lui faire de plus ?

Il ouvrit la pochette plastique pour regarder ce qu'elle contenait. Des photos et des documents. Comme d'habitude. Il les passa en revue et tomba sur un cliché de Makena Kingston et un rapport de police qui faisait état d'une effraction au domicile de la jeune femme. Il remit le tout dans la pochette. Il n'avait pas besoin d'en lire davantage et ne souhaitait pas qu'on risque de le repérer.

Son problème, c'était ce qui allait se passer ensuite. Il posa les coudes sur la table et regarda au-dehors par la vitre, perdu dans ses réflexions. Il était conscient de la signification du contenu du dossier. Son patron voulait la mort de Makena.

Il ignorait ce qu'elle avait dit ou sur quoi elle était tombée, mais il était clair qu'elle était devenue un problème, et maintenant… Il secoua la tête de dépit. Il l'aimait bien. Evidemment, au départ, il l'avait haïe. Mais, quand il avait fait part de son désir de se racheter, elle avait été la première à le croire. C'est grâce à elle s'il s'était vu donner une seconde chance. Et voilà que, maintenant, elle l'appelait pour solliciter son aide et rechercher des informations. Il lui donnerait ce qu'elle lui demandait. Cela ne ferait qu'aggraver son cas, mais ça, elle n'en saurait rien. Bientôt, elle ne serait plus de ce monde et les secrets qu'elle avait peut-être découverts disparaîtraient avec elle.

Il sortit son téléphone et fixa l'écran. Il se sentait dans un état étrange. Oui, bientôt il aurait payé ses dettes, se persuada-t-il. Mais pas suffisamment tôt, hélas, pour sauver Makena…

Le matin suivant, Cameron arriva de bonne heure. Il désactiva l'alarme, s'identifia et entra.

Makena était dans la cuisine, seulement vêtue d'un T-shirt qui lui descendait jusqu'à mi-cuisses. Au sourire entendu de Cameron, il était clair que ce dernier avait rapidement compris ce qui s'était passé la nuit précédente.

Shane aurait bien aimé dormir plus longtemps. Il était contrarié d'avoir encore sommeil. Il était habitué à avoir des nuits courtes, à ne dormir que d'un œil et la main sur la crosse de son arme. Mais, ce matin, c'était différent. Makena l'avait vidé de son énergie.

Celle-ci prit un air gêné et son regard passa de Cameron à lui.

— Je devrais, euh… peut-être aller m'habiller, dit-elle tout bas.

Il ne dit rien. De toute façon, c'était inutile. Il était lui-même en caleçon et T-shirt. En soi, à cette heure, ce n'était pas spécialement bizarre mais, sachant qu'il était censé être le garde du corps de Makena et que, en mission, les membres de l'équipe Corcoran devaient toujours veiller à porter une tenue adaptée, là, ça ne collait pas.

— Cameron sait tenir sa langue quand il le faut, glissa-t-il à Makena avant qu'elle se dirige vers la chambre.

— Espérons-le, répondit-elle sans se retourner.

Cameron s'apprêtait à faire un commentaire mais Shane, d'un geste, lui désigna la porte d'entrée. Il l'y rejoignit.

— Vas-y, je t'écoute, fit-il en s'appuyant contre le montant, bras croisés.

Cameron fit mine de ne pas comprendre.

— Moi, je n'ai rien de spécial à te dire, riposta-t-il, sourcils froncés. Mais, toi, il y a sûrement quelque chose dont tu souhaiterais me parler, non ?

— Non, répondit Shane sans hésiter.

Il tourna la tête. D'où ils se tenaient, on voyait jusqu'à l'autre bout de la maison. Ce n'était pas un hasard si cette demeure avait été choisie comme lieu sécurisé. Grâce à sa configuration, il était impossible à d'éventuels intrus de se dissimuler quelque part. Et les dispositifs de fermeture dont elle était équipée étaient très fiables, tout en étant faciles à utiliser.

Cameron désigna du menton la porte de la chambre.

— Le lit est confortable, non ?

Shane décroisa les bras.

— Tu as envie de mourir maintenant ?

— Ça va aller, merci, de toute façon j'ai ma réponse.

Cameron sortit sur le perron. Le temps était radieux, seuls de petits nuages traversaient le ciel d'un bleu limpide. Mais Shane n'en avait que faire. Il ne regrettait pas d'avoir fait l'amour avec Makena, car il avait passé une nuit merveilleuse, libératrice.

En revanche, le regard qu'elle lui avait lancé plus tôt dans la matinée l'avait perturbé. Dans ses yeux, il avait lu l'espoir qu'ensemble ils puissent bâtir une vraie relation. Et, pour lui, ça tenait du conte de fées.

Les hommes de sa famille avaient en commun de s'être mariés et d'avoir divorcé en un temps record. Tous avaient le chic pour faire n'importe quoi, perdre leur boulot, abuser les autres, trop boire. Toute sa vie, il s'était échiné à ne pas reproduire les mêmes schémas, hanté par la peur que ses gènes soient plus forts. Et, quand il avait franchi le pas et s'était marié, la fatalité avait repris le dessus et ça s'était mal terminé.

Pas question que cela se répète avec Makena, d'autant plus que c'était la sœur de son meilleur ami.

— Il t'a fallu moins de deux jours pour changer d'avis, c'est presque un record, dit Cameron.

Il voulut ignorer cette réflexion, mais…

— De quoi tu parles ?

— Ecoute, il ne faut pas être un génie pour comprendre que tu as cessé de garder tes distances.

Il tourna lui aussi les yeux vers la porte de la chambre, qui était toujours fermée. Il baissa néanmoins la voix pour dire :

— Ai-je l'air d'avoir envie de parler de ça ?

— Tu as l'air d'avoir pris un camion en pleine figure, rétorqua Cameron sans se départir de son sourire. La bonne nouvelle, c'est que Connor t'accorde quelques jours supplémentaires.

— Hein ? Ça veut dire quoi, ça ?

De toute façon, Shane avait décidé de rester là. Peu importait que d'autres missions l'attendent ailleurs. Quoi qu'il arrive, il ne confierait pas la protection de Makena à quelqu'un d'autre, et tant pis s'il en faisait une affaire personnelle.

— Connor a décidé d'attendre avant de prévenir Holt, expliqua Cameron. Il est conscient que, quand ce dernier va apprendre qu'on ne l'a pas immédiatement avisé que sa sœur était en danger, il ne va pas apprécier, mais Connor est prêt à assumer.

— Il a raison, moins il y aura de gens impliqués, mieux ce sera.

Cameron se mordit la lèvre inférieure, comme s'il se retenait de sourire largement… En vain.

— Très bon argument.

Mieux valait changer de sujet au plus vite, car il n'avait aucune envie de continuer cette discussion.

— As-tu des informations pour moi ?

— Oui.

Cameron s'activa quelques secondes sur son téléphone puis tourna l'écran vers lui.

— Tu avais raison, il y avait bien un traceur GPS dans les vêtements de Makena. Connor s'occupe de chercher d'où il provient.

Shane regarda la photo et se maudit de ne pas avoir pensé d'emblée à vérifier qu'un mouchard n'était pas dissimulé quelque part. Il avait manqué de rigueur et, par sa faute, Makena s'était retrouvée en danger. Quand il était avec elle, il avait du mal à se concentrer et à ne rien négliger. Et maintenant, voilà qu'il avait passé la nuit avec elle. Le pire, c'est que cette nuit torride n'avait en rien apaisé son désir pour elle. C'était même le contraire.

D'habitude, rencontrer une femme, faire l'amour avec elle puis passer rapidement à autre chose ne lui était pas difficile. Mais avec Makena, c'était une autre histoire. Entre eux, ce n'était pas qu'une question d'attirance sexuelle.

— Je suppose que Connor a mis Joel sur le coup, dit-il.

Joel Kidd était le spécialiste en informatique et objets high-tech de l'équipe, et également le meilleur ami de Connor. Il avait le génie pour tout trouver sur tout.

— Ouais. En ce qui concerne le profil de Jeff Horvath, c'est plutôt inquiétant.

Cameron fit dérouler le dossier téléchargé sur son téléphone.

— Quand le site l'a dénoncé, il a tout perdu. Il a été viré

de son boulot, sa petite amie l'a quitté, sa famille lui a tourné le dos.

Rien d'étonnant. Horvath avait tout du type en colère qui voulait en découdre plutôt que reconnaître ses erreurs.

— Ça lui donne un bon mobile.

— Le plus ennuyeux, c'est qu'il a des compétences. Il a participé à des stages de survie en milieu hostile et sait tirer.

Aïe ! De telles aptitudes chez quelqu'un pétri de haine et du désir de se venger, c'était même très dangereux.

— J'aurais préféré apprendre que le site s'était trompé et qu'Horvath avait finalement bien fait partie de l'armée, ainsi qu'il le prétendait.

— Oui car, là, Makena a débusqué quelqu'un dont il aurait mieux valu pour elle qu'elle ne s'en fasse pas un ennemi.

Certes. Mais, apparemment, Makena se fichait de la prudence. Il faudrait qu'il lui parle de cela aussi car il refusait de vivre en permanence avec l'idée qu'elle jouait avec sa sécurité, sans prendre de précautions. Au-delà de son activité pour ce site Internet, elle était la sœur de Holt et, par conséquent, liée à l'équipe Corcoran. Une deuxième bonne raison pour faire preuve de prudence.

— Ce n'est pas tout, dit Shane.

Il sentait pointer une migraine.

— C'est à propos d'autres types dénoncés par le site ?

— Oui, il faut que tu voies tout ce que tu peux trouver sur un dénommé Frank Jay.

Shane se méfiait énormément de lui. Un type passé du statut d'ennemi à celui d'ami, c'était par nature suspect.

— Renseigne-toi également sur Tyler Cowls, le directeur du site.

Cameron haussa les sourcils.

— Ton entrevue avec lui ne t'a pas permis d'apprendre tout ce que tu voulais savoir ?

— Il y a un truc suspect chez ce type.

En vérité, il n'y avait rien chez Tyler Cowls qu'il appréciât.

L'enquête permettrait de déterminer si son antipathie était justifiée.

— Un aspect en particulier ?

Shane entendit le son de la douche dans la salle de bains. Il s'efforça de ne pas imaginer Makena nue sous le jet d'eau.

— Tyler est amoureux de Makena.

Cameron émit un sifflement.

— Gros problème.

— Ce n'est pas drôle.

Makena avait défendu Tyler lors de leur rencontre, et ce dernier l'avait dévorée du regard. Shane s'était senti exclu de leur complicité, ce qui ne lui avait pas plu du tout.

— Gros problème pour toi, je voulais dire, reprit Cameron dans un éclat de rire. Tu lui as dit que mieux valait qu'il ne se fasse pas d'illusions sachant que tu étais déjà sur le coup ?

Et voilà. Tant que cette affaire ne serait pas finie, ses amis ne cesseraient de lui lancer des boutades. Inutile de se soucier de Holt, les autres membres de l'équipe se chargeraient de combler son absence.

— Ne parle pas aussi fort, murmura-t-il.

Il souhaitait éviter à tout prix que Makena surprenne leur conversation.

— Tiens, je note que tu ne protestes pas.

Shane ne s'était même pas rendu compte qu'il ne s'était pas élevé contre la repartie de son ami. Désormais, c'était trop tard. Cependant, c'était sans doute mieux ainsi car l'idée de prétendre qu'il ne ressentait rien pour Makena le mettait mal à l'aise.

— Concentre-toi plutôt sur les recherches que je t'ai demandé d'effectuer, maugréa-t-il.

Cameron reprit son sérieux.

— Nous devons également savoir sur qui Makena travaille actuellement. J'ai comme l'intuition qu'elle est sur le point de dénicher une info cruciale et que quelqu'un veut à tout prix l'empêcher d'y parvenir.

Shane n'avait pas exploré cette piste, qui était pourtant la plus évidente.

— Oui, c'est tout à fait plausible.

— J'espère bien, rétorqua Cameron qui rangea son téléphone. Au fait, tu as une mine horrible.

Le manque de sommeil et la culpabilité ne faisaient pas bon ménage.

— T'ai-je demandé de quoi j'avais l'air ?

— Non, ce qui fait que c'est d'autant plus drôle de te le dire.

Très drôle, en effet ! Shane se passa une main dans les cheveux. Il était censé être le garde du corps de Makena, mais se tenir auprès d'elle le faisait passer par tellement d'émotions qu'il en oubliait des réflexes essentiels. Il devait se reprendre, et vite. Il n'avait pas le droit à l'erreur. Et cette idée ne cessait de le tarauder.

Il tenta de mettre des mots sur ce qu'il éprouvait.

— J'ai une sensation qui ne me lâche pas.

— D'habitude, ton instinct est fiable. Quelle est cette sensation ?

Shane songea à édulcorer ses propos mais se ravisa très vite. Cameron et lui avaient traversé trop de situations dangereuses ensemble. Mais avouer à haute voix que la peur l'accompagnait en permanence, ce n'était pas facile.

Cameron plissa les yeux.

— Shane ? Quelle est cette sensation ?

— Que tout cela va mal finir.

Jour après jour, la crainte devenait plus forte.

10

Rencontrer Frank dans un parc était un peu absurde, trouvait Makena, mais ce dernier avait insisté pour que leur entrevue se déroule en plein air. Il avait besoin de calme, avait-il argué.

Le lieu du rendez-vous n'avait pas plu à Shane qui, tout le long du trajet, n'avait cessé de lui rappeler les mesures de prudence à adopter.

— Tu te souviens de ce que je t'ai dit, hein ?

Il claqua la portière de la voiture et regarda de tous côtés, à l'affût.

— Oui, ne pas m'écarter de l'itinéraire prévu, rester hors de portée de Frank, t'écouter… J'ai compris, ne t'en fais pas.

Elle n'avait pas pu s'empêcher de laisser paraître son agacement.

— Ce n'est pas un jeu, riposta Shane.

Il contourna la voiture et lui prit le bras. Il ne la tenait pas fermement, mais son geste indiquait toutefois qu'il voulait s'assurer qu'elle allait obtempérer.

Elle n'appréciait pas cet aspect de sa personnalité. Qu'il se montre protecteur et lui prodigue des conseils, même appuyés, passe encore. Mais qu'il se comporte avec elle comme avec une gamine revêche, non, ça, ce n'était pas possible. Bien sûr, elle savait que c'était l'inquiétude pour sa sécurité à elle qui dictait sa conduite, mais quand même.

— Tu crois vraiment que je m'amuse ?

— Frank Jay s'est déjà fait passer pour quelqu'un qu'il n'était pas, répliqua Shane tandis qu'ils traversaient le parking.

Je ne suis pas prêt à croire sur parole qu'il a soudainement changé et regrette ses actes.

— Tu ne peux pas attendre de l'avoir rencontré avant de le juger ?

Il s'arrêta net et la fixa droit dans les yeux.

— J'ai déjà rencontré des hommes comme Frank. D'expérience, je sais qu'ils changent rarement.

Son ton véhément et la raideur de sa posture l'irritèrent. Elle refusait de se laisser faire. Shane intimidait beaucoup de monde, mais pas elle. Elle lui avait toujours tenu tête et il avait même affirmé que c'était un trait de caractère qu'il appréciait. Eh bien, qu'il le prouve !

— C'est quoi, ton problème, au juste ? s'écria-t-elle, ulcérée.

Il lui retourna un regard interrogateur, mais elle ne se donna pas la peine de s'expliquer.

— Ça me rend malade de te savoir en danger, dit-il au bout d'un moment après avoir tourné la tête de tous côtés.

De sa part, un tel aveu était tellement inattendu qu'elle en oublia sa colère.

— Ah bon ?

L'exaspération se lut sur le visage de Shane.

— « Ah bon », c'est tout ce que tu trouves à dire ?

— Eh bien, je suis touchée mais…

A peine eut-elle laissé échapper ces quelques mots qu'elle s'en voulut. Elle laissa sa phrase en suspens, se contentant de secouer la tête.

Shane serrait la mâchoire tellement fort qu'elle eut presque pitié de lui. Presque, mais pas complètement, car, indirectement, il avait admis tenir à elle, et pas seulement parce qu'elle était la sœur de son meilleur ami. La façon dont il l'avait serrée contre lui, embrassée, sa volonté farouche de la protéger et les efforts qu'il faisait pour se contenir quand elle le poussait à bout, tout cela en disait long sur ce qu'elle représentait pour lui.

Un instant, elle fut tentée d'imaginer leur avenir si Shane parvenait à laisser de côté qu'elle était la sœur de Holt et à croire en eux… Mais lui ne pensait qu'à la raison de leur présence dans ce parc ! C'était un bon résumé de leur relation. Ils étaient rarement sur la même longueur d'onde, sauf quand ils s'embrassaient ou qu'ils faisaient l'amour.

— C'est lui ?

Makena, arrachée à ses pensées, leva les yeux. Shane désignait de la tête une table de pique-nique située à une vingtaine de mètres sur leur gauche.

Elle suivit son regard. Frank était assis à la table, une casquette de base-ball enfoncée sur la tête.

— Oui.

— Il a l'air jeune, observa Shane en fronçant les sourcils.

— Il l'est.

Shane laissa descendre sa main en bas de son dos.

— Dis-m'en un peu plus avant qu'on aille à sa rencontre.

Elle faillit rétorquer qu'ils auraient dû en parler dans la voiture, mais ravala ses mots. De toute façon, Shane ne l'aurait pas écoutée, trop occupé qu'il était à répéter ses consignes.

— Il a vingt-six ans et a grandi dans le Midwest, il est issu de la classe moyenne. Quand il était seconde classe dans l'armée, il s'est fait mal au dos en glissant dans un vestiaire, mais il a prétendu s'être blessé au front en Afghanistan.

Shane marmonna un juron.

— Comment son mensonge a-t-il été découvert ?

— Une information anonyme nous a été envoyée pour nous conseiller de nous intéresser à lui. Nous avons interrogé des hommes stationnés dans la même base que lui à l'époque où il était dans l'armée, mais n'avons trouvé personne pour corroborer ses allégations.

L'enquête avait été très simple, il lui avait fallu peu de temps pour découvrir le pot aux roses, se souvint Makena.

— Il s'était inventé un profil de vétéran de guerre sur les réseaux sociaux. Et, à partir de là, il a eu droit aux honneurs de sa ville natale, à des articles élogieux dans le journal local.

Shane soupira.

— Comment ces types peuvent-ils espérer que ça va marcher ?

— Certains passent malheureusement à travers les mailles

du filet. En revanche, si nous tombons sur leur cas, c'en est fini pour eux.

Ils approchèrent de la table de pique-nique sans un mot.

— Tu fais du bon boulot, lui glissa finalement Shane avant qu'ils soient tout près de Frank.

Quand ce dernier leva les yeux dans leur direction, Makena était encore tout émue des propos de Shane. Elle se reprit et salua Frank.

— Merci d'être venu.

Frank fixa Shane.

— Qui êtes-vous ?

Shane balaya sa question d'un geste.

— Peu importe.

— Si, pour moi, c'est important.

— C'est un ami, il est avec moi, intervint-elle.

Elle s'installa à côté de Frank et attendit que Shane soit assis face à eux pour reprendre la parole :

— Comme je te l'ai dit au téléphone, nous avons besoin de te poser quelques questions.

Frank jeta un bref regard méfiant à Shane puis tourna la tête vers elle.

— J'ai entendu parler de ce qui s'était passé chez toi. Tu vas bien ?

— Comment ? s'écria aussitôt Shane.

Frank sursauta, surpris par sa question.

— Quoi ?

— Comment avez-vous su pour l'agression de Makena ?

Il s'exprimait d'une voix impatiente et semblait prêt à sauter par-dessus la table pour attraper Frank par le col.

Makena comprit qu'elle avait intérêt, une fois encore, à jouer les médiateurs… Pas question que la conversation s'envenime.

— Réponds à nos questions, s'il te plaît, Frank, dit-elle en s'efforçant de paraître aussi détendue que possible. Nous ne voulons pas te chercher noise, mais seulement apprendre ce que tu sais. C'est très important pour nous.

Frank finit par acquiescer.

— Sur Internet, il y a un forum qui regroupe des hommes qui, comme moi, ont été dénoncés par le « Mur du déshonneur ». Dans un de leurs fils de discussion, il était question de tes ennuis.

— Mes ennuis ?

— De l'agression dont tu as été victime, précisa Frank.

Elle en eut un frisson d'effroi. Elle n'osait imaginer les propos qu'échangeaient ces hommes.

— Alors ils savent tous où j'habite ?

Frank acquiesça d'un signe de tête.

— Avant, non, mais depuis que la police est intervenue chez toi, oui, grimaça-t-il.

Makena frémit de plus belle. Shane lui posa une main sur le genou, ce qui lui fit prendre conscience qu'elle s'était mise à taper nerveusement des pieds sur le sol. En d'autres circonstances, son geste l'aurait apaisée. Mais pas cette fois.

Elle savait qui étaient ces hommes. Ils n'avaient pas digéré de voir leurs mensonges révélés et se considéraient comme des victimes. Frank constituait une exception.

— Tu étais au courant pour ce forum ? s'enquit Shane en lui pressant légèrement le genou.

Ecœurée par ce qu'elle venait d'apprendre, Makena fit non de la tête, les mots restaient bloqués dans sa gorge. Mais elle sentit qu'une violente colère agitait Shane. C'était comme si son corps tout entier irradiait d'indignation.

— Pourquoi n'en avoir rien dit, Frank ? Pour quelqu'un qui souhaite se racheter, ça ne plaide pas tellement en votre faveur.

— Vous croyez que je serais là aujourd'hui si je jouais double jeu ? fulmina Frank, mâchoire et poings serrés.

Evidemment, il en fallait beaucoup plus pour impressionner Shane.

— Je ne suis pas convaincu, grommela-t-il en se penchant en avant pour se rapprocher de Frank.

— Encore une fois, vous êtes qui ?

Shane ignora sa question.

— Sur ce forum, y a-t-il un membre qui se vante d'être à l'origine de l'agression de Makena ?

— Non, répondit Frank qui leva les mains. Sinon, je jure que je l'aurais fait savoir.

En dépit de sa réticence à poser la question, Makena se lança :

— Et y en a-t-il un qui se félicite de ce qui s'est passé ?

Frank opina de la tête.

— Tous, en fait.

Mon Dieu ! Ces révélations ignobles lui donnaient la nausée. Elle aurait voulu se lever, faire quelques pas dans le parc pour reprendre du poil de la bête. Mais elle resta assise et posa les deux mains sur celle de Shane. S'accrocher à lui, à sa présence, lui permettrait de recouvrer quelques forces, espéra-t-elle.

— Sauf vous, évidemment, dit Shane à Frank.

Son ton était plein d'ironie. Makena sentait qu'il était sur le point d'exploser mais, cette fois-ci, elle n'intervint pas.

— Ecoutez, je ne cherche qu'à vous aider. J'ai répondu à l'appel de Makena, je vous ai dit ce que je savais, répondit Frank d'une voix geignarde.

Il sursauta, comme un chien s'était mis à aboyer.

— Alors dites-moi comment accéder à ce forum et ce qui devrait particulièrement retenir mon attention, répondit Shane, inébranlable.

Frank sortit son portable et en tapota l'écran. C'était un geste banal, tout le monde le faisait tous les jours. Makena s'aperçut que ce n'était pas le téléphone qu'il utilisait habituellement. Elle ignorait qu'il en possédait deux et à quoi lui servait celui-ci.

— Vous ne pourrez pas vous connecter à ce forum comme à n'importe quel site. L'accès est privé et protégé.

Shane le toisa avec froideur.

— Je pense que j'y arriverais, mais on ne sait jamais. Donnez-moi votre mot de passe et votre identifiant de connexion.

— Je… Enfin…

Makena vit alors Frank se tourner vers elle.

— C'est… dangereux, argua-t-il.

Elle en avait désormais pleinement conscience. Peut-être

qu'au début elle voyait son travail pour le site comme une sorte d'aventure. En revanche, jamais elle n'avait considéré cela comme un jeu car elle prenait la cause très au sérieux. Mais rechercher des infos, voir une enquête aboutir, tout cela lui avait procuré des frissons d'excitation. Maintenant, elle comprenait jusqu'où les hommes auxquels elle s'attaquait étaient prêts à aller et c'était effrayant.

— C'est moi qui ai été agressée, je sais bien que c'est dangereux, répliqua-t-elle sèchement.

Elle n'oublierait jamais ce qui lui était arrivé. Même si elle continuait de travailler pour le site, plus rien ne serait comme avant.

— Pourquoi êtes-vous aussi nerveux ? demanda Shane à Frank d'un ton plein de suspicion.

La question de Shane la poussa à observer Frank plus minutieusement. Effectivement, il ne tenait pas en place et semblait avoir envie d'être ailleurs.

— Vous ne vous montrez pas forcément très sympathique, grommela-t-il.

Mais il y avait autre chose, subodora Makena. Elle connaissait Frank depuis qu'il avait été démasqué. Petit à petit, il avait fait amende honorable. Il avait arrêté de boire, il s'était ouvert aux autres, avait analysé ses erreurs.

— Jusqu'ici, Shane s'est montré très poli, observa-t-elle.

Ce qui était l'exacte vérité. Shane avait été entraîné pour obtenir ce qu'il voulait d'un homme par tous les moyens, y compris par la force si nécessaire. Et le fait qu'il n'ait pas laissé exposer la colère qu'elle sentait bouillir en lui méritait d'être signalé.

— Même si je sais que vous vous êtes fait passer pour un héros de guerre, je ne vais pas vous tuer, alors considérez que vous avez de la chance, maugréa-t-il. En revanche, si vous refusez de coopérer, je ne réponds plus de rien.

— Fais ce qu'il te dit, Frank, reprit Makena d'une voix plus douce.

Celui-ci finit par entrer ses identifiant et mot de passe dans son téléphone. Puis il tendit l'appareil à Shane.

— Voilà, vous êtes satisfait ?

Shane renifla de dédain.

— Merci, on apprécie, s'empressa de déclarer Makena pour compenser l'hostilité de Shane.

— Vous devez savoir qu'il y a un type…

Frank se passa la main sur le visage et soupira.

— Continuez, gronda aussitôt Shane.

De peur que Frank ne se referme comme une huître, Makena posa brièvement la main sur celle de Shane pour l'inciter à se montrer moins pressant.

— Parle, Frank, nous t'écoutons, reprit-elle plus doucement.

— L'administrateur du forum est un certain Jeff Horvath.

Frank jeta un regard nerveux autour de lui puis ajouta :

— Vous devez faire très attention à lui.

— Pourquoi ? s'empressa-t-elle de demander.

— Parmi les hommes qui fréquentent le forum, il y a un noyau dur de types très en colère, et Horvath est leur leader. Il ne manque jamais une occasion d'exprimer son ressentiment envers toi.

Ce n'était pas surprenant.

— Je vois.

— Que devrions-nous savoir d'autre ? intervint Shane — et Makena nota qu'il avait mis les formes, cette fois, ce dont elle lui fut reconnaissante.

— Rien, rétorqua Frank sans hésiter.

— Je l'espère sincèrement pour vous.

Shane posa les deux coudes sur la table pour se rapprocher encore de Frank.

— Vous savez pourquoi ?

— Je ne…

— Parce que je sais où vous habitez, reprit Shane sans ciller. Alors s'il arrive le moindre incident à Makena, je partirai du principe que vous nous avez caché quelque chose.

Frank secoua vivement la tête.

— Ce n'est pas…

— Et je vous le ferai payer, le coupa Shane.

L'attitude courtoise dont Shane avait fait preuve un peu plus tôt avait été de courte durée ! Makena estima nécessaire de remettre sans tarder la conversation sur de bons rails.

— Shane…, commença-t-elle.

— Ça suffit, dit Frank en se levant. Je n'ai pas à écouter vos menaces.

Shane se leva à son tour, tranquillement.

— Oh que si ! C'est le prix à payer pour vos mensonges.

Aïe aïe aïe… ! Cette fois, ça n'allait pas être facile de calmer le jeu. Frank s'était empourpré, ses tics nerveux avaient disparu pour laisser place à la colère.

— Et selon vous, combien de temps devrai-je continuer à payer mon erreur ? vociféra-t-il.

Une « erreur » ? Comment Frank pouvait-il utiliser un tel euphémisme ?

— Toute votre vie.

Shane n'y allait pas par quatre chemins, mais Makena, lasse, ne dit mot. Elle se leva elle aussi, prête à partir.

— Nous devrions y aller, dit-elle en passant une main sous le bras de Shane.

Mais il ne bougea pas.

— Vous m'avez bien compris, Frank ? fulmina-t-il.

— Absolument.

Frank tourna les talons. A peine avait-il fait quelques mètres qu'un claquement sourd retentit.

Le bruit semblait provenir du parking. Makena, interdite, se mit à regarder dans cette direction. Que se passait-il ? Elle sentit alors une main au milieu de son dos. Puis ses jambes se dérobèrent. Elle allait tomber, heurter le sol. Elle eut alors l'impression d'être saisie au vol et comprit que Shane l'avait entourée de ses bras et la faisait rouler au sol avec lui pour la protéger de son corps.

Elle se retrouva à plat ventre, le nez dans le gazon fraîchement coupé, sans rien voir puisque Shane la recouvrait complètement. Elle s'apprêtait à lui demander quelle mouche l'avait piqué quand elle entendit des cris. Soudain, Shane se redressa.

— Ne bouge surtout pas, lui ordonna-t-il.

Elle releva un peu la tête pour le suivre du regard. Il s'était jeté sur Frank pour le faire plonger au sol. Un peu plus loin, des gens couraient dans tous les sens, paniqués.

Alors elle comprit enfin ce qui venait d'arriver. Ce claquement, c'était un coup de feu. On leur avait tiré dessus ! Mais qui était la cible ? Elle ? Shane ? Frank ? Ou bien étaient-ils tous trois visés ? Elle était bien incapable de répondre à ces questions, sa seule certitude, c'était que cet événement n'avait rien d'une coïncidence. Soit on les avait suivis, soit Frank leur avait menti.

Elle tourna la tête vers lui. Il était allongé à plat ventre, les mains sur la tête. Elle crut l'entendre parler, mais en fait, non : il pleurait. Des larmes de panique, sans doute. Elle se sentit désolée pour lui. Et se fit la réflexion que, s'il avait été au courant qu'un coup de feu allait éclater, il n'aurait pas réagi de cette façon.

Shane revint vers elle en rampant.

— Ça va ? fit-il en lui massant le dos.

— C'est… C'est fini ? bégaya-t-elle.

Shane continua de lui passer les mains sur l'ensemble du corps.

— Makena, tu n'es pas blessée ?

Elle se sentait un peu contusionnée par sa chute, mais aucune importance. Elle se pressa contre lui.

— Non, je n'ai rien. Et toi ?

Il la tint enlacée pendant quelques secondes, marmonnant quelques mots incompréhensibles qui néanmoins l'apaisèrent. Mais, quand il desserra son étreinte, elle protesta.

— Ne me laisse pas, murmura-t-elle en s'accrochant à lui.

Elle avait bien conscience de se montrer égoïste, mais tant pis. Elle ne pouvait pas s'en empêcher. Elle avait trop peur.

— Je dois vérifier qu'il n'y a pas de blessés.

Il sortit son téléphone de sa poche.

— Cameron est en ligne, dit-il après quelques secondes. Parle-lui, ça te fera du bien, je reviens tout de suite.

Il se redressa, sans complètement se relever, et regarda de tous côtés.

— Fais attention, tu pourrais te faire tuer, gémit-elle.

Elle avait beau savoir qu'il risquait sa vie en permanence, jamais elle n'en avait autant eu conscience. Et, si elle le perdait, le vide qu'il laisserait dans sa vie ne serait jamais comblé — ça aussi, elle s'en rendait maintenant compte avec force.

— La police arrive, tu entends les sirènes ?

Il lui passa doucement la main sur la joue.

— Je parie que le tireur a pris la fuite, de toute façon.

— Tu as intérêt à avoir raison.

— Je n'en doute pas, répondit-il en lui déposant un baiser sur le front.

Makena le vit se diriger vers une dame qui s'était réfugiée sous une table de pique-nique. Puis Frank entra dans son champ de vision, il s'était relevé et marchait vers elle, pâle comme un spectre. Il saignait à l'arcade sourcilière.

Elle n'avait même plus assez d'énergie pour se porter à son secours. Elle resta assise, incapable de bouger.

— Tu es blessé ? murmura-t-elle en lui désignant d'un geste l'endroit en question.

Frank se passa le bout des doigts sur sa coupure.

— J'ai dû me faire ça quand ton copain s'est jeté sur moi.

— Il t'a sauvé la vie, lui fit-elle remarquer.

— Je sais. J'étais tétanisé.

Il s'exprimait d'une voix lointaine.

— Moi aussi, reconnut-elle.

Lentement, Frank parut sortir de son hébétude.

— C'est comme ça que ça s'est passé, chez toi, l'autre soir ?

Le souvenir de son agression la fit frissonner.

— Pas vraiment, mais j'ai bien failli y laisser la vie également.

— Tout ça, c'est à cause du site Internet.

Ben voyons !

— Non, Frank, c'est la faute des hommes qui ont menti et que le site a contribué à démasquer. Ce sont eux qu'il faut accuser, ne te trompe pas.

— Rien n'est certain.

— Moi, j'en suis sûre.

Makena blêmit. Elle était la cible d'un ou de plusieurs de ces hommes, c'était la seule explication possible. Elle s'était mise en danger et, à cause d'elle, Shane était lui aussi devenu une cible. Et à l'instant, n'importe qui présent dans le parc aurait pu prendre une balle, s'avisa-t-elle, suffoquant de colère.

— Cette fois, quand les coupables seront démasqués, le châtiment sera bien pire qu'une humiliation publique.

Frank se figea.

— Que comptes-tu faire ?

C'était simple.

— Les faire arrêter une fois pour toutes.

11

Shane luttait pour contenir sa rage. En dépit de son attirance pour elle, il s'était longtemps efforcé de se tenir à l'écart de Makena pour ne pas l'exposer au danger. Maintenant, il se demandait si, au contraire, il n'aurait pas mieux fait de se rapprocher d'elle plus tôt.

Il la désirait toujours autant. L'embrasser, la toucher, lui faire l'amour, tout cela lui avait paru tellement évident. Et puis, quand on lui avait tiré dessus, le naturel était revenu au galop : il avait repris ses distances pour ne pas laisser ses émotions altérer son efficacité à la protéger. Ce constant jeu de va-et-vient le rendait fou.

Il poussa un long soupir et continua à marcher de long en large dans le parc. Après les tirs, il s'était rapidement assuré qu'il n'y avait pas de blessés. Finalement, le pire avait été évité. Les gens avaient eu peur mais personne n'avait été touché.

Pour l'heure, il attendait l'arrivée de la police. Les sirènes étaient à l'approche. Très vite, un imposant dispositif de sécurité allait se mettre en place. Il n'aurait alors plus la main pour inspecter les lieux. Si jamais il y avait quelque part un indice de l'identité du tireur, il lui fallait le trouver maintenant.

Il jeta un regard en direction de Makena. Assise sur le banc d'une table de pique-nique, un peu plus loin, elle attendait elle aussi l'arrivée des policiers. Frank était installé en face d'elle.

Frank… Shane ne savait que penser de lui. Ce type avait les tics nerveux de quelqu'un qui luttait pour dissimuler ses mensonges. Ce n'était pas bon signe.

Certes, il n'avait pas encore connaissance des résultats de l'enquête qu'il avait demandé à l'équipe Corcoran de mener à son sujet, mais il lui suffisait de l'observer pour le considérer comme suspect. Il ne lui faisait pas confiance et n'aimait pas le voir à proximité de Makena. Quoique, pour l'heure, prostré comme il l'était, la tête entre les mains, ce Frank Jay ne constituait pas une grande menace, se persuada-t-il. Ce soi-disant repenti était tellement terrorisé qu'il ne serait pas en mesure d'esquisser le moindre geste.

Deux hommes s'étaient postés au bout du parking pour dissuader des voitures d'y pénétrer, afin de laisser le champ libre à la police. Shane leur avait expliqué comment procéder et il constata avec satisfaction qu'ils suivaient ses directives à la lettre.

Pendant ce temps, il pouvait continuer à inspecter les lieux. Il longea les files de voitures garées, sans trop savoir ce qu'il cherchait. Une douille, ou n'importe quoi d'autre qui le renseignerait sur la position du tireur quand il avait fait feu.

Là, c'était un emplacement idéal pour le sniper, considéra Shane en s'arrêtant : il y avait suffisamment de place pour se faufiler entre deux voitures et, de cet endroit, on pouvait en plus faire feu puis se baisser sans être repéré.

Shane fourragea sa chevelure. Cela n'expliquait pas cependant pourquoi cette tentative d'homicide avait eu lieu ici, en plein jour, dans un endroit public, ni qui était la cible précise. Il était parti du principe que c'était Makena qui était visée, mais, pour autant qu'il le sache, ç'aurait pu aussi bien être Frank ou lui-même. La seule chose que l'on pouvait dire, c'est que l'auteur du tir était prêt à tout pour parvenir à ses fins.

Le bruit du frottement d'une chaussure sur l'asphalte le fit se retourner. Il ne vit personne et n'entendit plus rien, comme si celui ou celle qui avait produit ce son s'était immobilisé ou caché. Il regarda à droite, puis à gauche. Tendit l'oreille à nouveau. Il n'avait pas rêvé, il y avait bien eu un bruit de pas. Tout près.

Lentement, il s'accroupit pour observer le sol sous les voitures. Et repéra immédiatement quelqu'un.

L'individu portait des baskets et se trouvait deux rangées plus loin. Shane attendit quelques secondes pour voir si l'homme bougeait, mais il n'en fit rien. Le suspect semblait ignorer qu'il avait été repéré, mais il avait intérêt à agir vite s'il voulait conserver l'avantage, songea Shane.

Valait-il mieux passer en dessous ou par-dessus les voitures ? S'il les contournait, il perdrait trop de temps. Finalement, il prit sa décision et bondit par-dessus le capot de la première voiture. Une tête émergea un peu plus loin. Shane eut juste le temps de remarquer que le type avait les cheveux noirs avant qu'il détale.

Comme le fuyard slalomait pour contourner les voitures et que lui fonçait tout droit en sautant d'un capot à l'autre, la distance entre eux ne tarda pas à se réduire. Bientôt, Shane put courir normalement. Encore deux mètres, un… Il tendit le bras, attrapa l'individu par la chemise et le retint.

Ce dernier perdit l'équilibre et s'affala. Sans attendre, Shane le releva et le plaqua contre une voiture.

Il le fouilla, à la recherche d'une arme, mais ne trouva rien. Sans doute s'en était-il débarrassé avant de s'enfuir. Shane le saisit de nouveau par les épaules pour l'obliger à se retourner. Quand il vit son visage, il ne fut finalement pas surpris.

— Jeff Horvath.

Il n'avait évidemment pas oublié à quoi il ressemblait. Et le fait que Frank Jay leur affirme qu'ils devaient se méfier de lui l'avait maintenu présent dans son esprit.

— Lâchez-moi.

Horvath se débattit pour se libérer. Shane l'immobilisa en le saisissant au cou.

— La ferme.

Mais Horvath continua de se débattre.

— Arrêtez, haleta-t-il.

— Je ne vous lâcherai que si vous vous calmez.

Horvath acquiesça, et Shane desserra son étreinte.

Le misérable se plia en deux et se mit à tousser. Quand il se redressa, son visage était embrasé de fureur et il semblait de nouveau prêt à en découdre… Jusqu'à ce qu'il remarque que son adversaire était armé.

Quand il eut la certitude qu'Horvath ne tenterait pas de se jeter sur son arme, Shane reprit la parole :

— Que faites-vous ici ?

— Autant que je sache, c'est un parc public.

Horvath n'était pas du genre à passer facilement aux aveux, ça, Shane en était bien conscient. Mieux valait s'efforcer de ne pas perdre patience trop vite.

— Mais encore ?

— Je n'ai pas à répondre à vos questions.

Shane désigna du regard l'arme qu'il avait en main.

— Moi, je crois au contraire que vous y avez tout intérêt.

A cet instant, plusieurs voitures de police firent irruption à l'autre bout du parking, attirant l'attention de tous. Mais Shane, inflexible, attendait qu'Horvath passe à table.

— Pourquoi suivez-vous Makena ?

Jeff Horvath jeta un regard vers les voitures de police.

— Je ne la suivais pas.

— Laissez tomber, les flics ne viendront pas à votre secours, déclara Shane.

Ce n'était toutefois pas totalement vrai car la présence de la police l'obligeait à rester discret et donc à ne pas faire usage de la force pour contraindre Horvath à parler.

En tout cas, ce dernier se taillait un costume de coupable idéal, s'avisa-t-il soudain. Il apparaissait chaque fois que Makena subissait une agression, il savait où elle habitait et il l'avait menacée. C'en était presque trop évident car, même si Jeff Horvath n'était pas un criminel professionnel, ce n'était pas non plus le dernier des idiots.

Bon sang de bon sang ! Ça ne collait pas… !

Shane vit alors Makena s'approcher. Elle se posta à quelques mètres d'eux.

— C'était vous ? D'abord chez moi et maintenant ici ? !

Elle secoua la tête d'un air dégoûté.

— Vous auriez pu tuer un enfant ou un passant. Qu'est-ce qui ne tourne pas rond chez vous ?

Même si la colère de Makena était légitime, l'échange risquait de dégénérer, craignit Shane. Et il n'aimait pas voir la jeune femme tout près de Jeff Horvath.

— Makena, je préfère que tu…

— Nous devrions le remettre à la police, le coupa-t-elle. Ensuite, ce sera fini une bonne fois pour toutes. Je pourrai reprendre le cours de mon existence et lui, il paiera pour ce qu'il a fait.

— Alors toi, tu ne t'arrêteras jamais, gronda Horvath d'un ton plein de haine.

Shane s'interposa entre les deux.

— Ne lui parlez pas, riposta-t-il à l'attention de Horvath. Et ne vous avisez pas de la menacer de nouveau.

Ce dernier haussa les épaules.

— Même si ça ne vous regarde pas, je vais vous dire pourquoi j'étais là : j'ai reçu un message anonyme qui me demandait de venir. C'est la seule raison de ma présence.

Les policiers étaient descendus de voiture et commençaient à remonter le parking, constata Shane en se tournant à demi. Il ne pourrait pas continuer longtemps à tenir Horvath en respect avec son arme sans attirer leur attention.

Il fallait qu'il se débrouille pour que Connor intervienne et prenne les choses en main. Il aurait également bien aimé qu'Horvath soit emmené au poste, mais ça n'arriverait pas. Même si la police l'interrogeait, ce fumier parviendrait toujours à s'en sortir.

— Et nous sommes supposés vous croire ? demanda Makena à Horvath.

— Je m'en fiche pas mal que tu me croies ou pas, rétorqua Jeff en tentant de s'approcher d'elle.

— Ça suffit, intervint Shane qui le plaqua contre la voiture. Expliquez-vous calmement et sans user de menaces.

— Vous n'avez qu'à consulter mon téléphone, répondit

Jeff qui baissa les yeux sur la poche avant de son pantalon. J'ai reçu un message. Je parie que c'est elle qui me l'a envoyé, ajouta-t-il en lançant un regard haineux à Makena. Ça sent le piège à plein nez.

— Contentez-vous de répondre à mes questions, vos commentaires ne m'intéressent pas.

Shane s'empara du téléphone, ouvrit les messages et les fit défiler. Il trouva le message incriminé. Il provenait d'un expéditeur masqué. Le message était court et Jeff n'y avait pas répondu.

Mais qu'est-ce qui prouvait qu'il n'avait pas préparé d'avance son alibi ?

— Ce message était énigmatique, ça m'a intrigué alors je suis venu, grommela Horvath.

Puis, fixant Makena :

— C'est ce que tu voulais, hein ? C'était ton plan. Je comprends tout, maintenant.

Makena leva les yeux au ciel.

— Vous dites n'importe quoi. C'est sur moi qu'on a tiré il y a dix minutes.

— Et je parie que tu comptes m'accuser d'être le tireur.

— Assez, bouclez-la.

Chaque fois qu'Horvath ouvrait la bouche, Shane sentait monter son irritation.

— Je vous rappelle que vous êtes un menteur patenté. Essayez de vous conduire en homme et de le reconnaître au lieu de vous comporter comme une victime.

— Vous ne savez pas de quoi vous parlez.

Jeff continuait de protester, mais avec moins de véhémence. Shane se fit la réflexion que ça confinait à l'absurde. Il avait vu les preuves rassemblées par Makena. Horvath avait menti, il n'y avait aucun doute possible. Hélas, il ne fallait pas espérer que ce genre de types assument un jour leurs responsabilités.

— Allez, j'en ai assez entendu, dit-il en reculant d'un pas.

— Attends, qu'est-ce que tu fais ? s'indigna Makena.

— Je le laisse filer.

Sans preuves, chercher à démontrer la culpabilité de Jeff était vain. En outre, ils auraient eux aussi à répondre à des questions. C'était la seconde fois en peu de temps que Makena était victime d'une tentative de meurtre. Jamais les flics ne croiraient qu'elle jouait de malchance et s'était retrouvée coup sur coup au mauvais endroit, au mauvais moment. Ce qui ne manquerait pas d'éveiller leurs soupçons. Il devait éviter que la police s'intéresse de trop près à elle. L'équipe Corcoran se chargeait de l'affaire et il fallait qu'il en reste ainsi.

Jeff se passa la main sur le cou.

— Je suis innocent, lança-t-il.

— Non, vous ne l'êtes pas et si par malheur je découvre que c'est vous qui nous avez tiré dessus, c'en sera fini de vous.

Shane rangea son arme et se souvint d'inspecter encore une fois le parking puisque Horvath n'avait pas d'arme sur lui.

— Vous ne me faites pas peur, vitupéra Horvath avant de s'éloigner.

Finalement, ce type n'était peut-être pas aussi intelligent que ça…

— Dommage pour vous, cria Shane dans son dos.

Pour Makena, l'heure suivante fut éprouvante. Elle dut répondre maintes fois aux mêmes questions de la police, et voir Jeff s'en aller sans être inquiété lui avait sapé le moral. Elle ne croyait pas un instant à son histoire de message. Elle aurait voulu le dénoncer à la police et le voir appréhendé, mais Shane lui avait recommandé de ne pas parler de lui. Ensuite, Connor était arrivé et avait été du même avis.

Elle en avait plus qu'assez de l'équipe Corcoran !

De retour à la maison sécurisée, dès que Shane eut terminé son inspection habituelle, elle se dirigea sans un mot vers la salle de bains. Elle n'était pas d'humeur à parler et n'aspirait qu'à une seule chose : se retrouver au plus vite sous la douche pour chasser le stress de cette journée.

— Ce que tu fais est important, entendit-elle Shane déclarer doucement.

Sa voix la fit s'arrêter net.

— Quoi ? dit-elle en se tournant vers lui.

— Le travail que tu effectues pour le site Internet.

Il déposa ses clés sur la table basse.

— C'est important.

Makena n'en croyait pas ses oreilles. Entendre Shane prononcer ces mots alors qu'il avait tenté de la convaincre de laisser tomber cette activité et lui avait reproché de ne pas avoir pris la mesure de sa dangerosité, ça lui faisait franchement drôle. Et d'ailleurs, pourquoi lui disait-il cela maintenant ?

— Je ne comprends plus rien à ce qui se passe, avoua-t-elle, perdue, le regard fixé sur lui.

— Tu as eu raison de me dire que j'aurais dû me montrer plus compréhensif et te soutenir dans ce que tu faisais, reprit-il.

Il s'assit sur l'accoudoir du canapé.

— J'ai été stupide. Rencontrer ces types…

Il laissa sa phrase en suspens et secoua la tête de dépit.

— Ils méritent d'avoir été dénoncés et c'est grâce à toi qu'ils ne peuvent pas continuer à vivre comme si de rien n'était.

Ces excuses venaient-elles du cœur ? Shane ne recourait-il pas à des ruses diplomatiques pour l'amadouer ? Elle était épuisée et n'avait qu'une envie : s'enfermer dans la salle de bains pour avoir un peu de temps à elle et se remettre les idées en place. Alors elle allait remercier Shane et…

— J'ai passé ma vie entière à essayer d'être à la hauteur de Holt, laissa-t-elle échapper au lieu de cela.

Shane fronça les sourcils.

— Que veux-tu dire ?

— Holt a toujours su ce qu'il voulait faire. Il se bat contre des malfaiteurs de tout ordre, sans états d'âme.

Elle adorait Holt. C'était son grand frère mais, parfois, son aura ne faisait que mettre en lumière les années d'errance qu'elle avait traversées.

— Pour moi, c'est l'inverse. J'ai changé plusieurs fois

de cursus, j'ai eu du mal à trouver un emploi stable qui me satisfasse. Je n'ai jamais vraiment su ce que je voulais faire ni comment y parvenir. Pour certains, la route est toute tracée, mais pas pour moi.

— Tu n'es pas la seule dans ce cas.

Shane faisait allusion à lui-même, bien sûr. Il s'était engagé dans l'armée pour gagner son indépendance au plus vite, pas forcément par vocation — du moins au départ. Et il s'était marié pour démontrer qu'il n'était pas comme son père, plus que par amour. Makena avait passé tellement de temps à essayer de le comprendre, à interpréter ses choix, qu'elle voyait clair en lui.

En revanche, la réciproque n'était pas vraie…

— Mon travail pour le site Internet, ce n'est qu'une petite partie de ma vie, mais grâce à ça, mon existence a commencé à prendre du sens, ça m'a aidée à me stabiliser.

Shane s'avança vers elle.

— Tu sais, tous ces doutes et ces complexes, il n'y a que toi qui les as. Personne ne te voit comme instable.

— Tu n'as qu'à demander à mes parents.

— Ils sont d'une autre génération, ils n'ont pas le recul nécessaire.

Et d'ajouter, en lui passant doucement les mains le long des bras :

— Oublie tout ça.

Si seulement les regards pleins de déception et les constants rappels de ses échecs étaient faciles à oublier !

— D'accord, murmura-t-elle néanmoins.

— Tu es une femme formidable. Tu es belle, intelligente.

Shane lui posa une main sur l'épaule et lui caressa la joue de l'autre.

— Que tu ne te rendes pas compte de qui tu es vraiment me donne envie de te secouer pour te ramener à la réalité.

— Ce dont j'ai besoin, c'est que tu ne me voies pas seulement comme la petite sœur de Holt.

Cette phrase résumait bien ses craintes : qu'il la considère toujours comme une gamine qui avait un faible pour lui, et non comme une femme qui l'aimait pour ce qu'il était, avec ses qualités et ses défauts.

— C'est une habitude que j'ai prise et que je dois encore m'évertuer à rompre, reconnut Shane, mais, crois-moi, je suis sur la bonne voie.

— J'ai besoin que tu me traites comme une femme à part entière.

— C'est ce que je fais, répondit-il sans hésiter en posant la main sur sa nuque pour l'inciter à se rapprocher de lui.

Shane était sincère, elle le lisait dans ses yeux. Une bouffée d'émotion la traversa.

— Je sais que j'ai manqué de prudence dans mon travail pour le site Internet. Je n'ai pas suffisamment pesé les risques, je n'étais pas assez lucide.

— Tu souhaitais te rendre utile, c'est très louable en soi.

A ces mots, elle sentit un grand poids s'ôter de ses épaules. Toute sa vie elle avait lutté pour être comprise et acceptée telle qu'elle était. Ses parents étaient très exigeants et attendaient toujours plus d'elle.

Désormais, Shane était là et lui jurait qu'elle était quelqu'un de bien, qu'il tenait à elle et l'acceptait avec ses qualités et ses failles. Et à l'observer à l'instant, elle avait la sensation qu'il avait ardemment envie d'elle, que la nuit précédente n'avait pas étanché son désir. Ses paroles avaient eu un effet libérateur et elle s'y accrocha de toutes ses forces.

— Y a-t-il une chance que tu m'embrasses encore une fois ?

Il esquissa un sourire.

— Toute la nuit, si tu veux.

Un frisson d'excitation la parcourut.

— C'est vrai ? J'étais persuadée que tu allais me dire qu'hier soir c'était très bien, mais que c'était une erreur qui ne devait plus se reproduire.

Elle l'avait sincèrement redouté. Elle s'était préparée à entendre Shane réciter son refrain connu, à savoir qu'elle était la sœur de Holt, qu'il devait la protéger, etc. Mais non, ce temps semblait révolu…

Elle n'eut pas le temps de le taquiner à ce sujet, car, déjà, il se penchait sur elle pour l'embrasser.

Très vite, elle eut envie d'aller plus loin.

— Emmène-moi au lit, murmura-t-elle à son oreille, pantelante.

Il lui retourna un grand sourire.

— Je craignais que tu ne me le demandes jamais.

12

Frank, la gorge encore serrée d'angoisse, arpentait son appartement de long en large.

Personne ne l'avait averti de s'attendre à des coups de feu. Il savait qu'une action se préparait et que ça concernait Makena et le type qui l'accompagnait partout. Mais il ne pensait pas se retrouver au beau milieu des hostilités. Ça non !

Les événements se précipitaient, la tension était de plus en plus palpable. Il n'arriverait pas à gérer cela, jamais il n'avait accepté de son plein gré d'être embarqué dans une telle histoire. Il avait commis une erreur, il en convenait, mais, pour cela, il avait déjà payé. Du moins le pensait-il, ce qui n'était pas l'avis de tout le monde.

Il n'était que de voir les rares amis qu'il lui restait. Tous le regardaient différemment. Aucun ne lui faisait encore confiance. Quand il trouvait un nouveau boulot, au départ, ça se passait bien, et puis, tôt ou tard, invariablement, quelqu'un tombait sur ce satané site Internet, et c'était terminé.

Il n'était pas fier de ses mensonges, mais il ne méritait pas de tout perdre. Et, maintenant, il subissait une pression que beaucoup ne supporteraient pas. Makena et ses collègues avaient beau penser le contraire, personne ne méritait un tel sort. Il était temps de le laisser repartir de l'avant et que son nom ne soit plus associé à ses actes passés.

Las, il s'assit sur un tabouret mais se releva trente secondes plus tard, trop énervé pour rester tranquille. Il s'obligea à se rasseoir, ne serait-ce pour se prouver qu'il était capable de se tenir à une décision.

Un étrange tac-tac attira son attention. Il regarda de tous côtés pour déterminer d'où provenait ce bruit. Il ne l'avait jamais entendu avant et, s'il n'y mettait pas un terme au plus vite, il allait devenir fou.

Son pied glissa de la barre d'appui du tabouret et, immédiatement, le tac-tac s'arrêta. Frank baissa les yeux sur sa jambe. Et remarqua qu'elle n'arrêtait pas de tressauter nerveusement. Il ne s'en était même pas rendu compte. Ça en disait long sur son état.

Il remit son pied sur la barre d'appui et le tac-tac reprit. C'était exaspérant. Voilà ce qu'était devenue sa vie, une succession d'événements qu'il ne maîtrisait plus et qui l'épuisaient.

Accablé, il se leva et se remit à marcher de long en large. Aujourd'hui, il avait reçu deux missions : donner juste ce qu'il fallait d'informations à Makena pour qu'elle s'inquiète pour sa sécurité ; et recueillir un renseignement.

Soudain, son téléphone vibra. Il le récupéra dans sa poche. Il avait reçu un message. Le cœur battant à tout rompre, il l'ouvrit :

Le numéro ?

C'était le renseignement qu'il avait été chargé d'obtenir. Le numéro de plaque de leur voiture.

Stratégiquement installé à une table de pique-nique proche du parking pour bénéficier d'un bon point de vue, il avait épié l'arrivée de Makena et du dénommé Shane et, quand ils s'étaient garés, il avait lu et mémorisé ce numéro.

Il l'avait gardé en mémoire, mais il ignorait ce que la personne qui venait de lui envoyer le message comptait en faire. Il ferma les yeux quelques secondes puis les rouvrit. Il fixa l'écran de son portable. Le message était toujours là, insistant. Devait-il y répondre ou pas ?

Un soupir lui échappa, puis, ayant tapé le numéro de plaque à toute allure, il envoya le message et reposa son téléphone. Voilà. Maintenant, il fallait qu'il l'oublie, ce fichu numéro.

Car il n'avait aucune raison de connaître le numéro de plaque de la voiture de Shane, si ?

Les enquêtes de routine n'avaient rien révélé de probant. Shane n'en était pas surpris. Les types qui mentaient sur leurs états de service savaient s'y prendre pour donner de la crédibilité à leur histoire. Ils s'appuyaient sur des faits réels et s'arrangeaient pour s'y inventer un rôle. Certains allaient jusqu'à créer un site Internet avec des montages photo très sophistiqués. Pour démêler le vrai du faux, il fallait tout éplucher minutieusement, avec beaucoup de patience.

C'est ce que faisait Makena, et Connor s'était montré très admiratif devant sa ténacité. Croiser les témoignages, mettre en évidence les incohérences, c'était quasiment un boulot à plein temps. Peut-être était-ce pour cela que Tyler Cowls n'avait pas d'autre occupation que la gestion du « Mur du déshonneur », songea Shane. En revanche, ça n'expliquait pas pourquoi il y avait tellement de zones d'ombre dans son parcours.

Tyler gardait sa vie secrète. Il ne faisait mention nulle part de sa carrière militaire, ni sur le site ni ailleurs. Makena affirmait avoir vu des décorations militaires chez lui, ainsi que des documents d'affectation et des ordres de redéploiement. Le problème, c'était que l'équipe Corcoran n'avait déniché aucune trace de tout cela. Pas de témoins, pas de paperasse administrative. Rien.

Pour un homme qui passait son temps à dénoncer les mensonges des autres, il ne faisait pas preuve d'une grande transparence. Et pourtant, Dieu sait si Connor avait accès à des sources d'information verrouillées. Raconter des bobards à un membre de l'équipe Corcoran et espérer ne pas être démasqué, c'était pratiquement impossible. En d'autres termes, tout semblait indiquer que Tyler n'était pas celui qu'il prétendait.

Tandis qu'il se tenait dans le salon de ce dernier, Shane ressassait tout cela. Il avait envie de bombarder Tyler Cowls de questions, ou, à défaut, d'examiner les piles de papiers posées un peu partout. Mais Makena était à côté de lui et il devinait qu'elle ne prendrait pas bien ce genre d'attitude.

Il ne lui avait rien dit de ses nouveaux doutes sur Tyler. Pas encore. Il craignait qu'elle ne parvienne pas à dissimuler sa contrariété. C'est du moins la justification qu'il s'était donnée. En vérité, il redoutait qu'elle lui reproche de s'acharner sur Tyler par jalousie et qu'elle finisse par prendre son parti.

— Ça va ? lui demanda-t-elle en venant se poster juste à côté de lui.

Il aimait la sentir près de lui, humer le parfum de son shampoing, sentir sa main sur son bras et son regard sur son visage. Il aimait vraiment ça, de plus en plus, même.

Mais il ne fallait pas qu'il se laisse distraire… Plus que jamais il devait rester concentré.

— Bien sûr, pourquoi ?

— Eh bien, tu restes là, debout, sans rien dire, reprit-elle d'une voix amusée.

— Où est passé ton patron ?

— A l'étage. Il rassemble les informations que tu lui as demandées sur Jeff et Frank.

Elle fronça les sourcils.

— Qu'est-ce qui ne va pas ? Tu as l'air ailleurs.

Il s'en voulut de s'être montré taciturne et d'avoir éveillé les soupçons de Makena. Pour éviter qu'elle ne continue de l'interroger, il reprit la main :

— Sur qui enquêtais-tu quand les attaques ont commencé ?

— Sur personne.

— Comment ça, personne ?

Pourquoi alors gardait-elle des dossiers chez elle, dans un coffre-fort qui plus est ?

— Craindrais-tu de me révéler des informations sensibles ?

— Bien sûr que non.

Makena fronça soudain les sourcils.

— Attends, je me demande si on se comprend bien. Que veux-tu savoir ? Quels sont mes dossiers en cours ? Ou si j'ai commencé une nouvelle enquête ?

— Tout ce que tu peux m'apprendre sur les dossiers que tu as traités ou que tu traites actuellement m'intéresse, répondit-il.

— En fait, j'ai toujours plusieurs dossiers en cours. Je venais d'en boucler un et j'en avais un autre sur lequel je ne m'étais encore quasiment pas penchée.

A l'entendre, c'était la routine. Pourtant, quelqu'un semblait avoir décrété qu'il fallait d'urgence réduire Makena au silence. De là à conclure qu'elle avait mis la main sur des éléments qui avaient fait paniquer l'instigateur des agressions contre elle, il n'y avait qu'un pas.

— De qui s'agissait-il ?

Elle battit des paupières d'incompréhension.

— Que veux-tu dire ?

La conversation patinait, mais Shane rechignait à se montrer plus clair, sachant qu'il ne voulait toujours pas lui faire part de ses soupçons.

— De qui s'agissait-il sur la liste que tu as transmise à Connor ?

— Je ne lui ai pas donné ce nom.

Elle dut sentir qu'il était prêt à bondir car elle s'empressa de préciser :

— Le nom de l'homme sur lequel je m'apprêtais à enquêter doit être sur la liste transmise par Tyler, car il a repris le dossier. Selon lui, j'avais besoin de lever le pied.

Bon sang ! Il lui fallait à tout prix des éléments précis.

— Te souviens-tu de ce nom ?

— Je l'ai écrit dans mes notes.

Ouf ! Inutile de continuer à la presser de questions alors.

— Tu me le donneras quand on sera à la maison.

Makena haussa les sourcils.

— Pourquoi ne pas le demander directement à Tyler ?

Ça, c'était hors de question.

— Non.

Il y eut un bruit de pas dans l'escalier. Quelques secondes après, Tyler apparut dans la pièce, une grosse boîte dans les bras.

— Voilà, c'est à vous, dit-il. Tout ce que j'ai sur les hommes démasqués depuis que Makena travaille avec moi est là, y compris les infos sur Jeff et Frank.

Il posa la boîte à dossiers au sol. Sans attendre, Makena passa les documents en revue. Shane la regarda faire. Il remarqua que son regard brillait d'excitation. Pas de doute, ce travail la passionnait.

Il n'avait pas aimé l'entendre affirmer que, jusque-là, elle avait perdu son temps ou que sa vie manquait d'exaltation. Car ce n'était pas vrai. Elle avait toujours été entourée de gens qui la chérissaient, elle occupait un emploi intéressant à l'université, et son travail pour le site était important. Grâce à elle, seuls ceux qui le méritaient vraiment portaient le titre de héros.

Tout en elle forçait son admiration. Elle avait un charme fou, bien sûr, mais en plus elle était à l'écoute des autres, elle était d'une intégrité sans failles. Il avait passé des années à refouler ses sentiments pour elle, allant même jusqu'à commettre l'erreur de se marier avec une femme qu'il appréciait mais dont il n'était pas fou amoureux. Il avait passé son temps à se chercher des excuses pour se tenir à l'écart de Makena et avait même été jusqu'à affirmer à ses collègues que, de toute façon, les histoires sérieuses, pour lui, c'était définitivement terminé.

Quelque part, il aurait aimé que ce soit vrai, avoir la certitude que jamais personne ne dépendrait de lui. Car jamais il ne cesserait d'affronter le danger, ça faisait partie de son ADN. Mais comment envisager une relation durable dans un tel contexte ? Pourtant, cela ne l'avait pas empêché de tomber amoureux. Car maintenant, plus question de recourir à des faux-fuyants : il était bel et bien amoureux de Makena.

Cette réflexion, qu'il se faisait pour la première fois, fut tellement violente qu'il dut s'asseoir.

Makena se précipita aussitôt vers lui.

— Shane, ça va ? Tu es tout pâle.

— Oui, ça va, prétendit-il.

— Je ne…

Il fallait qu'il mette fin à cet échange pour éviter les questions embarrassantes. Il se tourna vers Tyler.

— A votre avis, qui est derrière les événements de ces derniers jours ?

— Jeff Horvath.

Tyler secoua la tête et posa la main sur un dossier de chaise, avant d'ajouter :

— Vous avez dit qu'il était venu vous importuner dans un restaurant, peu après la première agression contre Makena. Aujourd'hui, voilà qu'il est au parc. Quant à cette histoire de forum, je ne sais même pas quoi en dire. Ces hommes semblent réellement prêts à tout.

Makena avait tout dit à son patron des dernières avancées de l'enquête. Bien sûr, Shane comprenait que, pour elle, c'était normal d'agir ainsi mais il avait le sentiment que ce n'était pas une bonne chose. Tyler ne lui inspirait aucune confiance.

Et il n'était pas le seul à s'inquiéter. Aucun de ses collègues de l'équipe Corcoran ne pensait que l'affaire était simple et que tous les événements récents étaient l'œuvre d'une seule et même personne.

Connor n'avait toujours pas prévenu Holt mais, tôt ou tard, ce dernier serait au courant des ennuis de sa petite sœur. Ce qui signifiait que, bientôt, il devrait également reprendre ses distances avec Makena. Car, tant que cette affaire n'était pas résolue, il se voyait mal annoncer à son meilleur ami qu'il couchait avec sa sœur.

— Quels sont les derniers ragots qui vous sont parvenus ? demanda-t-il à Tyler.

Ce dernier parut interloqué.

— Des ragots ?

— Je pense que c'est ainsi que Shane nomme les renseignements anonymes que nous recevons pour nous inciter à nous intéresser à un cas suspect, intervint Makena avec un sourire.

Elle était maligne, ça ne faisait décidément pas de doute.

— Vous recevez sans cesse de nouvelles pistes, non ? reprit-il.

— Oui.

— Et est-ce que vous constatez que, depuis quelque temps, il y en a moins ? Comment tournent les affaires ?

Shane avait obtenu des renseignements sur les comptes de Tyler et savait maintenant qu'il avait touché un gros héritage qui le mettait à l'abri du besoin et lui laissait autant de temps que nécessaire pour chasser les menteurs.

Il n'avait pas l'intention d'effrayer Tyler mais d'évaluer sa propension à dire la vérité. Se montrerait-il disert ou pas ? Serait-il prêt à partager tout ce qu'il savait ou, au contraire, se renfermerait-il sur lui-même ? Dans le dernier cas, cela confirmerait ses doutes, à savoir que Tyler n'était pas fiable. Il sentait qu'il n'allait pas tarder à être fixé.

— Je ne suis pas certain d'avoir envie de répondre à ces questions.

Tyler se mit à faire les cent pas dans la pièce.

— Tyler, Shane cherche seulement à faire avancer l'enquête, intervint de nouveau Makena. Il ne te demande pas de lui expliquer le fonctionnement du site dans les moindres détails.

— Le problème, c'est que nous partons du principe que les attaques dont tu es victime ont un rapport avec ton activité pour le site, justement, riposta Cowls en se tournant vers Makena. Or, même si je ne sais pas grand-chose de Shane, il me semble que, de par son activité, il a lui aussi des ennemis et que s'en prendre à toi pourrait être une manière de l'atteindre.

Aïe ! Tyler tentait de rejeter la faute sur lui. Ça ne présageait décidément rien de bon.

— Je ne néglige aucune piste, je vous l'assure, et c'est aussi pourquoi j'ai besoin de votre pleine collaboration.

— Je comprends, mais il y a des aspects qui ne vous regardent pas. De toute façon, le nombre d'hommes que nous dénonçons importe peu. Je ne suis pas payé au volume de révélations.

Tyler semblait déterminé à couper court à d'autres questions. Très bien, il n'insisterait pas. En revanche, désormais, il laisserait ses collègues fouiller dans tous les recoins de sa vie sans états d'âme.

— Je m'en doute, commenta Shane.

Il se leva et prit la boîte à dossiers.

— Nous allons vous laisser. Ces derniers jours ont été quelque peu éprouvants.

Tyler parut soulagé de les voir s'en aller.

— C'est le moins qu'on puisse dire !

Au moment de tourner les talons, Shane décida de poser une dernière question :

— Au fait, vous comptez rester ici ou devrons-nous vous contacter ailleurs ?

— Non, ici, ça ira, répondit Tyler avec un sourire pincé.

Ça non plus, ce n'était pas clair. Ce type avait chez lui des dossiers sensibles, personne n'était censé savoir ce qu'il faisait vraiment et il s'arrangeait pour garder son anonymat. Pourtant, alors qu'il avait été victime d'une effraction, il ne demandait aucune aide et ne cherchait même pas à entreposer temporairement ses affaires ailleurs.

Il aurait dû se sentir menacé, mais son comportement n'était pas celui d'un homme inquiet pour sa sécurité.

Evidemment, ce n'était pas le moment de le lui faire remarquer. Shane se contenta d'acquiescer et, s'efforçant de sourire, se dirigea vers la porte.

— A bientôt.

Une fois dehors, Makena se pencha vers lui et lui chuchota :

— Où voulais-tu en venir ?

— De quoi parles-tu ?

Il n'allait pas se lancer dans des explications alors qu'ils étaient en « territoire ennemi ». D'autant qu'il n'était même pas sûr que Tyler n'avait pas disposé des micros un peu partout, y compris à l'extérieur.

— Makena ? appela alors Tyler depuis le pas de la porte. Si tu as une minute, il y a une dernière chose dont j'aimerais te parler.

Evidemment. C'était tellement prévisible !

— Il veut te parler à toi toute seule, déclara-t-il en désignant Tyler de la tête.

Elle se pencha tout près de lui et lui souffla :

— Tu sais, toi non plus tu n'arrives pas toujours à tout dissimuler. Je sais que tu as une idée en tête.

Il lui livrerait ses doutes plus tard. Quand ils seraient loin d'ici. Elle allait se mettre en colère, défendre Tyler de toutes ses forces. Mais bon. Tant qu'à ses yeux son patron n'était pas un héros, il s'en accommoderait.

— Va plutôt voir ce qu'il te veut, lui lança-t-il.

Il était prêt à parier que Tyler allait conseiller à Makena de se méfier de lui.

13

Makena n'était pas d'humeur à écouter un sermon. Elle était fatiguée et elle n'arrivait pas à se débarrasser de la culpabilité qu'elle traînait.

Certes, elle n'avait tué personne mais, au parc, un drame aurait pu survenir. Et toute cette violence était liée à son activité pour le site. Tout cela l'amenait à s'interroger et, à l'expression de Tyler, elle devina qu'il allait lui donner de quoi se poser encore plus de questions.

Quand elle arriva à sa hauteur, Tyler lui fit signe d'entrer à l'intérieur pour que Shane ne les entende pas.

— Tu vas bien ?

— Oui, ça va, répondit-elle mécaniquement.

Elle savait toutefois que ce n'était pas vraiment la question qu'il voulait lui poser. Mais elle ne comptait pas lui faciliter la tâche. S'il voulait lui adresser des reproches ou une mise en garde, il devrait en prendre l'initiative et, s'il allait trop loin, il risquait de s'en mordre les doigts.

— Ce type…

Eh bien ! Il ne perdait pas de temps pour en venir au sujet qui l'intéressait.

— Oui ?

Tyler se balançait d'un pied sur l'autre. Il ne cessait de jeter des regards en coin, comme s'il s'attendait à voir débarquer Shane à tout moment.

— Tu le connais vraiment bien ?

Elle ne prit pas la peine de lui faire préciser de qui il parlait.

— Je sais tout sur lui.

Tyler plissa les yeux.

— Pardon ?

— Je le connais depuis de nombreuses années.

— Par connaître, tu veux dire…

Tyler était de plus en plus nerveux. S'il continuait à se balancer ainsi, il allait ressembler à un danseur de hip-hop.

— Enfin, vous deux, vous n'êtes pas ensemble, si ?

Son choix de mots était intéressant.

— Pourquoi cette question ?

— Parce que je m'inquiète.

— Pourquoi ?

Tyler pinça les lèvres.

— Je le trouve un peu brutal pour toi.

Qu'entendait-il par là ? De toute façon, elle n'était pas certaine d'avoir envie de le savoir.

— Mes sentiments pour Shane ne regardent que moi.

— Mais tu as des sentiments pour lui ?

Elle ne vit pas l'intérêt de lui mentir.

— Oui.

Tyler secoua la tête. De dépit ? Il resta silencieux quelques secondes.

— Je suis touchée que tu t'inquiètes pour moi, dit-elle en lui posant la main sur le bras.

— Evidemment que je m'inquiète.

Encore un homme qui aurait préféré qu'elle reste cloîtrée pour sa propre sécurité, songea-t-elle, exaspérée. Il y a encore une semaine, elle aurait peut-être été touchée par la sollicitude de Tyler. Désormais, cette surabondance d'égards commençait à lui peser. Après tout, elle avait été victime de plusieurs agressions, elle avait regardé la mort en face et, pourtant, elle ne s'était pas effondrée. Elle était plus forte qu'ils le croyaient. Elle en venait même à se surprendre elle-même, elle ne se serait pas crue aussi résiliente.

Seul Shane semblait commencer à en prendre conscience. Il n'avait pas cherché à la renvoyer auprès de son grand frère.

Il veillait sur elle mais affirmait comprendre son besoin de se réaliser par son travail pour le site.

— Shane et moi…

Elle marqua une pause pour chercher les bons mots.

— Nous nous comprenons. Et il fera son maximum pour te protéger également.

Tyler lui prit la main.

— Je n'ai besoin de personne pour assurer ma sécurité. Et je peux veiller sur toi.

Brusquement, elle sentit un malaise s'installer. Pendant un an, elle avait travaillé avec cet homme sans se poser de questions. Ils partageaient leurs progrès respectifs, plaisantaient, échangeaient des messages et des mails. Bien sûr, ils n'étaient pas ensemble huit heures par jour puisqu'elle avait un emploi à plein temps, mais il leur arrivait aussi de manger ensemble.

Pour elle, leur relation était professionnelle et amicale. Maintenant, elle se demandait si Shane n'avait pas vu juste sur ce que ressentait Tyler pour elle.

Elle éprouva une autre forme de culpabilité. Jamais elle n'avait souhaité lui laisser de faux espoirs. Seul Shane occupait une place centrale dans son cœur, même si, jusqu'à récemment, il n'avait pas paru lui rendre la pareille.

Elle libéra sa main.

— Je suis bien avec Shane.

— Tu devrais…

— On peut y aller ?

Shane s'était avancé vers eux.

— Après ce qui s'est passé aujourd'hui, rester là trop longtemps, c'est tout sauf une bonne idée, grommela-t-il.

Elle aurait parié qu'il avait écouté leur conversation.

— Nous parlions travail, prétendit-elle pour éviter de mettre Tyler dans l'embarras.

Shane sourit.

— Oui, je m'en doute.

— Nous avons encore du pain sur la planche, renchérit Tyler.

Vous pourriez repasser plus tard ou alors, si vous préférez, je reconduirai Makena…

— Non, le coupa Shane.

Makena remercia silencieusement Shane pour son intervention. Il l'avait dispensée de refuser la proposition de Tyler.

Le désir de ce dernier de la garder auprès de lui l'irritait, et en aucun cas ils n'avaient de travail qui les attendait. S'il espérait rendre Shane jaloux en passant du temps avec elle, ça ne marcherait pas, car il était hors de question qu'elle coopère.

— Je pense que c'est à Makena de décider, répliqua Tyler qui croisa les bras.

— D'accord, laissons-la décider, rétorqua Shane en se tournant vers elle. Avec lequel de nous deux souhaites-tu rester ? lui demanda-t-il avec un petit sourire.

Quelle façon de présenter les choses ! Certes, elle n'avait pas d'hésitation sur la réponse. Elle était amoureuse de Shane, c'est avec lui qu'elle voulait être. Mais elle n'aimait pas se retrouver à trancher entre deux rivaux.

Elle les regarda alternativement. Elle n'avait pas envie de blesser l'ego de Tyler, ni de mettre dans la tête de Shane qu'elle le suivrait partout comme un toutou.

— Je pars avec Shane, dit-elle néanmoins.

Tyler secoua la tête.

— Mais nous devons…

— Vous avez entendu, le coupa Shane.

Puis, se tournant vers elle :

— On y va ?

Un bref instant, elle regretta de ne pas être amoureuse d'un autre homme. Parfois, ça lui rendrait la vie plus facile.

— Nous vous tiendrons au courant des avancées de l'enquête sur l'attaque du parc et sur le reste, ajouta Shane.

Elle le suivit sans oser jeter un nouveau regard à Tyler. Ils étaient garés au bout de l'allée de la maison, mais parcourir ces quelques dizaines de mètres lui parut prendre une éternité. Ce ne fut que lorsqu'ils furent arrivés à la voiture qu'elle osa reprendre la parole :

— Tu n'étais pas obligé de te comporter comme un goujat avec Tyler.

— Il est en vie, non ?

Shane semblait beaucoup trop s'amuser de la situation.

— Pour toi c'est tout ce qui compte.

— Oui, tu me connais bien.

Il lui ouvrit sa portière.

— N'est-ce pas ce que tu lui as dit ? Que nous nous comprenions ?

— Tu nous as écoutés.

Ce n'était pas une question et de toute façon elle n'en était pas surprise.

— Tu me le reproches ?

Elle s'installa sur son siège.

— Parfois, ton ego est insupportable.

Il lui retourna un grand sourire.

— Tu ne peux t'en prendre qu'à toi-même.

Shane ne mit pas longtemps à comprendre que Makena n'avait vraiment pas apprécié son comportement et n'était pas prête à passer l'éponge facilement. Elle n'avait pas décroché un mot depuis qu'ils étaient partis de chez Tyler et elle regardait par la vitre pour lui tourner ostensiblement la tête. Il trouvait ça un peu dur à vivre.

Il considéra que le moment était venu de mettre les pieds dans le plat et de lui révéler ce qui le rongeait.

— Il a plus qu'un faible pour toi.

— Je sais, murmura-t-elle sans le regarder.

Ça, c'était nouveau.

— Vraiment ? Depuis quand ? L'autre jour, quand je l'ai insinué, tu as farouchement nié.

Elle tourna enfin la tête et lui adressa un regard sévère.

— Il m'a quasiment conseillé de te plaquer parce que, selon lui, tu n'es pas fait pour moi. Tu le sais pertinemment puisque tu as tout entendu.

En effet et cela qui ne risquait pas de redorer l'opinion qu'il avait de Tyler.

— Ça n'arrivera pas.

— Je préférerais l'éviter, moi aussi, car, comme garde du corps, tu m'es bien utile, lui lança-t-elle avec un sourire.

C'était une simple pique, mais il se sentit néanmoins blessé. Ils avaient fait l'amour, il l'avait tenue contre lui, ils passaient toutes leurs journées ensemble et… Il coupa court à ses pensées. Après tout, c'est lui qui, au départ, avait insisté pour que leur relation reste purement amicale. Et voilà que, maintenant, il ne supportait pas qu'un autre homme soit sensible aux charmes de Makena. Ce n'était vraiment pas très cohérent de sa part. Mais force lui était de reconnaître qu'avec Makena il perdait tout bon sens.

— Je ne lui fais pas confiance, se borna-t-il à répliquer.

— Ce qu'il fait est important.

Shane n'en était pas convaincu. Certes, le site qu'il dirigeait dénonçait des hommes qui méritaient d'être exposés à la vindicte publique, mais Shane ne pouvait pas s'empêcher de penser que, derrière cette façade, Tyler dissimulait ses véritables intentions. Mais peut-être que ce boulot lui donnait des réflexes paranoïaques, se dit-il. Lui-même était bien placé pour le savoir…

— Tu ne le crois pas capable de dissimulation ?

Il n'osait pas se montrer plus accusateur.

— De toute façon, tu ne fais confiance à personne.

Ce n'était pas complètement faux.

— Toi, je te fais confiance.

— Parce que tu m'aimes bien, même si ça aussi te contrarie.

Shane préféra ne pas répondre. De toute façon, il fallait qu'il se concentre sur la route et le pont étroit qui enjambait le fleuve sur lequel ils s'apprêtaient à s'engager.

— Je déteste cette partie du trajet, déclara alors Makena.

Shane comprit ce qu'elle éprouvait. Ce pont était très long et, parfois, le reflet éblouissant du soleil sur l'eau rendait la conduite difficile.

— Ce pont, je l'ai franchi un paquet de fois.

— Je ne remets pas en question tes qualités de conducteur. Mais, chaque fois que je passe ici, j'imagine ce que ce doit être de mourir par noyade.

Elle fixait un point droit devant elle et paraissait faire un grand effort pour ne pas bouger.

— Si tu veux, je fais demi-tour.

Ils étaient allés chez Tyler en empruntant un itinéraire différent, un peu plus long.

Elle fit non de la tête.

— Ça va.

Elle n'en avait pourtant pas l'air.

— Si tu vas si bien que ça, pourquoi serres-tu autant les poings ?

— Roule, ne t'occupe pas de moi. Dès qu'on aura franchi le pont, ça ira mieux.

Elle avait du tempérament, il l'admettait volontiers.

Ils s'engagèrent sur le pont. Les eaux du fleuve scintillaient de chaque côté. Ils croisèrent quelques autres voitures mais, globalement, la circulation était calme.

Shane jeta un regard dans son rétroviseur et repéra un véhicule qui remontait vers eux assez rapidement.

Soudain, il constata que le véhicule en question, une camionnette, se trouvait maintenant juste derrière eux. Les vitres fumées l'empêchaient de distinguer les traits du conducteur, mais il eut un mauvais pressentiment.

Il tourna rapidement la tête vers Makena. Elle n'avait pas prêté attention au véhicule qui les suivait et continuait de fixer la route, droit devant elle.

Le grondement du moteur de la camionnette le fit relever les yeux sur son rétroviseur. Il leva le pied. Si le conducteur de ce véhicule était seulement un peu trop pressé et ne leur voulait pas de mal, il ne tarderait pas à le savoir. Mais il doutait que ce soit le cas.

— Accroche-toi, prévint-il Makena.

Elle tourna la tête vers lui, sans comprendre.

— Quoi ?

Il devait lui dire la vérité.

— Nous avons de la compagnie.

Elle se retourna au moment où la camionnette heurta leur pare-chocs. La secousse la fit partir en avant.

— Mais qu'est-ce qu'il fait ?

— Je crains qu'il ne cherche à nous faire quitter la route.

Quand la camionnette accéléra pour les percuter de nouveau, Shane donna un coup de volant pour changer de file et l'éviter, profitant de ce que personne ne venait dans la direction opposée.

La manœuvre avait réussi, mais il n'était pas certain de parvenir à éviter chaque offensive d'autant plus que la camionnette était beaucoup plus lourde que sa voiture.

Il se mit à zigzaguer sur la route. Cela le forçait à ralentir mais c'était plus compliqué pour le conducteur de la camionnette de les percuter.

Par chance, il n'y avait toujours personne en face d'eux. A un moment, il accéléra pour tenter de reprendre ses distances, mais la camionnette ne se laissa pas semer. Au contraire, elle parvint à heurter leur aile arrière gauche. Ils firent une embardée, les pneus crissèrent.

Makena agrippa le tableau de bord. Quand la camionnette se déporta sur la voie de gauche pour monter à leur hauteur, Shane lui cria de se baisser. La seconde suivante, la camionnette les serra contre le parapet.

Le frottement du métal contre le béton fut assourdissant. Shane tenait le volant de toutes ses forces pour maintenir la trajectoire. L'eau du fleuve lui paraissait toute proche.

Il y eut une nouvelle secousse, et Shane ne put empêcher le volant de virer à droite. La portière côté passager frotta contre le béton, une odeur de caoutchouc roussi envahit l'habitacle.

Il entendit Makena hurler, tout se mit à tourner autour d'eux, un klaxon retentit. Il serrait les dents, son cœur battait à tout rompre. Soudain, il sentit un choc à l'arrière et la voiture s'immobilisa brusquement.

Après quelques secondes, il recouvra ses esprits. De la

fumée s'échappait du capot. Il tourna la tête et s'aperçut que Makena se massait le crâne et marmonnait quelques paroles incompréhensibles.

Il tendit le bras et lui posa la main sur l'épaule.

— Ma chérie, ça va ?

Elle acquiesça de la tête et battit plusieurs fois des paupières. Quand elle releva les yeux, il remarqua qu'ils étaient mouillés de larmes, et ses mains tremblaient.

— Tu as réussi à nous empêcher de tomber à l'eau.

Il vit que, sur la route, il y avait des débris un peu partout.

— De peu.

Shane prit alors conscience qu'ils avaient effectué un tête-à-queue. Son cou lui faisait mal mais, ignorant la douleur, il chercha la camionnette des yeux.

Deux voitures s'étaient arrêtées un peu plus loin et leurs passagers venaient vers eux. Shane déboucla sa ceinture et dégaina son arme. Mais il la rangea très vite car ces personnes n'étaient pas animées de mauvaises intentions. Bien au contraire. Elles leur annoncèrent que la police était en chemin et s'inquiétaient de savoir s'ils étaient blessés.

La camionnette avait continué sa route mais, parmi ces gens, l'un d'eux aurait peut-être pu lire la plaque ou voir le conducteur. Shane se laissa brièvement aller contre l'appuie-tête de son siège. Grâce au ciel, ils en avaient réchappé tous les deux.

Il tourna les yeux vers Makena.

— On aurait vraiment dû prendre l'autre itinéraire.

Elle tendit le bras et serra sa main.

— La prochaine fois.

Il croisa son regard, sentit la chaleur de sa main et se dit que, décidément, il avait beaucoup de chance d'être avec elle.

14

Cameron sortit deux bouteilles d'eau du réfrigérateur et leur en tendit une à chacun.

— Vous deux, il faut vraiment que vous vous interrogiez sur ce que vous appelez une petite sortie.

— Que veux-tu, nous aimons l'aventure, répondit Makena qui appréciait la tentative de Cameron pour faire baisser la tension.

Ce n'était pas totalement efficace mais, de toute façon, rien ne pourrait lui faire recouvrer son calme.

Le choc contre le parapet du pont avait sérieusement endommagé la portière côté passager de la voiture de Shane, et elle avait eu toutes les peines du monde à s'en extraire. Et quand, une fois à l'air libre, elle avait vu les traces de pneus sur l'asphalte, elle avait compris que c'était un miracle qu'ils en aient réchappé indemnes.

Connor et Cameron avaient accouru à la maison sécurisée dès qu'ils avaient été prévenus de l'accident. Connor avait insisté pour qu'un médecin dont elle n'avait jamais entendu parler les examine. Shane avait refusé. Elle avait fait de même. S'il avait accepté, sans doute aurait-elle là aussi obtempéré. Mais, à part une bosse à la tête et une égratignure au coude, elle n'avait vraiment rien.

Shane lança un regard irrité à Cameron.

— Ce n'est pas drôle.

Elle songea que rien de ce qu'ils vivaient depuis une semaine n'était amusant mais que, si elle ne laissait pas un peu de place à l'humour, elle était bonne pour perdre la raison. Elle tourna la tête vers Connor. Penché sur son ordinateur, le téléphone collé à l'oreille, le responsable de l'équipe Corcoran bombardait son interlocuteur de questions et semblait très agité.

— Il a mal au cou, dit-elle à Cameron en parlant de Shane.

— Je vais bien, protesta ce dernier.

— Je ne m'inquiète pas trop pour lui, intervint Connor qui interrompit quelques secondes sa communication. Et toi, ça va ?

— J'imagine que j'aurai mal un peu partout demain, mais c'est tout.

Cameron éclata de rire.

— Eh bien, alors c'est la fête !

— Nous ferions mieux de nous concentrer et de réfléchir, intervint Shane, qui se leva trop vite de son siège et fit la grimace. Cette dernière attaque est allée trop loin, nous aurions pu y rester.

— Tu trouves que faillir se faire éjecter de la route par une voiture, c'est pire qu'essuyer des coups de feu ? ne put-elle s'empêcher de railler.

Elle-même ne faisait pas la différence entre les diverses agressions qu'ils avaient subies.

Shane lui retourna un regard sévère.

— Je suis sérieux.

Elle aussi, mais elle ne prit pas la peine de développer davantage. Au lieu de cela, elle reprit :

— Tu penses que nous avons été suivis depuis chez Tyler ? Dans ce cas, nous devrions l'alerter.

Sa proposition fut accueillie par un silence. Elle en fut contrariée. Certes, Shane n'appréciait pas Tyler mais, autant qu'elle sache, l'équipe Corcoran protégeait les gens en danger. Quels qu'ils soient. Ils n'avaient pas le droit de rester sans rien faire.

— Pour lui dire quoi ? demanda finalement Cameron.

— Que le ou les auteurs de ces agressions savent où il habite.

Il lui paraissait évident que Tyler risquait de tomber dans un piège ou être la prochaine victime de leurs agresseurs.

Elle vit Cameron, Shane et Connor se regarder. Tous trois semblaient embarrassés, ce qui ne présageait rien de bon.

— Il le sait déjà, non ? dit Connor. Puisqu'il prétend que quelqu'un a pénétré dans sa maison par effraction.

Connor ne changeait jamais de ton de voix mais, aux mots qu'il avait utilisés, Makena perçut les réserves qu'il exprimait. Et ni Shane ni Cameron ne le corrigèrent.

— Comment ça, il prétend ?

Shane secoua la tête et fit la grimace.

— Laisse tomber.

Il s'était adressé à Connor, mais elle n'en eut cure.

— Dites-moi sincèrement ce que vous pensez, vous trois !

— Non, il ne vaut mieux pas qu'elle sache, rétorqua Shane sans même la regarder.

Makena inspira à fond pour ne pas laisser monter sa colère.

— Je me suis fait tirer dessus et ensuite on a essayé de nous faire tomber à l'eau. Alors le moins que vous puissiez faire, c'est de ne pas me traiter comme une gamine. Je suis impliquée, que vous le vouliez ou non. Alors dites-moi ce que vous savez.

Shane regarda Connor, qui acquiesça. Après quelques secondes, il se lança :

— Les états de service de Tyler en tant que militaire ne correspondent pas à ses dires. Pour faire simple, rien de ce qu'il raconte n'a de cohérence.

Makena se laissa tomber sur le tabouret à côté de Cameron.

— Quoi ?

— Nous nous sommes renseignés sur tous les hommes incriminés ou qui gravitent autour du site Internet.

Connor fit pivoter son ordinateur pour qu'elle voie l'écran.

— En surface, Tyler est irréprochable. A l'inverse, si on ne cherche pas trop, Jeff apparaît comme un type dangereux et Frank comme un repenti instable.

Cameron enchaîna :

— Les hommes sur lesquels tu enquêtes et que le site dénonce sont pour la plupart de véritables affabulateurs.

Quelques-uns seulement sont injustement mis en cause. Tout ce qu'on peut leur reprocher est éventuellement d'avoir quelque peu embelli leur histoire personnelle, mais pas au point de mériter une humiliation publique.

Elle savait déjà tout cela. Mais l'expression « en surface » utilisée par Connor lui laissait supposer que d'autres révélations seraient d'une autre teneur.

— Mais ?

— Le type qui t'a agressée chez toi faisait partie du forum lancé par Jeff, reprit Shane. En d'autres termes, tous les membres de ce forum sont liés.

Si Shane et ses deux amis pensaient être en train de lui offrir des explications, en vérité elle était toujours dans le flou.

— Mais en quoi est-ce un scoop ?

— Nombre de ces hommes prétendent ne pas connaître les autres membres du forum. Ils ne sont pas voisins, ils ne se rencontrent pas régulièrement, mais ils sont bel et bien en contact.

— En gros, vous pensez que c'est une conspiration pour anéantir le site Internet.

Elle n'en était pas plus étonnée que ça. Pousser dans leurs retranchements des hommes prêts à tout exposait à une riposte. D'autant que ces types n'avaient souvent plus rien à perdre.

— Logiquement, je devrais te répondre oui mais, en fait, c'est encore plus compliqué.

Connor jeta un regard à Shane.

— Tyler n'est certainement pas celui qu'il prétend, ajouta ce dernier.

Makena tempéra la colère qui bouillait en elle. Si elle s'était écoutée, elle aurait spontanément pris la défense de Tyler. Il s'était toujours bien comporté avec elle. Mais les trois hommes qui l'entouraient arboraient des visages graves. Ce n'étaient pas des menteurs, et ils avaient les moyens d'en apprendre très long.

— Allez-y, continuez.

— Les soupçons se fondent sur des faits mis bout à bout.

Connor fit de nouveau pivoter l'ordinateur face à lui.

— Nous ne pouvons hélas rien prouver.

— Pour le moment, ajouta Cameron.

— Ces types s'arrangent pour que toutes les informations qui circulent sur eux soient difficilement vérifiables et, chaque fois, il faut croiser les sources avant de tirer des conclusions. Mais, quand on épluche tout, on remarque que le passé de Tyler ressemble étrangement à celui des hommes qu'il dénonce.

Shane déglutit puis ajouta :

— Je ne veux pas que tu restes seule avec lui.

Makena se sentit prise de vertiges. Elle se repassait les propos de Shane et de ses collègues et tentait de les analyser. Elle ne comprenait pas pourquoi Tyler aurait menti sur son passé, mais la gravité de l'expression de Shane la convainquit qu'il n'avait pas lancé des paroles en l'air.

Tyler était coupable d'un forfait quelconque. Au minimum, il avait travesti la réalité. Tôt ou tard, l'équipe Corcoran saurait de quoi il retournait exactement. Et alors, elle devrait affronter les faits.

— Je déteste qu'on se joue de moi.

Shane s'approcha d'elle et, malgré la présence de ses collègues, la prit dans ses bras.

— Nous découvrirons la vérité.

Elle n'en doutait pas.

Shane allait et venait en elle avec une énergie décuplée. Il avait le souffle court, mais seuls les gémissements de plaisir de Makena retenaient son attention. Il adorait l'entendre gémir ainsi. Il prenait son temps pour prolonger le plus longtemps possible ce moment délicieux. Enfin, Makena s'accrocha à ses épaules et le supplia :

— Shane, maintenant.

— Je veux que ça dure encore et encore, répondit-il spontanément.

— Mais moi je…

Elle renversa la tête en arrière, incapable de terminer sa

phrase tant l'onde de plaisir était forte. Elle enroula les jambes autour de ses cuisses et se pressa tout contre lui. Ils étaient peau contre peau, ne faisaient plus qu'un et c'était délicieux.

C'était comme ça à chaque fois. Le plaisir était intense, le désir dévastateur. Elle était tellement belle, tellement douce, qu'il avait la certitude que jamais il ne se lasserait de la tenir contre lui. Jamais auparavant il n'avait éprouvé l'envie de passer des heures au lit avec une femme et de tout oublier, son travail, ses responsabilités, son passé et ses erreurs.

Soudain il sentit les ongles de Makena s'enfoncer dans ses épaules.

— Je n'en peux plus ! gémit-elle.

— Laisse-toi aller.

Elle se mit à bouger frénétiquement les hanches, incapable de contrôler les mouvements de son corps. Elle s'accrochait à lui de toutes ses forces. Elle dégageait une telle énergie qu'il ne put se retenir plus longtemps. Ses muscles se relâchèrent, il enfouit son visage contre son épaule et poussa un long soupir, emporté par l'orgasme.

Quand, enfin, il put reprendre son souffle, il roula de côté pour ne pas l'écraser et se laissa tomber lourdement à côté d'elle. Très vite, il passa un bras autour de ses épaules et la serra contre lui.

Il se passa l'autre main sur le visage et ferma les yeux.

— Ce n'est pas juste, ça ne devrait pas être aussi bon.

Elle éclata de rire.

— Pourquoi ? Parce que je suis la petite sœur de Holt ?

Il rouvrit les yeux et tourna la tête pour la contempler.

— Parce qu'à ce rythme-là je ne vais pas tarder à me retrouver à l'hôpital.

— Je suis prête à courir le risque, répondit-elle avant de poser la tête sur son épaule.

Il songea que c'était la première fois qu'il appréciait autant de faire l'amour passionnément avec une femme et, ensuite, de partager un moment de calme avec elle.

C'était tellement nouveau qu'il avait envie de le faire savoir.

— Rater mon mariage m'a vraiment fait du mal.

Il la sentit se raidir.

— Ton ex-femme te manque ?

— Non, ce n'est pas ce que je voulais dire.

Il ne savait comment s'expliquer et redoutait de passer pour un idiot.

— J'aime bien l'idée d'être marié.

Elle redressa la tête et la posa en appui sur son coude.

— Je ne comprends toujours pas.

— Pour moi, être marié, ça signifie être en situation de fonder une famille, c'est la sécurité. Ça signifie que je suis parvenu à accomplir quelque chose. Mais le fait d'avoir échoué à pérenniser mon mariage avec Patty m'a dévasté. Je n'arrive pas à me sortir de la tête que ce n'est pas un hasard si j'ai divorcé.

— Tu ne t'es pas marié avec la bonne personne, il n'y a pas à chercher plus loin.

Elle lui posa une main sur le torse.

— Ton ex-femme et toi, vous cherchiez tous deux à échapper à votre milieu, mais ça ne suffit pas pour bâtir une relation durable.

— Tu ne peux quand même pas nier que le danger inhérent à mon métier est un gros frein à toute relation.

Elle hocha la tête.

— Va dire cela à Connor et à sa femme. Et aussi à Cameron et à Julia. Parle à tes collègues et dis-leur qu'ils feraient mieux, tous autant qu'ils sont, de divorcer.

— D'accord, je vois ce que…

— Et enfin, appelle mon frère et dis-lui qu'il devrait laisser Lindsey sur la côte Ouest et en aucun cas revenir avec elle. Ça lui fera gagner du temps, finit-elle avec une moue ironique.

A l'entendre, tout était tellement facile ! Mais pour ses collègues aussi, ça paraissait simple, songea Shane. Tomber amoureux, en accepter l'idée, et faire en sorte de minimiser les risques… Evidemment, rencontrer une femme forte, courageuse et déterminée à affronter les dangers potentiels, c'était quand même un plus.

— Tu aurais dû devenir avocate.

— Je me sens bien comme je suis, répliqua-t-elle avant de déposer un baiser sur son torse. Avec toi.

— Je suis désolé d'avoir été obligé de te parler de mes soupçons concernant Tyler devant Connor et Cameron.

Il lui caressa la joue.

— J'aurais préféré tout te révéler petit à petit, dans de meilleures circonstances.

— N'aie crainte, je m'en remettrai.

— Je n'en doute pas. Tu es la femme la plus forte que je connaisse.

— Tu exagères.

— Pas du tout. Tu as affronté des situations terribles en l'espace de quelques jours et pourtant tu ne t'es pas effondrée, tu n'as pas cherché à fuir. Au contraire, tu veux connaître la vérité, quitte à t'exposer à d'autres dangers.

— Nous devrions appeler Holt.

Shane ne s'était pas attendu à l'entendre dire cela.

— Tu crois ?

— Oui. Après ce que je viens de traverser, je me sens capable d'affronter un grand frère surprotecteur qui va me bombarder de questions.

— Tu es décidément plus forte que moi.

Il redoutait sincèrement la réaction de Holt. Ils se connaissaient tellement bien. S'il parlait à son ami de ce qui était arrivé, il devrait tout lui révéler, toute dissimulation serait impossible. Mais il n'était pas certain que Holt le considérerait fait pour sa petite sœur.

— Mais tu as raison, il est temps de le prévenir.

— Tu vas lui avouer que nous couchons ensemble ? Alors là, bravo, tu es mon héros.

— Je pense que, dans un premier temps, je lui dirai qu'on *sort* ensemble. C'est plus léger comme expression, ça me laisse une chance de ne pas me faire trucider.

Et encore, ce n'était pas certain. Holt lui avait toujours fait comprendre, même indirectement, qu'il ne devait pas s'intéresser à Makena. Car Holt, partant du principe qu'il ne s'intéresserait jamais sérieusement à une femme, ne voulait pas que sa sœur soit blessée.

Mais, pour lui, Makena n'était pas une femme parmi d'autres.

— On sort ensemble, c'est ça ? reprit-elle en lui adressant un clin d'œil.

A vrai dire, il n'aurait pas su définir leur relation. Ou plutôt, il n'osait pas.

— Peu importe le mot utilisé. Tout ce que je sais, c'est que nous deux, je n'ai pas envie que ça s'arrête.

Voilà, finalement, c'était sorti. Les murs autour d'eux ne s'étaient pas effondrés, la terre ne s'était pas ouverte sous lui pour l'engloutir. Il avait affronté la vérité et n'en était pas mort. Avec elle, il ne voulait plus jouer les loups solitaires.

Elle se tortilla pour être à sa hauteur et effleurer ses lèvres.

— Tant mieux, car c'est très loin d'être fini.

Ses paroles lui firent l'effet d'une décharge d'électricité. Au lieu de le faire fuir, elles le remplirent de joie.

— J'espérais te l'entendre dire.

Elle passa les mains dans ses cheveux.

— Pourquoi ne me montres-tu pas ta gratitude ?

— Message reçu.

15

Il n'y tenait plus.

Frank ferma son ordinateur et s'appuya contre le dossier de sa chaise. Il avait cherché partout pour essayer de déterminer qui lui avait envoyé ces lettres anonymes et se comportait comme s'il était sa chose. Il avait suivi toutes les instructions, persuadé à chaque fois que chaque sollicitation serait la dernière. Hélas, on ne cessait de lui donner de nouveaux ordres. Il avait parcouru toutes les discussions récentes sur le forum et y avait décelé des messages secrets. Il n'aurait pas su dire s'il devenait parano ou si sa vie était de nouveau sur le point de lui échapper.

Ce qu'il savait, c'était qu'il ne pouvait plus continuer. Chaque jour, il lisait les nouvelles en redoutant de découvrir qu'une des missions qu'on lui avait assignées avait abouti à la mort d'un innocent. Certes, il avait commis des erreurs, mais il ne supporterait plus d'avoir du sang sur les mains.

Pour cela, il allait devoir tout révéler. Pour qu'on l'aide à découvrir qui tirait les ficelles. Qu'avait-il à perdre de toute façon puisque tout le monde lui avait déjà tourné le dos ? Supplier Tyler de retirer son nom du site n'avait pas fonctionné. Annoncer à chaque nouvelle mission à son maître chanteur que c'était la dernière fois qu'il suivait ses ordres n'avait eu aucun effet.

Il avait transmis l'adresse de Makena, le numéro de la plaque d'immatriculation de la voiture de son ami, le dénommé

Shane, ainsi que des informations sur ce dernier. Il avait fait tout ce qu'on lui avait demandé, mais maintenant ça suffisait.

Il décrocha le téléphone et composa un numéro. D'ici une demi-heure, tout serait terminé.

— Frank veut nous voir.

Makena n'osa pas lever les yeux pour voir la réaction de Shane.

Tout d'abord, comme s'il ne l'avait pas entendue, il ne répondit pas. Puis, au bout de quelques secondes, il se détourna de son écran d'ordinateur pour venir s'asseoir sur le canapé. Il l'observa alors d'un regard indéchiffrable.

Ça n'annonçait rien de bon.

Toutefois, elle se devait de le convaincre de l'accompagner à ce rendez-vous.

— Il semblait désespéré.

— Tu as parlé avec lui ?

Son expression restait mystérieuse.

Elle tendit les jambes, jusqu'à effleurer les siennes de ses doigts de pied.

— Non, il m'a envoyé un message.

— Comment sais-tu qu'il est désespéré s'il t'a seulement envoyé un message ?

Shane lui caressa la jambe.

Ce geste était affectueux et innocent, et pourtant être assise sur le canapé avec lui, sentir sa main sur sa jambe alors que la pluie battait dehors lui procurait un sentiment de bien-être inédit.

— Il a demandé à nous rencontrer sans attendre. C'est pour ça que j'ai eu l'impression qu'il était aux abois.

Il interrompit sa caresse.

— Il veut nous rencontrer tous les deux ?

— Il ne l'a pas précisé mais, de toute façon, il est hors de question que j'y aille sans toi.

Shane sourit.

— J'aime t'entendre parler ainsi.

— Tu crois que je serais assez stupide pour aller à un rendez-vous avec lui sans mon assistant armé jusqu'aux dents ?

Elle avait lancé cela pour plaisanter mais, à bien y réfléchir, ce n'était pas loin de la réalité.

— Que c'est romantique.

Shane se leva et lui tendit la main pour l'aider à en faire de même.

— Allons-y.

— C'est tout ?

Elle fixa sa main puis croisa son regard. Qu'il accepte aussi rapidement sans lui faire de sermon la déroutait.

— Tu ne me donnes pas de consignes ? Tu ne m'avertis pas des risques ou de… je ne sais pas, ce qui peut arriver ?

— Quoi, tu penses que nous pourrions foncer droit dans un piège et nous faire tuer tous les deux ?

Il agita les doigts pour l'inciter à se lever. Elle saisit sa main.

— Je n'aurais pas dit cela de cette façon.

— En chemin, j'appellerai Cameron et Connor. Ils seront nos yeux et protégeront nos arrières si besoin.

— Tu ne m'as même pas demandé où Frank nous avait fixé rendez-vous.

Il lui donna un rapide baiser puis contourna le canapé pour prendre les clés de la voiture louée pour lui par Cameron.

— Dans un endroit où nous serons très exposés et difficiles à surveiller, je parie.

— Pourquoi es-tu aussi calme, aujourd'hui ?

La dernière fois qu'ils s'étaient trouvés dans une telle situation, Shane avait été une boule de nerfs. Là, même s'il semblait toujours aussi déterminé, il avait l'air détendu.

Elle ignorait comment interpréter ce changement et ce qui l'avait provoqué. Elle se demandait si ce n'était pas une ruse pour qu'elle baisse la garde et qu'il puisse plus facilement la laisser quelque part, sous la protection de ses collègues, pendant que lui irait rencontrer Frank, seul. De sa part, ça ne l'aurait pas surprise. C'était ainsi qu'elle le connaissait.

— Ne te laisse pas tromper par tes sarcasmes.

Il prit ses clés de voiture.

— Tu cherches à me montrer une facette plus douce de ta personnalité ?

— Pas du tout.

Ils arrivèrent au lieu de rendez-vous une demi-heure plus tard. Il s'agissait de la marina située tout près de chez elle. Chez elle, où elle n'était pas retournée depuis sa première agression, songea Makena. Se retrouver là lui procurait un sentiment étrange de familiarité et de malaise.

Quand ils arrivèrent à la grille, elle entra sur le boîtier de sécurité le code que lui avait transmis Frank pour accéder aux quais. Shane la suivit sans un mot. Il était armé et prêt à réagir, et c'était tout ce qui comptait. Cependant, tandis qu'ils descendaient vers l'eau, Makena sentit son inquiétude monter d'un cran. Cet endroit recelait tant de coins où se cacher que le danger pouvait surgir à tout instant.

Elle prit une grande inspiration pour garder son calme. En revanche, elle ne put rien contre l'emballement de son pouls. Pour se donner du courage, elle se répéta en boucle qu'il ne lui arriverait rien. Il fallait qu'elle s'en sorte, car il lui restait énormément de choses à vivre, elle n'avait même jamais autant espéré en l'avenir que depuis quelques jours.

Seuls le clapotis de l'eau et le vent qui agitait les câbles et les voiles des bateaux produisaient du bruit. Il n'y avait personne. Habituellement, malgré le mauvais temps, il y aurait dû y avoir du monde à la marina. Connor et Cameron avaient-ils fait évacuer les lieux ? L'humidité la fit frissonner, mais c'était avant tout le calme oppressant qui lui donnait la chair de poule.

Quand ils arrivèrent au bout d'un quai en T, Shane lui indiqua du doigt de prendre à droite.

Elle baissa les yeux sur les numéros des anneaux d'amarrage. Ils étaient censés se rendre au 280.

Alors qu'ils approchaient, elle perçut un mouvement, releva

la tête et vit Frank devant eux. Il était tout ébouriffé et jetait sans cesse des regards nerveux autour de lui. Il ne paraissait pas aller bien du tout.

— Que voulez-vous ? lui demanda Shane tranquillement.

Le vent soufflait en bourrasques et la pluie était maintenant battante, mais rien ne paraissait pouvoir altérer son calme.

Frank désigna de la tête le bateau près duquel il se tenait.

— Allons à l'intérieur.

Makena regarda la coque en question. Il s'agissait d'une petite embarcation : à trois dedans, ils seraient très à l'étroit. Ça sentait le piège à plein nez. Toutefois, il était réconfortant de savoir que Connor et Cameron, cachés quelque part, assistaient à cet échange, prêts à faire feu si nécessaire.

Elle pensa à son frère et à l'avenir radieux qui s'ouvrait à lui. Elle songea à tous les bons moments qu'ils avaient passés ensemble. Puis elle regarda Shane et puisa du courage dans la force qu'il dégageait. Jusque-là, être amoureuse de lui avait été quasiment une souffrance, car elle redoutait que ses sentiments ne soient jamais réciproques. Désormais, elle était heureuse. Et elle entendait bien s'accrocher à ce bonheur.

— Il est hors de question que nous montions dans ce bateau, trancha Shane. Alors parlez ici.

Frank fit non de la tête.

— Ici, ce n'est pas vous qui décidez.

— Vous êtes sûr ?

Shane porta la main à sa ceinture pour que Frank voie son arme. Il ne fit aucun geste menaçant, il souhaitait seulement lui faire comprendre que rien ne les forcerait à lui obéir.

Makena se dit néanmoins que c'était à elle d'éviter que la situation ne s'envenime. Et elle tenait à savoir pourquoi Frank avait absolument voulu les rencontrer.

— Très bien, ça suffit, déclara-t-elle en adressant un regard sévère à Frank. Tu nous as demandé de venir et nous sommes là. Nous t'écoutons, Frank.

Elle ne sut pas dire si c'était son expression ou l'arme de Shane qui le décida, mais Frank commença à parler :

— Il y a un groupe. Ils ont joint leurs forces pour vous éliminer.

Le forum. Les hommes qui discutaient en ligne et se plaignaient d'avoir été dénoncés. Quels types ignobles !

— D'accord.

— Comment savez-vous qu'ils se sont ligués contre nous ? intervint Shane.

Frank recula d'un pas. Il était tout au bord du quai. Un pas de plus en arrière et il tomberait à l'eau.

— Je les aide.

Makena éprouva une profonde tristesse. Elle avait sincèrement cru aux remords de Frank. Dire qu'elle l'avait défendu… !

— Alors comme ça, tu nous as menti, tu n'as jamais changé.

— Non, ce n'était pas ma faute.

Il se frotta nerveusement les mains, il semblait en proie à un stress intense.

Sans doute était-ce l'expression de sa culpabilité. Mais Makena refusa d'éprouver de la compassion pour lui. Pas cette fois. Elle ne se ferait plus avoir.

— Toujours l'éternel discours. Vous ne vous en lassez jamais ? lui demanda Shane qui avança d'un pas dans sa direction. De qui est-ce la faute alors ?

— Je suis victime de chantage, se défendit Frank.

C'était absurde. Frank aurait effectivement pu faire l'objet d'un chantage avant d'être dénoncé par le site mais, maintenant qu'il avait été exposé à la vindicte publique, quel intérêt ?

— Tout le monde sait que tu as menti. Qui pourrait…

— Oh ! Mais non, la coupa Shane qui semblait soudain traversé par une intuition. Nous ne savons pas tout, n'est-ce pas ?

Le vent continuait de souffler en rafales et rendait l'atmosphère encore plus tendue.

— Qu'est-ce que tu as fait, Frank ?

Frank dissimula son visage derrière ses mains, en proie à un terrible conflit intérieur. Il se mit à bafouiller et dut s'y reprendre à plusieurs fois pour sortir une phrase cohérente.

— J'ai… caché un secret.

Elle le savait déjà. Tout le monde le savait.

— Et ?

Frank baissa la tête pour ne plus avoir à croiser son regard. La culpabilité le dévorait.

— Qui m'a attaquée chez moi ? demanda-t-elle. Tu connaissais l'identité de cet homme, n'est-ce pas ?

— Il est mort, ça n'a plus d'importance, maintenant, dit-il en haussant les épaules.

Puis d'ajouter à voix basse, en évitant toujours son regard :

— L'agression chez toi, la fusillade au parc, la voiture sur le pont, c'était moi. Enfin, j'en suis à l'origine, car c'est moi qui ai transmis les informations pour préparer les attaques.

Shane dégaina son arme, le visage déformé par un rictus de colère.

— Vous mériteriez que je vous tue.

Frank leva les mains en l'air.

— Je… Non… J'essaie de vous aider.

Il n'arrivait plus à s'exprimer normalement, il tremblait de la tête aux pieds. Makena avait presque envie de lui conseiller de s'asseoir et de prendre le temps de rédiger ses aveux par écrit. Ensuite, peut-être serait-il enfin libéré du fardeau qu'il portait.

— Dites-moi tout ce que vous savez d'autre, et vite ! lui lança Shane avec véhémence.

Frank eut besoin de quelques secondes pour recouvrer un semblant de calme.

— J'ai été contacté quelques jours après avoir rejoint le forum.

— C'était quand ?

Frank la regarda brièvement puis tourna la tête vers Shane.

— Il y a plusieurs mois.

Makena en resta abasourdie. Quoi ? Frank Jay connaissait l'existence de ce forum depuis longtemps et en était même membre ? Elle éprouva l'envie de se jeter sur lui et de le secouer comme un prunier. Quel gâchis ! Toute cette violence parce que quelques hommes étaient incapables d'assumer leurs actes ! Elle en était malade.

L'existence de ce forum ne suffisait cependant pas à expliquer les agressions dont elle avait été victime ces derniers jours, songea-t-elle. Pourquoi s'en prendre à elle seulement maintenant ?

Heureusement, Connor et Cameron ne perdaient pas une miette de ces informations puisque Shane portait un micro qui leur permettait de suivre la conversation. Très vite, ils lanceraient de nouvelles investigations, et ceux qui l'avaient attaquée le paieraient très cher. Pourtant, cette certitude ne suffisait pas à apaiser sa colère.

Shane, lui, gardait son calme et continuait son interrogatoire.

— Qui vous a contacté ?

— Je n'en suis pas certain, c'est là le nœud du problème.

— Sur qui se portent vos soupçons ?

— Et vous ? riposta Frank. Vous devez bien avoir une petite idée.

— Il y a de nombreux suspects.

— Je suis sûr que nous pensons à la même personne. Il n'y a qu'un seul homme qui tire les ficelles, déclara Frank.

Parler semblait lui faire du bien, son débit redevenait normal. Il ajouta :

— Je suis sûr que c'est…

Il ne termina pas sa phrase, hélas. Makena, médusée, le vit soudainement s'effondrer. Son corps alla buter contre le bateau derrière lui puis glissa dans l'eau.

— Baisse-toi ! s'exclama Shane qui, en même temps, se jeta sur elle pour la plaquer au sol et la protéger de son corps.

Frank avait déjà coulé sous la surface, il n'y avait plus rien à faire pour lui. Au loin, Makena entendit des éclats de voix. Des voix familières. Puis il y eut des pas. Shane se redressa, se posta devant elle et brandit son arme.

Connor, qui venait vers eux au pas de course, s'arrêta net.

— C'est moi, Shane, ne tire pas.

— Baisse-toi, Connor.

Celui-ci obéit et combla les quelques mètres qui le séparaient d'eux en rampant.

— Vous êtes blessés ? demanda-t-il en les regardant l'un après l'autre.

— Que s'est-il passé ? demanda-t-elle en réponse.

Elle n'y comprenait rien, elle n'avait pas entendu de coup de feu.

Il y eut un grand bruit dans l'eau et Cameron émergea, vêtu d'une combinaison de plongée et d'un tuba.

Elle s'appuya contre Shane pour reprendre ses esprits.

— Je n'ai pas entendu de tir.

— Un silencieux, répondirent Cameron et Connor en même temps.

— Très approprié, dit-elle avec amertume.

— Comment ça ? reprit Connor.

Shane répondit à sa place.

— Parce que c'était exactement ce que le tireur voulait. Réduire Frank au silence.

— Et il a réussi, gémit Makena.

— N'aie crainte, ce n'est que provisoire, lui assura Shane.

A cet instant, de toutes ses forces, elle voulut le croire.

16

Shane commençait à en avoir plus qu'assez de tous ceux liés de près ou de loin au site Internet. A l'exception de Makena, bien entendu…

Peu importait que Frank Jay ait été un type bien ou pas. C'était avant tout quelqu'un de jeune qui avait pris la mauvaise direction et l'avait payé au prix fort. Il n'avait pas fallu longtemps à Cameron pour en découvrir davantage sur lui : quelques années auparavant, un ami de Frank avait été retrouvé mort dans une contre-allée après une soirée trop arrosée. Shane ignorait ce qui s'était passé dans cette contre-allée, mais il aurait parié qu'une bagarre avait éclaté et mal tourné. Frank s'était senti responsable de la mort de son ami et avait sombré dans l'alcoolisme et le mensonge. Et maintenant, il était lui aussi à la morgue.

Il observa Makena. Il aurait préféré qu'elle n'assiste pas à cette nouvelle scène de cauchemar. Au moins, elle avait recouvré quelques couleurs. Assise sur le canapé du salon, jambes croisées, un coussin entre les bras, elle écoutait attentivement les commentaires de Cameron et de Connor.

— Il peut se passer de très longues périodes sans que personne ne se connecte au forum, disait Cameron.

— Et qu'est-ce que ça prouve ? s'enquit Makena.

— Qu'ils disposent sans doute d'un autre moyen de communiquer, répondit Connor. A certaines périodes, au contraire, par exemple quelques jours avant l'agression dont tu as été victime chez toi, on note une activité très importante. En revanche, le jour de l'agression en elle-même et les suivants, plus rien.

Shane commençait à y voir plus clair. Paradoxalement, le manque de preuves évidentes démontrait la culpabilité de ces types. Il ne restait plus à l'équipe Corcoran qu'à découvrir par quel autre biais ils communiquaient. Connor avait affirmé avoir mis un nombre très important d'hommes sur le coup.

— C'est désolant de voir des types dépenser autant d'énergie et de moyens pour mener à bien des projets criminels.

— Quand on bascule dans le mensonge et que ça prend trop d'ampleur, c'est très difficile de revenir en arrière, commenta Shane.

Il parlait d'expérience. Longtemps, il avait espéré que son père changerait. Mais ce n'était jamais arrivé. Certains ne changeraient jamais ; d'autres, comme Jeff Horvath, considéraient tout simplement ne pas avoir à réfléchir sur eux-mêmes, ne pas avoir à se remettre en question.

— C'est tellement plus drôle de causer des ennuis aux autres, renchérit Connor.

Et d'ajouter :

— Au fait, rien à voir, Holt est en route. Il sera là sous peu.

Makena, qui avait informé son frère des événements de ces derniers jours, ne commenta pas la nouvelle. Shane la vit toutefois serrer plus fort le coussin qu'elle avait entre les bras.

— Est-ce que ça signifie que nous devons des excuses à Tyler ? dit-elle. Pouvons-nous partir du principe qu'il est innocent ?

Shane n'était pas prêt à aller aussi loin. Dans cette affaire, il ne faisait confiance à personne.

— Non.

Makena fronça les sourcils.

— Je te trouve bien catégorique.

Shane fit comme si ce regard appuyé exprimait seulement son souhait de l'entendre s'expliquer. Néanmoins, même s'il était persuadé que Makena n'avait pas de sentiment amoureux pour Tyler, elle était loyale et ne se satisferait pas de simples présomptions pour se méfier de ce dernier.

— Tout laisse penser qu'il a menti sur ses états de service. Nous devons déterminer pourquoi et à quel prix.

— Je ne comprends vraiment pas. Pourquoi aurait-il créé « Le mur du déshonneur » s'il était lui-même un menteur ?

Shane n'avait pas la réponse. Il ne pouvait que formuler des hypothèses.

— Peut-être pour détourner les soupçons ou mettre la main en premier sur les infos et ainsi s'assurer qu'on ne viendrait pas fouiller dans son passé ?

— C'est tellement absurde.

Makena se prit le visage entre les mains.

— Et moi qui voulais seulement l'aider pour faire quelque chose de bien.

Son dépit le toucha. Il s'assit à côté d'elle et lui prit la main.

— Tu n'as rien fait de mal.

— Tu as même fait du très bon boulot, renchérit Cameron. En fait, on peut seulement regretter qu'il faille en passer par là. Mais c'est nécessaire.

— Va dire ça aux morts que je sème sur mon chemin, murmura Makena d'une toute petite voix.

Shane serra plus fort ses doigts.

— Je dois admettre que j'ai ma part de responsabilité à ce niveau.

Cameron écarquilla les yeux.

— Je doute que ce soit une bonne manière de consoler Makena.

— Makena a un sacré tempérament, répliqua-t-il. Avec elle, il est inutile d'édulcorer la vérité.

— Oui, enfin, il y a des limites, grommela Connor.

— Tu manques vraiment de tact, ajouta Cameron.

— Vous vous trompez, intervint Makena. J'apprécie que Shane ne prenne pas de gants avec moi.

Shane haussa les épaules intérieurement. Peu lui importait ce que les autres pensaient. Makena avait besoin qu'on lui parle franchement, sans embellir la réalité. La certitude de comprendre aussi intensément la jeune femme lui donna le vertige mais, au lieu de prendre peur, il savoura cette sensation.

— Je suis plus forte qu'il n'y paraît, déclara fermement Makena.

— Oui, en effet, constata Connor.

Elle se leva avec un air déterminé.

— Il nous reste à mettre la main sur Jeff Horvath. C'est peut-être bien lui « l'homme qui tire les ficelles », celui dont parlait Frank Jay.

— Ce type, j'en fais mon affaire, dit Shane.

Elle lui retourna un grand sourire.

— Ce que je veux, c'est que tout ça s'arrête. Que tu fasses une affaire personnelle de tel ou tel, peu m'importe.

— Vendu.

Jeff Horvath parlait avec assurance. Il avait un récit tout prêt farci d'anecdotes pour expliquer qu'il avait été trompé. En revanche, quand il devait reconnaître sa responsabilité à certains moments, il passait très vite à autre chose.

Assis face à lui, à une table de pique-nique du parc, Makena et Shane l'écoutèrent faire son numéro en silence. Pas une fois ils ne l'interrompirent. Quand il affirma avoir été piégé et que l'affaire avait pris des proportions beaucoup trop importantes, Makena fit un effort pour rester impassible. Elle attendait qu'il sorte sa justification suprême, pourquoi pas qu'il travaillait pour les services secrets et s'était inventé un passé pour avoir une couverture.

Il n'alla pas jusque-là, mais Makena sentait bien qu'il gardait un argument de poids en réserve.

Quand, enfin, son débit se calma — sa performance avait duré pas loin d'un quart d'heure —, Shane se pencha sur lui.

— Ça y est, vous avez terminé ?

— C'est vous qui m'avez demandé de m'expliquer, marmonna Jeff, sur la défensive.

Makena changea de position. Ce type la rendait nerveuse, chacune de ses paroles l'irritait. Son obsession à se faire passer pour une victime, son insistance à répéter qu'il avait suivi un entraînement poussé au maniement des armes et que c'était la preuve qu'il avait bien été en service actif au sein de l'armée, tout cela lui était insupportable. Elle trouvait quant à elle que ses explications étaient confuses, et elle n'aurait guère pu en entendre plus sans exploser de colère.

— Parlez-moi du forum, déclara Shane.

— Quoi ?

Imperceptiblement, le ton de Jeff avait changé.

— Vous êtes le leader d'une bande de malfaisants qui ont menti sur leur passé au sein de l'armée et se sont réunis pour se lamenter sur leur sort.

Makena eut envie d'applaudir à deux mains. Jeff Horwath n'avait peut-être pas peur d'elle, mais il n'en allait pas forcément de même avec Shane. Dans tous les cas, s'il était malin, il avait plutôt intérêt à être sur ses gardes.

Le coup avait porté. Jeff s'empourpra.

— Vous ne savez pas de quoi vous parlez, gronda-t-il.

— Votre petit club de discussion n'est pas aussi bien caché que vous le pensez. Les gens qui travaillent pour moi ont découvert ce forum et sont en ce moment même en train de passer chaque message au peigne fin.

— Qui sont les gens qui travaillent pour vous ? Et qui êtes-vous à la fin ?

— Peu importe. Ce qui devrait vous inquiéter, c'est l'étendue de nos ressources, à mes collègues et moi-même.

— Vous bluffez.

— Frank Jay est mort, annonça alors Makena, même si ça lui faisait mal de le dire à haute voix.

Jeff en resta bouché bée un instant, mais ne fit aucun commentaire. Il poursuivit, comme si de rien n'était :

— Notre groupe est constitué d'hommes qui ont travaillé dur et ont vu leur vie ruinée par…

C'en était trop ! Makena refusait de le laisser filer le thème de la victimisation.

— Leurs propres mensonges, finit-elle à sa place.

Jeff serra les poings.

— Toi, tu…

— Elle a prouvé que vous étiez des menteurs, intervint Shane. Et quand vous décidez de vous unir pour vous venger par la violence, ça fait également de vous des criminels.

— La violence ?

Pour la première fois, Jeff laissa de côté son ton bravache et parut sincèrement abasourdi.

— Mais qu'est-ce que vous racontez ?

Un bref instant, Makena se laissa prendre à son jeu. Puis elle se rappela à qui elle avait affaire.

— Vous vous êtes félicités de mon agression.

— Quelqu'un s'est en effet exprimé dans ces termes sur le forum, reprit Jeff avec hésitation. Aucun de nous ne t'apprécie, mais nous n'avons rien à voir avec cette attaque.

Shane gardait les yeux fixés sur lui, comme s'il analysait chaque mot qu'il prononçait.

— Les preuves tendent à dire le contraire.

Jeff se leva.

— Ces prétendues preuves sont fausses !

L'entrevue commençait à ressembler à une scène de théâtre.

— Restez assis, ordonna Makena, qui n'était pas le moins du monde impressionnée par Jeff. Nous n'en avons pas fini avec vous.

— Tu n'as pas à me dire ce que je dois faire !

— Oh que si, répliqua Shane.

De mauvaise grâce, Jeff finit par se rasseoir.

— On essaie de me piéger.

Shane poussa un juron.

— C'est tout ce que vous avez trouvé pour vous justifier ?

— Vous ne comprenez pas, reprit Jeff dont le regard passa alternativement de l'un à l'autre, comme s'il les suppliait, Shane et elle, de croire à son innocence.

Et d'ajouter :

— Le forum ne nous sert qu'à évacuer la pression, on cherche à s'entraider pour retrouver du boulot, nous reconstruire. Et aussi, bien sûr, on réfléchit à la façon de mettre fin aux agissements de ce fichu site Internet et de faire disparaître toutes les infos qu'il contient.

Certes, de là à perpétrer des attaques armées, il y avait de la marge. Mais avoir ce genre de discussions risquait de donner de mauvaises idées à certains.

— Vous vous rendez compte qu'après cet aveu, il est difficile de vous croire innocent, n'est-ce pas ?

Jeff la fixa longuement.

— Mais s'il t'arrive quelque chose, tout ce qui a été dit sur nous va ressortir. La presse évoquera ton travail pour le site, donnera les noms de ceux que tu as contribué à dénoncer.

Elle ne pouvait effectivement pas nier que ça se passerait ainsi, mais elle refusait de s'en sentir coupable.

— Et donc ?

— Faire de toi une martyre serait la plus grosse erreur que nous pourrions commettre. Il est au contraire dans notre intérêt de te savoir vivante, en bonne santé et qu'il n'y ait pas de vagues à ton sujet.

— La savoir morte, ça ne libérerait pas votre conscience ? intervint Shane.

— Non, si c'est ce que vous pensez, vous faites totalement fausse route.

Jeff soupira et se leva. Il ramassa ses clés de voiture posées sur la table et les rangea dans sa poche. Sans un mot, il commença à s'éloigner.

— Où allez-vous ? lui demanda Shane d'un ton menaçant.

Jeff ne se retourna pas.

— Chercher moi-même qui tente de me piéger. Vous verrez, je vous prouverai mon innocence.

Makena le regarda s'éloigner.

— Il est un peu trop sûr de lui, non ?

— C'est un menteur-né, ne l'oublie pas.

C'était indéniable. Pour Jeff, mentir était devenu une seconde nature. Cette pensée la rendit morose.

— Et maintenant, on fait quoi ?

— On continue de creuser.

17

Le lendemain, Tyler Cowls se présenta à leur porte. Sans les avoir contactés au préalable pour demander à les rencontrer. Non, il était venu directement à la maison sécurisée.

Heureusement Shane l'avait repéré dès son arrivée. Grâce aux caméras de surveillance bien cachées et placées à des endroits stratégiques.

Il dégaina immédiatement son arme. Cette visite ne lui disait rien qui vaille. Pour commencer, comment Tyler avait-il su où les trouver ? Il n'était pas censé connaître cette adresse. Et le fait aussi que Tyler, qui ne sortait jamais de chez lui, ait quitté sa maison pour venir jusqu'à eux lui semblait également éminemment suspect.

Tyler était décidément une énigme. Pour un homme qui consacrait sa vie à dénoncer les mensonges des autres, il manquait franchement de transparence.

Shane le laissa franchir le seuil, mais ne l'invita pas à aller plus loin, encore moins à s'asseoir.

— Que faites-vous là ?

C'était une question purement rhétorique car Shane avait déjà décrété que, quelle que soit sa justification, il ne croirait pas Tyler sur parole.

Ce dernier avait le regard fixé sur Makena, qui se tenait assise un peu plus loin.

— Nous devons parler de Jeff, lui lança-t-il.

Sans doute Tyler espérait-il encore garder de l'ascendant sur Makena, songea Shane. Mais, hélas pour Tyler, Makena avait pris connaissance, moins d'une heure auparavant, des documents dont l'équipe Corcoran disposait sur son patron. Désormais, Makena commençait à se faire à l'idée que Tyler n'était pas celui qu'il prétendait.

— Je préférerais que vous nous disiez comment vous avez su que nous étions ici, répliqua Shane.

— Je me débrouille en informatique et…

— Non.

Inutile de le laisser continuer. L'équipe Corcoran disposait des meilleurs outils informatiques possibles pour crypter informations et données. Et, dès que quelqu'un effectuait des recherches sur Internet qui concernaient de près ou de loin l'un de ses membres, un message d'avertissement était automatiquement envoyé au quartier général. Tyler Cowls ne pouvait en aucun cas avoir découvert l'adresse de la maison sécurisée en cherchant sur le Web.

— C'est impossible de découvrir l'adresse de cette maison avec des moyens classiques.

— D'accord. J'ai relevé le numéro de votre plaque d'immatriculation et je vous ai suivis jusqu'ici.

Tyler fit cette déclaration sur un ton léger, comme s'il s'attendait à être félicité pour sa présence d'esprit. Sauf que ça ne faisait que le rendre davantage suspect.

— La voiture dont vous avez relevé la plaque n'est plus en service. J'en utilise une autre à présent.

Tyler haussa les épaules.

— Et alors ?

Pas terrible comme esquive. Mais Shane laissa glisser.

— Disons que quand quelqu'un se présente à un endroit où il ne devrait pas pouvoir arriver, ça me rend méfiant.

— J'en conclus que vous prenez votre travail au sérieux.

Shane ignora le sarcasme. Mieux valait qu'il évite de répondre aux provocations de cet énergumène s'il souhaitait que la conversation avance.

— Quel travail ? reprit-il néanmoins.

— Votre travail de garde du corps de Makena.

Au moment où Tyler prononça son nom, Makena se leva et s'avança vers eux.

— Tyler, tu m'as dit que tu ne quittais jamais ta maison et que tu limitais strictement tes contacts avec l'extérieur.

— C'est vrai mais je me soucie de toi. Après que Frank…

Tyler leva la main et fit un grand geste, comme si l'émotion le submergeait et qu'il avait du mal à trouver ses mots.

— J'ai éprouvé une terrible angoisse.

Son numéro ne sembla pas ébranler Makena. Elle inclina la tête et reprit :

— L'autre jour, après que nous sommes partis de chez toi, quelqu'un nous a apparemment suivis.

— Oui, j'ai entendu parler de l'accident du pont et, sur Internet, ça s'agite pas mal. Jeff se sent traqué, il veut se venger.

Tiens, tiens… Son insistance à remettre l'implication de Jeff sur le tapis était intéressante.

Makena plissa les yeux.

— Tu crois qu'il va tenter de s'en prendre à moi ?

— Il est désespéré, et je pense qu'il n'est pas loin de basculer.

Tyler se tourna vers Shane.

— Et vous, vous continuez de discuter avec lui.

Shane comprit que c'était une accusation déguisée. Tyler était un manipulateur, prêt à tout pour le discréditer aux yeux de Makena. Mais il devait rester calme et l'inciter à parler. C'était la seule façon de le piéger.

— Comment le savez-vous ?

— Je suis les échanges sur le forum.

Shane fronça les sourcils. Encore quelques jours plus tôt, ce forum était censé être secret. Désormais, c'était à croire que tout le monde connaissait son existence et pouvait y accéder librement. Ça en devenait absurde !

— Tiens donc ! Vous étiez au courant de l'existence du forum et de ce qui s'y disait, mais vous n'avez pas jugé utile d'en avertir Makena. Sans Frank, elle n'aurait jamais su que ces types conspiraient contre elle.

— Au départ, je n'avais pas pris ces discussions au sérieux.

— Ah bon ? Et votre position, vous la prenez au sérieux ?

— Que voulez-vous dire ?

— Que tes états de service ne correspondent pas à ce que tu prétends, déclara Makena, qui avait lâché la bombe sans ciller.

La réaction de Tyler ne tarda pas. En quelques secondes, son expression passa de l'inquiétude à la déception, puis se teinta de colère.

— Vous avez fouillé dans mon passé ? s'écria-t-il en les dévisageant tour à tour. Je n'arrive pas à le croire.

Désormais, se dit Shane, inutile de continuer à lui dissimuler ce qu'ils avaient appris. Autant le pousser dans ses retranchements.

— Vous n'avez jamais combattu, vous n'avez pas servi en Irak.

— Je comprends ce qui vous fait croire ça, mais c'est seulement parce que mon dossier est confidentiel, répliqua Tyler avec un sourire complaisant. Tout le monde ne peut pas y accéder.

Shane lui lança un regard froid. Il n'avait plus envie de jouer.

— Je dispose de cet accès, se borna-t-il à préciser.

Tyler commença à pâlir.

— Tyler, il y a des incohérences entre les faits et les époques, les hommes avec qui tu es censé avoir servi n'ont pas pu t'identifier, renchérit Makena sur un ton plus conciliant.

Tyler secoua la tête.

— Tu ne comprends pas comment ça fonctionne.

— Cela fait plus d'un an que j'épluche des dossiers militaires, rétorqua Makena qui, cette fois, ne put totalement masquer son irritation. Je pense savoir comment les analyser.

— Quant à moi, j'ai réellement fait partie de l'armée, alors vous ne me ferez pas croire que je ne sais pas lire un dossier militaire, ajouta Shane.

Cette fois, Tyler était blafard et Shane comprit qu'il était coincé et cherchait un moyen de s'en sortir. A tout hasard, au cas où il continuerait de nier, Shane jugea bon de préciser :

— J'ai des contacts haut placés et je travaille avec des gens à qui on ouvre toutes les portes, sans exceptions.

— Je vous apporterai mon dossier.

— Inutile, je l'ai déjà consulté. Tout est faux.

Tyler voulut prendre un air outragé.

— Ce n'est pas vrai.

— Je crois que vous avez lancé votre site Internet précisément pour garder la main. Vous occupiez la position parfaite pour savoir si quelqu'un s'intéressait d'un peu trop près à votre cas.

Ce n'était qu'une hypothèse mais Shane ne voyait pas d'autre explication.

— C'est ridicule. Enfin, Makena, dis-le-lui !

Comme elle ne réagissait pas, Tyler comprit que le combat était perdu.

— Tu le crois, toi aussi ? insista-t-il, les yeux fixés sur elle.

— C'est toi qui m'as appris à effectuer des recherches, à lire un dossier militaire et à croiser les informations. Alors quand Shane m'a montré ton dossier, j'ai appliqué la méthode.

Elle secoua la tête.

— Et ça ne colle pas.

— C'est lui qui te manipule.

Tyler se mit à reculer et Shane le vit pointer un doigt accusateur sur lui.

— Il te veut pour lui tout seul.

Makena haussa les épaules.

— Il m'a déjà.

Shane sentit son cœur se serrer d'émotion. S'il n'avait pas été amoureux d'elle, cette déclaration sans ambiguïté l'aurait définitivement conquis.

Le visage de Tyler se décomposa, il se mit à bégayer.

— Je m'en vais.

Shane ne chercha pas à le retenir. Sa priorité était de faire ses valises et d'emmener Makena ailleurs, loin de la menace que représentait ce type.

— Tu ne veux pas nous dire quel était le but de ta visite ? s'enquit Makena.

Tyler posa la main sur la poignée de la porte.

— Quand vous le découvrirez, vous regretterez vos accusations.

Elle avait besoin de prendre un bain.

La rencontre avec Tyler l'avait épuisée. Avant, elle l'appréciait, elle avait énormément de respect pour lui. Mais elle était tombée de haut.

Elle ne comprenait vraiment rien à son comportement. Ce qu'il avait fait était très grave et, a priori, elle ne lui trouvait aucune excuse.

— Il a menti sur tout. Absolument tout.

— Oui, je le pense aussi.

Shane regardait par la fenêtre, l'air préoccupé.

— Ce que nous avons appris ne fait pas de lui un tueur, ni à coup sûr l'homme que nous recherchons, reprit-elle, mais il est impossible d'en faire abstraction.

Elle n'avait plus aucune confiance en Tyler et jamais elle ne lui pardonnerait ses mensonges. Elle avait mis tant de cœur à travailler pour son site, et tout ça pour quoi ?

— Je suis désolé, déclara Shane qui vint vers elle et la prit dans ses bras. Tout indique qu'il était moyen dans tout ce qu'il a entrepris. C'était un étudiant médiocre, pas un grand athlète, il n'était pas très populaire non plus. Il semble qu'il se soit plus ou moins acheté des amis grâce à l'argent dont il a hérité à la mort de ses parents dans un accident d'avion. Se faire passer pour un héros de guerre, c'était peut-être pour lui une façon d'accéder à la reconnaissance dont il avait besoin.

Makena haussa les épaules.

— Il mène une existence extrêmement solitaire. S'inventer un passé ne lui sert à rien.

Elle chercha à se remémorer une occasion où il aurait cherché à utiliser ce faux passé pour s'attirer les bonnes grâces de quelqu'un mais n'en trouva pas.

Shane fit la grimace.

— Possible qu'il ait pensé que toi, tu serais séduite.

Elle n'arrivait pas à le concevoir.

— Comment ai-je pu me tromper à ce point ? Et moi qui me croyais douée pour comprendre les gens…

Ces stupéfiantes découvertes sur Tyler l'amenaient à s'interroger sur beaucoup d'aspects. Elle se demandait si elle était vraiment lucide ou si elle ne voyait pas plutôt les choses comme elle voulait qu'elles soient.

— Ne fais pas ça, intervint Shane, ne sombre pas dans la culpabilité.

La tendresse de sa voix lui fit du bien. Peut-être s'était-elle trompée sur Tyler, mais certainement pas sur Shane. Elle posa la joue contre sa poitrine, et il lui caressa les cheveux. Ces moments d'affection avec lui étaient ce qu'elle aimait le plus, et elle voulait en vivre de nombreux autres.

Elle écouta battre son cœur et, petit à petit, se détendit. Soudain, elle prit conscience qu'elle entendait autre chose que le rythme cardiaque de Shane : un petit bip régulier s'y superposait.

— C'est quoi ce bruit ?

— Ma montre, répondit-il en levant le bras.

Une montre qui, apparemment, n'était pas pourvue d'un banal bracelet noir. Tous les membres de l'équipe Corcoran portaient la même. De toute évidence, cette montre ne faisait pas que donner l'heure. Mais c'était la première fois qu'elle entendait ce bip, se dit Makena.

— C'est bizarre comme son. Est-ce une alarme ?

— Nous devons sortir de la maison, répondit-il sans autre explication.

— Hein ? Pourquoi, que se passe-t-il ?

— Il y a une bombe.

Elle ne comprenait rien.

— Une bombe… Tu veux dire, la montre ?

— Elle est quelque part dans la maison alors ne restons pas là.

Il la prit par le coude pour la tirer derrière lui. Au moment d'ouvrir la porte, il s'immobilisa.

— Qu'est-ce qu'il a pu toucher ?

Elle ne comprenait rien à ce qu'il racontait. Quelques secondes auparavant, il la serrait tendrement contre lui, et voilà que maintenant il ne tenait plus en place et s'exprimait par énigmes.

— Shane, explique-moi ce qui…

— Ne bouge pas.

Il leva la main pour lui indiquer de ne pas approcher de la porte. Puis il avança d'un pas.

Et se baissa pour regarder sous la poignée.

— Te voilà.

Makena avait l'impression d'être en plein film d'action, sauf qu'elle n'y prenait aucune part active… Alors que Shane s'agitait en tous sens, elle tenta de l'obliger à la regarder.

— Pourrais-tu m'expliquer clairement ce qui se passe ?

— Plus tard.

Il la reprit par la main et la conduisit en direction de la chambre.

— Nous devons sortir d'ici.

Quand ils pénétrèrent dans la chambre, elle s'arrêta net et tira de toutes ses forces sur son bras pour l'obliger à se retourner. Elle lui prit le visage entre les mains.

— Shane, regarde-moi.

— Tyler a posé une charge explosive, dit-il en pressant ses doigts contre les siens.

Elle mit quelques secondes à assimiler cette phrase. Puis sa seule idée fut d'être loin au plus vite. Elle courut à la fenêtre. L'instant d'après, Shane l'aidait à en enjamber le rebord.

— Cours et ne te retourne pas.

Ils se trouvaient au rez-de-chaussée, sortir n'était pas compliqué.

— Ne t'arrête pas, quoi que tu entendes, ajouta Shane.

A peine avait-elle posé les pieds au sol qu'une explosion

retentit. Le bruit fut tellement assourdissant qu'elle en perdit l'équilibre.

Quand elle recouvra ses esprits, elle était par terre. Elle se redressa sur un coude et se mit à ramper pour s'éloigner.

De la fumée s'échappait par la fenêtre de la chambre et elle aperçut même des flammes. Elle redoubla d'énergie pour s'éloigner de cet enfer le plus vite possible.

Soudain, Makena prit conscience que Shane n'était pas avec elle. Elle regarda de tous côtés mais ne le vit pas. Comment cela se pouvait-il ? Elle chercha à reconstituer le film des événements.

Il se tenait derrière elle, il l'avait aidée à enjamber le rebord de la fenêtre. Ensuite… Mon Dieu ! Avec horreur, Makena comprit qu'il n'y avait qu'une seule explication possible : Shane ne l'avait pas suivie, il était toujours à l'intérieur.

D'effroi, elle tomba à genoux. Il fallait qu'elle retourne le chercher. Mais comment pénétrer dans la maison alors que les flammes se propageaient partout ?

Elle retint un sanglot. Le désespoir n'était pas loin de la submerger. Mais elle ne devait pas sombrer : Shane était fort, il avait l'habitude d'affronter les situations les plus périlleuses.

Elle tenta de se lever, mais elle était encore trop faible. Le choc et la peur lui tétanisaient les muscles. Elle se répéta en boucle que Shane n'avait pas péri dans les flammes. C'était impossible.

La fumée s'épaississait, ses yeux la piquaient. Mais elle n'avait pas le droit de rester là sans rien faire. Elle s'appuya sur les mains, se stabilisa puis poussa sur les jambes pour se lever. Elle avait les genoux encore flageolants mais elle ne retomba pas.

Pas à pas, elle avança vers la maison.

Très vite, la fumée fut tellement épaisse qu'elle ne voyait plus où elle posait les pieds. Elle buta sur un obstacle et se sentit partir en avant mais, par miracle, elle ne perdit pas l'équilibre.

Sa gorge la brûlait, elle commençait à suffoquer. Elle devait faire vite car elle ne tiendrait pas longtemps. Soudain, elle aperçut une forme sur sa droite. Elle battit des paupières pour s'éclaircir la vue. C'était un jean, une jambe d'homme.

Elle éprouva un immense soulagement. *Shane a réussi à sortir !* Elle leva les yeux et finit par distinguer son visage. Mais ce n'était pas Shane…

C'était Tyler ! Une arme à la main.

— Qu'est-ce que tu…

Elle ne termina pas sa phrase. Avec la fumée qui l'étouffait, elle avait du mal à parler et, de toute façon, le crépitement des flammes empêcherait sûrement Tyler de l'entendre.

Ce dernier, tendant le bras, l'attrapa par sa veste et la tira à lui. Il approcha son visage du sien.

Elle ne comprit d'abord pas ce qu'il lui disait, mais les derniers mots qu'elle saisit suffirent à lui glacer le sang :

— Tout aurait été plus simple si c'était moi que tu avais choisi.

18

La déflagration le fit vaciller et il tomba à genoux. Des éclats de plâtre chutèrent du plafond.

Shane avait eu le temps de faire sortir Makena, heureusement. Cameron et Connor ne tarderaient pas à arriver et s'occuperaient d'elle. Du moins cherchait-il à s'en persuader.

Maintenant, il fallait qu'il s'en sorte. L'explosion avait provoqué un incendie, et une épaisse fumée avait envahi la chambre. Il ne voyait plus rien et ne savait plus vers où se diriger.

Il faisait déjà une chaleur intense et, de seconde en seconde, la température ne cessait de grimper. La fumée lui brûlait la gorge et les poumons et menaçait de le faire suffoquer. Il se couvrit la bouche de la main et chercha une source de lumière.

De nouveaux débris tombèrent tout près de lui. Il devait faire vite. Il partit dans la direction où, selon lui, se trouvait la fenêtre.

Il progressait lentement mais sûrement, il en était convaincu. Pour se donner du courage, il pensa à Makena. La perspective de la revoir très vite lui donna un coup de fouet.

Il sentit alors des bras se refermer autour de sa taille. Il tenta de se retourner et de se débattre, mais, hélas, ses forces l'abandonnaient. Il eut tout juste le temps d'apercevoir un masque à gaz et, à travers, de reconnaître les traits de Cameron. Ensuite, tout se brouilla et il se sentit flotter, sans comprendre ce qui lui arrivait. Lorsqu'il reprit conscience, son premier réflexe fut de se débattre à nouveau.

— Shane, ça va ? entendit-il alors.

C'était la voix de Connor.

Shane prit une grande inspiration et comprit que lui aussi portait un masque. Il avait inspiré tellement fort que cet air pourtant sain menaçait de l'étouffer. Il avait besoin d'ôter le masque pour tousser. Il se plia en deux, pris de convulsions douloureuses.

Il avait la gorge irritée, déglutir lui était pénible mais au moins il était en vie. Connor et Cameron se tenaient devant lui.

Ils avaient foncé droit dans les flammes pour le sauver, sans se soucier du danger. Sans eux, il ne serait plus de ce monde, songea-t-il, éperdu de reconnaissance. Il y avait néanmoins une question qui l'inquiétait : où était Makena ?

Il se redressa laborieusement et, après quelques secondes, formula la question qui occupait son esprit.

Connor et Cameron échangèrent un regard, et Shane eut un mauvais pressentiment.

— Connor, où est-elle ?

Connor leva la main.

— Il faut que tu restes calme.

— Où est-elle ?

C'était son unique préoccupation.

— Ecoute-moi.

— Inutile de tourner autour du pot, intervint Cameron qui pointa un doigt devant lui, de l'autre côté des flammes.

Shane se retourna et distingua une silhouette masculine. Au bout de quelques secondes, il devina qu'il s'agissait d'un homme qui menaçait une autre personne de son arme. Il comprit aussitôt.

Tyler et Makena ! Tyler s'était emparé de Makena !

Il voulut se lancer à leur poursuite, mais Cameron et Connor le retinrent. A deux contre un, il n'avait aucune chance, mais il continua néanmoins de se débattre.

— Arrête, Shane, nous allons les suivre mais pas n'importe comment.

Mais il n'arrivait plus à raisonner, son obsession était de

savoir Makena libre et loin de ce psychopathe. Il était capable de tout, chaque seconde comptait.

— Maintenant, nous devons y aller maintenant !

— A cause du feu, nous ne réussirons jamais à les rattraper, répliqua Connor. Et Makena risquerait de se retrouver prise au milieu d'une fusillade.

— Elle nous mènera droit à Tyler, ajouta Cameron.

— Ce n'est pas un appât, elle ne peut pas… Que feriez-vous s'il s'agissait de Jana ou de Julia ? demanda-t-il à ses deux collègues.

Le temps de reprendre son souffle, et il ajouta :

— Et, si vous vous fichez de ce que je ressens, alors pensez à Holt. S'il apprenait que nous ne nous sommes pas précipités au secours de sa sœur alors qu'elle était en danger, il nous tuerait.

— Elle va s'en sortir, je te le promets, répondit Connor, sûr de lui.

— Tu n'en sais rien. Tu veux le croire, mais tu n'en sais rien !

— Tu n'as pas le choix, répliqua Connor, imperturbable.

Jamais Shane ne s'était senti aussi démuni.

— Connor, par pitié.

Cameron se posta à côté de ce dernier.

— On va y aller. Mais on respecte les procédures.

— Si par malheur ça ne marche pas…, commença Shane.

Connor lui tendit une arme.

— Ça marchera.

La journée entière avait été un cauchemar, et ce n'était pas terminé.

Makena se sentait au bord du malaise, et l'angoisse de ne rien savoir du sort de Shane la dévorait. Elle ne cessait de repenser au moment de l'explosion : elle aurait voulu se convaincre qu'il avait sauté par la fenêtre en même temps qu'elle mais, hélas, ça ne s'était manifestement pas passé ainsi.

Et maintenant, voilà qu'elle se retrouvait assise à la table de la cuisine chez Tyler, lequel faisait mine de se comporter comme si tout était normal.

— Tyler, je t'en supplie, écoute-moi.

Elle voulut bouger un bras mais faillit crier de douleur tant les liens qui emprisonnaient ses membres étaient serrés.

Tyler s'installa face à elle et ouvrit son ordinateur portable.

— Nous dînerons bientôt, ensuite tu iras te reposer.

Il s'exprimait avec détachement, comme s'ils vivaient ensemble depuis longtemps et que c'était leur routine quotidienne. Il était devenu fou, il n'y avait pas d'autre explication. La colère qu'il avait montrée quand Shane l'avait poussé dans ses retranchements avait disparu ; désormais, c'était comme s'il était passé dans une autre dimension.

Elle ne connaissait pas ce Tyler-là, elle ne savait pas s'il serait capable de lui faire du mal ou pas, et ça lui faisait peur.

— Pourrais-je aller aux toilettes ?

Tyler leva les yeux. En un instant, son regard s'embrasa de fureur.

— Non.

Elle voulait tenter de le ramener à la réalité, mais elle commençait à douter que ce soit possible.

— Tu n'as pas besoin de me garder attachée.

— Tu veux en profiter pour retourner auprès de lui ? C'est ça ?

Shane. Songer à lui fit revenir son angoisse. Elle retint ses larmes.

— Nous devrions parler de cela.

Tyler fit non de la tête.

— Tu ne m'as pas laissé le choix, dit-il.

— Bien sûr que si.

Il plissa les yeux.

— Tu as brisé le lien qui nous unissait.

Il n'y avait jamais eu de lien amoureux entre eux, mais il semblait s'être convaincu du contraire.

— Je ne savais pas ce que tu ressentais pour moi. Tu ne m'en as jamais parlé.

— Bien sûr que si, tu savais.

Elle voulait croire que continuer à le faire parler était la meilleure solution, que ça laisserait le temps à l'équipe Corcoran de venir à son secours. Mais s'ils avaient découvert le corps sans vie de Shane… Non, non, non. Elle chassa cette pensée.

— Comment aurais-je pu le savoir ?

Tyler se leva.

— C'est impossible que tu ne l'aies pas compris. Je n'ai cessé de te donner davantage de responsabilités. J'ai tout risqué pour toi.

— Explique-moi, répondit-elle tandis que, discrètement, elle regardait partout autour d'elle, à la recherche de n'importe quoi pouvant lui servir d'arme. Qu'as-tu fait pour moi ?

— Je t'ai laissée enquêter sur des dossiers qui risquaient de me compromettre. Tu as failli détruire tout ce que j'avais construit mais je t'ai pardonné. Tout était sous contrôle jusqu'à ce que cette requête te parvienne via le site. Les autres, je les avais toutes interceptées, mais pas la dernière. Je n'en ai pas eu le temps.

Elle se souvenait de l'événement auquel il faisait référence. Elle était tombée sur cette requête en cherchant tout à fait autre chose.

— Tu étais à Washington, ce jour-là.

Il lui sourit.

— Quel coup de malchance !

— En quoi cette requête-là était-elle plus importante que les autres ?

Pour autant qu'elle s'en souvienne, le message concernait un homme qui prétendait — à tort bien sûr — avoir été membre des forces spéciales et avoir sauvé plusieurs vies au combat. Un message qui n'avait rien d'exceptionnel au regard de ceux qu'ils recevaient sur le site et qui ne l'avait en aucun cas poussée à soupçonner Tyler de quoi que ce soit.

Il haussa les épaules.

— Nous avions tous deux emprunté la même histoire.

Cet aveu, lâché spontanément et sans émotion, la laissa sans voix. Tyler semblait ne plus du tout se soucier d'apparaître comme l'affabulateur qu'il était. Elle n'aurait pas su dire si c'était dû à la folie qui s'était emparée de lui ou l'expression de sa véritable nature.

— Tu veux dire que… Quoi, exactement ?

— L'homme sur lequel tu t'apprêtais à enquêter s'était inventé une histoire similaire à la mienne parce que nous connaissions tous deux un certain Roger Culp. Nous avions tous trois grandi dans la même petite ville.

— Mais seul l'un d'entre vous a véritablement combattu, devina Makena.

— C'était un héros local.

Tyler s'appuya contre l'évier et observa les petits moniteurs fixés au-dessus du plan de travail.

— Je méritais autant que lui qu'on m'arrête dans la rue pour me féliciter, même si je n'étais pas allé au front.

Makena connaissait par cœur cette justification. Quasiment tous les hommes dénoncés sur le site se défendaient ainsi. Que son propre patron, le fondateur même du site, soit l'un d'eux lui faisait mal.

Tyler désigna de la tête un des moniteurs.

— Nous avons de la visite.

Elle suivit son regard, dans l'espoir d'apercevoir Shane sur le point de se précipiter dans la maison, mais Tyler ne montrait pas la moindre crainte. D'où elle se trouvait, elle distinguait une silhouette qui s'approchait de la porte d'entrée. Un homme.

Quand il leva la tête, elle l'identifia sans peine : Jeff Horvath.

Le découragement la submergea. Ce n'était pas la visite qu'elle espérait… Elle devina alors la raison de la présence de Jeff. C'était lui le contact de Tyler, le biais par lequel il avait accès au forum.

— Ton partenaire est là, à ce que je vois, déclara-t-elle avec dégoût.

Tyler haussa les sourcils.

— Ah non, ce n'est pas mon associé.

— Comment ça ? balbutia-t-elle, déroutée par sa réponse.

— Ton incapacité à comprendre me pousse à m'interroger sur la confiance que j'ai toujours placée en toi.

Et, glissant son arme dans son dos :

— Je vais faire entrer notre ami.

Makena prêta l'oreille, mais n'entendit aucune conversation entre les deux hommes, seulement des bruits de pas.

Jeff apparut alors devant elle, le regard empli de terreur. Tyler le suivait, lui braquant son arme sur la tête.

Travaillaient-ils ensemble ou pas ? Makena n'y comprenait plus rien. Elle se sentait complètement perdue.

— Jeff est passé nous dire un petit bonjour, déclara Tyler avec un sourire satisfait.

Makena vit Jeff lui lancer un regard abasourdi.

— Vous… Vous l'avez attachée à une chaise ? ! s'exclama-t-il en se tournant vers Tyler.

Ce dernier ricana.

— Mais… je pensais que vous travailliez ensemble, reprit Jeff. Je suis venu pour… Je voulais seulement discuter avec vous.

Toujours sous la menace de son arme, Tyler le fit s'asseoir sur une chaise et commencer à l'attacher lu aussi. Mais ses mouvements étaient rendus maladroits par le port de son pistolet. Agacé, il déclara :

— Bah, inutile que je te ligote dans les règles de l'art étant donné le peu de temps qui te reste à vivre.

— Mais enfin, qu'est-ce qui se passe ? s'écria Jeff qui paraissait sincèrement perdu.

Makena lisait l'angoisse et la confusion dans son regard et sentit qu'il ne bluffait pas.

— J'ai découvert que Tyler était lui aussi un menteur, répondit-elle. Que c'était l'un d'entre vous.

Jeff se retourna pour fixer Tyler, qui se tenait debout derrière sa chaise.

— Quoi ? Vous n'avez jamais fait partie de l'armée ? Vous non plus ?

Tyler lui retourna un regard où se mêlaient folie et désespoir.

— Ferme-la.

Makena bougea encore une fois les mains, mais ses liens étaient toujours aussi serrés. Son seul espoir était de pousser les deux hommes à parler.

— Vous ne le saviez pas, Jeff ?

— Si je l'avais su, je m'en serais servi contre lui. Je n'arrive pas à y croire. Après tout ce temps…

— Je t'ai dit de la fermer.

Tyler vint se poster au centre de la table pour les avoir tous deux dans son champ de vision. Il sortit un couteau et le pointa tour à tour sur chacun.

— Laissez-moi vous expliquer comment ça va se passer. Jeff, tu vas tuer Makena dans un accès de haine.

Jeff pâlit et chercha à reculer subrepticement.

— Non, jamais je…

Tyler passa la jambe derrière un pied de la chaise de Jeff et le ramena à sa position initiale.

— Et toi, Makena, avant de mourir, tu auras le temps de blesser Jeff d'un coup de couteau. Je lui donnerai le coup de grâce avec l'arme que je garde dissimulée ici pour me défendre.

Apparemment, il avait déjà écrit la scène dans sa tête.

— Encore une fois, tu te feras passer pour un héros, commenta-t-elle.

Il lui retourna un regard noir.

— J'en suis un.

— Ça ne marchera jamais, répliqua-t-elle tandis qu'elle cherchait un moyen d'éviter le pire.

— Tu as eu ta chance, riposta-t-il. Je voulais que tu deviennes ma partenaire privilégiée.

Elle continuait de faire défiler des scénarios dans sa tête. Elle se tourna vers Jeff.

— Comment êtes-vous arrivé ici ?

— Je vous ai suivis.

Pouvait-elle en conclure que l'équipe Corcoran en avait fait de même ? Elle l'espérait tant…

— Je croyais que c'était vous le coupable, avoua-t-elle.

— De toute façon, c'est un menteur, intervint Tyler.

Makena s'avisa que Jeff la regardait intensément. Qu'attendait-il d'elle ? La seule chose dont elle était sûre, c'est qu'ils étaient dans la même galère et devaient unir leurs forces pour s'en sortir. Il la regarda encore une fois avec gravité et déclara :

— Personne ne croira à cette histoire, je ne suis pas un tueur.

— Hélas pour toi, moi si.

Et Tyler de brandir son couteau et de le planter dans le flanc de Jeff.

Elle ferma les yeux, mais eut le temps de voir Jeff hurler de douleur et se plier en deux. Une tache sanglante se forma sous sa chemise blanche. Ensuite, ce fut le chaos. La fenêtre du salon se brisa dans un craquement de bois et de verre et quelqu'un surgit dans la pièce. Au même moment, la porte d'entrée sortit de ses gonds.

Makena crut entendre la voix de Shane mais elle n'en fut pas sûre. Elle eut à peine le temps de voir Tyler se jeter sur son arme puis Jeff le retenir par le bras. Elle sentit une secousse et, la seconde d'après, se retrouva au sol.

Sa tête heurta le parquet, sa vue se brouilla, elle entendit les gémissements de douleur de Jeff, des coups de feu. Puis plus rien.

19

Shane avait attendu un peu trop longtemps. Quand Tyler avait fait asseoir Jeff sur une chaise, il aurait voulu surgir dans la pièce. Il pensait que ces deux types étaient complices. Si l'ensemble de l'équipe Corcoran s'était précipité sur eux, il se serait bien moqué de leur sort. La vie humaine comptait, mais celle de Tyler et de Jeff n'avait plus de valeur à ses yeux.

Ensuite, il avait vu Tyler exhiber son couteau et son revolver et il avait silencieusement fait savoir que le moment de donner l'assaut était arrivé.

Les explosifs avaient fait voler la porte en éclats et, sans attendre que la fumée se dissipe ni l'ordre de Connor, il s'était jeté dans la bataille.

Il avait foncé droit sur Tyler, qui braquait son arme sur Jeff après avoir lutté avec lui.

Tyler paraissait prêt à abattre tous ceux qui se mettaient en travers de son chemin. La raison semblait l'avoir quitté. Il n'y avait pas d'autre explication.

Dans ce cas, il était inutile de négocier une reddition. Il fallait l'arrêter au plus vite.

Shane fit feu sans chercher à atteindre sa cible, mais pour attirer l'attention de Tyler et le détourner de Makena et de Jeff.

Mais celui-ci ne mordit pas à l'hameçon. Il plongea au sol et, en rampant, se dirigea vers Makena. Shane ne réfléchit pas. Outrepassant toutes les règles de sécurité, il se jeta dans la ligne de mire de Cameron. Sa seule obsession était d'empêcher

Tyler de se servir de Makena comme d'un bouclier. Cameron et Connor hurlèrent, mais il ne les écouta pas.

Il atteignit Makena le premier et parvint à se poster devant elle. Tyler brandissait son arme d'une main tremblante et ne savait plus sur qui la braquer.

Le forcené se mit à crier, à parler de sa vie, de tout ce qu'il avait perdu, sans aucune ligne directrice. Shane vit le regard de Tyler se fixer enfin quand ce dernier prit conscience de sa présence.

Parfait. C'était ce qu'il voulait. Etre pris pour cible pour que ses coéquipiers puissent se mettre en position. Il croisa brièvement le regard de Makena. Elle avait les yeux agrandis d'effroi, la bouche ouverte, mais aucun son n'en sortait. Il leva les mains en l'air.

— C'est moi que tu veux, Tyler, n'est-ce pas ? l'apostropha Shane.

Tyler se redressa.

— Vous avez ruiné tous mes projets.

Shane recula d'un pas pour que Tyler le suive du regard et se mette à découvert sans s'en rendre compte.

— Eh oui, Tyler. Et ce n'est pas fini, tu vois. Je suis venu récupérer Makena. Tu ne l'auras jamais.

Makena poussa un gémissement.

— Shane, non, ne le provoque pas !

— En fait, je ne l'aime pas vraiment, tu sais, continua Shane. Mais quand j'ai compris que tu étais épris d'elle, je l'ai séduite parce que je ne voulais pas qu'elle soit à toi. C'était un jeu, Tyler, je voulais te battre.

Le coup de bluff marchait. Tyler le prenait au sérieux et, sous l'effet de la colère, il se redressa davantage. Quelques centimètres de plus et il constituerait une cible de choix.

— Elle n'était pas loin de tomber sous ton charme, tu sais, continua-t-il. Elle n'arrêtait pas de parler de toi, elle te prenait pour un héros. Mais j'ai réussi à faire en sorte que ce soit moi qu'elle choisisse. Ça n'a pas été facile, mais j'ai réussi.

Tyler se redressa complètement. C'était ce que Shane attendait.

Il brandit son arme à la vitesse de l'éclair et fit feu. Il y eut d'autres coups tirés. Connor et Cameron avaient également fait feu. Tyler ne pouvait pas s'en être sorti.

Shane eut vaguement conscience que Connor et Cameron s'avançaient vers Tyler pour s'assurer qu'il était mort. Mais ce n'était plus son problème. Il se précipita vers Makena.

Elle seule occupait ses pensées.

Il s'attaqua à ses liens, tenta de les défaire à mains nues. Il y serait parvenu tant il y mettait d'énergie, mais Cameron lui tendit un couteau pour lui faire gagner du temps.

Quelques secondes après, il la tenait dans ses bras. Que c'était bon de sentir sa chaleur, de la serrer ainsi !

— Je t'aime, oh bon sang, je t'aime tellement fort ! murmura-t-il.

Elle pleurait, il sentait ses larmes mouiller son cou. A l'extérieur, il y eut des bruits de sirènes et des claquements de portières. Cameron était penché sur Jeff et appliquait une serviette contre son flanc pour stopper l'hémorragie.

Des policiers surgirent dans la maison et Connor s'interposa. Il leva les mains et entama les pourparlers, comme il en avait l'habitude.

Shane se sentait totalement étranger à la scène. Pour lui, tout cela n'avait aucune importance. Il ne voulait pas lâcher Makena. Il avait tellement besoin de la tenir contre lui, de lui demander pardon.

— Je suis tellement désolé, répéta-t-il en boucle.

Il écarta ses cheveux de son visage, chercha ses lèvres et l'embrassa. Puis il voulut lui poser une question, mais elle lui rendit son baiser avec une intensité qui lui coupa le souffle.

— Je croyais que tu étais mort, souffla-t-elle après un long moment.

— Non, je suis là. Et toi, tu n'as rien ?

Elle fit non de la tête, comme si l'émotion était trop forte pour qu'elle parvienne à s'exprimer. Il l'incita néanmoins à poursuivre, car il avait besoin d'entendre sa voix.

— Parle-moi, parle-moi, murmura-t-il.

Elle le regarda, puis, toujours sans mot dire, désigna le sang qui maculait ses vêtements.

— C'est le sang de Jeff, affirma-t-il.

Cette déclaration lui rappela l'existence de ce dernier. Il tourna la tête vers Jeff. Cameron continuait de presser un linge contre sa blessure pour stopper l'hémorragie. Jeff avait les yeux ouverts, mais il semblait inconscient.

— Il voulait me sauver, ajouta-t-elle d'une voix tremblante.

— J'ai vu, oui.

— Est-il…

— Cameron s'occupe de lui.

Quelques instants plus tard, une équipe médicale fit son entrée. Beaucoup de monde commençait à s'activer. Connor était comme un poisson dans l'eau et indiquait à chacun ce qu'il devait faire.

Shane sentit Makena agripper sa chemise pour qu'il se penche sur elle.

— Fais-moi sortir d'ici, gémit-elle.

Il le lui devait bien. Car, à cause de lui, elle avait servi d'appât, il l'avait mise en danger et avait failli intervenir trop tard. C'était comme si son pire cauchemar était devenu réalité. Il avait fait de son mieux pour rester à l'écart d'elle précisément pour lui épargner cela. Et voilà que ça s'était produit…

— Je suis désolé, répéta-t-il, incapable de trouver mieux.

Elle lui passa la main sur la joue avec tendresse.

— Tu es mon héros.

— Oh ! Non, loin de là, mais tu es vivante, c'est tout ce qui compte.

Il la prit dans ses bras, en essayant de masquer qu'il avait mal. Il faudrait qu'un médecin l'examine mais il pouvait bien tenir Makena contre lui encore quelques secondes.

Elle passa les bras autour de son cou.

— Je t'aime, lui murmura-t-elle.

Une terrible culpabilité lui serra le cœur.

— Après ce qui s'est passé, tu ne devrais pas.

Jamais des paroles ne lui avaient autant coûté.

Makena n'aurait jamais cru qu'elle se retrouverait un jour au chevet de Jeff Horvath, à l'hôpital.

Elle avait toujours considéré que Jeff avait mérité son sort. Quelque part, elle avait oublié qu'il restait un être humain. Mais son comportement chez Tyler lui avait démontré que tout le monde méritait une seconde chance. C'était une bonne leçon.

Toujours est-il qu'elle était là, à fixer les machines auxquelles il était branché et qui le maintenaient en vie. Seuls les bruits qu'elles produisaient troublaient le silence.

Il était toujours dans le coma, mais les médecins affirmaient que le pire était derrière lui et qu'il se rétablirait. Elle se demandait bien ce qui leur permettait de dire cela mais elle s'en remettait à leur jugement.

Elle le contempla et, silencieusement, lui souhaita de s'en sortir. Elle l'espérait autant pour elle que pour lui. Et penser à Jeff lui permettait de ne pas ressasser les paroles de Shane.

« Tu ne devrais pas m'aimer. »

Après tout ce qui s'était passé, toute la violence et la peur qu'ils avaient traversées, il avait repris sa posture de loup solitaire. Mais, avant cela, ne lui avait-il pas dit qu'il l'aimait ? Tout s'était passé dans une telle frénésie qu'elle n'en était plus certaine.

— Comment va-t-il ? lui demanda Connor, qui pénétra dans la chambre suivi de Shane.

— Mieux, répondit-elle de manière automatique.

Elle posa les yeux sur Shane. Il avait un bandage sur le bras, un autre sur le cou et un bras dans une attelle. Connor avait insisté pour qu'ils aillent tous les deux à l'hôpital. Elle, on l'avait laissée sortir rapidement, mais Shane avait été gardé en observation pour la nuit.

Ce dernier fronça les sourcils.

— C'est un miracle.

Pour elle, tout était miraculeux. Elle avait raconté l'ensemble de l'affaire au téléphone à Holt, qui était entre deux avions pour revenir, mais ce récit lui avait paru complètement irréel. Pour ne pas dire surréaliste. Tout comme le sacrifice de Jeff…

— Comment un homme comme lui, enfermé dans ses mensonges, a-t-il pu risquer sa vie pour moi ?

Son comportement avait été aux antipodes de ce qu'elle connaissait de lui jusque-là.

Connor croisa les bras.

— J'aime croire que tout homme est capable du meilleur si on lui en donne l'occasion.

Shane se racla la gorge.

— Connor est un grand naïf.

Pourtant, elle était d'accord avec Connor.

— Je lui suis redevable.

— Connor a déjà payé la dette que tu as envers lui, répliqua Shane qui s'était approché d'elle pour lui poser la main sur l'épaule.

Elle tourna la tête vers Connor, stupéfaite.

— Ah bon ?

— Je me suis arrangé pour qu'on parle de Jeff dans les journaux, l'informa ce dernier. Evidemment, son passé sera évoqué, mais seulement pour mieux mettre en valeur le fait qu'il s'est racheté en te sauvant la vie au cours d'une fusillade.

— Connor a insisté pour qu'on passe sous silence le harcèlement dont tu as été l'objet de sa part.

Connor haussa les épaules.

— Ça n'aurait fait que compliquer le récit.

Elle serra les doigts de Shane.

— D'une certaine façon, je suis contente qu'il m'ait suivie partout. C'est comme ça qu'il a atterri chez Tyler.

Shane lui retourna un petit sourire.

— Moi aussi, je suis content qu'il t'ait suivie.

Connor jeta un dernier regard à Jeff puis s'apprêta à sortir.

— Je vais vous laisser…

— Non, le coupa Shane.

Elle fut surprise de sa réponse.

— Non ?

— Il faut que je m'absente, reprit Shane qui, sans attendre, s'éloigna en évitant de croiser son regard.

Pendant des années, il s'était efforcé de dresser une barrière émotionnelle entre eux, et maintenant, voilà qu'il en dressait une physique. C'était en tout cas ainsi qu'elle interprétait son comportement. Shane la fuyait physiquement. Même Connor parut troublé.

— D'accord, dit ce dernier, ne sachant qu'ajouter.

Au moment de passer la porte, Makena intercepta le bref regard que Shane lui lança.

— Je t'appellerai, dit-il avant de sortir.

Elle se mit en tête qu'elle ne passerait pas son temps à côté du téléphone à attendre un hypothétique appel de sa part. Elle en avait assez d'attendre Shane. S'il n'était pas capable d'abandonner ses craintes et ses états d'âme pour donner une chance à leur histoire et faire en sorte qu'ils soient heureux ensemble, tant pis. Après tout ce qu'ils avaient traversé, rien ne serait plus fort.

Il ne lui restait donc qu'une seule chose à dire :

— Au revoir, Shane.

Jamais un au revoir n'avait été aussi lourd de sens.

20

Le lendemain, devant l'hôpital, Shane attendait que Makena sorte. Il se tenait sur le parking, appuyé contre sa voiture. Depuis l'hospitalisation de Jeff, elle passait de longues heures à son chevet. Elle avait appelé les bureaux de l'équipe Corcoran pour les avertir que la vie de Jeff n'était plus en danger. Elle avait également évoqué la possibilité d'aller chez Holt pour préparer la maison à son arrivée. En effet, à cause de l'annulation de plusieurs vols, son frère n'était toujours pas rentré.

Shane voulait la voir avant Holt. Il voulait la voir… tout simplement.

Il entendit un bruit de pas derrière lui. Il savait que c'était Connor car il l'avait vu entrer sur le parking. Sans doute venait-il relayer Makena auprès de Jeff. C'était sympa de sa part. Lui-même n'en avait pas fait autant, songea Shane.

Connor se posta à côté de lui et fixa l'entrée de l'hôpital.

— Si Holt était là, il te dirait d'arrêter de tergiverser et d'aller parler à la femme que tu aimes.

Shane tourna lentement la tête.

— Pardon ?

Connor leva la main.

— Le doute, la culpabilité, je sais ce que c'est, tu peux me croire. J'ai failli perdre Jana justement parce que j'étais hanté par la peur de la perdre.

Depuis qu'ils travaillaient ensemble, Connor lui avait souvent fait des sermons. Son patron aimait parler et s'arrangeait toujours pour que son point de vue l'emporte. Shane appréciait la façon dont Connor dirigeait l'équipe Corcoran, jamais il n'avait remis en question ses méthodes. En revanche, quand il ne s'agissait pas de boulot, c'était une autre histoire.

— Explique-moi de quoi tu me parles, là, grommela-t-il.

Il était focalisé sur Makena et tout ce qu'il avait à lui dire. Discuter avec Connor n'était vraiment pas sa priorité.

Connor soupira.

— Bon sang, ce que tu peux être têtu.

Toute sa vie, Shane s'était entendu formuler ce reproche.

— Ce n'est pas nouveau.

— Je sais que tu tiens à rester célibataire.

Tenais. Ça, c'était avant Makena. Avant qu'il comprenne qu'il ne pourrait pas se passer d'elle.

— Qu'en sais-tu ?

— Attends, tu prétends le contraire ? Es-tu en train de me dire que…

— Je l'aime.

Il n'avait plus de difficulté à l'avouer. Mieux, il avait envie de le faire savoir. Son mariage, son divorce, c'était derrière lui. Makena représentait l'avenir.

Connor éclata de rire.

— Tu ne m'apprends rien. Je le sais depuis longtemps.

— Pourquoi n'as-tu rien dit ? s'exclama Shane.

Il était conscient de faire preuve de mauvaise foi. Tous les membres de l'équipe avaient évoqué la différence entre vivre seul et vivre avec une femme qui représentait tout pour eux. Tous avaient cherché à lui faire comprendre qu'il devait rester ouvert, ne pas s'enfermer dans ses certitudes et sa volonté de rester seul. Mais il s'était échiné à ne pas les écouter.

— Tu n'étais pas prêt à l'entendre, répondit Connor en observant le parking.

Puis d'ajouter :

— Alors pourquoi as-tu quitté l'hôpital hier sans crier gare, sans explications ? Tu devais te douter que ça la rendrait triste, non ?

En fait, il n'en avait pas réellement eu conscience. Pas avant que Cameron lui envoie un message pour le traiter d'idiot.

Mais son intention n'était pas de lui faire du mal, au contraire. Il souhaitait seulement être à la hauteur de ses responsabilités et assumer ses sentiments.

— Je souhaitais parler à Holt. Je le lui devais. J'étais résolu à ce qu'il n'y ait plus de barrières entre Makena et moi la prochaine fois que je la verrais.

— Et que se serait-il passé si Holt avait mal réagi, joué les grands frères surprotecteurs et t'avait interdit de toucher à sa petite sœur ?

Il l'aurait mal vécu, mais ça n'aurait rien changé à sa détermination.

— Je l'aurais ignoré.

— Eh bien, ça, c'est ce qu'on appelle l'amour.

Connor se redressa.

— Parfait, alors bonne chance, ajouta-t-il.

Ça ressemblait à une mise en garde.

— Bonne chance ?

— C'est mignon que tu penses que tu n'en auras pas besoin.

Connor s'éloigna en secouant la tête.

— Je me sens presque mal pour toi.

Makena se sentait épuisée, elle avait failli s'endormir plusieurs fois au chevet de Jeff. Mais elle avait tenu bon, elle avait veillé sur Jeff, parlé avec le personnel de l'hôpital et convaincu deux proches parents à lui de lui rendre visite.

Elle tenait à faire cela pour lui. Désormais, il se remettait, des gens qu'il connaissait passaient le voir, et elle allait enfin pouvoir prendre du recul.

Elle aurait seulement voulu pouvoir fermer les yeux sans que le visage de Shane ne s'imprime sur sa rétine. Ce dernier occupait tout l'espace de ses pensées. Et ça continuait. Alors qu'elle traversait le parking, elle aurait juré que c'était lui qu'elle voyait au loin, appuyé contre sa voiture. Elle battit des paupières. Mais non, elle ne rêvait pas, c'était bel et bien lui.

S'il était venu lui annoncer qu'il souhaitait qu'ils restent amis, elle le chasserait sans ménagement. Elle avait le cœur blessé, le voir partir sans un mot la veille lui avait fait mal.

Elle s'arrêta devant lui mais ne parla pas. Il ne dit rien non plus. Il était appuyé contre sa voiture et la fixait avec une telle intensité qu'elle ne put réprimer un frisson.

— Qu'est-ce que tu veux ? finit-elle par lui demander d'un ton plus dur qu'elle ne le souhaitait.

— Toi.

Il l'avait déjà dit et elle l'avait cru. Elle ne se ferait pas avoir une seconde fois.

— Nous ne coucherons plus ensemble, Shane.

Il fronça les sourcils.

— J'espère bien que si.

Elle soupira et détourna le regard. Elle faisait de son mieux pour ne pas fondre en larmes.

— Ecoute, Shane, je ne suis pas un lot de consolation.

— Non, en effet.

— Alors à quoi joues-tu ? Je ne suis pas d'humeur à…

Avant qu'elle puisse terminer, il s'était redressé pour faire un pas vers elle, la prendre dans ses bras et l'embrasser.

Quand, après de longues secondes, il redressa la tête, elle s'attendait à… En fait, elle ne savait pas ce qu'elle attendait. Il aurait pu dire n'importe quoi, elle aurait acquiescé car elle était complètement sous l'emprise de son baiser.

— Je t'aime, lui dit-il à l'oreille.

Son cœur se mit à gonfler d'espoir, mais elle se rappela à la raison. Devait-elle le croire sans réserves ?

— Non, tu ne m'aimes pas.

— C'est toi qui décides de ce que je ressens, maintenant ? rétorqua-t-il sur un ton presque amusé.

Mais elle ne trouvait pas ça drôle. Elle le repoussa pour sortir de son étreinte.

— Au revoir, Shane.

Elle chercha ses clés avec des gestes maladroits, les fit tomber. Elle n'eut même pas la force de se baisser pour les ramasser.

— Pars si tu veux, mais je te suivrai, déclara-t-il.

Il avança de nouveau vers elle, lui prit les mains et posa le front tout contre ses cheveux.

— Je ne peux pas te laisser partir.

Elle n'arrivait plus à interpréter ses paroles, elle ne savait plus que croire.

— Est-ce une question d'ego ? lui demanda-t-elle.

— Non, c'est parce que je t'aime de tout mon être, répondit-il en lui caressant doucement les bras. C'est parce que j'ai enfin compris que j'avais eu tort de te repousser, alors que j'aurais dû accepter sans restrictions ce que tu représentais pour moi.

Makena était touchée, mais tout lui semblait irréel.

— Je ne comprends pas.

— Je suis désolé d'avoir laissé les vieilles blessures et la peur nous séparer. Je ne recommencerai jamais.

— Tu m'aimes… Vraiment ?

Elle n'osait toujours pas y croire.

Il releva la tête et la fixa droit dans les yeux. Sur son visage, elle lut de la tendresse, de l'espoir, du désir, mais aussi de l'amour. Enfin, elle s'autorisait à penser que c'était possible.

— Passer aussi près de te perdre a failli m'anéantir. Je ne veux pas être loin de toi.

— Pourtant, hier soir, tu n'étais pas avec moi.

Elle devait comprendre pourquoi il avait agi de la sorte.

— Je devais d'abord expliquer à Holt que je t'aimais, que je n'avais pas besoin de sa permission pour être avec toi mais que j'espérais néanmoins que nous avions sa bénédiction.

— Moi aussi j'ai parlé avec lui.

Elle comprenait mieux les commentaires énigmatiques de son frère quand elle l'avait eu au téléphone.

— Il ne m'a pas parlé de votre conversation.

— Je lui avais demandé de ne rien en faire. Je voulais d'abord te reconquérir.

Shane haussa les épaules.

— Même s'il a fini par accepter la situation, ton frère m'a mené la vie dure.

— J'imagine.

— Mais ce n'est pas grave, j'étais prêt à n'importe quoi. Et de toute façon, c'est toi que je souhaitais convaincre, pas lui.

Makena voulait bien croire que son frère avait donné du fil à retordre à Shane. Elle sourit comme elle imaginait la conversation qu'ils avaient pu avoir à son sujet.

— Je t'aime, moi aussi, murmura-t-elle.

Elle avait besoin de le lui faire savoir. La dernière fois qu'elle l'avait dit, c'était dans le chaos. Désormais, ils étaient seuls et aucune menace ne pesait sur eux.

— De tout mon cœur et de tout mon être, ajouta-t-elle.

— Tant mieux.

Sa réponse la fit éclater de rire.

— C'est tout ce que tu trouves à dire ?

— Oh ! il y a des tas de choses que j'ai à te dire et que j'ai envie de faire avec toi. Et à plein d'endroits différents.

Elle continua de rire.

— Dis-moi seulement où et quand, et je serai là.

— Nous allons faire ça bien.

Il la prit dans ses bras, la souleva du sol et la serra contre lui.

— Mais je ne veux pas aller trop vite et rater les bons moments.

— Ce qui veut dire ?

— Qu'on va commencer par se donner rendez-vous pour sortir ensemble, aller dîner. Et je compte sur toi pour m'apprendre comment on fait, car moi, je suis nul.

— Non, tu t'en sors très bien.

— Et, autant te prévenir, je compte t'embrasser… Très souvent. Où qu'on soit.

Pour le lui prouver, il lui donna un baiser passionné qui se prolongea encore et encore jusqu'à ce qu'elle n'ait plus de souffle.

— Chaque jour, je te promets de te montrer à quel point je t'aime, reprit-il quand il releva la tête.

Elle sentit une énergie nouvelle monter en elle, et toute sa fatigue s'évacua comme par magie.

— Emmène-moi chez toi et commence dès maintenant à m'expliquer comment tu comptes t'y prendre, lui dit-elle sur un ton léger.

Il acquiesça.

— Bonne idée.

Quatre jours plus tard, Shane n'était toujours pas redescendu sur terre tant il était heureux. Il avait revu Holt et tout s'était bien passé. Makena faisait à présent officiellement partie de sa vie.

Enfin, il était comblé.

Il était le dernier célibataire de l'équipe Corcoran. Pendant longtemps, il s'était vanté d'être sans attaches. A bien y repenser, il se trouvait ridicule.

Certes, il n'avait pas encore passé la bague au doigt de Makena, mais ce jour viendrait. Et il était persuadé que, cette fois, il ne commettrait pas d'erreur. Car il n'imaginait pas sa vie sans elle.

Connor pénétra dans la salle de conférences des bureaux de l'équipe Corcoran et vint poser un dossier devant lui.

— Tu es prêt à reprendre le boulot ? dit-il.

Shane regarda autour de lui.

— Je suis le seul à m'occuper de ce dossier ?

— Non, ça, c'est pour la mission précédente.

Shane ouvrit le dossier et consulta les rapports. Il y avait également un chèque à son nom.

— D'accord, merci.

Connor se renfonça dans son siège et tira un tiroir du meuble à dossiers à côté de la table.

— Maintenant, j'aimerais que tu jettes un œil là-dessus.

A ces mots, Connor lança une pile de dossiers qui atterrit juste devant lui. Shane saisit le premier et le parcourut rapidement. Il passa au deuxième et fit de même. Il ne comprenait pas trop ce qu'il avait sous les yeux et se dit que mieux valait qu'il demande directement de quoi il retournait.

— Qu'est-ce que c'est ?

— Des candidats potentiels.

— Pour ? s'enquit Shane en ouvrant un autre dossier.

— Intégrer l'équipe.

Connor croisa les bras.

— Il est temps, ajouta-t-il.

Il était très rare que Connor recrute un nouveau membre car, au sein de l'équipe Corcoran, la camaraderie, l'esprit de corps étaient très forts, et les liens se créaient avec le temps. C'était la conception de Connor.

— Donc, nous recrutons ?

Shane avait besoin de poser la question pour être certain d'avoir bien compris.

— Je pense que nous devons ouvrir un bureau sur la côte Ouest. Ce qui vous permettra à tous de choisir vos affaires et, ainsi, de passer plus de temps chez vous.

Venant de Connor, ce raisonnement le surprenait. Depuis quand se souciait-il du bien-être de ses collaborateurs ? C'était une évolution intéressante.

— Tu considères devoir faire en sorte que tes employés aient une vie personnelle stable ?

— C'est une idée de ma femme.

Ah voilà, il comprenait mieux. Et, à vrai dire, l'idée lui plaisait. Car il voulait à tout prix rendre Makena heureuse. Voyager, travailler d'arrache-pied, tout cela ne l'avait pas dérangé jusqu'à maintenant, mais pouvoir passer davantage de jours et de nuits avec Makena n'était pas pour le contrarier, au contraire.

Merci, Jana.

— J'adore ta femme.

Comme à son habitude, Connor se mit à jouer avec son alliance sans s'en rendre compte.

— Tu n'es pas le seul.

— Ce ne sera pas facile de trouver des candidats à la hauteur.

Shane songea à la perspective de mener des entretiens et

faire passer des tests aux candidats retenus. Il ne l'avait jamais fait, mais pourquoi pas ?

— Eh bien, je t'accorde que trouver des gens assez fous pour avoir envie d'accepter les missions qu'on nous confie, sans être toutefois complètement dérangés, ce n'est pas simple, déclara Connor.

— As-tu déjà des pistes ?

Shane avait de son côté quelques idées en tête. Au cours des années, il avait fréquenté quelques personnes qui, selon lui, avaient le profil pour travailler avec eux.

Connor acquiesça.

— J'ai déjà effectué une première sélection, dit-il en désignant de la tête la pile de dossiers sur la table. Je veux que tu les passes tous en revue et que tu me donnes ton sentiment. Prends ton temps, il n'y a pas d'urgence. Nous ne devons pas nous tromper.

— Entendu.

— Et, en plus, il ne faut pas perdre de vue que nous avons besoin de quelques célibataires, ajouta Connor sur le ton de la plaisanterie. Je suis vraiment heureux pour toi, Shane, continua-t-il avec sincérité. Je commençais à craindre que tu ne finisses tout seul. En plus, tu as de la chance, ça s'est fait tellement facilement !

— Facilement ?

— Oh oui ! Elle aurait pu t'obliger à la supplier de bien vouloir de toi.

Shane ne put retenir un sourire.

— Oh ! Tu sais, parfois, il lui arrive de m'obliger à la supplier.

Connor leva les bras.

— Je ne veux pas savoir dans quelles circonstances !

Tous deux rirent de bon cœur.

— Je suis heureux, déclara Shane.

— Et moi, je suis heureux pour toi.

Connor se leva et fit le tour de la table.

— Allez, maintenant file et va retrouver Makena.

— A vos ordres, patron !

Retrouvez prochainement,
dans votre collection

SAGAS

Trilogie intégrale : INDOMPTABLES MILLIARDAIRES
de Lynne Graham - N°146

L'épouse de Cristo Ravelli

Épouser Cristo Ravelli ? Même dans ses pires cauchemars, Belle n'aurait imaginé pareil destin. Hélas, le richissime Italien s'est montré intraitable : si elle refuse, il fera en sorte que ses frères et sœurs, qu'elle élève seule depuis la mort de sa mère, soient confiés à l'adoption. Et Belle ne se fait aucune illusion : elle n'est pas de taille à lutter contre cet homme aussi odieux que troublant…

Un si fragile serment

Enceinte ? Betsy vacille. Elle qui avait enfin trouvé la force d'en finir avec son mariage fait de mensonges et de déceptions, pourquoi a-t-il fallu qu'elle cède une dernière fois au désir que Nik Christakis lui a toujours inspiré ? Maintenant, elle doit avouer la vérité à cet homme qui est encore son mari et qui, malgré les trahisons, semble avoir gardé le pouvoir de faire battre son cœur…

Une fiancée pour le cheikh

Jamais Zarif n'a oublié le jour où Ella Gilchrist, la femme à laquelle il avait offert son cœur, a froidement refusé sa demande en mariage. Alors, aujourd'hui qu'il la tient à sa merci, il compte bien se venger. Il effacera la dette qu'a contractée le frère d'Ella à son égard, si cette dernière accepte de devenir son épouse pour un an. Après tout, il a besoin d'une reine à ses côtés. Et, surtout, d'étancher son désir…

Trilogie intégrale : TROIS COUSINES À MARIER
de Sophie Weston - N°147

L'héritière en fuite

À la suite d'une brouille avec sa famille, Pepper, héritière de l'empire commercial Calhoun, décide de partir à l'étranger pour tout recommencer de zéro. Pleine d'espoir, elle tente sa chance à Londres, où elle pourra se consacrer à sa réussite professionnelle. Côté cœur en revanche… Ce n'est pas de sitôt que les choses vont changer, pense-t-elle. Et si son nouveau destin se chargeait de la contredire ?

L'amant secret

Sur le point de s'élancer, Isabel regrette d'avoir accepté de sauter à l'élastique. Certes, c'est pour la bonne cause : le saut est sponsorisé par une grande entreprise qui reversera les fonds récoltés à une œuvre caritative. Mais ce n'est pas du vide dont Isabel a peur… Non, le vrai problème est qu'elle va sauter en compagnie de Dominic Templeton-Burke, un homme qu'elle a rencontré quelques jours plus tôt, et qui ne l'a pas laissée indifférente…

Un duc à marier

Si Niall Blackthorne, duc de Powrie, a quitté l'Angleterre, c'est pour échapper au destin tout tracé que lui réserve sa famille. Ainsi, depuis quelque temps, il a posé ses valises dans un palace des Caraïbes, où il s'est établi sous une fausse identité. Mais le jour où une jolie Anglaise débarque à son tour dans le luxueux hôtel, Niall craint pour sa tranquillité. Cette jeune femme ne risque-t-elle pas d'avertir les paparazzi ?

Retrouvez prochainement,
dans votre collection

SAGAS

Série intégrale : ENCEINTES DE LEUR RIVAL
de Kat Cantrell - N°148

Conquise par son rival

Gage Branson est de retour… Si Cass est ravie à l'idée de revoir son amour de jeunesse, elle ne peut s'empêcher de s'interroger. N'est-il pas étrange que Gage réapparaisse au momen où son entreprise est en péril ? Se pourrait-il qu'il soit cet adversaire professionnel dont elle ignore le nom ?

L'enfant du scandale

Alors qu'Alexandra vient de lui avouer sa grossesse, Philip lui impose un odieux accord : i s'occupera d'elle et de leur enfant à la condition qu'elle l'épouse et qu'elle le soutienne dan sa course à la Maison-Blanche. Étrangement, Alexandra accepte, par amour pour son bébé à naître… Et pour Philip ?

Le choix idéal

Alors qu'elle vient de fêter ses trente ans et que toutes ses amies ont fondé une famille, Harpe se demande si elle ne devrait pas faire de même. Pour ne dépendre d'aucun homme, elle a trouvé le plan idéal : avoir un bébé toute seule. Ne reste plus qu'à trouver le père…

Une si douce torture

Pour sauver son entreprise de la faillite, Trinity est prête à se faire passer pour la fiancée du célèbre joueur de hockey Logan McLaughlin. Bien qu'il soit son pire ennemi, sa notoriété ne peut que lui faire de la publicité. Hélas, à l'instant où Logan lui vole un baiser, Trinity n'a plus l'impression de faire semblant…

Trilogie intégrale : DÉSIRS INAVOUÉS
de Erin McCarthy - N°149

Pour être à toi

Quand Emma a accepté de poser nue pour un célèbre photographe, c'était avant de savoi que son collègue, Kyle Hadley, serait lui aussi sur le shooting. Ensuite, tout s'est enchaîné si vite qu'elle a du mal à reconstituer le fil des événements qui l'ont conduite jusqu'au lit de Kyle. Ce homme est peut-être l'objet de tous ses fantasmes, Emma sait que les relations entre collègues sont interdites. Pour sa carrière, est-elle prête à renoncer à Kyle ?

Pour te revenir

Cette silhouette athlétique, ce regard bleu profond… Quand Sean Maddock, l'homme qu malgré dix ans de séparation est encore son époux, prononce son prénom, Kristine retient sor souffle. Bien sûr, elle s'était préparée à le revoir, mais elle ne se doutait pas qu'il aurait toujours ce même pouvoir sur elle. Alors, quand Sean lui propose de passer un dernier week-end avec lui, Kristin ne trouve pas la force de refuser…

Pour t'oublier

Il y aurait une façon bien plus agréable de nous occuper… Cette voix rauque, terriblemen sexy… Comment résister ? Pourtant, Melanie sait qu'elle devrait refuser. Son fiancé vient de la quitter, et il n'est pas question de commencer une relation avec un autre homme. Mais qu parle de relation ?

Et, surtout, qu'est-ce qui l'empêche de tout oublier dans les bras de l'irrésistible Hunter Ryan ?

HARLEQUIN SAGAS